Inge Ott

Traum vom Haus

Inge Ott

Traum vom Haus

Roman

Impressum

1. Auflage
© Projekte-Verlag Cornelius GmbH, Halle 2007 • www.projekte-verlag.de

Satz und Druck: Buchfabrik JUCO • www.jucogmbh.de

ISBN 978-3-86634-363-4
Preis: 29,90 EURO

INHALT

SABINE (Rahmenhandlung a)   7

DER PAVILLON (Mittelstück)   37

WERA HOHMER (Rahmenhandlung b)   387
Interview mit der Journalistin

PERSONENREGISTER   397

SABINE

(Titel von der Journalistin eingefügt)

In der Pfortenstube des Altenheims, in dem ich einen Job habe, steht eine Reihe von Plastikkörben auf einem langen Brett, das – unter dem Schalterfenster entlanglaufend – mir und den anderen, die hier Dienst tun, als Tisch dient. In einen dieser Körbe legen die Heimbewohner ihre Briefe, die Dietzel, der Briefträger, am Nachmittag abholt. In einem anderen werden Beschwerdezettel gesammelt. Die Reparaturaufträge für den Hausmeister gehören in den dritten Korb. Der vierte, etwas längliche, ist für die Blumensträuße von Fleurop gedacht, die aus der Stadt geliefert werden, da es im Dorf keine Blumenhandlung gibt. Dieser Korb bleibt meistens leer, nicht nur, weil die Insassen selten Blumen durch Fleurop bekommen; sondern weil die Gebinde von Fleurop – wenn wirklich mal welche kommen – ihrer repräsentativen Größe wegen nicht hineinpassen. Man erzielt ihr Volumen heute mittels störrischer Gräser und durch das Einhüllen in Glasfolie. Die Sträuße sehen aus wie Schneewittchen im Sarg.

Der dritte Korb ist, wie gesagt, für den Hausmeister da und damit auch für mich, sofern ich ihn während der Mittagspause vertrete; oder auch, wenn er aus irgendeinem Grund nicht aufzutreiben ist. Manchmal sitzt er nämlich im Zimmer des besinnungslos dahindämmernden Herrn Meyer, wohin er sich meistens zurückzieht, um sich einen zu genehmigen. Bereits in den ersten Tagen meines Hierseins habe ich es herausgefunden. Wegen der Reparaturen muss dann ich die Zimmer der Bewohner betreten – manchmal allerdings nur, um eine Steckdose festzuschrauben oder Ähnliches. Seine ordnungsgemäße Pause hat der richtige Hausmeister in der Mittagszeit, wenn die alten Leute schlafen. Auch einige Mitarbeiter gehen für zwei Stunden ins Dorf hinunter. Andere – die wie ich im Hause wohnen – ziehen sich auf ihre Zimmer zurück. Niemand kommt in dieser Zeit von außerhalb. Keiner der Insassen will von der Pforte aus telefonieren. Ich könnte meinen Kopf auf das Tischbrett legen und meiner immer gleich empfundenen Erschöpfung nachgeben, wenn mich nicht doch etwas wach halten würde.

Den ganzen Vormittag über warte ich auf diese Stunde. Ist sie endlich da, streife ich die Plastikkörbe mit einem möglichst gleichgültigen Blick, um mit diesem Trick die Spannung durch Verzögern zu verstärken. Dabei laure ich durchs geöffnete Schalterfenster in den Flur hinaus und ins Haus hinauf, ob das hinterhältige Heranschleichen des richtigen Hausmeisters nicht doch zu hören sei. Die Treppe, über die er aus dem ersten Stock herunterkommen muss, mündet nicht unmittelbar in den Flur, auf den sich mein Schalterfenster öffnet, sondern auf einen hinteren Quergang desselben.

Bin ich gewiss, bei meinem Vorhaben, die Körbe betreffend, nicht ertappt zu werden, schaffe ich mir noch einige Minuten Sicherheit, während welcher ich durchs Fenster schaue – nicht durchs Schalterfenster und über den Flur hinweg, etwa in den Warteraum für Besucher, sondern durchs äußere, so, als interessiere mich dort außen etwas und keineswegs innen im Pfortenraum. Ich sehe auf die Dächer des Dorfes unter mir, oder – etwas entfernt vom Dorf – auf die längs der Landstraße gestapelten Bretter der Sägerei, wo Jack hie und da aushilft, mit dem ich nach Feierabend in der Dorfkneipe flippere. Das Dorf heißt Wälden und liegt in einem Kessel, der nach der Seite, auf welcher der Bach hinausfließt, neben dem die Straße zur Stadt läuft, nur schmal geöffnet ist. Ein weißlich gelber Weg umkreist oben diesen Kessel, den die Bewohner Bannzaun nennen. Da sieht man den kalkigen Grund, sagt der Briefträger Dietzel. Zu Menschen, bei welchen er Gelehrtheit voraussetzen kann, sagt er: Da sieht man die Kalkformation unserer Gegend.

Auf der dem Altenheim gegenüberliegenden Seite des Kessels hat dieser Weg an einer Stelle eine rötlich braune Färbung. Dort ist der Stich zum Auffüllplatz. Aufgefüllt wird eine weiträumige Senke, die wie ein Bombentrichter aussieht. Aber es ist kein Bombentrichter, sagen die Geologen (und mit ihnen der Briefträger Dietzel), sondern ein Einbruch im Gestein, den man Doline nennt. Zögernd ziehe ich den Blick vom Fenster zurück, lasse ihn an den Winkeln und Kanten von Raum und Möbeln entlangkriechen, bis er wie zufällig an jenem Plastikkorb hängen bleibt, in den die Heimbewohner ihre Briefe legen.

Bald nachdem ich mit dem Job in diesem Altenheim begonnen habe, als die Plastikkörbe noch keine Bedeutung für mich hatten außer derjenigen, die man ihnen aus praktischen Gründen zugewiesen hatte, habe ich den Auffüllplatz entdeckt. Damals habe ich mir noch nicht vorgenommen, Dinge aufzuschreiben, die mir durch den Kopf gehen, wie ich es jetzt tue. Das kam viel später. Als es kam, lag Sabine schon mehr als zwei Monate – wie heute noch – bewusstlos im Krankenhaus. Die Ärzte wollen sie nicht sterben lassen. Ich hatte ein gewisses Paket auf dem Müllplatz gefunden, hatte es in mein Zimmer gebracht, es ausgepackt und, weil mein Dienst begann, nur kurz seinen Inhalt registriert: Geschriebenes, fleckig verwittert. Vergilbt. Unter dem Parka versteckt hatte ich es hereingeschmuggelt, damit es der richtige Hausmeister nicht sah. Ich überraschte ihn, wie er – nicht schnell genug – die Hand aus jenem Plastikkorb zurückzog, in dem die Insassenpost gesammelt wird, bis Dietzel sie abholt. Er versuchte, mich in ein Gespräch zu verwickeln, während er mit schläfriggeilem Blick auf die Ausbuchtung an meinem Parka zielte. Hastig schob ich mich am Pfortenfenster vorbei.

Das sind nämlich noch Reste meiner Erziehung: dass ich mich schäme, etwas vom Auffüllplatz zu nehmen; nein, etwas vom Auffüllplatz genommen zu haben. Meine Mutter hätte das keinesfalls bei Tageslicht erlaubt. Aber während ich es nehme, bin ich von den heftigsten Glücksschauern durchflutet, die wohl von der Spannung des vorausgegangenen Suchens herrühren. Einmal fand ich nach zähem Wühlen alle Teile, die ich zum Zusammenbauen eines Fahrrades nötig hatte – außer dem Birnchen für die Lampe. Ich schreibe das hier, damit erklärt ist, warum ich mir auf dem Müllplatz einer ganz fremden Ortschaft zu schaffen gemacht habe: Diese Erregung des Suchens! Und diese Gewissheit des Findens! Denn etwas findet man immer. An einem Samstag fand ich das Paket.

Ich war von der Stadt gekommen, wo ich Sabine im Krankenhaus besucht hatte, d. h. ihre Arme und Beine, die aus der eisernen Lunge herausragen. Ich fragte mich, ob die Schwester, die eine Kette von Sicherheitsnadeln am Schürzenlatz hängen hatte, damit das Auseinanderfallen der einzelnen Gliedmaßen von solchen Patienten, wie Sabine einer ist, durch Zusammenspänäln verhindern könne. Anfangs mochte ich diese Schwester nicht. Wenn es nach ihr gegangen wäre, hätte man Sabine längst von der eisernen Lunge entfernt. Sie wäre rasch eines natürlichen Todes gestorben. Seit einiger Zeit ist mir die Meinung dieser Schwester lieber als die der Ärzte. Ich liebe Sabine. Ich glaube nicht mehr, dass sie erwacht. Als der Arzt von der Konsequenz des hippokratischen Eides faselte, hörte ich weg. Er deutete auf die Maschine. Sein ausgestreckter Zeigefinger wurde dabei lang und länger und noch länger, und ich fiel in eine meiner sonderbaren Ohnmachten, die mir bekannt sind. Nein!, widersprach ich nachher dem Arzt, der es besser zu wissen glaubte: Diese Ohnmacht hat mit der Krankenhausluft nichts zu tun! Ich kenne diese Ohnmachten sehr genau!

Meistens gehe ich von der Stadt zu Fuß nach Wälden zurück, um das Fahrgeld, das ich für den Bus ausgeben müsste, zu sparen. Von meinem Monatslohn im Altenheim wird mir nämlich – abgesehen von den üblichen Abgaben, um die sich keiner drücken kann – eine Summe für Essen, Wohnen und Wäschewaschen abgezogen. Den Rest brauche ich für was zum Trinken und fürs Flippern. Für Mädchen brauche ich nur etwas nach meinen Besuchen im Krankenhaus. Ich gehe zu Marga und erzähle ihr alles: wie die Beine daliegen und die angebundenen Arme mit den Schläuchen und den schwärzlichen Blutergüssen weit über die Unterarme hin. Und ich schildere Marga die schrecklichen Geräusche der Maschinerie, dieses Klopfen, Rasseln, Schnaufen und Ticken, dass es auch ihr schlecht wird und sie eine Zigarette anzünden muss, deren Rauch sie mit tiefen Zügen inhaliert.
Wenn ich auf dem Heimweg dann dort drüben den Rand der Doline sehe, kann ich nicht ins Altenheim zurückkehren, ohne wenigstens kurz an dieser Müllgrube gewesen zu sein. Selten – nämlich nur, wenn ich mit einer Mitfahrgelegenheit rechne – komme ich auf der Landstraße ins Dorf zurück. Vom Dorf aus steige ich auf einem der Hohlwege herauf, die oben in den weißlich gelben Bannzaun münden oder ihn schneiden. Ich bleibe auf dem Bannzaun, bis dorthin, wo der rötlich braune Stich zur Doline geht. Auf dem Müllplatz atme ich gierig, lang und tief den Geruch von Vergänglichkeit und Zerfall ein, bis der Gestank unnatürlicher Krankenhaus-Konservierung aus meinen Lungen getilgt ist.

So war es auch an jenem Nachmittag, als ich zwischen allem Unrat und Moder das Paket fand. Ich hob es auf, roch daran und setzte mich damit auf einen umgestülpten Eimer. Der Klumpen auf meinen Knien, den ich als Paket bezeichnet habe, war etwa 10 x 30 x 40 cm groß. Auf dem stockigen Packpapier, das sehr spröde war, erahnte ich die Buchstaben einer früheren Schrift: rr – an – ler. Schräg links, lesbar, aber verblasst, PAKET. Der Rest einer Briefmarke rechts oben. Keine Spur eines Stempels. Seinem Zustand nach konnte das Paket gut einige Jahre im Freien unter dem Müll gelegen haben. Warum war es nicht abgeschickt worden? Für einen Augenblick vergaß ich Sabine, war wie als kleiner Junge von meinem Fund fasziniert. Nur glaubte ich diesmal nicht an einen Schatz. An Schätze glaubte ich da nicht mehr. Mein Blick fiel auf das Altenheim jenseits des Kessels. Wo werde ich dieses Paket öffnen? Werde ich es dort drüben aufmachen? Mir fiel der uneinheitliche Verlauf der Fenster des Hauses auf, während ich den Packen unter den Parka steckte. Ich weiß nicht, warum mir dies in diesem Augenblick auffiel, bzw. warum es mich störte. Am Abend befragte ich Jack darüber. Er wusste, dass das Altenheim aus einem Privathaus hervorgegangen war, das man erweitert hatte. Das alte Haus soll einem Wiesental gehört haben. Die Besitzverhältnisse seien aber für einen Normalbürger nie ganz durchschaubar gewesen.

Wenn du von der Doline aus hinüberschaust, hatte Jack gesagt, siehst du den alten Gebäudeteil links, wo im ersten Stock heute das Schlafzimmer der Hausmeisterleute sein soll. Daneben der Raum mit dem Bogenfenster. Küche, Bad und Klo haben sie sicher nach hinten.

Ich sagte ihm, dass unter dem Schlafraum die Pfortenstube ist, in der ich meine Dienststunden absolviere. Und über dem Flur und dem Aufenthaltsraum für Besucher das Zimmer mit dem Bogenfenster.

Wenn ich dich also besuchen will, Albert, sagte Jack, und vom Bannzaun aus in den Flur trete, sind linker Hand Tür und Schalterfenster deiner Pfortenstube, und diesen gegenüber die Tür zum Besucherwarteraum? – Da war früher die Waschküche der Wiesentals.

Der Flur ist ein T-förmiger, erklärte ich. Ich malte ihm mit Bier eine Skizze auf den Wirtstisch. Im Warteraum für die Besucher sitzen meistens die Trauergäste. An den Querbalken dieses T-förmigen Ganges lehnen sich von hinten einige Nebenräume an,

Kellergewölbe, die in den Hang hineinstoßen. Eines von ihnen soll bei einem Erdrutsch eingebrochen sein, hat der richtige Hausmeister gesagt.

Das stimmt. Der Wiesental soll dabei ums Leben gekommen sein, sagte Jack.

In diesen Räumen, fuhr ich fort, weil mir der Name Wiesental nichts bedeutete, werden Werkzeuge, Gartengeräte, Wäschesäcke und in einem von ihnen Lebensmittel aufbewahrt. Am rechten Ende des Balkens von diesem T führt die Treppe zum ersten Stock hinauf. Aber noch unten, jenseits dieser Treppe – also im neuen Teil – befinden sich Beratungszimmer, Küche, Büro und Speisesaal. Darüber die Zimmer der Bewohner. Ihre Fenster eröffnen den Blick teils nach Süden über das Dorf hin, wie das Bogenfenster, andernteils nach Norden zum Kiefernwäldchen hinauf. Vom Waldrand aus sieht das Altenheim aus, als bestehe es nur aus diesem Stock und dem hochgewölbten Dachgeschoss, in dem die Zimmer der Mitarbeiter liegen – so nennt man hier die Angestellten –, also auch meines, erklärte ich, denn Jack war noch nie in meinem Zimmer gewesen.

So sprachen wir damals über das Haus.

Wenn ich seitlich, oberhalb des Hauses, den immer dürren, weil viel zu abschüssigen Garten zu gießen habe, bemerke ich die Frau des Hausmeisters hinter der Küchengardine. So auch kürzlich, als ich von der Erinnerung an meinen Unfall wieder überwältigt worden bin. Ich habe den Hahn zugedreht und mich auf den Boden gesetzt. Das hat sie gesehen.

Der Unfall: Sabine, die so sonderbar verdreht auf der Straße liegt! Zuvor aber mein Schrecken, weil die Maschine, wie ich gleich sah, im Eimer war. Dazwischen das ewig mahnende Gesicht meiner Mutter, wie in einem Stummfilm. Das Erstaunen über die eigene blutende Hand, die nicht schmerzte. Und in meinem Gehirn der Satz:
JETZT IST EIN UNFALL GESCHEHEN!
Aus der Entfernung das Tatütata, immer lauter. Viel später erst das Blut, das über Sabines Bluse kroch, und ihre äußersten Fingerglieder, die eingezogen waren, wie Sabine das nie getan hatte. Und das rasende Verlangen – das nun in seiner ganzen Heftigkeit

wiedergekommen war und mich im Garten des Altenheims zu Boden drückte –, Sabines Hände, diese Hände, möchten noch ein einziges Mal an der Innenseite meiner Beine emporstreichen und wie aus Versehen an mein Geschlecht stoßen! Da sah ich den Blick der Hausmeisterin und fühlte seinen Sog. Nur selten erlaubt ihr der richtige Hausmeister, die Wohnung zu verlassen. Nur, wenn es sich nicht anders machen lässt, z. B. wenn sie zum Beichten in das kleine Beratungszimmer geht, zu Pater Friedbert, der ein Bewohner des Hauses ist. Zu ihm ging sie auch an jenem Samstag, als ich mit dem Paket unter dem Parka meinem Zimmer zustrebte. Sie traf mich auf dem Flur und erkannte sofort, dass ich etwas zu verbergen hatte. Warf mir einen jener ekelhaften Blicke anzüglicher Übereinkunft zu, der mich heute noch erbost.

Das Paket war in geteertes Packpapier eingehüllt. Noch ehe ich es geöffnet hatte, erkannte ich dies an seiner bröseligen Steife. Und schwarz zeigte sich die Innenseite des Papiers an den Rändern. Ich hielt meine Lupe über den Rest der Briefmarke, die seit 1970, jetzt also vier bis fünf Jahre, im Umlauf ist. Auch durch die Lupe von einem Poststempel nichts zu sehen. Weil mein Dienst begann, steckte ich das Paket, in das ich nur oberflächlich hineingeschaut hatte, in den Schrank und sperrte zu. Abends war ich mit Jack beim Flippern. Von dem Fund sagte ich noch nichts. Am nächsten Morgen schälte ich den Inhalt aus dem Paket: einen Klumpen verschimmelter Papiere. Sie waren eng mit deutscher Schrift beschrieben. Die Deckel, zwischen welchen sie sich befanden, erinnerten an ein altes Kontobuch, bis ich auf der ersten Seite das Wort 'Sonntagskuchen' entzifferte. Ein Kochbuch also, von der Art, wie meine Großmutter sie gehabt hatte. Deutsche Schreibschrift kann ich mit zunehmender Fertigkeit lesen. Die meisten Bewohner verwenden sie in ihren Briefen.

Auf dem Dachboden eines Schulfreundes hatten wir schon einmal ein altes Kochbuch gefunden. Man konnte daraus lernen, eine lebend gebratene Gans so auf den Tisch zu bringen, dass sie beim Anschneiden ihren letzten Schrei ausstößt. Dazu musste der Koch allerdings meisterhaft geschult und geübt sein. Jack, dem ich es erzählte, glaubte es mir nicht.

Es geht so, sagte ich, du machst auf dem Hof einen lückenlosen Kranz aus Reisig von – sagen wir – vier Metern Durchmesser, stellst ein Schüsselchen Wasser und eines mit Weizen hinein, ehe du die Gans in diesen Kreis setzt. Die Flügel hast du ihr zuvor beschnitten. Dann wird der Reisigkranz angezündet und von allen Seiten immer näher, immer näher an die Gans herangeschoben. In großer Angst wird sie einen Ausweg suchen, indem sie hierhin und dorthin rast. Sehr rasch versengt sie sich dabei die Federn. In immer kürzeren Abständen muss sie trinken. Anfänglich sucht sie noch Trost, indem sie von den Weizenkörnern frisst. Ihre Bewegungen verlangsamen sich. Bald ist sie ganz nackt, und die Haut ist geröstet. Nun ist es die Kunst des Koches – es steht da wirklich: die *Kunst* des Koches, Jack! –, den Augenblick zu erkennen, an dem die Gans durchgebraten ist.

Jetzt muss er rasch handeln, muss sie auf einer Platte garnieren und so den Gästen vorsetzen. Er hebt das Messer, und alle erwarten den letzten Schrei.

Das Kochbuch war von 1852.

Vielleicht enthielt das Paket ähnliche Schätze?

Ich steckte den Schrankschlüssel ein und lief hinunter, um meinen Pfortendienst anzutreten.

Im Warteraum hielten sich einige schwarz gekleidete Menschen auf. Keine Chance also, mich mit dem Korb der Insassen-Briefe zu befassen. Man sagte mir, dass in der Nacht die Heimbewohnerin Frau Sanders verstorben sei. Jahrelang hatte sie in geistiger Umnachtung dahinvegetiert. Jeden Morgen hatten die Pfleger sie gewaschen, gekämmt, gewickelt und aus dem Bett genommen. Mit breiten Leinenfetzen hatten sie sie in ihrem Sessel festgebunden, damit sie nicht herausfallen konnte. So empfing sie die täglichen Besuche ihres Mannes, der ebenfalls Bewohner des Heimes ist.

Ich bin Sanders, sagte er beim Eintreten. Es heißt, sie habe ihm nie geglaubt. Sofort zog er die Hausschuhe aus, die er für Schaftstiefel hielt. Bursche, rief er, Schaftstiefel raus! Und der Pfleger stellt die Hausschuhe vor die Tür. Im Übrigen ist Herr Sanders normal, wie die Pfleger und Pflegerinnen glaubhaft versichern. Er setzt alles daran, seine Frau am Leben zu erhalten. Zu diesem Zweck bezieht er von Dr. Polke sterilisierte Säuglingsnahrung und Aufbaumittel, womit

er sie eigenhändig füttert. Auch einen elektrischen Flaschenwärmer erhielt Herr Sanders vom Doktor, um die Gläschennahrung unabhängig von den Launen des Küchenpersonals wärmen zu können. Dr. Polke ist Heimbewohner. Vorher war er praktischer Arzt drunten in Wälden, wo er, von hier aus gesehen, östlich vom Dorf am Beginn eines jener Hohlwege, die zum Bannzaun heraufführen, seine Praxis in einem sehr hübschen Haus hatte. Wie Jack sagte, war er der Nachfolger eines Dr. Engler, dem das Haus gehört hatte. In dem großen Garten steht der Pavillon, von dem ich auch noch berichten werde.
Niemals liegen Briefe für oder von Dr. Polke im Plastikkorb. Darüber wundere er sich längst nicht mehr, hat Dietzel, der Briefträger, gesagt.

Ich hörte das gedämpfte Reden der Trauergäste vom Warteraum herüber. Wenn ein Heimbewohner gestorben ist, reden die Trauergäste gedämpft, um ihn nicht zu stören. Nur Dr. Polkes Stimme, der im Gespräch mit der Leichenwäscherin am Türrahmen lehnte, drang in abgerissenen Sätzen zu mir in die Pfortenstube: ... jedem Beruf etwas Positives abgewinnen, nicht wahr, Leichenwäscherin? Er redete nicht gedämpft. Ich sah, dass er ihr jovial den Rücken dabei klopfte. Geschmeichelt kramte sie in ihrem Henkelkorb. Sehen Sie, Herr Doktor, dieses Spitzentüchlein ... den männlichen Leichen auf ihre Schönheit ... solange ich ... oben herum ... Sie kicherte verschämt.
Und bei Frauen, Leichenwäscherin?
Sie zerdrückte ein glucksendes Lachen.
Man brauchte mich im Zimmer Nummer eins, wo der Wasserhahn tropfte. Ich beeilte mich, denn jeder weiß, was ein tropfender Wasserhahn bedeutet. Aus dem Zimmer der toten Frau Sanders trat der Kapuzinerpater Friedbert, der bei uns seinen Lebensabend verbringt, auf den Flur. Während er die Tür des Sterbezimmers hinter sich zuzog, lächelte er eigentümlich. Als er mich sah, verschwand sein Lächeln rasch. Er eilte in Richtung Kapelle, in der er täglich die Frühmesse liest. Vielleicht will er dort für die Verstorbene beten, dachte ich.
Auch Leute aus dem Dorf kommen zur Frühmesse hier herauf. Vom richtigen Hausmeister weiß ich, dass der Pater speziell zu

diesem Behuf die Dispens von seinem Orden bekommen hat, hier zu leben, dass er seinen Lebensabend also nicht in einem ordenseigenen Heim verbringen muss. Als ich ihn aus dem Zimmer der verstorbenen Frau Sanders kommen sah, wusste ich noch nicht, dass ich einen großen Teil seines Lebens kennenlernen würde, denn ich wusste noch nicht, dass das Kochbuch, das ich von der Doline mitgenommen hatte, keines war, sondern eine Sammlung seltsam verschlungener Lebensläufe – unter ihnen auch der des Paters, den ich aus dem Zimmer der verstorbenen Frau Sanders habe treten sehen, wobei er eigentümlich lächelte. Jack sagte mir, dass man Pater Friedbert noch von früher kenne. Als Speckpater habe er hier für den Orden gesammelt. Alte Leute aus dem Dorf besuchen ihn noch heute in kopfschüttelnder Erinnerung an die damalige Zeit oder wenn sie Probleme haben, vielleicht mit den Kindern oder auch mit den Enkeln.

Außer ihm kennen die alten Dorfbewohner auch andere unserer Heimbewohner, wie z. B. die freundliche Frau Hohmer. Zu deren Mann, Johannes Hohmer, haben sie ihre Kinder in die Schule geschickt oder sind selbst zu ihm in die Schule gegangen, solange er noch nicht Zeitungsmacher in der Stadt gewesen ist. Sein Schwiegervater hat das zweite Haus im Dorf gebaut, das kein Bauernhaus ist. Es ist ebenso hübsch wie das Haus des früheren Arztes Dr. Engler. Es steht nahe am Teich, hat aber keinen Pavillon im Garten.
Frau Hohmer kommt oft zu mir ans Schalterfenster, um Briefmarken zu kaufen. Die meisten ihrer Briefe gehen in die Schweiz, nämlich an einen Herrn Rosengreen. Die Briefmarken, die sie von dort bekommt, gibt sie mir für Jack. Sie ist eine der wenigen Insassen, die keine Verjüngungsmittel benutzen. Ein Duft von Lavendel begleitet sie und bleibt nach ihrem Weggehen eine Zeit lang in meiner Nähe hängen. Die spontanen, weichen Bewegungen ihrer Hände, ihr impulsives Ausstrecken: wie bei Sabine. Gleich bei unserer ersten Begegnung in der Pforte fragte ich sie, ob sie mir die Briefmarken für Jack überlassen könnte und ob sie etwa selber aus der Schweiz stamme. Ach nein, sagte sie, ich bin in Petersburg geboren. Von dort weiß ich aber nichts mehr. In der Schweiz habe ich nur alle meine lieben Menschen ...

Als ich schon glaubte, sie würde weiter nichts sagen, fuhr sie fort: Nein, doch nicht alle, Herr Albert. Immer sagt sie Herr Albert zu mir. Hier in Deutschland habe ich eine Enkelin; aber man hat ihr rechtzeitig unterschlagen, dass es mich gibt – vielleicht, weil in meinen Adern ein Tröpfchen russisches Blut fließt. Aber das war es nicht allein. Ich weiß nicht, ob sie überhaupt noch lebt. Ein schmerzlicher Zug erschien auf Frau Hohmers Gesicht.

An diesem Tag hatte ich den Plastikkorb, in dem die Post der Insassen gesammelt wird, zum ersten Mal mit Neugier betrachtet. Den Job im Altenheim hatte ich bis dahin nur für das bisschen Moos gemacht, das ich brauchte, um nahe bei Sabine sein zu können. Sie war es ja, die unbedingt nach Wälden wollte, das sie bei der Beerdigung ihrer Mutter kennengelernt hatte. Sofort ist es ihr lieb gewesen. Und darum bin auch ich nach dem Unfall, der sich in der Nähe ereignet hat, hierher gegangen. Zwanghaft sozusagen, schlafwandelnd. Und Zufall war es, dass man jemanden für die Pforte des Altenheims brauchte. Damals glaubte ich noch fest, Sabine würde wieder aufwachen und sich darüber freuen. Mit der Meinung der Krankenschwester stimmte ich noch nicht überein. Ich glaubte es, weil ich es glauben musste: Das Wissen, allein gelassen zu sein, hätte mich umgebracht.

Als ich mir kurz vor dem Abi vorgenommen hatte, auszusteigen, hatte ich nur mit Hanne darüber gesprochen. Sie wollte auch. Als es so weit war, ließ sie mich allein. Ich starrte auf den gepackten Rucksack, der zwischen uns stand. Dann sah ich sie nur noch von hinten. In der Schule hatte ich mich unbeliebt gemacht. Geschichte bei Roller: Es gilt, die logische Konsequenz aus der Vergangenheit zu ziehen. – Erklären Sie mir diesen Satz, Albert Müller! Die Logik, begann ich, ist wie eine Schneiderschere. Ob der Stoff dick oder dünn, gut oder schlecht ist, Herr Roller, spielt keine Rolle, Herr Roller, und kann der Schere egal sein.
Brüllendes Gelächter der Klasse.
Unsere beschissene Situation, Herr Roller, ist aus lauter logischen Konsequenzen entstanden!, rief ich. Ich konnte das Wort nicht mehr hören.

In der letzten Zeit war in den logischen Fächern eine sonderbare Übelkeit über mich gekommen, die sich nach und nach bis zu Ohnmachten steigerte. Sie häuften sich. Die Lehrer dachten, ich simuliere; aber ich fürchtete mich vor den Mathe-Klausuren wie vor einer Krankheit und wurde ohnmächtig. Auch außerhalb der Schule begannen diese Zustände.
Eines Nachmittags schraubte ich vor unserem Haus an meiner Maschine. Aber den Fehler, den ich beseitigen wollte, fand ich nicht heraus. Robby, unser Klassenbester in Mathe und Physik, kam dazu.
Das kann doch nur am Zündkabel liegen, du Dussel! Das ist doch *logisch*!
Mir wurde schwarz vor Augen. Ich musste mich auf den Gehsteig legen. Hinter den geschlossenen Lidern sah ich die Schere, die alles zerschneidet. Die Schere wird von einer Hand geführt, die niemandem gehört. Aber das, was sie zerschneidet, ist für alle Zeiten entzwei. Noch am Boden liegend sagte ich mir wieder und wieder vor: Logik und Kausalität, mein Bester, waren lange vor dir in der Welt und sind bereits vor zweieinhalbtausend Jahren definiert worden. Damals aber, meinte ich – noch immer auf dem Trottoir –, seien die Hand und der Arm, welche die Schere gehalten hatten, nicht amputiert, sondern Teil eines lebendigen Organismus gewesen.

Als ich das alles Sabine sagte, als ich in ihr einen Menschen gefunden hatte, zu dem ich das Vertrauen haben konnte, so etwas zu sagen, war ich am Verhungern. Mutter hatte mir außer ihren vorwurfsvollen Blicken nichts mitgegeben. Die Maschine hatte ich im Schuppen stehen lassen, aus Angst, nicht immer genug Geld für Benzin zu haben. Zu Hause war sie sicher. Dort hätte sie auch bleiben sollen, als ich mit Sabine aus dem Midi zurückkam. Von zu Hause war ich getrampt, im Glauben, der Süden Frankreichs müsse es sein. Mit dem Wort 'Midi' assoziierten wir Schüler das Paradies. Ich lebte von kleinen Stehlereien, wie alle, mit denen ich zusammenkam. Lauter Leute wie ich.
Sabine hatte in dem Laden eingekauft, in dem ich am Tag zuvor beim Klauen erwischt worden war. Ich sah sie mit der leeren Einkaufstasche hineingehen und mit der vollen herauskommen.

Ich, langsam vom Straßenrand hoch und ihr nach, griff in die Tasche, zog die Baguettes heraus und fraß mich in sie hinein wie eine Ratte. Die Frau war ein gutes Stück über mein Alter hinaus. Sie schaute geradeaus, als merke sie meinen Diebstahl nicht. An ihrem Augenwinkel sah ich Falten. Geh zu deinen Kumpels zurück!, sagte sie vor ihrer Haustür. Ich blieb stehen.
Sabine schloss die Tür auf und ließ mich auf der dunkeln Stiege vorausgehen. Noch dunkler war da eine Tür, und sie musste mit dem Schlüssel schaben, bis sie das Schlüsselloch fand. In der Küche deutete sie auf einen Hocker, und ich setzte mich. Sie füllte Wasser in einen Kessel, der bald zu pfeifen begann. Der Tee, den sie vor mich hin schob, war sehr süß, sehr dunkel und schmeckte nach Schnaps. Ich weiß nicht, wie lange ich danach auf dem Bett, das in der Ecke stand, geschlafen habe. Ich weiß, dass ich beim Aufwachen den Schlaf unter allen Umständen festhalten wollte. Aber ein Geräusch war im Raum, das es zuvor nicht gegeben hatte. Ich öffnete die Augen einen Spalt und sah Sabine, deren Namen ich noch nicht wusste. Mit vor der Brust gekreuzten Armen lehnte sie an der Tischkante und starrte gleichgültig vor sich hin.
Vor dem Herd verstaute ein Mann Gegenstände in einem Sack: Espadrilles, eine Jacke, den Schlafanzug, den ich zuvor im Bett gesehen hatte. Wortlos warf er den Sack über die Schulter und ging, ohne die Tür hinter sich zuzuziehen. Der richtige Hausmeister des Altenheims erinnert mich vage an diesen Mann. Aber der richtige Hausmeister hat rötliche Haare auf den Wülsten seines Halses, keine schwarzen. Sie sind ein oder zwei Zentimeter lang, stehen ab und sind gekrümmt. Er könnte keine anderen Nackenhaare haben, der richtige Hausmeister. An diesen Haaren auf diesem Nacken erkenne ich seinen Charakter, auch wenn das unglaubhaft ist. Haare und Nackenwülste hat man in der Erbmasse mitbekommen, sagen unsere Lehrer. Warum aber kann ich an ihnen den Charakter des richtigen Hausmeisters ablesen?, frage ich die Alten. Die aber haben uns aus Angst, als Rassisten entlarvt zu werden, die sie in ihrer 'früheren Existenz' vielleicht gewesen sind, nicht belehrt.
Die Denkklischees, Albert, bestimmen zu neunundneunzig Prozent – einmal mit diesen, dann wieder mit den entgegengesetzten Inhalten – unseren Horizont, hat Sabine gesagt. Das ist mensch-

lich. Immer sind wir manipuliert und korrumpiert, dessen müssen wir uns jederzeit bewusst sein. Am meisten sind wir es aber, wenn wir glauben, es nicht zu sein. Ich erkenne das erst, seit ich mit einem Guru in Wälden war, in einem Pavillon. Vieles ist mir seither klar geworden. Auch in Bezug auf den Guru. Aber mit der Einsicht allein kannst du verhungern, Albert.

Kürzlich ist hier im Altenheim ein Mensch verhungert: eine frühere Klavierlehrerin namens Silling. Dr. Polke hat den Heimbewohnern einen Vortrag darüber gehalten, wie lang das Verhungern mit und wie lang es ohne Infusion dauert, wenn der Mensch nicht mehr in der Lage ist, auf natürlichem Weg Nahrung aufzunehmen. In der folgenden Zeit haben die Heimbewohner die Klavierlehrerin fleißig besucht, um zu sehen, wie solch ein Verhungern vor sich geht. Polke, sagten sie nachher zueinander, hatte wie immer recht! Sie halten große Stücke auf ihn. Heimlich besuchen sie ihn und lassen sich von ihm behandeln, was ja nicht sein darf, da er keine angemeldete Praxis mehr hat. Was er auf diese Weise einnimmt, kann man nur ahnen, sagte der richtige Hausmeister.
Einmal habe ich in einem Schrank, den ich von der Wand abrücken musste, ein Lager von rezeptpflichtigen Medikamenten gesehen. Es ist anzunehmen, sagte der richtige Hausmeister, dass Polke die Beziehungen zu Apothekern, die er während seiner Tätigkeit als Landarzt aufgebaut hat, weiterhin ausnutzt. Man weiß ja, dass er einmal in jedem Monat mit dem Bus zur Stadt fährt und mit einem Taxi zurückkommt. Dann trägt der Chauffeur einen schweren Packen in Polkes Zimmer, dessen Inhalt wohl diese Medikamente sind. Meistens kommt der Doktor damit in der Mittagspause zurück, wenn alle schlafen und nur ich in der Pfortenstube sitze, allein mit den Plastikkörben, von welchen mich der eine so brennend interessierte.

Auch den richtigen Hausmeister interessiert dieser eine ja. Nicht nur einmal habe ich ihn – wie schon gesagt – angetroffen, wie er in den Briefen der Heimbewohner fingerte. Er mich auch. Ja, er mich auch! Seither hält er mich für einen Rivalen, was diesen Korb anbetrifft, weil er nicht wissen kann, dass es mir dabei nicht um das Geld geht, das die alten Menschen gutgläubig in Briefe einlegen. Es ging mir um etwas ganz anderes: Wissen wollte ich, was die Menschen, die hier auf den Tod warten, an Selbst- und Welterkenntnis in ihrem ereignisreichen Leben, in dem so viel Schreckliches geschehen ist, gewonnen haben. Haben diese Erlebnisse – die ja nicht vergehen, indem sie vergangen sind – einen Niederschlag in ihrem Leben zurückgelassen? Und welchen? Wie haben sie weitergelebt, als sie merkten, dass sie überlebt hatten? Was haben sie von dem begriffen, was ein anderer erleben musste? In den Briefen, meinte ich, müssten Spuren davon zu finden sein, denn Briefe sind Ohrengeflüster. Kein Unbefugter erfährt etwas vom Ausgesagten. Keineswegs um Geld ging es mir also, wie dem richtigen Hausmeister. Wenn ich ihn beim Fingern ertappe, macht er ein Gesicht wie damals im Zimmer des besinnungslos dahindämmernden Herrn Meyer. Aber gleich tauscht er es aus mit seinem arrogant-wisserischen, als wolle er sagen: Nur kein Moralgetue, Freundchen, wir kennen dich! Auch wenn er im Winkel neben dem Küchenaufzug von mir überrascht wird, wie er im verwelktschwammigen Fleisch der Bürogehilfin Irene Kutschka wühlt, macht er zuerst dieses, dann das andere Gesicht.

Nachdem ich allmählich begriffen hatte, dass mein Fund von der Müllhalde kein Kochbuch beinhaltete, sondern etwas ganz anderes, seit mir die unglaubliche Gewissheit gekommen war, dass die meisten in den vergilbten Aufzeichnungen Genannten in diesem Altenheim zusammengetroffen waren, nahm ich mir vergleichendes Lesen vor. Und für kurze Zeit gewann der bestimmte Plastikkorb für mich jenes besondere Interesse: für kurze Zeit nur, denn in den Briefen war nichts an Erinnerungen bzw. Reflexionen zu finden. Rein gar nichts. Aber jeder der Bewohner musste einen Grund dafür gehabt haben, gerade hier, in diesem Dorf Wälden, auf dieser Grenzlinie zwischen Gut und Böse, den Rest seines Lebens zu verbringen. Zunächst war ich versucht, den Begriff einer Schicksalsfügung darauf anzuwenden, den Sabine so gerne gebrauchte. Aber noch jetzt, nachdem ich diese verschimmelten Blätter entziffert und abgeschrieben habe, weiß ich nichts mit ihm anzufangen. Er bleibt für mich höchstens ein Synonym für das Zusammenströmen verschiedener Lebenswege, hinter welchem unbekannte Einzelursachen stehen. Ob er auch für die Art dieses Zusammenströmens bzw. -wirkens stehen könne, weiß

ich nicht. Nicht nur die Büroangestellte Irene Kutschka erscheint also in diesen Blättern, sondern auch Schwester Else, die keine gelernte Krankenschwester ist. Da sie aber jahrelang in der Praxis des Dr. Polke gearbeitet hat, sagte der richtige Hausmeister, bekommt sie denselben Lohn wie eine gelernte.
In der Küche arbeitet eine einfältige Frau. Fast immer lächelt sie bei der Arbeit. Sie wohnt in einem kleinen Haus im Dorf, etwa zwanzig Schritte vom Brunnen entfernt, an einem jener Hohlwege, die zum Bannzaun hinaufführen. Sie heißt Anni. Auch von ihr ist in diesen Blättern zu lesen. Wegen ihrer Einfachheit wird sie hier im Haus ein wenig nachlässig behandelt. Nur Frau Hohmer, die Lehrerswitwe, hält an ihr fest wie an einer lieben Verwandten. Seit ich die Aufzeichnungen gelesen habe, weiß ich warum.
Sabine drängte es hierher. Immer häufiger fand sich in unseren Gesprächen das Wort Wälden, bis wir uns eines Tages wirklich aufmachten. Schnell, ganz schnell sollte es plötzlich gehen. Kaum konnte sie es erwarten: Nach Wälden! In den Pavillon des Doktorhauses, wo sie in einer Selbsterfahrungsgruppe ihre Identität entdeckt hatte. Dorthin wollte sie mit mir, in diesen Pavillon, in dem ihre Mutter die letzten Jahre ihres Lebens verbracht hatte.
Ich hole die Maschine daheim aus dem Schuppen, sagte ich, als wir über die Grenze zurück waren. Aber schon dieser Umweg war ihr zu viel.
Die ist doch nicht mehr da! Die hat deine Mutter doch sicher verkauft, weil du aus dem Abi ausgestiegen bist!
Aber die Maschine stand noch so da, wie ich sie zurückgelassen hatte. Ich nahm sie heraus. Vom Hof aus sah ich durch die Küchengardine das Flimmern von Mutters Fernsehapparat, obgleich es draußen noch hell war: den Tröster ihrer Einsamkeit. Ich klemmte einen Zettel in die Schuppentür. MASCHINE GEHOLT!
Dann fuhren wir los. Einen Augenblick war mir, als würde ich meine Mutter nie mehr sehen. Im Fahren rief ich nach hinten, wann Sabine ihre Mutter das letzte Mal lebend gesehen habe.
Sie war schon lang von uns weg – warum, das weiß ich nicht. Papa hat nie darüber gesprochen. Vielleicht sollte ich geschont werden. Mir war aber, als würde es da eine Lüge geben.
Die Landstraße war asphaltiert. Jeder lügt, rief ich zurück. Wir können gar nicht anders als lügen, unseres beschränkten Gesichts-

feldes wegen. Ich dachte: Die übergreifenden Wahrheiten hat man uns weder in der Schule noch in der Kirche noch zu Hause beigebracht. Im Lebenslehrplan ist keine Steigerung unseres Bewusstseins vorgesehen. Keine Aussicht mehr, es weiterzuentwickeln. Auf, zeigen wir den Mut der Lemminge und ersäufen unsere Spezies freiwillig! Erst als ich hier den Plastikkorb mit den Briefen vor mir sah, kam mir der aufregende Gedanke, ob nicht das Durchleiden von Entsetzlichem eine Steigerung des Bewusstseins würde zeitigen können – in Bezug auf den Sinn, den Sinn des Lebens.
Bald danach fand ich jenen Packen in der Mülldoline. Zu einem vergleichenden Lesen kam es dann aus den besagten Gründen doch nicht mehr.

Wir saßen unter einer Schirmkiefer, die ihren Namen zu Recht hatte, als Sabine zum ersten Mal von Wälden sprach. Es war heiß. Ehe wir die Decke ausbreiteten, klopften wir den Boden mit Prügeln ab. Hier gibt es Sandvipern, sagte Sabine. Das wenige Gras war fahl und hart. Sie erzählte mir die Geschichte eines Bauern, der frühmorgens zur Stadt fuhr, um sein Gemüse auf dem Markt zu verkaufen. Bei einer kurzen Rast neben der Straße wurde seine Frau gebissen. So schnell der Traktor fahren konnte, brachte der Bauer sie in die Stadt. Unter der Tür des Arztes kam der Tod ihm zuvor. Die Fahrt hatte 15 Minuten gedauert. Viele Nächte lang peinigte mich die lebensbedrohende Langsamkeit des Traktors als Albtraum. Der Bauer muss Entsetzliches erlebt haben. Nach diesem Erlebnis war er ein anderer als vorher.
Auch ich bin jetzt, nach dem Unfall mit Sabine, ein anderer als vorher. Das Blut, das langsam an ihrer Bluse emporkroch, das ich anfangs gar nicht gesehen hatte! Dann auch das Tatütata der Polizei, die alles ausforscht und also auch ausforschen würde, wie es zu diesem Unfall hatte kommen können, bei dem ein Mensch so verletzt wurde, dass Blut über seine Bluse emporkriecht! Ich rief Sabine an. Ich rüttelte sie und schrie: Wach doch auf! Wach doch endlich auf! Aber sie wachte nicht auf. Auch heute wacht sie nicht auf, sie ist tot, ohne dass man sie sterben lässt! Tot ist sie, tot, weil sie nicht spricht. Schweigen, so habe der Guru im Pavillon gesagt, Schweigen ist die einzige Möglichkeit, in ein anderes Denken hineinzukommen.

In diesem anderen Denken ist Sabine jetzt – ohne mich.

An meinem freien Nachmittag fragte ich Jack nach dem Pavillon. Vom Dorfbrunnen aus gingen wir ein kleines Stück einen der Hohlwege hinauf – nicht jenen, auf dem das Häuschen der Anni steht, sondern den, der mehr ostwärts das Dorf verlässt. Da steht die Villa, die früher einem Doktor Engler gehört haben soll, einem Arzt 'ohne Gleichen', wie es im Dorf heute noch heißt. Das Türchen des Jägerzauns stand offen. Nach Süden hat das Haus einen halbrunden Erker. Rechts im Gebüsch ist der Pavillon. Mein Herz klopfte. Ich hielt mir die Augen zu und sah Sabine und mich die fehlenden Holzplanken erneuern, das Gestrüpp ausschneiden, das Fenster von dem Pelz aus Spinnweben befreien. Wie zur Entschuldigung sagte Jack, der jetzige Arzt, Nachfolger von Polke, habe hier nicht wohnen wollen und sich auf der Südseite des Dorfes ein Haus mit Praxisräumen gebaut. Da erst fiel mir auf, dass diese Villa nicht mehr bewohnt war. Ich drängte mich durchs Gestrüpp und spähte zwischen meinen Händen ins Innere des Pavillons. Der Raum war voller Gerümpel. Die Zimmerdecke, von der ich erst später aus den verschimmelten Blättern erfuhr, dass sie wie ein Sternenhimmel bemalt ist, konnte ich nicht sehen. Gehen wir wieder, sagte ich, und wir stiegen diesen Hohlweg bis zum Bannzaun hinauf, der in Jacks Dialekt 'Baunzer' heißt.

Jack fragte nichts; aber die Frage stand deutlich in seinem ehrlichen Gesicht, was mich an diesem Pavillon so reizen könne. Auf dem Halbkreis, den der Baunzer von dort aus bis zum Altenheim beschreibt, erzählte ich ihm alles von mir, von Sabine und von unserem Unfall. Am nächsten Tag nahm er mich in seine Werkstatt mit und zeigte mir ein großes verhülltes Ding. Unten sah man, dass es aus Holz sein musste. Ich merkte, auch er wollte an mich preisgeben, was ihn am tiefsten beschäftigte: wie Zeit, allein verbunden mit Bewegung zur Erfahrung von Zeit werden kann.

Das ist ein Pflug, sagte er. Man kann nur wissen, wie etwas früher war, wenn man es heute selber mit den Händen tut. Aber auch das ist leider nur eine Annäherung, Albert.

Wir sollen ihn ausprobieren?

Ohne Pferd, sagte er leise. Er zog die Plane so über dem Pflug zurecht, wie sie zuvor gewesen war. Es wird nur eine Annäherung sein, gab er achselzuckend zu. Ich dachte an die verschimmelten Blätter und sagte es ihm. Annäherung! Es gilt für alles Vergangene, Jack. Zu Hause nahm ich die Blätter wieder in die Hand. Da fand ich es: Gipssterne auf dem Himmel des Pavillons! Ich blätterte weiter, und mein Blick blieb an dem Namen Wera Homer hängen: Wera Hohmer, wie die Insassin unseres Heimes, die ihre Briefe aus der Schweiz bekommt. Als Einzige weiß sie im Haus, dass ich eine tote Freundin habe, mit deren Beinen ich spreche. Ich begann systematisch nach bekannten Namen zu suchen.

Niemals habe ich außerhalb meines Zimmers in diesen Aufzeichnungen gelesen, die von einer Frau geschrieben sind, die sich 'die Liegende', beziehungsweise genauer 'die Schreibende' nennt. Die Blätter aus dem Zimmer zu tragen – das merkte ich sehr bald –, wäre gefährlich gewesen: Die Menschen, deren Namen ich darin gefunden habe, hätten daran interessiert sein können, diese Papiere in ihren Besitz zu bringen.

Nach und nach begriff ich, dass es sich bei dieser Niederschrift aber keineswegs um etwas handelt, was uns in der Schule als realistische Wiedergabe abverlangt worden war, als bräuchte der Schüler nur aus der fließenden Zeit einen beliebigen Brocken herauszubrechen, der allein durch dieses Heraustrennen zum verfügbaren Klischee Vergangenheit, also historische Zeit wird. Denn bis ich eines Tages endlich die Vokabel 'geträumte Wahrheit' für die unübliche Handhabung der Zeit in diesen Blättern gefunden hatte, war mir die Erkenntnis der Liegenden fremd geblieben: dass Gewesenes in seinem Werdeprozess nur noch in Annäherung vor unserem Auge entstehen kann, was mich Jack mit seinem Pflug vielleicht hatte lehren wollen. Ich begriff, dass sie bei der Niederschrift das dreigeteilte Zeit-Klischee zerreißen *musste*, das (s. o.) eine Lüge ist, um in die Vorstellung einer ruhenden Zeit hineinzukommen, die ihr Wesen auf dem Spiegel der Erinnerung offenbart. Kurz vor dem Abi hatten wir angesichts des Januskopfes über den Zeitbegriff der Römer zu referieren. Ein wenig lächle ich jetzt, da ich mir vorstelle, was unser Geschichtslehrer zum Zeitbegriff der Liegenden gesagt haben würde. Ich würde ihm entgegnen, dass Traum und Erinnerung Zeit willkürlich reflektieren können, ohne das Sein der Zeit zu zerstören.

Ehe ich aber an das kontinuierliche Entziffern der verschimmelten Blätter ging, hatte ich einen anderen Text in deutscher Schreibschrift zu lesen: einen nicht korrupten (korrupt nannten unsere Lehrer verdorbene archäologische Schriften), jetzt aber einen korrumpieren wollenden, einen Brief von Sabines Vater. Zwecks Eintreibung der Kosten, die Sabines Pflege verursachte, hatte die Krankenhausverwaltung mit Hilfe der Polizei seine Anschrift ermittelt. Sofort scheint er zu seiner Tochter gereist zu sein. Meine Anschrift war der Polizei bekannt.

Sehr geehrter Herr Müller!
Wie ich erfahren habe, hat meine Tochter Sabine, als sie mit Ihnen verunglückte, Ihre Maschine gefahren. Ich möchte Ihnen die Maschine ersetzen und bitte Sie um eine Zusammenkunft wegen der nötigen Formalitäten. Vielleicht kann ich Sie in dem Dorf, in dem Sie arbeiten, treffen, an dem auch ich ein gewisses Interesse habe.

Ihren diesbezüglichen Vorschlag erwartend,
verbindlichst: Frank Kugler

Ich antwortete nicht, wollte nichts mit ihm zu tun haben. Keine Maschine von ihm. Nichts von ihm geschenkt bekommen! Ich will nicht mit ihm sprechen, denn die geschenkte Maschine, das ist klar, ist nur ein Vorwand, um alles genau zu erfahren. Ich bin im Lügen nicht geübt. Und nie mehr wird er mich in Ruhe lassen, bis er alles weiß. Er soll sich die Maschine in den Hintern stecken!, sagte ich laut vor mich hin. Dieser Unfall ist eine Sache zwischen Sabine und mir!

Herr Kugler ist angereist. Ich habe mich nicht mit ihm getroffen, habe den ganzen Tag auf dem Müllplatz gesessen und die Auffahrt zum Altenheim belauert. Als ich sicher sein konnte, dass er abgereist war, ging ich nach Hause. Am folgenden Morgen besuchte ich Sabine. Der Mann hatte erste Klasse für sie angeordnet: Eiserne Lunge erster Klasse. Arme und Beine ragten heraus wie zuvor. Ich erklärte ihnen, warum ich nichts von ihm hatte haben wollen, auf keinen Fall eine Maschine. Nur das eine wollte ich: in Ruhe gelassen werden! Marga, der ich es erzählte, zündete sich eine Zigarette an und rückte bis zur Bettwand hinauf. Keine Maschine? – Bleib mir mit so 'nem Gefasel vom Leib, Junge! Hinter dem ausgestoßenen Rauch kniff sie die Augen zusammen. Keine Maschine geschenkt! Nachdem sie einige Züge schweigend inhaliert hatte, sagte sie: Du Idiot.

Auch an diesem Tag blieb ich auf dem Heimweg vom Krankenhaus in der Doline, ehe ich ins Heim zurückging. Lange saß ich leer gedacht auf dem umgestülpten Eimer. Ich sehnte mich danach, Sabine die verschimmelten Blätter nur ein einziges Mal vorlesen zu können, soweit ich sie bis dahin selber kannte. Wie die Liegende sich bei der Niederschrift gefühlt haben mochte, würde Sabine erspüren. Spontan würde sie begreifen, wie es möglich ist, den Todestag einer alten Frau Wiesental über Wochen auszudehnen. Denn Sterbende können das: sind sie doch schon dabei, ihre Tentakel aus den Gesetzen des Diesseits, also aus der Lebensbewegung zurückzuziehen. Alles Räumliche lassen sie hinter sich, streifen es eigensinnig ab, sterbend, tot und schließlich längst begraben. Und nur noch wie die Fünkchen eines vergessenen Feuers schweben Lebensbilder am Spiegel ihres Gedächtnisses vorbei und sinken schließlich in das Meer der allgegenwärtigen Zeit zurück. Ein Experiment, Herr Lohse!, würde ich zu meinem Lehrer sagen. Inexistent für ihn, da er keinen Begriff dafür hätte. Er würde von Nervenzerrüttung sprechen.
Ich stand von meinem Sitz in der Doline auf. Wehmütig sah ich zu dem riesigen Nussbaum auf der linken Seite des Altenheims, in dessen Rinde wulstig-vernarbt die Buchstaben M F und A F eingeschnitten sind. Es ist der einzige in unsrer Gegend, hatte Jack gesagt, Nussbäume gedeihen hier nicht, und die Buchstaben, hat mein Großvater gesagt, heißen Mina und Alis Frech. Im Dorf spricht man nicht mehr von ihnen. Anfangs hatte ich noch geglaubt, eines Tages mit Sabine im Schatten des Baumes sitzen

zu können, wenn sie wieder gesund wäre. Indem ich ihm nun Schritt für Schritt näher kam und meine Gedanken mich begleiteten, hatte ich das Bedürfnis, die aufgefundenen Blätter, in welchen auch der Nussbaum vorkommt, zumindest einer einzigen vertrauenswürdigen Person zur Kenntnis zu bringen. Zu schwer lastete das Alleinwissen auf mir. Mit ihnen hatte ich doch die Lebensläufe so vieler Insassen in meiner Gewalt. Ich bin wie ein mit intimen Daten gefütterter Computer. Ich weiß, warum Dr. Polke so sehr darauf versessen ist, Leben künstlich zu verlängern. Es wundert mich nicht, dass Herr Sanders seine Hausschuhe, die er für Schaftstiefel hält, im Zimmer seiner Frau auszog. Ich weiß, warum Pater Friedbert so süffisant lächelte, als er aus dem Sterbezimmer der Frau Sanders trat, und ich ahne, warum er ausgerechnet in Wälden seinen Lebensabend verbringt, vom Orden dazu dispensiert. Ich kenne die Schuld dieser Menschen.

Auch ich habe Schuld auf mich geladen, von der noch keiner etwas weiß: Ich habe ein Menschenleben auf dem Gewissen: Sabine wird sterben.

*

Der verdorbene Text ist abgeschrieben. Die Lücken, die durch Stockflecke verursacht sind, habe ich sinngerecht zu ergänzen versucht. Die ungewöhnliche Handhabung der Zeit habe ich in einer Grafik fixiert, um sie mir, wenn nötig, vor Augen führen zu können. An meinem freien Tag letzter Woche bin ich mit dieser Arbeit fertig geworden, an dem der richtige Hausmeister Herr über die Plastikkörbe gewesen ist.

Am darauffolgenden Morgen erzählte er mir, dass in das Zimmer der verstorbenen Frau Sanders eine neue Insassin eingezogen sei. Sie heißt Kugler, wie Sabine. Frau Professor Kugler.

Der Herr, der sie begleitet hat und ihr Sohn sein soll, kommt aus jener Stadt, in der Sabines Vater lebt. Er ist Großindustrieller wie Sabines Vater. Mit derselben deutschen Schrift, mit der ich eine Maschine angeboten bekommen habe, hat er das Anmeldeformular für seine Mutter ausgefüllt. Ich habe unter den neugierigen Blicken der Büroangestellten Irene Kutschka nach seinem Vornamen geschaut.

Er heißt Frank, wie Sabines Vater. Meine Besuche bei Sabines Armen und Beinen werden also zu Ende sein.
Herr Kugler sei sofort wieder abgereist, sagte der richtige Hausmeister. Ich aber weiß, dass er bald wieder da sein wird. Er wird mir keine Maschine mehr anbieten. Diesen Vorwand wird er nicht mehr nötig haben. Ich habe mich selbst überführt, indem ich auf seinen Brief nicht geantwortet habe.
Wie viel er der Heimleitung wohl geschmiert habe, um seine Mutter so schnell hier hereinzubekommen, fragte der richtige Hausmeister. Er zeigte mir die lange Warteliste.
Vielleicht den Preis einer guten Maschine, murmelte ich unverständlich für ihn.

Von da an ging ich jeden Abend zur Doline hinüber. Mein rostiger Eimer wartete auf mich. Über die Dächer des Dorfes hinweg sah ich die eine Ecke des Pavillons, die aus den umstehenden Büschen herausragt. So nehme ich Abschied von Sabine, für die dieser Pavillon eine Lebenshoffnung gewesen ist. Lange kann mein Hiersein nicht mehr dauern; meinen Rucksack habe ich aus dem Spind gekramt. Wie lange ist es her, dass ich ihn im Midi für die Heimfahrt mit Sabine gepackt habe? In der allgegenwärtigen immer seienden Zeit liegt das Bild meiner Handbewegung für mich bereit, mit der ich damals die Schnalle geschlossen habe. Wie lange, frage ich – aber was besagt schon die Zeit, wenn man sie nach dem Kalender bemisst: Als wir über die Grenze zurückkamen, war Donnerstag. Ich holte die Maschine aus dem Schuppen, und wir donnerten durch den Donnerstag. –
Nichts mehr erinnern!

Aus dem Waldstück im Kiefernwäldchen, das dem Dorf wohl seinen Namen gegeben hat, und das man erreicht, wenn man den Hang hinter dem Altenheim vollends hinaufgeht, tönten Sägegeräusche. Es gehört Jack. Ich stieg zu ihm hinauf und sah zu, wie er einen frisch gefällten Baum zersägte. Als er mich bemerkte, legte er die Säge beiseite. Ein wenig ratterte sie nach. Mit beiden Händen fuhr er über Kopf und Nacken. Schweiß. Er deutete mit einer Kopfbewegung zur Waldecke hin.
Dort steht er.

Unter einem Busch sah ich den Pflug. Jack wuchtete ihn auf den Kargrasen vor dem Wald hinaus. Mit aller Kraft legte ich mich in die Gurte. Am Widerstand spürte ich, wie hart der Boden war. Ich keuchte und hörte sein Keuchen. Wir schafften es 30 Meter. Der Sporn hatte den Boden einen Fingerbreit aufgerissen. Jack ließ den Pflug stehen, wo er stand, und ging zu den Stämmen zurück. Er gab mir eine Zigarette. Ich nahm einen Zug und trat sie aus. Mein Bruder hat Maschinen, sagte er. Wir stiegen zum Baunzer hinunter, der sich in der Dämmerung hell abhob. Ich blieb auf ihm, als Jack zum Dorf abbog. Bald wurde es Nacht. Wenn Sabine nicht so versessen darauf gewesen wäre, schnell, schnell hierher zu kommen, wären wir jetzt da. So aber drehte ich auf und machte km/h, so viele die Maschine nur hergab. Sie kletterte nur so die Steigungen hinauf, dass man sehen konnte, wie gut sie in Schuss war.

Klasse!, rief Sabine. Die ist wirklich Klasse! Und ich freute mich wahnsinnig über die Geschwindigkeit – bis mir plötzlich einfiel, dass ich mich damit über alles freute, dem ich hatte entrinnen wollen. Denn die Maschine, wie sie jetzt war, war hervorgegangen aus Logik, Technik, Spezialistentum und Konsumwahn. Vor meinen Augen wurde es Nacht. Das Letzte, was ich spürte, waren Sabines Hände, die so an meinen Seiten lagen wie nachts, wenn ich meinen Rücken an ihren Bauch schmiegte.

Dann spürte ich ihre Hände nicht mehr und wusste nichts mehr von mir – bis ich Sabine auf der Straße liegen sah mit den sonderbar eingezogenen Fingern. Ich hatte eine Ohnmacht bekannter Art gehabt, die mir den Boden unter den Rädern weggezogen hatte. Niemals hätte ich die Maschine besteigen dürfen! Denn während ich sie aus dem Schuppen zog, hatten mir schon die Hände gezittert.

Jetzt ist Sabine für mich tot, wenngleich sie für andere noch lebt. Auch ihre Arme und Beine sind für mich gestorben.
Hast du schon einmal einen Toten gesehen, Albert?, hatte sie mich eines Tages gefragt und dazugesetzt: Ich habe den Nachlass meiner Mutter ausgeräumt. Zu diesem Zweck war ich in Wälden, im

Pavillon. Mit dem Guru, das war später. Beim Ausräumen des Nachlasses war es mir, als seien es lauter Leichen: die von ihr getragenen Kleider, die von ihr gelesenen Bücher, ein von ihr geschriebenes, sehr großes Tagebuch, in das ich nur einen kurzen Blick geworfen hatte. Mich ekelt vor den Intimitäten anderer Leute. Eigentlich wollte ich diesen Aufschrieb meinem Vater schicken. Der Doktor ließ mir von seiner Angestellten ein Stück geteerten Packpapiers zum Einwickeln geben. Abgeschickt habe ich den Packen dann aber doch nicht, dabei hatte ich ihn bereits frankiert.
Jetzt fielen mir Sabines Worte wieder ein. Seit ich hier bin, habe ich mehrere Tote gesehen. In einem Altenheim ist das keine Seltenheit. Im Gegensatz zu dem, was ich von Sabine weiß, habe ich bemerkt, dass sich Hinterbliebene keineswegs vor der Hinterlassenschaft Verstorbener ekeln. Sabine hat keine Hinterlassenschaft. Was ihr an Kleidern vom Leib geschnitten worden ist, hat man verbrannt, das habe ich erfahren. Nicht einmal das Tuch, mit dem ihre Beine bedeckt sind, kann sie vererben.

Auf meiner Armbanduhr ist es fast halb fünf. In einer halben Stunde wird Frau Hohmer von ihrem Gang zu Post und Friedhof zurückkehren. Sie wird an Frau Professor Kugler ohne ein Zeichen des Erkennens vorübergehen. Zu genau dieser Zeit absolviert Frau Kugler ihren Spaziergang. Sie geht auf dem Bannzaun hin und her, als habe sie es auf ein Zusammentreffen abgesehen. Es wird ihr nicht glücken, Kontakt mit Frau Hohmer zu erzwingen. Frau Hohmers Haltung erlaubt keine Annäherung.
Schon sehe ich sie auf dem Hohlweg auftauchen. Hin und wieder bleibt sie stehen, dreht sich um und schaut auf das Dorf zurück, in dem sie ihre junge Ehe und die Kinderjahre von Hanno und Evi, ihren Kindern, erlebt hat, wie sie mir schon erzählt hatte. Eines Tages wird sie nicht mehr zum Friedhof gehen können. Wer wird dann jene Gräber besuchen, die keine Bauerngräber sind? Seit Kurzem kenne ich ihre Schicksale aus den verschimmelten Aufzeichnungen.
Auf der flachen Kalksteinplatte, die seitlich vereinsamt an der Mauer lehnt, habe ich die Namen von Ephraim und Evelyn Hofmann entdeckt, die eine Zeit lang in Dr. Englers Gartenpavillon

gewohnt haben. Auch ein Gedenkstein für zwei Unbekannte gibt es hier, auf dem von bäuerlicher Hand ein Nussbaum abgebildet ist. Vielleicht soll es ein Bild des einzigen Nussbaumes dieser Gegend sein, der nämlich, unter dem – wie der richtige Hausmeister selber gesehen haben will – die Klavierlehrerin Silling vor Morgengrauen die Nüsse aufgelesen hat, als sie sie noch auflesen konnte, damit ihr kein anderer zuvorkommt. Ich kenne auch das Grab von Annis Tante, der Hebamme, von der es heißt, sie konnte den Tod sehen, wenn er sich auf der Landstraße dem Dorfe nähert.

Frau Hohmer verlässt den Friedhof nie, ohne jenes Grab besucht zu haben, auf dem die Rosen, die sie hat setzen lassen, den Namen ENGLER umranken. Am längsten aber verweilt sie vor dem Grab ihrer Lieben.

JOHANNES HOHMER 1889–1937
HANNO HOHMER 1919–1960
EVI KUGLER-HOHMER 1921–1970

Ich möchte, dass auf diesem Stein auch Sabines Name steht. Wenn Frau Hohmer die gefundenen Aufzeichnungen gelesen haben wird – denn ihr allein will ich sie geben –, dann wird sie wissen, warum.

Noch wenige Schritte, und sie wird das Haus erreicht haben. Wie so oft wird sie auch heute vor meinem Schalterfenster stehen bleiben. Noch einmal werde ich ihr liebes bewegtes Gesicht sehen, während sie mir erzählt, welche Gedanken ihr auf dem Friedhof 'eingedacht' worden sind. Sobald ich ihr die Aufzeichnungen übergeben habe, werde ich den Rucksack schultern und gehen. Den Brief, der mit SABINE unterschrieben ist, wird sie am Ende der Aufzeichnungen finden.

*

Zeit- und Aktionsplan, den sich Albert Müller beim Lesen der gefundenen Aufzeichnungen erstellt hat beigefügt von der Autorin:

Die Wiesental	Die Liegende	Die Schreibende
Dauer ihres Sterbe<u>tableaus</u>:	Dauer ihres Liegens:	Dauer der Niederschrift
die Tagesstunden des 10.9.49	vom 10.9.49 bis 20.10.49	vom 21.10.49 bis 30.11.49
Inhalt der Niederschrift		
Traum vom Haus Ihr Tableau im Selbstgespräch:	Träume Lebensbilder die Sterbende	Erinnerungen Reflexionen

Im dem der Sterbepsychologie bekannten Sterbe<u>tableau</u> wird die Zeit zum Raum, der Lebenslauf zum Lebensbild, das – durch den Kontakt zur **Liegenden** – verfügbar bleibt. Die Verfasserin der aufgefundenen Niederschrift nennt sich für die Zeit, die sie im Bett verbringt, die **Liegende**. Danach die **Schreibende**.

*

DER PAVILLON

Abschrift der von Albert Müller aufgefundenen Aufzeichnungen

(Titel von der Journalistin)

Heute ist der 20.10.1949
Nach wochenlangem Liegen des Gehens noch ungewohnt, habe ich mir die Niederschrift jener Bildabläufe vorgenommen, die – nicht von außen angetrieben wie im Kino und doch ähnlich ablaufend – hinter meinen Lidern auftauchten, als ich die Liegende war. Jetzt bin ich die Schreibende. Sie eilten vorüber, verweilten beliebig und vergingen wieder, gemäß einer mir unbekannten Gesetzmäßigkeit und so, als bedienten sie sich des Sehnervs, wie es die Erscheinungen unserer äußeren Welt vermögen. Vielleicht kann man sagen: Sinnlich erfasstes Geschehen kann – vom facettenreichen Spiegel unseres Gedächtnisses gebrochen – zersplittert in Traumbildern wieder erscheinen. Aber das Aufsammeln dieser Traumgebilde fügt sie nicht zu einem Gesamtbild zusammen, es kann nie mehr ein Ganzes werden; und ich erkenne, warum mir so schwerfällt, 'ich' zu mir zu sagen. Noch immer geschieht es, dass ich dieses Wort durch 'du' oder 'man' oder 'sie, die Liegende' ersetze. Dies alles bin also ich, die Schreibende. Manchmal nenne ich mich beim Namen meiner Kindheit: Evi.

Die Bilder dieses scheinbaren Filmes, den man meinetwegen abgespulte Zeit nennen mag, haben an unvorherbestimmter Stelle halt gemacht, sind stehen geblieben in ihrem atemberaubenden Wechsel, um sich stehen bleibend in ihrer Lebendigkeit zu vertiefen, sodass man gemeint hat, sie stürzen leiblich in einen hinein, während man dalag, unbeweglich vor Angst, mit offenen oder geschlossenen Augen, das spielte keine Rolle. Und wenn man sagen sollte, was in diesen qualvollen sechs Wochen sonst noch geschehen ist, müsste es heißen: geschehen ist nichts. Sie hat dagelegen, auf einem der beiden altmodischen Mahagonibetten in diesem Pavillon, den man beinahe als Besitz ansehen könnte. Das war von außen gesehen alles. Aufgestanden endlich, zur Niederschrift dieser Bilderflut bereit, ist die Liegende eine Schreibende geworden, was ihr vielleicht doch noch das Recht und die Gewohnheit zurückgibt, 'ich' zu sich zu sagen, denn jede Entscheidung setzt den Einsatz des Ichs voraus. Noch zittert diese Hand, wenn sie dieses Wort niederschreibt – erschrocken vor der Verantwortung, mit der es wieder wie früher durch Entscheidungen beladen sein wird.
ICH.

Wie aber kann ich ausdrücken, was nachtvogelhaft sich hinter meinen Lidern eingenistet hatte und dort auch ablief, als ich die Liegende war? Wie soll ich die Bilder und Abläufe entwirren, die uns die allgegenwärtige Zeit – du kannst auch sagen: das Weltgedächtnis – in majestätischer Bewegungslosigkeit darbietet? Wäre das Präsens angebracht? Dein Argwohn, es sei nur ein Geräusch, hervorgerufen durch den Zusammenprall von Zukunft und Vergangenheit, durch welchen Bewusstsein entsteht, besteht. Und doch sollte ich es wagen – wenigstens hie und da –, denn diese Bilder werden mir immer gegenwärtig sein. Keine Zukunft wird sie mir gnädig rauben.

Am 9.9.49 ist Evi in Wälden angekommen.
Lange war sie nicht mehr da, lange bin ich nicht mehr in diesem Dorf gewesen. Aus alter Gewohnheit schaut sie vom Brunnen aus, wo der Bus hält, zum Bannzaun hinauf. Ein einzelnes neues Haus steht da neben dem Nussbaum. Es hat ein Bogenfenster. Breit und plump wie ein Mehlsack sitzt eine Frau an diesem Fenster, die sie hier noch nie gesehen hat. Man kennt sie nicht. Nein, die kennst du nicht, und gehst vom Brunnen weg. Du gehst den östlichen Hohlweg ein kleines Stück, und da ist die Villa, in der früher Engler war, der Doktor, Papas Freund. Man lässt dich in den Pavillon. Ein wahnsinniges Gewitter entlädt sich in der Nacht. Man verkriecht sich im Bett. Ich verkrieche mich im Bett, und nicht mehr fähig, aufzustehen, erwarte ich den Tag.
Was aber zu mir kommt, mich heimsucht, ist nicht die erlösende Tageshelle; sondern geräuschlos wie das Morgengrauen schwebt die Frau auf ihrem Armstuhl vom Bannzaun herab, wo ich sie hinter ihrem Bogenfenster gesehen habe, rückt auf den Pavillon zu, in dem ich auf einem der beiden Mahagonibetten liege. Murmelnd stellt sie sich vor: Ich, die dicke Wiesental, und versinkt schweigend in dumpfem Brüten.
Was sie ausbrütet, schwitzt sie durch die Haut, die weiße, glasige. Es bricht ihr aus den Poren, vulkanartig. 'Erinnerungsgeschwüre', denkt die Liegende, die ich von da an also gewesen bin. Unter der Tür hält sie schwebend an, die dicke Wiesental, wobei man doch genau weiß, dass man sie am Bannzaun hinter dem Bogenfenster hat sitzen sehen, in dem Haus, das neu ist. Neu muss es sein. Es fehlt in der Erinnerung. Murmeln hört man sie also, wenngleich sie

die Lippen nicht bewegt. Aber man hört nicht mit dem Ohr; sondern nimmt auf unerforschte Weise wahr, wie sie Erinnertes wiederkäut, von der Haut leckt. Es stößt ihr auf. Sie speichelt es ein, und Aufmerksamkeit heischend hebt sie den Zeigefinger.

Nicht nur Steine und Mörtel – nein! Das hat sie schon immer zu Eduard gesagt, lange, ehe es das Haus gegeben hat. Zuerst den Grund mit seinem Leben, hat sie gesagt. Den Grund: zehn mal zwölf vielleicht, oder zehn mal zwanzig, wenn ein kleiner Garten dabei sein soll. Und also das Leben von zehn mal zwanzig. Das ist nicht lächerlich wenig, wie Eduard gemeint hat: das ist unüberschaubare, gar nicht zu begreifende Weltvergangenheit. Und was dazukommt, musst du bedenken, vom ersten Spatenstich an! Und während das Haus wächst! Das Fenster zum Beispiel, an dem sie sitzt, vom Morgen bis zum Abend, Tag für Tag, durch das sie hinunterschaut auf die Dächer des Dorfes, die sich in den Kessel ducken, dieses Fenster war viereckig und gewöhnlich geplant, hätte ein Küchenfenster sein können oder eines vom Flur. Aber sie wollte nicht Tag für Tag an einem gewöhnlichen Fenster sitzen. Es sollte gerundet sein: gewölbter Kragen, steinerner Ausdruck für den hochtrabenden Wunsch nach einem eigenen, einem besonderen Haus.

Die Glaser machen das nicht gern, jetzt, wo alles genormt ist, hat Eduard gesagt, und nicht mehr so romantisch sein soll wie vor dem Krieg, mit Erkerchen und Türmchen und Bogenfenstern. Jeder will doch nur so schnell wie möglich das neue Geld verdienen, Extrawünsche zahlen sich nicht mehr aus.

Und doch ist er von einem zum anderen Glaser gelaufen, bis er bei einem alten die Zusage für das Bogenfenster erhalten hat, hinter dem sie sitzt, Tag für Tag, und auf das Dorf hinunterschaut. Sie kennt die Anzahl der Ziegel jedes Daches, weil sie die Firstkappen gezählt hat. Eine Firstkappe, Eduard, hat sie gesagt, reicht über zwei Ziegel je.

Nein, nicht nur Steine und Mörtel; daraus richtet sich in Wahrheit nichts auf. Kein Haus. Immer wieder hat sie es zu ihm gesagt – nicht erst in der Inflation, als sie noch jung waren. Sie und Eduard in der Stadt: Hinter ihnen der Junge, der mit den kleinen Beinen noch nicht sicher gewesen ist auf dem grauen Kopfstein-

pflaster und doch unbedingt allein auf dem Pflaster hat gehen wollen, um das Rumpeln seines Leiterwägelchens hinter sich zu hören.
An irgendetwas, Anna, hat Eduard zugegeben, wird die Erde merken, dass es uns einmal gegeben hat! Woran denn sonst, als an einem Haus? Dass das Leiterwägelchen über das Pflaster rumpelt, Eduard, und den hellen Staub zwischen den grauen Katzenköpfen aufweht, und dass das Rumpeln in den Steinen nachtönt, das alles hat gewiss seine Bedeutung! Gewiss!, hat Eduard im Gehen wiederholt und genickt. So, wie du das meinst, könnte ich es denken: Im Gedächtnis der Steine bleiben, ist schön. Und darum will ich ein Haus.
Zwei Jahre später Inflation. Das Geld war kaputt und mit dem Geld die Vorstellung vom eigenen Haus. Anna, Anna!, hatte Eduard ausgerufen, kann denn ein Erdachtes, das man bereits geliebt hat, durch so eine Inflation ganz und gar vernichtet werden?
Fragend schaut die Wiesental auf die Liegende. Und weil die keine Antwort hat, reicht ihr die Wiesental Eduards schreckensweite Augen auf dem flachen Handteller entgegen wie die heilige Odile auf Altarbildern. Und man zieht die Decke vor diesen starr blickenden Augen über den Kopf. Die Liegende, die ich war, zog die Decke über den Kopf. Die Liegende zieht die Decke über den Kopf. Aber die Bilder, die da auf sie zustürzen, unerwünscht – aus den Steinen verführerisch schimmerndes, oszillierendes trügerisches Gedächtnis –, nimmt sie dennoch mit eigenartiger Begierde an. Mit Hasslust, Lustgewürge, Demutswut, heißkaltem Schaudern. Geschichten einer Vergangenheit, denen man nicht ansieht, was sie mit einem zu tun haben sollen, denkt sie, zum Beispiel damit, dass man hier liegt. Und man wird nie genug von ihnen erhalten. Es tut wohl nichts, sage ich mir schreibend, dass sie lückenhaft sind, Fragmente nur. Und ich weiß, die Liegende aber ahnt, dass irgendwo ein Zusammenhang mit ihr sichtbar sein wird, und sie fürchtet diesen Zusammenhang. Die Hartnäckigkeit, mit welcher die Bilder auf sie einstürzen, lassen keinen Zweifel daran, dass es Skizzen sind, für ein prächtiges Haus, ein trügerisches Haus, das Bewohnbarkeit vortäuscht, was sie nie, nie mehr will. Auch die Malerei dort oben an der Holzdecke ist

lückenhaft, und dennoch sieht man: Diese ungleichen blauen Flecke haben einmal einen Nachthimmel vorgetäuscht. Goldene Sterne kleben auch jetzt noch auf dem geschrumpften Holz. Mit Herzklopfen hast du nachts gewartet, ob nicht einer von ihnen aufglühe. Aber wenn du morgens die Angst hinuntergeschluckt hattest, hast du gesagt, nichts ist geschehen! Sobald es Tag geworden ist, hast du aufgeatmet, dass es in der Nacht nicht geschehen ist, während du wegen des erhöhten Ansturms der Bilder nicht geschlafen hast. Schwitzend hast du auf das Ende gewartet, hast es endlich herbeigesehnt, nur, um dem Warten ein Ende zu machen. Und dafür, so hat man gemeint, sei einer von den goldenen Sternen das Signal: Er leuchtet auf, und man weiß, dass es aus ist. Welcher der Beauftragte sei, kann man nicht erraten. Man kann nur vermuten, dass es der große dort in der Ecke sein wird, weil dieser auch am Tag im Dunkeln liegt, wo man sein Aufglühen nicht übersehen kann. Es muss ja nicht heute oder morgen geschehen, denkt die Liegende, auch nicht im nächsten Jahr, wenn die Apfelbäume im Garten blühen. Vielleicht geschieht es in zwanzig Jahren, das ist durchaus möglich, man ist ja nicht krank. Aber bis dorthin wird man unter Umständen die Bildabläufe empfangen müssen, diese zerfledderten Streifen der Laterna magica des Lebens. Ihr schaudert.
Nichts zwingt sie ja aus dem Bett, es sei denn die Notdurft. Aber auch die zwingt sie nicht, vor die Tür des Pavillons zu treten oder sogar das Kabinett im Haus des Doktors aufzusuchen. Auch die Neugier, wie es draußen sei, fällt nicht ins Gewicht. Man weiß es noch aus der Kindheit: Büsche um das Gartenhaus herum, die hin und wieder gestutzt werden. Apfelbäume über das Grasstück verstreut. Der Jägerzaun, welcher Garten, Remise und Villa umringt, in der nun nicht mehr Engler wohnt, der Freund von Papa, sondern Doktor Polke, ein neuer Arzt. Außerhalb des Zaunes, drunten, auf dem Boden des Kessels, aus dem die eingekerbten Wege aufsteigen wie Strahlen, das Dorf, der Brunnen, von dem aus man auf diesen Hohlwegen zum Bannzaun hinaufsehen kann, der oben das Dorf umkreist. Aber kein Haus dort oben in unserer Kindheit. Kein Bogenfenster. Die Dorfbewohner überqueren den Bannzaun, wenn sie lieber über den Buckel zur Stadt gehen wollen als dem Bach entlang auf der Straße. Auch ein Mönch

kommt von der Stadt her über diesen Buckel. Der Waldweg durch die Kiefern stößt unterhalb auf den Bannzaun, der den Bösen seit Jahrhunderten abwehren soll. Mit seinem zähen Schritt dringt der Mönch unter die Lider der Liegenden, wo er sein Jungsein wiedererlangt, der Kapuzinerpater Friedbert, der Speckpater, trotz der Inflation damals vom Orden zum Betteln nach Wälden entsandt. Zornig lehnt man sich auf: Zeiten, die längst vorüber sind! Aber der Mönch hebt beschwichtigend die Hand und man begreift: Man selber ist ja während der Inflation geboren. Ein Papierschein ohne Gegenwert, als Wasserzeichen der Grundriss für ein nie zu bewohnendes Haus. So sieht es die Liegende.

Schreibend werde ich von jetzt an also in jene vierzig Tage zurücktauchen, in welchen ich die ichlos Liegende war, die farblose Leinwand, auf der Bilder ihr Wesen treiben und anmaßend Lebendigkeit vortäuschen, indem sie zum Gegenwartsgezirpe der Liegenden gehören. Aber nicht nur das, was wir selber mehr oder weniger bewusst erleben, macht die Melodie unserer Geschichte aus: Der Raum, in dem sie erklingt, vermischt sich mit dessen eigenem Geklirre. So geht sie in das Weltgedächtnis wie in ein Museum ein, dessen Exponate sich aber nur demjenigen in ihrer wahren Dimension eröffnen, der die eigenen Vorstellungen zusammen mit Stock und Handschuhen an der Garderobe abgegeben hat.

*

Drei Pfennige sind gut. Er ist jung, voll Demut, und die Bauern von Wälden sind nicht geiziger als ein Bauer sein muss. Er geht von Hof zu Hof, er, Pater Friedbert, barfuß. Sie geben ihm drei Pfennige; man kann sie zu anderen drei Pfennigen in die Kapuze gleiten lassen, etwa zu Schmalz oder Speck und einem Zipfel Wurst. Wenn sie voll ist, die Kapuze, kehrt er um. Meistens dunkelt es bereits, wenn er den gewohnten Hohlweg zum Bannzaun hinaufgeht. Heraussteigend aus dem Kessel der Lehmhäuser, die vom übertünchten Fachwerk notdürftig zusammengehalten werden, gewinnt er seinen meditativen Atemrhythmus, und Schritt

für Schritt stellen sich seine Visionen ein, seine Wunschträume und Wachträume. Er kennt sie, erwartet sie, zwingt sie im Gehen herbei: Das lichtvolle Kind in einer ebensolchen Kutte, wie er sie trägt. Sie ist mit Edelsteinen übersät, mit Brillanten, diese Verheißungskutte, die alle von ihm erbettelt sind. Ehe er den Bannzaun kreuzt, wendet er sich noch einmal zurück auf die räudigen Ziegeldächer und bröckelnden Wände, die im Abendlicht farblos aussehen. Dann lässt er den Bannzaun hinter sich; das Kiefernwäldchen gehört schon den Dämonen. Auf der Fahrstraße, die den Bach entlangführt, wäre er bequemer in die Stadt zurückgekommen, aber nicht so rasch und nicht allein. Allein sein ist gut. Die Ohren weiten sich tief im Schädel, bis sie das Klingeln vernehmen, das von den Edelsteinen herrührt, wenn das Kind sich zu ihm neigt. Klingelnd weitet es den Kehlkopf, dehnt die Brust, den Bauch im jetzt erlösten Atemholen, durchflutet wärmend das Geschlecht, um weiter bis in die nackten Sohlen zu strömen. Außer dem Klingeln hört er nichts, kein Käuzchen, keine Grille; auch das Knacken nicht, das sich im Unterholz an ihm vorbeibewegt. Er stolpert über etwas Weiches. Es ist fast wie ein Arm, wie eine Hand. Nachts eine Hand, die in den Weg herüberragt? Vielleicht ein Bauernbündel, das von einem Karren fiel?
Weit hinter ihm entfernen sich jetzt Schritte – rasche, kundige, verstohlene?
Er horcht: kurz nur stolpernde, je ferner desto sorglosere, endlich triumphierende Schritte – die Pater Friedbert nicht mehr hören kann. Aber der Liegenden dröhnen sie in den Ohren, und man sieht einen Mann ins Dorf hinunterspringen, der in der Sägmühle arbeitet wie andere Holzknechte auch, der aussieht wie andere auch: grob und ungeschlacht und immer mit Holzmehl überstäubt. Erst später weiß man, dass er Alis Frech heißt. In nichts scheint er anders zu sein als die anderen. Sehr nah am Brunnen, am unteren Ende jenes Hohlweges, auf dem nur wenig weiter oben das Häuschen der Hebamme steht, stößt er die Haustür einer kleinen Hütte auf. Die Frau lauert im dunklen Hausflur, die Mina Frech. Hier, an dieser Stelle, hat sie ihn vor einer starken Stunde von der Küche aus mit dem blinden Hausierer wispernd streiten hören – Was, das alles geerbt, du, ein Blinder? –, wo sie halb gebückt den Atem angehalten hat, ein Holzscheit in der Hand. Ver-

gessen, dass sie es ins Herdloch hatte schieben wollen. Wozu braucht ein Blinder so viel Geld? Erbt denn unsereiner jemals was? Und auch jetzt wagt sie nicht zu fragen – auch in der Nacht nicht, wo er ihr mit dumpfem Grunzen den Keil ins Holz treibt –, was er mit dem blinden Hausierer gehabt hat.

Früh am Morgen findet die Bawett den Toten, die Hebamme. Bläulich umschattet und schwarz verkrustet sein zur Seite gedrehter Kopf! Sie starrt auf seine halb geöffnete graue Hand, die vom lebenslangen Handeln gekrümmte mit den gespaltenen Nägeln, die man im Bauchladen kramend kennt. Der Bauchladen ist aufgeplatzt; abgerissen das Messinghäkchen vom Messingknopf des Verschlusses, sodass sich der Inhalt wie das Gedärm gewisser Märtyrer – hier aber aus Schnürsenkeln, Gummibändern, Zopfschleifen und Garnknäueln bestehend – unter den schweren Mannskörper entleert hat. Hilflos steht sie vor ihm, legt nicht Hand an: Die Befugnisse ihrer Hände sind von anderer Art.

Die Liegende aber empfindet das Grauen, das sie beim Anhören dieser Geschichte als Kind gefühlt hat: der Geschichte vom ausgeschütteten Gedärm. Das Gedächtnis hat das Grauen aufbewahrt. Man ist wie eine Druse: alles ist eingestülpt, hat die Farbigkeit der Bilder innen. Eingestülpt hat man das Frühere und das Spätere, den Pavillon, den Garten, den Jägerzaun, das Dorf, die Fahrstraße zur Stadt, wo im Winter die Eiskristalle auf den Pferdeäpfeln glitzern.
Eben verläuft diese Straße, sich nahe am Bach haltend, holt sie zu mäßigen Kurven aus. Erst nachdem sie nahe der Stadt linker Hand Kasernen und Exerzierplätze und dann die Schrebergärten passiert hat, spreizt sie sich auf. Ihre rechte Trasse mündet in den Ring, der von den parkähnlichen Anlagen eines früheren Glacis gesäumt wird. Ein Haus aus der Gründerzeit in der Reihe anderer ebensolcher Häuser rückt heran, will beachtet werden: Es hat die Hausnummer 17 und spielt in deiner Geschichte, Evi, eine Rolle. In meiner Geschichte.
Noch wehrt man es ab; ich schließe es aus, will noch beim Bild des Dorfes verweilen, will in seinem Mittelpunkt den Brunnen sehen und hören, wie er seinen Wasserstrahl in ungleichen Inter-

vallen plätschern lässt – Tag und Nacht. Aus diesem Brunnen, so sagen die Dorfbewohner, entspringen die eingekerbten Wege, die wie Strahlen zum Bannzaun hinaufführen. Du kannst auch sagen, sie sammeln sich in seinem Becken. Wasserbütten stehen auf dem niedrigen Brunnenstein, und die Weiber, die sie dort abstellen, drehen die Schwenkrinne, um sie volllaufen zu lassen.
Sobald sich aber das, was außen ist, einstülpt wie in eine Druse, verschiebt sich das Verhältnis der Schwere: Die Bütten mit dem wabbelnden Wasser werden leicht, aber der kleine Strauß, den man damals für den blinden Hausierer gepflückt hat, der im Kiefernwäldchen erschlagen worden ist von wer weiß wem, über den Pater Friedbert womöglich gestolpert ist, und den die alte Bawett, die Hebamme, gefunden hat, und der seit Wochen nun auf dem Dorffriedhof begraben liegt, lastet in einem wie ein niederdrückendes Gewicht. Zichorie und Schafgarbe sind es, und beide haben harte oder zähe Stiele, sodass die Hand, die noch klein ist, beim Pflücken blutige Risse bekommt. Man wäscht sie im Brunnen ab, taucht die Blumen ein, damit sie länger halten bei dieser Hitze. Weiber kommen wie immer zu dieser Tageszeit, drehen die Schwenkrinne, wobei sie spaßige Worte zu dem feinen Lehrerkind sagen, die betulich-respektvoll klingen. Oder ein Rossknecht bindet seinen Gaul, um selber im Wirtshaus ein Bier trinken zu können, an einen der Eisenringe, die an der Außenwand des Brunnens eingelassen sind.
Lachend und schwatzend setzen sich die Weiber auf den Vorstein, schultern die Riemen ihrer nun vollgelaufenen Bütten und drükken sie mit dem Hintern hoch. Mit vorgeschobenem Kopf stapfen sie keuchend nach Hause. Nur eine wartet am Brunnen, bis die anderen nicht mehr zu sehen sind, eine Abseitige mit düster zusammengeschobenen Brauen: die Mina Frech, der sie im Gehen einen beiläufigen Gruß aus den Augenwinkeln zugeworfen haben. So wirft man einem Hund einen Knochen zu, den man selber abgenagt hat, denkt die Liegende.
Die Frau geht also vom Brunnen weg, ohne mit anderen gelacht zu haben – auch keine mit ihr, auch mit dem Bübchen nicht, das ihren Rockzipfel festhält. Sein Haar ist hellblond, fast weiß. Und die Mutter bringt weder Laute hervor noch hat sie also Laute entgegengenommen, ist in sich verschnürt. Sie hört das Brüllen

der Kühe nicht und hört nicht, wie sie vorwurfsvoll nörgelnd mit den Hörnern an den Futterraufen wetzen. Die Geräusche teilen sich vor ihr wie das Rote Meer, unangefochten schreitet sie hindurch.

In diese Stummheit hinein hält man das Sträußchen; und noch ehe man das ungläubig bittere Zucken in ihrem Gesicht bemerkt, sagt man fröhlich: Für den Erschlagenen! Und man erschrickt, weil mit dem Sträußchen offenbar etwas nicht stimmt. In derselben Nacht erscheint der Blinde dem Lehrerkind mit seinem gelb und schwarz gestreiften Stock, von dem er sich führen lässt, wohin er will und wann er will. Schreiend fährt es aus dem Schlaf hoch. Die näheren Umstände seiner Tötung teilt der Hausierer dem Lehrerkind aber nicht mit.

Die Liegende schreckt auf, öffnet für einen Augenblick die Augen, um sie unter dem Ansturm der Bilder wieder zu schließen: Nur wenige Schritte sind es für die Mina Frech bis zu ihrer Hütte. Die Bütte verdeckt den Kopf der Trägerin. Der Rock umschlappt mit ungleich hohem Saum die Beine, die rot, schmutzig und nackt sind, wie die Beine der Bäuerinnen in diesem Dorf zu sein haben; sonntags gewaschen und beschuht. Mit einem Fußtritt öffnet die Frau die Katentür, das sieht Evi, das Kind. Die Liegende sieht es, die ich gewesen bin, ehe ich mit Schreiben begonnen habe.
Indem sie sich aus den Riemen windet, setzt die Frau die Bütte auf die Wasserbank, ein schemelartiges Gestell. Stumm schauend steht das Bübchen mit dem weißen Haar noch nahe bei der Tür. Aus dem Korb in der Ecke nimmt es das Steckholz, mit dem die Mutter gestern in der Erde gebohrt hat. Aber die Mutter will nicht in den Garten. Sie sitzt, den Hocker nur notdürftig zurechtgeschoben, die Arme über das harte Holz des Küchentischs geworfen; auf den Armen den Kopf. So sitzt sie und sagt nichts zu dem Kind. Mutter, bettelt das Kind mit enger Stimme von fern. Aber die Mutter ist fremd, will nichts hören. Die ratlosen Schrittchen des Jungen will sie nicht bemerken. Unter dem Arm durch sieht sie teilnahmslos sein fragendes Kindergesicht zwischen sich und dem Steckholz hin und her schwenken. Er hält das Steckholz in der Hand, kratzt mit dem Daumennagel daran herum: Erde, tro-

cken, von gelblichem Grau. Der Tag wird dunkel. Sie will das Kratzen nicht hören und nicht die Geräusche aus dem Dorf.
Er kommt aus dem Loch. Heute kommt er aus dem Loch! Man hat es sie wissen lassen. Er, Alis.
Knechte schlurfen aus den Ställen, Milchkannen klappern, Wägelchen rasseln, Burschen pfeifen. Greinend schlüpft das Kind in der Kammer drüben ins Bett, in Mutters Bett, wird still. Auch draußen wird es still. Jetzt ist es still, flüstert die Frau, und die Liegende lauscht.
Da kommt der Mann.

Letzte Biegung der Straße. Seitlich in der Senke hört er den Bach. Er weiß den Bach da von Kindheit an. Neben der Straße liegen Bretter; hell und dunkel sieht er ihre Kanten. Er wirft den Rucksack auf die Bretter.
Die Frau in der Küche liegt noch immer auf Armen und Tisch. Hühner gurren im Schlaf. Ein Gaul steigt rumpelnd auf und rüttelt an der Kette. Kühe mahlen gestillt. Jetzt hört sie zu, weil sie nicht auf Schritte horchen will. Genauso schläfrig haben die Hühner gegurrt, als er abgeführt worden ist. Und ja nicht glauben soll er, dass sie nicht weiß, wie die Sache mit dem blinden Hausierer gewesen ist – wenn auch sonst keiner etwas herausbekommen hat.

Der Mann ist allein. Er fühlt sich außer der Zeit wie jeder, der aus dem Loch kommt, ob schuldig gesprochen oder nicht. Er spürt: Die Nacht wird tiefer. Sterne zeigen sich, über den Wiesen dunstet es kalt. Was will er da auf den Brettern? Schwerknochig stemmt er sich hoch und rutscht zur Erde. Die Knie sind steif. Er entleert sich hinter dem Bretterstapel, hält die Hose eine Zeit lang am Bund, ehe er sicher ist, dass er sie zuknöpfen will. Dann wirft er den Rucksack über die Schulter und trottet auf das Plätschern des Dorfbrunnens zu.
Die Frau hebt den Kopf von den Armen und lauscht: Schritte kommen heran, hören auf, haben aufgehört. So! Sie ballt die Hände zu Fäusten, stößt den Hocker mit dem Hintern zurück; seine Beine scharren auf dem Küchenpflaster.

So!, denkt der Mann, reckt die Brust vor, hebt die Faust mit den vorgestreckten Fingerknöcheln und pocht.
Der Schlüssel kratzt im Schloss. Die Tür wird schmal, und breit der Spalt. Trübes Licht säumt die Gestalt der Frau, verdunkelt ihr Gesicht. Sie rührt sich nicht, bis die Hand von der Klinke fällt.
Er schiebt sich an ihr vorbei. Zwischen seinen Beinen trübes Licht auf dem Backsteinboden des Flurs von der Küche her. Dort hinein will er. Er tritt den Rucksack in die Ecke, rückt einen Stuhl zum Tisch.
Sie geht zum Herd, riegelt die Röhre auf, holt eine Schüssel voll Suppe heraus. Die Suppe ist noch warm, das fühlt sie. Sie stößt die Schüssel über den Tisch. Einen Löffel.
Er dreht die Beine unter den Tisch, rührt in der Schüssel. Der Blechlöffel kreischt.
Die Frau sieht, wie er rührt, wie er Suppe in sich hineinkippt, grünliche Tropfen verschleudert, auf dem Kinn, auf dem Hemd, auf dem Tisch, wo sie vorhin gelegen hat. Fort will ich!, sagt sie.
Lauernd taucht er aus der Suppe auf.
Sie will es auf jeden Fall. In die Stadt, erklärt sie. Notfalls allein.
Er schlürft und schmatzt. Ach so, allein. Ich weiß einen, aus dem leeren Napf schielt er zu ihr hin, einen von der Partei, der will mir in der Stadt was verschaffen.

Die Mina steht auf, kehrt ihm den Rücken zu, macht sich am Küchenkasten zu schaffen. Lange Hüften sieht der Mann, lang, knochig, gut. Sie hat ein Päckchen Tabak hinter dem Milchkrug versteckt. Er sieht, wie sie es hervorholt. Sie legt es vor ihm auf den Tisch: Da!
Weit lehnt er sich auf dem Stuhl zurück, rülpst mit halb geschlossenem Mund, fischt, sich seitwärts neigend, die Pfeife aus dem Hosensack, drückt mit dem Daumen Tabak hinein, zündet an, saugt und schmatzt. Rauch rinnt aus seinem Mundwinkeln. Er stemmt die Faust mit der Pfeife auf den Tischrand.
Bei der Straße, sagt er zwischen den Rauch.
Die ganze Woche?
Er nickt. Stolz in den Mundwinkeln, dass er die Frau verblüffen kann: Die ganze Woche Arbeit!
Aber der Junge und ich?, will sie wissen.

In den Baracken soll es noch gehen, sagt er und wartet, was sie dazu zu sagen hat.
Sie kniet vor den Herd, schichtet Späne und Holz auf die Glutkrümel, den Rücken zu ihm. Arme, lang, fest, gut. Mit dem Kopf deutet sie zur Kammer.
Drinnen liegt der Junge.
Dem Mann steigt das Blut ins Gesicht. Er schnäuzt sich, stochert in der Pfeife, steht auf, geht zur Kammertür und drückt sie auf. Eine Weile bleibt er so stehen. Dann rückt er sich wieder auf dem Stuhl zurecht.
Die Mina schüttet Kaffeemehl in das wallende Wasser, siebt den Sud in den Krug, tut Milch dazu, Zucker. Aus dem Tischkasten langt sie den Laib, schnitzt zwei Ranken von ihm ab, den großen für den Mann.
Sie brocken ihr Brot in die Näpfe. Sie essen ihren Kaffee. Sie tupfen die Krumen vom Tisch und wischen sie auf die Zunge.
Kannst auf dem Kanapee liegen, sagt sie. Ich weck dich, eh die Bauern ausfahren, Alis.
Er zieht die Stiefel aus, streckt sich ächzend aufs Kanapee. Unter der gespreizten Hand hervor schaut er auf die Frau, die sich bückt und aufrichtet, je nachdem, was sie zu tun hat. Er schiebt sein Geschlecht zwischen die Beine, klemmt es fest. Er sieht, wie sie Wäsche, Brot und Speck auf den Rucksack legt. Dann schaut er weg von der Frau. Das rissige Leder des Kanapees kühlt durch die Kleider. Die Porzellanköpfe der Polsternägel schimmern im Halbdunkel weiß. Sein Geschlecht beruhigt sich. Er hört, wie sie die Kammertür hinter sich versperrt. Sie legt sich neben das Kind. Die Zeitlosigkeit ist wieder da, wie sie da war, als er auf den Brettern gesessen hat, dehnt sich aus, lullt ihn ein. Er schläft.

*

Das Bild dieser Küche zerrinnt der Liegenden, macht anderen Abläufen Platz. Sie gewinnen Gestalt und dehnen sich, wie sie meint, in ihrem Herzen. Aber man weiß doch nicht, ob es wirklich das Herz ist, das einem so wehtut, wenn man von Gewesenem heimgesucht wird, von den Bildern. Man hält sich heraus, hat ja keinen Einfluss auf ihr Kommen, Gehen und Bleiben, auch nicht auf ihr Sosein, kann also nicht urteilend in sie eindringen, um sie zu verändern. Zum Urteilen müsste man sich aufrichten! Es wäre der Neuanfang zu etwas ganz Furchtbarem: Das Bett würde man verlassen, bestimmt sogar den Pavillon, und draußen im Leben Schuld auf sich häufen, wo man es nicht vermuten kann. Nein, hier sein ist alles!, sagt sich die Liegende. Die Auslieferung an die Bilder muss ertragen werden. Eines Tages, so hofft man, werden sie verebben, in einer Zukunft vielleicht, in der sich der Staub auf dem Fensterkreuz gehäuft haben wird, und die Spinnweben werden auch innen die Fenster verhüllt haben wie ein Vorhang. Das Tageslicht wird nur noch in unregelmäßigen bräunlichen oder seltener gelblichen Flecken den Tisch betupfen. Das andere Bett, in dem man nie liegt, erreicht es ohnehin nicht in seinem mäßig schrägen Hereinfallen. Und die auf diese Weise entstehende Dämmerung wird die Leuchtwirkung gewisser Sterne verstärken. Das Signal wird man also nicht übersehen können, auch wenn es Tag ist, nicht. Und die Frau aus der Villa des Arztes, denkt die Liegende, wird es schwer haben, wenn sie aus der Helligkeit, die draußen herrscht, mit dem Essen kommt: Nicht wissen wird sie, wo sie die Schüssel abstellen soll. Vielleicht wird sie sie in die Luft stellen, sodass es einen erschreckenden Knall und Scherbengeklirr gibt. Und die Speisen liegen am Boden.

Auch für die Anni wird die Dämmerung schwierig sein. Seit einigen Jahren lebt sie hier im Dorf bei ihrer Tante, der Hebamme, also nicht mehr als Dienstmädchen im Haus Nr. 17 am Ring in der nahen Stadt. Schüchtern wie immer, wird sie den Stuhl in dieser Dunkelheit nicht finden, weil die Augen sich nur langsam daran gewöhnen. Und sie muss, wenn sie sich duldend und stumm neben das Bett der Liegenden setzen will, starr und gebunden im Raum stehen bleiben. Man wird Verwirrung an ihr sehen. Für einen selbst muss es ja nicht hell sein, denkt die Liegende. Auch in der Dämmerung kann man ein Gespräch beginnen über damals, als man gleichzeitig im Haus Nr. 17 am Ring in der Stadt gewohnt hat, wenn auch nicht auf derselben Etage. Anni als Dienstmädchen bei Sanders, ein Stockwerk tiefer.
Bis jetzt ist es allerdings zwischen uns nicht üblich, Gespräche zu führen, sagt die Liegende vor sich hin, hörbar nur für mich, die

Schreibende, die an dieser Erinnerung teilnimmt. Die Gewohnheiten sind andere: Die Anni setzt sich auf den Stuhl, der neben dem Bett steht, starrt auf die Bretterwand, obgleich da nichts zu sehen ist. Schmale Latten überdecken die Nahtstellen der vertikal verlaufenden breiten Latten, alle ursprünglich weiß getüncht. Hier und dort ein Nagelköpfchen, manchmal nur noch der Schaft – manchmal oder meistens verrostet –, der die Rupfenverkleidung festgehalten hat: olivgrün einst, als Evi noch Kind und zu Besuch bei Onkel Engler war, dem Freund von Papa. Olivgrün also, rau, mit breiter quer laufender Rosenborte oben und schmalen Rosengirlanden wie Säulen von unten an herauf. Darüber der tiefblaue Himmel mit den aufgegipsten goldenen Sternen. Und wenn dies alles noch so wäre wie damals, sagt die Liegende vor sich hin, würde man in den Nächten schlafen, da gibt es keinen Zweifel! Wie neu geboren würde man morgens aufwachen, hinausgehen und weiter und weiter, weil die darauffolgenden Jahre nicht geschehen wären. Wenn es sonnig wäre, würde man unter den großen Kastanien Schatten suchen, die zwischen Kirche und Lehrerhaus ihre Äste ausbreiten. Und man würde den Fuß in den Teich tauchen oder weiter draußen am Bach nach verlegten Enteneiern suchen – könnte man Vergangenheit so begehen.

Moos auf den Dächern, sagt die dicke Wiesental und deutet mit dem Finger, wie sie droben durch ihr Bogenfenster gezeigt haben mag. Und die Liegende weiß: An jenen, die zum Hang herüberstehen, kann sie es von dort oben sehen. Wenn es geregnet hat oder wenn Tau gefallen ist, sieht das Moos aus wie Turmalin.
Die Liegende nickt: wirklich wie Turmalin.
Er wird das Haus pflegen, hat Eduard gesagt, hat jenes Haus gemeint, das mitsamt der Vorstellung von Türmchen und Erkerchen in der Inflation untergegangen ist, und alles aus rotem Backstein oder Klinker. Und wieder nicht nur die Vorstellung von diesem Haus, sondern die Geschichte dieser Vorstellung. Du kannst auch 'sparen' sagen, Eduard, wenn du willst.
Wenn ich Eduard fragen könnte, sagt die Wiesental wichtig, er wüsste noch genau, wie viel er in den folgenden Jahren als Büroangestellter verdient hat. Zäh und unerbittlich hat er Sonntag für Sonntag zu Hause Grundrisse für sein Haus gezeichnet. Gefällt

dir das so, Anna? Der Junge hat das Talent von ihm! Ihr begabter Junge, Rolf. Das Haus mit dem Bogenfenster war das letzte der gewiss hundert gedachten und gezeichneten Häuser. Das letzte ist verwirklicht worden, gestorben. Sie sitzt in einem toten Haus: Die Idee, Eduards Idee, ist nur noch versteinert darin.
Nie hat sie ein Haus gewollt, das mit seinem Gewölbe so weit in die Erde vorstößt, so tief innen Geschichte macht: Steine wegsprengt, die in unabsehbarer Zeit gewachsen sind. Aber Eduard hat sich nicht davon abbringen lassen: Steine weg und tief in den Hang hinein. Nein, ganz gewiss kein Gewölbe in den Hang hinein. Zunächst aber war ja noch Inflation, und die violett gefärbten Silberfolien knisterten beim Bäcker, mit welchen man das Brot erschwingen konnte. Und wer aus dem Dorf in die Stadt gezogen ist, in die Baracken vielleicht, um ein Leben aus der Lohntüte zu haben, wäre besser zu Hause geblieben. Im Schutz der Dunkelheit – so hat es Eduard ihr damals gesagt – durchstreifen diese Hungrigen das umliegende Land, graben den Bauern die Viehrüben aus und fürchten keinen außer den Hunden der Polizei.
Aber der Speckpater kommt am helllichten Tag ins Dorf. Er bettelt, obwohl die Bauern geizig sind. Sie geben ihm einen der Geldscheine, die am Nachmittag schon nichts mehr wert sind. Er möchte lieber ein wenig Wolle, einen Löffel voll Schmalz in die Blechschachtel, die in der Kapuze ist. Er will ja nichts für sich. Natürlich nimmt er auch Geld. Er ist jung, voll Demut, barfuß. Der Herrgott wird's euch segnen.

Und keine Sonne mehr auf zehn mal zwölf, hat sie Eduard ein paar Jahre später vorgehalten. Überbautes lebendiges Land! Das ist genau so wie keine Träume mehr!
Keine Träume mehr, Anna? Sie könnten doch trotzdem träumen, im neuen Haus, hat er beharrt. Sofern sie jemals wirklich eines hätten.
Aber der Grund kann nicht mehr träumen, Eduard. Wenn der Grund träumt, gibt es Blumen. Da, wo das Haus steht, kann der Grund nicht mehr träumen. Da gibt es keine Blumen mehr. Nur noch ein Lasten und Halten.
Damals hat es wieder mehr zu essen gegeben, und sie ist aufgeblüht wie eine wirkliche Frau. Jede Nacht ist er zu ihr gekom-

men. Dein Fleisch, Anna, dein Fleisch! Und um ihr eine Freude zu machen, hat er eingeräumt: Wenn du meinst, Anna, könnten wir uns ein Stück aussuchen, auf dem ohnehin nichts wächst, dann gehen keine Träume kaputt. Und hat dazugesetzt: Wie du das so sagst, Anna, das mit den Träumen!
Aber an eine neue Vorstellung hat er sich damals noch nicht gewagt. Vorstellungen kommen mit dem Geld, das man in den Händen kneten kann zu einem großen oder kleinen Haus mit eckigen oder oben gerundeten Fenstern, mit oder ohne Türmchen und Erkerchen. Ohne Geld ist es gleichgültig, wohin man es denkt: auf eine weite Ebene oder an einen Hang, weil am Hang nichts wächst. Nein, Träume hat er nicht kaputt gemacht mit dem Haus am Bannzaun. Ein bisschen dürres Gras vom Kargrasen. Keine Küchenschellen oder Orchideen, wie sie sonst auf Kalkböden zu finden sind. Die wenigen Büsche droben vor dem Waldrand, Hartriegel, Schlehen, hat man stehen lassen können. Das Grundstück hört am Rand des Kiefernwäldchens auf. Dort hinauf weisen die hinteren Fenster. Von ihnen aus sind weder Sonne noch Mond zu sehen. Anders als durchs Bogenfenster! Es geht nach Süden, du da!, sagt sie speichelspritzend zur Liegenden, du da, von der ich den Namen nicht weiß! Ihre Lippen spitzen sich wichtig im fleischigen Gewange. Eduard, betont sie bedeutungsvoll, hat mir den Armstuhl ans Bogenfenster gerückt! Sie deutet auf die Lehnen des Stuhls, mit dem sie zum Pavillon herabgeschwebt ist, und erklärt, dass sie durchs Bogenfenster beobachten kann, wie das Morgenlicht von den Dächern und Winkeln des Dorfes Besitz ergreift, wie es das Moos auf den Dachpfannen zum Leuchten bringt, wenn es nachts geregnet hat oder Tau gefallen ist. Nachdenken kann sie darüber, wie tief wohl das Licht in die Dächer eindringt – womöglich so tief wie die Wärme, mit der es daherkommt –, nur sehen wir es nicht.
Dringlich abkratzen das Moos, hat Eduard gesagt. Es macht die Ziegel mürb. Jetzt ist das doch keine Frage des Geldes mehr, wo die Bauern Zuschüsse bekommen, Anna, um die Hauswände zu glätten, die aussehen wie pockennarbig mit ihren eingeprellten Löchern aus dem Krieg. Aber das Moos auf dem eigenen Dach sieht man nur, wenn man aus dem Haus tritt, irgendwo hinaufgeht und mit kritischem Suchen zurückschaut. So hat Eduard gesagt, der das Haus geliebt hat, lang, ehe er es gezeichnet hatte. Wenn er

heute noch bei ihr wäre, du da, sagt sie zur Liegenden und macht eine Pause, ehe sie betont, dass heute der 10.9.1949 ist, würde er es ebenso lieben! Misstrauisch beäugt sie dabei die Liegende, ob sie dieses Datum annehmen wird, den 10.9.49 du da!
Und folgsam wiederholt die Liegende, gegen besseres Wissen: Zehnter Neunter neunundvierzig. Es ist der Sterbetag der dicken Wiesental.

*

Evi war ein Kind mit feinem silbrig glänzenden Haar und einer Haut, so unschuldsvoll wie die Blüten einer Heckenrose. Sie besaß kleine rote Filzschuhe mit goldenem Lederrand und gelben Seiden-Pompons und sprang viele Male vom dunkelroten Plüschsofa hinunter auf den Teppich, bis Mama die Tür öffnete und den Finger hob. Papa war Lehrer in Wälden. Aber bald nach der Inflation wohnte man in der Stadt, und Papa war Zeitungsmacher. Früher, als es Hanno und einen selbst noch nicht gab und Mama noch nicht Papas Frau war, ist Papa Journalist gewesen, auch in Petersburg, wo er Mama geheiratet hat. Nichts hat in der Zeit der roten Filzschühchen darauf hingewiesen, dass Evi eines Tages hier liegen würde. Nichts Erkennbares. Den Eltern kann man die Schuld nicht in die Schuhe schieben. Sie haben einen geliebt, wie sie den Bruder geliebt haben, Hanno. Auch die Stadt, in die man gezogen ist, hat keine Schuld. Sie war wie jede andere. Tag für Tag patrouillieren Schupos, vier Straßen, zwei Mann. Sie tippen denen, die auf dem Asphalt lungern, auf die Schulter: Weis dich aus! Die weisen ihren Ausweis vor, verdreckte Lappen, und weisen sich trotz allen Drecks nicht aus. Sie werden ausgewiesen, torkeln hoch und schleppen sich vier Straßen weiter. Papa lässt den Wirtschaftsteil der Zeitung in Antiqua drucken. Abends wieder Schupos hin und her. Sie tippen an die Pickelhaube, wenn Pärchen vorbeiflanieren: Gamaschen, Stöckchen, Pelze und Geklimper – und zeigen ihnen gegen ein verstohlenes Trinkgeld die nächste Bar: vier Straßen weiter.
Aus den Kinos tönt Klaviermusik, die Straßenbahnen bimmeln. Gekicher flattert durch die kranke Luft. Du findest meinen Rock zu kurz, mein prüder Liebling? Lisa trägt ihn kürzer, mit ihren feisten Knien. Die lange Taille passt allein für Schlanke, Schatz.

Die Straßen leeren sich spät in der Nacht, und Lichtvierecke kriechen unbehelligt aus den Häusern übers Pflaster. Beim Morgengrauen sieht man Graues in den Gossen. Schupos tippen dieses Graue mit der Stiefelspitze an: Raus! Das Graue schiebt sich schweigend hoch. Und wieder solch ein Tag.

Du hast versprochen, dass du mir was zeigst, Hanno!
Lieber doch nicht, sagt der Bruder. Bei kleinen Mädchen muss man aufpassen.
Ist es so schlimm?
Je nachdem.
Also zeig, was schlimm ist und nicht so schlimm!
Unter meiner Hand ist es.
Auf der Mauer oder auf dem Klingelknopf?
Auf der Mauer. Aber es gehört zu unserm Klingelknopf, weil es dicht daneben steht.
Lass sehen! – Der Kreis mit dem Kreuz darin?
Es ist ein Zeichen.
Wer hat es gemacht?
Bettler.
Wieso Bettler?
Für andere Bettler. Es heißt: Bei Hohmer Essen und Geld.
Sind es die, die vor dem Arbeitsamt auf dem Trottoir liegen, wenn wir zur Schule gehen?
Nein, das sind andere. Diese hier liegen nicht. Die gehen immer.
Du hättest mir das Zeichen nicht zeigen sollen, Hanno! Tun sie uns was?
Die immer gehen, tun uns nichts, Evi. Und die anderen, die immer liegen, tun uns auch nichts. Aber wehe, wenn sie aufstehen, sagt Onkel Engler. Er sagt, wenn der Hunger einen Menschen aufpeitscht, wird er wie ein Wolf.
Wir auch, Hanno?
Ja, gewiss, wir auch.

Da kommt Pater Friedbert auf dem Trottoir heran. Sein Schritt so ungewohnt in den Sandalen! Sechs Jahre ist er von Dorf zu Dorf gepilgert, barfuß. Sechs Jahre voll praller Kapuzen, voller Visionen sein Herz. Jetzt sieht man ihn nur noch in der Stadt.

Aber sechs Jahre Visionen hinterlassen ihren Rest! Er sitzt irgendwo in den Falten, die um die Augenwinkel spielen. Sechs Jahre irdische Güter sammeln, von anderen abfordern gegen nie bewiesenen und niemals zu beweisenden Lohn! Sich freiwillig zum Bettler erniedrigen! Für andere! Für andere? Beinahe ein heiliger Mann. Nichts hat er mit jenen Bettlern gemein, welchen die Schupos auf die Schulter tippen: Weis dich aus! Die sind keine heiligen Männer, weil Betteln und Betteln zweierlei ist. Für ihren Lohn bürgt keiner; keiner von jenen, die dem Kreuze dienen, lässt sich für sie kreuzigen. Jung ist er noch, voll Demut, wie er meint. Pater Friedbert. Ich bin nichts, hat er gewusst, als man ihn auf die Dörfer schickte, nichts als einer, der dem nackten Jesulein ein Mäntelchen erbettelt. Ich bin nichts, weiß er jetzt, sechs Jahre nach der Inflation, nichts als ein Knecht der allerhöchsten Instanz (nicht etwa einer zweitrangigen!), und zärtlich streicht er sich den Bart. Demonstrierend hebt er den sandalenbewehrten Fuß, an dem es keine pilgerhaften Schwielen mehr gibt. Weiß bieten sich die Zehen dem Blick der Liegenden dar, fein gedrechselt, jeglicher Hornhaut bar. Und er schreitet nach rechts und links bescheiden grüßend durch die Grünanlage des Glacis zum Ring. Am Haus Nr. 17 stehen die Hohmerkinder, die er von Wälden kennt. Gelobt sei Jesus Christus, murmeln sie, wie sie es im Dorf gelernt haben. Und milde streicht er ihnen über ihre Scheitel. In Ewigkeit! Noch immer sein Gesicht voll pubertärer Pickel. Im Weitergehen rückt er an der ungewohnten Brille.

Die schwere Haustür öffnet sich von innen.
Frau Hofmann stelzt auf ihren hohen Hacken aus dem Haus. Sie wohnt im Hochparterre. Abwesend streift ihr Blick die Kinder. Hanno macht seinen Diener, Evi ihren Knicks, wie es ihnen anerzogen ist. Von Neugier getrieben folgen sie ihr im Abstand. Die Gassen, in die sie einbiegt, sind eng und ohne Trottoirs. Die Kinder denken: So riecht unsre Straße nicht. Die Häuser sind geduckt. Frau Hofmann klingelt irgendwo. Aus dem Fenster beugt sich eine dicke Frau, will wissen, wer da ist.

Ich heiße Evelyn Hofmann. Ist Ihnen das kein Begriff? Ich bin keine Bettlerin.

Ich bin doch die entzückende Evelyn, erkennen Sie mich nicht? In jeder Zeitung konnten Sie es lesen. Die Rolle der Thekla habe ich gespielt, das hätten sie erleben sollen, Frau! – Es war die letzte.
Ich kenne keine Thekla. Von einer Thekla hat auch Eduard nie gesprochen, das ist mein Mann.
Sehen Sie: Die Zeiten sind so schlecht, da geht man nicht ins Theater, das kann ich verstehen. Ich gehe auch nicht mehr ins Theater. Man hat mir gekündigt.
Da sind Sie nicht die Einzige.
‚Sie war begeisternd wie als junges Mädchen!', hat in den Zeitungen gestanden. Und dann gekündigt! – Ich wohne am Ring im Haus Nr. 17.
Mir egal, sagt die Frau am Fenster. Viele Menschen wohnen am Ring.
Die Kinder spüren Unbehagen: Einem Menschen nachzuspionieren, wie abscheulich, sagen ihre verschämten Blicke. Sie laufen weg.

Ich will Sie nicht besuchen, beteuert die Frau am Fenster.
Da wohnt der Zeitungsmacher Hohmer, Frau! Den Zusammenhang mit der guten Gesellschaft nicht verlieren, liebe Frau, das ist das Wichtigste in meinem Beruf!
Jeder soll glauben, was er will, hat Eduard gesagt.
Man kann uns doch nicht verkommen lassen, meine Beste. Ich habe einen gelähmten Mann. Er sitzt im Rollstuhl und hustet Tag und Nacht, das sollten Sie bedenken! Er hat eine sehr kleine Rente, was ich nur Ihnen nebenbei gestehe.
Aber wir sind Lebenskünstler, oh, das kann ich Ihnen sagen! Wo kämen wir denn hin, wenn wir keine Lebenskünstler wären! – Bis allein die Miete bezahlt ist, liebe Dame! Sagen Sie nicht, wir sollten in eine solche Wohnung ziehen wie die Ihre da! Wer würde uns den Umzug zahlen? Sehen Sie, da fängt es an!
Ich kann ihm heute nichts kochen, meinem Liebling. Er wird von Kräften kommen, ganz bestimmt, sehr verehrte Gnädige, wenn das Gas noch länger gesperrt bleibt! Sie wissen doch, was das heißt, nicht wahr? Haben denn Sie schon zu Mittag gegessen? Vielleicht ist ein Restchen Suppe da? Ich hätte ein Kännchen in der Tasche. Seien Sie barmherzig! Seien Sie wie eine Mutter!
Die Frau drückt das Fenster zu.

*

Die dicke Wiesental rückt nahe an die Liegende heran. Keine Suppe. Wir wollen ein Haus! So hat sie damals gesagt. Meistens haben Bettler ja ohnehin nicht an Türen geklopft, wo der Name auf einem Pappschild stand, nicht etwa in Messing eingraviert oder in schwarzem und weißem Emaille. Nie bettelten sie in Häusern, wo es nur Stiegen aus abgetretenen Holz gab, das den Geruch von Kohl und Rüben für immer festhält. Aber so hat Eduard es gewollt: Jetzt billig wohnen, dann solid bauen, Anna, und hat ihr kein Geld gegeben, für Vorhänge unter anderem, wo doch die alten in Fetzen an den Scheiben gehangen haben, hundertfach gestopft, bis sie nicht mehr zu stopfen waren. Gar nicht nah hat sie rangehen müssen, um alles zu sehen, was draußen vor sich ging. Aber nur das Elende hat sie durch die Risse gesehen: Köpfe unter speckigen Kappen, die auf ihrem Fenstersims vorübergeglitten sind, manchmal nur halb.

Jetzt, seit sie hinterm Bogenfenster sitzt: nichts Elendes mehr! Und Sätze fallen ihr ein, die ihr damals nicht eingefallen wären, so märchenhafte, du da! Und sie deklamiert mit erhobenem Zeigefinger, weil sie denkt, es gehöre sich so: Die aufgehende Sonne, du da, schlägt ihren spitzen Zahn in die schlafenden moosbewachsenen Ziegel.

Mein Kopf, sagt sie zur Liegenden, ist hinter dem Bogenfenster ein anderer geworden. Aber sie kann und kann sich nicht zusammenreimen, was solche Sätze eigentlich bedeuten. Wenn Eduard bei ihr wäre und sie so murmeln hörte, würde er den Kopf schütteln wie immer in solchen Fällen. Wie dir nur so was in den Sinn kommt, Anna!, würde er sagen. Aber Eduard ist nicht da, kann den Kopf nicht schütteln.

Nur nicht auf eine Bank!, hat sie in diesen Tagen zu ihm gesagt. Steck das Gesparte lieber in eine Bäckerei oder Metzgerei! So was geht immer. Es ist doch hart zusammengekratztes Geld, Eduard! Und Eduard hat Ja gesagt. Zugestimmt. Nur mit seiner Idee eines Gewölbes war er eigensinnig, hat sich nichts sagen lassen. Wie besessen: Steine weg aus dem Grund, Erdreich an allen Seiten abstützen, Unterwasser ablenken und auffangen, Anna, und überall im Haus flache Treppen für deine Beine! Denn da schon hatte das Fett plötzlich angefangen, an ihr hängen zu bleiben; und die Beine sind ja immer schon schwach gewesen.

Also in eine Bäckerei und eine Metzgerei. Wenig später hat es diese Weltwirtschaftskrise gegeben, wie die Experten die Not genannt haben. Aber Eduards Hoffnungshaus hat sie nicht mitgenommen, wie die Inflation es getan hatte, denn es hatte sich in den kleinen Brotlaiben und im Schweinespeck versteckt. Ins Fäustchen haben sie sich gelacht. Sonntag für Sonntag hat Eduard wieder gezeichnet und zwischendurch gefragt: Gefällt es dir so, Anna? Es war Rolfs Idee! Mit einem vertrackt schnalzenden Geräusch hat sich die Zeichenmappe vom Wachstuch des Tisches gelöst, als der Junge ihr den Grundriss so stolz vor die Augen gehalten hat. Nein, keine Suppe! Wir wollen ein Haus.
Viele Male hat sie diesen Satz gesagt. Dann hat sie Angst bekommen vor dem Hunger der anderen, mit dem sie das Haus hatte bauen wollen; und hat es gelassen. Da war es aber schon zu spät. Für Eduard zu spät: Heute ist der Zahltag, sagt sie vielbedeutend zur Liegenden, heute Nacht, am 10.9.49, der Zahltag für den Hunger der anderen, du da!
Bedeutungsvoll weist die dicke Wiesental zu dem blau-hölzernen Himmel des Pavillons hinauf, als erwarte auch sie von den goldenen Sternen ein lebenswichtiges, ein todeswichtiges Signal. Und so mit dem mahnend hochgereckten Finger verblasst sie, vergeht vor den Augen der Liegenden, und man bleibt allein.

Man könnte, denkt die Liegende, auf einen Stuhl steigen und mit einem spitzen Messer die Gipssterne von der Zimmerdecke kratzen, dass sie in ungleichen weißen Brocken auf den Boden fallen. An manchen wird noch etwas von der Vergoldung haften. Das Signal wäre zerstört. Der große, der erschreckende, weil plötzlich zu machende Schritt müsste nicht getan werden. Stufenlos könnte man von einem Zustand in den anderen hinüberschwimmen wie von warmem in langsam kälter werdendes Wasser oder umgekehrt. Heute oder morgen wird die Anni wieder vom Dorf heraufkommen, um nach einem zu schauen, wie sie es sich angewöhnt hat. Sie wird das gipsverschmutzte Zimmer sehen und aus der Villa einen Eimer mit Wasser herübertragen. Mit dem Putzlumpen wird sie die Krümel der Sterne aufwischen, ohne zuvor gekehrt zu haben – so hat sie es schon damals im Haus Nr. 17 gemacht: niemals zuvor gekehrt! Und auf dem rissigen Linoleum werden die weißen Reste antrocknen,

die aussehen wie Wolken. Falls man dann nicht doch schon hinübergeschwommen wäre ins Wärmere oder Kältere, könnte man den Kopf in die Hand stützen und von der Höhe des Bettes herab zusehen, wie die schicksalhaften Stücke des Sternenhimmels nass auf dem Lappen verklumpen und so in den Eimer getaucht werden. Kurz danach würde man von draußen das Platschen hören, wenn die Anni den Eimer ins Freie entleert, damit die Tonne im Klosett nicht überläuft; oder damit der desinfizierende Kalk in der Tonne sich nicht zu sehr verdünnt. Das alles muss bedacht werden.
Zweimal in der Woche kommt ein Bauer aus dem Dorf, dessen Stimme man aus anderen Stimmen heraushören kann. Sonst kennt man nichts von ihm. Er tauscht die Tonne in diesem Abstand aus, weil der Arzt es so will. Es sei hygienisch, sagt Dr. Polke. Dabei denkt man, wie gut es doch ist, dass von dem sechseckigen Pavillon die eine Ecke – also ein flaches Dreieck mit breiter Basis – abgetrennt worden ist, in der sich der Eingang und – wiederum abgetrennt – das Klosett befinden. So muss der Bauer niemals das Zimmer betreten und einen nie stören, denkt die Liegende. Man kennt ihn aber doch genauer, korrigiert sie sich sofort, als man vorhin gesagt hat, das fällt einem erst nachträglich ein: Man kennt nicht nur seine Stimme, sondern auch die anderen Geräusche, die er hervorbringt, wie das Schlurfen seiner Stiefel, das heftige Türaufreißen, das Wetzen seiner groben Ärmel an der hölzernen Innenwand des engen Raumes, das Räuspern und Luftausstoßen auch, wenn er an der Tonne rückt.
Mit der Frau, die einem das Essen bringt, die beim Doktor angestellt zu sein scheint, die er Else ruft, spricht der Bauer kaum, und wenn, dann nur in einsilbigen Worten: So. Wie? Jetzt! Voll. Leer. Raus! Schwer. Trifft er draußen aber die Anni, dann reden sie lachend miteinander wie zwei, die sich von Kindheit an kennen. Aber auch dann sind ihre Worte nicht das Wichtige, sondern das Lachen, mit welchem sie ausgestoßen werden. Vielleicht sind beide bei Papa zur Schule gegangen, als Papa hier Lehrer gewesen ist. Manchmal klingt Annis Stimme wie damals in der Stadt, als sie im Haus Nr. 17 – Jahre später, eine Etage unter uns, denkt die Liegende – Dienstmädchen bei den Sanders gewesen ist, und Anselma Sanders einem die liebste Freundin war. Damals hat Anselmas Brüderchen noch gelebt, zweijährig vielleicht. Lei-

se, fast ganz verklingend hört sie sein Stimmchen: Du hast mir einen Hampelmann geschenkt, Evi! Wenn ich groß bin, will ich dich heiraten. Und die Liegende sieht seine liebe kleine Gestalt. Sie sieht die Wohnung, in der Anselma Sanders mit ihren Eltern und dem kleinen Bruder lebt.

Immer dasselbe: Wenn die Anni aus dem Klo kommt, haftet der Rocksaum über dem Gesäß auf dem Leinenunterrock. Anselma und der Kleine haben ihren Spaß damit: ein weißer Berg, kolossal! Ein Eisberg! Sie sagen es ihr nie. Es ist genierlich. Auch Frau Sanders sagt es ihr nie, es sei denn, dass sie mit ihr in die Kirche geht. Wenn sie zum Einkaufen das Haus verlässt, legen die Kinder sich ins Fenster, um den weißen Berg langsam kleiner werden zu sehen. Er schwankt hin und her. Frau Sanders wendet sich vom Fenster ab, das Taschentuch vor den Mund gepresst. Hinter dem Taschentuch sagt sie: Halt den Kleinen fest, Anselma, er fällt sonst hinaus.
Was ist, wenn ich hinausfalle, Mama?
Dann bist du tot, sagt Anselma.
Tut das weh?
Frag den Papa.
Tut das weh, Mama?
Es tut nicht weh, sagt die Mama. Vorher vielleicht, aber dann nicht mehr.
Vorher bin ich nicht tot. Vorher ist man nie etwas.

Wenn die Anni sich bückt, um mit dem Putzlappen den Boden aufzureiben: hoch über ihr der Eisberg. Sie reibt den Boden gern.

Ist der Hampelmann tot, wenn ich ihn runterschmeiße?
Der ist doch immer tot.
Ich kann aber mit ihm reden.
Trotzdem ist er tot, weil er nicht lebendig ist, sagt Anselma.
Wenn er trotzdem tot ist, kann ich ihn ja runterschmeißen.

Fast immer hat die Anni einen Putzlumpen in der Hand, auch dann, wenn sie der Mama von ihrem Bruder erzählt, der ein Roter ist. Mein Bruder ist ein Roter, Gnädige! Und weil sie kurze Beine hat, schleift der Lappenzipfel auf dem Boden.

Also schmeiß ihn doch!, stachelt Anselma den Kleinen an.
Ho! Jetzt liegt er drunten! Er sieht nicht anders aus als zuvor, sagt der Kleine. Nur weiter weg. Wenn ich mit ihm reden will, muss ich laut.

Die Anni hat den Straßenbesen vor die Tür gestellt!, ruft Anselma. War sie auf dem Klo?
Wenn die den Hampelmann liegen sieht, kehrt sie ihn weg! Sie schmeißt ihn in den Abfall, Kleiner!
Dann rufe ich, sie soll ihn liegen lassen.
Heut putzt sie das Vorhaus und kommt mit dem Hintern voraus aus der Tür – pass auf: jetzt!
Du sollst den Hampelmann liegen lassen!, ruft der Kleine. Der ist tot, weil er sowieso tot ist, sagt die Anselma!
Aber die Anni watschelt auf den Hampelmann zu. Von oben gesehen ist der weiße Berg so schmal wie ein Sichelmond. Sie streckt die Hand nach dem Hampelmann aus, bückt sich, und mächtig türmt sich der Eisberg auf. Ein Schauspiel von oben!
Du sollst, schreit der Kleine, den Ham...
Dann nichts mehr. Man kann nicht mehr mit ihm sprechen. Und er ist weit weg.
Er hat gar nicht laut geplumpst, wundert sich Anselma. Irgendwo unter dem Eisberg muss er jetzt liegen. Die Hand mit dem Putzlumpen fährt hin und her. Die Anni reibt den Boden auf, wo er rot ist.

Tage später nur – die Liegende weiß noch, dass es nur wenige waren, weil sich damals das Erschreckende häufte – steht die Anni auf einem Stuhl, putzt bei der Gnädigen die Türrahmen. Weil sie kurze Beine hat, steht sie auf dem Stuhl und auf dem Schemel, der auf dem Stuhl steht. Alle Dienstmädchen stellen sich zum Abwaschen des Türrahmens auf einen Stuhl, auf dem ein Schemel steht, wenn sie kurze Beine haben, sagt Anselma. Von dort oben erzählt ihr die Anni, dass ihr Bruder ein Roter ist. Anselma lehnt am Fenstersims, verzieht den Mund. Dass Annis Bruder ein Roter ist, weiß sie doch längst! Aus der Ferne hört man Getrommel. Aber der Kleine ist nicht mehr da, weil er vorher nicht tot war wie der Hampelmann, da war er lebendig, das ist etwas ande-

res. Der Hampelmann ist da, sitzt aber nicht unter dem Tisch, kann auch nicht trommeln wie alle kleinen Jungen. Die Anni kann ihn nicht leiden, weiß nicht warum. Anselma kann ihn auch nicht leiden; aber sie weiß warum. Nur die Mutter kann ihn leiden.
Das Trommeln hört nicht auf.
Sie kommen von beiden Seiten, sagt Anselma. Die Roten kommen von links, die Braunen von rechts.
Da fällt es der Anni wieder ein: Ihr Bruder ist ein Roter.
Die Mutter macht die Tür auf, stößt an den Stuhl, auf dem die Anni steht. Geh vom Fenster weg!, befiehlt sie, holt den Hampelmann vom Klavier und nimmt ihn mit hinaus.
Gleich, sagt Anselma. Auf der Straße laute Schreie, Männerschreie, Aufschreie, erstickende Schreie. Dazwischen dumpfe Schläge.
Die Anni klettert vom Stuhl, muss aufs Klo: Angst.
Aus der Ferne Sirenen. Polizei. Die Männer kommen auseinander, heben andere Männer von der Straße auf, tragen sie mit sich nach rechts, nach links.
Drunten geht die Haustür auf. Die Anni schleift den Putzlumpen hinter sich her. Sichelmond von oben. Dann weißes Gebirge, Eisberg. Sie reibt den Boden auf, dort, wo er rot ist.

Damals, noch klein, zwölfjährig beinah, hat Evi das Spiel 'Dämmerstunde' erfunden, weil sie die Tageshelle verabscheute, zu der so Erschreckendes geschehen konnte. Und die Nacht hat sie verabscheut, weil da womöglich noch Schrecklicheres geschah. Mit einem Mal war sie ein schreckhaftes Kind geworden. Die Dämmerung schleicht sich dagegen so wohltuend zwischen Tage und Nächte ein: ein zeitloses Ruhen, was Evi noch nicht hätte formulieren können, was sie aber deutlich empfand. Die Gegenstände verlieren alles Harte, Kantig-Glänzende, alles Starre und Endgültige.
Als Liegende ist einem dieses Spiel wieder eingefallen, bei dem man sich so wohlgefühlt hat. Man hat es wieder ausprobiert. Die Spielregel hat man noch gewusst: Auf dem Rücken liegend den Blick geradeaus halten, während man ihn gleichzeitig bis an die Grenzen des Gesichtsfeldes dehnt – man weiß nicht, ob das Wort dehnen hier das richtige ist –, wodurch man nach einiger Zeit

den gesamten Umkreis des Raumes beherrscht. Langsam, langsam dann die Augen zur Nasenwurzel kehren, wenngleich Mama gesagt hat: Sie bleiben dir stehen, Evi, dann schlägt es dreizehn, und du bist ein Schielebrie. Sie also der Nasenwurzel zukehren, ohne die Peripherie preiszugeben. Im Sog dieses Blickes rücken die Wände von allen Seiten heran, bis sie sich wie eine dicke pelzige Haut um einen legen. Nichts mehr ist jenseits von ihr: Keine Geräusche, keine Gerüche, keine Gegenstände. Die Kapsel ist zu. Man ist bei sich wie in einem Grab, wie in einem wohl-, wohl-, wohltuenden Grab.

Tief erschöpft schläft die Liegende ein. Aber nur kurz dauert dieser Schlaf. Sie erkennt es an dem hässlichen 'Bängbäng' der Kirchturmuhr. Die dicke Wiesental rückt auf ihrem Armstuhl heran, die doch droben an ihrem Bogenfenster sitzt, wo man sie am Abend jenes 9.9. hat sitzen sehen, als man aus dem Omnibus ausgestiegen ist, sich an den Brunnenrand gelehnt hat und zum Bannzaun hinaufgeschaut hat, wo man als Kind mit Hanno gesessen und Mundharmonika gespielt hat. Man hat dort hinaufgeschaut, noch verstört von allem Vorausgegangenen, ehe man den Weg zum Pavillon genommen hat.
Heute ist der 10.9.49, insistiert die Wiesental wieder, was die Liegende empört, da solche Gedächtnisgeschwüre nichts als Unordnung in den gewohnten Zeitablauf bringen: in die vergangene, jetzt auch in die gegenwärtige und somit wohl auch in die zukünftige Zeit. Die Wiesental sieht die ausgeschwitzten Geschehnisse nebeneinanderliegen wie ihre Hände auf den gewaltigen Schenkeln, die der gelb geblumte Morgenrock zerrend umspannt. Wie in einem Sack trägt sie das Gewesene mit sich herum, und weil es so viel Platz in ihr benötigt, ist sie so dick.
Und noch ehe sich ihr Bild aus dem Dunst deutlich herauskristallisiert, ruft sie der Liegenden ihr erregtes Du da! entgegen. Der erste Wagen mit Hohlblocks, du da, und sie hat gewusst: die leeren Mägen der Bettler, der Hunger der anderen, mit dem sie ihr Haus hat bauen wollen. Und ruft – weil sie am Abhang über dem Bannzaun so behände nicht hat aufstehen können –, ruft Eduard, er solle die Hohlblocks zählen. Und starrt auf seinen Finger, der bei jeder Zahl in die Luft sticht.

Nein, so viele waren es nicht! So viele nicht! Die hohlen Mägen, Eduard!, ruft sie ihm zu. Der Fahrer lacht und meint, es sei ein Witz. Von nun an, sagt er, wolle auch er die Hohlblocks hohle Mägen nennen, das sei klasse!
In plötzlichem Begreifen hat Eduard sie über den Bauplatz hinweg angestarrt und ist weggegangen, um sich unter den Nussbaum zu setzen, in den die Buchstaben A F und M F eingeschnitten sind und narbig wulsten. Wenn sie sich am Bogenfenster in ihrem Armstuhl vorbeugen würde, könnte sie seine ausladenden Äste an der Hausecke hervorragen sehen. Und sie beugt sich andeutungsweise vor, dass die Liegende begreift, wie sie es meint, und murmelt dabei ihr ewiges 'Aber heute, du da, heute ist der 10. 9.', und in dieser Nacht hat der Zahltag begonnen! Und leiernd fährt sie fort: Nein, so viele waren es nicht, du da!, und sieht die Liegende beschwörend an, dass sie es glauben soll. Vielleicht sieben oder höchstens zwölf. Und immer hat sie vorher schon gewusst, was die wollten.
Vorher gewusst?, hat Eduard gefragt und sich gewundert, dass sie solche Dinge vorher weiß.
Man erkennt doch gleich alles, wenn ein Kopf über den Fenstersims gleitet, auf und ab wogend wie auf Wasser. So vorgebeugt, hat sie zu ihm gesagt, und die unteren Lider hängen, dass man sehen kann, wie die Augen im Schnaps schwimmen. Und der verkrustete Saft von den Mundwinkeln herab. Und die Nase macht sich breit. Und immer gehen sie allein, niemals mit den anderen! Aber so viele waren es nicht! Vielleicht zwölf. Dann hat sie Angst bekommen und hat das Neinsagen gelassen. Für Eduard waren die zwölf schon zu viel.
Die Männer, welche die Hohlblocks abgeladen haben, haben sie aufgetürmt wie ein Denkmal für jene, die immer einzeln gekommen sind und nichts zu tun gehabt haben mit jenen, die nur in Kolonnen durch die Straßen marschiert sind, schmissig mit Gummiknüppeln, und immer mit Herzklopfen erzeugenden Liedern in dem elenden Jahr neunzehnhundertzweiunddreißig.

*

Taramtata taramtata – quer über den Schädel. So!

Die Liegende fühlt das Pochen ihres Herzens bis in den Hals.
Ich fühle jetzt noch das Pochen meines Herzens bis in den Hals, taramtata.
Alis Frech war bei der Straßenschlacht. Jetzt liegt er im Bett, weiß nichts von sich, ist nur da. Sehr langsam dämmert er zu sich zurück. Er sieht die Wanduhr, erkennt sie wieder, registriert: Wanduhr, noch aus Wälden, die. Dort drüben eine offene Tür? Er kennt die Tür, weiß, dass sie die Tür zur Küche ist. Hört aus der Küche Geräusche, gedämpft. Wird misstrauisch. Merkt: Da wird geflüstert! Gemeiner Schmerz im Schädel tief innen. Er stöhnt.
Das Flüstern bleibt aus. Stuhlbeine kratzen schrill. Die Mina schiebt einen Mann durch die Tür, schiebt ihn vor sein Bett. Der Mann sagt etwas zu ihm, was Frech nicht versteht. Viel zu müde. Er vernimmt nur ein Summen wie das Summen vom Kaffeetopf an jenem Abend vor fünf Jahren, als sie aus den Baracken in diese Kellerwohnung umgezogen sind.
Dunkel schon, der Kaffeetopf auf dem Herd. Er summt. Die Frau kniet auf dem Boden und scheuert. Vom Hof aus sieht er es, vom Hof aus durch das bodennahe Fenster hinunter in die Küche: die Mina mit der offenen Bluse. Wie sie beim Scheuern schwitzt. Sie sieht ihn nicht, weil sie vom Boden nicht aufschaut, sieht nicht, wie er sich im Hof zum Fenster hinunterbückt und die Frau da drunten anstarrt, die da scheuert. Bratkartoffeln in der Pfanne auf dem Herd, die er riecht; der Junge gewaschen im Bett, das in der Ecke steht. Und wieder der Dunst über dem Herd und das Summen vom Kaffeetopf.
Den letzten Karren lädt er nicht mehr ab, staucht ihn mit dem Stiefel in einen Winkel, Sakrament! Hat den Dunst gesehen und die Frau und den Kaffeetopf. Er stolpert über die paar Stufen hinunter, schiebt die Frau vor dem Bauch her auf das lederne Kanapee, reißt ihr den Rock hoch und macht ihr ein Kind. Von klein auf ist es epileptisch.
Jetzt aber ist irgendetwas faul. Der Schwanz geht nicht hoch. Das Summen hört auf, hat ein Loch, durch das der Wind pfeift. Der Mangel beunruhigt ihn, reizt sein Gehirn. Mühsam öffnet er die Augen. Da steht der Mann an seinem Bett, bewegt die Lippen, summt. Das Summen wird zu Lauten, die durcheinanderfallen, zu Worten, die nirgends hingehören, zu einem Satz.

Ein Roter ist liegen geblieben.
Weiß schon, murmelt Alis Frech. Sackt wieder ab.
Alis!, drängelt der Mann, dir haben sie eins über den Schädel gehauen. Du bist noch plemplem, aber so viel kannst du dir merken: Du weißt von nichts! Wenn sie kommen und dich ausquetschen wollen, dann weißt du von nichts! Vorsichtshalber nehme ich deine Uniform und dein Parteibuch mit. Kapiert?
Ja ja. Frech nickt, hat sich angestrengt, hat verstanden. Er klappt die Augen wieder zu, hört, dass der andere weggeht. Die Tür fällt ins Schloss. Die Schritte der Frau, die er hört, hören mit einem Mal auf. Er lauert zur Küche hin, blinzelt.
Da lehnt doch die Mina am Türpfosten, das Maul verrutscht und verkniffen starrt sie zu ihm hin. Er dreht den Kopf zur Wand, will nichts wissen. Will gar nichts wissen! Aber das epileptische Mädchen schießt aus dem Winkel, in dem es bis dahin gekauert hat.
Vadder, rote Hund hinmacht! Rote Hund futsch macht!
Und es drischt mit den Fäusten den Kugelknauf an der Bettstatt, dass er wie ein Kreisel tanzt.

*

Ich habe das Schreiben unterbrochen; es hat mich strapaziert. Zudem ist die Paste dieses neuen Schreibstiftes, den man Kuli nennt, verbraucht. Keine Tinte wie für die Füllfederhalter ist mehr nötig, man schiebt ein feines Röhrchen in den Stift, das mit einer winzigen beweglichen Kugel die Paste verschließt, und beginnt.
Es hat mich strapaziert, das Leben all jener aufs Neue ins Bewusstsein zu ziehen, die sich durch vierzig Tage tückisch in die Liegende eingefressen haben. Die Bilder, durch die sie in mich eingegangen sind, als ich die Liegende war, regen mich so auf, dass ich seit Tagen nichts mehr essen kann. Ich kann nicht mehr schlucken. Es geht mir schlecht. Der Arzt, der in Englers Villa wohnt, der jetzt also mein Hausherr ist, hat mir das Schreiben verboten, ohne zu wissen, welchen Inhalts das ist, was ich zu Papier zu bringen habe. Ich gewähre ihm keinen Einblick. Er wird ihn auch niemals erzwingen, so gleichgültig gebärdet er sich. Oder gibt er seine Neugier nicht zu? Seiner Haushälterin, die ihm viel-

leicht auch in der Praxis hilft, und die er Else ruft, wie schon gesagt, hat er befohlen, mich im Garten herumzuführen.
Aber nicht zu Fuß, Else! Nimm den alten Rollstuhl, der im Schuppen steht! Nichts ahnend hat er von dem 'alten Rollstuhl' gesprochen, dieser Doktor Polke! Er kennt die Geschichte des alten Rollstuhles nicht, den schon Englers Vater für seine so sehr geliebte Frau angeschafft hat. Später hat Engler diesen Rollstuhl Ephraim Hofmann geliehen; aber davon wird man noch schreiben, sofern man noch einmal schreiben darf. Jetzt tut man es heimlich. Zwei Sätze am Tag.
Nimm den alten Rollstuhl, der im Schuppen steht, hat also Polke gesagt, und als ich fragend zu ihm aufsah, was es denn sei mit diesen Beinen, dass sie so wacklig sind, und der ziehende Schmerz, auch nachts, meinte er: Die Nerven, die Nerven! Dazu das lange Liegen. Aber es wird wieder anders. Solche Nervenkrankheiten würde es jetzt, nach dem zweiten Weltkrieg, des Öfteren geben.

Also hat mich die Else unter den Apfelbäumen umhergefahren; aber wir haben nicht miteinander gesprochen. Es gibt keinen Draht zwischen uns. Vielleicht ärgert sie sich über die Mehrarbeit, die sie durch mich hat. Auf der hinteren Treppe, die in den kleinen Flur und von dort aus in die Küche führt, hat ein Kind gestanden und uns stumm zugeschaut, nachgeschaut, entgegengeschaut. Es hat sehr helles Haar gehabt.
Vom Garten habe ich nicht viel gesehen. Zu sehr war ich in die Abläufe und Geschichten versponnen, die mich als Liegende heimgesucht haben. Nur hie und da einen angefaulten Apfel im Gras, an dem die Amseln pickten. Im Übrigen nur Teile des Rollstuhls: die hölzernen Armlehnen, die Fußstützen; und wenn ich seitlich an dem Fahrzeug hinabsah, die Räder, alles aus Holz. Die Bespannung aus Leder. In den Nähten hockt Graues. Schimmel. Jede Einzelheit des Rollstuhles sehe ich vor mir, auch das Gelb seiner Bespannung, das dort, wo der krumme Rücken des Ephraim Hofmann, und dort, wo sein mageres Gesäß gescheuert haben, ins Rostfarbene übergeht. So sieht ihn die Liegende auch, wenn er als eines der alten Bilder zu ihr kommt, sie heimsucht wie die dicke Wiesental. Und mich, die Schreibende, beschäftigt die Frage: Gibt es vielleicht außer dem persönlichen Gedächtnis ein all-

gemeines, in dem etwa in kürzelhaften Seinssplittern aufbewahrt wird, was im äußeren Leben zeitwürgend erlebt worden ist? Ein verschlüsseltes Register des Geschehenen, das sich in Wachträumen erschließt, sich in eine Liegende ergießt, um seine Bildinhalte neu zu beleben?
Auf einer Fahrt durch den Garten habe ich mir vorgenommen, das Schreibverbot des Arztes zu missachten. Pausen sind Löcher der Entmutigung. Je länger sie dauern, desto verzagter wird man, was das Unterfangen anbetrifft, und desto schwerer wird der Neubeginn! Mein ganzer Wille ist auf das Schreiben ausgerichtet, das mich nicht nur krank macht: Es erhält mich auch am Leben. Ich schreibe für dich, mein Bienchen. Eines Tages wirst du es vielleicht lesen. Die Gespräche, die wir nicht miteinander haben können, soll es andeutungsweise ersetzen.

Eines Abends – es nächtete rasch, denn von dichter Bewölkung unterstützt, rückte die Dunkelheit vor –, der Doktor war noch bei einem Kranken, schlüpft die Else, unbemerkt, wie sie glaubt, geräuschlos in den Pavillon. Die Liegende kann ihren Umriss gegen das fahle Nachtlicht im Fenster erkennen, wenn auch nicht ihre Gesichtszüge. Eine Weile steht sie wie lauschend da, den Kopf der Nacht zugewandt, um dann ebenso geräuschlos wieder durch die Tür hinauszugleiten. Dieses Verhalten ist der Liegenden unerklärlich, hält sie die ganze Nacht wach. Das Verhalten der Else stört ihren Schlaf. Aber ich, die Schreibende, lasse mir von der Else in den Rollstuhl helfen, lasse mich im Garten umherführen und wieder zurückbringen, ohne sie auf dieses Verhalten anzusprechen. Sobald sie mich dann aus dem Rollstuhl gehoben und auf den Bettrand gesetzt hat, sobald das Knarren des leeren Rollstuhls im Schuppen verklungen ist, wo sie ihn abstellt, tauche ich in die Geschichten der Liegenden zurück. Ich gehe die paar Schritte zum Tisch hin, schlage die Hände vors Gesicht und liefere mich jenen Bildabläufen aus, die ich nie mehr vergessen werde. Nur manchmal strecke ich mich so aufs Bett, wie die Liegende durch Wochen gelegen hat, um die Gipssterne des blauen Himmels anzustarren. Dabei kommt mir in den Sinn, wie doch das Schicksal unbemerkt herankommen kann, einen aus dem Rucksack nimmt und irgendwo ablegt, vielleicht in einem Pavillon, einem Provisorium, einem verlotterten unzulänglichen Haus. Man sieht die Risse im ausgetrockneten Holz der Wände, des Himmels. Die Linien verschlingen sich zu Landschaften, zu einer Physiognomie, zu meiner? Geängstigt und doch begierig erwartete man, als man die Liegende war, jene Bildabläufe, während draußen die Grasmücken in den Apfelbäumen sangen. Möglicherweise singen sie aber nur in ihrer Vorstellung, es ist ja nicht Frühling – so genau will man das jetzt nicht unterscheiden. Sie hört ihnen zu, bildet sie sich vielleicht ein, da ihr, aus Furcht vor noch unbekanntem Entsetzlichen, schauert.

Aber ihr Gesicht verklärt sich, während ich schreibe, wird jung, strahlt unauslotbare Freude im Wechsel mit tiefem, wehmütigen Schmerz. Aus dem Nebel hinter den Lidern ersteht ein Gesicht, das sie ohne Erschütterung nie mehr wird sehen können: ein Jungengesicht, zwanzigjährig, ein freches Gesicht. Martins Gesicht. Mit aller Kraft versucht sie, es von sich zu schieben. So lange es nur geht, wird sie es abwehren, weil sie fürchtet, seine Kostbarkeit könnte sich abnutzen bei zu häufigem Gebrauch. Und auch ich, die Schreibende, wehre es ab, weiche lieber auf das Bild des brandenburgischen Pfarrers aus, der Martins Vater ist. Evi hat ihn nie gesehen; aber sie kennt ihn durch Martin genau. Ich kenne ihn genau. Ich weiß, dass er sich zum Schlafen einen Strumpf über die Glatze zieht wie eine Zipfelmütze. Ich kenne seine Träume und lächle, weil ich ihn wie eine Tochter liebe.

Die Liegende hört ihn schnarchen. Hinter dem Gebirge des Federpfühls erkennt sie den Umriss seines Schädels, weil der Mond Helligkeit durch die Wolkenritzen streut, und der Pfarrer bei offenem Fenster schläft. Noch ist ja nicht Krieg, der Verdunkelung verlangt. Fötales Verkriechen des Vaters, seit die Mutter nicht mehr lebt, hat Martin behauptet und gelacht. Tastend kontrolliert der Vater die Ohren, ob sie auch ausreichend bedeckt sind. Dann schläft er gut, mein Alter; aber er träumt, spricht laut oder leise im Schlaf, und man kann seine Träume wie Geschichten mit anhören. Sie sind bunt:

Ich war ein Greis, viel älter, als ich heute bin. Ich hatte ein wollenes Hemd, das so weiß war wie die Wolle der Schafe. Längst

hatte ich den Namen derer vergessen, die es gewoben hatte. Nur manchmal roch ich den ranzigen Talg, mit dem ihre Haare geglättet waren, von der Mitte aus über die breiten Schläfen. Im Spätjahr etwa, wenn auf meinen Wegen die Brunnen seltener wurden, wenn ich zwischen dem Geröll saß, wenn es dunkelte und noch weit war bis zum Blöken einer Herde, dann kam der Duft der schwarzen Haare über die Steppe und streifte mich.
Ich saß durch die Nacht, auf den einen oder anderen Arm gestützt, und hörte das Knistern des dürren Grases, das die Tageshitze entließ. Nie störte ich die Nacht mit einem Lied aus meiner Flöte.
Ein Greis war ich und hatte ein wollenes Hemd. Darüber trug ich ein kirschrotes Wams, mit bunten Fäden bestickt, wie alle Hirten. Mein vergilbter Bart hing mir in zwei Schnüren auf die Brust; beim Gehen spielte ich mit seinen Enden. Ich wanderte durch den Tag, bis ich eine Herde fand, bis ich sah, dass sich ein Balken über einem Brunnen senkte. Dort setzte ich mich auf den steinernen Rand und blies auf meiner Flöte. Mit den Fingerkuppen streichelte ich ihren Leib, der aus Streifen von Baumrinde geformt war wie ein langes Brot. Ich tastete nach den sanften Mulden, in welchen die Löcher eingebettet waren, und netzte das Mundstück mit Speichel. Dann stiegen die Töne in den rötlichen Abend. Die Steppe leuchtete auf, und ich trat auf dem Goldstaub der Töne aus dem Greis, der da saß und spielte.
Unter mir lagerten die Schäfer im gelben Gras. Von Zeit zu Zeit hoben sie die Köpfe. Manche lächelten mit geschlossenen Augen. Die Hunde legten sich nahe neben sie. Nur selten warfen die Männer einander ein Wort zu. Ihre Stimmen vernahm ich nicht, da meine Füße die Steppe nicht berührten. An vielen Brunnen saß ich so und flötete, bis die roten Stunden verglommen waren. Sie gaben mir, was sie nicht brauchten, und ich schlief bei ihnen im Dunst der Herden. Es war gut.

Dann kam der Tag, an dem sie anders ihre Köpfe hoben, als ich flötete. Sie sprangen auf und drangen aufeinander ein. Sie stritten um mein Spiel. Die Hunde dehnten ihre Rachen; stoßend streckten sie die Hälse. Ich sah, dass sie bellten. Da warf ich meine Flöte in die Tiefe. Den Aufschlag auf dem Wasser hörte ich nicht. Aber ich hörte die unendlich klagenden Töne meiner Flöte.

Jetzt ist es Nacht. Ich sitze, an den Brunnen gelehnt, allein, manchmal auf den einen oder anderen Arm gestützt. Mich hungert. Da kommt aus der Weite der Duft von ranzigem Talg zu mir, und ich sehe sie, nach der ich mich sehne: Sie glättet ihr Haar von der Mitte aus über die breiten Schläfen. Ihre Augen und Lippen sind Mulden, mit Goldstaub gefüllt. Sie winkt mir mit dem Lied, um das sich die Hirten gestritten hatten. Und liebend umschlungen sinken wir auf der Skala der Töne in den Brunnen hinab.

*

Wenn das Haus fertig ist und uns umgibt, Eduard, hat sie gesagt, dann ist es ein Haus aus Fetzen ungeschlafenen Schlafes, aus Grübeln, Schweiß, Hoffnung und Sparen gebautes Haus, aus Abmachungen zwischen uns und anderen Menschen, die wir bis dahin nicht gekannt haben. Und schön wäre, wenn es schwanken würde, zum Beispiel bei Wind, dann wüsste man, dass es noch lebt und nicht schon gestorben ist.
O Anna!, hat Eduard nur gerufen. Wie du das nur so sagst!
Aber damals hat sie noch nicht an ein Haus mit Bogenfenster gedacht. Der Junge ist vierzehn gewesen und sollte eine Zukunft bekommen, wie der Lehrer sagte. Er ist intelligent, der Rolf! Versäumen Sie doch nichts an Ihrem Sohn, Herr Wiesental!, hat der Lehrer gesagt.
Ja, intelligent. Dringlich hat Eduard den Lehrer angesehen, der nicht hat begreifen wollen, dass eine Zukunft, wie er sie meinte, Geld kostet – auch wenn die höheren Schulen jetzt kein Schulgeld mehr fordern durften. Geld also, und das würde dem Haus dann fehlen.
Wie es der Lehrer meint, Anna! Begreifst du es denn? Kein Haus, Anna! Wie ein schwefelgelber Dunst hat sich der Schrecken über Eduards Kopf hinaus – vor dem Fenster mit den zerschlissenen hundertfach geflickten Vorhängen, vor den tränenden Scheiben, weil es draußen kalt gewesen ist – ausgedehnt. Hell genug war es von draußen doch in dem viereckigen Rahmen, dass Eduards Kopf dunkel und dreieckig davor ausgesehen hat mit den abstehenden Ohren. Die schwefelgelbe Wolke war aus Schrecken und Angst, der Junge würde beim Studieren das Haus seines Vaters – dieses gedachte Haus – mit seinem Wissenshunger verschlingen.

Versäumen Sie an dem Jungen doch nichts, Herr Wiesental. Niedergeschlagen hat Eduard Rolf am nächsten Tag also im Gymnasium angemeldet.
Aber dann war das Wunder geschehen. Sie weiß, dass es ein Wunder war, weil nur Wunder so unvorhergesehen und genau zur rechten Zeit erscheinen: Eduard hat in der Firma *Silberstamm Uniformknöpfe* auf eine bessere Stelle aufrücken können. Am selben Abend hat sie ihm ins Ohr geflüstert: Jetzt, Eduard, reicht es doch auch für eine größere Wohnung, zum Beispiel für eine Wohnung am Ring? Ohne Weiteres hätte sie diesen Satz auch laut sagen können, denn sie waren im Schlafzimmer allein.
O Anna! Zerstreut hat er ihren Arm gestreichelt. Eine Fahnenstange setzen wir dann oben drauf! Und sie hat begriffen, dass seine Gedanken nirgendwo anders als beim Haus gewesen sind. Fahnen ragten damals ja aus vielen Häusern, und es sah lustig aus, weil Rot so eine schöne Farbe ist. Und das Hakenkreuz in dem weißen Feld: wie eine niemals untergehende Sonne!
Aber nicht vorne raus, Anna: Wir setzen sie aufs Dach! Man kann zwei Firstkappen mit Zinnblech ummanteln, die Hülse auflöten, im Dachstuhl verankern. Und die Fahne flattert lustig im Wind – unsere Fahne, Anna!
Für eine preiswerte Wohnung, weil der Junge im Gymnasium war, hat Eduard nun doch – trotz seiner neuen Position bei *Silberstamm Uniformknöpfe* – viel herumgesucht, bis Herr Silberstamm gemeint hat: Am Ring, Herr Wiesental, gehört mir ein Haus. Vielleicht lässt sich da was machen?
Wie gut der Herr Silberstamm ist!, hat sie gesagt. Die Tränen sind ihr in die Augen gestiegen. Und für kurze Zeit hat Eduard das eigene Haus und die Fahne auf dem First vergessen.

Jetzt gibt es schon viele Jahre keine solchen Fahnen mehr, sagt die dicke Wiesental zur Liegenden, als wüsste die es nicht selbst, und die Schürzen und Kinderkleider, die aus dem Fahnenstoff genäht worden sind, sind längst zerschlissen. Gestern noch, am Abend dieses 9.9., warnend schaut sie zur Liegenden hin, dass sie nur ja nichts gegen dieses Datum einwendet, also gestern noch hat Eduard zu ihr gesagt, wie komisch es doch ist, dass sie nie an eine Fahne für das Haus am Bannzaun gedacht habe und somit

auch keine Firstkappen mit Zinkblech ummantelt worden sind.
Nicht einmal für alle Fälle, Anna!
Das hat dann auf einmal keinen Spaß mehr gemacht, Eduard, hat sie gesagt.

*

Die Sandsteintreppen im Haus Nr. 17 – Du weißt es von damals, Evi, sagt die Liegende zu sich selbst – sind flach, breit, rot, ausgetreten. So sind sie in allen Häusern am Ring. Und sie sieht sich – klein noch – zusammen mit Hanno vor der schweren Haustür stehen. Hanno hält die Hand über den Klingelknopf, neben welchem jener geheimnisvolle Kreis mit dem Kreuz kaum noch zu sehen ist, der ihr Angst gemacht hat: Das Zeichen! Es ist ja auch nicht mehr nötig, es gibt keine Bettler mehr. Falls es an den anderen, ebenfalls aus der Gründerzeit stammenden Häusern der Straße, den Häusern mit den gekröpften Steinquadern der Fassade, ebensolche Zeichen gegeben haben sollte, sind sie ebenso verschwunden. Die Häuser haben einander immer geähnelt. Überall Scheinquader. Auch die bunten Glasfenster der Treppenhäuser gleichen einander, die keine Ausblicke in die Hinterhöfe gestatten.
In einigen dieser Häuser putzt Mina Frech die Treppen, reinigt die gusseisernen Geländer, wachst die Handläufe, die aus Eichenholz sind. Auch die Treppe im Haus Nr. 17 putzt sie, während das behinderte Kind neben der Wohnungstür im Hochparterre sitzt und bunte Fäden knüpft. Es schaukelt mit dem Oberkörper vor und zurück. Die Treppen sind alle gleich in den Häusern, in welchen die Mutter putzt, das weiß es. Die Namensschilder sind andere.
Die Mutter geht Wasser holen im Hof; der Eimer tuckert am Henkel. Wenn der Eimer voll ist, tuckert er nicht. Das Mädchen knüpft und schaukelt: auf den Finger legen, festhalten, Schlinge überziehen, festhalten. Neben seinem Kopf das Türschild mit der verschnörkelten Schrift. Ephraim Hofmann heißen die Schnörkel, sagt die Mutter, das ist der Mann mit dem Rollstuhl.
Die Mutter steigt auf der Treppe. Ihre Schritte werden langsam, hören auf. Der Eimer schürft weit droben auf dem Steinboden. Wasser plätschert. Das Mädchen hört das Scheuern auf dem rau-

en Stein. Die Mutter putzt im vierten Stock. Nah neben seinem Ohr hört das Kind hinter der Tür den Rollstuhl näher kommen. Er quietscht. Es weiß: Der gelähmte Mann sitzt jenseits der Glastür und horcht auf das, was im Treppenhaus geschieht.
Droben, im vierten Stock, muss jetzt die Wohnungstür aufgehen und wieder einschnappen. Dann trippelnde Schrittchen, gleichmäßige und ungleichmäßige über die Treppen herunter. Die gleichmäßigen gehören dem alten Fräulein von Steinbeek, das dem Kind bunte Fäden schenkt. Aber es lauscht auf die ungleichmäßigen, kratzenden, starrt mit angstweiten Augen auf die letzte Wendung der Treppe. Und während es aufspringt und den Rock vors Gesicht hebt, schreit es: Das Tier!

Habe ich dir nicht schon oft gesagt, mein Kind, dass er dir nichts tun kann, weil er zu alt dafür ist? – Hier hast du bunte Fäden! – Warum schreist du also so hässlich?
Angst, flüstert das Mädchen, es fällt auf mein Gesicht.
Neben sich, hinter der Glastür, hört es, wie der Rollstuhl sich quietschend entfernt. Es denkt: Der Mann fährt in die Stube und erzählt seiner Frau von dem alten Fräulein und dem Dackel. Es hört ihn murmeln.
Die Mutter putzt im dritten Stock.
Gleich muss dort das Klavierspiel beginnen: Töne in langen Reihen. Dann wird ein Junge ins Haus kommen, über die Treppe hinauf und in das Klavierspiel hineingehen. Er macht es kaputt. Die Töne sind dann zerhackt. Sie taumeln und sind sehr klein. Das Mädchen mag den Jungen nicht. Es schaukelt: Auf den Zeigefinger legen, festhalten, Schlinge überziehen, festhalten. Der Rollstuhl quietscht wieder nahe hinter der Glastür. Da kommt der Junge. Er hält sich die Nase zu, wenn er an dem Mädchen vorbeigeht. Er steigt die Treppe hinauf bis in den dritten Stock und macht die Töne kaputt.
Die Mutter putzt im zweiten Stock.
Dort, wo die Mutter jetzt putzt, soll die Glastür aufgehen, denkt das Mädchen. Es lauscht gespannt. Es will die Stimme hören, die sagt: Adieu, mein Lieber! Die Stimme ist sanft. Die Glastür öffnet sich. Adieu, mein Lieber. Sanft. Die Tür geht wieder zu. Das Mädchen freut sich. Für einen Augenblick hört das Scheuern auf.

Da hinein sagt der Liebe etwas Schönes zur Mutter. Das Mädchen schaut erwartungsvoll die Treppe hinauf. Den Finger mit der Wollschleife hält es abgespreizt.
Danke, Herr Hohmer!, sagt die Mutter. Das Scheuern setzt sich fort.
Jetzt kommt der Herr an dem Kind vorbei, lacht aus den Augenwinkeln, flötet mit gespitzten Lippen, spielt mit zwei Fingern einen flatternden Vogel. Unter der Haustür winkt er mit der Melone zurück. Draußen setzt er sie auf. Er muss zur Zeitung, hat die Mutter gesagt. Das Kind denkt sich eine Zeitung.
Die Mutter putzt im ersten Stock, wo man Sanders heißt.
Die schwere Haustür geht auf. Mit vollen Taschen kommt das Dienstmädchen von Frau Sanders vom Einkaufen zurück. Es heißt Anni, das weiß das Kind. Wenn ich mal nicht kommen kann, Anni, hat die Mutter gesagt, putzt du dann die Treppe für mich? Manchmal hat die Anni Bonbons in der Tasche. Zwei oder drei für das Kind. Es streckt die Hand aus. Will haben. Die Anni gibt ihm, steigt an ihm vorbei, stellt auf jeder Stufe den zweiten Fuß neben den ersten, wie es Menschen tun, die kurze Beine haben.
Guten Morgen, Mina!, ruft die Anni und öffnet die Glastür von Sanders.
Warst schon einkaufen, Anni.
Ja, einkaufen.
Draußen fährt der Milchmann vor. Hü! Brr! Der Karren rattert und bimmelt. Gleich wird er die ganze Hand auf die Klingelknöpfe drücken, der Milchmann. In allen Stockwerken wird es gleichzeitig schellen. Das Mädchen presst die Hände auf die Ohren. Keiner im Haus will etwas vom Milchmann haben, weder Butter, noch Eier, noch Milch. Auch keinen Quark. Der Mann im Rollstuhl hustet.
Das Mädchen schaut zur Treppenkehre hinauf. Es sieht die Mutter rücklings herunterkriechen. Sie greift nach dem Eimer und stellt ihn ein paar Stufen weiter unten wieder ab. Alles im Knien. Sie schnauft. Es weiß, sie schwitzt, ist rot und nass, und die Haare kleben. Nachher, um sich nicht zu erkälten, wird sie die Jacke anziehen, die unten am Treppengeländer hängt. Es steckt die bunten Fäden in die Schürzentasche, steht auf. Nur noch das alte Fräulein von Steinbeek muss mit dem Dackel zurückkommen; dann bindet die Muter die Schürze ab. Das Mädchen stellt sich

auf die nächsthöhere Stufe und starrt zur Haustür hinunter. Von oben sieht der Dackel viel kleiner aus. Das Mädchen schreit nicht. Das alte Fräulein hebt den Dackel auf den Arm, steigt die Stufen hinauf bis oben. Das Steigen setzt immer häufiger aus. Das Mädchen hört daran, dass der Dackel schwer ist.

*

Als Evi an jenem 9. 9. in diesen Pavillon einzog, hatte sie nichts als die Reisetasche bei sich, in welcher das in verzweifelter Hast Zurückgelassene fehlte. Aber das kleine rote Tagebuch – das man, man weiß nicht wie, durch die Zeiten gerettet hat – war noch da. Dieses Tagebuch! Die Gewähr ist es dafür, dass man selbst auch Kind gewesen ist, ich, die Liegende, einmal Evi gewesen bin: in Wälden, dann im Haus Nr. 17 am Ring. Gleich am ersten Abend hier im Pavillon hat Evi es in der Reisetasche gefunden und in das eine der beiden Betten geschoben, das die Else kurz zuvor auf Geheiß des Doktors bezogen hatte. Jetzt, als die Schreibende, holt man diesen so fremd gewordenen Beweis eigener Kindheit hervor, sieht die kindlich-steile Schrift beim Aufschlagen wieder und belächelt sie wehmütig. Auf den letzten Seiten wird die Schrift flüchtig. Ganz vorn, wo sie noch steil ist, muss das Kind 12 Jahre alt gewesen sein oder nur wenig mehr. Man liest, was Evi am ersten Abend in diesem Pavillon gelesen hat – oder besser: was ihr erschöpfter Blick zufällig bestrichen hat, ehe sie die Liegende geworden ist.

8.9.34 Wenn Frau Sanders Pater Friedbert zur Beichte erwartet, befiehlt sie der Anni, den Badeofen zu heizen. Das Wasser im Zylinder saust und brüllt und ich habe Angst, dass der Ofen platzt. Sie schickt Anselma und mich in die Badewanne, weil sie weiß, dass wir mit der Dusche so gern unsern Unfug treiben. Die Anni wischt hinterher alles auf. Anselma sagt aber, der Mutter gehe es darum, dass wir sie beim Beichten nicht stören und nicht von dem Kuchen betteln, den Frau Sanders für den Pater gebacken hat.
13.9. Da oben, wo die Beine am Bauch angewachsen sind, in diesen Kerben, die Mama Leisten nennt, ist Anselma sehr weiß.

Sonst ist ihre Haut aber braun. Sitzend musst du unter die Höhensonne, sagt sie, nicht liegend. Aber bei mir klappt das trotzdem nicht: Meine Leisten sind so weiß, dass sie bläulich aussehen; meine Haut wird überhaupt nie braun. Ich mache aber viel mehr Sport als sie.
30.9. Mit Hanno im Pavillon in Wälden. Onkel Engler hat von der alten Hebamme Bawett behauptet, dass sie jeden Abend vors Dorf hinaus geht, wo sie den Tod auf der Landstraße herankommen sieht. Sie droht ihm dann mit der Faust und sagt etwas zu ihm wie 'eiapopeia' oder so. Ich möchte den Tod nicht auf der Landstraße herankommen sehen. Womöglich gleicht er dem blinden Hausierer von Wälden, der manchmal an unsrer Tür geklingelt hat! In seinem Bauchladen sind aber keine Fadenrollen oder Schnürsenkel, wie er sie Mama zum Kauf angeboten hat, sondern Zettel mit den Namen derer, die er holen wird. Seit der Mann von der Hebamme, sagt die Anni seufzend, die meine Tante Bawett ist, im Sägewerk verunglückt ist, kann sie das mit dem Tod. Aber der Mann von der Mina Frech, der früher auch in Wälden in der Sägerei gearbeitet hat, setzt die Anni jedes Mal dazu, hat den Mann meiner Tante Bawett nicht mehr gekannt. Sie sagt, der Alis Frech sei eine Generation später. Dabei seufzt sie noch einmal. Alte Geschichten!
14.3.35 Im Traum von heute Nacht waren Anselmas Kerben an meinem Mund und so weich wie das Innere eines Frühstücksbrötchens.
20.9. Wenn wir in der Wanne sind, lässt Anselmas Mutter den Pater ins Bad schauen. Man sieht nicht genau, ob er uns auslacht, weil man seinen Mund nicht sieht. Sein Bart hat nur ein rotes Loch. Gott sei Dank beschlägt ihm die Brille!
26.9. Frau Sanders hat einen großen Trost von der Beichte, sagt Anselma. Den braucht sie auch, seit der Kleine aus dem Fenster gefallen ist, wenngleich das schon so lange her ist. Ich habe keinen Trost. Er wollte mich doch heiraten.
27.9. Wir ekeln uns vor der Silling. Ihr Klavierspiel dröhnt durchs Treppenhaus bis unten hin. Wir lassen nicht mehr zu, dass sie unsre Finger berührt, wenn wir sie falsch auf die Tasten setzen. Anselma lernt schneller als ich. Es ist ihr nicht so widerlich wie mir, von der Silling hämisch angesehen zu werden. Sie ist ja auch

musikalischer als ich, und Anselma findet die Augen der Silling nicht so wie ich. Mich nämlich erinnert ihre Farbe an den Schleim, den der blinde Hausierer ausgehustet hat. Die Zimmer im dritten Stock, sagt Anselma, könne die Silling nur deshalb kostenlos bewohnen, weil dort eine Firma gebrauchte Klaviere abstellt, die nicht kalt werden dürfen.

Je weiter ich, die Schreibende, in dem kleinen roten Buch nach hinten blättere, umso sporadischer werden die Eintragungen. Manchmal sind da Abstände von Monaten, mitunter von Jahren, wenn nichts mehr wichtig genug gewesen ist, festgehalten zu werden. Die Liegende hat dieses geringe Zeugnis ihres Lebens hin und wieder unterm Kopfkissen hervorgezogen, hat hineingeschaut und es manchmal mit Tränen in den Augen zurückgeschoben. Manchmal aber zurückgestoßen und sich auf die Lippen gebissen oder den Kopf im Kissen vergraben. Für mich soll es dennoch, wie gesagt – wann immer ich zweifle –, der Beweis dafür sein, dass auch ich einstmals Kind gewesen bin. Die festgeschriebenen Daten sollen meine Sicherheit sein, wie sie der Liegenden – beim verwirrenden Beharren der dicken Wiesental auf ihrem Sterbetag und während des Heranwogens der Bildabläufe – Ankergrund gewesen sind.

*

Schon wieder nähert sich diese eigensinnige Alte, umrahmt von ihrem Bogenfenster, der Liegenden. Breit sitzt sie auf dem Armstuhl, den Eduard ihr an jenem Abend des 9. 9. zurechtgerückt hat, damit sie auf das Dorf hinuntersehen könne.
Heute ist der 10.9., du da, sagt sie, Widerspruch mit einer Geste von vornherein abwehrend. Als sähe sie das Dorf wirklich unter sich liegen, deutet sie wichtigtuerisch: Die Morgensonne, du da, scheint flach über die Dächer! So hat sie noch gestern zu Eduard gesagt. Die Strahlen der Morgensonne haben viel Grünes. Ganz anders als die vom Abend! Kommt dir das nicht auch so vor, Eduard?, hat sie von ihm wissen wollen.
Jetzt, wo du das so sagst, Anna! Lange hat er nachgedacht. Vielleicht macht die Erde diesen Unterschied?, hat er ihr zu bedenken gegeben. Sie dreht sich doch immer nur nach der einen Seite.

Die Schatten, hat sie gemeint, sind morgens purpurn oder violett und am Abend von herbem Blau. Und in der Abenddämmerung schieben sich die Giebel übereinander, Eduard! Man könnte meinen, sie durchdringen einander, sodass ihre Kanten und Flächen sich vielfach überschneiden. In der Morgensonne rücken sie auseinander, falten sich wieder auf und machen Tag. Du kannst auch sagen, sie machen Welt.
Ja, Anna, Kanten und Flächen machen die Welt.
Warum willst du hochgieblig bauen, Vater?, hat Rolf damals gefragt, als die Baracken so rasch an den Stadträndern verschwunden waren und Steinhäuser an ihrer Stelle gebaut worden sind, die aussahen wie Güterzüge: niedrig und lang, aber mit steilem Dach. Warum? Er hatte das Einjährige und den Preis für Physik.
Alle bauen jetzt hochgieblig, hatte Eduard aufgebracht entgegnet, jetzt, wo doch alles besser geworden ist. Das ist der Stil des Besseren, Herr Sohn! Und noch keinem hat es geschadet, wenn er sich auf das Altehrwürdige besonnen hat!
Dann nagel auch zwei Pferdeköpfe an den First, Vater!
Neuerdings hatte Rolf so ein Lächeln an sich, mit dem Eduard nicht fertig wurde. Zeig deine persönliche Idee, Vater!
In dieser Nacht hat sie an Eduards Atem gehört, dass er nicht schlief. Unruhig hat er sich hin und her geschoben. Siehst du, Anna, hat er ächzend gesagt, solche Reden kommen nur vom Gymnasium! Dieses: Zeig deine persönliche Idee! Aber du hast vielleicht doch recht gehabt, Anna, und er hat nach ihrer Hand getastet, Bauen ist ein Verknöchern, Versteinern, Vergreisen, Denkmalisieren; kein Lebendigmachen. Wenn ich dich nicht hätte, könnte ich das nicht so sagen. Wäre es dagegen ein Lebendigmachen, würde man vom Bauen als von einem Pflanzen sprechen. Wachsen würde es, und Säfte stiegen auf und ab. Es würde aus sich selber treiben. Aber kein Haus treibt aus sich selber neu. Auch unser Haus treibt nicht über die Spitze unsres Bleistiftes hinaus. Nur nimmst du, um ihn zu spitzen, nicht mehr dein Taschenmesser, sondern schälst ihn mit dem neuen Ding, Rolf, das du Spitzer nennst. So habe ich zu ihm gesagt, Anna.
Damals hat sie Eduard zugeredet, ein Reißbrett zu kaufen. Nicht sparen, Eduard! Auf einem Reißbrett sieht eine Zeichnung gleich besser aus: Aufgerichtet steht sie da und will sich zeigen. Du musst

die Hand nicht mehr vorschirmen, wenn du, über den Tisch gebeugt wie ein Anfänger, in die Gummikrümel bläst, sondern stehst Auge in Auge mit deinem Werk!
Besser wäre es allerdings für sie gewesen, das gibt sie jetzt zu, wenn Eduard, statt des unaufhörlichen Zeichnens und Herumgrübelns sie am Arm hinausgeführt hätte, als sie noch hatte gehen können. Vielleicht ein Stück weit an den Schrebergärten entlang zu den neuen Kasernen und den Exerzierplätzen, oder nur hin und her im Glacis. Das Fett wäre langsamer an ihr hängen geblieben. Die Füße hätten die Kraft nicht so rasch verloren.

So kräftig wären sie aber doch nicht geblieben, dass sie jetzt dort draußen – sie deutet durch ihr Bogenfenster – auf dem kalkigweißen Weg das Dorf umrunden könnte, das drunten im Kessel liegt. Wenn sie sich nur ein klein wenig in ihrem Armstuhl nach vorn beugen würde, könnte sie diesen Bannzaun unter dem Bogenfenster vorbeischnüren sehen, der vor einem Jahr – sie sucht nach Worten, um es bildhaft auszudrücken – rostig braun gewesen ist. Ein Bagger, dieses beängstigende Grabinstrument, ist durch einen von den Hohlwegen krachend heraufgekrochen, hat den Hang ausgehöhlt, Rasen, Erde und Steine weggenommen, die da seit undenklichen Zeiten gelegen haben: Platz zu schaffen für die aufgetürmten Hohlblocks, die Eduard nicht hat sehen wollen. In der Stadt hat sie sich von ihm in den Bus heben und schieben lassen, selbst ist er aber nicht mitgefahren, sondern, die Hände in den Hosentaschen wie fröstelnd vergraben und ohne sich umzuwenden über das graue Kopfsteinpflaster, das man dort, wo es vom Krieg her noch aufgerissen war, mit Asphalt zugeflickt hat, davongegangen. Im Dorf drunten hat sie auf dem Brunnenrand sitzend gewartet, bis ein Bauer mit dem Fuhrwerk ohnehin zum Bannzaun hatte herauffahren müssen.
Dorfjungen haben sich in den Hohlblocks verbarrikadiert wie in einer Festung. Das ist gefährlich!, hat sie ihnen zugerufen. Eine Festung aus hohlen Mägen! Aber die Jungen haben nur verlegen gelacht, wobei einer sagte: Krieg, Frau, wir spielen Krieg. Dann haben sie den Krieg vergessen und dem Bagger zugeschaut, der den Hang ausgehöhlt hat, Rasen, Erde und Steine weggenommen. Der Bannzaun wurde an dieser Stelle rostig braun.

Auf der Heimfahrt ist der Bus durch den Ring gefahren, vorbei an dem Sandsteinsockel, der von Haus Nr. 17 übrig geblieben ist.
Und sie hat zum Fahrer gesagt: Dort! Dort haben wir gewohnt, Eduard, ich und Rolf, unser Sohn! Aber Rolf nur noch kurz.
So so, hat der Fahrer gesagt und die Mütze ins Genick geschoben. Ob Rolf gefallen oder sonst was war, wollte doch keiner mehr wissen.
Der Armstuhl der dicken Wiesental hebt sich hoch und entschwindet mit ihr, kehrt mit dem Bogenfenster auf seinen Platz am Bannzaun zurück, wie die Liegende es bei ihrer Ankunft im Dorf vom Brunnen aus gesehen hat, ehe sie auf den Pavillon zugegangen ist. Im Sog, der hinter ihren Lidern entsteht, baut sich die Fassade des Hauses Nr. 17 aufs Neue auf, wie sie vor dem Krieg gewesen ist: die gebauchten Scheinquader und über der schweren eichenen Haustür die theatralische Skulptur. Neben ihr, etwas erhöht, die Fenster des Hochparterres mit den beiderseits vorkragenden Steinschnecken, wo Evelyn und Ephraim Hofmann noch wohnen.
Pater Friedbert drückt die Schulter gegen diese schwere Haustür: Er hat das Brummen des Türöffners gehört. Er steigt die Sandsteintreppe zum Hochparterre und noch weiter hinauf, vorbei an dem bunt verglasten Fenster der Kehre, von der aus er schon die Wohnungstür des ersten Stockes erspähen kann, die empfangsbereit einen Spaltbreit geöffnet ist.

*

Mit eifriger Sorgfalt deckt Frau Sanders den Wohnzimmertisch. Die Liegende findet das Gesicht der Hausfrau bemüht. Sie rückt die Zuckerdose, schiebt die Kuchengäbelchen hin und her und spricht dabei mit dem Pater, wie erleichtert sie sei, wie froh, dass er gekommen ist. Mit raschem Griff nimmt sie den Hampelmann vom Klavier und setzt ihn auf des Paters Schoß, er möge ihn wiegen.
Süßer kleiner Hampelmann, sagt der Pater, sieht ihr beim Tischdecken zu und leckt das rote Loch in seinem Bart.
Ob sie heute schon für den verunglückten Kleinen gebetet habe und wie viel, fragt er. Meint dann aber, der habe ihr Gebet wohl nicht mehr so nötig – so ein unschuldiges Kind! Und getauft sei er ja auch gewesen!

Aber um sicherzugehen?, widerspricht sie ihm mit Tränen in den Augen.
Die liebe Dame könne ja einen vollkommenen Ablass für den Kleinen gewinnen, wenn sie wolle. Das sei doch immer das Sicherste.
Sie wisse das. Aber den nächsten Ablass, der zu gewinnen sei, habe sie für einen anderen Menschen vorgesehen, für einen noch lebenden, wenn dies möglich wäre, der ihn nötiger brauche, falls da ein Ablass überhaupt noch nütze.
Ein Ablass nütze immer! Sie solle nur ja nicht anfangen zu zweifeln, das sei das Allerverderblichste! Im Zweifel verliere der Mensch den Rückhalt, den die heilige Kirche ihm biete, und sinke in die Verzweiflung ab – in eine selbst verschuldete, wohlgemerkt.
Gewiss habe er damit recht. Sie vertraue sich ganz seiner Führung an. Aber er solle jetzt doch zugreifen. Er sei hier doch zu Hause, oder so gut wie zu Hause, nicht wahr? Den Hampelmann wolle sie so lange aufs Klavier setzen. Erst am Abend wolle sie ihn wieder füttern, damit er den Magen nicht überlaste.
Der Kuchen, sagt er anerkennend, sei gut, sogar ausgezeichnet! Ob sie des Öfteren so gute Kuchen backe oder nur bei besonderen Anlässen, wie man so sage?
Nein, wehrt sie ab, sie habe ihn gar nicht selber gebacken, sondern das Dienstmädchen, die Anni, habe ihn nach dem Rezept ihrer Tante gebacken, einer Hebamme in Wälden.
So so, das Dienstmädchen! Aber die Anni backe doch gewiss nur unter der Aufsicht der Hausfrau, nicht wahr? Und diese sei ja doch sie!
Ach ja, die Hausfrau sei sie wohl.
Sie seufze so. Ob es ihr schwer ums Herz sei, sie von irgendetwas bedrückt werde? Sie solle es ihm ja anvertrauen! Das Aussprechen sei doch immer eine Erleichterung, was sie doch von der heiligen Beichte wisse.
Aussprechen, das habe sie schon längere Zeit gewollt; aber sie wisse nicht recht ...
Was wisse sie nicht recht? Sie solle doch keine Furcht haben, dass er sie missverstehen könnte! Sei es das?
Ja, das fürchte sie.
Dann wolle er gleich ein Ave mit ihr beten, damit alles, was sie danach miteinander reden, unter dem Schutz der reinen Gottesmutter geschehe! Ob sie das wolle?

O ja! Sie bete doch so gern mit ihm. Es sei etwas Besonderes, mit ihm zu beten. Sie könne sich dabei bis zu dem Gefühl öffnen, als sei der Himmel ihrem Beten ganz nah. Sie spüre – so komme es ihr vor – die Gnade dann *leibhaftig*!
Der Pater bekreuzigt sich. In nomine patris ...

Ob sie nun größere Sicherheit fühle?
Größere Sicherheit, ja. Sie müsse sich nur auf das, was sie sagen wolle, etwas besinnen.
Ob er ihr mit Fragen helfen solle?
Mit Fragen? Ja, wenn er das wolle?
Sie scheine ihm doch mehr bedrückt, als sie ihm anfangs geschienen habe. Habe sie Sorgen in der Familie? Vielleicht mit dem Ehemann? Ob sie nicht preisgeben möchte, für wen sie den vollkommenen Ablass vorgesehen habe, den nächstmöglichen?
Ach ja, das sei es eben: der sei für den Mann. Da dieser aber neuerdings nichts mehr glaube, sei sie in ihrer Absicht unsicher geworden. Könne man denn einen Ablass für einen Ungläubigen erwirken?
Die Entscheidung darüber solle sie doch einfach der Barmherzigkeit des Höchsten überlassen, die sie armseligen Geschöpfe gar nicht ermessen können.
Sie habe gedacht, bekennt sie leise und errötet dabei ein wenig, ob sie diesen Ablass nicht dem unschuldigen Kleinen zuordnen könnte, sodass dieser ihn mit viel größerem Nachdruck als sie selbst dem verirrten Vater darbrächte. Der Kleine bräuchte ja die Früchte selbst nicht mehr.
Er müsse allerdings bezweifeln, dass dies möglich sei. Wo keine Schuld, da kein Ablass möglich, auch nicht zum Weitergeben.
Das gehe also nicht. Das habe sie bereits befürchtet.
Was es denn sei, das den Gatten mit einem Mal so bedürftig erscheinen lasse? Immer habe er in Herrn Sanders doch einen gediegenen Menschen gefunden, einen guten Hausvater. Und habe er ihn kürzlich nicht noch in der Kirche gesehen?
Das müsse schon einige Zeit her sein, begehrt sie auf. Damit sei es eben gar nichts mehr, seit er sich in der Partei so engagiere.
Das eine schließe das andere doch keineswegs aus! Der Pater ist erstaunt: In der ersten Frühmesse der Klosterkapelle zum Bei-

spiel, die stattfindet, wenn es noch dunkel ist, sehe man viele Uniformierte.
Solch ein extremes politisches Engagement bringe – wenn es konträr zur Meinung des Partners sei – doch immer Missstimmungen in ein Eheleben. Aber das sei nun kein Gespräch für den Hampelmann; sie wolle ihn lieber hinaustragen. Indessen möge er, Pater Friedbert, sich Kaffee nachgießen. Es sei ja genügend da.
Sie nimmt den Hampelmann vom Klavier, nötigt ihn, dem Pater die Hand zu küssen und trägt ihn hinaus.

Ob er auch Zucker und Sahne genommen habe, fragt sie zurückkommend. Der Hampelmann schaue ein Bilderbuch an. Sie lasse ihn nämlich nicht gern ans Fenster, das müsse der Pater verstehen. Ja! Das verstehe er gut. Sie habe vorhin aber etwas gesagt, was er nicht recht für möglich halten könne: Dass ein politisches Engagement, und sei es noch so extrem, ein Eheleben stören könnte. Wie er das verstehen solle? Mann und Weib seien doch bekanntermaßen ein Leib. Also sei eine Ehe doch eine so enge, alles Fremde ausschließende, vor dem Altar mit Gottes Hilfe geschlossene Verbindung, dass ...
Aber sie dürfe ihm wohl zu bedenken geben, unterbricht sie ihn mit niedergeschlagenen Augen, dass gerade deshalb, weil diese Verbindung eine so enge ist, alles, was der Partner mit sich herumtrage, besonders spürbar werde – handle es sich nun um missliche oder freudige Ereignisse oder Stimmungen beziehungsweise Eigenschaften wie beispielsweise den Ehrgeiz, in irgendeiner Hierarchie aufsteigen zu können. Dies alles und noch viel mehr kristallisiere sich sozusagen auf seiner Haut: spürbar für den Partner. Besonders dann sei dies schwer zu ertragen, wenn die Bedürfnisse der Frau im Tagesplan des Mannes keinen Platz mehr fänden. Ihr Zorn darüber, bekennt sie mit hochroten Wangen, sei recht eigentlich der Anlass dafür gewesen, dass sie diese Partei von vornherein nicht mochte – der sie ja sonst nichts vorzuwerfen habe.
Das meine er auch: Man könne sich mit ihr arrangieren, meine er, wenn nicht anders, dann doch wenigstens stillschweigend, nicht wahr? Ob sie denn schon versucht habe, den Ehemann von seinen ehrgeizigen Absichten abzubringen?

Das sei leider wirkungslos gewesen. Im Übrigen bringe ihr seine Stellung doch auch gesellschaftliche Vorteile, das wolle sie gerne zugeben.

Ob sie nicht in der Lage sei, alles Quälende – wenigstens jeweils für Stunden – mit christlicher Geduld zu ertragen, er meine, im Stillen zu beten?

Da könne sie nur je nach Situation.

Er begreife das.

Er möge bitte, beginnt sie noch einmal mit abgewandtem Gesicht, Nachsicht mit ihr haben, wenn sie es ihm noch unzarter andeute: In einer *bestimmten* Situation gehe es nicht, das Beten. Da könne sie sich beim besten Willen nicht helfen. Vor dem Altar habe sie ihrem Mann doch Unterwerfung in guten wie in bösen Tagen versprochen. Diesem Versprechen könne sie aber nur auf Kosten ihrer Gesundheit gerecht werden – soweit sie anderweitig keine Hilfe fände.

Sie meine, der Mann sei so ausschließlich von seinem politischen Ehrgeiz eingenommen und von ihr abgelenkt, dass sie in den Augenblicken ehelicher Vereinigung nicht zur genügenden eigenen Befreiung komme? Ob sie sich denn schon ausreichend geprüft habe? Sei das nicht eher eine Folge des langen Zusammenlebens? Oder aber, er wage es fast nicht auszusprechen, weil sie noch so jung aussehe, oder aber sei es, weil sie auf die schwierigen Jahre zusteuere? Das alles müsse man in Betracht ziehen. Ob sie denn noch keinen Arzt in dieser Sache aufgesucht habe?

Einen Arzt?

Er selber könne sie als Mönch ja nur mangelhaft beraten.

Einen Arzt! Sie lacht abfällig. Sie habe es bereits erfolglos getan. Ein zweites Mal gehe sie da nicht hin! Das solle er von ihr nicht verlangen! Das nicht! Groß schlägt sie die Augen zu ihm auf: Er, *er* solle ihr doch um Gottes Willen, *um Gottes Willen* helfen!

Vielleicht wäre es ihr eine Hilfe, meint er nachdenkend, zu wissen, dass er jeden Abend für sie beten wolle? Die Stunde solle sie ihm ungefähr angeben, es dürfe ruhig spät sein.

Oh ja, ruft sie begeistert aus. Wenn er das für sie tun würde! Das ja! Dafür wäre sie ihm wirklich sehr, sehr dankbar! Sie müsse ihm nämlich ein Geständnis machen. Es komme ihr zwar schwer

über die Lippen, sei aber dennoch gesagt: Wenn sie nach besagter Situation endlich einschlafe, träume sie häufig von ihm.
Sie träume von ihm, einem armen barfüßigen Mönch? Da sei sie wahrhaftig eine sehr liebe Frau! Er streichelt ihren Arm, sieht ihr lächelnd ins Gesicht und lässt das rote Bartloch offen stehen. Das, sagt er endlich schluckend, gebe ihm die Möglichkeit ein, ihr zu helfen: Sie solle doch einfach an ihn denken, *ehe* sie zu träumen beginne! Wenn sie sich dann daran erinnere, dass auch er an sie denke – für sie bete, setzt er hastig dazu –, könnte sie vielleicht alles Unfertige und Unangenehme überwinden! Das gäbe ihr ganz gewiss den nötigen Rückhalt. Das glaube er fest.
Sie nickt mit verklärtem Gesicht.
Ob es ihr nicht schon leichter sei, da sie sich alles von der Seele geredet habe?
Viel, viel leichter, sagt sie. Jetzt wolle sie den Hampelmann wieder hereinholen, der gewiss schon weine, weil ihm das Bilderbuch langweilig geworden sei.
O ja, den Hampelmann! Er selber müsse jetzt auch aufbrechen und hoffe sehr, dass sie bis zu seinem nächsten Besuch alle Schwierigkeiten überwunden habe.
Er solle sie zum Abschied segnen!

*

Die Szene verblasst hinter den Augen der Liegenden; aber das Wort 'Segen' bleibt hartnäckig im Pavillon hängen. Segen: Ich lasse dich nicht, du segnest mich denn! Segne mich, Vater! Jacobssegen, erschlichener Segen. Erzwungener Segen, erflehter Segen. Segen: die Vorschussgnade, der Liegenden aus biblischen Zusammenhängen bekannt, aber nicht nur aus diesen. Segen der Erde, Fruchtbarkeitssegen, Kindersegen, Segen der Erstgeburt. Segen der Arbeit, gesegnete Mahlzeit: magische Formel für das, was prosperieren soll. Segen, das Nützliche, das dem Fortkommen Dienliche, ein Etwas, das dem Leben vorher gefehlt hat, dem segenlosen. Jetzt Hand auf den Kopf. Der Mönch solle etwas auf Frau Sanders' Kopf tun, worüber er selber nicht besitzend verfügt. Das er mit seiner blassen Priesterhand nur weiter reicht, wenn überhaupt.

Segen?, fragt die Liegende laut, im eigenen Lebenslauf suchend. Mühsam versucht sie, die Bilderfolge, von der sie eben verlassen worden ist, aufs Neue zu beleben: Das Haus Nr. 17, wie es vor dem Krieg war. Das Haus mit oder ohne Segen? Vom Ring her der Eingang zwischen den Pfeilern mit den mächtigen Atlanten, die gigantenhaft aus der Hauswand ragen, um das sinnlos bombastische Tympanon zu tragen. Die schwere, dunkle eichene Haustür mit ihren stereotypen Feldern und Schnitzereien. Dahinter der Boden mit den Kunststeinmosaiken. Die Sandsteintreppe – die jetzt schon von einer fremden Putzfrau gereinigt wird, nicht mehr von der Mina Frech – rot, flachstufig, ausgetreten in langer Zeit, jetzt vom Fuß des Paters, eines Mannes, der gehalten ist, mit der Priesterhand zu segnen.
Die Mina putzt keine Treppenhäuser mehr, hat es nicht mehr nötig, Frau Hohmer, hat die Anni zu Mama gesagt. Der Mann ist Hausmeister im Gymnasium geworden. Niedere Nummer im Parteibuch.
Ich verstehe, hat Mama gesagt.
Was versteht Mama?, hat Evi gefragt, als sie mit Anni allein war.
Ach, dass sich die Mina über seine Anstellung freut. Die Wohnung in der Schule gehört dazu.
Die Liegende sieht die Küche der Hausmeisterleute, das Ledersofa mit den weißen Porzellanknöpfen, das Kissen mit dem eingestickten Spruch: NUR EIN VIERTELSTÜNDCHEN. Mina steht da, starrt auf dieses Kissen. Man hört, wie sie murmelt: Jetzt sind die alten Kämpfer dran, wer denn sonst? Alis! Und sie nickt gewichtig: Die Schaufel hat er in den Kies gestaucht, den Karren in die Ecke. So einen hat sie jetzt: einen Hausmeister! Wenn sich am Nachmittag die Schule geleert hat, nimmt er den Schlüssel aus dem Sack, sperrt den Wandschrank neben der Turnhalle auf, wozu nur er die Berechtigung hat, greift den Besen heraus, den Beutel mit dem Sägemehl, das so scharf riecht, weil es geölt ist. Die Liegende meint, diesen beißenden Geruch selbst im Pavillon zu riechen. Die Pfeife zwischen die Zähne geklemmt, wendet der Hausmeister den breitnackigen Kopf, sucht mit zusammengekniffenen Augen den Schulhof ab, der jetzt von Schülern leer zu sein hat. Ob die Eigenen irgendwo herumtrödeln? Mit einer sprechenden Handbewegung befiehlt er den immer noch weißblonden Erich und die arme Irm-

hilt, die lieber bunte Fäden knüpfen würde, zur Arbeit heran. Und sie streuen das frische Sägemehl, das noch hell und gelb ist, über den schwarz geölten Holzboden der Schulräume. Der Vater kehrt es, alle Ecken und Fugen bedenkend, über die Bretter; rasch wird es grau. An der Tür schaufelt der Junge es in einen Eimer. Ist es aber ganz schwarz geworden – die Holzflocken sind nur noch hässliche Krümel; es ist also nicht mehr zu gebrauchen, weil es verbraucht ist –, weist der Vater mit dem Kopf auf den anderen Eimer, in dem die Abfälle gesammelt werden.

Die Mutter putzt unterdessen draußen die Aborte, den klebrigen Jungenpiss, was sie weniger anstößig findet als die Treppen in den Häusern der Wohlhabenden. Jetzt hat sie selber was. Sie schneidet Zeitungspapier in handgroße Stücke und spießt sie auf den eisernen Dorn des Halters. Danach geht sie in die Küche zurück, schürt den Herd, stellt die Bratkartoffeln fürs Abendessen auf. Und während sie mit der Kratzschaufel in der Pfanne scharrt, einen Brocken Schweineschmalz unterschiebt, Kümmel überstreut, wirft sie Blicke durchs Fenster auf den Schulhof. Volksschüler, die auf dem Hof der Gymnasiasten nichts zu suchen haben, turnen da mit Fahrrädern herum, bis Alis sie mit einem schrillen Pfiff verjagt.

Aber auch die Gymnasiasten fürchten ihn. Zucht muss sein! Mitten im Pausengelächter halten sie ein, werfen erschrockene Blicke zur Hausmeisterwohnung herüber. Nach dem Unterricht verlassen sie das Schulgelände sofort, stehen nicht mehr albernd beisammen. Keine Lust, im Blickfeld hämischer Kontrolle zu verweilen. Die Liegende sieht sie davontrotten, manche vorbei am Arbeitsamt, vor dem nun keine Männer mehr auf dem Trottoir lungern, und solche, die mit grauen Fingern Kippenreste aus den Fugen zwischen den Pflastersteinen kratzen. Einige Schüler trödeln lachend und schreiend durch den Ring, vorbei am Haus Nr. 17. Im Hochparterre liegt eine Schlampe im Fenster, worauf sie gewartet haben. Mit dem Zeigefinger deuten sie einen Sechser vor der Nase an, deklamieren ein Stück Thekla aus dem Wallenstein für die reizende Evelyn, weil sie außer dem Wallenstein nichts kennen. Den haben sie im Unterricht gelesen. Zwei hübsche Mädchen wohnen hier im ersten und zweiten Stock. Die Jungen werfen einander ahnungsvoll-verschämte Blicke zu, noch keine misstrauischen, weil sie noch keine Rivalen sind.

Ein eleganter älterer Junge in englischem Höschen verlässt das Haus. Mit gierigen Augen messen sie ihn, möglichst verächtlich. So, wie der aussieht, möchten sie auch einmal aussehen! Der heißt Friedrich von Steinbeek, sagt einer. Das ist der Neffe von der Alten, die im vierten Stock wohnt. Ihr Dackel schläft in einem Bett aus Seide und frisst nur aus Meißner Porzellan, das kann ich euch sagen.
Dann sehen sie, dass sich im ersten Stock ein Vorhang bewegt und sind plötzlich stumm. Hinter dem Vorhang vermuten sie zu Recht die beiden hübschen Mädchen. Die eine heißt Anselma, die andere Evi, sagt einer, und sie tun im Weitergehen, als interessierten die Mädchen sie nicht.
Anselma und Evi schauen über die Jungen hinweg, die noch indiskutabel sind. Sie schauen dem jungen Steinbeek nach, bis er nicht mehr zu sehen ist. Mit heißen Gesichtern lachen sie geziert, verlegen und verlogen einander an, weil jede von beiden den jungen Mann insgeheim für sich allein reserviert.

Anselmas Augen sind groß und aufmerksam und sie ist sich ihrer Wirkung bewusst. Der schwarze Pony glänzt. So kehrt sie bei der Liegenden ein. Ihre Gestalt ist zartgliedrig, kapriziös, lässt früh schon Kindlichkeit vermissen. Noch immer schmerzt einen Anselmas Bild, weil man sein wollte wie sie: apart, braunhäutig, graziös.
Als Evi gegangen ist, lauscht sie zum Nebenzimmer hin.
Mama? Wir brauchen zwei Ostereierkörbchen in diesem Jahr, Mama! Du wirst am Ostersonntag doch in die Kirche gehen, Mama? Zum Verstecken will ich unbedingt allein sein, Mama!
Kommst du nicht mit in die Kirche, liebes Kind?
Papa hat gesagt, ich muss nicht. Nimm die Anni mit.
Für wen sollen die beiden Körbchen sein?
Für die Anni und den Hampelmann.
Wo ist er denn, mein Süßer?
Auf dem Klavier, Mama.
Die beiden Körbchen hat sie bekommen. In eines von ihnen legt sie ihre neue Haarspange.

Das Fest ist da: das Fest aller Feste. Vorwegnahme einer Menschheitszukunft, an die zu glauben einem schwerfällt. In aller Frühe

verlässt das Fräulein von Steinbeek mit dem Neffen, der wieder Urlaub hat, das Haus. Vom Eise befreit sind Strom und Bäche. Sie führen den Dackel zur Flusspromenade, knappe fünf Minuten, in welchen der Dackel siebenmal das Bein hebt und sein Osterwürstchen macht. Kurz danach eilt Herr Sanders in der von Anni tadellos gebürsteten Uniform zum Appell. Anselma sieht von oben, wie er mit durchgedrücktem Kreuz das Glacis durchquert, nur hin und wieder von einem der exotischen Bäume vor ihren Blicken verdeckt. Frau Sanders und Anni treten unten aus dem Haus. Der Eisberg ist mit dem Wintermantel bedeckt, denn noch duldet die Sonne kein Weißes. Schade. Anselma tritt ins Zimmer zurück und versteckt die beiden Osterkörbchen. Dann kehren die Steinbeeks von ihrem Osterspaziergang mit dem entleerten Dackel zurück. Der Neffe hat seiner Tante den Unterarm zur Stütze angeboten.
Leise öffnet Anselma die Wohnungstür, die hier wie in allen ähnlichen Wohnungen zur Hälfte verglast ist. Sie horcht ins Treppenhaus hinunter. Die schwere Haustür klappt, fällt ins Schloss. Anselma weicht in den Wohnungsflur zurück, hört die näher kommenden Schritte auf der Treppe. Die des Dackels fehlen. Sie hört daran, dass er schon von unten heraufgetragen wird.
Ein frohes Osterfest, Fräulein von Steinbeek!, ruft sie fröhlich.
Ein frohes Osterfest, mein Kind! Ich habe Festtagsbesuch, wie du siehst.
Haben Sie schon Eier gesucht, Fräulein von Steinbeek?
In meinem Alter sucht man keine Eier mehr.
Keine Eier mehr?, fragt Anselma mit einem naiven Augenaufschlag zum Neffen. Wie schade! Sein Erröten sieht sie mit Genuss. Ich habe welche versteckt, sagt sie. Darf Frieder sie suchen, Baronesse?
Wenn du so freundlich warst, sie für ihn zu verstecken, mein Kind. Gib mir den Dackel, Friedrich.
Aber er trägt ihn der Tante hinauf. Anselma wartet, an den Türrahmen gelehnt. Er fürchtet mich, sagt sie, er fürchtet das, was kommt! Leise lacht sie. Dann kommt er von oben zurück. Kindlich nimmt sie ihn an der Hand. So führt sie ihn ins Zimmer. Such! Sie hüpft durchs Zimmer, lehnt sich schließlich vors Büfett.

Er findet nichts, findet natürlich nichts, denn die beiden Körbchen stehen nebeneinander in der Schublade, vor der sie lehnt.
Ich sage heiß oder kalt, Frieder.
Hinterm Vorhang? – Kalt.
Im Klavier? – Kalt.
Auf der Vitrine? – Etwas wärmer.
Unter dem Büfett? – Warm.
Auf dem Büfett? – Wieder kälter.
Zurück zu den Beinen? – Beinahe heiß.
Er lässt sie die Schuhe ausziehen. Das stimmt ja gar nicht, sagt er mit rauer Stimme.
Doch, es stimmt.
Von unten her sieht er ihr ins Gesicht. Er zweifelt noch. Weiter oben?
Mhm. Aber du musst unten an den Strümpfen anfangen.
Er legt die Hände wie eine Röhre um ihren Knöchel, gleitet mit der Röhre den Strumpf entlang bis hinauf an den Saum, fühlt den Steckknopf, mit dem der Strumpf an dem, was weiter oben ist, festgemacht ist, und erschrickt.
Sie löst den Strumpf, den einen, den anderen, und macht sich steif wie eine Puppe.
Keuchend fühlt er ihren winzigen Schoß, den langen Bauch, die beiden noch kaum unterpolsterten Spitzen, den dünnen Hals. Ihr Kopf taucht durch das hochgeschobene Kleid.
Heiß!, sagt sie. Aber so findest du nichts.
In seinen Augen gelbes Licht; sie sieht es mit Vergnügen. Jetzt wird er wütend die Hände heben, die an den langen Armen baumeln.
Er hebt die Hände, greift zu, will, dass sie kommt. Dort, das Sofa! Und zerrt sie schon durchs halbe Zimmer.
Erst die Ostereier!, kreischt sie.
Ach, lass doch diese idiotischen Dinger!
In der Lade da.
Er reißt die Lade auf, die Körbchen raus; geht mit diesen lächerlichen Körbchen, in jeder Hand eines, auf sie zu. Sieht, wie sie sich über die Sofaecke streckt, dass die Brüstchen ganz flach sind. Sieht dann erst, wie sie lacht, wie sie mit diesen Augen, mit diesen Augen hämisch lacht. Über ihn!

Und alles in ihm ist kalt. Geronnen.
Er klemmt die Unterlippe zwischen die Zähne, erschrickt an seinen Händen, welche die Körbchen noch krampfhaft festhalten. Und wohlausgerichtet, wie er abends seine Schuhe vor die Zimmertür stellt – so hat man es ihm beigebracht –, wo der Diener sie zum Putzen wegnimmt, richtet er sie vor dem Sofa aus, geht kalkweiß aus dem Zimmer. Und sorglich, damit sie nicht kracht, zieht er die Glastür hinter sich zu. So hat man es ihm beigebracht.
Sein Bild wird in der Liegenden nebelhaft, löst sich schon auf, während er die Wohnung des zweiten Stocks passiert, in der Evi mit Hanno und den Eltern wohnt. Wenn er den dritten Stock erreichen wird, aus dem Klavierpassagen tönen, wird er hinter den Lidern der Liegenden bereits verschwunden sein, zurückgetaucht in die unendliche Gegenwart der Zeit, aus der er für einen kurzen Augenblick in ein bildliches Dasein herausgetreten ist.

Die dicke Wiesental ist es, die ihn verdrängt hat. Listig, mit seitlich geneigtem Kopf erzählt sie der Liegenden, dass Eduard doch noch Geld für neue Vorhänge hat geben müssen, weil man auch von der Straße her hat sehen sollen, hat der Hauswart erklärt, dass jetzt alles besser war: Keine Köpfe mehr, die übers Fensterbrett gleiten wie auf Wasser. Keine hängenden Augenlider mehr! Sondern Gruppen von rotbackigen Mädchen in weißen Blusen, gelben Jacken und dunkelblauen Röcken, Kolonnen von frischen Jungen und forschen Männern. Rolf ist unter ihnen gewesen, musste unter ihnen sein. Zwischen den anderen hat sie ihn aber nicht erkannt. Kurz darauf hat Herr Silberstamm zu Eduard gesagt: Herr Wiesental, glauben Sie nur nicht, dass ich die Sache mit dem Haus Nr. 17 vergessen hätte!

Damals hat ein Herr mit einer Melone, diesem steifen schwarzen Kuppelhut, seinen Weg durch die Gasse genommen. Vorgebeugt beim Gehen, hat er die Hände vom Rücken abgezogen und in die Luft gegriffen wie ein Fliegenfänger. Gleich beim ersten Sehen hat sie zu Eduard gesagt: Der wird nicht fertig mit irgendwas! Der kommt nicht über was Schlimmes hinweg. Aber Eduard hat gemeint, dass es überall was gäbe, worüber man nicht hinwegkommen könne – auch bei ihnen selber! Und hat einen kurzen Blick auf das Kinderbild geworfen, das neben dem Fenster an der Wand hing: ein Bild von Rolf.

*

Die Frau aus der Arztvilla, die vom Doktor Else gerufen wird, ist einmal mit dem Frühstück zu spät gekommen, hat sich um zwanzig Minuten verspätet, was die Liegende aus den Schlägen der Kirchturmuhr hat errechnen können. Das Frühstück war zwanzig Minuten überfällig. Ursache unbekannt. Die Liegende kennt die Lebensumstände der Else nicht. Noch nicht. Sie sind ihr fremd. Auch ihr wie zufälliges abendliches Hereinkommen und wie lauschend am Fenster Stehen begreift die Liegende nicht. Es ist ihr Störung, weil nicht zu berechnen ist, wann es geschieht und was es zu bedeuten hat: Man kann nicht darauf gefasst sein. Ebenso ist es mit der Verspätung des Frühstücks. In ihr ist kein System zu erkennen und darum ist die Liegende ärgerlich. Man hat den Hunger übergangen, man will das Frühstück nicht mehr.
Sollte man den Kaffee dazu benutzen, um die Inhalte der Bilder, die Tag und Nacht hinter den Lidern ablaufen, an die Wand zu schreiben, fragt sie sich. Möglicherweise hätten Menschen, die diesen Raum nach einem bewohnen werden, etwas davon? Es wäre ein Museum. Das Beifügen einiger Reliquien könnte angezeigt sein: z. B. eines kleinen rot eingebundenen Tagebuchs?
Aber nein! Die Liegende verwirft den Gedanken: Kein Museum! Zur Niederschrift der Bilder müsste sie sich aufrichten, also 'ich' zu sich sagen und handeln, wo doch keiner wissen kann, wozu solche Anfänge führen, handeln also, beispielsweise den Finger in den Kaffee tauchen und damit auf die Lattenwand schreiben! Wie aber, wenn sich die Zahl der Bildabläufe, die einen beschleichen, bis ins Unendliche vermehren würde? Es wäre schrecklich. Sie trinkt den Kaffee aus.
Und im unauslotbaren Dunkel hinter ihren Augenlidern formt sich noch einmal und immer deutlicher das Bild des Hauses Nr. 17 am Ring, als es noch unversehrt war. Und die Liegende hört, wie das epileptische Kind es früher gehört hat, wenn es den Finger mit dem bunten Faden erwartungsvoll abgespreizt hat.

Adieu, mein Lieber!, sanft.
Johannes Hohmer, Papa, geht über die Sandsteintreppe hinunter, die flachen, breiten, rötlichen, ausgetretenen Stufen mit ihrem unverwechselbaren Staubgeruch. Sie fallen ihm sonderbar auf; vielleicht, weil er den Blick nicht mehr vom Boden hebt. Er flötet nicht, lacht nicht aus den Augenwinkeln, spielt keinen flatternden Vogel mit den Fingern. Irmhilt sitzt ja auch nicht da, knüpft keine bunten Fäden. Auf der untersten Stufe versieht er sich, stolpert ein wenig. Will die Melone aufsetzen und hat keine Hand mehr frei, um die Tür zu öffnen. Er hält die Tür mit dem Fuß fest. Nachdem er draußen ist, fällt sie gewaltsam zögernd mit dumpfem Schlag ins Schloss.

Im Hochparterre ist der dumpfe Schlag zu hören. Die beiden Hofmanns wissen: Jetzt ist der Redakteur aus dem Haus gegangen. Zur Zeitung gegangen also, in der er nur noch über wenige Kolumnen frei verfügen kann. Von seinem Mahagonibett aus sucht Ephraim Hofmann für einen Moment, in dem er das eigene Elend vergisst, den Blick seiner Frau, und senkt die Augen.
Er hat Lungenentzündung, weiß nicht, dass es Lungenentzündung ist. Nur, dass es ihm schlecht geht, das weiß er. Der Arzt, der später kommen wird, wird die Diagnose stellen: sterben oder weitervegetieren – sofern ein Arzt kommt. Wer sollte ihn bezahlen? Ephraim Hofmann denkt an seine Freunde, winkt mit der Hand ab, denkt an Hohmer, von dem Evelyn in Erfahrung gebracht hat, dass er mit seinen Beziehungen hilft, Gelder zu transferieren: in die Schweiz, nach Amerika. Ganz einfach: Die Markstücke werden in Franken oder Dollars verwandelt, werden umgemünzt.
Er will auch umgemünzt sein, umgeprägt! Er fühlt die Stanz- und Prägemaschine in seinem fiebrigen Blut, fühlt sich rotieren für den Kantenschliff, starrt, starrt, was die Maschine entlassen wird. Einen Pfennig.
Ephraim Hofmann liegt im Bett und weint: Einen Pfennig kann man leicht verlieren. Man kann ihn wegwerfen, weil er nicht zählt. Nur Kinder hängen an solchen Kleinigkeiten; aber Kinder hat er nicht.
Evelyn soll Hohmer herunterholen! Vergessen, dass Hohmer in der Zeitung ist. Sofort!

Nicht da? Wieso denn nicht da? Dann hol ihn, sobald du es kannst, mein gutes Herz.
Ich gehe, Lieber. Nun schlaf ein wenig. Ich gehe. Sie wirft die Zigarette auf den Toilettentisch zwischen den kristallenen Kram, schiebt den speckigen Schlafrock über dem Bauch zusammen.
Am Nachmittag geht sie und kommt mit Hohmer zurück. Flehentlich schaut ihm Ephraim Hofmann entgegen. Er schämt sich seiner Schwäche.
Hohmer ist blass, hat Falten von der Nase herab, dass man schon von außen sieht: Er weiß nicht mehr, dass er jemals mit zwei Fingern einen flatternden Vogel gespielt hat. Nichts Heiteres mehr. Er nennt die Namen reicher Juden, die er umprägen wird; verspricht, sie heute noch aufzusuchen, bestimmt! Und einen Arzt wird er ihm schicken. Hofmann müsse einen Arzt haben; wegen der Bezahlung solle er sich keine Sorgen machen.
Er geht.
Der Kranke lauscht seinen Schritten nach. Er lauscht zum Fenster hin, hinter dem er die reichen Brüder weiß. Mit dem einen Fuß stehen sie schon im rasenden Rheingold, mit dem anderen auf einem Überseedampfer. Aus paradiesischen Gärten neigen sich ihnen Apfelbäume entgegen. Sie werden jung und schön. Lieblich, die Hütten Kedars, die Teppiche Salomos, duftend und fruchtend die Trauben von Cyperblumen in den Weingärten von Engeddi! Seine Hoffnung wiegt ihn in den Schlaf.
Hohmer indessen läuft in der Dunkelheit vom einem zum andern. Schon nicht mehr in der Lage, realistisch zu denken, bettelt er um Hofmanns Leben, vielleicht in der Schweiz oder in Amerika, dass einer sich bereit erkläre, ihn mitzunehmen.
Ganz ausgeschlossen, lieber Freund!, ruft jeder aus. Es kann doch keiner für ihn bürgen! Ende fünfzig, sagen Sie, und lahm? Unmöglich!
Hohmer hebt die Hand, will einwenden ...
Da muten Sie mir zu viel zu! Ich habe Kinder! Nicht einmal mit einem jungen Mann kann man das riskieren. Geht nicht.
Hohmer greift nach der Melone, vergisst, sie aufzusetzen. Draußen murmelt er: ... muten zu viel zu, habe Kinder, nicht einmal mit einem jungen Mann. *Geht nicht!*
Am Zeitungsgebäude die Fahne.

Eine Annonce?
Welcher reiche J. (Wort nicht ausdrucken!) nimmt armen J. (kein Verwandtschaftsgrad!) mit ins neue Leben?
Antwort unter XY (ach so, die Ziffer – am besten NULL).

Dann fällt ihm Englers Gartenpavillon ein: Die Apfelbäume. Und man kann vom Hohlweg aus durch das kleine Pförtchen fahren. Keine Schwelle für den Rollstuhl, der ja noch von Englers Mama ist, mit dem Englers Mutter von Englers Vater im Garten umhergefahren worden ist. Man kann ihn jeden Morgen in die Sonne schieben. Keine Schwelle am Pavillon, und Vögel, und der Arzt nahebei, und kostet nichts, und Engler ist beliebt und respektiert im Dorf, man braucht ihn: Es wird gehen.
Hohmer nimmt den Heimweg am Gymnasium vorbei. Es fällt ihm ein, dass er Hanno und Evi schon lange nicht mehr nach ihren Schulaufgaben gefragt hat, und nimmt es sich vor. Latein, Französisch, Mathematik, Hanno muss mit Griechisch angefangen haben. Kurz streifen ihn Bilder aus der eigenen Jugend, sind im Einzelnen aber nicht zu fassen. Im Fenster der Hausmeisterwohnung lehnen Erich und Irmhilt, die er zwar sieht, aber nicht wahrnimmt. Geh ins Bett!, sagt der Erich. Ich muss noch zum Dienst. Aber das Kind schaut dem Mann mit der Melone nach, den die Gaslaternen grünlich grau verfärben.
Jeden Tag knüpft es bunte Fäden. Es knüpft von acht bis zehn. Es hat die Zeit im Blut, hat sich die Zeit ins Blut geschaukelt. Um zehn Uhr geht es in die Schule, schaukelt in der Bank.
Das Kind ist nicht normal, denkt die Lehrerin, zieht die Mundwinkel nach unten, schweigt: Alte Kämpfer haben keine Kinder, die nicht normal sind. Bei der Einschulung hat die Mutter versichert, dass das Kind in den ersten Lebensjahren eine schwere Gehirnhautentzündung gehabt habe. Die Anfälle seien die Folge. Nichts Erbliches, bitte! Nein, nichts Erbliches. Irmhilt schaut die Mutter an. Warum hat die Mutter Angst? Auch der Vater hat Angst, versteckte, fremde Angst. Auch der Bruder. Aber Erichs Angst begreift die Schwester: die Angst vor den Eltern. Die Angst, ihnen nicht zu genügen. Durch ihn wollen sie zeigen, wer sie sind. Diese Angst sitzt in allen Ecken der Hausmeisterwohnung. Du bist ein deutscher Junge!

Sie möchte sein, wo keine Angst ist. Adieu, mein Lieber!, sanft. Wenn sie es nicht mehr aushält, geht sie zum Haus Nr. 17 und wartet, bis die Tür aufgeht. Der Herr hat die Melone schon auf dem Kopf, hat sie wohl drinnen aufgesetzt. Er winkt nicht, lacht nicht aus den Augenwinkeln, macht keinen flatternden Vogel. Der Herr ist anders. Das Mädchen meint, der Herr habe viele Löcher. Aber er hat keine Angst. Es läuft ihm hinterher, sieht von hinten auf sein Anderssein, und dass er sich nach nichts umdreht, was außen ist. Es wartet eine Weile vor dem Zeitungsgebäude, das ihn schluckt, und trottet nach Hause, wenn er drinnen bleibt. Auf den Finger legen, festhalten, Schlinge überziehen, festhalten. Wenn es Zeit ist, geht es in die Schule.

Man erinnert sich, das Mädchen manchmal vor dem Haus stehen gesehen zu haben, hat gemeint, es warte auf die Anni, und hat sich nicht weiter darum gekümmert. Das epileptische Mädchen zählte nur als das Kind des Hausmeisters, den man fürchtete und als Schwester von Erich Frech, der einem nicht gefiel. In eigentümlicher Versponnenheit hat man sich damals durch die Tage und Wochen bewegt: wie betäubt zwischen allem Gewohnten. Manchmal ist Albernes aus einem herausgekommen. Von Anselma hat man erfahren, dass Erich neuerdings bei der Silling Klavierunterricht nahm. Über deinen 'Fröhlichen Landmann', Evi, taramtatam, taramtatam, ist der aber längst schon hinaus. Wenig später hat sie mit Evi ausgemacht, von jetzt an konsequent das Tagebuch zu führen, also ganz von vorne anzufangen. Ich bin vierzehn, hat Evi eingetragen. Wenn mich Erichs Mund nicht stören würde, könnte ich mit ihm 'gehen'. Sein Mund sieht aus wie bei einem Säugling, der greint, so hochgeschürzt ist die Oberlippe.

Lüge!
Der erste Satz des Neuanfangs bereits eine Lüge. In Wahrheit sträubte sich alles in einem gegen den Jungen. Heute weiß man: Dieser Satz diente nur zum Beweis dafür, dass man das Wort 'gehen' bereits denken konnte. Er diente dem verborgenen Weibwerden in einem, einer Rolle, in die man bald einsteigen würde. Ahnung des Fleisches von herannahender Reife. Plötzlich war die Welt voller Andeutungen, die einen anstachelten, mitzutun.

Anselma hat als Erstes die Ostereiersuche in ihr Tagebuch eingeschrieben, vermerkt Evi. Sie hat sie zur Novelle gestaltet. Eine Novelle ist viel imposanter als eine einfache Wiedergabe, wie Mater Bonifatia uns im Deutschunterricht erklärt hat. Die Wahrheit ist dort 'ausgeschmückt'. Ich bin auf Anselmas Anfang neidisch: Wenn ein Fremder die Novelle zu lesen bekommt, ist sie ihm also amüsant, auch wenn er die wahre Begebenheit, die ihr zugrunde liegt, vielleicht schon kennt.
Am Nachmittag hat mir Anselma die Haarspange, die in dem Osterkörbchen gewesen ist, geschenkt. Die bedeckt aber die Neidwunde nicht.

Die Liegende kann sich gegen das Bild des Treppenhauses nicht wehren, das sie bei der Erinnerung an die Haarspange überfällt: Sie selbst an den Handlauf des Geländers gelehnt, horchend, ob vom obersten Stock keine Stufen überspringenden Schritte herunterkommen. Frieder ist bei der Tante, der alten Dame mit dem Dackel. Er, der das Kind Evi noch nie wahrgenommen hat, was sie ihm als Arroganz auslegt, hofft, seine Tante sicher zu beerben!, denkt Evi boshaft. Sie hört die oberste Glastür klappen, hört seine Sprünge, tritt ihm in den Weg, hält ihm blitzschnell Anselmas Haarspange entgegen. Von Anselma, Frieder!, lügt sie kaum hörbar, als solle sie sie ihm heimlich überreichen, und sieht, wie er errötet, sein Blick sich verwirrt. Sie sieht sein Erschrecken. Und doch reißt er ihr die Haarspange aus der Hand und stürzt davon. Lüge und Häme, die ersten Schritte ins Erwachsensein, sind getan. Kinderlügen sind anders, quellen aus den fließenden Grenzen zwischen Welt und Poesie. Kinderland gab es nur noch bei den Besuchen in Wälden, unverwelkliches, wie man geglaubt hat. Nie zu zerstörendes: Droben, zwischen Bannzaun und Kiefernwäldchen das von Engler entlehnte Zelt – die Liegende lächelt weh –, das dort war, wo jetzt dieses neue Haus mit dem Bogenfenster steht, das Haus der dicken Wiesental. Der Grund hatte damals den Frechs gehört – dem Hausmeister des Gymnasiums, den man für einen Mörder gehalten hat –, war elender Grund, karger Grund. Ahnungslos, was die nahe Zukunft bringen würde, haben Hanno und Evi Kartoffeln im Lagerfeuer gebacken und Würstchen auf Weidenruten gespießt. Noch heute riecht und schmeckt die Liegende den Rauch und sieht Evi, so lang es hell ist, lesend unter dem Nussbaum liegen. Büsche von Hartriegel und Schlehe in der Nähe. Hanno memoriert russische Vokabeln, die er Mama zum Geburtstag vorsagen will. Zweimal in der Woche hat er Unterricht bei Herrn Uschakoff, der ein Fürst in seinem Land gewesen ist, und den Papa 'begegnet' hat, wie Mama in solchen Fällen sagt, den Revolutionsflüchtling, worunter sich Evi nichts vorstellen kann. Bei uns ist er Straßenkehrer, und die Kinder sind zu äußerster Höflichkeit angehalten.

In der Dämmerung zirpen die Grillen, das karge Gras beginnt taufeucht zu werden, sie kriechen ins Zelt, und Hanno spielt auf seiner Mundharmonika.

Damals – so schreibe ich jetzt – war alles noch anders.

*

Die Bildabläufe, von welchen die Liegende heimgesucht worden ist, erfahren jeden Morgen eine Unterbrechung. Nicht dass irgendjemand diesen Raum betreten würde, nachdem die Else das Frühstück gebracht hat, was aber nicht heißt, dass man von Störungen verschont bleibt. Der Briefträger Dietzel zum Beispiel, der dem Doktor die Zeitung bringt, kommt durchs Gartentürchen, steigt vom Fahrrad. Wenn er abspringt, klappert das Fahrrad; es schabt an der Bretterwand des Pavillons, an die er es lehnt. Der Doktor nimmt die Zeitung selbst in Empfang. Er tritt auf die kleine Treppe heraus, über die man in die Küche gelangen kann. Vielleicht hat er auf das Klappern von Dietzels Fahrrad gelauert.

Der Briefträger wartet darauf, dass ihn der Doktor nach dem Datum fragt und dass er die erste Schlagzeile, die ihm ins Auge springt, kommentiert. Der Briefträger, so denkt man sich, kann sich dann als lebendes Kalendarium fühlen. Man spürt auch, wie Dietzel sich freut, dass es dem Doktor Spaß macht, auf diese Weise mit einem Dorfbriefträger zu reden. Diese Gespräche, die also Kurzkommentare der Schlagzeilen sind, die der Briefträger ihm vor die Augen hält – was man zwar nicht genau weiß, weil Büsche die Sicht dort hinüber teilweise versperren –, diese Gespräche beginnt er mit: Was? Schon am zweiten Tag ihres Hier-

seins ist die Liegende auf diese Eigenart des Doktors Polke aufmerksam geworden:
Was, Dietzel, haben wir wirklich schon den elften Neunten neunundvierzig? – Aha, in Straßburg ist ein Europäischer Gerichtshof gebildet worden!
Was, Dietzel, der dreizehnte Neunte ist heute? Und mit seiner eigenen Stimme hat der Adenauer die Mehrheit erreicht? Von jetzt an werden wir wieder regiert, mein Bester! Jetzt sind wir wieder wer!
Das gebe oder verhüte Gott!, hat die Liegende den Briefträger antworten gehört, während ihr das erneute Klappern des Fahrrades verrät, dass er wieder aufgestiegen ist. Sie kann die Außenwelt vergessen. Die Störung ist beendet oder beinah beendet, weil das Klappern noch eine Weile nachtönt. Sie hört es, bis der Briefträger schätzungsweise den Brunnen, also den Dorfmittelpunkt, erreicht hat. Bis dahin denkt sie horchend über die Frage nach, was ein Geräusch wie ein solches Klappern von einem Ton, dem man musikalischen Wert zugesteht, unterscheidet. So unbelehrt wie als Kind fühlt sich die Liegende noch immer, wie damals, als sie bei der Silling die ersten Töne auf einem der Klaviere von Ibach & Söhne angeschlagen hat, die Finger senkrecht auf die Tasten gestellt. Eines Tages hat Evi dann ins rote Tagebuch geschrieben: Geräusche wirken auf unsere Nerven, Töne auf die Seele, sagt Onkel Engler. Womit nichts Wesentliches von Tönen und Geräuschen gesagt sei, behauptet Hanno und setzt sein kluges Gesicht auf. Anselma zuckt die Achseln. Töne in Gegenwart dieser Lehrerin können nur Klaviergeräusche sein, da sie immer vom Anblick ihres speckigen Nackenknotens begleitet sind, den sie mit viel zu großen eisernen Haarnadeln spickt, wie die Stiere in einer spanischen Arena. (Das hat sie vielleicht in einem Buch gelesen). Außerdem riecht die Silling muffig, weil sie niemals Salat isst und nicht lüftet. Wenn wir ihr auf der Straße begegnen, schauen wir auf die andere Seite. Im Treppenhaus geht das nicht.
Die Liegende sieht die Klavierlehrerin die Treppe hinunterschleichen, an allen Schlüssellöchern schnüffeln und bei Hofmanns an der Wohnungstür klingeln. Jetzt will sie wissen, warum es bei Hofmanns nie nach etwas Essbarem riecht.

Die Evelyn bittet sie herein, lässt sie im Salon auf einem Polsterstuhl sitzen, schiebt ihr die Zigaretten über den Tisch: Soll's gut haben bei mir, das arme Schwein.
Die Silling lächelt schief, hustet den Rauch der schwarzen Dinger durch die Nase. Man müsste die Küche sehen! – Ob bei Hofmanns etwa einer krank sei? So lange schon keinen mehr von Ihnen gesehen! – Ach so, nur der Mann! Der sei ja immer krank. Solche Sorgen gemacht hat sie sich um die lieben Hausgenossen, solche ... Ihr schweifender Blick bleibt an der Flasche hängen, die auf der Anrichte steht.
Halb leer, denkt die Evelyn, und soll die Woche noch reichen! – Wissen Sie, fragt sie, um die Silling von der Flasche abzulenken, dass wir in vierzehn Tagen hier wegziehen?
Wegziehen?, echot die Silling, ohne den zähen Blick von der Flasche loszubekommen.
Aufs Land, sagt die Evelyn. Vielleicht wollen Sie ein kleines Andenken von mir haben?
Andenken?
Die Gewürzdöschen aus der Küche, Fräulein Silling? Delfter Dosen! Die Evelyn schaut sie hoffnungsvoll an.
Küche?, fragt nun die Silling interessiert.
Im Hinausgehen streichelt die Evelyn die Schnapsflasche mit einem glücklichen Blick.
Die Silling hastet in die Küche voraus. Staub auf dem Herd, und sie begreift, warum es hier nie nach Essbarem riecht. Auf einer der Delfter Dosen liest sie die Aufschrift PEPPER. Sie drückt das Gewürzbord an die Brust. Droben in ihrer Wohnung, über den Klavieren von Ibach & Söhne, wo die Künstlerpostkarten mit Stecknadeln an die Wand geheftet sind, wird sie den Mendelssohn ablösen: Als ein Andenken von mir, denkt sie. Ich hätte ihn ohnehin aus meiner Walhalla entfernen müssen.

*

Im Treppenhaus begegnet sie Papa, der für Evi da schon ein anderer Papa ist als der Papa war, den sie von klein auf gekannt hat. Warum trägt sie ein Gewürzbord im Arm wie einen Säugling?, denkt der verwirrt. Nein, der Papa von früher ist er nicht mehr,

der mit dem warmen wissenden Blick, in dem plötzliche Spottlust aufleuchten konnte. Das tiefe Braun deiner Augen ist verschattet, dein dunkel gewelltes Haar schweißverklebt. Deine Dinariernase knochig, schmal, von der der Zwicker früher nie heruntergefallen ist. Die unerlässliche Zigarre unter der jetzt blassen Oberlippe; die glatt rasierte Wange, die vom dunklen Bartwuchs bläulich schimmert und so eingefallen ist. Dein früher so energischer Schritt, jetzt so zögernd.
Und der Tag fällt der Liegenden ein, wo Engler zu einem seiner kurzen Besuche da gewesen ist, bald also weggegangen. Du aber, Papa, bist reglos im Sessel sitzen geblieben, während der Nachklang von Englers Frage noch im Raum ist: Sind Sie befugt, lieber Freund, bei Ihren politischen Entscheidungen über Abhängige mitzubestimmen?
Die Stille, die dieser Frage folgt, dauert einen ewigen Herzschlag lang. Und man ist selbst in dieses Wort 'Abhängige' inbegriffen: Evi, Mama, Hanno. Die Stille wie ein Loch in der Zeit. Am Abend imitiert Evi in Hannos Zimmer Englers Tonfall, wenn auch nur raunend: Sind Sie befugt, lieber Freund? Durch Atemanhalten bezeichnet sie die daraufhin eintretende Stille.
Von da an hat Hanno Unterhaltungsfetzen der beiden Freunde notiert, wie er sie erlauschen konnte:
Es ist eine Täuschung, dass Selbst- und Wirbewusstsein vermengt werden können. Sie müssen als dialektische Struktur nebeneinander existieren und als Selbst- und Wirverantwortung in gegenseitiger Spannung wirksam werden! So Hanno.
Die Liegende weiß, dass Evi damals einen weiteren Schritt ins Erwachsensein und dessen Verstrickungen getan hat. Und während am Glacis vorbei – man hat ihn wie die Liegende noch im Ohr – der Schritt einer Marschkolonne herandrischt, notiert Hanno weiter das an der Tür des Herrenzimmers Erlauschte:
Die Masse ist etwas anderes als die Summe einzelner Individualitäten. Vampirhaft saugt ihre Ideologie den Einzelnen das persönliche Gewissen aus, um eigenmächtig über den geballten Raub zu verfügen, seine Forderungen sind nun an das absolut gesetzte Ganze gebunden. Sobald dieser Teil der Individualität an die Gruppe abgegeben worden ist, lieber Engler, wird das Selbstbewusstsein trügerisch gesteigert, fällt ins Barbarische zurück, wo ihm keine

Kultivierung Grenzen setzt. Teil einer Größe zu sein, und wäre es nur einer zahlenmäßigen, ergänzt dem Einzelnen die Lücke in der Person.
Die Folge ist Massenonanie der Koben-Iche.
Hanno ahnt die Bedeutung dieses Wortes.
Aber auch Evi horcht an der Tür des Herrenzimmers. Sie hört das Wort 'Angst', das ihr geläufig ist. Angst, das erfahren sie jetzt, ist Machtzuwachs für Bedroher, die damit agieren. Engler benutzt das Wort 'Magie', mit dem die Kinder nichts anfangen können. Denken und Fühlen, fährt Engler fort, sind damit spielend zu korrumpieren.

Jedes Mal, wenn Engler kommt, bringt er Mama Blumen aus seinem Garten oder Gewächshaus mit. An diesem Tag eine Hyazinthe.
Als hoffnungslose Konkurrenz zu ihren Augen, liebe gnädige Frau.
Die Kinder wissen, dass er Mama liebt.
Kurz darauf kam sein Brief an Papa, den Papa nach dem Lesen in der Hand behielt.

Seien Sie vorsichtig, ich bitte Sie!   E.

11.7.36 Hofmanns wohnen im Pavillon! Mama hat sie nach Wälden begleitet. Mit Hanno habe ich am Herrenzimmer gelauscht, als Mama Papa davon erzählt hat. Sie hat Frau Hofmanns raue Stimme dabei imitiert:
Hörst du, Ephraim: Es ist schön dort! Es gibt einen Teich, in dem sich das Geziefer tummelt, und Blumenwiesen ziehen sich längs des Baches hin! (Mama sagt immer 'Geziefer' und 'ziehen sich hin'. – Sie sprechen poetisch, Frau Hohmer, hat Frau Hofmann vor längerer Zeit einmal wehmütig lächelnd gesagt.)
Keine Antwort von Herrn Hofmann, Johannes!
Dann wieder mit Frau Hofmanns Stimme: Hörst du nicht, Ephraim, es gibt dort einen Teich und Blumenwiesen!
Aber er blieb ganz apathisch, Johannes.
Wenn Mama zu Papa Johannes sagt, ist ihr schwer ums Herz.
Im Friedhof kann man schön im Schatten der Kastanien sitzen, lieber Herr Hofmann. Die Blumen leuchten von den Gräbern,

und man hört die Bienen summen, die an der Mauer ihre Körbe haben, sagte sie.
Und wieder mit Frau Hofmanns rauer Stimme: Hör nur, Ephraim, man kann die Bienen von der Bank aus summen hören, auf der wir sitzen werden! Die Blumen werden duften wie im Paradies! –
Ich höre, sagte er, ich höre, dass dort Gräber sind.
Dann drang nichts mehr durch die Herrenzimmertür – außer Mamas Schluchzen.

10.8.36 Wiesental heißen die Leute, die in Hofmanns Wohnung einziehen werden. Anselma weiß es von ihrem Vater. Er sagt, die Firma Silberstamm ist der Besitzer dieses Hauses. Aber auch wenn der Wiesental zur Firma Silberstamm gehört, bin ich der Aufpasser hier! Verstanden?
Anselma sagt: Diese Wiesentals passen nicht hier herein, schon gar nicht ins Hochparterre. Aber sie haben einen Sohn, Evi, der heißt Rolf.
10.9.36 Zum dritten Mal ist Anselma mit Irene Kutschka in der Milchbar. Mich wollen sie nicht dabeihaben. Beim Turnen gemerkt, dass Irenes Busen aussieht wie von einer Frau.

*

Eingelullt von der zunehmenden Wärme des Tages, ist die dicke Wiesental hinter ihrem Bogenfenster in schläfriges Dösen verfallen. Dösend schwebt sie mit ihrem Armstuhl dem Pavillon entgegen, gewinnt Sichtbarkeit hinter den Lidern der Liegenden und kommt zu sich. Heute ist der 10.9.49, du da, beginnt sie, und in der vorigen Nacht hat Eduard mich verlassen! Im Aufrollen ihres Lebensbildes hat sie dieses Datum aber noch lange nicht erreicht; es liegt noch in der Zukunft, wenngleich es für die Liegende – mehr aber noch für mich, die Schreibende – Vergangenheit ist.
Den Druck auf die Blase, du da, sagt sie mit bekümmertem Augenaufschlag, wird sie nicht mehr lange aushalten können bei dieser Hitze!
Und sie deutet durchs Bogenfenster. Wenn Eduard jetzt bei ihr wäre, bemerkt sie mit Vorwurf in der Stimme, würde er ihr bei-

stehen, sie nach hinten zum Klosett bringen, wo sie durchs kleine Fenster den Hang hinauf bis zum Kiefernwäldchen sehen kann, während sie sich entleert. Und die Liegende möchte mit einem Anflug von Selbstironie wissen, ob sich die Wiesental wohl dessen bewusst ist, dass sie vom Haus am Bannzaun spricht, während sie sich hier, in diesem Pavillon, in die Sichtbarkeit und Hörbarkeit einer Liegenden begibt?
Der Druck auf die Blase wird zum Schmerz. Sie quält sich ab, das Zurückhalten wird zum unerträglichen Krampf. Endlich versagt ihre Kraft, und quellend entrinnt die Qual. Gesäß und Beine werden nass. Erschrocken hält sie den Atem an. Aber nach sekundenlangem Staunen breitet sich Erleichterung in ihren Gesichtszügen aus. Lächelnd schüttelt sie den Kopf, als sie weiterspricht.
Es wäre doch gut, hat sie ahnungslos nach Rolfs Abitur zu Eduard gesagt, wenn wir jetzt eine größere Wohnung hätten! Dabei hatte Eduard, ohne ihr etwas davon zu verraten, bereits ein neues Türschild anfertigen lassen: weißes Emaille und verschnörkelte schwarze Schrift: *WIESENTAL.*
Schließlich hat er es aber nicht mehr für sich behalten können.
Lieber Wiesental, habe Herr Silberstamm gesagt, ich gebe Ihnen die Wohnung im Ring Nr. 17 um den halben Mietpreis, das sind Sie mir wert. Und sie sind in das Haus Nr. 17 eingezogen. Ein feines Zimmer war da, in dem man nur zu Weihnachten gegessen hat. Aber Eduards Reißbrett hat neben dem Fenster gestanden, und Eduard hat mit Rolf über den neuen Grundriss gesprochen, aus dem eines Tages ein Haus für ihre schmerzenden Beine, für Rolfs Begabung und für Eduards Liebe werden sollte.
Ein Gewölbe muss auch eingeplant werden, Anna! Jeder, der heute baut, muss einen bombensicheren Keller haben. Und sie hat gedacht, das sei jetzt eben Mode, um damit zu zeigen, dass uns keiner was anhaben kann.
Aber das will ich nicht, Eduard, hat sie gesagt. Gegen ein Gewölbe hat sich damals schon irgendetwas in ihr gewehrt, ihr auf unerklärliche Weise Angst gemacht.
Ach, lass nur, Anna!, hat Eduard gesagt. Ein Haus mit einem sicheren Keller steht ganz anders da, zum Beispiel, wenn es stürmt oder ein großes Gewitter ist.

Erst viel später hat sie gewusst: Gewölbe sind Gräber, um die unter zerschlagenen Häusern Erstickenden festzuhalten. Mit den staatlichen Zuschüssen, die es bald gab, hätten sie schon damals bauen können. Irgendwo am Stadtrand etwa, nicht allzu weit von Herrn Silberstamms Uniformknöpfe-Fabrik. Im nahen Kiosk hätte Eduard samstags die Zeitung kaufen können, die der Herr machte, der anfänglich noch im Haus Nr. 17 gewohnt hat. Selbst kennt sie ihn nicht. Das Trottoir, steil unter dem Haus, kann sie vom Hochparterre aus nicht sehen. Dafür sieht sie von ihrem Fenster aus, das von abstehenden Sandsteinschnecken eingerahmt ist wie von den Scheuklappen eines Droschkengauls, über der Straße drüben die wunderlichen Bäume des Glacis. Es waren exotische, du da!
Eduard aber hat ihr erzählt, was die Leute über den Herrn von der Zeitung reden: Ein Liebhaber entarteter Kunst ist er. Das kommt von seinem Umgang mit Juden, Anna.
Und so einen, Eduard, *so einen* lässt man *bei uns* in solch einem schönen Haus wohnen? Dass er jener Mann war, der an ihrer alten Wohnung vorbeigegangen war, dessen Hände in die Luft gegriffen hatten wie die eines Fliegenfängers, konnte sie ja nicht wissen. Damals hatte sie von ihm gesagt: Der Mann wird nicht fertig mit irgendwas, Eduard!
Ach Anna!, hatte Eduard geantwortet, jeder hat doch was, womit er nicht fertig werden kann! Und er hat auf das Kinderbild von Rolf geschaut.

Ein feines Zimmer haben sie also gehabt, eine kalte Pracht, und den Platz für die Staffelei nahe neben dem Fenster. Und vor der Staffelei neben Eduard Rolf, der auf die Einberufung zum Arbeitsdienst wartet. Sie hat unter der Tür gestanden und gesehen, wie mal der eine, dann wieder der andere aufs Papier deutet und etwas Wichtiges zu bedenken gibt: Vater und Sohn, wie sie sich die beiden gewünscht hat. Aber mitten im Gespräch hört sie Rolf Vater! rufen. Vater! Und als Eduard ihn verwundert ansieht, sagt er: Ich gehe weg.
Weg? Was heißt weg?
Wohin?, will sie wissen, während sie fühlt, wie ihr Herzschlag aussetzt.

Das ist doch egal, Mutter, sagt Rolf, die Klinke schon in der Hand. Seine Lippen sind weiß.
Wochen danach ist aus Freiburg eine Karte gekommen. Bin gesund. Außerdem hat da etwas von einem Freund gestanden, der ein Freund eines Elsässers sei. Auf der Vorderseite der Karte ein Fastnachtsumzug mit altertümlichen Masken.
Warum schickt er uns einen Fastnachtsumzug mit solchen alten Masken, Anna? Und kein Wort von wie und was, und wann er zurückkommt! Sie hatten neben der Staffelei an dem hohen Fenster gestanden und hilflos zu den Glacisbäumen hinübergestarrt. Und denk doch an die Einberufung!, hat sie zu Eduard gesagt, weil sie gefühlt hat, dass der Junge nicht mehr zurückkommen wird. Geschämt haben sie sich vor den anderen Volksgenossen, besonders vor Herrn Sanders, einen Sohn zu haben, der dem Einberufungsbefehl nicht gehorcht.
Ob sie selber nicht doch wüssten, wo er sich befindet, hat Herr Sanders bald einmal lauernd gefragt und sich die Anschriften aller Verwandten geben lassen. Die der Schulfreunde müsse man auch einholen, hat Herr Sanders verfügt.
Entschuldigung, Herr Sanders, entschuldigen Sie! Zitternd hat Eduard die rechte Hand zum Gruß gehoben, konnte aber weiter nichts sagen.
Dass Sie einen Sohn haben, der sein Vaterland nicht liebt, Wiesental, hätte ich nie gedacht, nie!
Das alles, hat Eduard am Abend zu ihr gesagt, kommt davon, dass wir ihn ins Gymnasium haben gehen lassen! Zum ersten Mal ist ihr aufgefallen, wie klein Eduard ist.
An diesem Tag haben sie sich angewöhnt, die Stühle des Wohnzimmers zum Fenster zu schieben, um Ausschau auf die Bäume zu halten: grün, gelb und schneebedeckt. Die exotischen Bäume vom Glacis.
Es ist kein Lebenszeichen mehr gekommen, sagt sie zur Liegenden. Du musst denken, Eduard, hat sie gesagt, um ihn zu trösten, dass der Junge ja nur schweigt, um uns zu schonen! Wenn wir wüssten, wo er ist, würde man es eines Tages aus uns herauspressen, uns vielleicht quälen. Das will er uns ersparen. Das müssen wir anerkennen, Eduard. Daran sehen wir doch, dass er uns liebt!

Eines Tages, Eduard, wird er plötzlich da sein und alles erklären. Dann können wir ihm sagen, dass wir mit seiner spaßigen Karte aus Freiburg am Fenster gesessen und auf die Bäume geschaut haben.
Nur, dass wir geweint haben, Eduard, sagen wir ihm nicht.

An diesem Fenster, das von den mächtigen Sandsteinschnecken eingerahmt war wie von den Scheuklappen eines Droschkengauls, hat sie zum ersten Mal an ein Bogenfenster gedacht. Das Loch, Eduard, durch das man in die Welt sieht, hat sie noch unsicher gesagt, verändert sie, nicht wahr? Durch ein Bogenfenster kann man ein großes Stück Himmel sehen. Aber Eduard hat nicht geantwortet.
Als das Haus am Bannzaun dann elf Jahre später wirklich gebaut worden ist, ist Eduard zum Glaser gelaufen, hat keine Ruhe gegeben, bis er das Bogenfenster hatte und es richtig saß, dicht eingefügt und es mit dem oberen gerundeten Teil ausgesehen hat wie der Ausschlupf aus einem Tunnel.
Genau wie bei einem Tunnel, Anna, so soll es für dich sein: alles Dunkel hinter dir!
Müde hebt sie den glasigen Finger, umzieht mit ihm den Bogen des Fensters, damit ihn die Liegende auch genau beachtet. Und dann deutet sie fast ungeduldig hinaus in ihren lichtüberschütteten Sterbetag, in dessen Helligkeit ihr Bild zerfließt.

Tastend sucht die Liegende unterm Kopfkissen nach Evis Tagebuch.
Das Datum fehlt. Am Baggersee. Ernst Häber hat mich getunkt, und ich hatte gedacht, er interessiere sich für mich. Anschließend im Gras kitzelte er mich mit einem Halm, was ich nicht ausstehen kann.
Lass das! Da wird man verrückt!
Das will ich ja gerade! Er grinste hämisch.
Allein heimgeradelt. Unterwegs wütend geheult. Ernst Häber verachtet mich jetzt, weil ich mich nicht habe kitzeln lassen.
Hanno begegnet. Wollte wissen, warum ich geheult habe.
Heul nicht, Evi! Das Untertauchen ist von alters her eine Taufe. Wenn man wieder hochkommt, ist man was anderes als zuvor.

Wenn die Mädchen wieder hochkommen, die man tunkt, sollen sie eine Frau sein.
Sind sie dann eine Frau, Hanno?
Wenn sie die Brutalität der Männer richtig deuten, sagte Hanno achselzuckend.
Ach, immer musst du Witze machen.
Hanno hat sich von mir abgewandt, damit ich sein Gesicht nicht sehe. Es war kein Witz.

*

Was, Dietzel, heute haben wir den sechsundzwanzigsten Neunten neunundvierzig, und die Russen bestätigen den Besitz der Atombombe? Die haben sie also! Solche Gauner!
Da sieht man es, Herr Doktor. Und in den USA erwarten sie höhere Rüstungsausgaben.
Dietzel steigt wieder auf und fährt ab. Der Kettenkasten klappert im Abwärtsfahren.

Die Liegende öffnet die Augen. Hinter dem Fenster des Pavillons ist die Welt grau. Grau und amorph auch der abgeblätterte Himmel über ihr, der früher blau gestrichen war, als die Gipssterne noch nichts Bedrohliches hatten. In der Mitte das Lämpchen, das wie ein Blütenkelch von der Decke herabhängt, wird vom Fliegentanz nervös umgaukelt. Hin und wieder sondert sich eine der Fliegen ab, bleibt einen Augenblick lang auf dem Lampenglas sitzen, um sich den anderen bald wieder einzureihen. Man mutmaßt, dass sie dort oder sogar auf der Glühbirne selbst einen kleinen schwarzen Fleck hinterlässt, damit das Alter der Glühbirne an der Dichte der schwarzen Flecke ablesbar sei. Das Tagebuch ist der Liegenden während des Träumens entglitten. Sie nimmt es wieder auf.
12.12.36 Anselma und Irene Kutschka haben mich von Anni holen lassen. Sie waren in der Badewanne. Anselma ist vom Sommer her noch braun. Irene ist überall rosarot und dick. Zeig ihr deine Kerbe, sagte Anselma. Schon hatte ich den Rock gehoben, aber dann zeigte ich sie ihr doch nicht. Sie lachten hämisch und machten unter der Dusche 'solche' Bewegungen! Mir ist eng geworden; die Anni hat den Badeofen zu sehr geheizt.

Ein eingeklebter Zettel ist neben diesem Datum im Tagebuch. Hannos Schrift mit dem an der Herrenzimmertür Erlauschten: Papa will eine grenzübergreifende Ethik, aber Engler widerspricht: Dann ist sie von einer monotheistischen Religion nicht zu unterscheiden, sagt er, weil man sie auf ein weltweit absolut gesetztes Ideal verpflichten müsste. (Das Wort monotheistisch kannst du im Lexikon nachschlagen.)
Auf das Idealbild Mensch verpflichten, sagte Papa.
Das Idealbild Mensch ist der Christus.
Engler schnaubte durch die Nase. Gruppen-Ethiken, sagte er später, können sich nur selber im Salto mortale überwinden. Das macht keiner. Keine Hoffnung.
In der letzten Zeit finde ich dich nicht mehr so gänsig, Evi. Kommst du morgen mit zum Schlittschuhlaufen?
Hanno, lang, dünn. Immer mit schlechten Noten in Leibeserziehung. Wo soll er denn beim Turnen mit seinen Extremitäten hin?, hört sie die Stimme von Mama. Tags darauf sitzt er nahe beim Fenster mit einem Buch. Auf seiner Wange schimmern feine Haare. Hanno ein Mann? Evi fühlt etwas, das so wehtut wie ein Abschied. Und, ohne dass sie es weiß, drängt sich ein Satz auf ihre Lippen: Gott sei Dank hat Anselma die Irene Kutschka!
Was hast du gesagt? will Hanno aufschauend wissen. Plötzliches Herzklopfen treibt sie aus dem Zimmer. Am Abend ein Zettel in seiner Schrift unter dem Fuß der Leselampe neben ihrem Bett.
Papa: Christl. Politik kann es niemals geben. Begriffe, die einander ausschließen. In der Pol. geht es um das Beanspruchen u. Eintreiben v. Rechten, Erhaltung v. Macht, nicht um freiwilligen Verzicht, der eine Grundhaltung der chr. Rel. ist, bez. sein sollte.
Engler: Auch der Verzicht als diplomatisches Mittel versteckten Machtgewinns hat mit dem christl. Begriff nicht das Geringste gemein.
Denk mal darüber nach, Evi, bevor du einschläfst, altes Murmeltier!

Draußen vor dem Pavillon das Klappern von Dietzels Fahrrad, das Scheuern der Lenkstange an der Holzwand und schon die Stimme des Doktors, der auf die Hintertreppe herausgekommen sein muss.

Und wieder Dietzels Fahrradkette, und die Bremse kreischt. Kein Vogel singt ein Morgenlied, die Natur ist stumm. Ein Vorbote des frühen Winters? Erster Schnee. Darum die Kette so laut. Bei Schnee hört sich alles lauter an, was nicht Natur ist. Eines Tages, denkt die Liegende, wird die Kette vom Zahnrad springen und sich verklemmen!

Die Liegende hört dem Dialog nicht mehr zu. Das Bild der Mina Frech schiebt sich unter ihre Lider, beginnt sich zu bewegen. Mit einem kleinen Koffer geht sie zum Bahnhof, späht noch einmal auf den Schulhof zurück. Ob Alis ihr nachschaut? Früher einmal hat er es getan. Seit man ihn wegen des blinden Hausierers abgeholt hat, hat er es nicht mehr getan. Das Küchenfenster dort, ja, das Fenster der Küche, in der alles geputzt und geordnet zurückbleibt. Sie kann gehen.
Dann sitzt sie auf der Holzbank eines Zuges, der durch deutsche Lande nach Norden fährt. Ist der Koffer noch da oben im Gepäcknetz? Ja, der Koffer ist noch da. Hin und wieder ein Pfiff von der Lokomotive. Weiße Rauchschwaden ziehen am Fenster vorbei, das man mit einem gelochten Ledergurt öffnen kann. Die Rauchschwaden lassen unzusammenhängende Fetzen grüner Landschaft übrig, die zu Heimat kulminieren, wenn die von der eigenen Scholle betörte Seele es so will.
Sie schaut und schaut, solange es ihr nicht schwindelt, damit sie, wenn sie wieder zu Hause sein wird, etwas zu erzählen hat. Sie wiederholt leise, was sie sich bis jetzt gemerkt hat: Je nördlicher, Alis, desto größer die Felder, desto eintöniger die Bepflanzung. Häuser aus Backstein, ohne Verputz. Baumreihen, die vom Wind geneigt sind. Je länger sie fährt, desto blasser werden Mann, Kinder, Wohnung, Schule. Die Klos wird eine Putzfrau säubern, wird zurechtgeschnittene Zeitungsstücke auf den Eisendorn spießen. Hoffentlich genug. Alles das verkleinert sich im Bewusstsein der Mina Frech von Kilometer zu Kilometer mehr zu den Maßen einer Puppenstube. Schon nicht mehr ernstlich besorgt, überschlägt sie noch einmal, was sie zum Essen vorbereitet hat, die Kartoffelsuppe und den Sonntagskuchen, das eingeweckte Fleisch. Wie weit es reichen wird, kann sie sich schon nicht

mehr ausrechnen. Je nördlicher, Alis, desto größer die Felder, memoriert sie wieder. Der Essensplan fällt ihr ein, den sie in der Küche neben dem Herd aufgehängt hat. Ich fahre in Urlaub! Die Frau eines alten Kämpfers muss vom Mütterwerk einen Urlaub ermöglicht bekommen, wer denn sonst? Und doch hat sie nur zögernd zugestimmt, ungläubig fast, weil es das noch nie gegeben hat, dass man Mütter in Urlaub schickt, und zu Hause nach dem Rechten sieht. Allerdings haben die Mütter, die unterwegs einsteigen, vier oder sogar noch mehr Kinder. Sie hat nur zwei. Ungefragt sagt sie es keinem. Auch wie es mit Irmhilt steht, muss niemand wissen.

Brusenbeekmühle heißt das Erholungsheim, neu gebaut in einem brandenburgischen Flecken: spitzgiebelig mit kleinen unterteilten Fenstern, Pferdeköpfe auf dem First. Wenn nicht Gemeinschaftsausflüge gemacht werden, Gemeinschaftsspiele, Volkstanz oder Gesang, können die Frauen vor den abendlichen Vorträgen des Lehrers, der dann in Uniform hinterm Pult steht, zwischen Feldern, kleinen Bächen oder im Wald spazieren gehen.
Auch das Pfarrhaus dort drüben ist spitzgiebelig, aber nicht neu; hat tiefe alte Mauern und dicke Eichenbohlen. Unverwüstlich! Die Mina kneift die Lippen ein: Natürlich die Pfaffen! Jenseits der Kirche: Schloss und das Hofgut derer von Steinbeek, die an allen Gedenktagen geflaggt haben. Großzügig spenden sie dem Mütterheim Fleisch, Getreide und Gartenerzeugnisse.
Die Mina macht ihre Spaziergänge allein, muss sich erst an die anderen gewöhnen, die so lustig sind. Sie schiebt ein Knäuel Wolle, in dem eine Häkelnadel steckt, in die Schürzentasche, für den Fall, dass sie sich auf einen Baumstumpf setzen will, wie jetzt.
Vor ihr geht ein Mann, der schwankt.
Am Morgen schon blau!, denkt sie. Und so was will ein Volksgenosse sein! Er schwankt, greift an den Kopf, tastet mit der anderen Hand nach Halt, findet keinen Halt und kippt nach der Seite, e-kel-haft!
Im Näherkommen merkt sie aber, dass er nicht blau, sondern ohnmächtig ist. Sie kniet nieder, klopft ihm die Brust, bis er wieder zu sich kommt. Von weit her schaut er sie an, schaut an ihr vorbei und bleibt mit dem Blick an den grünen Ästen hängen.

Das ist das zweite Mal in dieser Woche, sagt er leise. Ob sie ihm auf die Beine helfen wolle? Und dann: Ob sie ihn festhalten wolle? Nur ein Stück weit dort hinüber, da sei er zu Hause.
Wo kämen wir ohne Kameradschaftlichkeit hin, guter Mann!, sagt sie und packt ihn mit sicherem Griff, damit er nicht einknickt. So schleift sie ihn den Weg entlang.
Dort vorne? Da sei er zu Haus?
Die Mina folgt seinem Blick bis zu dem Haus, das hochgieblig ist, unterteilte Fenster hat, dicke Mauern und Eichenbohlen bis zum Grund: das Haus, das alt ist und unverwüstlich. Die Lippen eingekniffen, zerrt sie ihn so schnell, dass er keucht. Schweiß rinnt aus seinem schütteren Haarkranz über die graublasse Stirn. Die Mina lehnt den Pfaffen neben die Haustür und schellt. Aber sie wartet nicht, bis die Alte dort innen heranschlurft und öffnet. O Jott, o Jott, Herr Paster!, hört sie die Pfarrmagd schreien. Und: Frau, Frau! Auf ein Gläschen Wein, liebe Frau!
Die Mina wirft das Gartentor ins Schloss und läuft in den Wald zurück. Diese Geschichte will sie vergessen, die sich zu Hause nicht zum Erzählen eignet. Die Felder größer als bei uns, Alis, aber eintöniger bepflanzt. Nichts von einem Pfaffen.

Damals, als die Mina zwischen Volkstanz, Gesang und politischer Unterweisung den Alten auf dem Waldweg hat umkippen sehen, wusste Evi noch nicht, dass es ihn gab und dass er einen Sohn hatte, der Martin hieß. Man ahnte nicht, dass einem eine Liebe bevorstand, deren Glanz ein unendlicher ist. Auch die Landschaft, die Martin so sehr liebte, die er ihr schildern wird, kannte sie noch nicht: das Grün der Wiesen, das Schwarz der Kiefern, die roten Backsteinhäuser, das Schneeweiß der Fensterrahmen die braunen Eichenbohlen, die Strohdächer, das fahle Ocker der Brachen, das leuchtende Gelb der Lupinenfelder und ihren süßen betörenden Duft.

Im Pfarrhaus gießt die Emma ein Gläschen voll. Das wird jetrunken, Herr Paster!
Roser hängt im Ohrensessel, winkt wortlos mit der Hand ab.
Ick stell mer daneben uff!, droht sie. Sie wischt die Hände mit dem blauen Schurz ab, faltet sie über dem Bauch und bleibt stehen.

Lohnt sich ja doch nicht, Emma: Da fällst du irgendwo um, bist halb tot, lässt dich von jemandem zum Leben erwecken und glaubst, dass es die christliche Nächstenliebe ist, die du seit Jahrzehnten sonntäglich predigst – und derjenige trinkt bei dir kein Gläschen Wein!
Ach lassen Se man dat Jerede! Ick trink mit Sie. Prost Herr Paster! Nu kommen se selber dran.
Denkst, es sei Nächstenliebe, Emma – und dann rennt se davon!
Nu trinken Se man. Ick bleibe ja da, und dat Jungchen kommt doch bald auf Urlaub und will Vaddern jesund wiedersehen!
Roser schnüffelt ins Glas. Er nickt und lächelt. Der Junge! Er trinkt einen Schluck. Mein Martin! Und die Alte bedenkt, was ihr immer eine Sorge ist, wenn sie von Martin spricht: Er wird doch bei die Soldatens nich sein Flötchen verkaluppert haben, mit die Weibers dort?
Aber Roser noch immer fassungslos: Hebt mich vom Boden auf, fasst mich unter und stellt mich hier an die Tür! Is doch Nächstenliebe, Emma, oder? Eigensinnig mault er, trinkt aber noch einen Schluck.
Die Alte deutet mit dem Kopf zur Brusenbeekmühle. Die jehört eben dort hinüber. Da ham se 'n anderen Namen für.
Mit einem Ruck stellt der Pfarrer das Glas auf den Tisch. Das isses eben, Emma. Die Nächstenliebe heißt da Kameradschaft oder so, sieht nur ein wenig anders aus, weil nur noch der Kamerad geliebt wird, nicht mehr der Mensch, der unsereinem der Nächste sein soll, egal wo und wer er ist, weil wir alle Menschen sind. Die Kameradschaft funktioniert auch ohne Jesus Christus, der diese Grenzen sprengt. Den kann man dafür nicht brauchen. Kameradschaft ist jetzt alles, damit ist unsereiner überflüssig, Emma! Sie hätte mich liegen lassen sollen, die Frau! Ein Pfarrer kann nichts mehr tun für die Weiträumigkeit der Herzen, Emma. Mit Schrecken spürt er, dass er an der Grenze steht, wo ihm sein unsterblicher Menschenverbinder durch die Finger zu rinnen droht.

Was, Dietzel? Heute ist der zweite Zehnte und schon Schnee?
Der geht bis zum Mittag weg, Herr Doktor.

Was, Dietzel, die Kominformländer kündigen Jugoslawien die Freundschaft auf? Und hier die Abwertung vom englischen Pfund! Zwei achtzig! Zwei achtzig, Dietzel! Was sagen Sie dazu?
Ich bleibe im Lande und nähre mich redlich.

Am folgenden Abend schlüpft die Else wieder unhörbar in den Pavillon, ohne das Licht anzuknipsen. Der Verdacht entsteht, diese Angestellte des Doktors möchte ihr Hiersein nicht nur vor der Liegenden, die sie schlafend wähnt, verbergen, sondern auch vor Doktor Polke selbst. Aber man begreift nicht, was er dagegen haben könnte, der Doktor, zumal die Else ja nie ein Wort zur Liegenden, die sich schlafend stellt, spricht. Die Else kommt, bleibt still am Fenster stehen, sodass ihr Profil sich vor dem kaum noch hellen Abendhimmel abzeichnet wie ein dunkler Scherenschnitt vor grauem Hintergrund. Ein wenig neigt sie den Kopf, als lausche sie einem Ton nach, der in der Ferne schon verklingt, den sie aber an dieser Stelle und nur an dieser noch hört. Die Liegende begreift dieses Gebaren nicht. Was weiß denn ein Mensch vom anderen! Papas Worte, durch die Herrenzimmertür erlauscht, fallen einem ein: Wie die Glaser ihr Material mit dem Diamanten zu einem kleinen Guckfenster zerschneiden, so schneidet unser kümmerlicher Verstand Splitter aus der Welt. Die Ausbeute ist gering. Was wissen wir also?

*

Vierzig Tage, die ich schreibend umfasse, hat die Liegende den hölzernen Himmel belauert und bangend auf das Signal der Gipssterne gewartet. Ängstlich, ob ihr die Zeit dazu gegeben sei, hat sie sich täglich zum Klosett geschleppt und eilig die Notdurft verrichtet. Keiner weiß ja, wann das Ende geschieht, keiner weiß es von keinem, es wäre denn eine Gewalttat im Spiel. Sie hastet zum Mahagonibett zurück und erwartet, starr auf dem Rücken liegend, den Ablauf der Bilder, ob sie selber alle, die sich herandrängen, die sich in wahnsinniger Überstürzung und mit unfasslicher Intensität auf sie zubewegen, noch erleben wird, noch wird ertragen müssen.

Nach langer Zeit ist Evi am 9.9. in dieses Dorf zurückgekehrt. Der Bus hat sie drunten am Brunnen entlassen, während ein ameri-

kanisches Militärflugzeug in unverschämtem Tiefflug die Schallmauer durchbrach. Mit hochgerissenem Blick hat sie in verspäteter Abwehr die Ohren zugehalten. Und so mit den Händen auf den Ohren dastehend, hat sie das neue Haus auf dem Bannzaun gesehen, das es in ihrer Erinnerung nie gegeben hat. Hinter dem Bogenfenster den prall gefüllten Sack, wie sie meinte. Aber sie fragt nicht, warum ein prall gefüllter Sack hinter diesem Fenster steht, sondern gibt sich dem Zorn über den unverschämten Knall hin, und ihre Lippen formen voll Bitterkeit das Wort 'Siegergebärde'. Tompeten von Jericho, welche die Mauern des Selbstbewusstseins zertrümmern sollen. Es funktioniert.
Seither hat mich dieser Knall des Öfteren beim Schreiben erschreckt, gegen den man sich nicht vorbeugend schützen kann, weil er sporadisch erfolgt. Alte Menschen sterben vor Entsetzen, Säuglinge fallen aus den Betten; ihr Gehör ist für immer zerstört. Während das Knallen verklingt, krähen die Hähne hysterisch, die Schweine schreien schrill. In der nachfolgenden Stille, in der man den Atem noch anhält, hört man das eigene Herz.
In meiner Vorstellung – der Vorstellung der Schreibenden – werden die Mauern von Jericho zur Ruine des Hauses Nr. 17, an der ich an jenem 9.9.49 vorbeifuhr, als ich in dieses Dorf zurückkam. Aber die Liegende, in die ich nun wieder zurücktauche, trägt das Bild dieses Hauses noch unversehrt unter den Lidern. Ihre Bilder sind noch Bilder aus jener Zeit, in der Evi täglich auf etwas Wichtiges, aber Unnennbares wartet. Sie ist in die Pubertät eingetreten. Das Gefühl ist so stark, dass sie das Fenster öffnet und hinausspäht, woher es wohl komme. Hie und da sieht sie dabei das epileptische Mädchen auf dem Trottoir stehen, Irmhilt Frech, die von Mina, der Mutter, vom Schulhof ferngehalten wird, wenn Pause ist.
Die Haustür geht auf, das alte Fräulein von Steinbeek lässt dem Dackel so viel Spielraum mit der Leine, dass er am nächsten Baum das Bein heben kann.
Mit ihren kleinen energischen Schritten geht sie auf das Mädchen zu.
Habe ich dir nicht schon oft gesagt, mein Kind, dass deine Mutter hier nicht mehr putzt? Warum stehst du da also herum?

Irmhilt antwortet nicht, starrt nur auf die Saphire, die dem Fräulein wackelnd an den Ohrläppchen hängen. Wenn das Fräulein den Kopf schüttelt, hüpfen sie.
Die Anni kommt vom Markt. Sie gibt dem Mädchen zwei oder drei Bonbons, weil sie meint, dass es darauf warte, und schiebt sich mit den schweren Taschen durch die schwere Haustür. Dann hebt das Mädchen lauschend den Kopf. Ein Licht erhellt sein kleines Gesicht. Adieu, mein Lieber!, sanft! Gleich, gleich muss der Herr mit der Melone herauskommen! Er kommt heraus, geht an dem Kind vorbei, weil er es nicht sieht. Er sieht auch nicht, dass es ihm folgt. Zwei Uniformierte werfen Blicke hinter seinem Rücken. Das alte Fräulein kommt aus einem Fotogeschäft. Auffordernd sieht es den Herrn mit der Melone an. Das Mädchen merkt, er soll das Fräulein grüßen; aber er sieht es nicht. Das Fräulein reißt den Dackel an der Leine. Blütenblätter rieseln vor dem Dackel nieder. Der Dackel schnappt nicht nach den Blüten. Das Mädchen weiß, jetzt ist der Dackel blind.
Die Uniformierten grüßen mit erhobener Hand. Sie deuten mit den Köpfen auf den Herrn mit der Melone. Das alte Fräulein nickt. Irmhilt geht nach Hause, knüpft bunte Fäden.
Papa steht an diesem Abend vor Evi, sieht sie schweigend an, Melone und Spazierstock schon in der Hand. Draußen sind die Straßenlampen angezündet. Für einen Augenblick weitet sich sein misstrauisch gewordener Blick, wird hell und warm: mein Töchterchen! Evi steht vor ihm, stolz und lebendig, weil sie das bunte Sommerkleid trägt, das die Näherin an den Seiten und am Saum hat herauslassen müssen. Es hat breite Rüschen, und das flach geschnittene Oberteil wölbt sich verheißungsvoll. Frühjahr der Häutung! Geburt ins Weibliche! Immer Blumen essen! Und dazu Papas sich weitender Blick: mein Töchterchen, mein Kind! Aber schon kehrt er sich ab, um im Schutz der Dunkelheit jene Besuche zu machen, über die er niemals spricht. Mama setzt sich unter die Lampe mit einem Buch. Nie blättert sie die Seite um. Der Grad zwischen Hochgefühl und Furcht, auf dem wir gehen müssen, ist schmal, sagt Hanno und sieht traurig aus.
Ist Papa dann zurück, schlägt Mama das ungelesene Buch zu und geht zu ihm ins Herrenzimmer, wohin ihr die Kinder nicht zu

folgen wagen. Sie spüren, dass die Eltern allein sein wollen und gehen zu Bett.
Lieber Schutzengel, betet Evi, um danach nicht weiterzuwissen. Aber etwas muss doch gesagt werden! Lieber Schutzengel, mach, dass Papa morgen ein einziges Mal lacht.

Das epileptische Mädchen sitzt, knüpft und schaukelt. Manchmal wirft es einen raschen Blick auf die beiden Uniformierten, die es wiedererkennt. Auf dem Sofa sitzen sie in Mina Frechs guter Stube. Noch 35 Knoten, denkt es, dann muss ich zum Haus Nr. 17. Von dort aus in die Schule. Es weiß, dass diese Männer auf den Vater warten, weil es vieles weiß, was andere nicht wissen. Mit der Mutter reden sie nur vom Wetter. Sie warten auf den Vater. Wie damals auf der Straße, als sie den Herrn mit der Melone meinten, haben sie jetzt ihretwegen Blicke.
Noch 30 Knoten, dann muss ich gehen. Es denkt nicht: Ich komme heute einfach zu spät in die Schule. Das kann es nicht. Dieser Satz ist in seinem Denken nicht vorhanden. Noch 28 Knoten. Ob auch der Vater nachher Blicke über den Herrn mit der Melone hat? Noch 25 Knoten, sagt es vor sich hin. Die geknüpften Maschen fallen vom Finger wie Schlacken der Zeit. Schaukelrhythmen. Der Vater soll jetzt kommen, schnell!
Die Uniformierten scharren mit den Stiefeln auf dem Linoleum. Die Mutter geht, um dem Vater zu sagen, dass er sich beeilen soll. Die Männer schauen der Mutter nach. Jetzt ist kein Mensch mehr da. Das Mädchen spürt, dass es niemand ist. Es schaukelt und knüpft, 15, 14, 13. Alis Frech kommt von der Turnhalle herüber. Du sollst in die Zeitung mitgehen. Wir holen den Hohmer ab, sagen sie gedämpft.
Sie begleiten ihn ins Schlafzimmer, er muss die Uniform anziehen. 8, 7, 6. Jetzt kommt der Herr mit der Melone noch nicht aus dem Haus. Er hat die Stimme noch nicht gehört: Adieu, mein Lieber!, sanft.
3, 2, 1. Das Mädchen steckt die bunten Fäden in die Schürzentasche, nimmt den Ranzen und geht. Vor dem Haus Nr. 17 bleibt es stehen.
Die Tür geht auf. Der Herr mit der Melone tritt heraus. Einen Augenblick lang schließt er die Lider. Die Tür schlägt dumpf ins

Schloss. Das Mädchen geht zwei Schritte auf ihn zu; der Herr mit der Melone geht an ihm vorbei.
Ich bin niemand, denkt es und lässt einen Augenblick lang den Kopf hängen. Dann geht es hinter Hohmer her, starrt auf seinen Rücken, sieht schräge Falten vom Kragen herab bis unter die Achseln und Falten unterm Jackensaum hervor entlang der Hosenbeine. Das Mädchen holt ihn ein. Es zieht an seinem Ärmel. Der Herr schaut auf. Und langsam weitet ein Erinnern seinen Blick. Mühsam zwinkert er. Er hebt die Hand zum kleinen Vogelspiel und will schon weitergehen. Das Mädchen hält ihn an der Jacke fest.
Du sollst mit diesem Vogel fliegen! Weit, weit fort! Nicht in das Zeitungshaus! Nur fort!
Ich muss doch in das Zeitungshaus, sagt er. Es fällt ihm ein, das Kind heißt Irmhilt. Ich muss doch, Irmhilt.
Aber es zerrt an seinem Ärmel. Nicht in das große Haus! Dort sind die beiden Männer, die haben Blicke, wenn du es nicht siehst. So, wie der Dackel von dem alten Fräulein die Blütenblätter auch nicht sieht. Das Fräulein hat auch Blicke mit den Männern, weil du es nicht grüßt und mit dem Hut nicht winkst. Nicht in das große Haus! Dort sind die Männer, die auf unserm Sofa gesessen haben, als ich niemand war. Frech, haben sie zum Vater gesagt, zieh die Uniform an, geh mit, den Zeitungsmacher holen!
Das Mädchen sieht, wie es in Hohmers Augen dunkelt. Er denkt: Es ist so weit.
Der Herr reißt eine Seite aus seinem Notizbuch, kritzelt mit dem Bleistift ein paar Worte. Er schraubt den Ring vom Finger, es geht schwer. Jetzt ein letzter Ruck, und er wickelt diesen Ring in das bekritzelte Papier.
Bring das zu meiner Frau, Irmhilt, sagt er. Er wirft noch einen Blick auf die Fenster des zweiten Stocks und eilt davon. Das Mädchen schluchzt. Adieu, mein Lieber!, sanft. Es wird die lieben Worte nie mehr hören. Den Ring bringt es der Frau.
Dann geht es zur Schule, schaukelt in der Bank, und die Lehrerin denkt: Das Kind ist nicht normal: ein nutzloses Glied am Volkskörper! Sie übersieht, wenn es den Finger streckt.

*

Hanno kommt als Erster aus der Schule nach Hause. Er fährt mit dem Rad. Er kommt ins Esszimmer, starrt auf das Tischtuch. Weißer Damast, noch von Urgroßmama, mit dem immer wiederkehrenden kleinen Muster, das Evi 'Kaffeebohnen' nennt. Damals, sie waren noch klein, haben sie mit der Spielzeugschere 'Kaffeebohnen' ausgeschnitten, weil sie im Kaufladen Kaffeebohnen brauchten. Mama hat das Tischtuch kleiner machen müssen. Großmama wäre traurig, hat sie dazu gesagt. Das Tischtuch hat Urgroßmama selber gesponnen und gewebt. Großmama war Papas Mutter. Damals war Papa noch da.
Sofort, als er von der Schule kam, hat Hanno Papas Zigarrenrauch gefehlt, und Mamas Schritt in der Küche.
Mama!, hat er gerufen; aber sie hat nicht geantwortet von dem Bett aus, auf dem er sie dann hat liegen sehen. Ohne etwas zu fragen, ist er zurück ins Esszimmer gegangen, hat zwischen den Kaffeebohnen des Tischtuchs, das Mama hat kleiner machen müssen vor so vielen Jahren, Papas Ring liegen sehen, den bekritzelten Zettel und gewusst, dass etwas aus der Ordnung geraten ist. Er hat den Ring aufgenommen und darin gelesen: Wera 3.7.18: Mutter als Mädchen wie auf der Verlobungsfotografie. *Das ist Vaters Ring!*
Papas Ring: schwer und von großer Weite, gut, vertraut, beständig. Jetzt aber aus der Ordnung geraten wie Papas Schrift auf dem Zettel.
Es ist so weit. Euch Gottes Segen!
Erschreckend wird ihm der Zusammenhang klar. Er hört Evi nach Hause kommen, hört an der Art, wie sie die Schulmappe auf den Korbstuhl in der Diele wirft, dass sie noch nichts ahnt. Aber schon von der Zimmertür aus überblickt sie alles, ruft herankommend ängstlich: Papas Ring! Und wo ist Mama? Er hält ihr den Zettel hin. Dann verkriechen sie sich stumm in ihren Zimmern und suchen Geborgenheit in ihren Betten.
Hanno sieht den Vater, wie er war: gestern, vor vier Jahren, vor acht Jahren, vor dreizehn Jahren in Wälden. Dann wieder umgekehrt bis gestern. Er sucht ihn im Nirgendwo, dass er heimkomme zu ihm, zu der Schwester, zu der Frau, die hinter der Wand dort liegt und nicht antwortet, wenn er ruft. Das kann er nicht ertragen. Heimkommen soll er! Man soll ihn nach Hause gehen lassen! Sofort.

Evi sieht Papas Ring ohne Papas Hand. Es hängt mit der Sorge zusammen, die sie in seinem Gesicht gesehen hat. Mit der Traurigkeit. Mein Kind. Papa und Sorgen haben lange schon zusammengehört. Der Ring: losgelöst von Papas rechter Hand durch Papas linke Hand. Bewusst! Nicht aus Versehen. Er hat uns aus sich herausgenommen!, denkt sie. Weint. Alle sind jetzt allein; und er ist auch allein. So weint sie sich in den Schlaf, weil sie noch zu jung ist, um mit einem Kummer allein zu bleiben.

Die Frau hinter der Wand dort denkt nichts, kann nichts mehr denken; spürt nur das Ziehen in Brust und Bauch, das sie früher als Liebesverlangen gekannt hat.

*

Ein Stockwerk tiefer weiß noch keiner, was geschehen ist. Auch Anni weiß noch nichts.
Der Pater sitzt am weiß gedeckten Tisch. Er schaut auf die Frau. Seine Hände streichen über die gestärkte Spitze der Kaffeedecke, über die Stickerei. Wie ein Altartuch! Langsam schiebt er Kuchen in das Loch im Bart. Das Loch wird klein, bis seine roten Ränder aufeinanderliegen. Dann stülpen sich die Ränder wieder aus und drücken sich auf das Porzellan der Kaffeetasse.
Wo der Hampelmann heute sei?
Ach ja, der Hampelmann. Das wolle sie ihm nachher sagen. Ob er jetzt gleich mit ihr beten wolle?
Gewiss wolle er das, liebe Tochter.
Das Loch im Bart wird klein und wieder größer. Die roten Ränder berühren einander, lösen sich voneinander, stülpen sich aus, um sich endlich in einem langen Kuss auf das gekreuzte Holz, das der Pater auf der Brust trägt, zu pressen.
Ob sie ihm jetzt – ganz in Kürze! – ihre Sorgen vortragen dürfe?
Sie solle getrost sprechen.
Bislang sei sie mit der Hilfe, die er ihr gegeben habe, sehr gut ausgekommen. Sicher habe er an den entsprechenden Tagen selbst gefühlt, wie sehr ihr sein geistiger Beistand hilfreich gewesen sei. Jetzt aber sei etwas Schwerwiegendes dazugekommen. Ob sie es ihm sagen dürfe, ohne ihn zu sehr zu belasten?

Aber gewiss dürfe sie es ihm anvertrauen. Es sei doch seine Aufgabe, sich belasten zu lassen, Lasten von anderen entgegenzunehmen! Er habe ja die wunderbare Zusicherung, alle diese Lasten einem Höheren und Höchsten, der alles verstehe, übergeben zu dürfen. Daran solle sie denken.

Man habe, beginnt sie zögernd, eine bestimmte Persönlichkeit aus der Öffentlichkeit entfernt. Er wisse davon.
Der Pater tupft mit der Kuchengabel die Krümel vom Teller. Sie meine wohl, er als Mann der Kirche solle dagegen Einspruch erheben? Wenn sie solches meine, müsse er gleich sagen, dass ...
Beruhigend legt sie ihm die Hand auf den Arm. Nein, nein! Das sei nicht nötig, denn auf seltsame Weise sei der Mann dem Zugriff entwischt!
Ja, aber dann ...? Ob sie ein persönliches Interesse an diesem Volksgenossen habe? Entwischt also doch?
Das ändere nichts daran, dass der Ehemann diesen Zugriff veranlasst habe. Das sei genau so, als habe er selber Hand angelegt. Und mit diesen Händen, nachts ...
Ein trauriger Aspekt! Er müsse das zugeben, sagt der Pater, während er ihr mit tiefem Verstehen in die Augen blickt.
Wenn sie nur etwas Handfestes hätte! Sie seufzt. Irgendeinen Gegenstand, den sie bei diesen Gelegenheiten mit der Hand umschließen könnte! Sie habe schon an ihr Amulett gedacht. Ob er nicht eine Fotografie von sich habe?
Die Firmlinge knipsten ihn jedes Jahr, wenn er mit ihnen in den vorösterlichen Exerzitien sei. Ob ein christliches Emblem aber nicht doch wirksamer wäre als das Foto eines armseligen Mönches?
Mit der Tischglocke klingelt Frau Sanders, damit die Anni dem Pater den restlichen Kuchen einpacke.
Ob er den Hampelmann noch sehen wolle? Sie habe ihn ins Bad gesetzt, da seien ja die Mädchen. Anselma habe eine sehr, sehr entwickelte Freundin, und der Kleine pubertiere ja nächstens! Sie wolle ihn doch rechtzeitig über das andere Geschlecht informieren, nämlich solange der Anblick noch keine Wirkung auf seine Triebe habe! Das finde der Pater doch auch vernünftig, nicht wahr?
Durchaus vernünftig, bestätigt Pater Friedbert und steht auf, um sie zu segnen.

Was übrigens das Foto anbetreffe, so wolle er ihr irgendeines aus seinen Sachen heraussuchen, wenn sie das unbedingt wolle.

Das Bild des Zimmers verblasst hinter den Lidern der Liegenden. Von den hohen Fenstern her nur noch fahles Licht, das auf dem Silberzeug des Tisches blinkt. Das Porzellan ist vom Tischtuch nicht mehr zu unterscheiden. Die Stickerei der Kaffeedecke ist nicht mehr zu erkennen. Tief dunkel schon das Büfett, dort an der Wand, in dem Anselma die Ostereier versteckt hat. Da, nur noch schemenhaft, das Sofa, über dessen Lehne sie damals hingestreckt lag, kaltäugig, nackt.

Unruhe und Übelkeit überfallen die Liegende. Aufstehen müsste sie, um draußen im vom Eingang abgetrennten Dreieck in die Tonne zu erbrechen. So elend fühlt sie sich, dass sie liegen bleiben und sich, ohne aufzustehen, neben das Bett auf den Boden übergeben möchte. Die Anni würde bei ihrem nächsten Besuch das Erbrochene aufwischen; vielleicht wäre es dann schon getrocknet. Für solche Arbeiten ist die Else, die einem das Essen aus der Arztvilla bringt, nicht zuständig. Der Doktor hat ihre Pflichten genau abgegrenzt. Unter Umständen würde das Erbrochene also am Boden antrocknen, denkt die Liegende; während sie an der Vorstellung von Gestank erschrickt: An Gerüche gewöhnt man sich schlecht. Aus diesem Grund ist es wirklich gut, dass von dem sechseckigen Pavillon eine Ecke als Raum für die Gerüche abgetrennt ist. Es ist einem auch lieber, in einem Raum mit fünf Ecken zu liegen als mit sechs: Man ist ja keine Biene. Dennoch hätte es Nachteile, meint die Liegende: Die Sterne, die man belauert, setzen sich hinter der Abtrennung fort; und geängstigt stellt man sich vor, eines Tages möchte dort draußen das Signal aufglühen, während man hier im Mahagonibett liegt. Man würde es also verpassen.
Wie denn, wenn das Signal womöglich ein Zeichen eigener Erleuchtung wäre? Kaum wagt man, darauf zu hoffen.
Nein, kein Signal für Erleuchtung, sagt die Liegende laut, ein Signal ist nie für sich selber da! Das Wesen eines Signals ist, sichtbar oder auch hörbar vorhanden zu sein, besonders in einer so wichtigen Sache. Es muss den, dem es gilt, mit Sicherheit erreichen

können; in diesem Fall einen selbst. Den Raum der Gerüche sucht man dazu nicht häufig und nicht lange genug auf, an diesem Morgen nur, um zu erbrechen. Die Liegende weiß, woher diese Übelkeit rührt, die sich bis zum Erbrechen steigert! Die Bilder, die sich unter ihren Lidern gehäuft haben, greifen sie an. Aber sie wird sie erdulden. Nicht aufstehen und diesen Pavillon verlassen. Nicht fliehen. Jedes Aufrichten, Evi, hat Hanno gesagt, stürzt einen unausweichlich in Schuld oder Leid! Im Fall von Papa in den Wahnsinn der Verzweiflung.
Ja, Hanno, möchte ich, die Schreibende, sagen. Zurück wollte er ins Vorgeburtliche, um das erste Sichaufrichten ungeschehen zu machen! Papa wollte zur Hebamme von Wälden.

Was, Dietzel?, ruft draußen der Doktor, der drinnen gewiss schon lauernd durchs Fenster gespäht hat, während ihm ein abgearbeitetes Bauernweib von ihrer Schwangerschaft erzählt, der sechsten, und der Mann, aus dem Krieg zurück, liegt auf der Küchenbank, weil ihm wie so vielen Hände und Füße abgefroren sind. Arbeiten kann er nicht. Aber Kinder machen.
Was, Dietzel, die Russen protestieren gegen die Einrichtung eines westdeutschen Bundesstaates?
Kaum ist das Kind geboren, Herr Doktor, wird es schon zu heiß gebadet.
Dietzel lacht hämisch. Er schwingt sich aufs Fahrrad, fährt scheppernd den Hohlweg hinunter zur Poststube, so malt die Liegende es sich aus. Indessen wirft der Doktor die Zeitung zu späterem Gebrauch auf das Vertiko, vormals Englers Vertiko, das im Flur steht – und setzt sich dem Bauernweib wieder gegenüber, hört ihren Klagen zu oder auch nicht.

*

Wenn die Nacht das letzte Licht von den Stämmen des Kiefernwaldes abgezogen hat, sind sie schwarz. Gegen Morgen kriecht zartes Rosarot von den Kronen abwärts bis zur Wurzel, wird zu Ocker und ist am Mittag von rötlichem Braun. So weiß es die Liegende aus ihrer Kindheit in Wälden. Strahlige Schatten zeichnen die schütteren Nadeln auf dem Waldboden nach. Die Telegrafenmasten, die

das Wäldchen queren, riechen in der Sonnenwärme nach Karbolineum. Hohmer hat sie wahrgenommen, solange er den Blick noch gehoben hat, wie der Bauer ihn hebt, wenn er Regen erhofft.
Jetzt hebt er den Blick nicht mehr, sucht keine Antwort mehr am Himmel, sieht nur noch helle und dunkle Flecke. Sieht die hellen und dunklen Flecke schon nicht mehr, spürt nur noch Hitze, Trockenheit, Durst. Spürt überhaupt nichts mehr. Er umklammert einen Baum, weil er Halt braucht, wenn er sich vorbeugt, gierig nach den Dünsten, die vom Dorf aufsteigen und Bewohntheit vermitteln. Drunten im Kessel liegt Wälden. Jetzt riecht er auch die Bewohntheit nicht mehr. Die Melone fällt ihm vom Kopf, liegt umgekehrt auf dem Waldboden wie ein Topf, in den hinein er erbrechen könnte, wenn außer Galle noch etwas in ihm wäre. Schweiß rinnt aus seinen Haaren, wenn er würgt, rinnt die Nase entlang. Der Herzschlag hämmert: unsinnige Gier nach einer Frau, weil das Würgen das Blut unter die Haut treibt. Dann plötzliche Schwäche, die er kennt. Sein Griff um den Stamm wird lahm, die Knie geben nach, er rutscht zu Boden und rollt hinunter auf den weißen Weg. Was überschlägt sich so polternd in seiner Brust? Er lauscht hinunter zum Dorf. Ein Gaul, der drunten zum Brunnen springt! Jetzt wird er die weichen Lefzen in den Trog hängen und mit geweiteten Nüstern saufen, in langen Zügen saufen – *saufen*!
Er sieht das Pferd und die Lefzen und den Brunnen, in dem der Wasserspiegel nicht sinkt. Staunend, begehrlich, sieht er das alles, wenngleich er mit dem Gesicht auf dem Bannzaun liegt, vor seinen Augen der Kalkstaub, trocken, spröde.
Jetzt kommt der Knecht mit Stiefeln, die am Boden schlurfen und schiebt die Hand unter das Halfter.
Er soll das Pferd sein Wasser saufen lassen!
Noch einmal stemmt er sich hustend hoch, kommt auf die Beine, weil die Wut ihn treibt: das Pferd sein Wasser ... Wasser! Brunnen! Er stolpert den Bannzaun entlang bis zu dem Hohlweg, der, wie alle, zum Brunnen führt. Die Beine knicken ein. Auf dem Gesäß rutscht er bergab. Die Kate der Hebamme fällt über ihn, reißt ihn in unauslotbares Dunkel.

*

> Eia popeia, das Kindchen ist da!
> Und frisst es ein Steinchen, so wächst ihm ein Beinchen.
> Ein zierliches Pflänzchen trägt 's Kindlein beim Tänzchen.
> Ein haariges Hündchen bläst Lust in sein Mündchen.
> Eia popeia, das Kindlein ist da.

Die alte Bawett, von der Engler sagt, dass sie den Tod auf der Landstraße herankommen sieht, hat Hohmer auf ihr Bett gezerrt, geschleift, gelüpft, ihn zurechtgewälzt, hat ihn gewaschen und ihm ein Hemd übergezogen. Keuchend setzt sie sich auf den Stuhl, krampft die Hände ineinander und starrt vor sich hin.
Verfluchte Morgensonne! Immer die gleichen Vierecke legt sie auf den Bretterboden, mal weiter links, dann weiter rechts, je nach Jahreszeit! Immer dieselben Erinnerungen, wenn sie auf dem Stuhl sitzt und den Sonnenflecken auf dem Bretterboden zusieht. Dazu jetzt der Mann auf ihrem Bett! Engler wird in Kürze kommen, nach dem sie den Nachbarjungen geschickt hat. Engler wird ihn zu sich holen. Dann wird ihr Bett wieder leer sein. Keiner mehr, der dort so hilflos daliegt wie ein Säugling im Bett einer Wöchnerin. Sie hustet, probiert die brüchige Stimme und singt, wie sie die Säuglinge immer ins Leben gesungen hat, singt den magischen Gesang. Eia popeia.
Ihr Blick bleibt an dem blau gestreiften Hemd kleben, das sie dem Bewusstlosen angezogen hat, über den Kopf gestülpt, die Arme durch, er war schwer. Keinen Nachbarn zum Helfen geholt. Keine andere Hand sollte ihn berühren, kein anderes Auge ihn sehen – und ihn womöglich erkennen! Ihr Blick gleitet auf den Streifen des Hemdes in die Vergangenheit, zu jenem anderen Mann in diesem Hemd. Auch der war schwer; aber sie war noch jung. Schwer war er, als die Knechte ihn aus der Sägerei brachten. Verunglückt, Bawett. Tölpelhaft haben sie dagestanden, haben blutige Spuren in den Bretterboden getreten, dort, wo die gelben Vierecke wandern, je nach Jahreszeit. Ein Unfall, Bawett; einen von seinen Anfällen hat er gehabt, du weißt ja, ist in die Transmission geraten. Vielleicht auch das Bier in der Nacht zuvor, das einer, der umfällt und schäumt, nicht verträgt, meint der eine.
Aber der andere sagt: Der hat doch kaum was getrunken.

Deutschland hat den Ersten Weltkrieg ausgerufen. Dazu war in der Sägerei Freibier ausgeschenkt worden, und die Knechte hatten die Nacht hindurch gesoffen, bis sie besoffen waren. Freibier! Die ganze Nacht hindurch?, hat sie wissen wollen.
Er ist früher weggegangen, sagt man ihr. Bleib doch da!, haben wir ihn bedrängt, aber er wollte nicht.
Früher gegangen? Wohin?
Sie schauen einander an und schweigen, bis einer noch einmal erinnert: Vielleicht die Anfälle, die er gehabt hat, oder doch vom Bier. Am Morgen war er ja auch wieder zur Stelle. Hat seine Arbeit getan.
Ja, ja, seine Arbeit getan, sagt die Bawett. Aber sie weiß es besser: Bier oder Anfälle? Nichts da! Gut, dass er hin ist, der Hurenbock! Laut oder leise gesagt: egal! Geträumt hat er von der anderen, mit der er in der Nacht zusammen gewesen ist! Hat nicht auf die Transmission aufgepasst, dann ist es passiert.
Die ganze Nacht hat sie am Fenster gestanden und gewartet, den Leib mit Fäusten geschlagen. Taub! Unfruchtbar! Der Leib einer Hebamme, die aus allen anderen Weibern die Säuglinge zieht, eia popeia! Nur aus dem eigenen Leib kommt nichts! Hin war er also, der Blutverkrustete. Die Knechte kneten ihre sägemehlbestäubten Hüte in den Händen, setzen sie auf das sägemehlbestäubte Haar, vertreten noch kurz die Füße. Jedem ist sein Ende vorgesetzt, murmelt der Oberknecht und reicht ihr die Hand. Dann ist sie mit dem Toten allein. Das Hemd ist fast noch neu, denkt sie. Man muss es waschen. Es soll nicht mit ihm unter die Erde.
Nach ein paar Wochen kommt die andere daher.
Tast mich ab, Bawett, sagt sie. Ich glaub, es ist bei mir so. Mein Alter ist schon toll vor Freude! Ich auch.
Toll vor Freude, der alte Sack? Ihr kann man nichts weismachen, ihr nicht! Pass nur auf, dass es nicht epileptisch ist und Anfälle kriegt, hat sie giftig gesagt, sich in den Abort gesperrt und sich an den Haaren gerissen, weil sie den Eid getan hatte, alles Leben zu erhalten: gemeiner Hebammeneid!
Wie tät'st es denn nennen, Bawett, wenn's deines wär?, hat die andere verschlagen gefragt.
Mina tät ich es nennen, weil meine Schwiegermutter Mina geheißen hat.

Also Mina, hat die andere rasch gesagt.
Das blau gestreifte Hemd hat sie eingeweicht, die Blutflecken rausgewaschen und es auf dem Speicher verstaut, bis heute. Dann hat der Hohmer vor ihrem Haus gelegen. Den haben sie hingemacht, die Schweine!, murmelt sie mit geballten Fäusten. Schon lange hat Engler es so kommen sehen. Engler, der auf dem Stuhl sitzt, wenn er bei ihr ist, die Hände zwischen den Knien baumeln lässt und weiß, dass er mit ihr reden kann, was er denkt, weil sie schweigt. Er wird den Hohmer mitnehmen. Das Hemd soll der Hohmer behalten, lange wird er es ohnehin nicht mehr brauchen. Sie steht auf, lässt die Haustür für Engler offen, während sie zum Bach hinuntergeht und schaut, ob der Tod schon auf der Landstraße zu sehen ist.

*

Engler hat Papa zu sich genommen. Auf der Bank neben der hinteren Treppe der Arztvilla, auf der er, als Hohmer noch Lehrer in Wälden gewesen ist, an vielen Abenden mit ihm gesessen hat, wartet er auf die Frau. Zum wiederholten Mal liest er eine Stelle aus dem Buch, das er auf den Knien hält, und begreift nichts. Drüben im Pavillon hustet Ephraim Hofmann. Engler zwingt die Augen aufs Papier:
Wenn irgendeine unsrer Handlungen von Freude oder Leid begleitet wird, versammelt sich die Seele ganz auf ihr … Die Frau wird kommen! Seine Lippen formen ihren Namen: Wera! – … versammelt sich die Seele ganz auf ihr, sodass sie auf keine andere Macht mehr hört. Kommen wird sie, und er wird ihr keine Hoffnung mehr machen können. Ihr Gesicht wird sein wie aus Schnee, und nur noch aus Augen und zitterndem Mund.
Von Freud oder Leid begleitet. Freud oder Leid! Er möchte nicht dabei sein, wenn sie hinaufgeht, ihn liegen sieht mit den bläulichen Schatten im Gesicht und der spitzen gelblichen Nase! Dort, durch das Gartentor wird sie hereinkommen, Wera, und nicht zu den blühenden Zweigen passen, die über dem Weg hängen: Goldparmänen, vom Vater gepflanzt vor so vielen Jahren, er hat nicht gedacht, dass der Baum eines Tages stört, wenn er blüht. Nach der Ernte, hat er zum Sohn gesagt, muss man sie schnell verbrau-

chen, weil sie von innen bitter werden. Durchs Gartentor, unter den blühenden Zweigen durch und hinauf in das Zimmer, in dem er liegt. Merken wird sie, weil sie ihn liebt, dass es keine Hoffnung mehr gibt. Wird weinen. Und es wäre kein Trost, ihr armes Gesicht mit den Händen den Apfelblüten zuzuwenden. Und als sie nun wirklich durchs Gartentor tritt, unter dem blühenden Zweig stehen bleibt, ohne ihre Verheißung der Wiedergeburt zu sehen, als er nun aufsteht, um ihr Gesicht mit den Händen doch noch den Blüten zuzuwenden, merkt er, dass sein Schnauzbart vibriert und er es nicht kann. Stumm legt er ihr den Arm um die Schulter und führt sie ins Haus, während sie ihm ihre Angst gesteht, eines Tages Hohmers Gesicht zu vergessen. Dann erst, sagt sie, ist er verlassen. Und ich bin es auch.
Engler sagt leise: Nein.

In den Tagen, in denen der Vater verschollen war, haben Hanno und Evi im Glacis hinter exotischen Bäumen hervor die Haustür von Nr. 17 beobachtet, ob er nicht doch wieder zurückkehrt und alles so sein würde wie zuvor. Aber sie wissen nicht, wie es danach weitergehen soll. Mama können sie nicht fragen. Mama ist verstört. Sie selber sind verstört. Den Lehrern und Mitschülern können sie ihre Verstörtheit verbergen. Nach dem Unterricht warten sie aufeinander, das muss niemanden wundern, sie sind ja Geschwister. Stumm gehen sie nebeneinander heim.
Dann kam Englers Nachricht aus Wälden.
Wälden? Papa ist in Wälden!, ruft Evi fast jubelnd aus. Das Wort Wälden, so tröstlich, ein Wort voll Geborgenheit! Wälden! Mit Mama wollen sie Papa besuchen. Mama schüttelt weinend den Kopf.
Aber nächstes Mal, Mama!
Ja, nächstes Mal. Gewiss.
Dann aber ist Papa tot, und die Hofmanns, die im Pavillon wohnen, trauern um ihn mit einem drei Tage währenden Fasten.

*

Der Sommer, in dem Hofmanns hier eingezogen sind, war ein schöner Sommer. Die Liegende sieht das viele Grün um den Pavillon. Evelyn Hofmann sitzt auf der Bank im hinteren Garten. Wie einen Kinderwagen schiebt sie den Rollstuhl vor sich hin und her. Und allein für ihren Ephraim rezitiert sie Gedichte oder Passagen aus ihren Rollen. In kurzen Abständen legt sie die Hand mit der Zigarette übers Gesicht, und schon während sie den Rauch ausstößt, erzählt sie dem Geliebten ihren letzten Traum, der seit wenigen Jahren ein wiederkehrender Traum ist. Ephraim kennt seinen Inhalt, misst ihm aber so hohen Wert bei, dass er ihn immer wieder hören will. Sie legt den Kopf in den Nacken, schaut in die grünen Blätter und beginnt mit immer denselben Worten:

Das Pflaster des Hofes war vom Regen noch nass. Wir schmeckten seine fade Feuchte auf der Zunge. Wir schmeckten die Frische der Luft. Die Helle des Regenbogens fühlten wir auf der Haut. Alles Gelb siebten die abziehenden Gewitterwolken aus der Sonne. Noch niemals sah ich die Backsteine des alten Schlosses so rot.
Den abgetretenen Teppich hatten wir gemeinsam auf die Stange gehoben: Mutter, Annette, Alphonse, Li – und ich natürlich. Mutter reichte mir einen von den kurzen Reisstrohbesen mit dem roten Griff. Alphonse lehnte sich an die Kastanie, sah hinauf in die zartgrünen Blätter, die schon entfaltet waren, nicht mehr gehalten oder zerknüllt. Ich sah, wie die grünen Blätter in seine Seele fielen. Nie werde ich vergessen, wie er da lehnte, den Kopf zurückgelegt an den Stamm. Die Mädchen hüpften wie Ziegen, die neuen Hüte auf den langen Haaren, damit sie sich daran gewöhnten, sie zu tragen.
Ich weiß nicht, wann das abziehende Grollen sich verfärbte: Plötzlich klang es nicht mehr hohl. Ein dumpfes sattes Geräusch, ohne Unterbrechung, dauernd und stetig anschwellend. Mutter sah mich an. Sie hätte fragen können: Warum hältst du ein beim Kehren? Aber sie starrte nur auf die großflächig abgetretenen Stellen des Teppichs und ging zur Mauer, die den Hof einfasst.
Wir hoben uns auf die Fußspitzen und spähten über die Brüstung. Die Ebene lag grau und weiß in der Gewittersonne. Nirgends Bewegung, wie wir meinten. Nur am Horizont war eine glitzernde Schicht, die langsam näher kam.
Wir schauten in den Hof zurück, wo die Mädchen über Klötze sprangen und wunderten uns, dass die Hüte nicht von ihren Köp-

fen flogen. An der Kastanie lehnte noch immer Alphonse und trank grüne Blätter.

Mutter deutete mit dem Kopf in die Ebene hinaus. Sie hätte sagen können: Es wälzt sich rasch heran! Aber sie warf nur ihren Besen in weitem Bogen über die Mauer. Ich hörte, wie er auf dem Abhang hüpfte. Ich starrte auf die silbrig dunkle Masse, welche die Ebene unter sich begrub.

Mutter sah auf die Mädchen mit den neuen Hüten. Sie hätte fragen können: Wozu jetzt noch? Aber sie nahm die beiden an der Hand und führte sie im Turm hinauf bis zur barocken Laterne.

Geruchlos kroch die Woge auf der Ebene heran. Ein Brei aus Metallen, jedoch ein kalter Brei. Als er den Mauersockel berührte, weckte ich Alphonse aus dem Traum der grünen Blätter. Wir gingen in den Turm und stiegen hoch bis zur Laterne. Aus den Schlossetagen kommend, füllten andere die Wendeltreppe. Ganz oben fanden wir die Mädchen mit den Hüten auf den langen Haaren. Sie lachten uns entgegen. Mutter hätte sagen sollen: Es ist Unsinn, das da mit den Hüten! Aber durch die schmierigen Scheiben verfolgte sie nur das Steigen des metallenen Breis.

Einen Tisch!, sagte ich leise. Wir brauchen einen Tisch, und den dann umgekehrt mit seiner Oberfläche auf den Brei und darauf die Mädchen! Sie lachten, ohne mich gehört zu haben, dass es mein Herz zerriss.

Mutter hätte fragen können: Hast du vergessen, dass wir den Tod doch immer einbeziehen? Aber sie durchstieß nur mit der Faust das trübe Fenster der Laterne und warf die neuen Hüte von Annette und Li hinaus auf diesen glitzernd grauen Brei.

Frau Hofmann zertritt den Rest der Zigarette und steht auf. Ein Bus keucht holpernd am Gartentürchen vorbei, ächzt den Hohlweg zum Bannzaun hinauf, rollt rückwärts herunter, weil es ihm nicht gelingt. Er wird einen anderen Weg nehmen, um an sein Ziel zu kommen: Droben den Volksgenossen einen Bannzaun erklären, das ist im Programm. Alte deutsche Geschichte! Frau Hofmann sieht lachende Münder und die ängstlichen Augen einer dicken Frau hinter der Scheibe.

Das bin ich, du da, sagt die dicke Wiesental und deutet mit ihrem glasigen Finger auf die eigene Brust.
Es kann nicht gut sein, hat Eduard gesagt, wenn du nur immer zu Hause bist, Anna! Und er hat die Fahrt bezahlt und mit dem Bezahlen fest abgeschlossen.
Jeder kann doch jetzt mit solch einer Fahrt andere Gegenden kennenlernen, Anna! Manche fahren sogar mit dem Schiff nach Madeira. Es kostet doch nicht viel, das kann sich jeder leisten. Sie hat genau gewusst, dass Eduard sie damit nur von Rolf hat ablenken wollen. Du hast ja sonst nichts vom Leben, Anna.
Wieso nichts vom Leben?, hat sie gefragt, hat aber doch den Hut aufgesetzt und ist an Eduards Arm zur Sammelstelle gegangen.
Drunten vor dem Haus sind sie dem Hohmermädchen begegnet. Ganz in Schwarz war es gekleidet, das junge Ding. Eduard hat zum Tod des Vaters auch in ihrem Namen kondoliert, und sie selbst hat mit der üblichen Beileidgeste genickt. Fast hat sie sich dabei geniert, dass sie mit dem Omnibus fortfahren sollte, wo doch im Haus jemand gestorben ist – wenn sie diesen Hohmer auch selbst nicht gekannt hat, dem das Entartete gefallen haben soll.
Dem Mädchen sieht man nicht an, dass es bei so einem Vater hat aufwachsen müssen, der das Entartete mag! Ist es nicht besser, Eduard, dass er jetzt tot ist?, hat sie ihn gefragt.
Im Bus hat man ihr der Beine wegen den vordersten Platz zugewiesen.
Jetzt wirst du Hügel und Wälder sehen, hat Eduard gesagt, und sie hat sich auf die Fahrt gefreut, hat gemeint, auch die anderen Fahrgäste freuen sich über die Hügel und Wälder, weil sie gleich mit Singen begonnen haben. Weißt du, hat sie Eduard ins Ohr geschrien, das ist doch etwas anderes als der englische Rasen und die exotischen Bäume vom Glacis, die willkürlich hierhin und dorthin gesetzt worden sind. Und alles durch unser elegantes Fenster vom Haus Nr. 17, unser Fenster zwischen den Sandsteinschnecken, von denen Rolf gesagt hat: Scheuklappen wie vom Pferdchen unsres Milchmanns! Damit hat er recht gehabt, Eduard, weil doch nichts Exotisches gegen unsre deutsche Landschaft aufkommen kann!

Eduard hat zustimmend gelacht. Hin und wieder hat er hinausgedeutet und Dort, Anna! ausgerufen. Sie hat gewusst, dass er sich da ein Haus vorgestellt hat.
Nach einer Weile hat das Singen aufgehört und Papiere haben geraschelt. Der Dunst von Käse, Speck und Bier ist zu ihr gedrungen, vermischt mit Worten, die im gekauten Brot erstickt sind. Kopf und Rumpf hat sie nach hinten gedreht, so gut es hat gehen wollen, um an der hohen Lehne vorbei die Zufriedenheit auf den Gesichtern zu sehen. Hat die Röte der Gesichter als Zufriedenheit genommen und Eduards Schulter gestreichelt. So glücklich zwischen all den glücklichen Menschen ist sie gewesen!
Später haben die Papiere noch einmal geraschelt, lauter als das erste Mal. Und das Singen ist angeschwollen, auch lauter als das erste Mal, und hat nach dem gerochen, was in den Mägen gewesen ist. Am Rhein, am grünen Rheine! Das Grün, das draußen in der Landschaft war, und leuchtender durch das nebenstehende herbstliche Braun, hat sie aber nicht mehr so rein und klar sehen können wie am Anfang. Es dämmerte ja auch schon fast.
Du bist müde, Anna. Du bist das nicht gewohnt, hat Eduard gesagt. Da hat sie die Augen zugemacht.
Und die dicke Wiesental schließt die Augen. Ihr Bild zerrinnt aber nicht im Nebulosen.

Erschöpft versucht die Liegende einzuschlafen. Es gelingt ihr nicht. Elses Kind – weil es Mama zu ihr sagt, weiß man, dass es ihr Kind sein muss, vielleicht ein Mädchen –, der Stimme nach vielleicht fünfjährig, läuft mit anderen Kindern vergnügt schreiend zum Dorf hinunter. Der Bauer kommt und hantiert im Raum der Gerüche. Er ruckt, keucht, wuchtet und wetzt mit dem Ärmel an der Trennwand. Das Fahrrad des Briefträgers klappert. Heute wird die viel zu locker gespannte Kette ganz gewiss vom Zahnrad springen! Und wieder ein Flugzeug, das die Schallmauer durchbricht. Im Nachhall schweigen die Vögel. Die Liegende streckt sich auf dem Rücken aus und starrt auf die braunen Flecken des erblindeten Himmels, um sich zum Schlafen zu zwingen. Aber die Flecken lassen ihr keine Ruhe. Damals, als Engler den Pavillon für die Hofmanns hergerichtet hat, ist ihm das Durchsickern des Regens zum ersten Mal aufgefallen. Er hat die schadhaften

Stellen mit Teerpappe flicken lassen. Blass und kaum sichtbar fängt die Feuchtigkeit wieder an, sich kriechend zu verbreiten, um überraschend zu einer großen Fläche zusammenzulaufen. Die Liegende kann nicht schlafen, und die dicke Wiesental öffnet aufs Neue ihre Augen.
Auf dem Heimweg haben sie das Hohmermädchen vor dem Haus noch einmal angetroffen. Sehr höflich hat es gegrüßt.
Es sieht nicht entartet aus, Eduard, hat sie leise gesagt, eher hell und ein wenig zu zart. Sie selber hat mit fünfzehn nicht so zart ausgesehen, hätte sie noch gern zu ihm gesagt, aber das Mädchen hat ihnen die massige Haustür aufgehalten, bis sie durch waren. Es hat traurige Augen, Eduard. Ob man um einen entarteten Vater trauern soll?, hat sie ihn gefragt, als sie die Wohnungstür hinter sich geschlossen hatten. Was denkst du da darüber?, will sie von der Liegenden wissen, weil Eduard ihr keine Antwort darauf gegeben hat.
Aber ehe sie von ihr eine Antwort erhält, schwindet ihr Bild, wird blass und immer blasser, und vergeht schließlich ganz. Die Liegende greift nach dem Tagebuch unter dem Kopfkissen und hält sich an ihm fest.

25.10. Ich sitze in Annis Mansardenzimmer. Sie hat mir ihre Schlafdecke um die Schultern gelegt. Man kann das Zimmer nicht heizen; es ist nicht zum Aufenthalt gedacht. Aber mir ist wohl, wenn sie den Arm um mich legt.
Hanno soll in ein Internat, hat Engler gesagt und ein bestimmtes Internat für ihn ausgesucht. Sicher auch bezahlt, Anni.
Der Doktor weiß für alle immer das Rechte, darauf kannst du vertrauen, Evi.
Aber ich habe dann Hanno nicht mehr, Anni!
30.10. Hanno abgereist. Wollte nicht, dass Mama oder ich zum Bahnhof mitkommen. Onkel Engler, unser einziger Freund, begleitete ihn. Auf der Treppe kehrte Hanno noch einmal um. Ich stand oben am Geländer.
Die *Brüder Karamasow* vergessen!, sagte er rau. Als er mich umarmte, hörte ich sein Herz hämmern. Vor Mama hat er nicht geweint, aber drunten auf der Straße. Ich habe das Taschentuch von oben gesehen, und wie er es ans Gesicht gedrückt hat. Die

Karamasows werde ich nie im Leben lesen. Für mich bedeuten sie Abschied.
Ich ging in sein Zimmer, sah mich um und ging wieder hinaus. Warum bin ich hineingegangen? Mama spricht nicht. Es gibt nichts mehr zu sagen.
Komm in meine Kammer, Evi, hat Anni gesagt. Die Gnädige ist in die Stadt gegangen. Aber ich darf nicht mehr Gnädige sagen, hat sie gesagt, weil es das Höchste ist, eine deutsche Volksgenossin zu sein. Vielleicht, hat sie gesagt, kann sie mich ohnehin bald nicht mehr behalten.
O Anni! Und ich? Was mache dann ich?

Die Liegende ahnt, dass das erinnernde Befahren der allgegenwärtigen Zeit kein willkürliches sein kann: Denn wie Herr Sanders, wie Anselma, wie Frau Sanders sich bei Papas Tod verhalten haben, kann sie nicht mehr ergründen. Bei der Beerdigung in Wälden, die ein Priester besorgt hat, waren diese Hausgenossen nicht. Eine Abordnung des Zeitungsverlages ist im Marschschritt herangekommen, ihre Fahne wurde vor dem Friedhofsgatter schweigend entrollt. Dass die alte Bawett ausgespuckt hat, haben nur Hanno und Evi gesehen.

*

Die Liegende sieht die 'nicht mehr Gnädige' im Gewühl des Jahrmarktes, wo sie den Pater entdeckt. Man sieht viele Patres auf diesem Fest. Die Kirche ist präsent.
Das müsse sie dem Hampelmann erzählen, ruft sie aus. Sofort beim Heimkommen wolle sie dem Hampelmann von diesem schönen Zufall berichten, bester Pater Friedbert, dass sie ihn in diesem dichten Marktgewühle, mitten im Kilianifest getroffen habe! Und dass sie dadurch Gelegenheit habe – sagt sie so leise wie bei dem Trubel möglich – um mit ihm in einer anonymen Umgebung Kaffee oder ein Gläschen Wein, lieber Pater, zu trinken!
Das freue ihn auch, das wolle er gerne annehmen und ihr vom heiligen Kilian erzählen, dem heutigen Schutzpatron.
Nein, solch ein Zufall, ruft sie noch einmal aus. Ob er etwa nicht an Zufälle glaube? Oder ob man an Zufälle nicht glauben dürfe?

Ja, was solle er dazu sagen? Er zieht den Gesäßteil seiner Kutte glättend auseinander, während er sich auf den Kaffeehausstuhl setzt. Keinesfalls in Bezug auf den Menschen, liebe Frau Sanders! Er halte das Wort Zufall dort durchaus für verwendbar, wo die Blätter, die jetzt von allen Zweigen fallen, letzten Endes vergehen werden. Oder wo die Samen hängen bleiben, wenngleich es auch da kausale Zusammenhänge gebe. Weder Samen noch Blätter haben aber einen eigenen Willen. Was nun den Menschen anbetreffe? – Nein, da möchte er nicht an Zufall glauben, sondern, sagen wir, höchstens an ursächlich aufeinander zulaufende Bewegungen, die sich endlich an einer bestimmten, aber unvorhersehbaren Stelle als Möglichkeiten berühren. Der Mensch könne sich ja meistens gegen ein Irgendwohinfallen wehren, sozusagen gegen den Wind angehen; oder aber ein solches fördern, seine innere bzw. äußere Bewegung dagegen oder dafür einrichten. Ohne Bewegung gebe es keinen echten oder auch nur sogenannten Zufall! Bei dem berühmten Dachziegel, der einem x-Beliebigen auf den Kopf fällt, könne man von der Kombination eines echten und eines nur sogenannten Zufalls sprechen, da doch einerseits der eigene Wille, andererseits der Zustand des Daches dieses Zusammentreffen ermögliche. Die Bewegung, die den Menschen genau unter das Dach führt, sei eine von ihm selbst gewählte; wogegen die Bewegung des Ziegels von diesem nicht gewählt worden sein könne.

Sie beide, liebe Frau Sanders, hätten sich aber in den Kopf gesetzt, das Kilianifest zu besuchen. Das sei nun die Ursache ihres gegenwärtigen Treffens, oder eben Zusammentreffens, auch wenn sie die Absicht des Zusammentreffens nicht gehabt haben.

Das freue sie aber sehr, dass dieses Zusammentreffen nicht nur ein Zufall – so schön der ihr auch vorkomme – sei, sondern viel mehr! Sehr viel mehr! Denn nicht nur sie, sondern auch er habe doch, indem er durch diese oder jene Gasse zum Kilianifest gegangen sei, die Möglichkeit zu diesem Treffen geschaffen.

Er könne das Wort Zufall ja ohnehin nicht ausstehen, sagt er. Denn immer sei das, was man dafür halte, das Ergebnis von wenigstens zwei verursachenden – wenn auch im Hinblick auf das Zusammentreffen unbewussten – vorsätzlichen Bewegungen, wobei man die Führung von oben – er warf dem Himmel einen bedeutsamen Blick zu – nicht vergessen dürfe.

Also sei ihr gegenwärtiges Treffen noch sehr viel mehr, rief sie aus, denn sie glaube an dieses Geführtsein!
Sie macht mit der Hand eine freudige Gebärde, weil das, was sie zuerst dümmlich für einen Zufall angesehen hat, in Wahrheit mehr, ja sogar viel mehr ist, stößt dabei an ihr Glas und verschüttet etwas Wein. Rote Flecke wachsen auf dem weißen Tuch.
Schamrot sieht sie den Pater an, weil ihr für einen Augenblick ein längst vergessenes Leinentuch vor Augen erscheint. Sie deckt die Hand darüber und murmelt etwas von Blutstropfen im Schnee! Parsifal. Er aber sagt, die Tücher seien doch waschbar. Sie müsse einfach so tun, sagt er, als sei das in diesem Café so üblich.
Warum er es dann selbst nicht auch tue, wenn es hier so üblich sei? Er tue es ja! Von der Seite schaut er ihr in die Augen und träufelt Wein aus seinem Glas auf ihre roten Flecken.
Ach, hätte ich doch, lieber Pater, ruft sie verhalten, hätte ich doch den Hampelmann zu dieser Feierstunde mitgenommen!

Auf dem Heimweg trifft Frau Sanders das Hohmermädchen im Streit mit Anselma, die Evis rotes Tagebuch an sich reißen will. Es fällt zu Boden.

*

30.10.37 Alles ist anders!
Die Liegende liest, was jetzt, nach so vielen Jahren, in verblassender Schrift – die schon dabei ist, sich charakteristisch auszuformen – in Evis Tagebuch an dieser Stelle steht. Sie empfindet denselben beseligenden Schrecken, den ich, die Schreibende, beim Lesen heute noch empfinde. Sie betrachtet das Kind, das sie selber gewesen ist, mit heißer kopfschüttelnder Liebe: wie es die Sandsteintreppen hinunterspringt, wie es die schwere Haustür aufzieht, dahinter aber stehen bleibt, nicht gleich hinaustritt, sondern wartet, bis das Treppenhauslicht mit leisem Knack erlischt. Jetzt aber mit bebendem Herzen hinausschlüpft und am dumpfen Schlag erschrickt, den die Haustür tut, wenn sie ins Schloss fällt und so das Innen vom Außen für eine gewisse Zeit trennt, das Vorher vom Nachher für immer.

Einen Augenblick lang bleibt sie wie lauschend stehen, als ahne sie die Symbolik, die dieses Zuschlagen für sie hat. Dann wirft sie den Kopf in den Nacken und geht auf den jungen Mann zu, dessen Aussehen sie nicht so genau in Erinnerung behalten hat, weil es Wichtigeres an ihm gegeben hat. Das unbekümmert Großräumige, das strahlend Freche und sehr Flotte, der sich plötzlich vertiefende Blick. Und wie er riecht. Wie dieser Mann riecht! Aber an seine Zähne, wenn er sie beim Lachen sehen lässt, diese Reihe von Zähnen, erinnert sie sich genau.
Sie tritt in den grünlich trüben Schein der Straßenlampe, bei der er wartet und reicht ihm die Hand, was ihr gleich lächerlich erscheint. Aber man reicht doch die Hand, wenn man einen Menschen begrüßt? Er lächelt. Lächelnd nimmt er ihre Hand, lässt sie aber nicht mehr los, was man eigentlich doch tut, sondern zieht sie unter seinen Arm und hält sie da fest. Kein Entrinnen mehr möglich. Sie fühlt, dass sie errötet, sie spürt, wie sehr ihr diese Nähe zu ihm gefällt.
Und was er ihr in der Milchstube alles habe sagen wollen, redet er im Gehen, ohne ihre Hand loszulassen: dass er Martin Roser heiße, dass sein alter Herr in einem brandenburgischen Dorf Pastor sei, verheiratet mit seiner Bibel und beherrscht von einem unersetzlichen Faktotum, dem 'warmen Nest', wie sie übereingekommen seien, die alte Emma zu nennen. Das alles also habe er ihr sagen wollen, aber in der Milchstube haben ihm die vielen Milchtrinker sozusagen vor der Zunge gelegen, und da habe es nicht funktioniert.
Sie lacht ein kleines gekünsteltes Lachen, weil sie sich noch nicht zurechtfindet, so nah neben einem Mann, dass sie den Zigarettenrauch aus seinem Uniformrock riecht, das Leder vom Koppel und den Stiefeln. Vielleicht ist er zweiundzwanzig?
Und erst auf dem Heimweg sei ihm der Grundsatz eingefallen, fährt er fort, dass jede rechtzeitig erkannte Gefahr die Chance, überwunden zu werden, habe. Leider sei diese Weisheit von ihm zu spät erinnert worden, nämlich, als die Gefahr ihn bereits erreicht habe; denn er habe sich unausweichlich und Hals über Kopf in ein kleines Mädchen verliebt. Blattschuss. Kein Pardon. Er, der alte Hase, der nicht geglaubt habe, dass es so etwas wirklich gibt! Nichts anderes könne er mehr, als der Tatsache nun

furchtlos ins Auge schauen, um sich klar zu machen, dass sechs Jahre noch vor ihnen liegen, ehe er sie vor den Altar seines Vaters würde zerren können. Vorher, Evchen, haben wir noch keine Butter aufs Brot. Dann bin ich achtundzwanzig, sagt er plötzlich ernst. Es klingt fast schüchtern und sehr traurig.
Das Warten, Evi – sollen wir es wagen?
In der Stille, in der er mit ihr unter einer Laterne stehen geblieben ist, sodass das Licht voll auf ihr Gesicht fällt, hört er sie schlucken, weil ihr der Anfang nicht gelingt. Ihre Hand zuckt leise in seiner Hand, ohne sich zurückzuziehen. Es ist so schön, ganz nah bei ihm zu sein! Scheu schaut sie zu ihm auf und sieht, wie unverschämt beglückt er lacht.
Sie reißt die Hand aus seiner Hand, will weg. Er aber lacht, weil sie so widerspenstig ist, zwingt ihren Kopf an seine Brust und streicht ihr zärtlich übers Haar. Und als ihr Widerstand erlahmt, lobt er, so sei es gut, so möge das Großväterchen es leiden! Er spürt, dass sie nachgibt und merkt, das sie schluchzt. Und weiß, dass sie über das eigene Nachgeben schluchzt und darüber, dass das Nachgeben so beglückend ist. Sanft legt er sein Gesicht auf ihres und wiegt sie stumm im Arm.
Mit rauer Stimme sagt er dann, sie müsse jetzt heim. Er bringt sie bis zur Tür. Der Öffner brummt. Sein Schritt entfernt sich auf der Straße.

12.11. Alles war anders als bei den Mädchen meiner Klasse: Er hat mich nicht geküsst, mir keine albernen Komplimente gemacht, mich nicht ins Kino eingeladen, mich bei Dunkelheit nicht angefasst, und hat mich nach Hause gebracht, ehe ich es wollte. Ich weiß, dass er mich liebt. Er braucht es nicht zu sagen.

10.12. Ich bin allein. Was zählen schon die anderen, wenn es Martin nicht mehr gibt. Unendlich zart hat er mich umarmt. Jetzt geht das Warten los, Martin.
Warum warten? Wir glauben doch aneinander, dadurch sind wir einander ganz nah, Evi.
Die Liegende hat in der Nacht von Martin geträumt, nachdem sie sein Bild, aus Angst, es könnte abgenutzt werden, so lange zurückgedrängt hat. Aber nachts rührt sich der dunkle See im-

merwährender Gegenwart, dessen Strudel bis in den Augenblick des Aufwachens heraufschäumt. Für den Bruchteil einer Sekunde sieht man sich da der unverhüllten eigenen Wahrheit gegenüber – für die das Traumbild ein Symbol geliefert hat –, ehe man es vergisst. Was bleibt, ist ein unformulierbares, tief im Gefühl verankertes Wissen. Reicht es in die Helligkeit des Tages herüber, wird es nie mehr vergessen.
Da ist ein Saal voller Menschen. Ein Podium, dahinter eine blaue Papierwand, durch die Martin in den Saal springt. Lächelnd verbeugt er sich. Ich, Evi, stehe vorne rechts. Hinter meinem Rücken jubeln frenetisch die Zuschauer, die ich nicht sehe, weil ich von Martins Blick gefesselt bin. Inniger als in diesem Blick könnte ich mit ihm nicht verbunden sein, nie verbunden sein. Ich fühle seine Haut, sein Haar, seine Hände, rieche den Rauch seiner Zigarette, der sich mit seinem Atem vermischt, mit seinem Speichel. Ich rieche die Gerbung des Lederzeugs seiner Uniform, imprägniert von seinem Schweiß. Für alle Zeiten bin ich eingetaucht in seinen Geruch, in ihn. Fast sinnlich ist dieses Gefühl. Eine Kostbarkeit. Sela.

Nun habe ich das Andenken an Martin, das die Liegende so eifersüchtig gehütet hat, in diese Seiten eingesargt, wo es, zum Stillstehen verurteilt, eines Tages einem Vereinsfoto gleichen wird, das man nach Jahren vom Staub befreit. Man sucht es nach bekannten Gesichtern ab, und sagt mit fernem Lächeln: War das einmal? Das war einmal. Die Liegende aber ist aus diesem Traum aufgewacht, der anders war als die Bilderfolgen, die sich unter ihren Lidern einzunisten pflegten, wann sie wollten. Martin, der sich, rückwärts durch die zerschlissene Papierwand gehend, winkend entfernt, hat ihr seinen Blick zurückgelassen, hat sie wie mit einem Siegel gekennzeichnet. Sie hat seine Essenz für immer im Blut.

Wieder lange Pause im Tagebuch. Nie mehr zu schließende Lücke. Man sollte seine Briefe noch besitzen, die der Krieg gefressen hat. Die täglichen Feldpostbriefe.

Die Liegende schiebt das Tagebuch unters Kissen zurück, zu erregt, um dort weiterzulesen, wo die Lücke sich wieder schließt.

Die Erregung nimmt nicht ab.
Sie fürchtet, im Raum der Gerüche wieder erbrechen zu müssen, will es aber nicht: die Sterne könnten sich an diese Regelmäßigkeit gewöhnen, das wäre gefährlich! Lieber den Kaffee dazu verwenden, denkt sie, als sie sich einigermaßen beruhigt hat, um die Geschichten, von welchen sie heimgesucht wird, auf die Latten der Wandverkleidung zu schreiben, auf die Nahtlatten wie auf die breiten. Für jene Menschen, die eines späteren Tages diesen Pavillon betreten werden. Für Nachkommende also, denen man verpflichtet ist. Für Bienchen.
Und die Liegende kann nicht verhindern, dass ihr Tränen übers Gesicht rinnen. Auch mein Gesicht ist nass. Denn für wen schreibe ich dies alles nieder, wenn nicht für dich, Bienchen, auch wenn du mir nicht mehr gehörst. Vielleicht wirst du eines Tages einer der Besucher sein, der die musealen Exponate aufs Neue belebt. Das Mahagonibett wirst du sehen, in dem ein Mensch, der deine Mutter war, vierzig Tage lang um seine Identität gerungen hat. Vielleicht wird es dich rühren.
Den Kaffee also muss man zum Schreiben verwenden! So bald wie möglich beginnen, denkt die Liegende. Schrecklich wäre, wenn das gefürchtete Signal zu früh aufleuchten würde. Was man auszustellen hat, soll vollständig sein, damit es überzeugend ist. Nur in der Vollständigkeit ist Sachlichkeit. Und die Absicht muss durchgezogen werden. Auf keinen Fall darf geschehen, was Hanno von den Brüdern Karamasow behauptet, wo der Autor einen Weg einschlägt, den er aus Entsetzen über die ungeheuerliche Konsequenz wieder verlässt. Wenn die Else morgen früh den Kaffee bringt, wird man den Finger in die Tasse tauchen und auf die getünchte Lattenwand schreiben, in vertikalen Linien schreiben wegen der Überlappung des Holzes. Kaum wäre dazu ein Aufrichten vonnöten, denkt die Liegende. Man könnte sich beim Schreiben auf den Ellenbogen stützen.

Noch einmal greift sie nach dem Tagebuch.
14.2.38 Mama wird hier wegziehen. Mich werden Nonnen aufnehmen. Das Haus Nr. 17 werde ich nur noch in der Erinnerung betreten. Es wird aussehen wie durch Papas Fernrohr, wenn man es umgekehrt vor die Augen hält. Fräulein von Steinbeek und der

Dackel wie in einem Mickymausfilm. Das Klavierspiel von Fräulein Silling wird dünn sein wie aus dem Telefon. An meiner Stelle wird sie einen neuen Schüler haben, oder aber zweimal die Woche Erich Frech. Er ist ihr Favorit! Keinen Augenblick lässt seine Mutter ihn bei uns Mädchen stehen. Sie kontrolliert ihn noch immer. Vom Küchenfenster aus übersieht sie den Schulhof ganz. Vielleicht gehe ich zum Abschied mit Erich heimlich ins Kino, weil es seiner Mutter recht geschieht! Ich hasse sie manchmal, aber nicht immer.

3.5.38 Er hat sich im Kino sehr nah neben mich gesetzt, hat mir alberne Komplimente gemacht, hat versucht, mich im Dunkeln wie nebenbei anzufassen. Wie gut, dass ich übermorgen ins Internat abreise! Wenn Martin wiederkommt, küsst er mich auf den Mund. Bei den Nonnen auf den Mund! Mama hat ihnen geschrieben, dass Martins Briefe nicht geöffnet werden sollen. Sie haben ihre Zustimmung. Keine Briefe, die ich bekomme, sollen geöffnet werden. Man braucht Mamas Einwilligung dazu. (So ist es in einem Internat!) Mama! Liebe Mama! Hoffentlich geht es ihr in ihrer neuen Wohnung gut.
Die Liegende schließt das Tagebuch, denn draußen kreischt das Fahrrad des Briefträgers, scheppert und wetzt an der Außenwand des Pavillons.
Was, Dietzel, der Volksrat sagt, durch die Diktatpolitik der Westmächte ist Deutschland in einen schweren nationalen Notstand versetzt worden?
Die tunken dem Adenauer die Schnauze in den eigenen Seich, Herr Doktor! So macht es meine Frau mit den jungen Katzen, hahaha!
Das Fahrrad entfernt sich. Die Kette hat auch diesmal gehalten. Elses Kind, wenn es Elses Kind ist, schreit. Vielleicht ist es hingefallen.
Ich habe Krücken und bin nicht mehr darauf angewiesen, dass mich die Else durch den Garten fährt. Ich, die Schreibende. Krücken habe ich also, aber nutze die Freiheit, die ich durch sie gewonnen habe, nicht aus. Nicht etwa, weil ich fürchte, trotz der Gummikappen, die unten an den Enden sind, auf den glitschigen Blättern auszurutschen, die auf den Wegen liegen. Sondern weil

meine Beine in Wahrheit viel weniger kräftig sind, als ich vorgebe. Für den Gebrauch von Krücken bin ich de facto noch nicht reif. Davon kann wirklich noch keine Rede sein. Die Besserung ist fast nur eine vorgetäuschte. Glücklicherweise hält mich der Schmerz nicht mehr von Schreiben ab. An Schmerzen kann man sich gewöhnen. Man nennt das subjektive Besserung. Möglicherweise ist man vom Schreiben so absorbiert, möglicherweise bin ich durchs Schreiben so absorbiert, dass sich mein Bewusstsein um körperliche Befindlichkeiten nicht kümmert. Geht es doch um das schwierige Unterfangen, die verschiedensten Bildabläufe, die aber unverkennbar etwas mit mir zu tun haben, unter den Lidern der Liegenden abzuziehen und verlustlos aufs Papier zu bringen. Aus der Wachheit des Visionären in die Wachheit des Sinnlichen zu übertragen. Vielleicht werde ich das Niedergeschriebene selber wieder und wieder lesen, so lange ich lebe. Die Möglichkeit angenommen, dass die Bilderflut eines Tages verebbt, wird diese Niederschrift ihren Wert für sich behaupten. Die Bildabläufe könnten z. B. abreißen wie ein mürb gewordener Streifen eines Filmes, oder fleckig werden wie der Himmel dieses Pavillons; wie auch der Sommer jedes Jahr Flecken hinterlässt auf Blättern, auf Dächern, auf Wiesen. Bereits geschehen, denkt man, wenn man durchs Fenster des Pavillons nach draußen schaut, wo der Herbst schleichend, aber unerbittlich vorrückt. Noch spielt sich sein Herandrängen fast heimlich ab, noch betört er das Gemüt mit rotgoldenen heißen Tagen. Aber man fühlt ihn in jedem Nerv, der das Individuelle mit dem Allgemeinen verknüpft. Ich rieche ihn. Am frühen Morgen versinkt der Garten in einem Nebelmeer. Manchmal auch am Abend. Die Geräusche aus dem Dorf kommen dann gedämpft durch den Hohlweg heran. Mehr und mehr verdüstert sich der Innenraum des Pavillons. Die Gipssterne erlangen die Chance, mit dem gewissen Aufleuchten so prahlen zu können, dass sie unmöglich zu übersehen sind.
Auch die Laterna magica hinter den Lidern der Liegenden nimmt an Farbigkeit zu, und das Reizwort aus Evis Tagebuch leitet eine neue Szene ein: Hoffentlich geht es Mama in ihrer neuen Wohnung gut!

*

Eine noch junge Mama nimmt Gestalt an, eine Mama mit glänzend blondem Haar, das abends, wenn sie im Nachthemd ist, als dicker Zopf von der Schulter herab auf der Brust ruht. Jetzt aber steht sie reisefertig in der ausgeräumten Wohnung, in der ihre Schritte hallen. Hier, das Haus Nr. 17, denkt sie, in dem sie mit Johannes gelebt hat. Die Jahre fallen eingeäschert auf dem Augenblick seines Todes zusammen. Die Räume sind bereits fremd, keine Orte des Erinnerns mehr. Dürfen auch keinen Erinnerungswert haben, damit sie dort, wo sie jetzt sein wird, weiterleben kann. Vielleicht später einmal, wenn es nicht mehr so furchtbar schmerzt, sondern mildes Licht verstrahlt. Sie hat von solchen Fällen gehört.
Zuletzt die Vorhänge, hat sie zum Packer gesagt. Letzte Vortäuschung von Geborgenheit. Das Türschild hält sie krampfhaft in der Hand: HOHMER, aufbruchbereit. Kein Hausgenosse auf der Treppe. Kein Winken. Der Möbelwagen ruckt an. Zwischen Fahrer und Packer eingeklemmt, hält sie sich am Türschild fest: HOHMER, ihre Identität.
Gegen Abend schließt sie eine fremde Tür auf. Abgestandene Luft weht ihr Gesicht an. Sie kennt die Wohnung nur auf dem Papier. Englers Freunde haben sie besorgt. So weit wie möglich weg!, hat Engler gesagt. Wo keiner sie kennt. Sie müsse vor allem zur Ruhe kommen! Verzichtend hat er sich beim Abschied über ihre Hand gebeugt. Liebe gnädige Frau! Mein Haus steht immer für Sie bereit. Von seinem Herzen spricht er nicht.
Tisch und Stühle lässt sie sich aus dem Möbelwagen heraufbringen, das Bett. Dann schickt sie die Männer weg. Es dämmert bereits. Das Weitere morgen. Sie reißt ein Streichholz an, klebt eine Kerze auf den Tisch. Im Schein des zuckenden Flämmchens sieht sie helle Stellen auf der Tapete und weiß, was da vorher gewesen ist. Da die Kredenz, dort das Büfett und die einzelnen Bilder, deren Nägel noch in der Wand stecken. Sie geht über den knarrenden Bretterboden ins Bad. Das Waschbecken aus Emaille hat abgestoßene Ecken, einen Hahn mit großer Flügelschraube, Messing, das Mittelstück aus Porzellan. KALT. Sie überzieht das Bett, schüttelt die Kissen, schlägt die Decke einladend zurück wie immer. Keiner kennt mich. Keiner weiß von mir! Keiner. Und nur sie weiß hier etwas von Johannes. Hier, in ihr allein, ist er geschützt.

Wieder zurück in den Wohnraum, in dem das Flämmchen Wärme simuliert, tritt sie zum Fenster: Drunten läuft die Straße am Haus vorbei. Sie sieht die Lichtkreise der Gaslaternen von oben. Vier von ihnen kann sie überblicken, ohne sich aus dem Fenster zu lehnen. Gegenüber ein Lattenzaun, ein Schuppen. Periphere Stadt. Nein, hier kennt sie keiner. Auf der anderen Straßenseite marschieren zwei Frauen durch einen Lichtkegel. Ihre Röcke wippen. Ihre Fäuste spannen die Schulterriemen der Hängetaschen. Sie überqueren die Straße. Mamas Herz klopft. Ängstlich wartend horcht sie. Im Vorraum schrillt die Klingel.

Schweren Schrittes schleppt Mama sich hinaus und öffnet mit dem elektrischen Öffner die Haustür. Beim Treppensteigen klappt der Gleichschritt nicht, denkt sie. Ihre Gesichtszüge sind tot. Ihre Haut ist tot, ihr Herz ist ohnehin tot. Nur die Hand, mit der sie sich aufs Geländer stützt, um hinunterzuschauen, zittert. Ob sie Frau Wera Hohmer sei, fragt die vordere. Zähne im Mund wie ein Pferd. Und mit diesen Zähnen noch einmal: Wera Hohmer? – Ob sie sich nicht wundere, heute schon Besuch zu bekommen? Sie selber sei Frau Kugler, nicht Frau Professor Kugler, wenngleich ihr Mann Ordentlicher Professor sei, denn eine deutsche Frau und Mutter sei als Volksgenossin dem deutschen Manne ebenbürtig, habe seinen Titel nicht mehr nötig. Und das sei ihre Kollegin. Sie nennt den Namen ihrer Begleiterin, den Frau Hohmer sofort wieder vergisst. Zu dritt sitzen sie an dem Tisch, der noch keine Stunde in dieser Wohnung steht, die Engler für sicher gehalten hat.

Ob sie im Möbelwagen eine gute Reise gehabt habe? Aber doch nicht etwa hinten, wo es dunkel ist? Nun ja, sagt sie, ohne die Antwort auf ihre Frage abzuwarten, man wisse ja, dass die liebe Frau Hohmer sparen müsse. Die Rente eines noch nicht Fünfzigjährigen könne keineswegs beträchtlich sein.

Sie wolle sich nach einer Arbeit umsehen, sagt Mama.

Sie haben natürlich 'Freunde', meldet sich die Namenlose grob. Mamas Blick kriecht teilnahmslos über eine Stopfstelle an ihrem Ärmel. Vorbildliche Arbeit, signalisiert ein Automat in ihr. Deutsche Frau. Vorbildliche Stopfstellen an der Jacke.

Frau Kugler tätschelt Mamas Arm. Sie gefallen uns sehr für die Tätigkeit, die wir für sie im Auge haben: Ihr blondes Haar, der schöne Knoten, Ihre Trauerkleidung!
Mamas Zeigefinger folgt der Kantenschnitzerei des Tisches. Ich habe russisches Blut in mir, sagt sie leise.
Umso mehr werden Sie sich bemühen, meine Liebe, dem Vaterland zu dienen. Wir erwarten nur, dass Sie glaubwürdig sind.
Wer trauert, ist glaubwürdig, sagt Mama, ehe sie es zurückhalten kann. Das Pferd lächelt einnehmend, ohne Arges zu wittern, scheinbar. Es handle sich um die Volksmoral. Bei gewissen Menschen müsse sie gehoben werden. Die Namenlose nickt bedeutsam. Positive Stimmung. Bürgerpflicht.
Mama nimmt den Finger vom Holz. Doch nicht durch mich?
Aber gerade durch Sie, meine Liebe! Sie haben Kinder, sagt das Pferd mit süßer Stimme. Sie wollen doch, dass ...
Kinder?, echot Mama, heiser aus plötzlichem Begreifen.
Bei so einem Vater!, bemerkt die Namenlose, wozu Frau Kugler verweisend hustet. Man werde der lieben Frau Hohmer Adressen von Frauen zukommen lassen, deren Männer oder Söhne von der Familie zu trennen für notwendig befunden worden sei. Während ihrer Abwesenheit dürfe die Stimmung zu Hause nicht leiden, das verstehe sie doch. Das Vaterland brauche fröhliche Menschen.
Sie brauche diese Frauen ja nur zu trösten, sagt die Namenlose, sonst nichts. Mit ihrem eigenen gleichen Schicksal trösten, dem sie durch den allzu frühen Tod des Ehemannes entgangen sei, wie sie wohl wissen dürfte.
Mama ist plötzlich über die Maßen heiter: Nur trösten? Natürlich! Sonst nichts!
Die Frauen erheben sich. Grüßen mit der erhobenen Rechten, während die Linke den Riemen der Hängetasche umklammert. Marschbereit. Mama hört ihre Schritte auf der Treppe. Sie kehrt zu dem flackernden Kerzchen zurück und bricht hemmungslos lachend in ein ebenso hemmungsloses Weinen aus.

Das Wort 'Trost' – für Mama damals längst schon fragwürdig geworden – lässt man selber nur noch im Pflanzenreich gelten. Euphrasia: Augentrost, Odontites: Zahntrost. Man kann mit ihnen heilen. Wiederhersteller leiblichen Wohlbefindens. Heile, heile,

tröstet man ein Kind. Hier sind Trost und Heilung nur identisch, sofern das Kind an die magische Formel glaubt. Dann nämlich getröstet es sich der Heilung und ist getrost. Im andern Fall lässt es sich nicht trösten, bleibt untröstlich, denn in seinen Augen sind die Umstände trostlos. Vielleicht lässt es sich auf später vertrösten. Aber auch dies erfordert einen Glaubensakt: Komm Trost der Welt, du stille Nacht! Längst glaubt auch Mama nicht mehr an die Wahrheit dieses wunderschönen Satzes, nach der sie sich sehnt. Zu gut weiß sie um das Grauen schlafloser Nächte.
Nach dem Krieg, als der Zug schon eingefahren war, der Mama in die Schweiz mitnehmen sollte – und uns klar war, dass wir sie lange nicht mehr sehen würden –, fragte sie, den einen Fuß schon auf dem Wagentritt: War es recht, dass ich es damals getan habe? Wir wissen es nicht, Mama.
Ich, die Schreibende, weiß es auch heute nicht. Ich bin nicht der Nabel der Welt. Mama hat es für uns getan. Eines aber wissen wir, Hanno und ich: Niemals hätte sie diesen bekümmerten Frauen ein billiges Trostwort angeboten. Was sie ihnen angeboten hat, war ihr Herz.

*

Ich muss weiterschreiben, um Herr über die Bilder zu werden, die mich heimgesucht haben, als ich die Liegende war.
Die dicke Wiesental schaut kopfschüttelnd durchs Bogenfenster, mit dem sie wieder herangeschwebt ist, hinaus in den glühenden Tag, der für sie nach wie vor der 10.9.49 ist, ihr Ewigkeitstag, ihr Eigensinnstag, der wichtigste ihres Lebens: ihr Sterbetag, der Tag, an dem sie sehend werden wird, an dem sie Eduard wiederfinden wird, der sie gestern verlassen hat. Warum sollte sie sich nach den Kalendarien der Unwissenden richten?
Die Schatten sind in die Häuser zurückgekrochen, halten sich da versteckt, denn es geht auf Mittag zu, wo die Sonne im Zenit steht. Ein unstetes Leben haben die Schatten: von der Sonne hervorgerufen, von der Sonne bedroht. So sei es auch mit allem Wachsenden, hat sie zu Eduard gesagt, vom Leben hervorgerufen, wird es vom Leben bedroht. Heute, sagt sie mit wichtigtuerischem Hochziehen der Augenbrauen, während Schweiß aus

den Haaren über ihr Gesicht rinnt, heute wird wahr werden, was sie zu Eduard gesagt hat, als keiner von ihnen ans Sterben gedacht hat:
Wenn ich lange genug auf die Dächer des Dorfes geschaut habe, Eduard, wenn meine Augen zu tränen beginnen, so wie jetzt, dann wird mir, als schwimme ich in der Luft. Und unter mir die Dächer wie aus Glas und Figuren, die mir alle fremd sind und fremd auch ihre Bewegungen, als sei das Leben nur ein Spiel, das von anderen gespielt wird, und das man ein- und ausschalten kann, wie man will.
Und ein andermal hat sie zu ihm gesagt: Das Haus, Eduard müsste man in allen seinen gedachten Gestalten sehen, als Skizzen, die übereinandergelegt sind, so, als quelle die eine aus der anderen hervor. Die Linien würden sich überschneiden und es wäre wie eine innere Bewegung in dem Bild, dass man es für lebendig halten könnte. Ein Lebendigmachen von Gedachtem, Eduard!
Aber was dazukommt, hast du vergessen, Anna!
Da hat sie gemerkt, dass er an die Köpfe gedacht hat, die übers Fensterbrett geglitten sind wie auf Wasser.
Heute ist der 10.9., an dem alles bezahlt werden muss, du da, sagt sie noch, ehe ihr Bild vergeht.

Schon beim letzten Satz der dicken Wiesental greift die Liegende unters Kopfkissen. Mit dem angefeuchteten Finger sucht sie das zuletzt gelesene Datum, weil es ordnungsgemäß in der Reihe anderer Daten steht, lebendig bewegter Daten, fortlaufender Daten, nicht das Datum eines ins Endlose sich dehnenden Todestages. Sie hält sich an der Datenreihe fest; die ihr gegen den Eigensinn der Alten inneren Halt gibt.
17.8.38 Ferien mit Hanno in Englers Haus. Mitten in der Nacht Schritte in der Ordination. Schritte, Schritte. Hannos wacher Atem, und vom Garten her das Quietschen des hölzernen Rollstuhls, wenn Herr Hofmann ins Freie gefahren werden muss, weil er nach Luft ringt. Manchmal Frau Hofmanns gurgelndes Singen. Dann ist sie betrunken, sagt Hanno.
20.8. Heute müssen wir beide in unsre Internate zurück. Wir wissen nicht, ob Mama die Karte, die wir ihr geschrieben haben, ungelesen bekommt. Es macht aber nichts, in Gedanken war sie

hier bei uns. Auf dem Weg zum Bahnhof, in einem Bauernhaus neben der Straße: der kleine Junge mit den erschreckten Augen. Vielleicht sieht er eine Wespe, die am Fensterglas auf und ab surrt? Sein lückenhaftes Gebiss, als er den Mund zum Schreien aufriss, was wir ja nicht hören konnten, war komisch. Wir lachten los, weil wir das Lachen nötig hatten.

Draußen kreischt und scheppert das Fahrrad des Briefträgers.
Was, Dietzel, die sechs Punkte aus Grotewohls Regierungserklärung? Wie: Gleichberechtigung ehemaliger Nazis, steht da bei Nummer sechs? Was sagen Sie dazu? Die machen es anders als wir!
Die sicherste Methode, keine mehr zu haben, Herr Doktor.
Aha? Wie meinen Sie das?
Wenn sie eine Schweinsblase mit Wasser füllen, Herr Doktor, und hinten draufdrücken, dann spritzt es vorne raus, das Wasser, und alle werden nass.
Und wenn man nicht draufdrückt, Dietzel?
Dann verdunstet das Wasser in einiger Zeit ganz von alleine.

Wenn es so weitergeht mit dem Herbst, denkt die Liegende, wird der Briefträger die Zeitung bald im Dunkeln bringen. Sehr nah wird der Doktor sie dann unter die Lampe am hinteren Eingang halten müssen, um die Schlagzeilen erkennen zu können.
Dann sieht sie jenen rotzigen Jungen vor sich, der, wenn es noch dunkel ist, zusammen mit seiner Mutter Papas Zeitung frierend austrägt, und der Alte liegt zu Hause besoffen im Bett. Bald aber durften Kinder keine Zeitungen mehr austragen. Man hatte angefangen, auf die Pimpfe zu achten.

10.11.38 Die Nonnen unsrer Schule sind anders als bisher. Abweisender, strenger. Sie sind verschreckt. Man spürt die Liebe nicht mehr. Keiner von uns murrt. Wir werden von diffusen Ahnungen verstört und verstören uns gegenseitig mit stummen Blicken. Es hat mit der Nacht des 9. zu tun, denkt jeder von uns, über welche die Nonnen nicht sprechen, weil ihre Herzen nicht begreifen, dass so etwas möglich ist. Plötzlich ist Misstrauen in unsrer Klasse, was es bisher nicht gegeben hat. Irgendetwas in uns schreit lautlos, wie der kleine Junge hinter dem Fenster wegen der Wespe geschrien hat, über den Hanno und ich gelacht haben.

Die Liegende klappt das Tagebuch zu. Aber das Bild des stumm schreienden Jungen sitzt fest hinter ihren Lidern. Jetzt aber schreit er nicht wegen einer Wespe, die am Fensterglas summt. Schreiend fährt er im Kinderbett hoch.
Mama, was klingelt da?
In sechs Wochen kommt das Christkind, murmelt die Mutter schlaftrunken und dreht sich auf die andere Seite.
Mama, das Christkind klingelt anders.
Der Wind hat irgendwo eine Scheibe eingedrückt. Mach die Augen zu!, murrt der Vater.
Papa, da ist kein Wind.
Vielleicht ist irgendwo ein Blumentopf vom Fensterbrett gefallen. Gib jetzt endlich Ruh!
Mama, ein Blumentopf schreit nicht.
Der Vater fährt hoch. Natürlich nicht! Gar nichts schreit. Es ist doch alles still.
Es war die Frau aus dem Gartenhaus, Papa; ich hab's genau gehört. Sie schreit noch immer, horch!
Ach was, die schläft schon lange.
Dann ist sie wieder aufgewacht, Papa.
Sie träumt vielleicht, sagt die Mama.
Dass es klingelt, Mama?
Meinetwegen auch, dass es klingelt, sagt der Mann.
Dann träumt sie richtig, Papa. Man hat ihr ein Fenster eingeschlagen. Jetzt ist mein Bett nass, Mama.
Er macht den Mund weit auf zum Schrei, aber der Schrei kommt nicht heraus. Und so verblasst der stumm schreiende Kindermund mit den noch lückenhaften Zähnen, die weiß und niedlich aussehen, noch nichts Raubtierhaftes an sich haben, um einem anderen Bild Platz zu machen; die Liegende kennt es bereits.

Mit immer gleichen Bewegungen deckt Frau Sanders den Tisch: Sahne, Zuckerdose mit Zuckerzange, Tortenheber, Kuchengabeln. Und noch während sie den Kaffee eingießt, flüstert sie mit nie-

dergeschlagenen Augen, diesmal sei es geglückt! Das wolle sie dem Pater doch als Erstes mitteilen. Sie legt ihm den Hampelmann in den Arm, korrigiert sich aber und steckt ihn in den Ärmel seiner Kutte. Trotz des Geklirres oder Getrampels in jener Nacht, was die Kristallsplitter auf des Ehegatten Haut natürlich noch verschärft habe, sagt sie bedeutsam. Aber durch die Kraft des Amuletts, in dem sein Bild geborgen und verborgen sei, sei es geglückt. Ob er gespürt habe, wie sehr sie da in Gedanken mit ihm vereint gewesen sei?
Der heilige Strom christlicher Nächstenliebe habe ihn heiß durchflutet, gesteht er mit sanftem Lächeln. Ein großes Glück, liebe Tochter, sei es für ihn gewesen, zu wissen, dass er ihr habe helfen können! Er nimmt den Hampelmann aus dem Ärmel, drückt ihn in ihren Schoß und leckt das rote Loch in seinem Bart. Und auch dieses Bild hinter den Lidern der Liegenden beginnt sich zu verzerren, bis der Bart des Paters, der Bart mit dem runden roten Loch, zwischen Zuckerdose, Kaffeekanne und poliertem Silberzeug auf dem Tischtuch liegt und schließlich nebelhaft zerrinnt.

*

Während Evelyn Hofmann die Glassplitter im Pavillon zeternd auffegt, weint Ephraim Hofmann unter dem Federpfühl im Mahagonibett. Nicht weil die Frau wieder betrunken ist, weint er. Das gönnt er ihr. Er weint, weil er ihre Schreie hat mit anhören müssen und nicht helfen konnte. Der Doktor hatte in der Nacht ins nächste Dorf gemusst. Ephraim Hofmann weint, weil er nicht aufstehen und mit ihr weggehen kann, Hand in Hand zu den Weingärten von Engeddi. Er ist am Ende, ein Krüppel, ein Pfennig, den das Schicksal verloren hat, als es über den Graben der Not gesprungen ist. Da liegt er nun, tief unten wie Joseph in der Grube, aber ohne die Hoffnung auf eine Karawane, die ihn mitnimmt in ein gelobtes Land und umwechselt in einen Rappen oder Cent. Er will nicht mehr. Er kann nicht mehr. Schwäche weint aus ihm, Elend, Gram und die Sehnsucht nach seinem Gott, den er nicht einmal mehr anklagen kann wie Hiob. Dem er sich nicht einmal mehr beugen kann, weil er schon ganz gebeugt ist, ganz unten ist: ein zertretener Wurm.

Nicht mehr leben! Nie mehr sich aus der Asche erheben!
Engler weiß es.
Er weiß, dass Hofmann keinen hat, der sagt: Komm her zu mir, ich will dich erquicken. Keinen hat er, der ihn seines Leidens wegen seligpreist. Er erbarmt sich über ihn, geht zu ihm hin, geht nah zu ihm hin und nimmt ihn weg aus dem Graben der Not. Die Liegende sieht, wie das letzte Fünkchen Leben aus dem armseligen Leben schwindet. In einem letzten Tasten sucht Ephraims elende gelbe Hand nach Evelyns Hand, und ein verklärtes Licht überstrahlt sein Gesicht. Sein verschwimmender Blick sieht die entzückende, die charmante Evelyn, das niemals alternde junge Mädchen. Er nickt zufrieden. Die Frau schreit wie ein Klageweib. Ich aber, die mit Tränen Schreibende, sehe seine kümmerlich zusammengesunkene Gestalt noch vor mir, spitzbrüstig und viel zu schmal in dem klobigen gelben Rollstuhl, die gelbe Haut, das gelbliche Haar, den gelben Bart, den scheuen gelben Blick durch dickes randloses Glas. Die zerbrechliche Hand. Den immer gleichen Anzug sehe ich, mit den Nadelstreifen, die Ärmel ausgefranst, und die spitzen Knie, über welchen, sich beulend, der Hosenstoff glänzt. Vor meinen Augen habe ich das große Taschentuch, das den Husten und das Röcheln dämpft und das Ausgespuckte verbirgt. Und meine Scheu wird in der Erinnerung bleiben, ihm in die Augen zu sehen, das Unbehagen, meinen Blick seinem vorwurfsvoll leidenden, hoffnungslos aufbegehrenden auszusetzen.

Als Evi im Internat von seinem Tod erfährt, träumt sie wieder von jenem blinden Hausierer, der im Kiefernwäldchen erschlagen worden ist vor so vielen Jahren.
Noch während sie auf Mater Cäcilies Spiel horcht, die jeden Abend im Musikzimmer präludiert, um die hüpfenden Seelen der jungen Mädchen für die Nacht zu sänftigen, kommt er auf sie zu, schiebt das verschließende Messinghäkchen aus der Öse. Und langsam, langsam öffnet sich der Bauchladen, nebeneinandergereiht, wie sorgfältig geordnete Waren zu liegen haben, sieht sie die maskenhaften Gesichter der Schulkameraden jener Stadt, in der sie früher gewohnt hat. Anstelle der Nase hat jedes eine 6: Erich Frech, Ernst Häber, Irene Kutschka, Anselma Sanders. Und

wo bin ich? Und der Hausierer bleibt unter den Lidern der Liegenden: Er bleibt, ein scheinbar Blinder, der mit leerem Blick in uferlose Weiten starrt, den Mund zu höhnischem Lachen verzogen, die Faust mit dem schwarz-gelben Blindenstock dandyhaft in die Hüfte gestemmt. Ohne eine Spur von Ungeduld wartet er so auf seinen nächsten Auftritt. Man ist sich seiner Gegenwart bewusst. Selbstverständlich lässt er der dicken Wiesental den Vortritt, die meint, sich vordrängen zu dürfen, weil heute ihr Todestag ist, an dem alles bisher Gedachte gesammelt werden muss, was zum Bau jenes Hauses geführt hat, welches Evi am Abend zuvor – also vor dem nächtlichen Gewitter am 9.9., aufgeschreckt vom Überschallknall des Flugzeugs beim Aussteigen aus dem Bus am Brunnen – droben am Bannzaun gesehen hat. Und das sie von früher nicht kennt.

Das Bauen, hat sie zu Eduard gesagt, ist ein Zusammenziehen, etwa so wie das Sprechen ein Zusammenziehen ist: Du sagst in einem oder zwei Sätzen, was du eine ganze Nacht hindurch erlebt hast. Wie kürzlich, Eduard, als wir das Klirren und Poltern gehört haben, und das Grölen; und einander unterm Deckbett an den Händen gehalten haben, weil wir nicht wussten, was los ist. Da haben wir andertags zueinander gesagt: Das war mal eine unruhige Nacht! Aber da wussten wir schon, was los gewesen ist. Siehst du, Eduard, so ist das Bauen ein Zusammenziehen von Steinen, Mörtel, Holz, Eisen, Gedanken, Zeit, Geld, Glas. Und wenn es fertig ist, heißt es Haus, und nur der, der es gebaut hat, weiß, woraus es sich zusammengezogen hat wie der Satz: Es war eine unruhige Nacht.
Menschen zieht es auch herbei, Anna, hat er nörgelnd gesagt. Aber nicht nur die Arbeiter hat er damit gemeint. Er hat an Rolf gedacht, der immer mitgedacht und mitgezeichnet hatte. Daran hat sie gesehen, dass er insgeheim noch immer auf ihn hofft. Aber von Rolf haben sie nie mehr etwas gehört.
Kurz nachdem sie so miteinander gesprochen haben, sind sie in Wälden gewesen. Endlich, Anna, den Hofmanns die Vorhänge bezahlen, die wir von ihnen übernommen haben! Nichts geschenkt wollen wir! Könnten das Geld längst schon haben, die Hofmanns, wenn sie jemals gesagt hätten, wie viel!

Mit dem Bus sind sie nach Wälden gefahren und haben dem Doktor dreißig Mark für die Vorhänge gegeben, weil die Frau, die jetzt Witwe war, sie nicht hat nehmen wollen.
Dann nehmen Sie sie vom Doktor, hat Eduard gesagt. Wir leben nicht gern hinter unbezahlten Vorhängen, Frau. Wir sind andern Leuten nicht gern was schuldig, Frau, hat er gesagt, und sie, die Wiesental, hat dazu genickt. Damals haben sie erst so richtig begriffen, wie wohnlich eingebettet dieses Dorf in dem Kessel liegt, umsäumt von dem weißen Weg, dort oben, und es ist ihnen schön – schön ...

Dietzels Fahrrad scharrt am Holz des Pavillons, die dicke Wiesental wird unterbrochen, tritt gekränkt ins Dämmrige zurück.
Was, Dietzel? Heute ist der vierzehnte Zehnte neunundvierzig, und wir sind dabei, einen Bastarden zur Welt zu bringen?
Sie meinen den westdeutschen Gewerkschaftsbund, Herr Doktor?
Tja, tja – und die chinesischen Kommunisten stehen vor Kanton!
Die Welt kann ohne Krieg nicht leben, Herr Doktor. Dietzels Fahrrad entfernt sich scheppernd.
Die Liegende ergreift verstohlen das kleine Tagebuch, weil an einem 14. Martins Geburtstag ist. Die dicke Wiesental soll es nicht bemerken.

14.9.39 Heute ist Martin 23. Er küsst mich nicht auf den Mund, weil er im Krieg ist. Ich habe keine Vorstellung vom Krieg. Papa hat mir seine Erfahrung nicht vermacht. Aber ich weiß: Wer im Krieg ist, ist umtodet. Martin ist umtodet.

Die Liegende verbirgt das Büchlein wieder, hört der dicken Wiesental weiter zu.
... schön – schön vorgekommen, wiederholt und ergänzt sie eigensinnig ihren vorigen Satz. Auf der Heimfahrt hat Eduard noch einmal zum Bannzaun hinaufgeschaut, hat den Kopf gewiegt und gemeint: Ja, eine Möglichkeit wäre das schon, Anna.
In Möglichkeiten, hat sie geantwortet, kann man nicht wohnen. Sie schwimmen ineinander und es ist, als sei das Haus aus Wasser.
Wie ist dir das nur wieder eingefallen, Anna!

Gar nicht eingefallen, Eduard. Aber an die jungen Gesichter mit den vielen Möglichkeiten habe ich gedacht, noch nicht fertig, wie ein vorgeplantes, noch nicht gebautes Haus, und schon zersplittert wie die glatte Oberfläche eines Sees bei Sturm! Sie können nie mehr in ihren Gesichtern wohnen.
Ob Rolf noch lebt?, hat Eduard da zum ersten Mal gefragt. Womöglich war es gut, dass er uns verlassen hat? Was ist besser, Anna: einen Sohn zu haben mit heilem Gesicht, aber in Vaterlandsschande; oder einen mit Vaterlandsliebe und zersplittertem Gesicht?
Sie hat ihm nicht geantwortet.

Im Tagebuch keine Eintragung mehr bis Ostern 41. Martin nie wiedergesehen? Nie eine Möglichkeit gehabt, ihn zu treffen? Nur von Briefen gelebt? Der Krieg, den sich Evis junges Gehirn als bösen unsichtbaren Riesen personifiziert vorstellt, ist der Entleiber von Liebesglück. Als schmerzlich tiefgläubiges Sehnen, wird sie wenige Jahre später formulieren, begleitet es alles Tun.

*

Ostern 41. Die Abschlussfeier in der Schule fällt aus. Mater Cäcilie kann den Schulchor, der ihr Prunkstück ist, nicht dirigieren!

Ich, die Schreibende, sehe ihr asketisches Gesicht vor mir, das blasse, immer ein wenig ironisch scheinende, und höre ihre schon brüchig gewordene kultivierte Stimme. Ich höre ihr gekonntes Cembalospiel. Und ihre musikalische Leidenschaft berührt mich noch über die Jahre hinweg. Ich gäbe vieles dafür, wäre es mir erlaubt, mich noch einmal von ihrer Kunst so hinreißen zu lassen, wie Evi hingerissen war. Meinen Jesum lass ich nicht! Reger. Ist die Cäcilie krank?, fragt Evi, die mit der Partitur in der Hand im Klassenzimmer wartet, wider besseres Wissen. Die andern spähen durchs Fenster.
Die Matres laufen wie aufgescheuchte Hühner über den Hof. Man sieht, sie haben geheult. Ihre Augen und Nasen sind rot.
Sie stirbt also. Die alte Cäcilie stirbt!, sagt Evi. Die Kleinen lernen keinen Auftakt mehr bei ihr. Und wir Großen lernen bei ihr nicht mehr das Gewaltige.

Meinen Jesum lass ich nicht, steh ihm ewig an der Seite!, summen sie auf dem Weg zum Bahnhof, auf dem Weg in die Ferien. Er ist meines Lebens Licht ... Eine Spionin sei sie gewesen, erfährt man. Die Stadt weiß es schon. Woher weiß es die Stadt? Woher es die Stadt weiß, weiß keiner. Dem Feind in die Hände gearbeitet! Heimliches Nachrichtennetz! Das Leben unsrer Soldaten, Väter, Brüder, Männer, Söhne hat sie gefährdet. Abgeholt. Die Cäcilie ist koscher und darum schmeckt sie manchen nicht. In Gedanken will Evi die alte Cäcilie begleiten, wohin sie geht, mit wem sie geht.
Von wem abgeholt?
Von einer, die man abgeordnet hat zu so was. Sie hat Zähne im Mund wie ein Pferd.

Hinter den Lidern der Liegenden erscheint Frau Kuglers Gesicht. Ihr Mann, der Professor, nennt sie 'meine Brünhilde', 'mein stattlich Weib'. Mit großem Wohlgefallen besieht er den imposanten Busen, der ihrer Gestalt vorauseilt wie der Herold seinem Fürsten. Dazu denkt man sich ein fürstliches Gesäß, aber da denkt man vergeblich.
Von ihrem Sohn Frank lässt sie sich zum Bahnhof begleiten. Zum Abschied reicht er ihr die Wange und hält den Hieb, den sie ihm mit den Zähnen versetzt, für einen Kuss, er ist nicht verwöhnt; kann elterlichen Küssen wenig abgewinnen. Der Wind, der über den Bahnsteig weht, treibt der Mutter das Wistrakleid zwischen die mageren Beine. Sie hält es mit der linken Hand fest.
Der Pfarrer in diesem brandenburgischen Dorf, Roser heißt er, wird mir ja die Papiere, die wir brauchen, herausgesucht haben, lieber Frank. Lesen will ich die alten Dokumente zur Sicherheit aber selber, nicht wahr? Das hat Papa mich gelehrt.

Der Zug ruckt an. Die Mutter grüßt durchs Abteilfenster mit der erhobenen Hand. Frank bleibt auf dem Bahnsteig zurück. Die Liegende sieht ihm an, dass es ihm noch nie Kummer gemacht hat, die Mutter wegfahren zu sehen. Auch als Junge nicht? Plötzlich wundert er sich selber darüber. Andere Jungen haben geweint, wenn die Mütter weggefahren sind. Er ist immer nur verstummt, hat Grasstängel ausgerissen und darauf herumgekaut wie jetzt auf seinem Pfeifenmundstück. Frank Kugler, einziger Sohn, Student der Volkswirtschaft. Er wartet auf seine Einberufung. Das Studium kann nach dem Sieg vollendet werden. Hätte er mit Mama in das brandenburgische Dorf fahren sollen? Das Dorf lockt ihn. Das Dorf wohl, aber lieber allein. Über die Felder zu streifen, das lockt ihn, durch die Kiefernwälder und Heiden, vorbei an niedrigen Backsteinhäusern: das hätte ihm Spaß gemacht. Er hebt die Schultern und verlässt den Bahnsteig durch die Sperre.

Roser döst im Lehnsessel vor sich hin, als die Hausglocke tönt. Er zuckt zusammen, schlägt die Beine übereinander. Emma!, ruft er, die Gelehrtengattin aus der Stadt!
Sie solle sich setzen, sagt er, als sie eintritt, und erhebt sich ächzend. Nein, nein, dort hinüber! – Etwas weiter weg, denkt er. Wegen der Zähne.
... das Kirchenbuch einsehen, sagt sie.
Ich weiß, ich weiß, wehrt er ab, holt es aber nicht aus dem Tresor, sondern kramt zwischen den Papieren auf dem Schreibtisch. Mit dem Finger zeigt er: Da und da seien sie gestempelt. Sie müsse nur die Quittung unterschreiben.
Ent-schul-di-gen Sie, Pas-tor, skandiert sie empört, ich wollte selber! Haben Sie meinen Brief nicht aufmerksam gelesen? Oder haben Sie kein Verständnis für mein Bedürfnis, die eigenen Ahnen selbst zu erforschen?
Nachdenklich wiegt Roser den Schädel. Im Gegenteil, meine Teure, vorausgesetzt, die Erforschung wird bis zur letzten Konsequenz durchgeführt.
Was er damit meine?
Der Evangelist Lukas hat es vorgemacht, Verehrteste: Der war ein Sohn Enos, der war ein Sohn Seths, der war ein Sohn Adams. Dieser war **Gottes.**
Ab-surd! Uns fehlen doch säm-tli-che Generationen dazwischen, bester Mann!
Nur drei davon sind wichtig, meine Gnädigste: Sie, Adam und Gott. Um diese drei zu finden, lohnt sich jede Art von Ahnenforschung.
Das eine habe er allerdings nicht bedacht: Dass sie nämlich keines-wegs aus dieser Ahnenreihe stamme, sondern sie stamme von

einer Ulme und einer Esche ab. Das sei ihr ehr-lich ge-sagt auch sehr viel lieber. Sie rafft die Papiere an sich und geht.
Roser, die Hände auf dem Rücken, stapft in seiner Stube hin und her, weit vorn den Schädel, weit vorgebeugt. Und so vornüber gebeugt, bleibt er schiefköpfig lauernd an der Stubentür stehen.
Haben wir einen Ahnherrn, Emma?, ruft er in die Küche.
Denke schon, Herr Paster.
Weit weg, Emma! Sehr weit weg.
Der Pastor zieht den Strumpf über den kahlen Schädel, strebt der Couchette zu und verschwindet hinter den Lidern der Liegenden.
In der Küche stößt Emma die Töpfe krachend hin und her.

*

Ein Haus, Eduard, sagt die dicke Wiesental, ist wie ein Mantel, der Wärme gibt und Stimmungen und Erinnerungen umhüllt. Es ist eine Hoffnung für einen, der draußen steht und hereinkommen will, um zu bleiben oder nur zur Rast. Aber mit dem Wort 'Haus' verhält es sich anders als mit dem Wort 'Gesicht'. Ein Haus kann leer stehen. Das kann ein Gesicht doch nicht, oder?
Und weil Eduard noch immer dem vorigen Satz nachgehorcht und bei dem Wort 'Gesicht' an Rolf und die anderen jungen Männer gedacht hat mit ihren heilen oder zersplitterten Gesichtern, hat sie gesagt: Nie kann man behaupten, da oder da hat etwas angefangen, Eduard. So ist es auch bei einem Haus: Es fängt nicht erst an, wenn man mit dem Bleistift den ersten Strich aufs Papier zieht, oder wenn man die erste Schaufel voll Erde von einer Stelle zur anderen wirft, oder wenn du zum ersten Mal das Wort Haus denkst, weil dieses Wort schon lange vor dir da gewesen ist, und du bist nur in dieses Wort eingestiegen, wie man in einen Teich steigt und nicht daran denkt, woher das Wasser kommt.
Die Hoffnung als Anfang eines Hauses? Meinst du es so, Anna?

Für die Hofmanns, denkt die Liegende, war das Provisorium eines Pavillons der Inbegriff einer elenden Hoffnung. Holzbalken, Holzlatten, senkrecht zusammengefügt, außen silbrig ergraut, die Fensterrahmen rissig, die Eckbalken schuppig, und schief die Tür.

Dachpappe oben, wo das Dach leckt, die Regenröhre krumm. Alles grau.

Am 9.9.49 hat Evi sich die Erlaubnis von Doktor Polke, den sie bis dahin nicht gekannt hat, erbeten, eine Zeit lang im Pavillon leben zu dürfen. Sie hat ihm erklärt, wer sie ist, und hat sich über Elses großäugig-stummes Zuhören gewundert.

Also Familienrecht sozusagen!, hat der Doktor lachend ausgerufen. Erst Ihr Bruder, jetzt Sie!

Kein Laut aus dem Innern des Pavillons. Ein verlassenes, ein hinterlassenes, ein sprachloses Haus. Keine Bewegung: Sie war zu müde, um nach Hanno zu fragen. Frau Hofmanns Stimme nur noch in Evis Ohr, in Evis Erinnerung die Gestalt im speckigen Schlafrock, der von Ephraims alter Seidenkrawatte zusammengehalten wird, wenn sie mit antiker Gebärde die Hand hebt, um zu deklamieren: Wie, Sie kennen mich nicht? Mich, die entzückende Evelyn? Begeisternd wie ein junges Mädchen! Ach, Sie haben keinen Schnaps? Der Engler hat Schnaps; aber er gibt ihn mir nicht, der Knicker, will nicht, dass ich auffalle, weiß schon, weiß schon, will die schweigende Duldung der Bauern nicht verscherzen, die sie dem Doktor zuliebe sich abnötigen.

Die Hitze des Tages saß noch im Gebälk des Pavillons. Evi hat das heiße Holz gerochen, hat einen Augenblick lang gemeint, es rieche noch wie früher. Dann aber hat sie die Spuren der Zeit wahrgenommen: kein grüner Rupfen mit Rosenborte an den Wänden; der Himmel nicht mehr lückenlos blau; die Vergoldung der Gipssterne hier und dort abgebröckelt, und mit Wucht ist sie sich der Vergänglichkeit des eigenen Lebens bewusst geworden, wobei sie doch erst achtundzwanzig Jahre alt war.

Der suchende Blick hat am Wandbrett – über dem anderen Mahagonibett, in dem sie nie liegen wird – haltgemacht, wo Hannos Bücher stehen. Dunkelgrünes Leder mit eingepresster kyrillischer Schrift: Die Brüder Karamasow. Sie ist in diesen Raum eingezogen, hat die Reisetasche irgendwohin gestellt, nein irgendwohin fallen lassen, hat sich aufs Bett geworfen, noch ehe die Else das frische Bettzeug gebracht hat. Und schon beginnt Vergangenheit, sie zu bestürmen: Gesichter der Kindheit – der Kleine, der aus dem Fenster gefallen ist. Anselma, Irene Kutschka, Ernst Häber, der sie mit dem Grashalm gekitzelt hatte, Irmhilt und Erich Frech,

später Frank Kugler. Und Martin, der in seinen Briefen lebt, der in diesen Briefen nie tot sein wird, in diesen darum so unendlich kostbaren Briefen, die sie nicht mehr besitzt und dennoch nie verlieren wird: die Briefe, die für sie das Leben waren, als sie wie viele andere junge Menschen so lange von Briefen hat leben müssen.
Alles das fällt ihr ein. Sie ist in der Nacht vor dem 10.9. in diesen Raum eingezogen, als das große Gewitter niederging, und Eduard Wiesental seine Frau Anna verlassen hat, die Evi vom Brunnen aus für einen Mehlsack gehalten hat, und die, noch ehe der Morgen des 10.9. angebrochen ist, mitsamt dem Armstuhl, den Eduard ihr ans Bogenfenster gerückt hat, herunter in den Pavillon schwebt, Eduards erschrockene Augen der Liegenden auf der Handfläche entgegenstreckend, wie die heilige Ottilie es auf alten Altarbildern tut. Mit der dicken Wiesental hat die Bilderfolge hinter Evis Lidern begonnen, von der sie sechs Wochen lang heimgesucht worden ist.

*

Was, Dietzel? Verhaftungsaktionen in der CSSR? Und dem Papst haben die Tschechen das Maul gestopft? Keine Enzykliken mehr, hahaha! Was sagen denn Sie dazu? Sie schweigen lieber? Wohl Angst, der dort oben könnte Sie hören?
Genaues weiß man nicht, Herr Doktor!
Ja, ja, die Pfaffen haben's leicht, uns gefügig zu machen! Die haben das richtige Mittel. Wohl dem, der die richtigen Mittel hat!
Bei denen hat es noch andere gegeben, Herr Doktor.
Dietzels Bremse kreischt, das Schutzblech klappert. Der Doktor steht noch immer auf den Stufen zum hinteren Eingang, die Zeitung in der hängenden Hand. Durch die Büsche erkennt man das weiße Blatt. So steht er lange.
Die Liegende schaut auf den Himmel und sieht, wie die Herbsttage eilen. Sie wollen einen mit sich fortziehen: weg aus der eigenen Wahrheit. Was Dietzel, was Dietzel, was Dietzel. Sie bildet sich ein, niemals manipulierbar gewesen zu sein, denkt es ohne Zusammenhang. Für kurze Zeit bringt es ihr Ruhe.

Erich Frech fährt auf die Stadt zu, die er zu kennen gemeint hat, die einmal – wann? – ein Reiseziel für ihn war. Wo sind ihre Türme? Nur Gebilde wie schlecht gebundene Besen ragen in die Luft. Und wenn auch das Frömmigkeitsgeläute schon längst zu Kanonendonner eingeschmolzen ist, so fehlt ihm doch das, was daran erinnert hätte. Während der Zug ins Bahngelände einfährt, versinken die Besen hinter anderen Ruinen, verschwinden für Augenblicke aus dem Bewusstsein.
Der Bahnhof, braun-grün gefleckt, hat Glatzen im Verputz. Wenn nur die Pissoirs nicht so stinken würden. Aber immer stinken die Pissoirs. Der Wind steht falsch, kann nur noch falsch stehen. Überall pfeift er durch hohle Fenster, die früher schützend verglast waren. Die engen Gassen sind verschwunden, jetzt aufgefüllt mit Schutt. Freie Ebene ringsum, die bewehrt ist von wahllos eingestreutem zackigen Gezinne. Er sucht sich einen Weg zum Lazarett, in dem Evi pflegt, auf einer Trampelspur; vermisst seinen Kompass, hat ihn bei der Einheit zurückgelassen, hat sich kein Bild machen können, wie es aussieht im Reich.
Da, noch ein Schaufenster! Verlattetes Glas von zwei Handbreit Fläche: Welch eine Kostbarkeit! Was hinter dem Glas ist, ist Nonsens. Er tastet nach der Brusttasche: Seidenstrümpfe! Beuteware! Frankreich! Ob sie ihr passen? Keine Vorstellung von Evis Beinen. Er macht sich eine, hat sich beim Einkaufen eine Vorstellung gemacht. Hauteure comme en Allemagne?, hat die Verkäuferin mit schmachtendem Blick auf seinen schwarzen Ärmelstreifen gesagt. Une beautée, Monsieur? Dort, das Dach mit dem roten Kreuz, ein Krankenhaus, nur halb zerstört, das jetzt Lazarett ist. Nur halb! An rote Kreuze glaubt er noch immer. Am Fuß der Treppe, über die Evi herunterkommen muss, wartet er, nimmt Haltung an und sieht nicht die Verschattung in ihrem Gesicht, bemerkt nicht ihr plötzliches Straucheln, weil Martin hier nicht steht, den sie liebt.
Er reckt die Hand hoch zum Gruß, was ein Pfleger von der Pforte aus registriert, fragt, wann sie frei habe, er habe Spielraum bis morgen. Und leise, wie schön sie überhaupt sei, und überhaupt stehe ihr die Schwesterntracht so gut. Und alles das, denkt Evi, mit dieser aufgestülpten Oberlippe wie von einem Säugling, der greint! Und es fällt ihr ein, dass schon früher sein häufigstes Wort 'überhaupt' gewesen ist. Und als er sie jetzt ins Konzert einlädt, zu

dem er auf der Bahnhofskommandantur die Karten bekommen hat, beginnt auch sie wie unter einem Zwang: Überhaupt habe sie die Elly Ney noch nie spielen hören! Deutlich merkt sie dabei, dass sie mit diesem Wort einen Schritt aus ihrer Welt in seine Welt tut, den sie nicht will.
Die Luft im Konzertsaal ist heiß und stickig wegen der dichten Luftschutz-Jalousien. Und überhaupt ist die Bestuhlung viel zu eng, und überhaupt sind viel zu viele Menschen in diesem Raum. Die Elly Ney ist überhaupt nicht zu überbieten. Mit einer männlichen Verbeugung und gleichzeitigem Schwenken der Schleppe bedankt sie sich für den überhaupt nicht enden wollenden Applaus. Die Pause kann nur kurz sein, ein Hinausgehen lohnt sich überhaupt nicht, sofern man nicht gezwungen ist, die Toilette aufzusuchen. Überhaupt wundern sich alle, dass noch kein Fliegeralarm aufheult, wo die Nacht doch so klar ist.
Evi riecht, wie er schwitzt. Mach den Kragen doch auf!, sagt sie. Den Kragen? Auf? Wo denkst du hin? Die Uniform in Unordnung, hier in der Öffentlichkeit? Die Uniform, Evi!
Sie will seinen Schweiß nicht riechen, der nicht Martins Schweiß ist. Sie will seine Hand nicht auf ihrem Arm, weil die Hand nicht Martins Hand ist. Mit der anderen stützt er sich auf den Schenkel, der prall im Hosenbein steckt.
So sitzt Martin nicht.
Nachher hat sie es eilig, ins Lazarett zurückzukommen. Nur ja nicht mit ihm in sein Quartier! Die Oberin, weißt du, sagt sie und schaut von ihm weg. Er bringt sie durch notdürftig zur Seite geschaufelten Schutt, der von schwarzen Mauerresten gesäumt ist, zurück. Vor dem Eingang zieht er die Strümpfe aus der Brusttasche und reicht sie ihr. Extra für dich, Evi.
Sie tut gerührt. Das hättest du nicht sollen, und überhaupt ... sind sie noch warm von deiner Tasche, sagt sie verzweifelt, weil sie Angst hat vor den eigenen Worten.
Von meinem Herzen!, sagt er und zieht sie an sich. Und überhaupt ...
Er küsst sie auf den Mund.

Schrecklich war dieser Kuss. Alles in einem hat sich dagegen gesträubt. Noch jetzt fühlt die Schreibende den Schauder, der sie

überfallen hat. Voll Angst vor einer Wiederholung reißt Evi sich los. Die Oberin! Drinnen nimmt sie die Strümpfe wahr, die sie noch in der Hand hält, die sie nicht haben will. Und mit den weit von sich gehaltenen Strümpfen sucht sie Lina, die einzige von den Mitschwestern, mit der sie reden kann.
Aber Lina täuscht Geschäftigkeit vor. Erst als Evi sie am Ärmel festhält, dass sie nicht ausweichen kann, sagt sie: Ich habe dich mit einem Schwarzen gesehen. Ihr habt euch geküsst, und die Strümpfe hast du auch genommen. Sie bricht in ein schluchzendes Weinen aus. Dabei wollte ich dir erzählen, was ich allein nicht hinter mich bringe. Jetzt bist du auch nichts mehr!
Was wolltest du mir erzählen, Lina?
Die Sache mit dem Säugling. Aber wirf erst die Strümpfe in den Abfall!
Ja, sagt Evi. Was wolltest du mir erzählen, Lina?
Du weißt es vielleicht schon selber.
Gar nichts weiß ich, und *überhaupt* ...
Evi erschrickt zutiefst. Gleichgeschaltet!, denkt etwas in ihr. Für den Bruchteil einer Sekunde steht das Bild des blinden Hausierers vor ihren Augen, der im Kiefernwäldchen erschlagen worden ist. Leeräugig starrt er ins Nichts, nicht zu bewegen, das Messinghäkchen aus der Messingöse zu schieben. Was er im Bauchladen hat, bleibt geheim.
Dann kommt sie zu sich, sieht Linas kleine resolute Gestalt, die dunklen, niemals schläfrigen Augen, das immer strubblige Haar, das unter der Haube hervorquillt, den Schatten auf der Oberlippe, die unregelmäßigen Zähne und ihre groben tröstlichen Hände. So ist ihr Bild jetzt unter den Lidern der Liegenden.
Die Sache mit dem Säugling, sagt Lina. Und dann sagt sie: Mich laust der Affe! Das sagt sie, wenn sie etwas nicht versteht und nie, nie, niemals verstehen wird.

Ich hatte Dienst an der Pforte. Ein Landser kommt mit einem Bündel auf dem Arm, plärrt, dass ihm der Rotz aus der Nase läuft. Ich stutze, rieche aber dann – das riecht man ja sofort –, dass er direkt von draußen kommt. Einen Säugling einliefern, sagt er heulend und schiebt mir das Bündel zu.

Ja, sage ich und schieb's ihm wieder zurück, nu erst mal das Papierene, Mann: Name, Alter und so weiter.
Sechs Monate, sagt der Mann.
Und in dem Bündel da?
Ich wickle mir den dreckigen Lappen auseinander und seh – weißt du was, Evi? Ich sehe einen Minigreis. Soo dünne Ärmchen, das Gesichtchen ganz grau! Das kann doch nicht sein, bei unsrer durchorganisierten Säuglingsfürsorge! Guckt nur eben so unter den Augendeckeln vor, der Minigreis, wimmert dünn, sonst nichts. Der Alte nimmt ihn wieder auf den Arm, schüttelt ihn hopsend, weil er denkt, so sei es recht.
Geben se mir doch mal den Spatz! Ach Gott, ach Gott, war der leicht! Und ich fisch aus dem Seitenfach den grünen Likör, den wir aus dem geklauten Alkohol gemacht haben, und schenk mit der einen Hand dem Alten ein Gläschen voll ein.
So, sag ich, jetzt erzählen se mal!
Und dann hat er erzählt.

Er auf Fronturlaub, und kein Mensch am Bahnhof. Ach ja, denkt er, sie ist beim Kind, muss den Kleinen versorgen, und die Züge mit ihren Verspätungen und so, und geht auf dem schnellsten Weg heim. Kein Licht.
Klar!, dachte er, wegen der Verdunkelung; aber es ist schlimm für einen, der heimkommt: kein Licht.
Er aber hat die Ritze unter der Tür gemeint, die sie nie ganz dicht bekommen haben. Und durch die Ritze kein Licht.
Ach so, sag ich und schaukle den kleinen Spatz, da war sie schon im Bett!
Nein, im Bett war sie nicht – auf jeden Fall nicht in meinem.
Was hat das mit dem Spatz da zu tun?, frag ich blöd.
Der Mann heult los. Der war da, der Spatz! Der war in seinem kleinen verschissenen Bett, Schwester! Er sieht mir doch gleich? Er ist doch von mir!
Wahrhaftig sieht er dir gleich, denk ich, genauso alterslos, ewigverrunzelt, endlosgrau, zeitverknüllt, ausgewrungen, längstverstorben, borkenhaft! Wie kommt es, dass ihr noch nicht vollständig hin seid? Wird im unbewussten Fleisch bei Peinigung Lebenswille

erzeugt? Es ist wohl so! Nur so kannst du dir heute Verschiedenes erklären, Evi! Mich laust der Affe!
Und der Spatz, Lina?
Den hab ich zur Doktor Kalb gebracht, die hatte Dienst. Sie hat ihn auf die Drei gesteckt. Auf die Drei zur Margot?, hab ich die Doktorin ungläubig gefragt. Ein Kind auf die Drei? Schwester Margot bringt ihn sicher wieder hoch, Schwester Lina, hat die Kalb zu mir gesagt wie zu einer Blöden.
Lina lacht hysterisch. Auf die Drei zur Margot und ihrem Schwarzen, Evi!

Ich, die Schreibende, muss unterbrechen. Eine Pause, weil meine Hände zittern. Ich nehme meine Krücken und verlasse den Pavillon. Es ist mir unmöglich, jetzt im Pavillon zu bleiben. Ich gehe nirgendwo hin. Das Bild unter den Lidern der Liegenden wird wohl kaum aus meinem Gedächtnis weichen, wenn ich vor der Tür stehen bleibe und die Kiesel anstarre, mit denen der Weg vom Gartentor bis zum hinteren Eingang der Villa bestreut ist. In der Mitte eine Furche, wo die Steinchen in die Erde getreten sind. Dietzels Fahrradrinne, Zeitungsrinne, solange das Austeilen Sache des Briefträgers ist. Wenn sich mein Atem beruhigt hat, werde ich zurückkehren. Ich lehne die Krücken im Vorraum an die Wand und setze mich vor die unbeschriebenen Blätter, die darauf warten, mit Worten gefüllt zu werden, Worten, die sich zu sinntragenden Sätzen reihen sollen, selbst wenn das Wiederzugebende unfassbar ist und mit Worten niemals zu beschreiben. Ich will versuchen, mich an Linas Worte zu erinnern, die das, was bei der Margot geschehen ist, von einer kleinen Hilfsschwester erfahren hat. Das Bild hinter den Lidern der Liegenden wird meine Worte stützen.

Der Kleine liegt frisch gebadet in einem Bettchen.
Machst du heute Überstunden, Margot, oder was gibt's?, fragt der Schwarze.
Eine Extravorstellung, mein Schatz, für dich, sagt sie.
Dem Mann hängt die Kinnlade herunter. Er will keine Extras. Er will immer das Gleiche.
Mach das Loch dicht!, befiehlt die Margot der Kleinen, diesem Schaf von einer Schwesternschülerin. Und zum Schwarzen sagt

sie: Damit uns keiner dazwischenkommt! Die Margot nimmt Morphium aus dem Giftschrank. Und jetzt rate mal, Evi, sagt Lina, wie viel sie ihm gegeben hat, dem Zwerg!
Lass mich in Ruh mit dieser Schweinerei!
Lina hält die Finger hoch: *Fünf* hat sie ihm gegeben, *fünf!*
Die Hälfte hätte auch gereicht, sagt Evi.
Denkste! Der hat ihnen was geschissen, der Kleine! Hat ein wenig geschlummert, hat gelächelt, vielleicht, weil ihn zum ersten Mal zweie an den Händchen gehalten haben.
An den Händchen?
Um den Puls zu fühlen, du Dussel! Der Puls also geht langsam und noch langsamer, und die Margot triumphiert. Aber nach 'ner halben Stunde wacht der Kleine wieder auf und grinst. Da holt die Margot Strophantin. Und rate mal, wie viel sie ihm gibt?
Erzähl das woanders!
Ich sag dir was: *Fünf* hat sie ihm gegeben in seinen ledernen Popo.
Dann war er wenigstens gleich hin, der arme Kleine, Lina.
Der arme Kleine? Dringelegen hat er, hat mal den einen und dann den anderen angelächelt mit seinem zahnlosen Mäulchen, vielleicht weil ihn wirklich noch nie jemand an den Händchen gehalten hat. Der Puls geht rascher und noch rascher, fängt an zu hopsen, und die Margot triumphiert. Aber kurz darauf normalisiert er sich wieder, stell dir das vor, Evi! Mich laust der Affe. Ein Erwachsener wäre damit längst draufgegangen.
Lina, mir zittern die Knie.
Du kannst ja weggehen, wenn du willst. Aber jetzt ist ohnehin gleich Schluss: Die Margot hat ihm ihren Schal aufs Gesichtchen gedrückt; aber der Schwarze hat ihn weggerissen.
Gott sei Dank, Lina!
Dann hat sie angefangen zu rauchen und hat dem Kleinen den Rauch ins Gesicht geblasen, dass er hat japsen müssen. Dann hat sie ihm die Nase zugehalten, dass er das Mäulchen hat aufsperren müssen. Und dann hat sie ihm beides zugehalten, und dann war Mitternacht, und die Kalb hat um null Uhr den bestellten Exitus gehabt. Bestellt, weil sie ihn für mongoloid gehalten hat, den Kleinen, was allerdings jetzt keine Rolle mehr spielt. – Jetzt kannst du gehen, wenn du willst.

Das zeig ich an! Das zeig ich an!, schreit Evi in wilder Verstörtheit.
Sie bohrt sich die Faust in den Mund. Evi, die ich gewesen bin, ich, die Schreibende, hat sich die Faust in den Mund gebohrt.
Wem denn bitte, du Dussel?, hat Lina leise gefragt. Ist doch keiner mehr da, dem man so was anzeigen kann!
Und dann geschieht, was man bis zum Lebensende nicht mehr vergessen wird.

Die Tür geht auf, und im Nachthemd schiebt sich, schlafzerzaust, die Zimmernachbarin herein, gähnt mit weit offenem Mund. Nicht einmal am freien Tag kann man ausschlafen! Klappt ihn plötzlich zu und ist wach. Was soll da angezeigt werden? Habt ihr nicht vom Anzeigen geredet?, fragt sie lauernd. Und noch ehe Lina antworten kann, ruft Evi bagatellisierend: Ach nichts, und wirft sich in atemverzehrender Scham übers Bett. *Ich* sagte: Ach nichts!
Lang bleibt das Bild hinter den Lidern der Liegenden stehen.
Zwei Wochen später bekommt Evi den Brief von Erich Frech: Du hast dich von mir auf den Mund küssen lassen, du bist meine Frau. Sobald ich von der Führerschule zurück bin, werden wir heiraten.

Was, Dietzel, die Engländer sind eingeschnappt, weil der Währungsblock zustande gekommen ist?
Weil die Tommies geschlafen haben, Herr Doktor, sollen sich die anderen wohl schämen? Mit den anderen meine ich die Franzosen, Italiener und die Benelux.
Ein Witz ist das, Dietzel – aber haben wir wirklich schon den sechzehnten Zehnten neunundvierzig?
Es ist nicht zu leugnen, Herr Doktor.
Die Liegende wirft einen unsicheren Blick auf die Gipssterne am fleckigen Himmel.

*

In der Wohnstube des brandenburgischen Pfarrhauses ist ein Bett aufgeschlagen. Knackend verströmt die eiserne Bekassine – die vielleicht noch aus dem 18. Jahrhundert, von hier angesiedelten Hugenotten stammt – wohlige Wärme. Der kranke Roser hat die

Zipfelmütze weit übers Gesicht heruntergezogen. Bei einer kleinen Lampe, das Gesicht außerhalb des schwachen, engen Lichtkreises, liest die Emma murmelnd in einem Buch. Emma, das warme Nest.
Geh schlafen!, mault der Pfarrer vom Bett herüber. Ich will dich nicht mehr sehen. Mach das Licht aus!
Ja, Herr Paster, jewiss. Sie steht auf, bindet die Schürze ab, deckt sie über das Lämpchen, setzt sich wieder und liest weiter: Ich will dein Getreide nicht mehr deinen Feinden zu essen geben, noch sollen deinen Wein, mit dem du so viel Arbeit hast, die Fremden trinken ...
Jetzt ist er eingeschlafen!, denkt sie, schielt noch einmal zum Kranken hinüber, hört, wie er röchelt und schleicht zur Schüssel mit dem Terpentinwasser, drückt Tücher darin aus und hängt sie um sein Bett.
Geh schlafen, Emma! Geh endlich schlafen!
Sobald die Tücher hängen, Herr Paster. Wegen die Atmung, hat der Doktor jesagt.
Sie schlurft zum Lämpchen zurück, setzt sich geräuschvermeidend und liest flüsternd weiter. ... sondern die es einsammeln, sollen es auch essen und den Herrn rühmen. Und die ihn einbringen, sollen ihn trinken.
Der Kranke fährt hoch. Wie spät?, ruft er aus. Es klingt gehetzt.
Eins, Herr Paster! Aber auf die Fahrpläne is kein Verlass nich.
Er kommt nicht, Emma! Geh ins Bett!
Is jut, Herr Paster, ick jehe. Sie raschelt mit den Seiten, klimpert an der Lampe, bleibt sitzen, liest.
Der Pfarrer stößt das Pfühl weg. Er stöhnt. Von der Front her sind sie wenigstens zwei Tage unterwegs.
Mag wohl sein, wenn se vom Osten kommen. Sie schmunzelt verstohlen. Ick kenne dir!
Dann sind sie verdreckt, trotz der Entlausung in der Etappe.
Beim Wort Entlausung fällt ihr ihre große Sorge wieder ein: Er wird doch in die Bordeller sein Flötchen nicht verkaluppert haben, Herr Paster?
Verdreckt und hungrig, Emma! Du hast den Badeofen doch angeheizt?
Mit einem Knall schließt sie die Bibel, greift nach der Lampe und steht ächzend auf.

Gehst du ins Bett?, ruft er angstvoll, während sie in sich hineinlacht. Er streckt ein Bein aus dem Bett, als wolle er aufspringen. Jawoll, Herr Paster, sagt sie boshaft. Er schluckt und schnaubt. Da erbarmt sie sich und setzt lachend dazu: Wenn das Jungchen da is. Un er kommt jewiss!
Glücklich lächelnd legt sich der Alte auf die Kissen zurück. Emma, sagt er dankbar, gutes, warmes Nest!

Die Erinnerung der Liegenden springt den Bildern entgegen. Mit ihnen kommt der Geruch der Urlauberzüge zu ihr, die aus dem Osten heranrollen. Kohlenruß, Schmierfett von den Eisengelenken der Rädermechanik. Nasskalt gefrierende Exkremente hängen eiszapfenähnlich unter den Toiletten, Männermief innen und wieder Kohlenruß. Die Abteilfenster sind zugefroren bis obenhin. Vor dem Frühjahr kann von Öffnen keine Rede sein, da mag man an den Ledergurten zerren, so viel man will. Atemwolken in den überfüllten Abteilen bilden eine dicke Eisschicht auf dem Glas. Die gewaltige Menge der Herandrängenden auf jedem Bahnhof muss durch die Tür, kann auch die Koffer nicht durchs Fenster hereinwuchten. Aber hereinkommen ist alles: Frau, Kind, Haus, Bett, Tisch, die Alten, die ihn stumm anlächeln: Unser Sohn! Da ist er! Und heil! Das Glück ist größer, als sie es fassen können. An den nächsten, schon lauernden Abschied wollen sie nicht denken. Der Junge dort drüben kratzt mit dem Fingernagel Sonnen ins Fenstereis: Punkt, Punkt, Komma, Strich! Ist das nicht ein Angesicht? Dazu die Strahlen. Die Kindheit ist ihm noch nah.

Martin betrachtet ihn mitleidig: Schüler, der Junge, dem man das Abitur nachgeworfen hat, damit er sich freiwillig zum Kommiss meldet. Latein Vier? Armer Kerl. Von seiner Uniform ist schon aller Flor heruntergebürstet von so vielen Landsern zu so vielen Appellen. Von so vielen Schülern vor ihm schon getragen. Wenn er mit seiner Klasse im Ernteeinsatz gewesen ist, hat er im Zeugnis den Vermerk: Soziales Verhalten: gut. Wichtig dieser Satz, wegen der Kameradschaft im Feld. Bereit, sich einzusetzen, der Jungmann! Die Sonne, die er aus dem Eis gekratzt hat, wird rasch wieder von Atemeis bedeckt. Armes Kind, denkt Martin, weil er den gläubigen Blick des Kleinen versteht. Das Fenster ist aber

schon wieder blind. Wenn der Zug kreischend hält, sind verschwommene Rufe von draußen zu hören. Weltabgerücktheit. Landser steigen aus dem Jenseits herein. Die Türen werden zugeschlagen. Ein Pfiff, und man fährt weiter wie in einem Tunnel aus Nichts. Niemandsland. Niefelheim.
Je fünf sitzen zusammengepfercht auf den beiden Holzbänken des Abteils. Ihre müden Beine suchen Entspannung zwischen vor Müdigkeit zuckenden Beinen gegenüber. Wegen der Kälte zieht jeder den Kopf ein. Sie dösen vor sich hin, schnarchen zur Seite kippend, wo der Nachbar sie auffängt. Wenn sie wach sind, trinken sie Schnaps, wenn sie haben. Sie rauchen Machorka, wenn sie haben. Sie stinken. Unterschwellig horcht aber jeder auf das Quietschen der Achsen, auf das Anrucken, das Bremsen.
Dein letzter Urlaub, Kamerad?
Mit Fingern zeigen sie einander, vor wie vielen Monaten. Aber nur mit Dienstaufträgen.
Und du, Kleiner? Nur einen kurzen? Die reichen bis zum nächsten Puff. Da gehst du in die Schule.
Und Roser? Was, acht Tage? Fünf gehen dir auf der Fahrt verschütt. Wärst besser in der Etappe geblieben, da haben sie mehr zu fressen.
Draußen schrille Pfiffe, verschwommene Rufe quer durch Europa. Nach Westen hin werden sie klarer, werden zu Worten, zu Namen, die man auf der Landkarte unterbringen kann, die man aus der Schulzeit kennt. Der Junge kratzt keine Sonnen mehr ins Eis. Mädchen steigen ein. Dann steigt man in andere Züge um, zu anderen Kameraden, anderen Mädchen. Einige von ihnen in Zivil.

Martin ist am Ziel. Er watet durch den nächtlich verschneiten Wald. Plumpsend fällt Schnee von den überladenen Ästen. Er bahnt den Schnee mit den Stiefeln. Dann führt der Pfad über Äcker, auf denen er sich gelbe Lupinen denkt. Als sie blühten, war er das letzte Mal hier. Auf den unberührten Flächen glitzert der Mond. Kein Feind lauert. Kein Wolf heult. Lautlos-unwirklicher Friede. Und dort das Dorf: Attrappen vom Christkind aufgestellt, für einen Tag? Für zwei? So misstrauisch ist er geworden. Kein Licht im Pfarrhaus. Ach so, die Verdunkelung.

Wenn nur der Vater ...
Die Tür geht auf. Die Alte macht die Arme weit. Das warme Nest. Is jut, flüstert sie schluchzend. Is jut, Jungchen! Und presst ihn an die große weiche Brust. Nu geh man rin zu Vaddern! Sie hält ihn aber doch noch einmal zurück und fragt ihn nach seinem Flötchen.

*

Drinnen ist alles viel kleiner, als er es in Erinnerung hatte: die Stuben, die Möbel. Der Geruch des Hauses ist gleich geblieben, Kindheitsgeruch, Holzgeruch, Erinnerungsgeruch, Geruch nach warmer Milch, nach gelagerten Äpfeln, entfernt der Geruch der Abortgrube, der immer beigemischt ist, besonders im Winter, wenn der Frost in sie eindringt. Immer auch das Naphthalin der Mottenkugeln und der Geruch von vergilbtem Papier. Dazu der Essensgeruch von Jahrhunderten, der sich im Gebälk verewigt hat. Und der Alte ist viel älter. Vadder!, sagt Martin von der Tür aus in Emmas Dialekt. Vadder! Er stürzt auf ihn zu, lässt ihn nicht mehr aus den Armen. Lange schauen sie einander in die Augen, lehnen die Stirnen aneinander. Er spürt durch das verschwitzte Nachthemd die zusammengesunkene Altmännergestalt und fühlt ... ja, fühlt, wie sehr er den Alten liebt.
Du musst das Sterben verschieben, Vadder, sagt er jetzt in das selig lächelnde Gesicht. Es passt mir noch nicht.
Der Alte schiebt an der Zipfelmütze, dem Strumpf, um seine Rührung zu überspielen. Mal sehen, was sich da tun lässt. Mal sehen.
Es lohnt sich jetzt nämlich noch nicht, Vadder.
Lohnt sich noch nicht?
Du kennst deine Schwiegertochter noch nicht.
Habe ich denn eine?
Die wirst du bald haben.

Sie treffen, sie treffen!, wiederholt er zum Rattern des Zuges. Die Liebe des Alten begleitet ihn. Urlaub bekommt Evi nicht, hat er zu ihm gesagt, aber wir treffen uns auf der Hälfte. Dazu reicht ihr freier Tag.

Woher weißt du das so schnell?
Telegrafiert.
Du kommst mir immer vor wie einer von den steinbeekschen Windhunden, die es jetzt aber nicht mehr gibt.
Vielleicht entdeckst du eines Tages auch einen steinbeekschen Dackel in mir?
Dann will ich mich nicht weiter um dich sorgen.
O Vater, weißt du noch – die steinbeeksche Meute? Und wie sich Frieder vor den eigenen Hunden gefürchtet hat? Und weißt du, wo er jetzt eingesetzt ist?
Gar nichts weiß ich. Verschwinde gefälligst, sonst kommst du zu spät zu meinem Kind! Wie heißt es eigentlich?
Evi.
So, so, Evi!

Vier Stunden Verspätung. Vier kostbare Stunden!
Jetzt tuckern die Räder über die Weichen des Bahnkörpers. Der Zug fährt im Schritt, aber nicht so wie der andere aus dem Osten, der schließlich ganz stehen geblieben ist, mitten im hoch verschneiten Feld. Von Angst gehetzt, haben sie geschaufelt, soweit Schaufeln zu haben waren. Geschaufelt und sich ablösen lassen und wieder geschaufelt. Nur ein Wort im Schädel; nur eine Absicht in den Fäusten: HEIM!
Martin schiebt sich, vorbei an den dicht gedrängten Reisenden, die den Flur blockieren, bis zur Waggontür. Die Bremsen heulen auf. Gerenne auf dem Bahnsteig. Ein letzter Ruck, er springt hinaus. Weit vorn ein helles, helles Gesicht.
Er reißt sie wild an sich. Die Brauen in ihrem Gesicht: wie Giebel eines Hauses, so steil, und Jalousien vor den Fenstern mit langen dunklen Fransen: Die Kostbarkeit des Wiedersehens ist gesteigert zu reinem Schmerz. So liebt sie mich! Auch er kann die Arme nicht öffnen: Immer so stehen bleiben! Mit der Wange streicht er über ihr Gesicht, will, dass der Schmerz sich löst, und küsst sie behutsam auf die Augen, auf den Mund.
Endlich sitzen sie im Wartesaal, benommen, ausgekocht, ausgezehrt. Hier ist es warm. Sie sitzen eingekeilt zwischen anderen, eng aneinandergelehnt und essen die Stulle, die das warme Nest ihm mitgegeben hat. Hie und da ein Wort, das nicht sein müsste:

Vater krank, elend. Immer seltener wiederholt sie: Es ist schlimm ohne dich. So schlimm.
Er schaut auf die Uhr. Ihre Brauen schieben sich gegeneinander. Schweigend stehen sie auf, wie abwesend zupft sie zwei, drei Krümel vom Mantel und folgt ihm hinaus in die Kälte. Dort halten sie einander umklammert, tauchen die Gesichter ineinander, bis sie sich auflösen und nur noch bleibt, was hinter den Gesichtern ist: dass sie einander lieben. Schnell oder langsam fahren die Züge; er weiß es nicht, sie weiß es nicht. Der Vater hat das Sterben verschoben. Und wieder Züge, die aus dem Irgendwo kommen, und ins grauenhaft graue Nichts fahren, ins abgrundtief Ungewisse, Ungestaltete, Bedrohliche. Züge mit blinden Scheiben, Eis am Fenster, in das keiner eine Sonne kratzt. Quer durch Europa hallen von draußen die Rufe, je östlicher, desto verschwommener. Eine Frau mit gelbem Haar setzt sich auf Martins Schoß.
Hier etwa, sagt einer mitten in der Nacht, soll es ein Konzentrationslager geben. Für einen Augenblick heben die Männer wie lauschend den Kopf und zucken mit den Schultern. Bei einigen Neid: Die kriegen zu fressen, ohne die Haut hinhalten zu müssen! Brauchen nicht in Schneelöchern zu hocken, wo ihnen die Scheiße im Arsch gefriert oder die Finger und Zehen abfallen.
Der Feldgeistliche, der in der Ecke sitzt, kenntlich an dem Holzkreuz am Hals, sagt: Es gibt kein Leidensgefälle mehr. Kein Leidensgefälle mehr!, betont er noch einmal. Und jeder leidet sein eigenes Leiden, auch wenn er für andere leidet. Es ist immer seines. Aber mit dem Leiden wächst die Hoffnung im selben Verhältnis. Darum leben wir, Männer, auch wenn wir eigentlich schon nicht mehr am Leben sind.

*

Und die Liegende denkt: Wie boshaft eingepflanzt einem vom Sündenfall an der Lebenswille, die Lebensgier ist: Mittel zur Peinigung, zur Verführung im eigenen Blut! Ohne sie kein Leiden, keine Todesfurcht, keine Demut, keine Grausamkeit! Den Baum des Lebens durfte Adam mit Augen sehen, *nachdem* er vom Baum der Erkenntnis gekostet hatte; aber vom Baum des Lebens ließ man ihn nicht *essen*. So wurde dieser verführerisch fruchtende Lebensbaum zur ewigen Sehnsucht des Fleisches, zur Gier. Unsre Wurzel ist angekrankt, korrumpiert von dieser Gier. Wie sonst könnte man verstehen, dass die grausam Gefolterten sich nicht in den freiwilligen Tod retten? Die grässlich Zerfetzten? Verkrüppelten? Die jeder Krieg hinter sich lässt wie Exkremente! Oder die Entwürdigten und seelisch Geschundenen! Nur die Sehnsucht nach jenem Baum des Lebens ist es, der dem Adam vor die Nase gehalten und dennoch vorenthalten wurde! Da steht er für alle Zeiten unangetastet und säuselt uns Hoffnung und süßen Glauben zu! Er ist es, der den Menschen zum Verdrängen verführt. Zur Selbstbelügung. Nicht der Apfelbaum der Erkenntnis, sondern der Baum des Lebens ist unser Gift.

In den Bildhorizont der Liegenden schiebt sich die Ecke einer Baracke. Sie ist nass, also muss es geregnet haben. Vor ihr auf der Erde sitzen zwei Frauen mit dürren Brüsten. Die eine hebt die Hand mit jener unvergesslichen Geste aus Evis Schulzeit.
Zwei, drei und!, dirigiert sie dabei mit brüchiger Stimme, der man die Kultiviertheit noch anhören kann. Das ist ein Auftakt, Evelyn!
Aber es ist kalt hier, Cäcilie!
Ja, kalt.
Beim Stacheldraht ist Sonne.
Aber Wind. Das weißt du doch vom letzten Mal, Evelyn.
Aber Sonne! Hier nur Schatten.
Aber kein Wind: Die Baracke hält ihn ab. Zwei, drei und ... Du hast den Einsatz verpasst, Evelyn!
Ich friere.
Auf 'drei und' musst du beginnen. Ach, du wirst den Auftakt niemals lernen!
Niemals lernen? Ich will dir erzählen, meine Liebe, was ein Auftakt ist: Mein Ephraim hat sich hinter dem Haus aufgestellt, als wir jung waren. Und als ich vorbeikam, hat er mich am Zopf gezogen und sich rasch weggedreht, verstehst du? Das war ein Auftakt! Aber eine Nonne wird das nie begreifen, fürchte ich.
Das scheint dir nur so, weil ich keinen Taktstock habe. Drüben am Stacheldraht liegen welche herum.

Am Stacheldraht ist Wind, Cäcilie ... Cäcilie? Gehen wir also hinüber. Wenn wir die Füße gegeneinander stemmen, kommen wir hoch. – Sieh nur, die Bestimmten kommen!
Man soll uns ihre Kleider geben.
Besser, wir wären dran, dann wäre uns nicht mehr kalt.
Komm, wir gehen. Den Arm musst du oben rumtun.
Hast du gesehen, wie jung die eine war? Soo kleine Brüstchen.
Ich habe auf den Zaun geschaut. Ich suche den Taktstock, Evelyn!
Da ist ja einer! Zwei, drei und – du hast recht, es ist windig hier.
Cäcilie? Was ich vorhin gesagt habe, stimmt nicht. Besser wäre, wir wären dran – das stimmt nicht.
Nein?
Ich muss doch erst noch den Auftakt lernen, nicht wahr?

*

6.2.42 Warum klammert sich der Mensch an ein Leben, das des Lebens bar ist, Herr Oberstabsarzt?
Wir leben in Gegensätzen, Schwester.
9.2.42 Was ist los mit mir? Nicht nur, dass das körperliche Leiden der Schwerverwundeten mir fremd bleibt, erfassbar allein mit dem Kopf; sondern sogar das seelische, Herr Oberstabsarzt. Was ist mit mir?
Das eigene Fleisch bildet die Barriere und der Krieg spaltet Leib und Seele. Es gibt keinen Konsens mehr zwischen innen und außen, Schwester.
Frauen kommen aus der Stadt zum Bindenwickeln. Sie setzen sich neben die Schwerverwundeten und machen lappalisierende Witze, um sich selbst zu beruhigen. Ist das nicht furchtbar, Herr Oberstabsarzt?
Der Arzt lüpft die Schultern. Wissen Sie, was Komplementärfarben sind, Schwester? Nein? Schauen Sie mal auf das rote Gitter dort und machen Sie die Augen gleich wieder zu. Was sehen Sie jetzt?
Grün, Herr Oberstabsarzt.
Grün ist die Komplementärfarbe zu Rot. Das heißt aber: Alles, was Sie realiter sehen, verwandelt sich in Ihnen sofort in eine Gegenqualität, die Ihnen das Angeschaute aushaltbar macht, da es dadurch neutralisiert wird.

Ist das bei allen Gegensätzen so, Herr Oberstabsarzt? Z. B. auch bei gut und böse?
Da im Besonderen, Schwester. Er lacht bitter über die eigenen Worte.

In ihrem Tagebuch findet die Liegende unter dem Datum des 14.2.42 einen eingeklebten Zettel von Hanno, auf dem er notiert hat, was er an der Tür des Herrenzimmers erlauscht hat:

Das Böse, lieber Engler, wird erst in seiner Handhabung böse. Das Böse braucht zum Bösesein den tätigen Menschen.
Engler hat dann über den Philosophen Cusanus gesprochen, der im Bösen die letzte Auffächerung des Guten sieht, das extrem andere also. In dieser Dialektik, lieber Freund, steckt unsre Entwicklung via Synthese!
Papa: Rottet das Böse nicht aus! Es möchte geschehen, dass ihr das Gute mit ausreißt!
Damals hat Papa noch gelebt. Die Liegende sieht durch eine bläuliche Wolke von Zigarrenrauch die Grafik, die vor ihm auf der grünen Fransendecke des kleinen runden Tisches liegt. Papa sitzt in seinem Sessel, hat soeben ohne hinzusehen Asche in den Ascher gestreift, der mit einem Druckknopf auf einem Lederband der Armlehne festgeknipst ist. Gebannt schaut er auf die Radierung, lässt kein Auge von ihr. Und auch Evi, die nahe bei ihm auf der Armlehne sitzt, nimmt er in die Spannung dieses Kunstwerks hinein. Am unteren Bildrand steht breit und wuchtig das Wort K R I E G!
Grobschenklige Mannsgestalt: Krieg!
Den geblähten Brustkorb im Lustschrei des Tötens zurückgebogen! In totentänzerischem Schwung die Menschheit mit dem behuften Elefantenfuß, der bereits gehoben ist, brutal zu zermalmen. Die rechte Faust umspannt den Stiel einer Keulenaxt – oder wie man dieses Todeswerkzeug nennen soll, das einerseits einem Schlächterbeil gleicht, auf dem Rücken der Klinge aber eine kopfgroße Eisenkugel trägt? Dem linken Arm des Kraftprotzes ist ein eckiger Langschild angeschnallt. Aber nicht nur hinter diesem kann er sich listig verbergen: Sein Kopf ist durch einen gefährlich geschnäbelten Topfhelm geschützt, der ein Erkennen der Indivi-

dualität unmöglich macht. Anstelle der Helmzier springt ein eiserner Dorn weit nach vorn. Hochmütig peitscht ein Pferdeschweif am Hinterkopf die Luft.
Aber Evi, die Papa über die Schulter schaut, starrt erschrocken auf die Hoden des Kriegers, die unter dem gehobenen Schenkel zu sehen sind. Sie sind jungmannhaft prall: Weiter und weiter werden sie zeugen! Der Gewalt wird kein Ende sein.
Schmerzlich besorgt um die Zukunft des Kindes, streichelt Papa Evis Wange.

Die Liegende sieht Evi am Fenster eines Lazaretts stehen. Sie ist erwachsen. Der Brief in ihrer Hand ist nicht von Martin. Du hast dich von mir auf den Mund küssen lassen, du bist meine Frau! Angeekelt hält sie ihn von sich, ehe sie ihn in kleinste Fetzen zerreißt, ihn durchs Fenster auf die Straße flattern lässt, wo nervöse Tauben auffliegen, sich wieder niederlassen, um die Fetzen lauernd zu beäugen, sie pickend hin und her zu wenden, um schließlich desinteressiert zu anderem überzugehen.

14.2. Strikte Absage an Erich Frech.

*

Eigenartiges geschieht mit der Zeit, sobald sie durch den Mund der dicken Wiesental gegangen ist. Die Zeit wird zäh. Mag sein, dass es von dem Gebrauch des zusammengesetzten Perfekts herrührt, das eine deutlich hinhaltende Wirkung hat. Andererseits mag es auch davon herrühren, dass die Wiesental von sich selbst – wenngleich distanzlos, so doch immer mit dem dritten Pronomen spricht, wenn sie der Liegenden aus ihrem Leben erzählt:

Du kannst das Geld, hat sie zu Eduard gesagt, in keiner Bäckerei und keiner Metzgerei mehr lassen, das ist zu gefährlich. Denk an die Flieger, Eduard, die jede Nacht kommen! Einen Grund sollten wir besitzen, auch wenn Bomben auf ihn fallen, bleibt er ein Grund.
Das Katasteramt macht das jetzt nicht, hat Eduard gesagt, damit es mit dem heiligen deutschen Boden kein Spekulieren gibt. Höchs-

tens als heimliche Option könnte ich es versuchen, Anna, und nur wenn wir ausreichend schmieren. Aber sie hat gewusst, dass er es schafft, weil er alles geschafft hat, was sie sich gewünscht hat – außer dem Gewölbe, das sie auf keinen Fall hat haben wollen. Auf keinen Fall! Und doch ist er in puncto Gewölbe hart geblieben. Als dann die Stadt durch die schweren Angriffe aus der Luft mehr und mehr zerstört war, als alles nur noch Schutt gewesen ist – keine Bäckerei oder Metzgerei mehr! –, da hat er gesagt: Jetzt sind wir fein heraus, Anna! Nur durch deinen Vorschlag sind wir fein heraus! Aber der Kohlenplatz, den Eduard erschmiert hatte, hat ihr nicht gefallen.
Ach, lass nur!, hat er gesagt. Mit dem Kohlenplatz haben wir mal was zum Tauschen!
Ein anderes Grundstück hat es nicht gegeben. Wenngleich die Stadt eine Universitätsstadt, eine Lazarettstadt, eine Beamtenstadt gewesen ist und nichts von Rüstungsindustrie, sondern eine Stadt mit achtundzwanzig katholischen und zwei evangelischen Kirchen, einem wunderschönen Schloss und stattlichen Bürgerhäusern, so sind doch nur Trümmer übrig geblieben. Immer, wenn sie verächtlich von der Kohlenhalde gesprochen hat, hat er erwidert: Ach Anna! Wenn wir gesiegt haben, wird ohnehin alles viel schöner, als es vorher war! Lange kann es bis dahin nicht mehr dauern.
Dauern, sagt sie noch einmal, aber schon mit trockenem Mund. Und die Liegende weiß: Der Tag der dicken Wiesental ist fortgeschritten, sie hat nichts zu trinken, denn niemand kann ihr etwas bringen. Die Sonne brennt an diesem vermeintlichen 10. 9. durch das Bogenfenster, das nach Süden ausgerichtet ist. Ihre Mundwinkel sind weiß verkrustet; aber sie gibt nicht nach, muss sagen, was noch zu sagen ist, wenn es auch nur mühsam geht, ehe sie diesem Tag endlich sein Ende zugesteht.
Mit einem Mal ist dann ein zweiter Baugrund da gewesen. Heimlich in die Wege geleitet durch Eduard. Für dich, Anna, weil dir die Kohlenhalde doch nicht gefällt! Ein Hangstück in Wälden, das die Frechs loshaben wollten, er Alis, sie Mina. Näheres hat er aus Taktgefühl nicht erfragt. Wälden?, hat sie aufhorchend gefragt. Früher, vor Generationen, habe es da einen Weinberg gegeben. Bei diesem Boden habe er sich aber nicht gelohnt. Selbst sind sie

nicht mit nach Wälden gefahren, als schämten sie sich, dort gesehen zu werden. Sie haben das Fräulein Anni geschickt, deren Tante Hebamme in Wälden gewesen ist. Zurückkommend hat die Anni ihnen dann den Hang unterhalb des Kiefernwäldchens geschildert.
Die Feuerstelle wie von einem Lagerfeuer ist da noch zu sehen, von Steinen eingefasst.
Was ist das für eine Feuerstelle, Fräulein Anni?, hat Eduard gefragt.
Da könnten die Hohmerkinder ein Lagerfeuer gemacht haben, hat die Anni gesagt, als sie noch hier gewohnt haben und beim Doktor in den Ferien gewesen sind.

Die Liegende wischt sich die Tränen vom Gesicht. Von draußen tönt das hässlich klöppelnde Bängbäng der Kirchturmuhr, und als könne sie es tatsächlich noch hören, deutet die dicke Wiesental zum Kirchturm hinüber. Damals, sagt sie dabei wichtig, hätte die Glocke schon nicht mehr gehangen, sei wohl schon eingeschmolzen gewesen, auch die aus den dreißig Kirchen der Stadt waren sicher schon lange weg. Und sie hätten gedacht, wenn aus solchen gesegneten Glocken Kanonen gemacht werden, könne es nicht anders sein, als dass sie siegen.
Dann braucht man keine Soldaten mehr, Eduard, hat sie gesagt, und beide haben sie gedacht, dann könne Rolf zurückkommen und mithelfen, wenn Eduard das Haus in Wälden baut.
Aber trotz Eduards kranker Nieren hat man auch ihn noch geholt. Schon eingekleidet in das feldgraue Zeug, hat er neben ihr gesessen, den Abschied hinauszuzögern.
Eduard, hat sie ihn gefragt, der Krieg, in den du jetzt gehst: Ist er eine Tat oder ist er etwas, das auf einen niederstürzt wie eine Lawine?
Ich glaube, hat er zögernd gesagt und ihre Hand dabei nicht losgelassen, solange er als Skizze vorhanden ist, ist er eine Tat. Sobald er ausgeführt wird, stürzt er auf uns nieder wie ein umgestülptes fensterloses Haus, das uns unter sich begräbt.

*

Die Liegende blättert Seite nach Seite im roten Buch um. Ihr Blick bleibt an dem Wort 'Illo' hängen. Was hat hier Illo aus dem Wallenstein zu tun? An die vielen Schauspieltruppen erinnert sie sich, welche sie auf dem Weg an die Front gesehen hat.
Ablenkung für die armen Hunde, Schwester, aber nicht nur dies: Kultur wird – weise oder raffiniert – eingesetzt, sagt der Oberstabsarzt, um uns der Barbarei zu entziehen. Wenn auch nur für die wenigen zugeteilten Augenblicke, so fühlen wir uns doch in ihnen als Menschen.

30.3.43 Pater Friedbert begegnet: bartlos, feldgrau, Käppi, Knobelbecher, Gasmaskenbrille und auf der Brust das hölzerne Christuskreuz. Transport in den Osten, sagte er, welch ein Zufall!
Es gibt keinen Zufall, Illo!, sagte ich schülerhaft automatisiert.
Er nickte liebenswürdig.
Ob er sich in der jetzigen Aufmachung echter fühle als in der vorigen. Dies zu fragen, konnte ich nicht unterlassen.
Das Äußere mache es nicht. Blick von oben bis unten: Ob ich noch Verbindung mit der kleinen Sanders habe?
Mit Anselma, Pater?

Was, Dietzel, heute haben wir den zwanzigsten Zehnten neunundvierzig? Und die Jugoslawen haben es geschafft?
Jetzt haben sie einen Sitz im Sicherheitsrat.
Und unser alter Fuchs hat der Ostzonenregierung erklärt, dass sie kein Recht auf Anerkennung hat.
Da sag ich nur eines, Herr Doktor: Der Adenauer hat sie ausgetrickst!

Beim Blättern in dem kleinen roten Buch fällt der Liegenden auf, dass Evi zusammen mit Hanno Gedanken gedacht hat, die viel zu alt für sie waren. Bald hat sie sie dann auch allein gedacht. Später hat sie die Worte des Oberstabsarztes nachgedacht:
Der Krieg spaltet Leib und Seele, Schwester Evi.
Die Liegende weiß, dass es stimmt: Losgelöst von der Seele, fällt das Fleisch in sein dumpfes Wollen zurück, während die entbundene Seele sich selbstverliebt ihrer unerhörten Spannweite hingibt. So war der Satz gemeint.

Und was geschieht mit der Liebe, Herr Oberstabsarzt?
Ach, mit der Liebe! – Leib will nur noch Leib. Seele will nur noch Seele begatten, verlustlos! Enttäuschungslos. Die vollkommene Einheit beider ist nicht mehr zu erreichen. Das Prinzip der Menschenschöpfung ist aufgehoben, Schwester: Gott blies dem Erdenkloß seinen Atem ein, und der Erdenkloß wurde eine lebendige Seele! Stattdessen kämpfen sich die Leiber ab in aussichtslosem Liebesbemühen. Nur dem Ahnungslosen wird das Einssein gewährt, dem Unschuldigen, Schwester. Wer aber kann in diesen Zeiten noch ahnungslos oder unschuldig sein?

Vor dem Fenster graut der Morgen. Irgendein Morgen, ein beliebiger Morgen, denkt die Liegende, der sich fortan immer wiederholen wird, in Ewigkeit, amen. Denn hier will sie liegen bleiben, auf dass ihr nichts anderes mehr geschehe. Kein Aufrichten mehr! Keine Anfänge mehr! Anfänge führen wer weiß wohin! Harmlos getarnt lassen sie ihre Absicht nicht erkennen. Dann zeigt sie sich verführerisch als lustiges Spiel, wird keck, dann frech, dann bösartig, dann verderbend. Die Liegende gehört nicht zu den Unschuldigen. Ist in sich keine Einheit mehr. Nur deshalb liegt sie in diesem Pavillon, in diesem Mahagonibett mit seiner Geschichte, und fürchtet sich vor den Gipssternen des hölzernen Himmels, denen sie Stimmungen andichtet. So will sie ihnen auf die Schliche kommen! Tage gibt es, da sehen sie gefährlich heiter aus, und andere, in welchen sie mürrisch erscheinen, beinahe stumpf. Auch der fleckige Himmel hat seine wechselvolle Physiognomie. Wem soll man noch trauen? Es kann nicht sein, dass das Signal aufleuchtet, ehe all die Bilder unter ihren Lidern das Leben zurückerhalten haben! Die Peinigung der Liegenden durch die Bilder ist somit ihr Tribut an die Sterne! Das eine wird mit dem anderen bezahlt. Galgenfrist muss erkauft werden. Nichts erhält man umsonst.

Und wie ist es mit dem Frieden, Eduard?, beginnt die Wiesental aufs Neue, indem sie sich vom Hintergrund abhebt und sich mit Du da! Gehör verschafft.
Durch das kleine Stück Glas, das ihnen vom Fenster mit den Sandsteinschnecken übrig geblieben ist, haben sie zu den Bäumen des Glacis hinübergeschaut.

Frieden? Eduard hat den Kopf geschüttelt. Frieden, Anna! Ruckartig ist er aus dem Sessel aufgestanden und hat mit der einen Hand das Sitzpolster ergriffen. Die Haut auf der Hand war fahl.
Sie hat ihn fragend angesehen.
In den Keller damit. Auf deinen Platz.
Da erst ist ihr bewusst geworden, dass sie beim Luftalarm von nun an allein würde in den Keller gehen müssen, ohne Eduards Hand, die sie stützt und über die Treppe hinunterführt, damit sie nicht fällt mit ihren schwachen Beinen und bei dem spärlichen Licht. Ohne Eduards Hand wird sie sein müssen, die das Sitzpolster zurechtrückt und ein wollenes Tuch um sie legt.
Danke, Eduard!, hat sie ihm nachgerufen. Du denkst an alles. Er aber hat von der Tür her nur so genickt, als wolle er sagen, das alles müsste der Junge jetzt für sie tun. Aber damit hat er nicht recht gehabt, denn Rolf wäre keinesfalls bei ihr: Man hätte ihn längst geholt.
Ist dir das klar, du da?
Ja, sagt die Liegende, als habe sie es mit einer Person aus Fleisch und Blut zu tun.

*

Wenn ich wiederkomme, Evi, will ich dich ganz!
Sie presst den zerknitterten Feldpostbrief ans Gesicht, weiß nicht, was Martin an ihr noch mehr besitzen könnte, als er schon hat. Fühlt aber doch, wie sich die Haut graupelt bis über den Hals hinauf. Und eine heiße Welle steigt in ihr hoch, weil sie das Graupeln begreift.
Wochen später ist Martin da. Für kurze Zeit nur da. Wunschlos geht sie neben ihm, ihre Hand in seiner Hand. Und schon in der Berührung der Hände ist das, wofür Sprache nicht mehr reicht. Die heranrückende Nacht lässt sie erbeben. Sie finden eine Kammer und eine Lampe, die schüchternes Licht verstreut. Sie legen sich in diese Kammer. Seine Lippen streifen suchend über ihre Haut, spüren, was die Haut der Liebenden zu ihm spricht, erkennen ihr Verlangen, streifen zu ihren Schläfen, zu ihren Augen, zu ihrem zitternden Mund. Von tiefem Ernst sind ihre Gesichter. Dann zu hinreißender Schönheit verklärt, und er entreißt die Geliebte dem Krieg.

Aber der Krieg lässt sich nicht berauben. Er droht mit dem brüllenden aufrüttelnden Ton der Sirenen; sie sind ruhig, ruhig, in dieser Hölle von Motorengedröhn, von Zischen und Detonieren, von Schreien, Rennen, Heulen, inmitten von Flammen und grell aufschießenden Lichtern.
Jetzt in der Umarmung sterben!

Das Tagebuch ist aus dem Bett gefallen, hat sich im Fallen aufgeblättert, ist mit ausgebreiteten Armen auf den Dielen liegen geblieben, den Rücken nach oben. Und so, auf dem Bauch liegend, hat Evi einmal einen rothaarigen Jungen gesehen mit dem bewussten kleinen Loch im Genick. Die Liegende sieht den Rand einer zerschossenen Ortschaft vor sich und die Frauen, die in geringer Entfernung zusammenstehen, nein, zusammenkleben, die Mutter des Jungen umkleben, um sie von seinem Anblick wegzubringen: Zwischen dem Hosenbund und dem hochgerutschten Hemd eine Handbreit kindlicher Haut. Die Mütze: fortgerollt wie ein Rad.
Weiter drüben steigt der uniformierte Bürgermeister mit selbstgerechtem Lächeln in seinen Wagen, für den er noch Benzin zu haben scheint. Die Frauen sind ein Klumpen aus Hass, zu dem auch Evi gehört. Der Motor brüllt auf.

Im selben Augenblick sind feindliche Jäger am Himmel, unerbittlich heransurrende Insekten. Die Frauen fallen stolpernd in den Straßengraben, drücken sich bäuchlings, auch mit den Gesichtern ins Morastige, im infantilen Glauben, so unsichtbar zu sein. Aber die Mutter des rothaarigen Jungen ist dazu nicht zu bewegen, so sehr die anderen an ihr zerren, auch Evi zerrt an ihr. Sie reißt sich los, rennt schreiend und strauchelnd über den Acker und wirft sich schützend über ihr totes Kind.

*

Die Liegende beugt sich aus dem Bett und holt das Tagbuch zurück, liest: 22.3.43. Aber noch einmal schiebt sich das Haus Nr. 17 aus jener Zeit vor ihre Augen, als Eduard es mit blasser Hand verließ: die schwere eichene Tür, die wenig später so hell brannte; das Treppenhaus mit den Sandsteinstufen, die sie riecht. Sie sind

flach, breit, rot und ausgetreten. Neben der Glastür von Hofmann, daran denkt sie mit Rührung, hat einmal ein kleiner Engel gesessen und hat bunte Fäden geknüpft: auf den Zeigefinger legen, festhalten, Schlinge überziehen, festhalten. Sie fühlt die Glätte des eichenen Handlaufs vom gusseisernen Geländer, sieht die Glastür von Sanders, hinter der Anselma war. Und die bunten Glasfenster der Treppenabsätze sieht sie, die ein Hinausblicken auf den Hinterhof verhindern.
Und nun drängt aus dieser Umgebung die Gestalt der Klavierlehrerin hervor. Fräulein Silling, die in der Wohnung der Klaviere von Gebr. Ibach wohnen darf, vorausgesetzt, dass sie die Instrumente in festgelegten Abständen bespielt.

Die Liegende sieht, wie sie leise – warum leise? – ihre Wohnung verlässt und von Stockwerk zu Stockwerk herunterschleicht, von Glastür zu Glastür, die Nase, ihrer Gewohnheit gemäß, den Schlüssellöchern entgegengereckt.
Im zweiten Stock fällt ihr der Zeitungsmacher ein, dessen Namen sie rasch vergessen hat. Es riecht nach Gebratenem. Neben der Klingel steht jetzt *Hansmann*. Mit einer gewohnheitsmäßigen Bewegung schiebt sie die eisernen Haarnadeln in den speckigen Haarknoten und klingelt. Hansmanns Tochter öffnet. Die Else, die von der Mutter nie anders als altdeutsch gekleidet wird. Altdeutscher Silberschmuck, Gretchenfrisur.
Ob denn einer der Familie erkrankt sei? Sie mache sich solche Sorgen, weil sie schon lange keinen mehr gesehen habe!
Nein, keiner erkrankt. Die Else ruft die Mutter aus der Küche. Nein, wirklich keiner erkrankt, Fräulein Silling, Dank der Nachfrage. Alle glücklicherweise gesund.
Die Silling schnuppert. Wirklich Fleisch! Gesund? Keine Kunst, sagt die Silling, bei dieser Ernährung!
Man tut, was man kann, sagt Frau Hansmann liebenswürdig. Das steht Ihnen ja ebenfalls frei. Und sie schließt die Tür. Fräulein Silling beschließt, die vereinsamte Frau Sanders zu besuchen.
Sie spießt die eisernen Haarnadeln noch einmal in den schlappen Knoten, während sie die Stufen zur ersten Etage hinuntergeht und memoriert: Die Einsamen trösten, die Kranken besuchen, die Nackten kleiden und die Hungrigen atzen! Sie lächelt. Es trifft auf

die Sanders zu: Der Mann mit geheimer Order irgendwo im Osten – es könnte Polen sein. Anselma studiert in Heidelberg, wie man sagt. Das Fräulein Anni ist in ihr Dorf zurückgekehrt und pflegt die Tante, die den Schenkelhals gebrochen hat. Frau Sanders selbst ist so etwas wie nervenkrank. Hungrig ist sie nach Menschen, man wird ihr Gesellschaft leisten. Kleiden muss man sie nicht, sie ist ja nicht nackt. Fräulein Silling drückt auf den Klingelknopf. Und atzen muss man sie nicht, da man selbst nichts zu essen hat.

Die Einsamen trösten, sagt sie also, als Frau Sanders öffnet.

Das freue sie, entgegnet Frau Sanders, wenn sie auch durchaus keinen Trost nötig habe. Sie habe doch den Hampelmann, ob Fräulein Silling das vergessen habe? Er sei bei seinen Jahren nun bereits ein recht passabler Gesprächspartner. Im Augenblick sitze er in der Sofaecke, erklärt sie, während sich die Silling durch die Tür schiebt und sich im Zimmer in einen Sessel fallen lässt, in der Sofaecke also und schaue ihr zu, wie sie ihm aus Wollresten einen Gamaschenanzug stricke.

Wofür denn einen Gamaschenanzug, Frau Sanders?

Frau Sanders strickt geheimnisvoll schweigend. Laute Radiomusik tönt aus dem Wohnungsteil, den sie hat abtreten müssen.

Sie machen immer Musik, sagt sie, aber ich achte darauf, dass sie keine ausländischen Sender hören. Ich würde es merken. Auch Studentinnen sollen das nicht!, sagt sie noch, um zu zeigen, dass ihre Untermieter gehobener Art sind.

Fräulein Silling hört, wie die Musik abgeschaltet wird und die Studentinnen lachen.

Frau Sanders' Stricknadeln klappern. Hie und da stößt eine von ihnen an das Amulett, das Frau Sanders am Hals hängen hat. Die Silling kennt seinen Inhalt.

Haben Sie das Bild des guten freundlichen Paters noch?, fragt sie süßlich. Und sie bekommt es gezeigt. Dann macht sie sich an die nächste Frage heran: Es ist fast ein Jahr, dass ich Herrn Sanders nicht mehr gesehen habe! Ein langer, wichtiger Sonderauftrag hält ihn also fern? Sie lauert. Ihre Augen glitzern erregt.

Frau Sanders nickt stumm, mehr nicht. Sie legt das Strickzeug beiseite und nimmt den Hampelmann aus der Sofaecke. Mit dem Daumennagel knipst sie das Amulett auf und hält ihm das Innere an seinen wollenen Mund. Küss ihn, mein Liebling, denn auch

ich ... Sie küsst das Bild, das mit dem Pater nur noch eine entfernte Ähnlichkeit hat, und ergreift das Strickzeug wieder.
Einen Gamaschenanzug!, sagt sie der Silling in ihr wissensgeiles Gesicht. Denn auf die Suche nach *ihm* werden wir uns machen! Pilgern wollen wir barfuß wie die Bettelmönche durch Eis und Schnee! In die Sohlen, ruft sie exaltiert, soll das Eis mich schneiden, bis sie bluten! Meine Kutte soll in Fetzen von mir hängen, damit er meine Bedürftigkeit sieht. Und er wird mir geben! Er wird! – Habe nicht auch ich ihm Almosen gegeben, sagen Sie selbst? Und sie gesteht der Silling, dass sie bereits als Näherin in einer Fronttheatertruppe eingeschrieben ist.
Meine liebe, liebe Frau Sanders! Sie *dürfen* an die Front?
Ihn treffen, treffen, stottert Frau Sanders vor Glück. Verstehen Sie? Besonders Mönche besuchen Fronttheater, aus Hunger nach Kultur, wissen Sie, Fräulein Silling. Und mein Kleiner wird ihn wiedersehen!
Wie alt ist er denn jetzt?
Ein fast erwachsener Bub, vierzehneinhalb, denken Sie!
Die Silling fährt auf. Hat sie wirklich vierzehneinhalb Jahre zwischen den Klavieren von Gebr. Ibach vegetiert? Jetzt ist es genug! Auch sie ruft: An die Front! An die Front! Und sieht die Männermassen, die sie allein durch ihr Klavierspiel beglücken wird. O Engel der Tasten! Und denken Sie an die Gulaschkanonen, Frau Sanders!

*

22.3.43 Der Brief.
Mehr ist unter diesem Datum nicht zu lesen. Alles in der Liegenden wehrt sich gegen diese Eintragung. Aber die Bilder aus der unvergänglichen Gegenwart des Weltgedächtnisses, die zu diesem Datum gehören, entdecken auf unerforschliche Weise den Weg unter die Lider der Liegenden. Zwei von ihnen fügen sich eigenmächtig zusammen, als hätten sie über die Jahre hinweg miteinander zu tun. Da ist ein Sträußchen aus Schafgarbe und Zichorie in Weiß und wundersamem Blau. Ein kleines Mädchen taucht es in das Wasser eines Dorfbrunnens. Die Mina Frech schultert den Riemen der Wasserbütte, stemmt diese mit dem Hintern hoch.

Für den Erschlagenen!, sagt das kleine Mädchen, während es der Frau die Blumen reicht und merkt, dass mit dem Sträußchen etwas nicht stimmt. Mit langen Schritten geht die Mina Frech auf die Kate zu, während ein weißblondes Bübchen ihren Rockzipfel festhält.
Über dieses Bild schiebt sich langsam, aber zwingend das Bild einer elenden Wirtsstube, die sie nie gesehen hat. Erich Frech, hellblond noch immer, sitzt an einem Tisch, auf dem Fliegen, die aussehen wie kleine schwarze Brösel, ihre Rüssel ausfahren. Und die Liegende erinnert sich an die Küche aus der Kate von Wälden. Am Tisch sitzen die Frechs, die mit speichelbenetzten Fingern die Brösel auftupfen.
Der Fußboden der Kneipe ist schwarz geölt wie die Böden in der Schule, in welcher Alis Frech Hausmeister ist. Hier aber ist der beißende Ölgeruch nicht mit dem von Kreide vermischt. Durch Zeiten ist das Öl mit Rauch, Bier, Essensresten, mit dem Speichel aus Hundelefzen, dem Stallmist von den Nagelschuhen der Landarbeiter, mit dem Duft verschütteten Wodkas vermengt. Die Ellenbogen aufgestützt, rechts und links vom Glas, aus dem der Schnaps stinkt, hält Erich Frech den Kopf zwischen den Händen. Mit lidschlaglosem Blick stiert er auf einen Riss in der Tischplatte, während er in immerwährender Wiederholung murmelt, dass sie nicht will, dass Evi ihn nicht will.
Noch nie hat er sich anderen öffnen können, vor anderen nicht auf die Zunge bringen können, was ihn bedrückt. Darum sagt er es sich selbst: dass sie ihn nicht will, dass Evi ihn nicht will. Und er denkt zurück, wie lange er sie schon kennt. So lange, dass sie ihm doch gehören muss! Dass sie keinem anderen je gehören kann.
Er sieht sich mit der Mutter die wenigen Schritte vom Brunnen weg zur Kate gehen. Drinnen stellt die Mutter die Wasserbütte auf der Wasserbank ab, schaut sich wie suchend in der Küche um, lässt sich auf einen Stuhl fallen, wirft die Arme über den Tisch und legt den Kopf in die Arme. So hat er die Mutter noch nie gesehen. Er will etwas zu ihr sagen, aber er kann es nicht.
Diese Erinnerung gefällt ihm nicht, während er noch immer auf den Riss in der Tischplatte stiert, und doch hängt er ihr nach: Er hat das Steckholz in der Hand, mit dem die Mutter im Garten

gebohrt hat, hat mit dem Daumennagel die trockene Erde abgekratzt und meint, das Steckholz sehe aus wie ein Mensch, vielleicht wie der Vater, der fort ist, der irgendwo ist. Ja, wie der Vater, ganz bestimmt. Das will er der Mutter sagen, und es geht nicht. Sie liegt überm Tisch, den Kopf auf den Armen, ist anders als sonst. Man kann sie nicht fragen. Er drückt das Steckholz fest an die Brust und schlüpft in der Kammer ins Bett, wenngleich draußen noch Tag ist.
In der Nacht wacht er auf, weil jemand die Kammertür öffnet. Er blinzelt zu dem hellen Viereck hin, in dem ein Mann steht, breit und schwarz, der nicht aussieht wie ein Steckholz und darum feindlich ist. Und das Steckholz ist weg, von der Mutter aus dem Bett genommen, denkt er, aber er kann sie auch jetzt nicht fragen und kann nicht sagen: Böser schwarzer Mann! Damals hat es angefangen, dass er alles, was ihm an die Gurgel greift, nicht mehr auf die Zunge bringen kann.
Es geht auch nicht, dass er zu einem Kameraden sagt: Komm, besauf dich mit mir, dass er zu ihm im Suff von dem Mädchen sprechen könnte, damit der andere ihn begreift: ein Mädchen gehabt, es auf den Mund geküsst, das jetzt nicht mehr will. So aber säuft er allein dieses überbezahlte billige Gesöff, von dem keiner weiß, woraus es gebrannt ist. Er spricht mit dem Kerl, der rauskommt aus ihm, weil er keinen anderen hat.
Wenn das mit dem Steckholz anders gelaufen wäre, murmelt er, dann wäre es mit dem Mädchen auch anders gekommen, das kann ich dir sagen! Überhaupt alles wäre dann anders; und der Schnaps da wäre kein so gemeiner Fusel!
Fusel!, schreit er zur Bedienerin hinüber, die mit einem Kameraden an der Theke lehnt. Nur sie, er selbst und der Schwarze im Raum, der nächstens zusammen mit ihm auf die Führerschule am Bodensee soll. Kein Mensch sonst, weil noch Vormittag ist. Die Flasche sollte ich dir über den Schädel hauen, du Nutte, für deinen Schwarzmarktpreis! Ach, der Scheißkrieg! Der Scheißkrieg! Die Frau schiebt lachend die Hüfte vor. Sie gießt sich und dem Schwarzen ein. Sie zwinkern einander zu.
Gut wollte man zu dem Mädchen sein!, quillt es aus ihm heraus, was denn sonst? Überhaupt hätte man ja noch warten können, wenn es ihr jetzt nicht passt! Ach, der Scheißkrieg! Oder glaubst

du vielleicht, Kamerad, dass die Sauerei bald ein Ende nimmt?, ruft er laut. Der Karren steckt doch bis obenhin im Dreck! Aber das gibst du nicht zu, was? Du nicht! Überhaupt hau ich ab! Ich hau ab, verstanden, Kamerad? Jawoll! Zu Befehl! *Ich haue ab!* Er tappt unterm Tisch nach der Flasche, unterm Tisch, wo es dunkel ist, fast so dunkel wie in der Nacht, als die Tür aufging: ein helles Viereck, und der Mann, breit, schwarz und feindlich. Und hier unterm Tisch weiß er mit einem Mal, warum die Mutter über dem Tisch gelegen hat, den Kopf in den Armen. Und er weiß, dass auch sie diesen Mann hasst. Die Wucht dieser Erkenntnis wirft ihn um. Polternd sackt er auf den Boden.

*

Die Wirtsstube äschert sich hinter den Lidern der Liegenden ein, macht anderem scheinbar Stillstehenden Platz und wieder anderem. Nur diesem Trick des rasch wechselnden, temporär bewegungslos Vorhandenen gelingt es, Bewegung, also Abläufe, vorzutäuschen. Und man erinnert sich, was man in dem fortschrittlichen Deutschunterricht der Nonnen gelernt hat, wie vielgestaltig das Phänomen Zeit ist, das sich als absolute, astronomische, subjektive, objektive, relative, biologische und so weiter – in Träumen oder im Erschrecken nicht erkennbare Zeit darstellt, je nach der Perspektive, aus der man sie bestimmt. Die Liegende weiß darum nicht, wie das plötzliche Stillstehen der Mina Frech, dieses Stillstehen hinter den Lidern, einzuordnen ist, sich zu ihrem wirklichen Stillstehen verhält. Nicht einmal die Nonnen haben zu erklären vermocht, wie die letzte oder erste Qualität der Zeit – was dasselbe sein muss – verstanden werden könne, und haben den Begriff der Ewigkeit am säkularen Begriff der Lyrik zu explizieren versucht: Da falle auf einen Punkt zurück, was als Erzählstrom voraneile. Bewegung versammle sich also im Sein ihres Ursprungs. Dass das Stillstehen der Mina Frech eine solche Ewigkeit gedauert hat, hat die Liegende gemutmaßt.

Die Mina Frech schaut durchs Küchenfenster der Hausmeisterwohnung, ohne zu sehen, was draußen vor sich geht: Volksschüler kurven mit den Fahrrädern auf dem Schulhof der Gymnasiasten,

was ihnen nicht erlaubt ist. Sie sieht es nicht, begreift es nicht, schreit nicht hinaus, es findet keinen Weg zu ihr. Das Hirn reagiert nicht. Nur eines signalisiert es unaufhörlich: dass es Stunk gegeben hat mit dem Jungen. Stunk mit dem Jungen in der Führerschule am Bodensee! Irgendetwas ist herausgekommen von vorher. Und jetzt – der Junge im Bau? Blind starrend fühlt sie in der Schürzentasche den amtlichen Brief. Er knistert. Stunk mit dem Jungen! Sie sieht das viele Wasser des Bodensees; mehr kann sie sich nicht vorstellen. Es deckt die Unfassbarkeit der Nachricht ab: Stunk und Bau, und den Paraderock braucht sie nicht zum Schneider zu bringen wegen der neuen Schulterstücke. Das stimmt doch alles nicht! Hinter ihr auf dem Küchentisch das Paket, noch offen, der Kuchen noch warm, den sie ihm gebacken hat. Mit Bewegungen wie die einer Gliederpuppe nimmt sie ihn aus der Schachtel. Da auch ihr Brief:
Mein lieber Sohn!, in steiler deutscher Schrift, der man die Bemühung um das Sütterlin anmerkt. Deine dich liebende Mutter, Heil Hitler!
Sie nimmt ihn heraus und zerreißt ihn in kleine Fetzen, fast atemlos. Dem Alten wird sie es hinreiben – nicht jetzt, solange es Tag ist, und er sich hinter der Arbeit verstecken kann. Am Abend wird sie es ihm beibringen, wenn er glaubt, er kann vor dem Volksempfänger lümmeln und Marschmusik hören! Sagen wird sie ihm, dass alles Unglück von ihm kommt: Der Alte war im Loch; der Junge ist im Bau! Das passt! Ja nicht glauben soll er, dass sie nicht weiß, wie es damals mit dem blinden Hausierer gewesen ist. Und warum er sich überhaupt noch zu Hause herumtreibt, wird sie ihn fragen, nicht draußen ist wie andere Männer auch! Gedrückt hat er sich! Bis heute gedrückt, der alte Kämpfer, nur wegen dem bisschen Schädelbrummen von damals, als der Rote ihm eins verpasst hat. Heute Abend wird sie es ihm geben! Noch einmal greift sie in die Schürzentasche. Wegen eines Mädchens, schreiben die da. Das glaubt sie nicht. Erich und ein Mädchen! Hat sie ihn nicht sauber erzogen, den schönen deutschen Jungen? Das soll ihr erst mal einer zeigen, das Mädchen! Oder doch? Lauernd horcht sie zum Herd hinüber, an dem das Ofenrohr noch offen steht wie ein Riesenmaul. Doch ein Mädchen? Das Hohmermädchen etwa?

Langsam begreift sie: Das ist die Vergeltung! Aus den magischen Resten ihres bäuerlichen Wesensgrundes weiß sie, was Vergeltung ist. Ist doch der Alte damals dabei gewesen, den Hohmer abzuholen! Dass er ihnen dann durch die Lappen gegangen ist, hat nichts zu sagen. In den Tod haben sie ihn so oder so getrieben.
Mann gegen Mann also! Gut ausgedacht hat sich das die Kleine! Alis, wird sie eiskalt zu ihm sagen, wenn er glaubt, er könnte vor dem Volksempfänger lümmeln und Marschmusik hören, wenn du dich nicht sofort an die Front meldest, dann melde ich, wie es damals im Kiefernwäldchen war! Hämisch grinsen wird er, weil sie die Frist verpasst hat. Die Tat sei von Rechts wegen verjährt! Aber so etwas verjährt nicht, solange einer davon weiß! Wenn dann alles vergolten ist ... dann ...
Ihr Gesicht hellt sich auf.
... dann wird der Junge wieder vorankommen. Schließlich gehört man zu einem Volk, das ein Gewissen hat! Zu einem edlen Volk! Aber sie vergisst, dass das Töten um der Macht Willen einen Heiligenschein verleiht – vorausgesetzt, man tötet auf der richtigen Seite. In ihrer Unwissenheit richtet sie den hochmütigen Blick auf die Liegende, wie die Liegende meint; aber die Liegende weiß nicht, was sie ihr so schnell antworten soll.
Ich, die Schreibende, sehe die Skulptur der Justitia vor mir, wie sie noch im Krieg im Glacis gestanden hat, in der Hand die Waage. Die eine Schale ist beladen mit dem Töten, die andere mit den zwanzig Jahren, die zur Verjährung nötig sind. Sind sie um, dann wippt die Schale der Schuld – plötzlich leer – nach oben. Vergleich zwischen Unvergleichbarem! Was haben Schuld und Zeit miteinander zu tun? Unbehaglich ist es einem auch, weil kein Strafmaß etwas mit der Versöhnung des Himmels zu tun haben kann oder mit der Heilung der verletzten brüderlichen Liebe, sondern nur wiederum Leiden verursacht. Es schließt die gesellschaftliche Wunde nicht, weil sie von keinem Gesetz geschlossen werden kann. Leiden soll Leiden neutralisieren, heißt die Formel, die absurd ist.
Mein ist die Rache, spricht der Herr, der sich seine Weltordnung nicht antasten lässt. Sein ist also auch die Art der Rache und ob überhaupt Rache. Verjähren lassen kann nur diese Instanz. Die Waage der Justitia, sagt die Liegende im Nachhinein, ist gezinkt.

Erich Frech ist zum Mörder an einer Siegesideologie geworden, seiner eigenen. In Trunkenheit verübter Totschlag. In vino veritas. In diesem Fall war primitivster Fusel nötig. In seiner Zelle irrt er hin und her, weiß nur verschwommen, was mit ihm geschehen ist. Die längst schon zermahlenen Gedanken zerkaut er zu immer amorpherem Brei:
Die Pritsche müsste längs stehen, dann hätte man mehr Platz zum Hin- und Hergehen. Drei Schritte, mal hin, mal her. Am besten, sie knallten einem gleich eins vor den Latz wegen der 'subversiven Reden'. Er weiß, dass er verspielt hat. Wenn man nur wüsste, was man sich im Suff geleistet hat! Und wo sie einen aufgelesen haben? Und dann sieht er an sich hinunter, presst die Hände an den Schädel: Uniform besudelt, das Ehrenkleid des auserwählten deutschen Mannes entwürdigt, weil er seiner nicht mehr würdig ist! Die Schulterstücke abgerissen, Stiefel ohne Schnürsenkel, feldgrau zwar noch immer das Tuch; aber ohne Hinweis auf eine Waffengattung oder auf einen Rang. Wenn nicht gleich an die Wand, dann zu einem Himmelfahrtskommando. In den Norden, wo es keinen Nachschub mehr gibt? Nur noch Lottas, die ihr Leben riskieren für die lädierten deutschen Kadaver. Egal! Alles, wenn Evi nicht mehr will. Bis zum Winter dauert solch ein Umschulungskurs: Kämpfen ohne Waffe. Lieber gleich eins vor den Latz.
Kommt auf das Urteil an. Verräter? Dann Strick. Ob sie weinen wird, wenn sie es erfährt?
Er bleibt stehen, als warte er darauf, dass sich ihr weinendes Gesicht vor seinen Augen formt. Die breite, gewölbte Stirn. Das kleine Kinn. Die kurze Nase. Augen? Groß und grau. Und alles nass von Tränen. Nichts wünscht er heftiger, als dass sie um ihn weint. Ihr Gesicht, wie im Regen.

*

Evi steht am Fenster, ein Schreiben in der Hand. Sie wagt nicht, es zu zerreißen.
Ohnehin sind keine Tauben mehr da, nichts mehr ist aufzupicken. Die Tauben gekocht, mit Krampen erlegt, die man nach der Jagd gesucht und eingesammelt hat, die kostbaren Krampen. Auch

keine Hunde mehr da. Das Bellen besorgen jetzt andere. Der Brief ist aus der Führerschule am Bodensee. Sie starrt vor sich hin, ohne etwas zu sehen, gleicht darin der Mina Frech, und auch ihre Hand schiebt den Brief in die Schürzentasche, in der er knistert, wenn sie ihn berührt.

Fünf Tage wird sie noch hier sein; die Frontklamotten liegen schon bereit, das graue Kopftuch mit dem roten Kreuz.
Man habe, heißt es in dem Brief, unter den Sachen von Erich Frech ihre Absage seines Heiratsantrags gefunden. Man nehme an, dass sie maßgeblich mit Frechs Verhalten zu tun habe; man könne es sich nicht anders erklären. Ausgerechnet er! Man lege Wert auf diesen Mann, der in jeder Situation tapfer, mutig und doch besonnen, vorbildlich kameradschaftlich und von tadellosem politischen Verhalten *bis dahin* gewesen sei. Zur Klärung des Befundes erwarte man ihren Besuch in der Führerschule, wo er arretiert sei. Man sei gewillt, die Sache – wenn irgend möglich – wieder aus der Welt zu schaffen. Er sei der Sohn eines alten Kämpfers.
Ihre Aufgabe dabei sei, mitzuhelfen, diesen wertvollen deutschen Mann zu *retten*! Etwa indem sie ihre Absage zurückziehe.
Man habe Erkundigungen über sie eingezogen – Evi ringt nach Luft. Atemlos überfliegt sie das Folgende, das sie bereits Wort für Wort kennt: Als Sühne für die Schuld ihres Vaters solle sie auffassen – ihr Herzschlag rast –, was in Wahrheit eine Ehre sei, nämlich, von einem solchen Repräsentanten edlen Deutschtums zur Ehe auserwählt zu sein.
Und dann der letzte Satz, dessentwegen Evi den Brief wieder und wieder aus der Tasche ihrer Schwesternschürze nimmt:
Sie haben doch einen Bruder, nicht wahr?

Papa!, flüstert sie mit blassen Lippen. Hanno! Mama! Und dann schreit sie zum Fenster hinaus.
Nicht wahr? Eine Ehre sein! Eine Ehre, *nicht wahr!*
Fahr zuerst zu deiner Mutter!, sagt Lina. Selber weiß sie keinen Rat. Aber Mama wiederholt nur immer den einen Satz:
Hauptsache, der Junge bleibt am Leben!

22.3.43 Ich schreibe auf, was ich ohnehin nie mehr vergessen werde. Ich muss es in dieses Tagebuch bringen: Die Zelle mit der Pritsche, der Mann, der sich abwendet; mir nicht in die Augen sehen kann vor Scham wegen der abgerissenen Schulterstücke, der Stiefel ohne Schnürsenkel: Grauenhafte Symbolik der Verstümmelung, der Rechtlosigkeit, Ehrlosigkeit, Vernichtung! Die Wut treibt mir die Tränen in die Augen. So wird Menschenwürde entleibt, indem ihre scheinbaren äußeren Zeichen vernichtet werden. Eine Formensprache, die wirkt.
Und er: Du bist wirklich gekommen, meinetwegen gekommen! Du weinst um mich! Dein Gesicht wie im Regen. Du liebst mich doch! O schau mich nicht an, Evi! Ich bin es nicht wert, ich bin es nicht wert! Und alles das mit der hochgezogenen Oberlippe wie bei einem Säugling. Und ich Mamas Worte im Ohr: Hauptsache, der Junge bleibt am Leben!
Sie haben einen Bruder, nicht wahr?
Hanno, von dem wir seit Wochen kein Lebenszeichen haben, der von der teuflischen Verstrickung seines Schicksals mit der Entsühnung von Erich Frechs Schuld nichts ahnt. Sie haben einen Bruder, nicht wahr?
Mit geschlossenen Augen also den Schiedsspruch fällen! Es graute mir! Wir wissen doch nie, Mama, was aus einem geschenkten Leben wird! Das war mein letzter Einwand. Ich schloss die Augen.
Ich liebe dich ja, Erich. Ich zweifelte nur daran.
Und dann dieser Kuss.
Die Wache sperrte auf. Ende der Versöhnungszeit. Der Mann lauert: Neugeburt eines Gefolgsmannes, oder der Strick für den Verräter? Ich schaute an ihm vorbei auf die offene Tür. Was so eine offene Tür für einen bedeuten kann, ist nicht zu beschreiben. Aber während ich hastig durch sie hinausgehe, sehe ich für einen Augenblick Erichs nacktes, verwirrtes Gesicht. *Und überhaupt!*, rufe ich ihm zu – und fühle mich befleckt.
Auf dem Rückweg, bei Mama. Ein Feldpostbrief von Hanno. Ich weine, ohne ihn gelesen zu haben.
Fasse dich, sagt Mama. Dann lesen wir gemeinsam Hannos Brief, der keiner ist:

Mama, da sind schwarze Locken im Wind. Ich habe Hunger, und der andre schläft im Schnee.
Der Horizont ist rot und grau, und Wölfe ziehen Kreise um die Grube.
Weißt du, die schwarzen Schaukellocken sind so schön und glänzend von Pomade.
Perückenmacher gibt es viele in Odessa, und Zöpfe aus der Hochzeitsnacht von Bräuten.
Mein Messer schneidet gut, Mama, und mir ist kalt vom Hunger und vom Schnaps.
So schneid ich schnell, damit sie es nicht spürt. (Sie hat ja mal bezahlt für die Perücke!)
In meinem Rock ist eine Innentasche. Das letzte Mal hast du sie mir geflickt.
Jetzt trage ich in ihr, Mama, das Bild von dir – dazu die Locke aus dem Wind.

*

Was, Dietzel? Haben wir schon den letzten Zehnten neunundvierzig? Das Jahr wird bald vergangen sein; und der Druck auf den Tito wird immer stärker!
Ich will Ihnen was ganz anderes sagen, Herr Doktor, was ganz anderes: Mehr als dreitausend tschechische Kinder von sieben bis fünfzehn Jahren haben am Sonntag 'feindliche Fallschirmjäger' bekämpft, die in der vergangenen Nacht über der CSSR abgesprungen seien. Und jetzt sehen Sie nur, was da steht: Die Kinder gruben sich entlang der Landstraße ein und überwachten scharf die wichtigsten Verkehrsknotenpunkte und Brücken. Bereits mehrere Stunden vor Abschluss des Manövers sind sehr viele Feinde von ihnen gestellt worden.
Ein Kriegsspiel, Dietzel, was? Aber woher sollten die Fallschirmjäger kommen?
Das weiß ich auch nicht, Herr Doktor – nur: mein Kleiner ist gestern sieben Jahre alt geworden.

Kriegsspiel! Ein Wort, das es nicht geben dürfte, ein Paradoxon in sich. Aber dann ist es ein Reizwort für mich, die Schreibende.

Ich erinnere mich an ein anderes Kriegsspiel, das hinter den Lidern der Liegenden abgelaufen ist:
Frau Kugler, die Walküre mit den Pferdezähnen, von der die kultivierte Mater Cäcilie 'abgeholt' worden ist, Frau Kugler – nicht Frau Professor, wenngleich der Gatte (usw.) –, die zu Mama gesagt hat: Sie werden glaubwürdig sein, Frau Hohmer, in ihrer Trauerkleidung, diese Frau Kugler, die ihren Sohn Frank wie ein Raubvogel hackend geküsst hat und vor der sich der alte Roser, der Zähne wegen, so gefürchtet hat, dass er den Stuhl hat abrücken müssen – diese Frau Kugler also steht in der Mitte ihres von den Bomben noch verschonten Salons und fordert ihre Gäste zu einem zeitgemäßen Gesellschaftsspiel auf:
Irgendwo taucht ein U-Boot unter, und irgendwo anders fliegen inmitten einer wahnsinnigen Feuer-, Wasser- und Rauchsäule unglaubliche Bruttoregister in die Luft. Getroffen! Die Gäste lächeln betreten.
Mit Mann und Ratten!, ruft einer. Ein anderer spricht enthusiastisch von der sicheren Hebung der Volksmoral, indem man mit Kindern solche Spiele spielt.
Gehören Sie zum Volk?, fragt ein Leutnant seine Tischdame leise.
Ich bin eine deutsche Frau, verstehen sie? Beteuernd legt sie ihr Patschhändchen auf den geschnürten Busen.
Der Leutnant erhebt sich. Das habe ich befürchtet, murmelt er, und: Verzeihung... draußen rauchen. Er setzt sich zu einer Schwarzhaarigen aufs Sofa.
Das Spiel beginnt!, ruft Frau Kugler.
Können auch wir ein Spiel miteinander machen, oder täusche ich mich in Ihnen?, fragt der Leutnant die Schwarzhaarige.
Ein solches kaum.

Die einen Spieler, ruft die Gastgeberin Kugler, erhalten Zettel mit der Anzahl der Bruttoregistertonnen, die jeder zu versenken hat. Die anderen bekommen Zettel mit nur einem Buchstaben. Wer das größte feindliche Schiff versenkt hat, ist Sieger. Die Schalen mit den zusammengerollten Zetteln werden herumgereicht.

Was haben Sie gezogen?, fragt die Schwarzhaarige.
A, sagt er, ohne auf den Zettel geschaut zu haben. Und Sie?

Sch. Auch sie hat nicht auf den Zettel geschaut.
Danke für die Annäherung, sagt der Leutnant. Er reicht ihr eine Zigarette und Feuer. Das Licht geht aus. Er nimmt ihr die Zigarette vom Mund und stülpt die hohle Hand darüber.
Die U-Boote P, X, L fahren aus und ergreifen ihr mutmaßliches Ziel, gemäß der zu versenkenden Bruttoregistertonnen.
Im Saal bricht der Un-Bootkrieg aus: Stühle fallen, Quietschen, Kichern, Schreien! Jemand fällt in die Tasten des Klaviers, das noch offen steht. Hurrah!, brüllen die Sieger, beziehungsweise jene, die sich dafür halten, weil sie Beute gemacht haben.
Der Leutnant nähert sein Ohr dem Gesicht der Schwarzhaarigen, bis er ihren Atem spürt.
Ich höre!, raunt er. Und er hört in der Wärme ihres Atems ein Datum, eine Adresse, ein Klingelzeichen, und mit wie vielen sie sich dort treffen. Er reicht ihr die Zigarette und macht sich auf, das Schlachtschiff zu versenken, auf das sein Befehl ausgestellt ist.
Frau Kugler knipst das Licht an. Die Sieger lachen triumphal, ihre versenkten Bruttos in den Armen. Der Leutnant schmust in einer Ecke mit der deutschen Frau.
Der Liegenden ist übel. Sie steht auf, schleppt sich in den Raum der Gerüche und erbricht in die Tonne. Schweiß läuft ihr aus den Haaren übers Gesicht. Auf dem Weg zurück hält sie sich fest: an der Wand, am Stuhl, an der Bettlade. Entkräftet fällt sie auf die Kissen. Auch als die Anni kommt, würgt sie noch, wenngleich sie nichts mehr im Magen hat als Galle.

Schon viele Male ist die Anni zu ihr gekommen. Schüchtern setzt sie sich auf den Stuhl neben das Bett, schüchtern, denkt die Liegende, weil sie die gesamte Sitzfläche nicht beansprucht. Sie begnügt sich mit der vorderen Kante. Dazu schlägt sie den Rock aber hinten nicht mehr hoch. Die Liegende sieht den weißen Unterrock nicht. Den Eisberg.
Ohne zu reden schaut die Anni auf die Lattenwand hinter dem Bett. Sie schweigt aus dem unverbildeten Feingefühl naiver Menschen. Die Anni tut der Liegenden wohl.
Nach einiger Zeit, wenn sie die Tür schon geöffnet hat, um zur alten Bawett zurückzukehren, wirft sie einen besorgt-hilflosen Blick auf die Liegende, wendet sich dann endgültig um und geht. Bald

wird sie wiederkommen, denn ihre Besuche, das fühlt sie, sind für die Liegende tröstlich.
Sie kennt einen ja seit den Kindertagen, als sie bei Papa zur Schule gegangen ist, hat Evi ins Tagebuch geschrieben. Alles weiß sie von uns. Sie hat uns lieb.

*

Dietzel bringt die Zeitung. Und kein Liebesbrief, wie immer, Herr Doktor!, sagt er, mehr nicht.
Was, Dietzel?, beginnt der Doktor, spricht aber dann nicht weiter, sondern murmelt Unverständliches.
Auch die Liegende findet es sonderbar, dass der Doktor keine persönlichen Briefe bekommt, wie Dietzel bemerkt. Denn es gehen keine Briefe verloren, die Post ist genau. Selbst im Krieg sind kaum Briefe verloren gegangen, die grauen Faltpapiere mit den geleimten Rändern, die so viel Sehnsucht umfassten, so viel Sorge, so viel Mut und so viel Verzweiflung.
Ich habe Hunger, und der andre schläft im Schnee, Mama ...
Den ersten Brief, den Evi aus dem russischen Kortschow geschrieben hat, hat Mama ihr aufbewahrt. Evi hat ihn nachher in den Deckel des Tagebuchs eingeklebt. Die Liegende tastet nach ihm, kennt ihn aber auswendig. Sie muss ihn nicht lesen.

Kortschow besteht aus niedrigen Katen. Auf den unübersehbaren Feldern Landarbeiterinnen mit Hacken. Die Wehrmacht hat den Mais eingesät, damit keiner, der hier hungert, sich erfrechen konnte, beim Säen drei oder vier Körner mit Andacht zu zerkauen. Wenn wir in ein Haus kommen, verbeugen wir uns gegen die rote Ecke. An der Wand sind die hellen Stellen zu sehen, wo früher die Ikonen gehangen haben. Wir verbeugen uns vor dem Samowar oder der silbernen Zuckerdose, die vielleicht aus irgendeinem Herrengut stammt. Alles was glänzt, steht in der roten Ecke beisammen. Wir verbeugen uns auch vor dem leeren Bilderrahmen, aus dem Stalins Bild vorsichtshalber entfernt worden ist. Die Weiber kichern verlegen, fassen dann aber doch Vertrauen. Die jüngeren waschen für uns. Die verbrauchte Brühe, die grau ist und übel riechend, benutzen sie selbst. Heimlich bekommen sie

von uns Medikamente, sehr wenig, was streng verboten ist. Manchmal einen Fetzen Uniformstoff, den wir den Zerschossenen vom Leib schneiden. Eigentlich müssen wir die Fetzen sammeln. Aber wenn die Frauen genug von den (wirklich kleinen!) Schnipseln beisammenhaben, machen sie Kittel für ihre Kinder daraus, sind uns dankbar, und wir sprechen mit ihnen von Frau zu Frau.
In welcher Sprache, willst du wissen, Mama?
Jede von uns kann ein paar Worte in der Sprache der anderen.
Übrigens besitzt das Dorf ein Schwein, das hingebungsvoll gefüttert wird. In der ersten Zeit hat man es vor uns versteckt; aber es hat sich selber verraten. Jetzt lassen sie es frei herumlaufen.
Wann wollt ihr es schlachten?, fragen wir. Die Frauen erröten, sehen zur Seite, verstehen plötzlich nichts mehr, bis eine Alte kommt, mit dem Stock auf den Boden stößt und sagt: Sestritschka, wenn Väterchen Stalin zurückkehrt.
Alle lachen und sind froh, dass es gesagt ist.

Feldpostbriefe sind fast nie verloren gegangen. Warum also keine Nachricht von Hanno? Mamas Nervosität steigert sich aufs Höchste. Keiner von uns dreien weiß, ob wir einander je wiedersehen.

*

Kortschow war ein Lazarett in der Etappe, die Dorfscheune mit Stroh ausgelegt. Ihr Bild steht fest in der Erinnerung der Liegenden. Ein anderes Bild schiebt sich darüber, das Bild eines anderen Lazaretts: Bahrenträger bringen Verwundete; die Front ist nah. Sie gehen im Passgang. Einer von ihnen ist Pater Friedbert – jetzt Sanitäter Löffler – im feldgrauen Zeug, über dessen Elendigkeit der heilige Franziskus entzückt gewesen wäre. Die frommen Falten um die Augen hat man ihm gelassen. Er lässt sie spielen, wenn er den russischen Weibern russische Choräle vorsingt, bis sie flennen: die alten hauptsächlich, die das noch aus der Kindheit kennen. Er hat eine Stimme wie ein Pope. In Ermangelung einer Kapuze, mit der er in Wälden gebettelt hat, hält er das Käppi hin: Leinsamen und Hirse will er haben, das hat er in den Hausgärten gesehen – sofern sie nicht zerstört sind –, die jeder Familie zustehen. Leinsamen und Hirse! Daraus ist ein Mus zu

kochen, murmelt er in eigensinniger Wiederholung. Hirse hat Kieselsäure, die heilt: Heute einen Löffel voll, morgen zwei. Er bettelt für einen Verwundeten, in dessen Soldbuch er den Namen Hohmer gelesen hat, Hanno Hohmer, der die letzten Tage bewusstlos gewesen ist, und von dem man gedacht hat, es sei Zeit, ihm die Erkennungsmarke vom Hals zu nehmen. Jetzt ist er wach. Und der Pater wird ihm heute einen Löffel voll, morgen zwei in den Mund streichen wie einem Säugling. Nicht mehr, damit er das Mus nicht erbricht. Erbrechen geht nicht, weil er sonst krepiert, bei diesem angeschossenen Gehirn. Erbrechen rüttelt am dick umwickelten Kopf, das geht nicht. Das Gesicht ist noch blutverkrustet, aber die Augen sind jetzt manchmal offen.
Fad und vage, wie der Geschmack des heilenden Muses, ersteht im Pater der Geruch einer Geschichte, die er nicht abwehren kann, weil sie Anteil am Magischen hat; und das Magische klebt: Macht über einen Menschen ausgeübt, verborgene Macht, einer Frau die Ichheit genommen, er weiß, er weiß. Ein Hampelmann hat dabei eine Rolle gespielt. Löffler lässt sich auf die Geschichte ein, jetzt, wo sie ihn mit Hanno Hohmer eingeholt hat, der ebenfalls im Haus Nr. 17 gewohnt hat. Er sieht es als Fügung, nicht als Zufall, dass er hier etwas gutmachen kann, was er dort vertan hat. Die Vorstellung wärmt ihn. Um zu büßen? Ja, denkt er, aber kann man die Buße selber bestimmen? Das Gericht eigenmächtig vorwegnehmen? Er schiebt diese Fragen beiseite und will den Hohmer umsorgen, so gut er kann. Wohlschmeckend schleichen sich ihm die Worte 'confessio, absolvo te' und 'Nächstenliebe' in den Mund. Er lächelt, Erlösung erhoffend vom guten Werk.

Ein Löffel heute, zwei Löffel morgen. Und wirklich kommt der Tag, an dem Hohmer transportfähig ist: Hohmer oder das erzwungene Leben! Die erzwungene Tilgung alter Schuld? In Momenten der Einsamkeit beargwöhnt der Pater den Kuhhandel. Aber Einsamkeit ist hier Mangelware. Voll Selbstironie verzieht er den Mund. Ein Rest wird doch bleiben! Außerdem ist Schuld immer zweifache Schuld: einmal gegen den Mitmenschen und gleichzeitig gegen die göttliche Weltordnung, braucht also nicht nur die Verzeihung des Beschädigten, sondern auch das Erbarmen Got-

tes. Er wird vor seinem Abt knien, denkt er, und von Hohmer reden, ob er ihn gegen die Schuld einsetzen kann. Hohmer, sagt er, ich begleite diesen Heimattransport, ich fahre mit.
Aber Hohmers Lächeln verschiebt in diesem fahlen Gesicht nur die Falten, die von der Nase herabschnüren bis in den jungen Bart. Das Lächeln bleibt fremd, auch als er begreift: heim. Langsam oder schnell, das hat er noch nicht im Gefühl. Auch die möglichen Gefahren des Heimwegs umfasst sein Gehirn noch nicht.
Auf einem kleinen Bahnhof verladen die Leute eines Fronttheaters. Eine Frau schreit laut nach einem Klavier. Lachend kommt der Zugführer ins Abteil.
Das Klavier aus dem Bahnhofscafé ist beim Verladen zusammengebrochen, sagt er, aber Sie finden ja in jedem Kino ein anderes. Noch einmal lacht er schallend auf: Eine Vettel, sage ich euch, haben die bei sich! Sie hat einen Kartoffelsack an und trägt einen Hampelmann mit sich herum, den sie für lebendig hält. Überhaupt, Weiber sind dabei, ich kann euch sagen!
Schaff sie nur her!, kreischt ein Schwerverwundeter. Die anderen schielen plötzlich stumm vor sich hin, weil sie nicht wissen, was der noch mit Frauen will, ohne Arme und Beine. Der kann sie ja nicht einmal packen! Der Junge lacht seinen Worten hinterher, als sei er nicht bei Trost, was er in Wahrheit auch nicht ist.
Löffler steht mit dem Rücken zum Fenster, bemerkt nichts, ist in Gedanken. Nervös wartet er auf das Anrucken des Zuges. Er nagt an den Lippen, die der Liegenden als rotes Loch im Bart noch in Erinnerung sind.

Und er habe es wirklich nicht früher einem beichthörenden Ohr anvertrauen können, fragt der Abt, als Löffler – jetzt für kurze Zeit wieder Pater Friedbert – endlich vor ihm kniet.
Genau gesagt, habe er diese Möglichkeit einfach hinausgeschoben, gibt der Beichtende zu, habe ganz einfach hasardiert, wenn der ehrwürdige Vater diesen Vergleich erlauben wolle.
Ob er nicht wisse, dass man mit der Gnade Gottes nicht hasardieren könne?
Das wisse er schon. Das Hasardieren sei ihm als solches ja auch nicht sogleich klar geworden. Es komme noch anderes dazu.
Er wolle sich gerne anhören, was dazukomme.

Der ehrwürdige Vater möge in Betracht ziehen, dass diese Sünde nie de facto begangen worden sei. Von dieser Tatsache habe er sich eine Zeit lang blenden lassen.
Ach, also blenden lassen, verblendet für sich eine contradictio gegen Moses in Anspruch genommen, der sagt, dass nicht nur die physische Tat, sondern auch die in Gedanken vollzogene eine Realität sei, was er uns Blinden am Begriff des Begehrens erklärt? Der Sohn und Bruder habe sich also gerne blenden lassen, oder etwa nicht?
Es sei eher wie ein Zwang gewesen.
Wer ihn denn gezwungen habe? Die Frau etwa?
Gezwungen habe ihn vielleicht der Reiz einer solchen Situation.
Was denn an dieser Situation so reizvoll gewesen sei? Die Gewissheit etwa, eine Frau bereit zu finden für eine Gedankensünde?
Eher die Tatsache, meine er, mit einem anderen Menschen über eine Entfernung hinweg in eine beinah leibliche Verbindung zu treten.
Wenn der liebe Sohn das Bedürfnis habe, sich über eine Entfernung hinweg mit anderen Menschen zu vereinen, dann mit Brüdern und das im Gebet, das solle er sich merken, also in Christo!
Was er ihm nun versprechen wolle?
Er verspreche ihm, sagt Pater Friedbert, gleiche oder ähnliche Verfehlungen nicht mehr zu begehen und jeden Gedanken an diese Frau zu meiden.
Eben dies Letztere habe er nicht hören wollen, sagt der Abt. Im Gegenteil erlege er ihm auf, sich intensiver als bisher mit dieser Frau zu beschäftigen, vor allem, indem er für ihre durch ihn irregeleitete Seele bete. Ob er sie denn besuchen könne? Wo sie denn wohne?
Sie wohne hier, sagt der Pater.
Dann möge er sie schleunigst aufsuchen und danach trachten, sie auf den rechten Weg zurückzuführen! Er solle seine Schuld wahrheitsgetreu vor ihr bekennen.
Ob er sich dazu stark genug fühle? Die Gebete der Brüder – soweit sie nicht eingezogen sind – werden ihn stärkend begleiten.

Platanenblätter, rote, gelbe. Die Liegende sieht sie vor sich, riecht ihren herben Duft, hört ihr Rascheln, wenn der Pater durch ihre

Anhäufungen im Glacis schlurft, in Sandalen, köstlich! Stumm schaukeln die Blätter vom Ast. Auf die Erde treffend, werden sie geschwätzig: Nett!, sagen sie dann, nett! Man hört es genau. Es ist anders als das frühlingshafte Sprengen der Buchenknospen, denkt sie, wenn die Blatthülsen platzen und zu Boden wirbeln. Jede Jahreszeit hat ihre eigenen Geräusche, ihre eigenen Gerüche. Krähen stolzieren zwischen den Bäumen.
Noch einmal im Leben hätte die Liegende das Glacis gerne so gesehen, wie es vor dem Krieg gewesen ist: exotische Bäume auf englischem Rasen. Noch einmal das Nett! hören und mit den Füßen durch die seitlichen Anhäufungen der Blätter rascheln!
Der Pater bleibt stehen. Ein Bild vor seinem inneren Auge verdrängt für einen Augenblick seine Absicht, und er meint, dieses Glacis sei das Glacis von Sewastopol en miniatur, und die Krähen zwischen den vielen Leichen seien die Krähen von dort. Dann sieht er jenseits des Rings das Haus Nr. 17.
Sonderbar grob kommt es ihm vor mit seinen massigen Atlanten rechts und links des Eingangs. Und über der Haustür das Tympanon mit dem namenlosen Wappen: Masken auf beiden Seiten, wie bei einem Theater. Die Tür, schweres, gefeldertes Eichenholz, dunkel gebeizt. Zwei flache Stufen zum Eingang, die eine mit dem eingelegten Rost zum Reinigen der Schuhe. Die Tür öffnet sich und Lastträger drängen rücklings heraus, die ein Klavier schleppen. Da erst bemerkt er den Karren am Straßenrand: Gebr. Ibach & Söhne, Klaviere. Mit großen Lappen wischen sich die Träger den Schweiß vom Nacken. Nicht wie Lastträger sehen sie aus; eher wie zu früh Entlassene aus einer Lungenheilstätte oder Kretinenanstalt. Dienstuntaugliche.
Er wartet, die Hände in den Kuttenärmeln, bis das Klavier auf dem Karren verstaut ist, tritt durch die noch immer festgestöpselte Tür und hat sofort wieder den bekannten Geruch der Treppe in der Nase, riecht den roten Sand, den die Zeit aus den Stufen mahlt. Sie sind flach, breit, ausgetreten. Er fühlt sie unter den Sandalen, mit welchen er eine fast vergessene Sensibilität zurückerlangt hat. Das Kunststeinmosaik auf dem Treppenabsatz ist glatt. Die bunten Scheiben des Fensters sind nur noch bruchstückhaft vorhanden. Das Fehlende mit Latten vernagelt. Das gusseiserne Geländer noch unversehrt, der Handlauf aus rissigem Eichenholz

ist jetzt ungewachst und grau. An der Tür der ersten Etage das Namensschild Sanders. Die Namen eingewiesener Untermieter sind beigefügt.
Der Pater erschrickt, weil sein Herz stürmisch klopft.
Die Tür wird einen Spaltbreit geöffnet und sofort wieder zugeschlagen. Wildes Mädchenlachen innen.
Ein Mönch!
Zögernd verlässt der Pater das Haus, in dem die beiden Mädchen, Evi und Anselma – ihre Namen fallen ihm ein – in der Badewanne ... der Kleine, der aus dem Fenster ... der Hampelmann ... Das dürre Laub raschelt unter den Sandalen. Die fallenden Blätter schaukeln von den Bäumen und sagen: Nett.

*

Ich träume.
Grell und ohne Wärme scheint die Sonne. Das Gras ist fast weiß und die bizarren Felsen ragen rostig in die Höhe. Ich stapfe durch den Staub. Zwei kleine Kinder ziehe ich an ihren Händchen hinterher. Sie weinen nicht einmal. Der Weg geht kaum bergan. Weit hinter uns, die dunklen Punkte, kommen merklich näher.
Und vor uns Martin, leichten Schritts, ein wenig vorgebeugt, Anselmas Finger lässig in der Hand. Sie unterhalten sich. Fast haben sie den Felsen schon erreicht. Jetzt nimmt der Weg sie um die Felsenzacke mit, und sie verschwinden so vor unseren Augen. Die Luft ist trocken, und wir lecken unsere spröden Lippen. Die dunklen Punkte weiter hinten wachsen an. Nun kann man sehen, dass es Menschen sind. Sie wirbeln ihre Wanderstöcke spielend in den Händen.
Am Fuß des Felsens biegt der Weg um eine flache Mulde. Die Kleinen deuten mit dem Kopf nach rechts. Im Trippeln fragen sie nur mit den Augen. Da, eine Windmaschine! Ich nicke ihnen zu. Soldaten pflocken die Lafette in den Grund der Mulde. In unsere Richtung kurbeln sie die Rohre.
Jetzt heulen die Motoren auf! Die Menschen hinter uns verlieren ihre Stöcke, die Kleinen zappeln atemlos nach Luft; sie spucken Blut.
Ach, wenn doch Martin einen Blick auf uns zurückgeworfen hätte!

Da sehe ich die umgekippten Güterwagen. Ich sehe noch den Rost auf ihren Wänden. Ich ziehe meine blauen Kleinen hinter diese Wagen, und sie erholen sich. Dann schlüpfen wir durch eine Spalte des Gesteins. Tief unter uns die Stadt.

Schweißgebadet erwacht die Liegende aus diesem Traum. Mit der Handbewegung, mit der man lästige Fliegen abwehrt, schiebt sie ihn von sich, um sogleich wieder in ihn zurückzusinken, nun aber mit dem eigenartigen, Unruhe zurücktreibenden Bemühen des Wachseins:
Tief unten lag die Stadt. Sie flimmerte im grellen Licht. Wir sahen ihre unversehrten Türme. Die Kleinen liefen rasch den Hang hinunter, um Martin einzuholen, der den Bahnhof schon fast erreicht hatte. Wir stürzten keuchend in die Bahnhofshalle. In diesem Augenblick trat Martin aus der Bar, Anselma an der Hand. Unendlich langsam schoben wir uns hinter ihnen durch die Sperre.

Noch heute peinigt mich der Traum. Ich werde ihn nicht los.

*

Die Anni kommt mit Eimer, Schrubber und Putztuch. Keiner hat sie dazu aufgefordert. Sie stürzt den Stuhl quer über das zweite Bett, in welchem die Liegende nie liegt und bisher nie gelegen hat. Sie wird den Boden aufwischen. Vielleicht ist das Putzen bei ihr ein Zwang, Schreckliches in ihrem Leben zu neutralisieren – von damals, als das Pflaster auf der Straße rot war.
Aber der Stuhl hat auf dem Bett dort drüben nichts zu suchen! Zwischen diesen beiden Möbeln besteht keine Beziehung, denkt die Liegende, man kann keinen sinnvollen Zusammenhang zwischen diesen Möbelstücken erkennen. Die Ordnung des Raumes, die wie jede Ordnung die Qualität einer Gewohnheit annimmt und Sicherheit vermittelt, wird zerrüttet. Am Anwachsen der Unsicherheit, denkt die Liegende, ist also die Anni schuld, die hereinkommt, den Eimer in der einen, Schrubber und Putzlumpen, dessen Zipfel am Boden schleift, in der anderen Hand. Sie lehnt den Schrubber neben dem Eimer an die Wand, ergreift sofort den Stuhl und zerstört die Ordnung des Raumes.

In solchen Momenten versichert sich die Liegende, dass alles andere in diesem Raum noch den gewohnten Platz einnimmt: Die unverrückbare Trennwand, die den sechseckigen Pavillon in ein Fünfeck und zwei kleinere Dreiecke teilt. Die beiden fensterlosen Außenwände, die sich an der Spitze des Fünfecks treffen, und die beiden anderen, welche Fenster haben, begrenzen zusammen mit der besagten Trennwand noch zuverlässig das Innere. Unter dem nördlichen Fenster steht der Tisch, zu welchem der Stuhl gehört, den die Anni über das unbenutzte Bett stürzt, sobald sie den Raum betritt, den sie aufwischen will. Tisch und Stuhl bilden ein sinnvolles Ensemble. Auch das Fenster und der Tisch befinden sich in einem solchen Zusammenhang. Alle drei gemeinsam sind eine Einheit, die man als Arbeitsplatz bezeichnen und als solchen benutzen kann, wie Hanno es getan hat.
Wenn es eine Sicherheit dafür gäbe, denkt die Liegende, dass sich alles im Leben in solche überschaubaren Zusammenhänge bringen lässt, könnte man dann vielleicht noch einmal von vorn beginnen? Die Vorstellung ist utopisch.

Bei diesen Überlegungen drängt sich die dicke Wiesental ungeduldig in die Sichtbarkeit.
Das Fräulein Anni, sagt sie und Gekränktsein schwingt in ihrer Stimme mit, hat auch bei ihr die Stühle quer über Betten und auf Tische gestürzt, wenn es ins Haus am Bannzaun zum Putzen gekommen ist, was sie, die Wiesental, aber nicht hat voraussehen können, als sie noch im Haus Nr. 17 gewohnt haben. Denn erstens haben sie damals noch nichts von diesem Haus ahnen können, und zweitens ist die Anni wohl bald zu ihrer Tante nach Wälden zurückgekehrt, die einen Schenkelhalsbruch gehabt hat.
Briefe sind von Eduard gekommen, graue, gefaltete Feldpostbriefe, denen man die lange Reise angesehen hat. Ob die Liegende denn noch wisse, dass man ihn trotz seiner kranken Nieren eingezogen hat? Damals, du da, sagt sie, hat sie sich angewöhnt, mit ihm zu sprechen, als sei er noch da. Was das eigentlich sei: Entfernung, hat sie wissen wollen. Ob man Entfernung wirklich mit dem Metermaß abmessen kann? Ob der Sand nun, den sie in Eduards Briefen gefunden hat, von einer Düne am Atlantik oder einer Grube hinter Bar-le-Duc gewesen ist: Für sie hat es dassel-

be bedeutet. Den Namen dieser Stadt hat sie übrigens in Rolfs Schulatlas gefunden, Bar-le-Duc. Eduards erster Feldpostbrief wurde auf dem Hintransport geschrieben.
Bin im Zug mit Pionieren zusammen, Anna, die aus dem Osten abgezogen worden sind und zum Ausruhen, wie sie lachend betonen – zum Ausruhen! –, in den Westen kommen.
Eduard hat sich mit ihnen gefreut, dass sie der Hölle entronnen sind.
Jetzt wollen sie in Frankreich leben wie Gott. Wie sie das machen wollen, Anna? Und denk nur, ein Oberleutnant war dabei, der kennt das Haus Nr. 17 am Ring. Und wenig hat gefehlt, dass er auch mich und dich gekannt hätte, der nette Junge! Es hat mir die Tränen in die Augen getrieben, Anna. Martin Roser heißt er. In Straßburg werden sie einquartiert.

Eine Stunde lang hat der Zug in Kehl gestanden, da hat Eduard auf den Knien an sie geschrieben, sagt die dicke Wiesental. Ich bin nahe bei dir, Anna! Denn zusammen am selben Ort sein, sagt noch lange nichts über geringe oder große Entfernung aus. Wichtig ist, dass wir einander nicht verlieren.
Für das Überwinden von Zeit, Eduard, hat sie ihm geantwortet, haben wir das Wort Erinnerung. Und wenn es in die Zukunft geht, heißt es Ahnung. Aber für die Überwindung von Raum kommen wir mit den Wörtern Nähe und Ferne nicht aus.
Das habe ich meinem Leutnant vorgelesen, hat er im nächsten Brief geantwortet.
Die dicke Wiesental macht eine bedeutungsvolle Pause.
Dem Leutnant vorgelesen, du da!
Ihre hochroten Wangen zittern, während sie den Kopf schüttelt, und ihre bläulich blassen Augen quellen fassungslos hervor: *Meinen* Brief! Und das mitten im Krieg!
Ja, Krieg! Und die Grafik auf dem runden Tisch im Herrenzimmer des Hauses Nr. 17 steht der Liegenden wieder vor Augen. KRIEG!
Evi sitzt auf der Armlehne von Papas Klubsessel, lehnt sich an seine Schulter, riecht den geliebten Geruch väterlicher Geborgenheit und meint, nie könne die Welt für sie eine andere werden. Aber dann fällt ihr Blick auf die Hoden des Krieges, die nie ver-

greisen! Und was Evi noch nicht hat denken können, was die Liegende aber denkt, ist dies: Was täte man für den Fall, dass dieser Krieg seinen boshaft geschnäbelten Topfhelm doch noch eines Tages lüftet, das Visier doch noch öffnet, wenn hinter dem Visier nichts außer einem Spiegel wäre!
Nur nie mehr neu beginnen! Mit keiner Erinnerung, keiner Ahnung, keiner Hoffnung, keinem Plan und mit keiner ersten Tat! Die Skizze ist längst versteinert; das Haus ist bald unter Dach! Die Liegende starrt auf die restlichen Seiten, die in Evis Tagebuch zurückgeblieben sind. Sie signalisieren den tiefsten Riss in ihrem Lebenshaus.

*

Allein liegt sie in Martins Bett. Am wilden Klopfen ihres Herzens ist sie erwacht. Schlafbenommen hält sie das Taramta taramta noch für das Rattern des Zuges, der sie quer durch Europa nach Westen gebracht hat. Das Angstgeratter. Er wird doch durchhalten? Nicht plötzlich stehen bleiben? Das Angstgeratter des Herzens, ob sie Martin auch wirklich sehen wird? *Wirklich?* Halluzinatorisch riecht sie seine Haut, seinen Speichel, seinen Schweiß, vermischt mit dem Geruch des Rindsleders von Koppel und Knobelbechern und von Zigarettenrauch. Nichts auf der Welt ist ohne Martin noch zu denken. Sie sieht sein lachendes Gesicht, in dem die Augen plötzlich so ernst und zärtlich blicken, wenn er ihren Namen sagt: Evi, du mein Ich! Sie hört seine Stimme, wie sie tönt, wenn er raunt, wenn er flüstert, wenn er ihr aufjauchzend entgegeneilt, wenn er ihr still und sehr innig entgegenkommt. Evi! Sogar seine noch jungenhaft gebrochene Stimme ist auf der Fahrt hierher zu ihr zurückgekommen – so mag es das Großväterchen leiden! –, als sie zum ersten Mal seiner Umarmung nachgegeben hat, sie, das verwirrte Kind, das sie damals gewesen ist.
An seine Umarmung in der brennenden Stadt, an das unendlich beglückende Aneinanderklammern in der Todesnähe wagt sie nicht zu denken, aus Angst, ihm im Nachhinein etwas von seiner Tiefe zu nehmen.
Dann öffnet sie die Augen. Allein liegt sie in Martins Bett. Sie zieht den schlafbenommenen Blick durch das fremde Zimmer:

weißgoldener Stuck, Türen aus unversehrtem Glas, Möbel, aus der Hand reicher Besitzer gefallen. Hohe elegante Fenster, unversehrt auch sie. Draußen die filigrane Spitze des Münsterturmes. Langsam bildet sich in ihrem Bewusstsein der Name Straßburg. Und man hat den Offizieren die Wohnungen geflohener Juden zur Verfügung gestellt. Die Wandregale sind voller Bücher. Merkzettel sind zu sehen.
Sind das deine Bücher, Martin?
Meine?
Deutsche Klassiker, Martin! Hier haben Menschen gewohnt, die sie geliebt haben.
Als er sie in der Morgendämmerung vom lange verspäteten Zug abgeholt hatte, als sie in wilder Freude aufeinander zugerannt waren, hatte sie plötzlich unsicher gestockt.
Martin?
Lachend hatte er sie umarmt. Da staunst du, wie? So kennst du mich noch nicht, Evi! Fass mal das Tuch an und sieh den Schnitt! Wie gefällt dir der Rock? Du kannst mir sagen, was du willst: Die französischen Schneider sind unerreicht!
Sie hat den Stoff angefasst, den unglaublich weichen, hat den Ärmel gestreichelt, hat den Schnitt bewundert, der ihr zum ersten Mal Martins elegante Gestalt bewusst gemacht hat.
Und du, Evi? Hast du kein Zivil dabei?
Wortlos schüttelt sie den Kopf. Direkt von draußen.
Dann sind sie mit dem extra für die deutschen Militärs aus Wien importierten Fiaker zu diesem eleganten Haus gefahren. Martins Bursche ist aus dem Haus gesprungen, hat salutiert und hat, während Martin ihr beim Aussteigen die Hand gereicht hat, den Kutscher entlohnt. Und Martin hat sie in dieses Zimmer geführt.
Der Bursche hat den Badeofen geheizt. Du bist müde von der Reise, Evi!
Reise?, fragt sie, denkt an Bahren, Schreie, Gestank von Eiter, Äther und Exkrementen und den Rauch von Machorka, sieben Tage und Nächte, und an den Ruß aus der Lokomotive, der durch jede Ritze hereindringt, der ihr Haar bis auf die Wurzeln verstopft hat.
Leg dich nach dem Baden erst einmal hin und ruh dich aus. Ich gehe mit ein paar netten Leuten reiten.
Reiten? Es gibt doch keine privaten Pferde mehr, Martin.

Für einen Offizier der Deutschen Wehrmacht ist alles da, was er sich wünscht. Der Bursche wird deine Kleider bügeln, solange du schläfst. Am Nachmittag gehen wir dir was Schönes kaufen, Evi!
Keine Marken, erinnert sie tonlos.
Marken? Er spricht das Wort aus, als habe er es noch nie gehört. Ein ekelhaftes Wort. Während er es fragend wiederholt, zerbeißt er es angewidert.
Marken!
Noch einmal umarmt er sie, und sie riecht sein Eau de Cologne und riecht, wenn auch nur schwach, seine Haut, nach deren Geruch sie sich so sehr gesehnt hat.
Dem Burschen sage ich, dass er zuerst die hinteren Räume aufräumen soll, damit du Ruhe hast. Wundre dich nicht, wenn du Bellen hörst, in einem von den Zimmern wohnt der Hund. Aber jetzt schlaf erst mal! Ich gehe reiten.
Der Schlaf war ein Stürzen in einen tiefen Schlund, ein Wachwerden, ohne Traum und ohne versöhnliche Bilder. Sofort hat sie ihre Nacktheit gespürt und den Parfumgeruch des Bettes. Und während sie langsam das Zimmer begreift, den weißgoldenen Stuck, die Türen aus unversehrtem Glas, die eleganten Fenster und draußen das Filigran des Turmes, kommt eine Stimme zu ihr, kommt ihr quer durch Europa nach: Lass mich bei dir schlafen! Die Stimme eines Alterslosen, Geschlechtslosen, Leblosen. Es ist ein Unterschied, hat sie gleich gedacht, ob einer 'Ich will mit dir schlafen' oder 'Lass mich bei dir schlafen' sagt. Und doch hat sie immer geantwortet: Nein, nein, ich gehöre zu einem anderen. Aber jetzt? Weit abgerückt ist der, zu dem sie gehört, der ihr draußen in Kortschow so nah schien, dass er ihr ganzes Sein anfüllte. Das fremde Zimmer, weißgoldener Stuck, Türen aus Glas und hohe unversehrte Fenster. Und sie ist nackt, das Bettzeug riecht so süß, der Bursche hat die Kleider mitsamt dem Gestank von Äther, Eiter und Exkrementen; sie kann nicht aufstehen.
Reiten, solange du schläfst.
Nein!, sagt sie hörbar. Jetzt bin ich wach!
Sie greift gar nicht erst nach der Wäsche, geht so hinaus zu dem Burschen, weil es jetzt egal ist, und fordert ihre Kleider. – Noch nicht fertig? Macht nichts. Er solle sie ihr geben. Dann geht sie zur Bahn.
Retour?

Retour. Einen Augenblick denkt sie: Mama? Nein, nicht zu Mama. Mama ist nicht unglücklich genug: Papa ist nur tot.
Im Zug erzählt sie einem alten Mann von dem, der nicht mehr allein schlafen kann, draußen, seit seine Kinder zu Hause im Bunker erstickt sind. Nachts hat er ihr Wimmern im Ohr. Und wenn er nicht schläft, sagt sie zu dem alten Mann im Zug, dann zittern seine Hände beim Operieren, und er bricht aus.
Kopfnickend, mit hängendem Unterkiefer, hat der Alte begriffen, was sie meint. Er wendet seinen Blick durchs Fenster und tut, als schaue er die Gegend an.

Von Müdigkeit überwältigt, neben Landsern in die Ecke der hölzernen Bank geklemmt, wird Evi schlafend geschüttelt. Ihren Herzschlag bestimmt das rhythmische Geratter der Räder, während die gequälte Maschine ihre Rauchschwaden puffend entlässt. Die Bremsen kreischen. An den Bahnhöfen treiben Gefangene, die dazu abgestellt sind, mit Hämmern an die Radachsen zu klopfen, ihr Glockenspiel. Sie weiß nicht mehr, am wievielten Tag der wievielte Zug am wievielten Bahnhof oder auch im Freien gehalten hat. Aufgeschreckt drängt sie sich durch den von Landsern überfüllten Gang, springt auf den Bahnsteig, der durch nichts anderes gekennzeichnet ist als durch zertrampeltes Gras. Durchs Abteilfenster wird ihr die Tasche herausgereicht. Sie kehrt heim. Die Baracke neben dem Bahnsteig dient als Kommandantur. Man prüft ihre Papiere oberflächlich, da man sie kennt. Man lädt ihr den Postsack für Kortschow auf die Schulter, den immer gleichermaßen ersehnten wie gefürchteten Heimweherreger. Sie ist Briefträger wie jeder, der an diesem Halt den Fuß auf das karge Gras setzt.

*

Auf der Bettdecke findet die Liegende zwei leichenblasse Hände. Absolut fremd. Sie gehören zum anderen, das schwer wie Blei unter der Bettdecke liegt, bewegungslos. Nur noch im Erinnern von Tag- und Nachtfreuden, von Tag- und Nachtängsten hat sie ihre Beweglichkeit behalten, die Beweglichkeit der Bildabläufe. Was hält diese bleierne Leiche zusammen?, fragt sie sich. Und sie erinnert sich vage an jene 'Idee der Gestalt' – 'was bleibt, ist die

Gestalt' –, mit der sie sich hat identisch fühlen können, bis sie den ersten Schwerverwundeten gesehen hat.
Hier, Schwester, hat der Oberstabsarzt gesagt, ist nicht nur ein Stoffgefüge zerstört worden. Hier wird eine Schöpfungsidee missachtet. Hier geht es um die Idee Mensch, die Lehm und Geist umgreift!
Aber doch ist in diesem Fragment ein unversehrtes Gedächtnis, Herr Oberstabsarzt.
Aber ein gebrochenes individuelles Bewusstsein, Schwester. Denn unser Selbstbewusstsein hängt eng mit dem Spannungsverhältnis zwischen unsrer physischen Erscheinung und dem Idealbild Mensch zusammen.
Die Liegende schiebt ihre Hände unter die Decke.
Und wie ist es mit Gehirnverletzten, Herr Oberstabsarzt?
Er antwortet nicht, zieht die eine Schulter wie fröstelnd hoch, wie es seine Gewohnheit ist, und kehrt sich ab. Später erfährt sie, dass er in irgendeinem Lazarett seinen Sohn gefunden hat: gehirnverletzt. Und der Sohn kann sich an den Mann mit der schiefen Schulter nicht erinnern.
Väter finden Söhne, Großväter finden Enkel. Bist du's, mein Junge?
Sonderbar wäre, hat die dicke Wiesental an Eduard geschrieben, wenn du dort im fremden Land Rolf begegnen würdest!

Sie, die sich kaum in ihrem Armsessel aufrecht halten kann, schafft es doch immer, sich zwischen die Bilderfolgen und Erinnerungen zu drängen.
Sie hebt die Augenbrauen fast bis zu den schweißnassen Haaren, um die Wichtigkeit ihrer Worte zu betonen:
Ohne Eduards fahle Hand in den Luftschutzkeller, du da, erinnert sie, ohne diese Hand, die ein wollenes Tuch um sie legt, sie über die unbeleuchtete Treppe hinunterführt, damit sie nicht stolpert bei ihrer hastenden Angst vor den Bomben.
Die Hausgenossen drunten hat sie nie richtig kennengelernt. Frühere sind nicht mehr da, andere sind dazugekommen. Das alte Fräulein von Steinbeek mit dem Dackel ist oft wochenlang auf dem elterlichen Gut im Brandenburgischen. Manchmal ist ihr Neffe Friedrich in seiner flotten Uniform bei ihr zu Besuch. Bei Fliegera-

larm sitzt er neben Hansmanns, und sie wundert sich, dass er die Else, die doch ein schönes Mädchen ist, niemals anschaut.
Kurz vor dem großen Bombenwurf, als man die Geschwader schon hat kommen hören, ist ihr zum ersten Mal so gewesen wie an dem heutigen 10.9.49: Sie schwebt mit ihrem Sitz in der Luft. Wie ein Schwimmen ist es, Eduard, würde sie zu ihm sagen, wenn Eduard noch bei ihr wäre. Und unter ihr Figuren: fremde, vertraute, frühere, spätere. Und wenn sie jetzt in dieser Mittagshitze durch das Bogenfenster auf die Dächer des Dorfes hinunterschaut, zerschmelzen sie im Sonnengeflimmer, bis sie sind wie Glas. Und hinter diesem Glas, Eduard, würde sie zu ihm sagen, die Menschen wie im Aquarium. Ihre Laute sind erstickt.
Die Liegende sieht, wie sie sich mit beiden Händen an den Seitenlehnen des Sessels festhält und Speichelblasen bildend sagt: Wahrhaftig, du da, die dicke Wiesental fliegt!
Kurz vor dem großen Bombenwurf also ist es genauso gewesen. Das alte Fräulein von Steinbeek ist mit dem bereits gepackten Köfferchen, den Dackel unterm Arm, in den Keller gekommen. Sie will zum Bahnhof, will zu ihrem elterlichen Schloss und Gut – das jetzt dem Bruder gehört –, weil der Dackel in brandenburgischer Erde begraben werden soll, wenn er stirbt. Die Studentinnen, die in Sanders' Wohnung einquartiert sind, kichern. Ob sein Fell für einen Muff reichen wird?
Ich muss doch sehr bitten!, sagt der Vater der schönen Else verweisend.
Aber weißt du, Eduard, hatte sie ihm kurz vorher in einem Feldpostbrief geschrieben: So verschieden wir Hausgenossen im Keller auch sind, etwas Gemeinsames haben wir doch: die gekrümmten Rücken, die geduckten Nacken, sobald das Brummen am Himmel naht.
Sie rückt auf ihrem Sitz hin und her, um der Liegenden das Gemeinsame von damals vor Augen zu führen; aber es gelingt ihr nicht. Der Sessel ist zu bequem. Ermattet beginnt sie, in der brütenden Mittagshitze zu dösen. Das Bogenfenster geht nach Süden, geräuschlos liegt das Dorf, es verdaut. Schweiß rieselt ihr aus den Haaren, rinnt zwischen den schweren Brüsten auf den Bauch, vom Bauch in den Schoß. Sie döst. Wenn sie noch wach wäre, würde sie vielleicht erkennen, dass man nichts Durchlebtes

wiederholen kann, zum Beispiel ein Sitzen mit vor Angst gekrümmtem Rücken, wenn es keine Angst mehr gibt.

Ich werde beim Schreiben gestört.
Was, Dietzel?, ruft der Doktor, jetzt haben wir den neunundzwanzigsten Zehnten neunundvierzig, und zum ersten Mal fungieren wir wieder in einem internationalen Gremium als stimmberechtigte Partner?
In der OEEC, Herr Doktor.
Können Sie sich an diese Abkürzungen gewöhnen, Dietzel?
In der Gefangenschaft war ich eine Nummer, Herr Doktor, das ist ja auch eine Abkürzung.
Die Liegende empfindet Neid. Eine Nummer, denkt sie, ist Teil einer Reihe, Glied einer Ordnung, ist zwischen anderen Nummern gesichert. Da gehört sie hin: Da hat Dietzel hingehört! Eine Reihe hat einen nachweisbaren Anfang, einen memorierbaren Verlauf. Nummer sein, ist ein Stück Kosmos sein. Nummer sein ist notwendig sein zwischen zwei anderen Nummern – oder an erster, an letzter Stelle einer Reihe sein. Als Nummer kann man 'ich' zu sich sagen, weil man unentbehrlich und einmalig ist. Was aber ist derjenige, der aus der Ordnung herausgefallen ist – zum Beispiel auf ein Mahagonibett in einem Gartenpavillon?

*

Vom Haus Nr. 17 bis zu den Schrebergärten ist es nicht weit, vielleicht ein Achtel des Weges bis Wälden. Rechts der Fluss, links die periphere Häuserreihe, die aussieht wie ein schadhaftes Gebiss, aber doch noch als Häuserreihe erkennbar ist, die noch nicht als amorpher Haufen von geschwärzten Backsteinbrocken, Balken und Mörtelstücken über dem Weg liegt. Rechts der Straße noch der Grünstreifen, die Böschung hinunter zum Wasser, jetzt von Stallhasenbesitzern fleckenweise gemäht. In Friedenszeiten haben grün gestrichene Eisenbänder, die jetzt verschrottet sind, durch niedrige Pfosten gefädelt, die Rasenfläche gesäumt, und Kinder haben auf ihnen balanciert. Enten haben in Ufernähe ihre Jungen ausgeführt, da, wo der Bach sich anschickt, zum Fluss zu werden.

Bald bleibt die Stadt zurück. Die Straße – bis hierhin asphaltiert – geht als Staubstraße Richtung Wälden weiter. Sie verlässt die Ufernähe, um den Schrebergärten Platz zu machen, umgeht so die fürsorglich gepflegten Beete, die Gerätehäuschen, die Hecken aus Liguster und Forsythien, die Fliederbüsche und den Holunder. Der letzte dieser Gärten gehört Frechs, den Hausmeisterleuten vom Gymnasium. An ihn grenzt der Exerzierplatz. Das Dach der Kaserne ist über die abgrenzende Hecke hinweg in der Ferne zu sehen.
So steht dieses Bild in der Erinnerung der Schreibenden, und man weiß, ich, die ich als Liegende diese Bilder wieder empfangen habe, weiß: Viele Male ist Irmhilt neben der Mutter zum Garten gelaufen, hat einen Korb getragen oder den Bast zum Aufbinden der Tomaten. Vom Gerätehäuschen haben sie die Kannen genommen, sie in die Regentonne getaucht, weil der Bach weiter drüben fließt, und man sein Wasser weit zu schleppen hätte. Wenn kein Wasser in der Tonne war, hat die Mutter lieber gepumpt.
Groß und stark steht sie an der Pumpe, hebt und schiebt den Schwengel, bis die Kannen voll sind. Sammel Steine aus den Beeten!, ruft sie Irmhilt unter den schaffigen Armen hindurch zu.
Dann aber fehlt die Mina in dem Bild, das sich hinter den Lidern der Liegenden formt. Kein Quietschen, Gurgeln, Rasseln aus der Tiefe des Brunnenschlundes mehr. Keine Mutter, die sich mit dem Schwengel auf und nieder wiegt. Nichts, was den Blick des Mädchens fesselt, bis vom Exerzierplatz her der Pfiff ertönt, der den harten Befehlen vorauseilt. Das Mädchen horcht auf, späht durch ein Loch in der Hecke und sieht die gebräunten Leiber, die schweißgebrühten, dreckverschmierten.
Mann, sagt es, Mann!, und schaut. Nach einer Weile ist der Exerzierplatz wieder leer. Es nimmt den Korb mit den gepflückten Bohnen und geht heim. Abends im Bett wartet es, bis die Mutter das Zimmer verlassen hat, damit es das Hemd hochschieben kann. Es streicht über die weiche Haut, findet Buchten und Hügel und Seidiges zwischen den Beinen.
Am nächsten Tag macht Irmhilt das Loch in der Hecke so groß, dass sie die Katze durchwerfen kann. Die Katze bleibt auf der anderen Seite der Hecke sitzen. Sie kommt nicht zurück. Sie miaut.
Wegreißen!, denkt das Mädchen und schlägt mit der Haue zu, reißt an den Zweigen. Immer weniger zerteilt sind die schweiß-

nassen braunen Leiber. Der Platz auf der anderen Seite leert sich.
Dann spürt es den Mann. Mit dem Kätzchen im Arm bückt er sich in das Loch, stößt das Kätzchen durchs Loch. Der Atem des Mannes geht noch rasch vom Lauf. Er schiebt das Kätzchen durch das Heckenloch zurück und blickt in das kleine Gesicht mit den sanften Augen, die groß und erwartungsvoll auf ihn gerichtet sind. Erschrocken denkt er an andere Augen, an ihren hämischen Blick, unter dem ihm alles geronnen ist. Er beugt den Kopf weit in das Heckenloch. Wissen muss er unbedingt, sicher will er sein, dass diese Augen wirklich anders sind.
Das Mädchen deutet auf die eigene Brust. Irmhilt, sagt es leise.
Lächelnd wiederholt er ihren Namen: Irmhilt! Und freut sich, dass sie nicht Anselma heißt.
Komm herüber!, sagt sie.
Zu dir hinüber, Irmhilt? Wenn es dunkelt.
Heute dunkelt es bald, sagt sie, nimmt die Katze und geht.
Als die Mutter das Schlafzimmer verlässt, ruft Irmhilt ihr leise nach: Mutter, heute dunkelt es spät.
Die Eltern sind in der Küche, Marschmusik dröhnt aus dem Volksempfänger. Das Mädchen weiß: Die Mutter sitzt nahe unter der Lampe und flickt. Es steigt aus dem Fenster und läuft zu den Schrebergärten. Der Mann wartet bei der Hecke.
Irmhilt?
Sie streckt ihm die Hand entgegen, zieht ihn hinter sich her in heimeliges Gebüsch.
Irmhilt?, fragt er noch einmal, sich vergewissernd, dass es keine Täuschung ist.
Warm und süß ist ihre Haut, ihr Körper, eine Schaukel aus aufgelöster Zeit. Schmetterlingshaft flattern die spitzen Schreie des Kindes zum Bach, dessen boshaft herankriechender Dunst die eng Umschlungenen viel zu bald mit seinen feuchtkalten Flossen bestreicht.

*

Und Eduard hat in einem Feldpostbrief geschrieben, bemerkt die dicke Wiesental aus ihrem dunstigen Hintergrund, wie feuchtkalt es in den Unterständen ist.

Und nichts da, worüber man sich freut, Anna!, hat er geschrieben. Da habe ich bei meinem Leutnant ein Leseheftchen gesehen, wie Rolf es in der Schule gehabt hat. Viele solche Leseheftchen hat man draußen bekommen können. 'Sokrates', heißt der Titel. Dreißig Pfennige hat es für die Schüler der oberen Klassen gekostet. Ich habe es dem Leutnant gesagt.
Das glaube ich Ihnen, Wiesental, hat der Leutnant gesagt. Übrigens: Der Sokrates, um den es in diesem Heftchen geht, hat alles, was ein Mensch denken kann, allein durch Fragen aus seinen Schülern herausgeholt. Und die Schüler haben darüber gestaunt, was in ihnen gewesen ist. Und vorher hat keiner geglaubt, dass man das alles nur durch Fragen aus einem Menschen herausholen kann. Es liegt aber in den Menschen bereit, hat er gesagt. Darum gehe ich zu ihm in die Schule, Wiesental.
Du musst nun aber nicht denken, Anna, diese Schule sei ein Haus mit Mauern, Türen und Fenstern! Sondern die Ideen, die der Sokrates gehabt hat, die waren das Haus und die Schule, und die Schüler durften in diesem Haus aus und ein gehen. So hat es der Leutnant erklärt.
Und Sie selber, Herr Leutnant, Sie gehen also wirklich auch in diesen Ideen ein und aus?
So ist es tatsächlich, Wiesental, hat er gesagt.
Dann sind Sie dort mit allen anderen Schülern beisammen, Herr Leutnant? Ob Sie sie kennen oder nicht? Ob sie gerade leben oder nicht?
Ganz überrascht hat er geantwortet: Daran habe ich noch nicht gedacht, Wiesental!
Aber ich, Herr Leutnant, habe daran gedacht, weil Sie in dieser Schule mit unserm Rolf zusammen sind.
Die dicke Wiesental wischt sich die Tränen aus dem aufgedunsenen Gesicht.
So habe sie beim Lesen des Briefes auch geweint, habe daran denken müssen, wie Rolf, die Türklinke schon in der Hand, den Tornister auf dem Rücken, sagt: Das ist doch egal, Mutter, wohin ich gehe. Aber sie hat die Frage wiederholt. Da hat er die Tür hinter sich zugemacht. Vielleicht hat ihn jemand im Treppenhaus getroffen und gesagt: So, Rolf, gehen Sie auf einen Geländemarsch?
Vielleicht hat er ärgerlich die schwere Haustür aufgezogen, hastig

vielleicht sogar, um nicht antworten zu müssen. Als sie dann mit ihren Beinen endlich ins Treppenhaus hinausgekommen ist, war nichts mehr von ihm zu sehen; seine Schritte draußen waren nicht mehr zu hören.

Und sie legt den Kopf schief, als lausche sie auch jetzt auf die verklingenden Schritte des Sohnes, und sinkt so lauschend ins Nebelhafte zurück.

Auch die Liegende meint, etwas zu hören. Ein Klimpern kommt näher. Es rührt von den Schlüsseln her, die der Neffe Steinbeek für seine Tante verwahrt, während sie mit dem Dackel auf dem brandenburgischen Gut weilt, wo er genug zu fressen hat, solange er noch fressen will. Sie klimpern bei jedem Schritt, lassen ihm keine Ruhe, diese Schlüssel vom Haus Nr. 17 am Ring.

Dort hinauf mit dem Mädchen?

Das Parterre könnte man passieren, da wohnen diese Wiesentals. Aber mit dem Mädchen vorbei an der ersten Etage? Er sieht die Osterkörbchen vor sich, und ein Graupeln kriecht ihm über den Rücken. Er sieht den dünnen Rumpf über die Sofalehne gestreckt, die kalten Augen, und wie sie ihr Klingelglöckchenlachen lacht, das so ausgezeichnet zu ihren kalten Augen passt.

Da vorbei und hinauf also mit dem Mädchen, in die Wohnung der Tante? Und die Angst, dass ihm wieder alles gerinnt und lebenslang gerinnen wird!

Irmhilt?, fragt er, als sie ihm die Hand überlässt, und noch einmal: Irmhilt?

Willig lässt sie sich von ihm führen; aber vor dem Haus Nr. 17 strauchelt sie.

Nicht in dieses Haus! Da sind die Stimmen verschwunden. Adieu, mein Lieber!, sanft. Sie zittert. Er aber merkt nichts von ihrer Qual, ist tief in seine Absicht verstrickt, etwas zu überwinden, sich etwas zu beweisen, was für sein Mannesleben wichtig ist. Mit hartem Griff zieht er das Mädchen hinter sich her und sieht nicht, wie ihre Augen starr werden. Im Hochparterre wird der Rollstuhl hinter der Glastür quietschen, meint es, und der alte Mann wird lauschen. Im ersten Stock wird es keine Anni mehr geben, keine Bonbons mehr.

Und jetzt, im zweiten Stock, die Tür, hinter der die sanfte Stimme war: Adieu, mein Lieber! Das Türglas funkelt fremd. Gleich

wird der Junge an ihnen vorbeihüpfen und die Nase zuhalten. Sie horcht auf das Klavierspiel, das er schon kaputt gemacht hat, ehe sie das Haus betreten haben. Kein Ton.
Zuoberst das alte Fräulein mit den wackelnden Saphiren in den Ohrläppchen. Jetzt wird sich die Tür öffnen, und der Dackel wird herauskommen!
Das Tier!, schreit sie. Es fällt auf mein Gesicht!
Und da hinein zieht er das Mädchen an der Hand! Es bricht zusammen. Schaum tritt aus seinem Mund. Es zuckt. Nur langsam wird es ruhiger. Er hebt es auf und trägt es in sein Bett – und nichts gerinnt.
Er ist ein Mann. Beseligt schläft er ein.

Helle hinter flaschengrünem Rips: Er hat am Abend vergessen, das Verdunkelungspapier vorzulegen. Morgensonne auf Mahagonimöbeln mit Messingrosetten! Mollig leicht die moosgrüne seidene Daunendecke. Mit dem gleichen Erstaunen nimmt er diese Gegenstände wahr wie früher als Junge, wenn er nach der ersten Nacht im Zimmer der Tante erwachte und nicht sofort wusste, wo er sich befand. Ein tiefes Verwundern war es, ehe die Erinnerung an die endlose Reise wiederkehrte, die sich im Schlaf zu unbekannten Zielen fortgesetzt hat. Beim Aufwachen: moosgrün bezogene Sesselchen, das Sitzsofa mit den steifen Beinen, als habe er es noch nie gesehen. Mit Sicherheit wusste er da, dass er verzaubert war – bis die Tante hereinkam, den Stuhl neben das Bett zog und mit der Konversation begann: Ich hoffe, du hattest eine gute Nacht.

Er neigt sich über das schlafende Mädchen. Die Haare kräuseln sich über dem kindlichen Ohr.
Ich hoffe, du hattest eine gute Nacht, Irmhilt! Er will, dass sie mit ihm spricht, jetzt, sofort! Schlaftrunken schüttelt sie den Kopf. Er aber beharrt darauf. Es gehört dazu. Noch einmal versucht er es. Ich hoffe, du hattest eine gute Nacht!
Aber dann fällt ihm ein, dass sie noch nie mit ihm gesprochen hat, weil es dort draußen nicht nötig war, und in der Wohnung nicht nötig, solange es dunkel gewesen ist. Er sieht ihr kleines banales Gesicht, banal vielleicht, weil sie die Augen geschlossen hat. Und Angst steigt in ihm hoch, dass sie überhaupt nicht mit

ihm sprechen kann, selbst wenn sie es wollte. Nah drängt er sich an sie, will Zwiesprache erzwingen: Zwiesprache von Haut zu Haut und durch die Haut. Aber die Poren sind verstopft, signalisieren keine Bereitschaft zum Gespräch.
Ängstlich darauf bedacht, dass er sie nicht weckt, gleitet er aus dem Bett, leise, leise, damit sich das, was er mit Entsetzen erkannt hat, in der Helle des Tages nicht schonungslos beweist. Und er schlüpft hastig in die Uniform mit dem schwarz-silbernen Ärmelstreifen, dessen eingestickte Schrift ihm zum ersten Mal drohend bewusst wird. Wie ein Deserteur flieht er über die Treppe hinunter und auf die Straße. Dort zieht er Anselmas Haarspange aus der Tasche, die mit dem roten Stein, die sie von Irene Kutschka bekommen und die Evi Hohmer ihm im Treppenhaus hingereicht hat. Er wirft sie weit hinüber ins Glacis. Die schwere Haustür fällt verzögernd ächzend hinter ihm ins Schloss.
Auf dem Weg zur Kaserne saugt er gierig den Dunst des Baches ein und grüßt am Tor die salutierenden Wachen mit einem schneidigen Tippen an den Mützenschild.

*

Auf den Finger legen, festhalten, Schlinge überziehen, festhalten. Irmhilt sitzt auf dem Lederkanapee in der Küche, knüpft bunte Fäden, knüpft und schaukelt; und die Mutter fragt vergebens: Wo bist du gewesen, Irmhilt? Der Vater fragt nicht, weil er niemals mit ihr spricht. Er droht nur stumm.
Das Mädchen schaukelt sich an die Zeit heran, zu der es früher zum Haus Nr. 17 gelaufen ist, als das Haus noch ein gutes Haus war. Auf den Finger legen, festhalten, und es steht nicht auf, läuft nicht hin, weil das Gute aus dem Haus verschwunden ist: Man schläft ein, wenn es dunkel ist und hat das Gute bei sich. Ganz nah! Man wacht auf, da ist Helle und nichts mehr gut. Verschwunden ist es. Aus.
Wo bist du gewesen, Irmhilt?
Sie knüpft, schaukelt und schüttelt den Kopf.
Mit wem, Irmhilt?
Sie weiß es nicht.
Auf den Finger legen, festhalten, Schlinge überziehen, festhalten. Woher soll sie es wissen? Er war da, solange es dunkel gewesen

ist. Dann war er fort. Fort, und sie merkt die Fremdheit des Bettes, steht auf, zieht sich an und geht. Was soll sie noch länger da? Zieht sich an und geht. Die Glastür lässt sie offen stehen, weil sie den Knall fürchtet, der die trippelnden Schritte auslöst, die gleichmäßigen und die ungleichmäßigen, und sie kämen ihr nach.
Wo, Irmhilt?
Sie schweigt aus Angst, das Haus komme sonst hinter ihr her, falle über ihr Gesicht wie das Tier, weil das Haus ein böses Haus geworden ist.
Die Mutter bringt das Kind zum Arzt, zu einem alten Kämpfer. Er solle es heimlich – Hörst du, sagt sie eindringlich, heimlich, ohne die Papiere! – sterilisieren. Die Anfälle, flüstert sie, seien erblich, rührten nicht von einer Hirnhautentzündung her, wie sie bei der Einschulung behauptet habe.
Weißt du, ich wusste es selber nicht, sagt sie zu ihm. Erst als mir meine Mutter auf dem Totenbett die wahren Zusammenhänge gestanden hat, ist mir alles klar geworden: Der Mann der Hebamme von Wälden, ein Sägeknecht wie viele dort, auch wie Alis, ist in Wahrheit mein leiblicher Vater. Ein Epileptiker. Der ist der Großvater des Kindes.

Das vom Leben benachteiligte Kind erschüttert die Schreibende, mich! Und lässt mich wütend zum hölzernen Himmel hinaufschauen. Wie könnte man die Behinderung eines Engels mit Fassung ertragen! Auf den Finger legen, festhalten, Schlinge überziehen, festhalten. Ich begreife es nicht.

Die Liegende möchte keine Bilder mehr. Nur keine Bilder mehr! Ein Stacheldraht will aber aus ihrem Gesichtsfeld nicht weichen, lässt sich auch durch hastigen Lidschlag nicht vertreiben. Hinter dem Stacheldraht konturieren sich Baracken. In der Kantine sitzen Offiziere beim Wein. Sie heben das Glas.
Prost, bester Doktor! Auf baldige Wiederkunft!
Die Liegende kennt den Mann, der den Wunsch ausgesprochen hat: Er ist Anselmas Vater. Der andere ist ihr weniger bekannt, oder doch nicht ganz fremd?
Was sagen Sie da, auf baldige Niederkunft, Sanders? Ich habe nicht die Absicht, mein Genus zu wechseln!

Auf baldige Wiederkunft, habe ich gesagt. Heute hören Sie alles falsch! Darf ich das auf die Freude zurückführen, dass Sie hier wegkommen, Folk? Von jetzt an nur noch Piffpaffpuff-Kügelchen aus fremden Kadavern holen? Oder reicht Ihre Kunst nur bis zum Blinddarm?
Mein lieber Sanders, wenn Sie was davon verstehen würden, wüssten Sie, welch eine Kunst ein Knopflochschnitt ist! Das Stehen im OP schadet aber meinem Knie.
Ach so, ja, Ihr Knie, Folk. Wie wird das Wetter morgen?
Sanfte Brise von Nordost. Keine Niederschläge. Am späten Nachmittag wird Zephyros aufstehen und Apollons Diskus gegen Ihr Haupt wehen. Sie haben wohl dienstfrei, weil Sie fragen?
Sie mit Ihrer humanistischen Bildung!
Ja, ja, mir ist schon klar, was Sie sagen wollen: Wenn irgendein Volk – ich spreche von irgendeinem – einen Krieg – ich spreche wiederum von irgendeinem – verliert, dann nur wegen seiner Hexameter, Hebungen, Senkungen, Jamben und Anapästen, die den Landser im Nacken jucken, wenn er schießen soll. Da habe ich heute was Passendes gefunden. Ein Gedicht! Das Versmaß dürfen Sie selber bestimmen, dann lernen Sie was dabei!
Der Doktor hält Sanders einen verschmutzten, zerknitterten Zettel entgegen.
Eine Kontonummer in der Schweiz?, fragt Sanders. Die Fremdwörter stechen einem gleich in die Augen. Können Sie mir übersetzen, was Ädilen sind, Folk? Und Meridiani? Ich kenne das Wort Meridian nur als Mittagskreis.
Was, Sanders, das wissen Sie tatsächlich nicht? Lassen Sie mich vorlesen, dann wird es Ihnen schon klar werden.
Folk drückt den Stuhl mit dem Gesäß nach hinten, rutscht mit dem Gesäß wieder nach vorn, bis der Rücken durchhängt. Er legt die langen Beine übereinander, wippt mit dem übergeschlagenen Fuß, sodass der Glanz auf dem maßgeschneiderten Stiefel auf und nieder spielt. So liest er mit einem süffisanten Ausdruck um den Mund:

Kein geschliffener Smaragd, keine faltenreichen Togen:
Die Tribünen stehen leer.
Stacheldraht um die Arena, und kein Daumen, der sich hebt.

Psalmen trägt der Wind von Ost, streicht durchs Fenster der Baracke
und (fast ohne Brandgeruch)
über schmausende Ädilen, Fleisch und Früchte, Wein und Brot.

Keiner presst die Hand aufs Ohr, keine Löffel fallen klirrend,
und kein Glas wird umgekippt.
Die Meridiani wallen un-be-ach-tet in den Tod.

Wo wir doch immer Musik dazu machen, sagt Sanders.

Die Liegende muss wieder erbrechen.
Als sie mit Bienchen schwanger war, gehörte das Erbrechen zum täglichen Ritual. Jetzt wehrt sich mein Magen gegen die Bilder, sagt sie zu sich, weil sie unverdaulich sind. Aber die Bilder haben sich ins Augenfleisch eingefressen, nicht zu entfernen: Maden, die sich von den Tränen ernähren, die geweint werden müssten.
Die Liegende memoriert das Gedicht, das Folk gefunden und mit einer Stimme vorgelesen hat, die sie an Doktor Polkes Stimme erinnert. Deutlich sieht sie den verschmutzten Zettel mit der feinen intelligenten Schrift:
Un-be-ach-tet!
In der Nacht naht der tappende Schritt des blinden Hausierers.
Nein!, fleht sie im Dunkeln, nicht den Bauchladen öffnen!
Aber er hört nicht auf sie, macht ihn also doch auf, schiebt mit seiner ungewaschenen breiten Hand, mit dem verhornten Fingernagel das Messinghäkchen von der Messingöse. Der Deckel springt hoch.
Ein Zettel liegt im Kasten, plötzlich in grellem Licht. Sonst nichts.
Ein ebenso schmieriger Zettel wie jener, den der Doktor gefunden hat.
           BIN ICH'S RABBI?
Hämisch grinsend klappt er den Bauchladen wieder zu.

*

Der Herbst hat mit so schweren Gewittern angefangen, wie die dicke Wiesental sich früher keines hat denken können. Und es

würde noch mehr geben, haben die Bauern zu Eduard gesagt, und nicht von der harmlosen Sorte!
Das ist erst gestern gewesen, am 9.9., du da, kurz bevor Eduard aus Versehen den Kalenderzettel abgerissen hat. Und in der Nacht zum heutigen 10. ist eines von dieser Sorte gewesen, für Eduard das letzte im Haus am Bannzaun. Schon wieder ist es heute so schwül. Sie deutet durch ihr Bogenfenster, durch das die Hitze zu ihr hereinkommt. Die Luft über den Dächern flimmert. Siehst du es, fragen die Augen der alten Frau, die zwingend auf die Liegende gerichtet sind; und die Liegende nickt wie bei einem hörbaren Gespräch.
Genau so, sagt sie, wobei sie die trockenen Lippen kaum bewegt, ist jener Herbst gewesen, in dem sie Eduard kennengelernt hat. Marktzeit war, und sie hat auf einer umgekippten Kartoffelkiste gesessen wie die anderen Marktfrauen auch, und hat die ausgelegten Gurken, Bohnen und Kohlköpfe aus den elterlichen Äckern angepriesen. Der Weg zum Büro bei der Firma *Silberstamm, Knöpfe aller Art* hat Eduard nahe an ihrem Verkaufskarren vorbeigeführt. Ausgesehen hat er wie einer, der noch wächst und nicht genug zu essen hat. Damals war ja der erste Krieg kaum vorbei. Einmal ist er stehen geblieben, hat einen Rettich bei ihr gekauft, ein andermal drei Gelbe Rüben. Sie hat ihn beraten, wie man Bratkartoffeln ohne Fett braun kriegen kann. Nur ein wenig Kaffee, hat sie zu ihm gesagt, in die Pfanne unter die geschnippelten Kartoffeln und Deckel drauf. Es schmeckt ganz echt.
Aber der Kaffee?, hat er gefragt. Da hat sie gemerkt, wie schwer es ein einzelner Mann hat: nie einen Menschen, der ihm mal hilft. Kaffee?, hat sie zurückgefragt. Das ist ganz einfach: Gelbe Erbsen rösten und mahlen. Wirklich ganz echt!
Eines Tages hat Eduard ein Hemd mit hohem Kragen angehabt und ist mit neuen Schritten auf sie zugekommen. Wie dünn sah sein Hals doch hinter diesem steifen Kragen aus, dort, wo die Ecken umgeschlagen sind! Wie ein Herr hat er sich vor ihr verbeugt und gefragt: Fräulein Anna, darf ich mir die Ehre erhoffen, Sie ins Café ausführen zu dürfen? Er ist dabei nicht stecken geblieben, so gut hat er diesen Satz gelernt.
Verlegen ist sie geworden, weil sie in der verwaschenen Schürze hinter dem Gemüsekarren gesessen hat, auf dieser umgekipp-

ten Kartoffelkiste. Und jeden Augenblick hätte der Vater kommen können, um den Karren mit dem unverkauften Gemüse abzuholen.
Aber Herr Eduard!, hat sie darum nur ausgerufen und die Hände hilflos ausgebreitet. Er hat auch gleich alles richtig verstanden und gemeint, man könnte den Cafébesuch ja auf den Sonntag festlegen, wenn es ihr recht wäre.
Sie sehen aus, Herr Eduard, als sei für Sie ein besonderer Tag – vielleicht im Büro?
Ja, im Büro.
Dabei hat er eine von den kleinen Gurken, die der Vater Gugümmerli genannt hat, weil der Großvater mit dem Bismarck in Paris gewesen ist, wo sie so heißt, zwischen den Fingern gedreht. Solch ein Gugümmerli hat Eduard also zwischen den Fingern gedreht und gesagt: Ich habe einen Lehrling bekommen, Fräulein Anna. Da hat sie sich gefreut, dass das Geschäft von Herrn Silberstamm so gut floriert, dass er dem Herrn Eduard einen Lehrling hat beigeben können. Dann hat sie von Weitem den Vater kommen sehen und nur noch vor sich hin geschaut.
Der Vater!, hat sie leise gewarnt, und Eduard ist unauffällig gegangen, während er ihr aus dem einen Mundwinkel Um zwei Uhr also! zugeraunt hat.

Am Sonntag hat sie auf demselben Fleck gestanden. Er ist auch gleich auf sie zugegangen, hat lächelnd an ihr hinauf- und hinuntergeschaut. Fräulein Anna!, hat er fast ein wenig zu laut ausgerufen. Fräulein Anna! Kaffeebraun ist das Sonntagskleid gewesen, von Großmutter geerbt. Die Mottenlöcher hat sie fein verstopft und gedacht, vielleicht sieht die Großmutter jetzt von dort oben zu, wie sie in ihrem Kleid mit einem Herrn ins Café geht, eine Tolle über dem rechten Auge, mit der Brennschere geformt – aber nur über dem rechten. Links war der Scheitel. Ja, kaffeebraun das Kleid, und Biesen hatte es an der Brust. Ganz vorn auf den Stuhl hat sie sich gesetzt, damit der Rock am Hintern nicht verdrückt aussieht, wenn sie aufsteht. Und Eduard hat sich zu ihr gebeugt, weil er ihr etwas hat anvertrauen wollen, was er noch keinem Menschen gesagt hatte: dass er schon angefangen hat, Geld zurückzulegen für ein kleines Haus und deshalb so fleißig

bei Silberstamm arbeitet und sich nichts Überflüssiges leistet. Ein kleines, Fräulein Anna!
Herr Eduard!, hat sie beinah erschrocken ausgerufen. Wirklich ein Haus, Herr Eduard?
Aber er hat abgewehrt: Darum sei er noch lange kein Herr! Und ob sie den 'Herrn' nicht lieber weglassen wolle, es sei doch viel bequemer, nur einfach Eduard zu sagen. Dann könne auch er sich erlauben, sie nur Anna zu nennen, und das wäre schön für ihn.
Sie hat ein wenig geniert gelacht, weil es ihr so schnell vorgekommen ist, hat aber doch gesagt, dass ihr das 'Fräulein' nicht so wichtig sei und er es weglassen könne, es sei ihr egal.
Dann erzähle ich Ihnen jetzt von meinem Haus, liebe Anna, hat er gesagt, und ihr hat der Atem gestockt, weil das 'liebe' so sehr viel schöner geklungen hat als vorher das 'Fräulein' und wohl ein guter Tausch gewesen ist. Und über dieser Aufregung hat sie das Erste, was Eduard von seinem Haus gesagt hat, gar nicht gehört. Erst das Folgende: Türmchen und Erkerchen und alles aus rotem Backstein oder Klinker; aber ganz klein und niedlich wegen der Kosten, dabei viel Eigenarbeit. Aber auf einer weiten Ebene, dass man es von allen Seiten gut betrachten kann! So sieht das Haus aus, liebe Anna, von dem ich träume.
Schön!, hat sie ausgerufen, wunder-wunderschön! Aber sie weiß nicht mehr, ob sie damals das Haus gemeint hat oder Eduards strahlende Augen, die so nah vor den ihren gewesen sind. Hinter dem Gemüsekarren am nächsten Morgen hat sie nur immerzu auf das Pflaster vor ihren Füßen geschaut, damit ihr keiner die Freude hat ansehen können, mit der sie an Eduard gedacht hat.

*

Die altertümliche Bepflasterung des Marktplatzes war noch unversehrt gewesen, als Papa mit uns von Wälden in die Stadt zog. Keine Steine waren zerstörerisch herausgesprengt; und auf dem nahen Krankenhaus, das mit der Längsseite und dem davorliegenden Garten den Platz begrenzte, gab es das riesige rote Kreuz noch nicht, das, aufs Dach gemalt, sich später dem Himmel Hilfe suchend darbot, vielleicht um Schutz zu erflehen für einen kleinen Engel in den eigenen Mauern.

In einem Einzelzimmer liegt Irmhilt nach ihrer fatalen Operation. Eine Nonne beugt sich flügelhaubig über sie in der erbarmenden Geste eines Menschen, der für sich selber entsagt hat. Wenige Tage später wird Irmhilt entlassen, ohne zu ahnen, was in Wirklichkeit an ihr geschehen ist.
Die Narben sabbern und werden bald wulsten, sagt der Arzt. Und er spricht von Gewebe, das immer wulstet, es sei eine Veranlagung, so eine Art von wildem Fleisch.
Wulsten, Herr Doktor? Also sehen wird man sie immer?
Er hebt die Schultern. Wenn jemand fragt, Frau Frech, dann sagen Sie, es seien Leistenbrüche gewesen. Die Mina schiebt das Kind vor sich her durch die Tür.
Zu Hause lässt sie es allein – auf den Finger legen, Schlinge überziehen –, nimmt die Gartenschürze vom Haken und verlässt das Haus. Mit ausholenden Schritten geht sie hinunter zu den Schrebergärten. Sie will mit Erde zu tun haben, dann wird sie sich beruhigen. Einfallen wird ihr, was weiter zu geschehen hat. Sie nimmt die Hacke aus dem Häuschen und hackt, hebt den Schwengel der Pumpe und pumpt. Aber die Arbeitsrhythmen haben ihre eigenen Stimmen: Rotundwulstend rotundwulstend erblicherblicherblich! Keiner wird die Leistenbrüche glauben, keiner. Es fällt ihr ein, dass die potenzielle Krankheit durch Aufregungen in der Schwangerschaft der Mutter die labile Frucht befallen kann. Das hat der Doktor ihr gesagt. Aufregungen hatte sie genug.
Wenn ich den Mann nicht geheiratet hätte!, denkt sie. Der Alte ist schuld! Und das Kind empfindet es, weil es ein besonderes Kind ist.
Ob man lieber nicht hätte operieren sollen? Etwa riskieren, dass sie einen Epileptiker gebiert – und alles wäre offenbar. Bitter verzieht sie den Mund: Wie dies alles dem Jungen verheimlichen, wenn er auf Urlaub kommt, ehe er in den Norden muss? Das Mädchen so, und der Junge ohne das Silber an den Schulterstücken! Sie muss ihre Kinder verstecken, denkt sie. Wozu hat sie sie geboren? Liebe Eltern! Ich komme in den Norden. Dort kann ich mich bewähren. Hebt die Schulterstücke auf! Ein schlechter Trost, und der Alte lümmelt vor dem Volksempfänger, streckt die Füße von sich und trommelt zur Marschmusik auf der Lehne des Ledersofas.
Der Alte ist an allem schuld.

Sie hebt den Kopf, wischt mit dem nackten Arm den Schweiß ins braun gekräuselte Haar. Nächstes Jahr Bohnen in dieses Beet. Ihr Blick geht zum Gerätehäuschen hin, ob da genügend Bohnenstangen lehnen, und gleitet zur Hecke weiter, in der sie ein Loch sieht, das sie noch nie gesehen hat. Ein Loch, von dem sie nichts weiß. Sie sieht die abgerissenen Äste am Boden verstreut.
Kein Tier, sagt sie, und drüben ist der Exerzierplatz. Die Mina richtet sich auf, presst die Faust an die Stirn und denkt mit der ganzen Gestalt. Kräftig und schön sieht sie aus. Die Liegende meint, wie aus einem Bild von Millet stehe sie da, während sie mit dem ganzen Körper denkt. Dann lässt sie die Hacke fallen, nicht irgendwohin, auf das Beet oder auf den Weg zwischen den Beeten, nein, nirgendwohin. Nur fallen – und bringt mit großen Schritten den Abstand bis zur Hecke hinter sich. Mit der erdigen Hand misst sie das Loch aus, schüttelt den Kopf. Die Stummel der Äste zerkratzen ihr den Arm. Dann geht sie zur Hacke zurück, hebt sie auf und schwingt sie mit Wucht in die Scholle. Wenn sie aufschaut, ist das Loch wieder da. Die Narben sind da, wulstig rot. Der Junge ohne die silbernen Schulterstücke, und er muss zu einem Himmelfahrtskommando in den Norden. Sie will ihn nicht sehen.
In einer plötzlichen Eingebung hält sie ein, stützt sich auf die Hacke, und ihr Gesicht hellt sich auf: Hat sie bis jetzt nicht alles andere herausbekommen? Die Sache mit dem blinden Hausierer im Kiefernwäldchen, die Sache mit dem Roten, und was Erich mit dem Hohmermädchen hatte!
Wer hat das Loch in der Hecke gemacht?, fragt sie zu Hause mit drohender Gebärde.
Über den Finger legen, festhalten, Schlinge überziehen. Die Katze!, sagt Irmhilt.

Das Fahrrad des Briefträgers schabt an der Außenwand des Pavillons. Ich muss das Schreiben unterbrechen.
Was, Dietzel?, ruft der Doktor laut, die Engländer sind 'unter gewissen Bedingungen' zur Einstellung der Demontage bereit?
Die Schreibende horcht auf die Stimme des Arztes, die sie bis dahin noch nie *behorcht* hat, und sie meint, diese Stimme gleiche tatsächlich der des anderen Arztes, der das Wetter im Knie spürt,

und zum Ärger von Herrn Sanders humanistisch gebildet ist. Sie gleicht der Stimme des Doktor Folk.

*

Groß, knochig, verschlossen steht die Mina mit drohender Gebärde da. Nun aber nicht mehr im Garten und nicht mehr in der Küche der Hausmeisterwohnung, wo der Alte auf dem Ledersofa lümmelt und Marschmusik hört. Sie steht, vom Wachhabenden verstohlen gemustert, vor dem Kasernentor. Er kann sich nicht denken, was sie mit dem Leutnant von Steinbeek zu schaffen hat. Dort tritt er mit fragendem Gesicht aus der Tür: Leutnant Friedrich von Steinbeek. Und die Liegende sieht ihn so, wie die Mina ihn sieht, deren Blick sich an ihm festgesaugt hat: Kaum ist Nordisches an ihm. Kleiner als Erich ist er und längst nicht so hochbeinig. Ihr Blick erhält Triumphales, was sich aber plötzlich ins Düstere wandelt, denn mit einem Mal bemerkt sie an ihm das Format. Er hat einen anderen Vater im Gesicht! Ihre Wut wandelt sich in Selbstironie:
Lächerlich, dass sie einen Augenblick etwas erhofft hat, was einfach nicht geht: diesen Mann sich zum Schwiegersohn zu erzwingen!

Der Leutnant stellt sich vor. Womit er ihr dienen könne, fragt er. Aber sie antwortet nicht, kann nicht antworten, denn Galle quillt in ihr hoch, das Gebräu des Rachedurstes. An der Gesellschaft will sie sich rächen, in der es immer noch Standesunterschiede gibt. Volksgenossen sind noch immer nicht *nur* Volksgenossen! Die Ehre des einen ist die Ehre des anderen nicht. Aber die Struktur einer Gesellschaft ist anonym, man kann sie nicht fassen. Darum sagt sie es ihm: Sie sagt ihm, was er zu erwarten hat, *weil* es nicht geht, was sie sich einen Augenblick lang erhofft hat, sie spricht es nicht aus, kann das Wort nicht einmal mehr zu sich selber sagen. Darum sagt sie:
Ich spreche von Irmhilt. Ich werde Ihre Karriere zerstören, Herr Leutnant. Verlassen Sie sich darauf!
Meine Karriere? Für eine Nacht?
Mit einer Minderjährigen, die epileptisch ist und zurückgeblieben, Herr Leutnant.

Noch Stunden später meint Steinbeek, die Welt habe sich nicht verändert, seit die Frau mit ihm gesprochen hat. Kein Wind habe seither geweht, die Sonne sei nicht weiter aus dem Zenit gerückt. Keine Uhr habe getickt. Donnerstag halb zwei – und sein Leben lang wird es das bleiben. Nie mehr wird er aus dieser Stunde herauskommen, wenn er es nicht sofort tut!
Reiß dich zusammen, Mann!, befiehlt er sich. Dann steht er keuchend vor seinem Spind, plötzlich voll misstrauischer Angst, weiß nicht, ob die Spindtür knarrt, vergessen, aus. Hinter ihm ein Geräusch? Er schaut sich um. Nein, keiner da. Kein Mensch im Raum. Er ist in seiner Stube allein. Gezielt und rasch taucht er die Hand in den Spind und zieht sie mit dem Trainingszeug zurück. Ohne Zusammenhang denkt er: Auf den Dörfern sind die Hunde los. Dort gibt es jetzt noch Hunde. Die Meute von Steinbeek fällt ihm ein, die er gefürchtet hat. Im Ohr hat er die Stimme des Vaters: Du Feigling!
Weit hinter ihm liegt bei einbrechender Dunkelheit die Kaserne, viele Dörfer weit. Viele Hunde weit. Das Fahrrad ist gestohlen. Ein Damenrad! Was soll's, er hat ja den Trainingsanzug an. Mit einem Griff nach hinten zum Gepäckträger versichert er sich der Tasche mit der Uniform, seiner Legitimation, seiner Haut, seiner Gestalt, seiner Ehre.
Jetzt fahnden sie schon nach mir, denkt es in ihm. Und wo die Höfe einsam liegen: Hunde! An einem Bahnhof lässt er das Fahrrad stehen, sucht einen Zug aus, der Richtung Osten fährt. Mit neu gewonnener Raffinesse entgeht er den Kontrollen. Dazwischen sinkt er in hellhörigen Schlaf. Aber plötzlich spürt er, dass er raus muss aus dem Zug. Die Streifen werden dichter. Er springt hinaus und drückt sich durch die Dunkelheit davon. Die Feldeinheit erreichen, koste es, was es wolle! Nur vor dem Feind kann er die Schande aus seinem Namen tilgen. Tage ohne Essen, den Durst aus Bächen gestillt. Das Uniformbündel presst er an die Brust!
Le-gi-ti-ma-tion!
Er findet die Grube einer Sau im Unterholz. Er sieht die Losung. Von fern tönt dumpfes Grollen, das in seinem Herzen ein Echo hat: Dort muss er hin, sobald er geschlafen hat! Mit hastenden Händen streift er den Trainingsanzug ab und knöpft sich in die Uniform. Bereits im Niedersinken schläft er ein.

Rote Sonne. Rote Sonne auf den Wellen eines trügerischen Wassers. Sie schaukelt.
Bin ich am Meer? Rote Sonne wirft Feuer auf mit tiefem Grollen. Er stemmt sich hoch, lauscht und schaut. Die Front! Er lächelt.
Da hechelt ein Hund und eine Knarre richtet sich auf ihn.
So nicht!, schreit er. So nicht! Der Partisan wirft seine Waffe in die Grube und filzt den Toten. Lange sieht er auf das Foto einer alten Dame, die einen Dackel bei sich hat. Die Rückseite verrät ein Datum: 1937. Auch für ihn noch eine Zeit des Friedens. Sein Blick schweift durch das Grün des Waldes. Mit Sorgfalt steckt er die Papiere ein.

*

Dort, wo die Farbe von der Zimmerdecke in der Form eines schnüffelnden Hundes abgebröckelt ist, hat der irrende Blick der Liegenden haltgemacht. Dort stehen die Deckenlatten nackt an. Ausgetrocknet und runzlig ist das altersgraue Fichtenholz. Dieser Baum, der die Bretter geliefert hat, hat vielleicht als Fremdling droben im Kiefernwäldchen gestanden. Eines Tages sind Knechte mit schweren Rossen, ohne Wagen, nur mit plumpen Eisenketten, Axt und Säge gekommen; und der geschlagene Stamm – von den Ästen befreit – ist angekettet und zur Sägerei geschleift worden. Spitzhacken dringen auf ihn ein, krallen sich an ihm fest und zerren ihn auf die Förderzargen. Das stampfende Sägen beginnt, der vom Mühlrad angetriebene Mechanismus. Und Zoll um Zoll fressen sich die Stahlbänder durchs Fleisch. Der eine Stamm wird zu Brettern vervielfältigt. Er büßt sein Stammsein ein, um endlich zur Zimmerdecke zu werden. Jetzt als Himmel missbraucht, ist er zwischen ein Oben und ein Unten eingeschoben, zwischen ein Warm und ein Kalt, ein Hell und ein Dunkel. Eine Funktion ist ihm zugefallen, die ihm fremd ist, die er selbst nicht durchschaut, weil er nichts durchschaut.
Anders als den Menschen stört ihn eine solche Veränderung nicht. Er bäumt sich gegen sie nicht auf, der Baum. Auch der Raub seiner Äste und Nadeln hat ihn nicht gerührt. Ihm liegt weder etwas am Fortbestand seiner Identität, noch an seiner Gestalt,

noch an seiner Gattung. Denn nicht durchdrungen ist diese Gestalt von einem sie durchdringenden Ich. Der Baum bleibt als Zimmerdecke Holz. Der Baum, wenn auch kein Baum mehr, ist noch lange keine Leiche, weil sein Todesschock schwach, seine Erschütterung gering ist, weil kein Ich aus ihm gerissen wird, wenn er fällt: Denn selbst in der Zerteilung findet man die Linien des Lebens noch in seinem Fleisch, die Maserung, die das einstige Auf- und Absteigen der Lebenssäfte verrät. Unser Fleisch dagegen erschrickt vor dem Tod zu Tode. Und bald ist nichts mehr von ihm zu sehen.

In den Tod des Frieder von Steinbeek fühlt sich die Liegende verstrickt. Mit schwerer Zunge flüstert sie das Wort 'Haarspange'. Das Bild dieses Toten weicht nicht hinter ihren Lidern, wie der Partisan ihn hat liegen lassen. Das Loch in der Brust, das nur wenig geblutet hat, den verdrehten Hals, den Arm, der zur Seite geschleudert worden ist. Die Frauen aus den Reihen der Partisanen werden heranschleichen, die Waffen von der Schulter gleiten lassen und ihm die Uniform ausziehen, ihn fleddern.
Eine Kausalkette, denkt die Liegende, zieht sich von Anselmas Haarspange bis zu diesem Tod. Sie weiß sich schuldig, weil sie Evi ist, die vor so vielen Jahren im Treppenhaus des Hauses Nr. 17 darauf wartet, dass Frieder mit dem Zug aus Brandenburg zurückkommen muss. Er muss vorbei an Anselmas Tür, die sich nie mehr für ihn geöffnet hat, und die sich für Evi nur noch selten öffnet. Jetzt geht Anselma mit Irene Kutschka in die Milchbar. Anselma geht mit Irene in die Badewanne. Man braucht Evi nicht. Überhaupt sind die Leisten ihrer Oberschenkel uninteressant. Als Abfindung schenkt Anselma ihr die Haarspange mit dem roten Stein, was Evi als neuen Auftakt für ihre Freundschaft ansieht, bis sie begreift. Und sie stellt sich ins Treppenhaus, wo er vorbeikommen muss, reicht ihm die Haarspange, die er ja kennen muss, und sagt:
Anselmas Haarspange, Frieder! Anselma ist doch prima!
Bosheit war im Spiel. Bosheit, denkt die Liegende, heckt und heckt im Verborgenen, bis sie Anteil hat an einem Mord. Bis man Anteil hat an einem Mord. Ich, die aus den Bildern weiß, dass er die Haarspange in weitem Bogen ins Glacis geworfen hat,

als er sich endlich als Mann hat fühlen können. Wie oft, denkt sie, tötet man aus zeitlicher und räumlicher Entfernung! Wer weiß denn, was daraus werden möchte, würde man den Fuß aus diesem Mahagonibett strecken und aufstehen! Ich, die Schreibende, kann heute noch nicht verstehen, woher mir der Mut gekommen ist, es dennoch zu wagen.

*

Evi, die mit diesem Mord noch unwissend Behaftete, befindet sich zur Zeit der Tötung noch in dem Etappenlazarett. Während ich hier schreibe, liegt ihr Tagebuch aufgeschlagen neben mir. Die Stichworte, die auf dieser Seite stehen, forme ich zu Sätzen. Das Datum fehlt.
Verwundete liegen im Mohn, der am Wegrand blüht. Die Scheune fasst nicht alle. Kaum reden sie ein hingestreutes Wort, wenn sie überhaupt noch reden, sondern starren zum Himmel, beargwöhnen jeden Bussard, warten mit heimlichem Grausen auf die winzigen schwarzen Punkte, die man aus der Ferne surren hört, die näher kommen, groß werden und wütend brummen, aus denen es schießt, ob nun ein rotes Kreuz auf dem Dach zu sehen ist oder nicht.
Das Grollen, das der Ostwind herüberträgt, bildet das Continuo. Es wird täglich lauter. Die Front weicht zurück. Die Tage von Kortschow sind gezählt.
In weitem Bogen, von Silberhauch umsponnen, umstehen die Birken die Felder, die das Militär eingesät hat, und die nun fruchten. Der trockene Lehm auf den Wegen ist von gleichmäßigem Ocker. Warmer, gelblicher Puder. Er fühlt sich an wie Seide. Er wird im Dämmerlicht leuchten. Die Jabos sind da. Schreiend kriechen die Verwundeten zur Scheuer, in der kindlichen Meinung, dort sicherer zu sein. Aber dort liegen die Schweren – Mann neben Mann, Sterbende, Gestorbene, Zerstückelte – in ihrem Gestank. Einer von ihnen, den Evi nicht kennt, weil sie von jedem nur noch die Verwundung kennt, hält sie an der Schürze fest.
Ich will dich haben! Aufgewacht aus der Narkose, dein Gesicht gesehen und gewusst, dass ich noch lebe! Ich weiß, dass du mit dem Stabsarzt schläfst, das ist mir egal.

Ich schlafe mit einem Geschlechtslosen, dem zu Hause die Frau und die Kinder im Bunker erstickt sind. Und ich liebe einen anderen, zu dem ich nicht mehr gehöre. Und ich habe mich einem Ungeliebten versprochen, damit er am Leben bleibt.
Sobald ich wieder kann, heiraten wir, sagt er bestimmt, und machen ein Kind, dann kommst du hier raus. Vielleicht wird es unser Kind, wenn es da ist, Evi?
Unser Kind? Evi spürt, wie eine zarte Gewalt die Verkrustung in ihr aufbrechen will.
Ich heiße Frank Kugler, sagt er zu ihr.
Sie hat die gelben Wege so gern; auf ihnen laufen die Spuren durcheinander wie in ihrem Leben und vermischen sich zu dem, was man Biografie nennt: Martin, den sie immer lieben wird, Erich, an dem sie schuldig geworden ist, der andere, der bei ihr schläft, weil sonst seine Hände zittern, und jetzt dieser Frank Kugler, der eine Saite in ihr zum Klingen gebracht hat, obwohl sie ihn nicht kennt. Ein Kind!
Ich, die ich Evi gewesen bin, schreibe den Namen des Kindes an dieser Stelle in das rote Buch: Sabine, mein Bienchen.
Die Jabos sind weitergeflogen, haben andere Ziele. Kurz danach sieht Evi, wie die Verwundeten gestikulierend deuten. Aus dem Wald kriecht in einer Wolke aus Staub eine Fahrzeugkolonne, lächerlich gegen die Tiefflieger getarnt. Fahrzeuge für den Rücktransport! Kortschow ist zu Ende.

*

Die Liegende zieht die Decke bis zum Kinn. Sie fühlt den Winter, den lichtlos grauen nordischen, der sich hinter ihren Lidern eingeschlichen hat und von dort aus ihr Gebein vereist. Ein Hundeschlitten braust heran in schneeaufwirbelnder Fahrt. Ein Ruck an der Leine, die Tiere bäumen sich auf, sie hecheln und stoßen kurze harte Laute aus. Noch zittern ihre Flanken vom Lauf. Ein Pfiff, und sie kuschen.
Da liegt ein Mann im Schnee, schon halb vergraben. Viel Blut um ihn.
Seine Augen fragen: Warum heben die Lottas ihn hoch, legen ihn in den Schlitten? Wenn er hineinwill, kann er doch selbst, er, Sturmmann Erich Frech.

Hier!, ruft er. Zu Befehl! Aber er will nicht, will überhaupt nicht. Vor Kurzem erst hat er das Brot mit dem Seitengewehr zerhackt. Gefroren wie immer. Kein Feuer möglich: Der Iwan hockt im Wald! Raus da soll er! Vier Uhr dreißig, Wald durchkämmen! Zwei Abteilungen bilden, Zange!
Zu Befehl! Munition?
Keine. Was dachtest du denn, Kamerad?

Vier Uhr dreißig und alles grau.
Ba-jo-net-te drauf! Der Schnee ist grau, solange er nicht rot ist. Die Bäume sind grau, die Männer. Der Himmel ist ... Himmel gibt es nicht. Zu weit außerhalb des Gesichtskreises, wenn man zwischen den Bäumen voranrobbt. Unheimliche Stille im Wald. Der Schnee verdeckt die Spuren, tilgt Geschehenes aus.
Bewegung hinter einem Baum?
Halt!
Er schnellt hoch, wirft sich dem Baum entgegen. Ein Funke aus dem Stamm schlägt gegen seinen Bauch, einmal, zweimal. Ein Mann springt aus dem Stamm und rennt.
Jetzt das Bajonett ... das Ba...
Warum hebt man ihn auf den Hundeschlitten, ihn, Sturmmann Erich Frech? Er will nicht! Muss das Bajonett holen, das er dem Kerl nachgeschleudert hat. Zu kurz! Keine Kraft mehr im Bauch. Scheiße! Nicht auf den Schlitten da! Waffe holen!
Hei-li-ge Waffe!
Die Lottas heben die Männer in den Schlitten: einen oben, einen unten. Wieder ein Pfiff. Die Kufen kratzen im Schnee, streifen über den Schnee, fliegen über den Schnee. Der Obere erbricht ihm ins Gesicht. So viel hat der doch gar nicht zu fressen gehabt, denkt Frech. Er will das Erbrochene wegwischen, aber die Hand geht nicht mit. Zu schwer, die Hand.
Jetzt wäre der Himmel in seinem Gesichtskreis; aber er kann ihn nicht sehen. Er spürt ihn, es ist etwas völlig Neues. Er friert, der Bauch beginnt zu brennen. Langsam entzieht der Blutverlust ihm das Bewusstsein. Die ungemessene Zeit nimmt ihn in ihre Arme.

Die Liegende hält die Hände auf die Augen gepresst, bis der Schlitten verschwunden ist. Bleibt nur noch der Schnee, um sie anzu-

klagen, der viele viele Schnee. In seiner strahlenden Weiße, auf ihm die Worte blutig rot:
MENETEKEL.

Ich weiß, sagt die Liegende hinter ihren Händen, weiß es. Es ist wahr.

*

Wie eine Erlösung drängt sich die dicke Wiesental heran. Man versteht ihr Drängeln: Eilig hat sie es, mit ihrer Lebensgeschichte fertig zu werden an diesem Tag, den sie eigensinnig als den noch immer dauernden 10. 9. 49 bezeichnet. In der vergangenen Nacht hat Eduard sie verlassen.
Wenn Eduard noch bei ihr wäre, würde sie ihm noch einmal erzählen, wie die Eisentüren zwischen den Luftschutzkellern in den Angeln gerüttelt haben. Das Brummen vom Himmel wie immer, die Explosionen näher und näher, das Rütteln der Eisentüren vom Feuersturm, die Schreie, das Bersten und die Finsternis! Alle sind aus der Beklemmung des Gewölbes geflohen.
Ach, helft mir doch, helft mir doch!, hat sie geschrien, weil sie so schnell nicht hat aufstehen können, und hat doch gewusst, dass keiner für sie ein Leben riskiert: ein schnelles, wendiges Leben für einen Berg aus schwammigem Fleisch. Den einen oder anderen hat sie am Kleid gepackt, ist weggestoßen worden in der boshaften Dunkelheit, die alles anonym gemacht hat.
Aber dann war da doch eine tastende Hand, die sie von der Bank hochgezogen und auf die zitternden Beine gestellt hat. Stufe um Stufe hat die Else sie über die Treppe hinauf ins Freie geschleppt, während Rauch, Trümmerstaub und Feuer sie umschlossen haben. Von der Straße her grell gellende Schreie und zuckende Lichter, viel böser als die Dunkelheit des Kellers. Auf dem Straßenpflaster sich wälzende Leiber, von kriechenden Flämmchen überträufelt. Dazwischen irrsinnig hüpfende Menschenfackeln. Durch das Glacis wälzt sich ein schwarzer keuchender Menschenstrom zum Fluss hinunter. Luft, Luft! Ein Stück weit sind sie mitgerissen worden, dann auseinandergestoßen.

Lauf!, hat sie der Else nachgerufen und hat sich an einen der exotischen Bäume geklammert. Dann hat sie auf einmal nichts mehr von sich gewusst.

*

Die ungemessene Zeit hat ihn aus ihren Armen entlassen, jetzt beginnt für ihn die bemessene, die bewusste, die mit Schmerz, Kummer, Glück, Freude irgendwann kopuliert worden ist, 'bis der Tod euch scheidet'!
Der Wald?, fragt er lallend, noch halb in der Narkose. Ist der Iwan raus? Aber der Wald antwortet nicht. Noch einmal stürzt er über ihn mit seinen Lasten aus Schnee, weiß wie Watte. Watteschnee.
Watte, Schwester! Zellstoff! Das Rohr muss abgepolstert werden. Nein, das Rohr kann er nicht sehen. Der Baum ist hohl, der Iwan hockt im hohlen Baum. Ein Loch hat er sich durch den Rest gebohrt. Und dahinein das Rohr seiner Knarre. Man sieht es nicht von vorn.
Schreiben Sie schneller: Zwei Einschüsse im Bauch. Mesentherium und Dickdarm mehrfach durchschossen. Beide Ausschüsse am Anus. Schließmuskel teilweise zerstört. Kontinenz nicht mehr gewährleistet. Passen Sie auf, dass er sich nicht auf den Rücken wälzt, sonst stößt er sich das Rohr hinten hinein, Sani!
Ja, ja, mit einem Stecken das Rohr dem Iwan in die Fresse stoßen! Aber er findet keinen Stecken bei all dem Schnee, und hat nicht gedacht, dass der Baum hohl ist!
Frech wird aufgehoben und wieder hingelegt, meint noch einmal, er sei im Hundeschlitten, weil sich unter ihm etwas bewegt. Mit schwerer Zunge sagt er: Halt, halt, will die Augen öffnen; aber das Erbroch... Er kann die Augen ums Verrecken nicht öffnen!
Da dringt Lärm durch seine Betäubung: Hämmern und Krakeelen. Jetzt hauen sie den Wald ab, denkt er, damit sie den Iwan kriegen.
Das ist gegen den Befehl!, schreit er und wird unruhig. Die Bewegung unter ihm stockt. Was stimmt da nicht? – Endlich gehen seine Augen auf. Ein Gesicht über ihm sagt, die Kameraden wollen ihr Essen. Mit einer Kopfbewegung deutet der Sani auf Verwundete, die mit den Fäusten auf eine Tür hämmern.

Essen?
Noch einmal schwimmt er ab. Gefrorenes Brot zerhacken. Im Mund wälzen, bis es taut.
Wälz dich nicht, Kamerad, sonst fährt dir das Rohr in den Arsch. Du kannst nur auf der Seite liegen.
Wieso ihr Essen?, fragt er mühsam.
Weil sich die Schwestern damit eingeschlossen haben, sagt der Sani.
Ich bin jetzt doch im Reich!, sagt Erich ungläubig.
Vielleicht schon bald, Kamerad.

Mit seltsamer Gleichgültigkeit lässt er die Gedanken laufen, als er dann auf der Seite liegt, mal rechts, dann links, rechts, links: Schulterstücke, Bewährung, Evis Gesicht wie im Regen, und wieder Bewährung. Hier hält er ein. Ein Bild aus der Jugendzeit taucht in ihm auf. Bewährung: Der Schulhof ist voll von grauem festgetrampelten und losgeschürften Schnee. Mit dem schräg abgenutzten Reisstrohbesen soll er ihn fegen. Er dreht ihn auf die Seite, die noch lange Borsten hat, und plagt sich so über den Platz. Bewährt.
Aber es ist dunkel geworden, spät. Die Eltern sitzen mit unerbittlichen Gesichtern wartend um den Küchentisch. Irmhilt knüpft bunte Fäden. Die Bratkartoffeln sind kalt.
Musst du kotzen?, fragt der Mann aus dem Nebenbett, du verziehst so das Maul.
Frech döst ein. Er sieht zwei Kameraden aus der Pimpfenzeit. Sie sitzen unter den Weiden an einem Baggersee und röhren auf Grashalmen. Langbeinige Flöhe dellen die Wasseroberfläche ein. Wo sie glatt ist wie ein Spiegel, schwimmt Evis Gesicht. Es sind ihre Tränen, weiß er, aber es rührt ihn nicht. Sie braucht ja nicht zu wissen, sagt er noch halb im Traum, dass ich verwundet bin.
Morgen gibt es Regen, ruft der Kamerad aus dem Nachbarbett herüber. Der Oberarzt spürt es in seinem Knie, der Folk.
Ich muss ihm sagen, dass die Spritzen gut sind, murmelt Erich. Sehr, sehr gut! Leicht und sanft wird einem davon. Der Schmerz ist plötzlich nicht mehr da. Man schläft ein, und das Gesicht – mit der gewölbten breiten Stirn, der kurzen Nase, dem kleinen Kinn, und das im Regen, und die großen grauen Augen – schwimmt davon, hat nie gelebt.

Nächste Woche, sagt der Mann im Nebenbett, werden wir ins Reich verlegt. Bei dem Wort 'Reich' überschlägt sich seine Stimme vor Rührung. Dann lasse ich mein Mädchen kommen, Kamerad!

*

Ins Reich! Ironisch lacht die Liegende auf. Sie sieht sich als Evi, die von Kortschow aus in dieses Reich unterwegs ist, von Etappe zu Etappe, von Güterzug zu Güterzug. Kein Verbandszeug mehr. Die Wunden der Verwundeten verfaulen unter den stinkenden Lappen, beginnen ihr Eigenleben zu führen, indem sie wildes Fleisch bilden. Maden wimmeln in den Löchern des Fleisches, ernähren sich vom Eiter, vermehren sich rasend. Ins Reich! Ins Paradies! Aber zwischen drinnen und draußen gibt es kein Leidensgefälle mehr. Als in der Nacht einer den Kopf hebt und sagt: Hier irgendwo muss es ein KZ geben, Leute, zuckt jeder nur mit den Schultern. Und der Feldgeistliche, der neben Evi sitzt, murmelt diesen Satz: Es gibt kein Leidensgefälle mehr.
Durch die Lattenritzen der Güterwagen lesen sie Städtenamen auf notdürftig aufgestellten Schildern und werden von der Erinnerung ihrer geschichtlichen Größe seltsam berührt. Das Paradies, dem ihre Hoffnung gegolten hat, besteht aus Schutt und Trümmern, besteht also nicht mehr: das Opernhaus, in dem sie mit Erich Frech die Maria Cebotari als Salome hat singen hören, der Bahnhof, von dem aus sie Hanno nachgewinkt hat, als er zur Front kam. Vom Bahnkörper aus sehen sie hinunter auf Friedhöfe, in welchen die Massengräber noch offen oder nur notdürftig zugeschaufelt sind. Sie sehen ein Feld kleiner weißer Kreuze, wo kindliche Bombenopfer – oder Teile von ihnen – begraben sind.
Lebt Mama noch? Werde ich sie noch einmal sehen?
Das Innere des Reiches!

Auch Löffler hat einen Verwundetentransport begleitet – jetzt wieder Pater Friedbert in der Stadt seines Mutterhauses. Er sucht sich über unüberschaubarem Schutt einen Weg. Rauch, Hitze, Gestank. Sodom, Gomorrha. Ob damals die Schmeißfliegen auch so schnell bei der Hand waren? Ein alter Mann, der ihm mit einem Stecken stochernd entgegenkommt, dreht die freie Hand nach außen und hebt die Schultern. Wenn wir den Salat nicht abgekriegt hätten, Pater, wären andere dran gewesen, sagt er. Irgendwo müssen sie ihn ja abladen, solange es noch Frauen, Kinder, Greise und Krüppel bei uns gibt, die man umbringen kann. Die andern haben ja auch ihren Befehl, an den sie sich halten müssen.

Und dann sieht der Pater einen anderen Mann: Das alles, ruft er mit weltumfassender Gebärde, werden wir schöner aufbauen, als es je gewesen ist, sobald wir gesiegt haben!

Der Pater scheucht die Fliegen von den Mundwinkeln, wo sie sich im rinnenden Schweiß festgesaugt haben. Er bleibt stehen. Hier, denkt er, an dieser Stelle könnte es etwa gewesen sein, und taxiert die unkenntlich gewordenen aufragenden Mauerreste. Unter ihm eine Straße im Dornröschenschlaf. Nicht zu glauben, dass jemals ein Königssohn kommen und sie wieder erwecken wird. Und die Liegende sieht, wie die Roten von links und die Braunen von rechts heranmarschieren, wie der Kleine aus dem Fenster fällt, wie Frieder von Steinbeek die Haarspange mit dem roten Stein über die Straße ins Glacis wirft, zum Zeichen, dass er ein Mann geworden ist. Und wie die Anni die Straße wischt, dort, wo sie rot ist.

Der Pater aber weiß irgendwo unter den Trümmern ein weißes Tischtuch mit roten Flecken, wo Wein über Wein geträufelt ist. Ich bin doch nicht Parsifal, hört er die Stimme einer Frau zu den drei Blutflecken im Schnee sagen.

Aus einer hohen Ruinenwand rieselt Schutt. Und noch ehe er den Warnruf von der anderen Seite hört, merkt er es selber. Stolpernd flieht er. Die hohläugige Fassade vom Haus Nr. 17 neigt sich langsam, langsam vornüber und versinkt in einem Katarakt von Staub. Der Pater und der Alte sind beide plötzlich überkrustet von Sand, gemahlenem Gestein.

Die Anlagen des Glacis' sind verwüstet, von Ästen übersät, die der Feuersturm von den Stämmen gerissen hat. Alles schwarz. Eine Frau liegt im versengten Gras. Er glaubt, sie sei tot, hört dann aber, dass sie stöhnt. Ein wenig hebt sie die Hand, deutet auf den noch schwelenden Staub. Dort, sagt sie trocken schluckend, dort sind die Pläne von Eduards Haus. An den umherlie-

genden Exkrementen sieht der Pater, dass sie in jener Bombennacht nicht hat weiterkommen können. Mühsam zerrt er sie hoch und schleppt sie zur nächsten Sammelstelle für Überlebende. Irgendetwas schöpft man ihr in einen Napf.
Tage später noch immer beißender Qualm, der an einzelnen Stellen aus dem Trümmerfeld aufsteigt, wie dampfende Geysire es tun. Löffler, wieder in Uniform, zieht es noch einmal zu dem Ort zurück, wo Unfertiges geschehen ist. Der Rest bleibt. Bereits hat der dicke Staub die Trümmer zeitlos gemacht. Und doch schnuppert er an der Stelle, wo das Haus Nr. 17 gestanden hat, ob er den Geruch der Sandsteintreppen nicht wiederbeleben könne. Ein kleiner blauer Fleck leuchtet betörend und zieht seinen Blick auf sich. Eine Scherbe? Mit der Stiefelspitze schiebt er den Schutt hin und her, bückt sich, weil er nicht glaubt, was er sieht: Ein kleines Porzellangefäß? Er kann es mit der Hand umschließen! Ein Delfter Döschen mit der Aufschrift PEPPER. Im Kloster wäscht er es, und erst kurz bevor er zum Bahnkörper aufbrechen muss, der nun weit hinter der Stadt beginnt, übergibt er es dem Bruder, der seine Habseligkeiten verwahrt.
Auf der Fahrt in den Osten will er dort unterbrechen, wo er Hanno Hohmer in einem Lazarett weiß. Er will ihm von dem blauen Döschen erzählen, und wie doch solch ein kleines Ding der Grundstock für ein neues Leben sein könne. Er will ihm Hoffnung machen, ihm, dem erzwungenen Leben.

*

Löffler ist hinter den Lidern der Liegenden verschwunden. Ob seine Begegnung mit Hanno stattfinden wird, weiß sie noch nicht. Aber jetzt sieht sie Hanno in einem Saal mit anderen Männern liegen, die bald entlassen werden sollen. Dienstfähig ist keiner mehr von ihnen, schon gar nicht mehr kampffähig. Über dem Flur drüben, im Bad, steht das Bett eines Russen, dessen plagendes Klagen bis in den Saal herein zu hören ist:
Sestritschka! Woda! Dawai! Du Wasser geben, Schwesterchen! Durst! Durst!
Wenn er nicht Russe wäre, stünde sein Bett nicht im Bad, und irgendeiner wäre barmherzig und gäbe ihm zu trinken! Das alles

tönt als Klage aus seiner Stimme. Und wenn man nicht den Tisch hier hereingestellt hätte, an dem die Dame mit den großen Zähnen sitzt und täglich Binden wickelt, diese Dame, dann würde die junge Schwester öfter zu ihm kommen. Er bräuchte nicht zu heulen wie ein Wolf. Sie würde ihre lieben Fingerchen nass machen und ihn daran saugen lassen wie ein Kalb, auch wenn sie nebenbei zu der Dame sagen würde: Wieder fleißig, Frau Kugler? Sie würde ihn ansehen mit Augen, so zärtlich wie die von russischen Mädchen!

So aber sagt die Dame mit einer Stimme, die nicht wie ein Glöckchen klingt: Nix Woda! Sie steht nicht auf, wischt ihm nicht wenigstens mit einem feuchten Lappen den Mund, nicht einmal dies, heiliger Cyrill! Wie kann eine Frau so hartherzig sein! Aus vier Hähnen tropft es dort! Und kein Tropfen für ihn? Hat er sich hinter seiner FLAG nicht durch den Bauch schießen lassen für dieses Land, in dem es so viel Wasser gibt, er, der Gefangene, der sich zu diesem Geschäft freiwillig gemeldet hat! Und hat er sein Geschütz nicht dann noch weiter bedient, bis die englischen Satane abgedreht haben, als die Kischken ihm schon in der Hose gehangen sind! Erst, als die Brüderchen abgedreht haben, hat er sich hingelegt und gebrüllt. Und jetzt kein Tropfen für ihn? Welch eine Undankbarkeit von diesen Deutschen! Woda! Woda!

Gu-ter Mann!, artikuliert die Dame und klopft mit dem Fingerknöchel auf die Tischplatte, nix Wo-da! Ihr Gedärm ist an fünfzehn Stellen durchschossen, deshalb können Sie nur mit-tels die-ser In-fu-sion – sie deutet auf den Kolben – Flüssigkeit in ihren Körper aufnehmen!
Der Russe äugt auf den Kolben und sieht Nasses. Woodaaa!, heult er, aber es ist ihm nicht mehr ernst damit. Uralte Schläue überzieht sein Gesicht. Das Wasser blubbert tropfenweise durch das Glasröhrchen, rinnt von Schlauch zu Schlauch bis in seinen Arm. Mit der freien Hand spielt er ein wenig daran. Nur ein ganz klein wenig. Die Dame dort drüben wickelt Binden. Aus den Augenwinkeln belauert er sie. Und ist es nicht besser, mit Mund zu essen als mit Arm? Man soll sich nicht versündigen, nicht alles anders machen, als Gott es dem Menschen geboten hat, hat Ba-

buschka gesagt. Und er saugt, listig darauf bedacht, dass der Schlauch nicht schmatzt, damit die Dame nicht aufblickt und harte Laute zwischen ihren Zähnen zerhackt.
Süß und nass ist das, was er schmeckt. Ist es ihm jemals so gut gegangen, Tschudotworez Nikolai? Es ist doch gut, wenn man sich den Bauch in zwei Stücke schießen lässt! Und er schläft so friedlich ein wie auf dem Ofen in seiner heimatlichen Kate.
Aber er ist in der Fremde. Gekachelte Wände, gefliester Boden, Waschbecken und Wannen, alles in elfenbeinernem Weiß. Und überm Flur drüben ein Saal mit Menschen, nach welchen er sich sehnt, wenn er wach ist. Dabei weiß er nicht, dass einer von ihnen wirklich seine Sprache spricht und russische Tränen begreift.

Wochen sind vergangen, seit Löffler Hohmer zusammen mit anderen in dieses Heimatlazarett eingeliefert hat. Von überall her kommen sie so nach Hause, treffen sich hier nach der Schulzeit oft zum ersten Mal wieder. Aber jedem fehlt eine Kleinigkeit: ein Arm oder ein Bein – vielleicht auch zwei –, ein Auge, oder vielleicht auch das andere. Aber sie liegen in Betten und nicht mehr im Dreck und haben jemanden, der ihnen Essen zwischen die Zähne schiebt, wenn sie den Löffel nicht mehr halten können, weil ihnen die Finger abgefroren sind.
Hanno ist schwach, darf zum ersten Mal aufstehen, soll sogar. Die Knie noch weich, tastet er sich Halt suchend ins Bad, wo der Russe liegt, der seit gestern phantasiert. Hat die Infusion ausgesoffen, dieses Tier! Draufgehen wird er, hat der Sani gesagt; aber Hanno glaubt es nicht. In diesem Volk, sagt er, geschehen noch Wunder, die es bei uns schon lange nicht mehr gibt.
Sofort haben sich zwei Lager im Saal gebildet. Die einen, das Kinn schief an den Hals gedrückt, haben einander mit halben Blicken zugenickt, was heißen sollte: den rechten Augenblick ergreifen! Die anderen haben die Ohren gestellt, haben Wachen für die Nacht eingerichtet, weil sie nicht wissen, wann es die anderen tun.
Leise schlüpft Hohmer aus dem Bett, weil er dran ist.

Dawai! Woda! Sestritschka! Cha, das Deutsche! Wie wir den SS-Männern Riemchen haben aus der Rückenhaut geschnitten!

Zwei S! Und er lacht diesen Worten mit seinem irren fiebrigen Lachen nach: Cha cha! Großer Spaß!
Hohmer presst ihm die Hand auf den immer noch brabbelnden Mund: Sei still, Bruder! Sei still! Aber der Russe wehrt sich und schlägt, weil er abgrundtief misstraut. Man will ihm ans Leben! Was in dem noch an Kraft steckt!, denkt Hohmer. Der wird es schaffen! Er zwingt ihm die Arme auf die Brust, redet leise auf ihn ein, und die liebkosenden Töne der eigenen Sprache beruhigen den Fiebernden.
Hohmer merkt nicht, was hinter ihm vor sich geht: dass da einer heranschleicht, der ausholt und den Gipsarm schwingt.
Verräter!, hört er ihn noch raunen. Dann dreht sich der Raum, und er weiß nichts mehr von sich. Als Löffler zwischen zwei Zügen kommt, sagt man ihm, Hohmer habe sich neuerdings einen Schädelbruch zugezogen. Offenbar habe er im Bad beim Fallen den Kopf aufs Waschbecken geschlagen, unter dem man ihn gefunden habe. Die Mutter sei verständigt.
Löffler schaut sich im Badezimmer um. Es ist leer. Hanno Hohmer oder 'das erzwungene Leben' findet er am Rand des Todes wieder.

*

Ich, die Schreibende, mache auf den vor mir liegenden Papieren fest, was mich als Liegende bildhaft heimgesucht hat, nachdem ich mich an jenem 9.9.49 in diesen Pavillon geflüchtet habe, um mich vor der Erkenntnis des eigenen Versagens – beim Hausbau das Lot vergessen! – zu verstecken. Ich schaue zu den Gipssternen empor, die der Liegenden Inbegriff des Unerforschlichen gewesen sind. Es ist ja gleichgültig, denke ich, an welchem Gegenständlichen wir es anbinden. Eines aber ist ihr sicher geworden: Irgendwie hat dieses Unerforschliche mit der Zeit zu tun, die sich nur im Bewegten und sich Bewegenden zu erkennen gibt. Irgendeine Affinität besteht, denn auch Ursache und Wirkungsgeschichte jeder Bewegung liegen im Unerforschlichen, das A und das O. Dazwischen die möglichen Kausalketten.

Löffler, noch in einem Zug nach Osten, wird wach, als die Wagen umgehängt werden. Rangiergelände außerhalb eines Bahnhofs, sagt

ein Landser und springt ab, um mehr zu erfahren. Lachend kommt er zurück: In das Häuschen dort mit den drei Fenstern habe er in der Meinung hineingeschaut, es sei eine Bahnstation. Das war es gewiss auch einmal, dann aber Schule: Eine Tafel an der Wand, ein Klavier davor. Jetzt habe eine Fronttheatertruppe hier haltgemacht.
Weiber haben sie dabei, Junge, Junge! Zwei von ihnen habe ich leider nicht gesehen, das müssen Raritäten sein! Die liegen schon auf dem Dachboden im Stroh. Die eine soll nur mit einem Hampelmann reden.
Das Wort Hampelmann stört plötzlich Löfflers Bewusstsein auf, bringt aber keine Gedankenfolge in Gang, zieht ihn nicht ganz aus der Dumpfheit, die ihn, seit die Räder unter ihm zu rollen begonnen haben, befallen hat. Es geht allen gleich: Die maßgeblichen Teile der Person werden unbemerkt abgestreift, sobald die Uniform sitzt.
Für die Liegende ist das Wort 'Hampelmann' Reizwort. Einmal hat Evi einen Hampelmann gestrickt, hat ihn dem Kleinen geschenkt. Hätte sie ihm den Hampelmann nicht geschenkt, wäre er nicht aus dem Fenster gefallen. Und seine Mutter wäre nicht verrückt geworden und mit einer Fronttheatertruppe in der Kate mit den drei Fensterchen, die der Landser nur entdecken kann, weil Wagen umgehängt werden müssen, und er dabei Zeit hat, hinauszuspringen, um sich kundig zu machen.
Die Liegende sieht die Wandtafel, das Klavier, den dicken Staub auf dem Klavier. Eine Stiege führt auf den Dachboden; droben sind Stapel von Schulbüchern, die jetzt als Betten dienen. Und sie hört die Stimme von Anselmas Mutter:
Dreh dich um, mein Lieber! Schau sie nicht an!

Die andere Frau könnte die Klavierlehrerin Silling sein, die früher bei den Klavieren von Gebr. Ibach & Söhne im Haus Nr. 17 gewohnt hat. Der Schein einer kümmerlichen Kerze erhellt sie nur schwach. Die Frau hat üppiges Fleisch.
Dreh dich um, mein Liebling! Du sollst nicht hinschauen, wenn sie sich auszieht!
Die Silling wirft den Rock mit gekreuzten Armen von hinten nach vorn über den Kopf, macht mit der plumpen Trainingshose wei-

ter, die sie unter dem Rock getragen hat, schnürt die Bändel auf, von welchen die Hose – da es die Importware Gummi nicht gibt – gehalten werden muss. Die Hose fällt und gibt einen zerknüllten kunstseidenen Unterrock über dickbestrumpften Säulenbeinen frei. Dann aber hebt sie die Arme, um sich die Haarnadeln aus dem Knoten zu ziehen, die ohne ihr Dazutun gleich von selbst herausgefallen wären, und der Hampelmann könnte verwundert sehen, was es in ihren Achselhöhlen zu sehen gibt, hätte er das Sehen gelernt.
Sie ist eine Hure, mein Lieber!, raunt Anselmas Mutter. Verstehst du, was das ist? Alle sind hier Huren! Es ist nicht gut, wenn du sie anstarrst.
Was flüstern Sie da?, fragt die Silling, haben Sie zu mir gesprochen, meine Liebe?
Ach nein, ich bete nur mit dem Kleinen zur Nacht.
Sie hält ihm die Augen zu. Die Silling besteigt den Bücherstapel, verteilt die abgelegten Kleider über sich, damit sie wärmen, und bläst die Kerze aus.
Dann beten Sie leise mit ihm, ich bin nämlich müde.
In der Dachkammer bleibt es still.
Müde!, flüstert Frau Sanders kaum hörbar in das Hampelmannohr. Du weißt ja, was das bei so einer heißt! Jetzt komm ein wenig weiter runter, ja, mein Liebling, so! Schlaf aber nicht ein, bevor wir nicht an unsern Lieben gedacht haben. Und sie umkrampft das Amulett.

Sieben Mal hat Löffler den Orpheus gesehen und gehört, von Fronttheatern gegeben, und nie etwas von der Frau erfahren, deretwegen er die Aufführungen besucht hat. Die Arie ist ihm zum Ohrwurm geworden: Ach, ich habe sie verloren! All mein Glück ist nun dahin! Er hasst diese Melodie! Sie ist eine Lüge! Eine Lüge ist dieser Text! Und doch wird er die Arie nicht mehr los.

Es gibt mehrere solcher Truppen, die mit anderem Repertoire reisen. In Abständen wiederholen sich ihre Darbietungen, je nach dem Verlauf der Front, bei der nun das vormals Hintere zum jetzigen Vorderen geworden ist, das vormalige Draußen schon herangerückt ist zum Beinahe-Innen.

Schon lange singt Löffler den russischen Weibern keine Choräle mehr vor. In jeder freien Minute sammelt er Pflanzen, weil immer weniger Medikamente zur Front durchkommen. Holder, Salbei, Potentilla Tormentil und Schafgarbe werden wichtig. Brennnessel, Wegerich und Kamille. Das Sträußchen trägt er vor der Brust wie eine Monstranz. Dort drüben im Birkenwäldchen wird es Sanikel geben. Die Schatten flimmern lustig. Er kneift die Augen zu schmalen Schlitzen zusammen, weil er die Brille nicht dabei hat, und geht auf das Wäldchen zu. Da gibt ihm einer dieser Schatten einen Hieb. Wie neugierige, rundköpfige Kinder umstehen sie ihn und lachen. Vergessen hängen die Waffen an ihren Schultern. Sie klopfen ihm brüderlich den Rücken, deuten immer wieder auf das Sträußchen, fahren ihm in alle Taschen, auch ans Handgelenk, und führen ihn zu ihrer Stellung. Von dort aus wird er weitergereicht, bis keiner mehr lacht. Man stößt ihn in eine Mulde zu anderen Gefangenen. Die Frauen, die unter ihnen gewesen sind, hat man bereits geholt.
Unendlich langsam kaut Löffler die welken Blumen. Der Speichel färbt seine Mundwinkel grün.

*

Aus welchem Wissen die Wirkung der Heilpflanzen stammt, ist für die Liegende schon immer eine Frage gewesen. Woher wussten die Menschen der Urzeit, dass zum Beispiel die Mandragora ihre Existenz der letzten Ejakulation eines Gehenkten verdankt? Wer hat ihnen gesagt, dass diese Pflanze den Kreißenden die Geburtswege erweitert?
Während sich Löfflers Bild hinter ihren Lidern zum Bild eines Gefangenen wandelt, fühlt sie ein feines Ziehen im Bauch. Tastend sucht sie nach der Ursache dieses Beinahschmerzes, der von den Leisten auszugehen scheint.
Ich bin doch nicht schwanger?
Mühsam rechnend quält sie sich durch die Zeit zurück, die sie bereits auf diesem Mahagonibett liegt. Sie taucht in ihr Leben mit Frank zurück und meint, es sei etwa acht Wochen her, seit Evi zum letzten Mal geblutet hat: kurz nachdem sie Erich Frech getroffen hatte.

Man frühstückt auf der Terrasse von Schwiegermamas Haus, in dem sie seit der Verheiratung leben. Es ist unversehrt geblieben. Bienchen besteht darauf, das Teeglas allein in die Küche zu tragen. Aber es rutscht aus dem Halter. Vor Schreck fällt das Kind in die Scherben.
Evi springt auf, und ein Schwall von Blut nässt ihre Schenkel. Ihr Unterbewusstes formuliert den Namen Erich Frech so, als stoße es ihn damit für immer aus.
Un-sag-bar leicht-sin-nig!, skandiert Schwiegermama, während sie dem Kind zu Hilfe eilt, dem Kind ein Tee-glas in die Hand zu geben! Sie presst Bienchen an die stählerne Ahnenbrust und leckt ihm das verletzte Fingerchen.
Erstaunt und genüsslich sieht das Kind hoch. Ist Mama böse, Großmama?
Sieh dein Fingerchen an, mein Schatz!
Bienchen schaut wohlgefällig auf das Pflaster, das Großmama ihr aufklebt.
Mama ist böse. Sie schaut der Mama nach, die ins Badezimmer eilt. Und da, im Badezimmer, schwindelt Evi vor dem vielen Blut. Und während sie sich auf den Rand der Badewanne niedersetzt, sieht sie die Verwundeten von Kortschow vor sich, die sich nicht in die Scheune haben retten können. Die Fahrzeuge für den Heimtransport kommen. Die Toten, die bis zuletzt von der Hoffnung lebendig gehalten worden sind, werden notdürftig begraben.
Gib mir eine Adresse, Evi, über die wir voneinander erfahren können, hat Frank gebeten. Und Evi, noch immer unter der zarten Gewalt dieses Wortes – dann machen wir ein Kind – hat ihm die Adresse von der Wohnung gegeben, die Engler für Mama besorgt hat. Wenn sie uns jetzt auseinanderreißen, finde ich dich wieder, Evi.
Nein, schwanger bin ich nicht, sagt die Liegende zu sich selbst. Sie weigert sich, schwanger zu sein. Kennt man nicht auch Frauen, die bei einem seelischen Schock ihre Regel verloren haben, und zwar für immer? Vielleicht gehört sie zu diesen? Eine Hebamme müsste man fragen. Sie denkt an die alte Bawett, von der ihr in die Welt geholfen worden ist. Mama war noch sehr jung, und Hanno ein kleiner Kerl, der dem Neugeborenen einen Honiglöffel zum Ablecken in den Mund stecken wollte.

Aber die alte Bawett kann nicht mehr zugezogen werden: sie, die jeden, den sie ins Dasein geholt hat, unfehlbar wiedererkennt, sei er auch noch so alt und entstellt, ist bettlägerig und wird von der Anni gepflegt. Die Liegende sieht sie aber noch aufrecht. Ihr graues Haar, die breite Nase, die tiefdunklen Augen, denen nicht auszuweichen ist, fast ein wenig stechend. Ihre Gesichtszüge grob, aber wohnlich. Sie liebt Grün, trägt meistens eine grüne Kittelschürze, hinter der sich ihre Gestalt verbirgt.
Breit steht sie da, um der Liegenden einen Schreckenstraum zu erzählen, und die Liegende nickt, sie solle beginnen. Die Liegende weiß von diesem Traum, den Engler für prophetisch gehalten hat, denn als die Bawett ihn das erste Mal träumte, hatte sie noch keinen gebrochenen Schenkelhals.

Man hat mich zu einer Entbindung holen wollen. Ich kann nicht, hab ich gesagt und auf meinen Oberschenkel gedeutet; aber ich musste trotzdem mit. Mit dem Bus haben sie mich abgeholt. Aber der Bus hat keinen Fahrer gehabt, und ich bin nervös geworden, weil ich Angst gehabt hab, zu spät zur Entbindung zu kommen.
Steigen Sie ruhig ein, hat man zu mir gesagt.
Ich soll mit dem gebrochenen Oberschenkel einsteigen?
Da war aber nichts zu machen; also bin ich eingestiegen, und der Bus ist abgefahren.
Ohne Fahrer? Wie kann denn das gehen?
Aber die haben behauptet: Der Bus, Hebamme, geht von alleine.
Nein!, hab ich gerufen. Da will ich wieder raus! Ich fahr mit keinem Bus ohne Fahrer! Aber ich hab nicht hinaus gekonnt, weil plötzlich keine Tür mehr da gewesen ist. Raus!, hab ich geschrien, ihr fahrt mich in die Irre!
Aber alle sind stumm gewesen. Da hab ich gemerkt, dass es Wachspuppen gewesen sind und bin erschrocken. Die mit dem Schwesternhäubchen hat sich umgedreht und gefragt: Was wollen Sie denn, die Gebärende ist doch hier! Das hab ich aber nicht sehen können, weil sie zwischen den Sitzreihen auf dem Boden gelegen hat. Mit einem Tuch haben sie ihr Kopf und Brust zugedeckt, vielleicht, damit ich nicht sehen sollte, dass sie schon tot war.
Das gibt's doch nicht, hab ich gedacht, eine Geburt bei einer Toten!

Über zwei Sitze haben sie sie dann gelegt, und es war schon höchste Zeit. Der Leib hat sich zusammengezogen wie ein Spitzkegel und ist gleich wieder auseinandergefahren – ganz schnell hintereinander und immer wieder ganz schnell, obwohl sie doch schon tot war! Da hab ich rasch in sie hineingelangt; und das Kind ist mit viel Gequietsche herausgekommen. Es war so dünn wie ein Schlauch. Das kommt von der holprigen Fahrt, haben sie mit ernsten Mienen zu mir gesagt. Die hat ihm nicht so gut getan.
Ich zieh also und zieh, aber das Kind nimmt kein Ende. Der Schweiß bricht mir aus, weil ich nicht weiß, was das zu bedeuten hat. Aber die sagen zu mir: Das ist schon recht: Weil der Autoreifen einen Meter Durchmesser hat, braucht der Pneu dreimal so viel Länge. Und wirklich sieht das Kind aus wie ein Pneu, aber lätschig und ganz ohne Leben, und mir wird schwül, weil ich denk, ich hab die Geburt verpatzt. Ich bück mich also tief über den Pneu, damit die nicht sehen, dass ich die Geburt verpatzt hab; aber die merken natürlich alles. Sie schütteln die Wachsköpfe, weil ich so dumm bin und nicht weiß, dass es wirklich ein Pneu ist, der vom rechten Hinterrad nämlich, und dass darum der Bus so holpert.
Jetzt, wo sie es sagen, seh ich es auch. Aber ich will was Lebendiges auf die Welt bringen, keinen Pneu. Das war in der Rede des Medizinrates drin, als wir die Bestallung bekommen haben. Ich bück mich also wieder über das Kind, nehm die Nabelschnur zwischen die Zähne und blas, bis es prall und fett ist. Man kann es durch die Tür aussteigen lassen, das Kind. Man kann es aussteigen lassen; die Geburt ist vorbei, und die Tür ist auch wieder da.
Jetzt setz ich mich auf den vorderen Sitz, weil ich denk, ich krieg Kaffee und überleg mir, wie das gehen soll mit dem Kaffee bei diesem Geholpere. Aber ich krieg keinen Kaffee, und der Bus fährt immer schneller. Es sind auch keine Häuser mehr rechts und links von der Straße, nur noch Telegrafenstangen. Ich schrei, sie sollen langsam fahren, weil ich sonst den Kaffee verschütt, wenn ich doch noch einen krieg. Aber die hören nichts. Sie sind ja aus Wachs. Ganz übel wird mir vor Angst, weil ich an die drei Räder denk, und dass das vierte keinen Pneu hat.
Mein Blick fällt in den Rückspiegel, und ich seh, wie das Kind, das ich auf die Welt gebracht hab, den Karren schiebt und rennt

und rennt! Ich lauf im Bus nach hinten, und die Wachsköpfe rucken herum.
Es gibt nur eines, denk ich, und das sind Splitter, damit es zerplatzt! Und hau mit der Faust in die Scheibe.

*

Vom Kirchturm herüber tönt das scheppernde Bängbäng der zusammenschlagenden Eisenschienen, das der Liegenden Gewohnheit geworden ist. Sechs Mal schlägt der riesenhafte Schmied auf seinen Amboss, und nur der Eingeweihte kennt die Pausen zwischen dem Viertel- und dem Stundenschlag. Die Liegende kennt sie. Ein kurzes Schwingen ist in der Luft, ein harter, schnell verebbender Ton, anders als der, den man aus der Friedenszeit noch im Ohr hat, als die Glocken noch nicht eingeschmolzen waren. Als Hanno und Evi in Englers Zelt unterhalb des Kiefernwäldchens genächtigt haben, hat es des Nachts das Zirpen der Grillen, die Schreie der Käuzchen und die vorausrasselnden Stundenschläge gegeben. Glockengeläut und Frieden waren eins, bis der Mesner sie bei der Kriegserklärung – schluchzend und stöhnend – eigenmächtig geschwungen hat.

Gestern, am neunten Neunten, als Eduard noch bei ihr war, sagt die dicke Wiesental, hat sie zu ihm gesagt: Horch, Eduard, gleich beginnt dieses Bängbäng, und die Stunde zwischen zwei und drei, in der die Luft so seltsam schwer wird, beginnt, dass alles Leben stockt. Wie Gallert ist diese Stunde, eine lastende Stunde! Vom Dorf herauf nur hie und da ein verlorenes Geräusch.
Die Zeit, Anna, hat Eduard gesagt, verliert – und dann hat er den Ausdruck verwendet, den er kurz zuvor in der Zeitung gelesen hat – die Dimension. Jetzt, wenn sie sich im Armsessel hochreckt und auf die Dächer dort drunten schaut, die im flimmernden Mittagslicht liegen, hat sie dieses Wort mit dem gedämpften S im Ohr, wie Eduard es mit seinem künstlichen Gebiss so zischend ausgeformt hat. Mit trockener Zunge versucht sie, es nachzubilden. Und wenn Eduard noch bei ihr wäre, würde er in den Keller eilen, einen Krug voll von dem moussierenden Apfelmost heraufholen, ihn mit Wasser mischen und ihr zu trinken geben!

Er allein würde begreifen, dass sie weitersprechen muss, bis an diesem heutigen 10. 9. 49 die Geschichte von Eduards Haus ganz aufgerollt ist, wenn der Abend diesen Tag beschließt, an dem Eduard sie verlassen hat. Mitten in der Nacht ist er von ihr gegangen. Auch da gibt es ja die Stunde zwischen zwei und drei, die tote Stunde, wo die Zeit dasjenige verliert, was Eduard Dimension genannt hat.
Und sie fährt mit ihrer Geschichte fort, knüpft dort wieder an, wo man ihr, nachdem das Haus Nr. 17 zerstört gewesen ist, in der Stadt ein winziges Zimmer zugewiesen hat. Eigentlich nur eine Abstellkammer. Aber sie hatte doch ein Fenster, und das war gut. Die anderen Ausgebombten, die Mütter mit kleinen Kindern, hat man auf die Dörfer verteilt. Einen zehnjährigen Jungen hat es in dem Haus gegeben, den sie zum Trümmerhaufen des Hauses Nr. 17 geschickt hat, damit er auf den Sockel – falls der Sockel noch steht und zu sehen ist – mit einem Ziegelscherben ihre neue Adresse schreibt: Anna Wiesental, Rittergasse 2, damit sich die Briefträgerin nicht irrt. Aber dieser Adresse hat man es nicht ansehen können, dass das Fenster der Abstellkammer auf die Nervenklinik geht, wo man Tag und Nacht die Schreie der Männer hören muss, die als Wahnsinnige von der Front zurückgekommen sind, und die Schreie der Mütter, die ihre Kinder unter den Schutthaufen haben schreien, wimmern und schließlich verstummen hören.
Jetzt aber sitzt sie an einem Bogenfenster und schaut über die Dächer des Dorfes hinweg in die Himmelsluft, und auf die Dächer hinab. Ungläubig schüttelt sie immer und immer wieder den Kopf. Und unten auf dem schön geschwungenen Türschild an der vorderen Haustür, die Eduard geschlossen hält – nicht an dem seitlichen kleinen Eingang, zu dem die Staffel vom Bannzaun aus hinaufführt –, der Name *WIESENTAL*. Das Fräulein Anni wischt jedes Mal, wenn es zum Putzen heraufkommt, dieses Messingschild, bis es spiegelnd glänzt. Extra für das Fräulein Anni öffnet Eduard einmal in der Woche die große Tür.

Damals, in der Rittergasse, ist ein Mann gekommen, der nach dem Hohmermädchen gefragt hat, für das er eine Nachricht habe. Daran hat sie erkannt, dass der zehnjährige Junge die neue Adres-

se richtig geschrieben hat. Roser hat der Mann geheißen. Mit zitternden Lippen hat er diese Nachricht ausgestoßen: Mein Sohn ist im Westen gefallen, mein Martin!
Lange hat sie nicht gewusst, was sie zu ihm sagen soll. Dass er nicht der Einzige sei, dem ein Sohn gefallen ist? Dass manchen viere gefallen sind? Dass der Sohn nun nicht mehr leiden muss? Dass wir alle unsre Gefallenen doch eines Tages wiedersehen? Aber sie hat überhaupt nichts sagen können, weil er nur immer geweint hat. Dann ist ihr eingefallen, dass Eduard diesen Martin Roser im Zug nach Straßburg kennengelernt hat, und das hat sie ihm gesagt. Aber der Alte hat nur immer den Kopf geschüttelt, als habe er gar nicht zugehört, und gefragt, wo denn die Gerechtigkeit bleibe, von der er jeden Sonntag predigen müsse: Andere haben fünf, und alle kommen zurück! Er aber muss den Einzigen geben!
Auch ein SS-Mann hat nach dem Hohmermädchen gefragt. Grau und krank hat er ausgesehen, der schöne junge Mann, wie zu früh aus dem Lazarett entlassen. Erich Frech, hat er sich vorgestellt. Frech?, hat sie ausgerufen. So heißen doch die Leute, die uns das Grundstück in Wälden zugesagt haben, das unterhalb des Kiefernwäldchens liegt? Sie haben es uns schriftlich gegeben!
Ja, ja. Ein kleines Haus gehört den Eltern auch noch in Wälden, nahe beim Brunnen. Aber sie wohnen schon lange nicht mehr im Dorf, hat er gesagt.
Dann sind Sie gewiss bei den Eltern auf Urlaub?, hat sie gefragt. Bitter hat er den Kopf geschüttelt. Sie lassen einen nicht rein, ohne die Silberlitzen an Ärmeln und Schulterstücken. Dann ist er gegangen, hat nur noch einen Blick auf die vergitterten Fenster der Nervenheilanstalt geworfen, aus der die Schreie gekommen sind.
Dieser Tag ist ihr aber besonders in der Erinnerung geblieben, weil an ihm Eduard aus dem Feld zurückgekommen ist. Unvermutet hat er in der Tür gestanden, hat nur einen Augenblick lang ins Zimmer geschaut und sofort die beiden Stöcke gesehen, die sie seit dem Bombardement gebraucht hat.
Du hast mir nicht geschrieben, dass deine Beine schlechter geworden sind, Anna!, waren die einzigen Worte, die er von der Tür aus zu ihr gesagt hat. Mit den Augen haben sie einander festgehalten und die Zeit aufgespult bis zu jenem Augenblick, als Eduard im

Haus Nr. 17 mit seiner fahlen Hand das Sitzpolster in den Keller getragen hat. Dann haben sie einander stumm umarmt.
Entlassen, Anna, hat er gesagt, wegen meiner Nieren. Aber egal weshalb.
Diese Freude müsste Rolf miterleben, hat sie gedacht.

*

Tag für Tag habe ich nun aufgeschrieben, was hinter den Lidern der Liegenden in Erscheinung getreten ist. Seit sich meine Beweglichkeit verbessert, gewöhne ich mich langsam auch daran, 'ich' zu mir zu sagen. Ich bin mir nicht mehr abgrundtief fremd. Ich fühle die Angst, die ich vor mir habe, nicht mehr mit der vorigen Schärfe. Ich fühle die Angst vor der Zukunft aber noch immer. Noch immer graut mir vor der ersten Bewegung auf ein Ziel hin. In solchen Momenten falle ich in das 'man' zurück und wünsche mir, noch die Liegende zu sein. Dann zittern meine Hände, wenn ich mich zwinge, zum Schreiben zurückzukehren. Hannos Schreibpapier, das ich hier auf dem Tisch vorgefunden habe, wird bald aufgebraucht sein. Der Doktor hat mich besucht, hat sich meine Beine angeschaut und einige Male genickt. Dann hat er sich wieder zurückgezogen.
Ob mir etwa Dietzel, fragte ich ihn, als er bereits die Tür geöffnet hatte, irgendwo im Dorf Schreibpapier würde besorgen können? Was, Schreibpapier? Mal sehen. Die Gehübungen fortsetzen; aber nur nicht übertreiben, meine Liebe! Also Schreibpapier.

Ich benutze nur noch die eine der beiden Krücken. Aber auch die andere bleibt griffbereit im Vorraum stehen, wo ich sie neben dem Ausgang an die Wand gelehnt habe, für den Fall, dass es Frost gibt und die Gartenwege vereisen. Täglich einmal verlasse ich den Pavillon. Das Atmen in der frischen Luft ist mir Bedürfnis geworden. Vielleicht hängt dies mit der trockenen Luft des Radiators zusammen, den die Else mir im Auftrag des Doktors in den Raum gestellt hat, als die Tage kälter geworden sind.
In kleinen Kreisen umrunde ich den Pavillon. Auf seiner Rückseite zwingt mich ein Gebüsch, es zu umgehen. Zwischen der Arztvilla – die ich von meinem Fenster aus wegen einzelner Sträucher nur

teilweise sehen kann – und der Remise, die malerisch zwischen zwei Birnbäumen steht, kehre ich zu meinem Ausgangsort zurück. Wenn das Küchenfenster der Villa offen steht, höre ich das Hantieren mit den Töpfen laut. Das Kind ist nicht oft zu hören. Schon vor acht Uhr morgens, scheint mir, wird es für den Kindergarten fertig gemacht. Ich habe es noch nie gesehen, weiß also nicht, ob es der Else gleicht. Hie und da jagen Kinder einander im Garten. Aber immer weist die Else sie aus dem Garten, sodass ich annehmen muss, der Doktor dulde das Toben im Garten der Villa nicht.
Heute wäre ich dem Kind beinahe begegnet. Es ist Sonntag, was ich aus zwei Gründen sicher weiß: Zum einen ist Dietzel nicht gekommen, zum anderen hat dieses entsetzliche Bängbäng der Eisenschienen am Vormittag im Kirchturm eingesetzt, das pausenlos dröhnt, sodass man nicht an einen Stundenschlag denken kann. Mit ihm wird zum Gottesdienst gerufen.
Als ich von meiner Runde durch den Garten zurückkehrte, sah ich ein kleines blaues Kleid und weißblondes Haar vom Pavillon in die Villa zurückhuschen. Und als ich mein Zimmer betrat, fiel mein Blick sofort auf den Klemmdeckel eines alten Kontobuches und einen Stapel vergilbten Schreibpapiers. Beides erweckte Wehmut in mir: Es muss noch von Engler oder Englers Vater sein. Man kann sehr viele Seiten in den Rücken des Deckels klemmen. Nun habe ich drei Dinge, die mir lieb sind in diesem Raum: Diese Kladde, die Zigarrenschachtel – vielleicht noch von Papa? –, in der Hanno beim Übersetzen seine Schreibutensilien aufbewahrt hat – Evi hat sie an jenem 9.9. auf dem Tisch vorgefunden – und die grünen Bände der russischen Dostojewski-Ausgabe auf dem Wandbord, die ich nicht lesen kann.
Geraume Zeit ging mein Blick zwischen diesen Dingen hin und her, um an ihrer Geschichte entlang wieder zur Liegenden zurückzukehren – bis zu einem der sommerlich scheinenden Herbsttage, einem Morgen, an dem etwas mit ihr, der Liegenden, geschehen ist, was man nicht einzuordnen weiß: Die Anni war da, hat aber nicht geputzt, sondern hat sich stumm ans Bett gesetzt, wie schon manches Mal ganz selbstverständlich, und hat auf die Lattenwand hinter dem Bett geschaut.
An diesem Morgen aber war es der Liegenden nicht selbstverständlich. Mit einem Mal hatte sie ein Gefühl von Dankbarkeit

für dieses Kommen, Sitzen und Schweigen. Und gegen alle Gewohnheit hat sie, wenn auch nur kurz, Annis Arm gestreichelt. Im Nachhinein hat sich die Liegende eingeredet, die hündische Ergebenheit der Anni habe ihr eigenes Erbarmen hervorgerufen, sodass sie sie gegen alle Gewohnheit am Arm habe streicheln müssen. Aber das plötzliche Aufleuchten in Annis Augen kann die Liegende nicht vergessen, und muss sich wundern, dass sie je hat vergessen können, wie schön sie sind. Betreten, aber gespannt verfolgt sie, wie die Anni sich nach der ungewohnten Annäherung verhalten werde.
Die Anni steht nach einer kleinen Weile auf, geht mit ihren kindlichen Schritten zur Tür, wendet sich noch einmal um und winkt der Liegenden mit einer scheu angedeuteten Gebärde zu.
Vielleicht hat der Traum der vergangenen Nacht die Liegende zu diesem Streicheln gebracht: Droben am hölzernen Himmel ist das Signal aufgeflammt. Im Wachzustand hat sie nicht mehr gewusst, welcher von den Sternen es gewesen ist. Aufgeflammt also, und die Anni nimmt sie an der Hand.
Steh auf, Evi!, ruft sie, da ist einer, der will wissen, was du gedacht hast, als du noch lebendig warst. Und Evi ist aufgestanden, hat 'ich' zu sich gesagt und dem da in einem blau geblumten Sack die Gedanken hingehalten, die sie im Leben gedacht hat.
Warum eigentlich?, hat sie aufgebracht gefragt, das waren doch keine Taten!
Warum?, hat der da sie nachgeäfft. Darum, weil Gedanken auf die Erde fallen können wie Bomben.

Und noch während die Liegende über diesen Traum nachsinnt, hört sie die Stimme der dicken Wiesental: Keine Bomben mehr, du da! Eine große Unruhe ist in der Stadt gewesen. Durch die Straßen, die nur notdürftig vom Schutt befreit waren, wie es Kindern, Frauen und Greisen mit diesen schweren Schaufeln und Pickeln eben möglich gewesen ist, haben sich Militärgespanne gedrängt, haben die Rittergasse verstopft. Soldaten haben ihre Fahrzeuge verlassen und sich hinter Ruinen und in Schuttlöchern versteckt oder sich in bewohnte Häuser verkrochen. Sie haben den Hausbewohnern ihre Habe geschenkt, Ballast auf ihrer Flucht. Was sie dafür wollten? Ein Gebet fürs Durchkommen.

In gleichen Abständen hat man das Sirren der Granaten gehört, die Detonationen ferner, näher.
Eduard hat sie in den Keller gebracht, hat ihr den abgetragenen Uniformrock umgelegt. Etwas anderes hatten sie nicht. Anna, hat er gesagt, die Stadt wird kaum zu halten sein. Dann ist er weggegangen, um die Lage zu erkunden.
Pass auf dich auf!, hat sie ihm nachgerufen. Pass gut auf dich auf.

Plötzlich dann das seltsam huschende Gerenne, das man durch die Kellerluke von draußen gehört hat. Und Eduard war wieder da.
Anna, hat er noch keuchend vom Laufen gesagt, die Stadt ist wie leer gefegt. Von allem Militär verlassen. Spukhaft schnell! Mit beiden Händen hat Eduard sich am Gestänge der Kellerluke festgehalten und in die plötzliche Stille hinausgehorcht.
In diese atemlose Stille hinein ist die Stimme eines Lautsprechers näher und näher gekommen:
KAPITULATION!
Und rasch ist sie in der anderen Richtung ferner und schwächer geworden:
Kapitulation!
Schüttelfrost hat ihre Körper ergriffen; und alle, die in den Keller geflüchtet waren, haben gezittert und stumm geweint. Der unberechenbare Krieg war ein einkalkulierbarer Zustand geworden. Gewohnheit. Jetzt furchtbarer Frieden. *Frieden!* Ein Wort, zu ungeheuerlich, als dass man es fassen könnte! Der Schrecken vollkommenen Ausgeliefertseins; ein Grauen vor tückisch Unbekanntem. Ein Wort zaghaften Flehens, dass aus dem Überleben noch Leben werden möge, erst später.

MP patrouilliert in der Stadt: vier Straßen, zwei Mann. Sie tippen jenen, die vom Land kommen, auf den Rucksack: Mach auf! Die Rucksackträger werden blass, ihr Blick gequält und flehend. Haben sie doch die Kettchen, Ringchen, Armbänder, die sie den Krieg über auf dem Leib getragen haben, bei den Bauern gelassen, um ein Stück Gedörrtes, ein halbes Brot oder ein wenig Schmalz ihren hungernden Kindern nach Hause bringen zu können.
Lad ab! Weinend schnüren sie den Rucksack auf. Aber was weiß denn ein Satter von solchen Tränen!

MP patrouilliert in der Stadt. Vier Straßen, zwei Mann. Sie tippen den Mädchen auf den Popo. Heute Abend, sagen sie, und machen die Bewegung des Essens.
Die Mädchen erröten.

*

Wegen seiner Nieren hat Eduard bei den Aufräumungsarbeiten nicht mittun müssen und hat, während die anderen den Schutt weggeschaufelt haben, Zeit gehabt, im Wald – ohne Axt und Säge, versteht sich – ungesehen nach Holz zu suchen. Auf dem Rücken hat er es heimgetragen und an der Rückfront vom Haus in der Rittergasse aufgestapelt.
Weißt du, Anna, hat er gesagt, das ist nicht nur für uns. Wenn der Stapel hoch genug ist und nach was Rechtem aussieht, kann ich damit tauschen.
Da hat sie begriffen, dass er aufs Neue mit dem Haus begonnen hat.
Ja, Anna, hat er gesagt, jetzt fange ich wieder an. Ich muss nur aufpassen, dass mich keine Kontrolle im Wald erwischt. Auch das Umfeld der Wälder und Städte wird kontrolliert. Heuhütten, Getreideschober, leer stehende Fabrikgebäude, Bahnwärterhäuschen neben rostenden Gleisen, Gerätehäuschen in Schrebergärten, Skihütten und einsam liegende Schafställe, Anna.

Nahe neben dem Exerzierplatz findet ein MP ein Mädchen in einem Schrebergarten. Unter eine Hecke geduckt, knüpft es bunte Fäden. Auf den Finger legen, festhalten, Schlinge überziehen, festhalten. Es knüpft und schaukelt.
Name?, fragt er es; aber es schüttelt den Kopf und deutet auf das Loch in der Hecke.
Wo zu Hause?, fragt er, weil er sich nicht denken kann, warum es auf das Loch in der Hecke deutet, hinter der die Kameraden Baseball spielen.
Auf den Finger legen, festhalten. Ihr Blick gleitet an ihm hinauf und hinunter. Sie murmelt Unverständliches.
Du? Er zeigt auf sie.
Irmhilt, sagt sie.
Wo Haus?

Sie schüttelt den Kopf. Nein, nicht in das Haus, weil es dort stinkt. Sie hält die Nase zu. Die Mutter hat Vaters Uniform im Küchenherd verbrannt. Dann ist sie mit dem Vater weggegangen. Es war Nacht.
Nacht? O gute Nacht! Er lacht, stemmt die Fäuste in die Hüften. Heute Nacht?
Sie knüpft und schaukelt. Sie nickt.
Hier?
Hier, sagt Irmhilt und sieht mit Augen zu ihm hoch, die er nie mehr vergessen wird. Zigarette? Er kramt in der Tasche.
Sie stopft die bunten Fäden in die Schürzentasche, nimmt die Zigarette, reißt mit dem kleinen schwarzen Daumennagel das Papier auf und schiebt den Tabak zwischen die Zähne.
No, no! Nicht essen, spricht seine Hand.
Unwirsch schiebt sie die Hand weg.
Wo Haus?, fragt er noch einmal, und ahnt nicht, was sie mit ihren Worten meint, weil er ihre Sprache nicht versteht:
Der Rauch stinkt in der Wohnung. Die Nachbarn haben die Schränke weggetragen, das Ledersofa mit den schönen weißen Porzellanknöpfen, weil man den Vater nicht zu Hause gefunden hat, und das Mehl und den Zucker und das Bett. Alles weg. Die Nachbarn.
Bett?, fragt er. Bett gut. Er kauert sich zu dem Mädchen nieder, setzt sich auf die Absätze seiner Stiefel und deutet auf die regennasse Erde: Das no gut. Bett gut!
Hilflos lüpft Irmhilt die Schultern. Er folgt ihrem Blick zum Geräteschuppen, in dem sie offenbar schläft.
Macht nichts, sagt er begütigend, wenn die Füße herausragen – und begleitet seine fremden Worte mit Handbewegungen –, an den Füßen sind Stiefel.

*

Die Liegende sieht sich als Evi Kugler. Mit Mann und Kind lebt sie im kaum beschädigten Haus von Schwiegermama, das der Beschlagnahmung durch die Besatzungsmacht entgangen ist: Man hat den edlen deutschen Charakter erkannt und ist von den Siegern geachtet und geschont worden, hat Schwiegermama gesagt und hat daran geglaubt.

Auf Franks alter Schreibmaschine tippt Evi Hannos Übersetzungen aus dem Russischen. Das Farbband gibt kaum noch Schwarzes ab. Noch einmal ist Hanno zum Leben auferstanden. Hie und da überfällt dieser Gedanke sie. Dann hebt sie die Hände von den Tasten, schlägt sie vors Gesicht und schluchzt, weil die Tatsache sie überwältigt. Frank, noch immer nicht ohne Stock, legt dann die Hand auf ihre Schulter, beugt sich über den Text und sagt etwas über die Schwierigkeit, eine so blumige und metaphernreiche Sprache ins Deutsche zu übersetzen.

Mit einem Holzvergaser kann sie in die Stadt fahren, wenn er nicht schon überladen ist, um Mama und Hanno zu sehen und ihm die Abschriften zu übergeben. Auf dem Heimweg weint sie aufs Neue, weil sie Hanno kaum wiedererkannt hat, und sie weint, weil Mama so alt geworden ist.

Aber Mama hat ihr gesagt, eine Lina habe nach ihr gefragt.

Eine Lina, Mama?

Sie wollte deine Adresse wissen.

Wo lebt sie, Mama?

Hier. Aber wir hatten kein Papier und keinen Bleistift, um ihre Anschrift aufzuschreiben. Mein Kopf ist müde, Evi, und Hanno kann nichts mehr behalten.

Lina! Evi sieht sie vor sich: Das strubblige schwarze Haar, das unter der Schwesternhaube hervorquillt, die Augen, denen man sich nicht entziehen kann, und die Lauterkeit, die aus ihnen spricht. Linas Bild erfüllt sie mit Wärme. Die Briefträgerin bringt ein Kuvert, in dem nichts anderes steht als Linas Adresse in Linas lieber unleserlicher Schrift. Sie lebt also noch! Und Evi fährt, sobald sie einen Stehplatz auf einem Lastwagen erwischen kann, und hofft mit allen anderen Reisenden, dass die Holzwürfel für die Fahrt reichen. Sie achtet nicht auf die Stadt, die diesen Namen so wenig verdient wie alle anderen, nur noch bruchstückhaft vorhandenen, die riecht wie alle anderen nach ihren billigen Vergnügungsangeboten, riecht noch immer nach nasser Asche und nach den Leichen, die unter den Trümmern zur Freude der Schmeißfliegen verwesen.

Die Gedanken der Liegenden stürzen zurück in die Zeit, ehe Evi in den Osten versetzt worden ist: in die Zeit vor Kortschow also.

Und sie spricht von der Kriegszeit zu sich, wie man bereits zu sprechen gewohnt ist, so, wie frühere Generationen von der Hungerszeit, der Pestzeit, der Inflationszeit gesprochen haben, um die Schrecken ins Begriffliche, ins Nurgesagte, nicht Nachgefühlte, weg aus dem Lebendigen ins Historische zu drängen. Da tun sie nicht weh und beunruhigen nicht.

Die Liegende tastet nach dem Tagebuch, um zu sehen, ob Evi in dieser Zeit vielleicht eine Eintragung gemacht hat, und sie liest:
6.10.45 Wortlos haben wir einander angesehen. Ihr Häubchen, schief wie immer, die Schürzenbänder verdreht, die Haare wirr. Mager wie wir alle. Falten im Gesicht, die früher nicht waren. Die Augen, noch wissender als zuvor.
Keiner von uns ist wie früher, sagte sie. Du bist verheiratet, hast ein Kind, Evi?
Und du, Lina?
Nichts von beidem. Männer existieren nicht mehr für mich. War in Gefangenschaft im Osten. Krieg's aber schon hinter mich. –
Warum hast du geheiratet, wenn's doch nicht Martin ist? Oder ist die Frage indiskret? Ist das Kind von ihm, Evi?
Damit stimmt's. Es heißt Sabine.
Dann möchte ich wissen, was los ist. Irgendwas ist doch los mit dir?
Er hat eine Mama mit Pferdezähnen.

8.10. Niederschreiben, wozu ich am 6. 10. zu feig war:
An einer Zimmertür von Linas Station gelauscht. Horch da mal, Evi! Und ich hörte:
Zwei, drei und! Lass uns doch üben, Evelyn!
Mir schwindelte, der abgenutzte Schleiflack der Tür verschwamm mir vor den Augen. Der Fleck um die Klinke herum, an dem das Holz bloß lag, abgescheuert mit Formaldehyd, dehnte sich aus und begann sich zu drehen.
Zwei komische Vögel, Evi. Zeitlose, Entronnene. Erinnerst du dich noch an den kleinen ledernen Spatz? Dickere Arme haben die beiden dort drinnen auch nicht. Und auch aus Leder.
Plötzliches Herzklopfen verriet mir das Unglaubhafte: Diese Stimme, die ich aus hundert anderen heraushören würde, wenn auch

noch viel brüchiger, aber noch immer mit der alten Kultiviertheit, dirigiert den Auftakt: Zwei, drei und!
Sollen wir nicht lieber schlafen, Cäcilie?
Schlafen? Wo denkst du hin!
Ich will jetzt immer schlafen – überhaupt hier in diesem freundlichen Haus. Schlafen hält jung!
Da bist du im Irrtum: Singen hält jung, Evelyn!
Singen ermüdet, Cäcilie.
So haben wir uns aber unter Kontrolle, Evelyn.
Wäre es nicht doch bald Zeit, mit dem Singen aufzuhören?
Aufzuhören? Wie kommst du mir vor!
Weißt du, ich möchte zu meinem Ephraim, Cäcilie.

Ich kenne sie, Lina.
Geh hinein!, sagt Lina.
Ich kann nicht. Mein Holzvergaser fährt.
Ach so, der Holzvergaser fährt. Dann also, Evi!
Ein Abschied für immer. Ich habe sie verloren.

20.10. Bei meinem Besuch letzte Woche Mamas ungläubiges Kopfschütteln. Wenn Papa das wüsste! Am nächsten Tag hat sie Evelyn Hofmann besucht.
Von den beiden alten Damen, Evi, hat sie geschrieben, bin ich unendlich bereichert nach Hause gekommen. Ich will zu unserm lieben Freund Engler fahren, um mit ihm darüber zu sprechen.
Ach, hättest du es doch gewagt!
Ich habe es nicht gewagt.

*

Sehr langsam schiebt die Liegende das rote Tagebuch unters Kopfkissen, schon gewiss, dass sich Englers Bild unter ihren Lidern formen will: Groß, hager, welliges, früh ergrautes Haar, lange, knochige Hände, Füße, die er als Paddeln bezeichnet.
Sie sieht, wie er sich im Gebüsch hinter dem Pavillon zu schaffen macht und kopfnickend findet, was er vermutet hat. Eine Kuhle ist da. Einer von den Namenlosen, die niemals in Gruppen kommen, nicht einmal zu zweit, hat da genächtigt: Für sie haben Ga-

novenzeichen am Türpfosten keinen Wert, sind keine Hoffnung für sie. Heimatlose, Gesichtslose, Vogelfreie, Gejagte sind sie, verfolgt von der eigenen unfasslichen Vergangenheit. Jetzt bestehen sie nur noch aus Angst. Kadaver mit urexistenzieller Angst und Überlebenstücke. Nichts anderes lässt ihr Bewusstsein mehr zu. In dieser geistigen Verarmung gleichen sie Debilen. Sie sind behindert. In ärztlicher Besorgnis schüttelt Engler den Kopf. Für den Arzt zählt nicht die Selbstverschuldung. Er versteht den hippokratischen Eid auf andere Art. Keinen Weg haben sie aus Gewohnheit, kein Lied, das sie mit anderen singen können.
Wenn sie reich sind, besitzen sie eine Mauser 7/65 mit einer einzigen Patrone. Meistens sind sie nicht reich. In Spiralen umkreisen sie die Orte ihrer Erinnerung, die Hand hinterm Ohr, um das Continuo verscherzter Geborgenheit zu erlauschen, und ducken sich bei jedem Geräusch. Sie winken mit der Hand ab, sagen 'Scheiße' oder 'Schiet', je nachdem, ob sie aus dem Süden oder aus dem Norden stammen. Am Zaun eines Hühnerhofes legen sie sich auf die Lauer; und der Bauer findet am Morgen die Federn. Nur weil uns die Amis die Schrotflinten weggenommen haben, sagt er zornig, nehmen die Füchse überhand.
Englers Kopfschütteln drückt also Besorgnis aus: Hier geht es um einen Menschen! Ob es ein guter oder schlechter Mensch ist, hat ihn nicht zu interessieren. Das ist Sache der Rechtsvertreter, der Gesetze des Landes also, und Sache der Priester, der Konfessionen also: ob sie ihn absolvieren können oder nicht. Aus lang geübter Helfensnotwendigkeit hätte Engler dem Scheuen, dem Verstörten gern einen Napf mit Essen in die Kuhle gestellt, kann es aber nicht riskieren: Im Pavillon lebt ein Flüchtlingspaar aus Böhmen. Die Frau macht ihm den Haushalt, diese Erne. Sie putzt, wäscht, kocht, verwaltet die rationierten Lebensmittel und das, was er von den Bauern bekommt. Der Mann hält den Garten sauber. Tag für Tag fürchtet Engler, dass einer von ihnen sagt: Hinterm Pavillon, Doktor, unter den Büschen, da stimmt es nicht. Und hämisch grinsend freuen sie sich, weil er es melden muss, und nicht sie, denn ihm gehört das Grundstück.
Die Liegende sieht ihn, wie er bei den Patienten herumhört, ob man nichts über einen Gejagten weiß. Aber man weiß etwas anderes: Die Ortsbesatzung hat ein Maskottchen bei sich, ein Mäd-

chen, das immer nur bunte Fäden knüpft und dabei schaukelt. Ein zurückgebliebenes Mädchen. Es hat wulstige Narben in den Leisten, heißt es, und manchmal lässt es sie gegen eine Handvoll bunter Fäden sehen.
Plötzlich verblassen Irmhilts Narben für die Liegende hinter den weißen Kerben, die Anselma in den Leisten hatte, um die Evi sie so beneidet hat, und für einen Augenblick empfindet sie dieselbe kindliche Qual.
Engler geht zur alten Bawett. Steil sitzt sie im Bett, was sie nicht soll. Aber der gebrochene Schenkelhals wird ohnehin nicht mehr zusammenwachsen. Die Alte weiß es. Er rückt den Stuhl nahe neben ihr Bett, wie er es immer tut, lässt die Hände zwischen den Knien baumeln und sieht eine Weile zu, wie die hellen Vierecke auf dem Bretterboden wandern. Wenn er genug geschwiegen hat, erzählt er ihr, wer krank oder im Sterben ist; und sie sagt: Ach der. Von dem Maskottchen erzählt er ihr auch, zuletzt von der Kuhle hinter dem Pavillon. Da aber hört die Alte schon nicht mehr recht zu, murmelt nur vor sich hin: Bunte Fäden? Bunte Fäden? Und er denkt, dass die Alte jetzt kindisch wird, und es tut ihm leid.

Bunte Fäden!, wiederholt die Liegende, während Engler weiterspricht. Und sie bekennt, dass sie auch an diesem Kind und seinen wulstigen Narben schuldig geworden ist. Auch zu dieser Schuld ist Anselmas Haarspange, die mit dem kleinen roten Stein, der Auslöser gewesen. Eine lange Kette von Verstrickungen folgt, die vielleicht noch lange nicht zu Ende ist. Und die Liegende wird immer sicherer darüber, dass Schuld und Bewegung in unmittelbarem Zusammenhang stehen. Die Angst der Liegenden – nur nicht den Fuß vor den Pavillon setzen, wer weiß denn, wohin der kleinste unsrer Schritte führt! – hat in dieser Vorstellung ihre Berechtigung. Kein Mensch, der sich bewegt, kann frei sein von Schuld. Keiner kann wissen, wohin sein Sichaufrichten führt! Wehret den Anfängen!, heißt es blauäugig. Aber keiner belehrt uns, welche Anfänge die Anfänge für etwas Schreckliches sind. Wieso eine Haarspange? Wieso ein Kinobesuch mit dem Hausmeistersohn, der eine aufgeworfene Oberlippe hat wie ein greinender Säugling?

Aus der unendlichen Reihe der Bilder, von welchen die Liegende heimgesucht wird, tritt dieser Mann, der hinter dem Pavillon genächtigt hat, in die Sichtbarkeit. Seine Uniform liegt in irgendeinem Teich. Ein Bauernkittel umlottert seine Gestalt, vermutlich ein gestohlener. Vor dem Morgengrauen hat er sich ins Kiefernwäldchen zurückgezogen. Das Kiefernwäldchen ist gut für ihn, weil am Rand Unterholz ist. Tagsüber ist es gut für ihn. Sobald die Dämmerung dicht genug ist, wagt er sich heraus. Er setzt sich an den Rain, wie er als Junge an anderen Rainen gesessen und mit den anderen Jungen Marsch- und Wanderlieder gesungen hat. Er schaut auf das Dorf hinab. Er sieht die Lichtfahnen, die jetzt wieder aus den Fenstern wehen, und hat sich noch nicht an sie gewöhnt. Das Wort 'Verdunkelung' will sich in ihm breitmachen, bis ihm das Wort 'Frieden' wie ein Fremdwort in der Kehle hochsteigt, und er begreift: Da sind Menschen, die sich vor nichts mehr fürchten.
Unter seinen Füßen spürt er etwas Weiches und sieht im letzten Tagesschein: Das Weiche ist eine Melone gewesen, jetzt aber zerfressen, verbeult, verblichen. Vor sich auf dem kargen Gras erkennt er einen dunklen Kreis, mit Steinen eingegrenzt: der Ort eines Lagerfeuers. Er steht auf, geht die paar Schritte hin und kratzt verkohlte Ästchen aus der Asche. Es wird ihm seltsam weh.
Da hört er Schritte auf dem Bannzaun näherkommen. Geduckt lauscht er ihnen entgegen. Noch immer sind sie holpernd wie in der Kindheit. Hinter dem Pavillon liegend hat er sie zum Doktor gehen gehört und sofort wiedererkannt. Leise hat er ihre Kinderweise gepfiffen. Alle meine Entchen – und sie ist lauschend stehen geblieben. Er hat die Hand aus dem Gestrüpp gestreckt, zum Bannzaun hinauf gedeutet und ihr zwei Finger gezeigt. Auch sie hat an der herunterhängenden Hand zwei Finger abgespreizt und ist ins Haus gegangen.
Jetzt pfeift er wieder und setzt sich auf dem Rain zurecht.

Hast du mich lange gesucht?
Sie schüttelt den Kopf, stellt eine Kanne neben ihn. Stew, sagt sie, setzt sich zu ihm und greift in der Tasche nach den bunten Fäden.

Wenn es hell wäre, Erich, könntest du sehen, wie schön rot der da ist. Red, sagt sie. Und der andere ist sky-blue. Aber nie ist es hell, wenn wir einander sehen, Erich. Evry dark.
Er kratzt in der Kanne. Vier Tage, seit er das letzte Huhn zerrissen und roh verschlungen hat.
Du sollst für mich in unsre Kate gehen, Irmhilt. Dich wird keiner kontrollieren, sagt er und sieht die Kate vor sich: Die Küche, wo die Mutter die Arme über den Tisch geworfen und den Kopf daraufgelegt hat. Er sieht ihr zerzaustes braunes Haar, und noch einmal fällt ihm das Steckholz ein, von dem er mit dem Daumennagel die trockene Erde kratzt. Jetzt aber ist in dieser Küche die Frau, die er in den letzten Kriegstagen geheiratet hat. In dieser Kate, Else, wartest du auf mich, bis der Krieg aus ist!, hat er der Frau eingeschärft. Dort muss sie jetzt also sein.
Hast du sie gesehen, Irmhilt?, fragt er, ohne daran zu denken, dass die Schwester die Frau ja nicht kennen kann, weil kein Verwandter bei der Hochzeit zugegen war.
Die große Blonde, Erich, die mit dem dicken Bauch?
Dicken Bauch? Ja, die.
Tut deine Wunde noch weh, Erich?
Immer, sagt er. Sie nässt, wo die Ausschüsse sind. Die sind am After. – Gibt es den Brunnen nahe beim Haus noch, der immer so laut plätschert?
Über den Finger legen, festhalten, Schlinge überziehen, festhalten. So ein Brunnen ist da, sagt sie.
Das Plätschern ist gut, sagt Erich Frech, es übertönt den heimlichen Schritt. Ich gehe nicht mehr in die Kuhle hinter dem Pavillon zurück.

*

Er schleicht durch den Hohlweg ins Dorf hinunter, der am Häuschen der Hebamme vorbeiführt. Komplizenhaft plätschert der Brunnen, als erkenne er ihn wieder, erschreckend, wenn ein Windstoß in den Wasserstrahl fährt und das Plätschern sich verhaspelt. Drei große Sprünge noch, und er steht vor der Katentür. Leise klopft er und horcht, nicht nur mit den Ohren – mit jeder Pore der Haut.

Der Schlüssel kratzt im Schloss, wie er immer gekratzt hat. Die Tür wird schmal, und immer breiter der Spalt. Trübes Licht säumt die Gestalt der Frau, die silhouettenhaft da steht, schweren Leibes.
Endlich fällt ihre Hand von der Klinke. Sie zieht ihn herein und hastig über den Backsteinboden in die Küche. Atemlos versperrt sie die Tür. Dann stehen sie voreinander, wissen nicht, was sie miteinander tun sollen. Sie küssen einander, weil ihnen einfällt, dass sie es noch kürzlich getan haben. Inzwischen sind aber hundert Jahre vergangen, so scheint es ihnen. Sie umarmen einander, so müssen sie einander nicht in die Augen sehen, wo Leere ist. Nicht einmal die Sehnsucht nach Liebe empfinden sie. Es wird sich schon wieder einspielen, denkt er. Der Herd dort drüben ist noch warm, die Wohnlichkeit tut ihm wohl.
Sie aber flüstert: In der Nacht musst du wieder weg! Droben in der Dachkammer wohnt eine, zu der die Amis kommen. Die Küche hat sie mit mir gemeinsam, darum ist der Herd noch warm. Sie braucht ja immer warmes Wasser. Wir kriegen dafür mehr Holz zugeteilt. Die darf dich nicht sehen. Du musst weg, noch in der Nacht!
Zwei Tage, Else!, bettelt er und deutet auf die Kammertür, in der eines Nachts der Mann gestanden hat, der nicht ausgesehen hat wie ein Steckholz und darum feindlich gewesen ist. Zwei Nächte, Else! Aber sie schüttelt den Kopf. Dann haben sie dich. – Horch!, flüstert sie. Mit einer Kopfbewegung deutet sie zur Zimmerdecke. Sie hält ihm die Hand auf den Mund.
Jetzt geht er weg, sagt sie in das Gepolter von der Stiege her. Jetzt braucht sie Wasser. Der Nächste kommt in einer halben Stunde. Sie verkrampfen sich in der Umarmung, während sie lauschen. Spüren Wärme. Da war doch mal was? Dann versteckt sie ihn in der Kammer. Als die andere wieder oben ist, lässt ihn die Else heraus. Da war doch mal was Gemeinsames? Du!, raunt er ihr ins Ohr und weiß nicht mehr, wie er es früher gesagt hat, dieses Du. Sie schließt die Augen, um diesem Du besser nachhorchen zu können. Aber sie weiß nichts mehr damit anzufangen. Und die Haare in seinem Gesicht, die im Licht der Küchenfunzel rötlich schimmern.
Plötzlich fällt ihr etwas ein: Sie streckt sich. Spürst du das Kind?

Von der Dachkammer hören sie ein Plätschern.
Gib mir einen Zettel!, fordert er leise.
Sie kramt einen Zettel aus der Tischschublade, legt einen Bleistiftstummel daneben. Er schreibt die Adresse von Freunden auf, bei welchen er die Runde machen will. Mag doch sein, dass noch einige von ihnen leben. Vielleicht kann er bei irgendeinem arbeiten – ungemeldet, ohne Papiere. In der Nacht gehen sie Hand in Hand in die Kammer. Sobald der Ami die Treppe heruntergepoltert ist und die Frau aus der Dachkammer in der Küche Wasser geholt hat, sobald sie das Plätschern von oben hören, sobald die Frau das verbrauchte Wasser unten in der Küche in den Ausguss geschüttet hat, wobei sie mit dem Eimer klappert, sobald sie wieder droben ist und droben ist Ruhe eingekehrt, steht die Else mit ihm auf, löscht das Licht und schiebt ihn in die Nacht hinaus.
Lautlos zerrinnt er hinter den Lidern der Liegenden.

Was, Dietzel, heute haben wir schon den ersten Elften neunundvierzig? Und Franco will mit den Portugiesen zusammen eine Armee in die Pyrenäen stellen?
Dort ist es schön, Herr Doktor! Dort war ich in Gefangenschaft, Monsieur! Vor Christi Geburt hat es dort unten römische Armeen gegeben. Und mehr als tausend Jahre später haben Christen die von ihnen blutig verfolgten anderen Christen in den Höhlen, in die diese geflohen waren, eingemauert. Jetzt gibt es dort etliche Museen, wo die Geschichte der Verfolgten dargestellt ist.
Er nimmt sein Fahrrad von der Wand des Pavillons und fährt scheppernd den Hohlweg hinunter. Ich, die Schreibende, erinnere mich aber an die Überlegung der Liegenden, die aus ihrer Geschichte ebenfalls ein Museum hat machen wollen.
Ein Museum machen, denkt die Liegende, auch wenn man weiß, dass die Kaffeemenge, die man täglich bekommt, zur Niederschrift der Bildabläufe bei Weitem nicht reicht.
Auch die Latten reichen nicht aus. Man müsste jene des Vorraumes dazunehmen. Eines Tages, denkt sie, werden vielleicht doch noch alle Bilder sprachlich abgebildet zu sehen sein: Kolumnen der Geschichte, die den bestirnten Himmel tragen, wenn sich keiner mehr an die Wahrheit erinnert; wenn in den Schulbüchern

alles bis zur Unkenntlichkeit verfälscht ist, weil sie von Unwissenden oder Halbwissenden oder Besserwissenden geschrieben sind. Dann wird die Sammlung auf den Lattenwänden des Pavillons ihre Authentizität wahren, denn sie wird Freude und Schmerz jener Menschen widerspiegeln, welche diese Zeiten rasend gefressen haben, welche von ihnen verschlungen worden sind. Mit Hilfe von Plakaten könnte vorsichtshalber auf die Subjektivität der Aussage hingewiesen werden.

*

Übernimm dich nicht, Eduard! Ihren glasigen Finger hebt die Wiesental, während sie auf die Liegende einspricht, als sei diese Eduard. Übernimm dich nicht!, hat sie gewarnt.
Ein geliehenes Wägelchen hat er hoch mit dem Bündelholz beladen, das er in den Wäldern gesammelt hatte, und ist damit weggefahren. Ein wenig später ist er mit einem Stück Maschendraht zurückgekommen.
Was willst du mit dem Zaun, Eduard?
Mit einem Fetzen hat er sich den Schweiß vom Nacken gerieben.
Ein Lager machen, Anna. Auf der Kohlenhalde. Jetzt, wo die Trümmer weggeräumt sind, sieht man erst, wie groß die ist!
Da war ihr gewiss, dass ihn das Haus, nach allem was gewesen ist und trotz allem, was ist, nicht losgelassen hat.
Wo doch alles so verletzlich ist, Eduard!, hat sie gesagt.
Ein Lager, weißt du, für Holz oder Steine, Anna! Sie hat den Eigensinn aus seiner Stimme gehört.
Von da an ist er nur noch jeden zweiten Tag in die Wälder gegangen. An den dazwischenliegenden Tagen hat er heile Backsteine aus dem Schutt gewühlt, wo immer er sie hat finden können. Mit anderen Steinen hat er die Mörtelreste abgeschlagen, dass die Ecken und Flächen wieder glatt zu sehen waren. Eine Zeit lang ist das im Rücken der Räumungskommandos so weitergegangen. Bis Ordnung in diese Dinge gekommen ist. Dann sind auf den Trümmern die Besitzernamen angebracht worden, und wenn man Steine genommen hätte, wäre es Diebstahl gewesen.
Anna, hat Eduard gesagt, jetzt werde ich auf der Kohlenhalde eine Hütte bauen. Aber sie hat keine Hütte auf der Kohlenhalde

gewollt. Weißt du, Eduard, hat sie gesagt, was sich so tief in der Erde tausend Jahre lang zu Kohle gewandelt hat, hat doch auch jahrzehntelang auf dieser Halde gelastet und hat sie vielleicht mit Vergangenheit vergiftet!
Ach lass nur, Anna, da könnte es ja nirgends mehr eine Zukunft geben.
Zukunft, Eduard? Wie aufwachend haben sie einander angesehen. Zukunft, das war gleichbedeutend mit Rolf; aber Rolf war nicht mehr da.
Die Hütte, Eduard, hat sie nach einer langen Weile gesagt, musst du so machen, dass drei Betten, ein Tisch und drei Stühle drin Platz haben.
Also musst du von jetzt an täglich drei Teller auf den Tisch stellen, Anna, für den Fall, dass er gerade dann kommt, wenn wir beim Essen sind. Eduard hat sie in seiner Bitterkeit erbarmt.
Mach mir indessen eine Bank vor dieser Haustür hier, Eduard. Von der Bank aus sehe ich bis zur nächsten Ecke. Ich sehe, wer auf das Haus zugeht, die beiden Mädchen vielleicht, die hinten im Korridor ihr Zimmer haben. Immer sind sie freundlich. Die dicke heißt Irene, die dünne Anselma. Und wenn ich auf der Bank sitze, setzen sie sich vielleicht einen Augenblick zu mir.
Ihr Fenster, Anna, geht hinten hinaus. Unter ihrem Fenster staple ich mein Bruchholz und jetzt meine Steine. Der Platz reicht nicht mehr. Darum brauche ich das Lager mit der Hütte auf der Kohlenhalde. Es muss doch mehr werden.
Dann hat sie täglich auf dieser Bank gesessen. Eduard hat einen Schirm gefunden, den sie manchmal gegen den Regen und manchmal gegen die Sonne aufgespannt hat. Braun umrandete Löcher hat er gehabt, Brandlöcher. Ihr ist aufgefallen, wie dünn die Haut auf ihrer Hand geworden ist, die den Griff umspannt hat. Das hat sie dem Mädchen vom hinteren Flur gezeigt, das auf den Namen Irene hört. Da sehen sie, Fräulein, hat sie gesagt, was wird unser Sohn sagen, wenn er nach Hause kommt und die Hände seiner Mutter sieht, die ihn so oft gestreichelt haben?
Haben Sie denn einen Sohn, Frau Wiesental?, hat das Fräulein gesagt, ist aber gleich aufgestanden und hineingegangen. Das Fräulein Anselma hat man seltener gesehen.

Am Abend hat auch Eduard seine Hände verstohlen betrachtet. Und am Morgen hat er lange in die Spiegelscherbe gestarrt. Die Wassersäcke, Anna, hat er gesagt, die sind doch neu in meinem Gesicht. Oder haben sie meine Augen schon immer so in die Länge gezogen?

Zwei Tage später hat Eduard Fieber gehabt. Aber noch ehe sie ausgeredet hatte – zum Arzt, E... –, hat er schon abgewinkt, hat eine große Fuhre Bündelholz zum Schlachthof gefahren, Briketts dagegen eingehandelt, ist in der Dunkelheit damit wieder weggefahren und hat einen Sack voll Zement zurückgebracht, hat ihn hinten, unter dem Fenster der beiden Fräuleins deponiert. Anna, hat er gesagt, da sieht doch jeder ein, dass ein Lager mit Zaun und eine kleine Hütte notwendig sind.

In dieser Nacht hat er sich stöhnend in dem schmalen Bett hin und her geschoben und war glühend heiß. Bis an den Rand ist sie ihm ausgewichen.

Eduard!, hat sie gerufen, tut dir was weh? Aber Eduard hat keine Antwort gegeben. Im Dunkeln hat sie sich zur Tür getastet und durch den Korridor, alles ohne Licht, weil es keine Glühbirnen zu kaufen gegeben hat. Hinten im Flur hat sie Hilfe suchend an eine Tür geklopft, wo auf einem Papierschild 'Irene Kutschka' und noch ein Nachname steht, wie Eduard schon gesagt hatte, der nicht zu lesen ist. Ach, helft mir doch, helft mir doch!, hat sie nahe der Tür gerufen.

Als die Tür aufgemacht worden ist, war innen alles voller Dampf. Mein Mann, mein Mann!, hat sie gestammelt: Krank!

Die Mädchen haben sich nur schnell etwas vor die nackten Leiber gehalten. Entschuldigung!, hat sie gesagt, aber mein Mann ...

Aber die Dunkle, Dünne hat sofort versprochen, einen Arzt zu holen. Ganz schnell ist sie in die Kleider geschlüpft.

Ich mach dir das Fenster auf, Anselma!, hat das Fräulein Irene ihr nachgerufen.

Kurz danach ist der Arzt da gewesen. Sie müssen leider ins Krankenhaus, Herr Wiesental, hat er gesagt. Eduard hat stumm genickt. Zu ihm herabbeugen solle sie sich, hat er bedeutet. Und nahe an ihrem Gesicht gesagt: Wenn der Junge jetzt hier wäre, Anna, könnte er indessen mit der Hütte beginnen!

Sonderbar schief hängt sie in ihrem Armstuhl, denkt die Liegende, merkt dann aber, dass sie nach den letzten Worten ohnmächtig geworden ist. Kein Wunder bei der Schwüle jenes 10. 9., der ihr anhaftet als ihr Sterbetag, an dem Eduard nachts schon von ihr gegangen ist. Trinken müsste sie; Flüssigkeit fehlt! Wenn sie aus der Ohnmacht erwachen wird, wird sie den Mund nicht mehr öffnen können. Ihren Lieblingssatz, durch den sie sich bestätigt fühlt, wird sie nicht mehr murmeln können: Ich, die dicke Wiesental! Ihr Gaumen ist verledert, die Zunge angeschwollen, die Lippen sind schmerzhaft aufgesprungen. Und doch wird man wissen, was sie meint, weiß die Liegende. Erkennen wird man, was sie einem zu sagen hat, denn man hat die nötigen Tentakel entwickelt, stumme Worte zu verstehen.

Ich, die Schreibende, sinne dieser Sicherheit der Liegenden nach – zu wissen, was die Wiesental mit ihren ungesprochenen Worten meint – und frage mich, ob solch eine Weiterentwicklung menschlicher Sinneswerkzeuge jemals möglich werden könnte – oder gar die Fähigkeit, neue ungeahnte Anlagen in sich auszubilden? Ein Gedanke, so groß, dass man seine Konsequenzen nicht absehen kann. Aber die Stimme des Doktors lenkt mich ab.

Was, Dietzel, heute haben wir den zweiten November neunundvierzig, und der Heuß sagt im Schöneberger Rathaus, Berlin wird wieder die Hauptstadt Deutschlands werden? Sieh an, sieh an!
Gewiss, Herr Doktor. Und sie haben *Herr, mach uns frei!* gesungen.
Und zweihunderttausend Berliner haben geheult, Dietzel?
Ich auch, Herr Doktor, gestern am Radio.

*

Die Anni, der die Liegende über den Arm gestreichelt hat, kommt öfter, bleibt aber nicht mehr schüchtern sitzen und putzt nicht mehr den Boden. Sie starrt nicht mehr auf die Wand. Mit einem Staubtuch geht sie im Zimmer umher, wischt über die Möbel, auch über das Fensterkreuz. Liebevoll streicht sie über das Bett, in dem die Liegende niemals liegt. Die Liegende folgt ihr mit Blicken. Die Gegenwart der Anni tut ihr gut.

Jenen Traum, in dem die Anni die Liegende an der Hand genommen hat – Evi, steh auf! –, habe ich nur teilweise niedergeschrieben. Ich setze den zweiten Teil dazu:
Deine Gedanken fallen auf die Erde wie Bomben!, hat jener gesagt.
Und wenn man nichts gedacht hat?, hat die Liegende gefragt. Dann ist doch auch nichts da, was auf die Erde fallen könnte, und man kann für gar nichts verantwortlich gemacht werden!
Das denkst du dir so zurecht, hat jener gesagt. Du glaubst wohl, gut dabei wegzukommen? Hä? Weit gefehlt, Schätzchen, denn dort, wo nichts ist, drücken die Gedanken von anderen rein, nehmen deine Physiognomie an, und du musst für sie geradestehen, hahaha! Es ist wie bei einem leer stehenden Haus. Da kommt einer und nistet sich ein, basta. Jetzt gehört es ihm, und dem Haus sieht man es von außen nicht an.
Jetzt sprichst auch du von einem Haus wie die dicke Wiesental!, ruft die Liegende aus und erwacht. Mit weit geöffneten Augen sucht sie in der Dunkelheit die Gipssterne am hölzernen Himmel und hofft, dass die Anni bald wiederkommt.

Mama hat die Anni bei Frau Sanders untergebracht – ich, die Schreibende, erinnere mich daran –, recht in der Nähe, hat sie zu Papa gesagt, damit sie ein Auge auf sie haben könne, und damit die Anni notfalls eine Zuflucht habe. Papas Schülerin ist sie gewesen. Guten Tag, Herr Lehrer, hat sie weiterhin gesagt, wenn sie ihm im Haus Nr. 17 begegnet ist.
Guten Tag, Fräulein Anni, hat er geantwortet und geschmunzelt.
Aber das sollen Sie doch nicht sagen, Herr Lehrer!
Ach, ich ungelehriger Schüler, Fräulein Anni!
Wenn Mama später von ihrer neuen Wohnung aus bei Engler zu Besuch war, ging sie mit ihm zu der alten Hebamme, die da schon bettlägerig war und von der Anni gepflegt wurde. Es konnte dann vorkommen, dass sie beisammensaßen und schwiegen. Der Gedanke an das Vergangene stand fast greifbar im Raum.

Die Liegende sieht Mama den Hohlweg vom Haus der Hebamme an Englers Seite hinaufgehen, auf dem Papa in seiner Verzweiflung, bereits dem Tode nahe, vom Bannzaun heruntergekommen ist. Im Steigen legt sie ihre Hand leicht auf Englers

Arm, weil sie ihm sagen will, dass sie auch seinen Kummer versteht. Sie wenden sich auf dem Bannzaun nach rechts, behalten ihn bis zum nächsten Hohlweg bei, der zum Haus des Doktors hinunterführt.
Ob er glaube, dass Hanno je wieder ganz gesund werde, fragt sie bedrückt. Ob sein Gehirn nicht doch zu sehr verletzt sei?
Er habe ja kürzlich einen Brief von ihm bekommen, der auf einen unversehrten Geisteszustand schließen lasse. Was allerdings die physischen Bedingungen angehe, die Knochensplitter etwa, könne man nichts Abschließendes sagen. Das immerwährende Kopfweh mag wohl eine immerwährende Qual bleiben – einmal etwas stärker, dann wieder schwächer. Sehr vom Wetter seien diese Patienten abhängig. Leider.
Engler bleibt stehen, nimmt ihre Hand von seinem Arm. Liebe gnädige Frau, sagt er innig beschwörend, spricht aber dann nicht weiter. Die Liegende will das Bild nicht schwinden lassen. Langsam schwächt es seine Leuchtkraft ab, aber sie hört noch seine Worte: Wir wollen realistisch bleiben, sagt er rau, während er das Gartentor aufschiebt.

Die Liegende findet sich mit dem Blick auf den einstmals reinblauen Himmel wieder.
Die lauernden Sterne rücken aus ihrer Symbolhaftigkeit, verlieren ihre vieldeutige Physiognomie und werden, was sie sind: Gebilde aus Gips mit Resten güldener Bemalung. Wir wollen realistisch bleiben.

*

Noch einmal ist Englers Bild zur Liegenden zurückgekehrt. Mama nicht mehr an seiner Seite. Er ist erregt.
Kochen Sie ein paar Kartoffeln mehr, Frau Erne!, sagt er zu der Flüchtlingsfrau, die ihm die Küche macht. Sie hält den Kopf schief von ihm weg und zupft am Kopftuch.
Ja, Herr Doktor, sagt sie und denkt: Wozu braucht er mehr Kartoffeln, wo er doch abends so gut wie gar nichts isst?
Was gibt es zu den Kartoffeln, Frau Erne?
Riebenkohl, mehr is nijet do.

Kein Ei mehr im Haus?
Nein, Herr Doktor, Eier waren in Speisen, Herr Doktor.
Wir müssen doch noch Eier haben, Frau Erne.
Seit wann kümmert er sich um die Eier? – Wär nachschaun noch e mol, Herr Doktor.
Kochen Sie es mir hart, sagt Engler.
Als er es dann hat, lässt er es in die Joppentasche verschwinden und geht mit dem Ei in der Tasche zu seinen Patienten in diesem und dem anderen Dorf, kommt mit dem Ei in der Tasche wieder zu seinem Haus zurück und weiß noch immer nicht, ob er es wagen soll, dem Mann etwas hinter den Pavillon zu legen, dem Gejagten, Verfemten, von dem er glaubt, dass er in der kommenden Nacht wieder hier sein wird.
Endlich entschließt er sich: Mit zwei Kartoffeln, einem Streifchen Speck und dem Ei kriecht er durch die Sträucher, legt alles in die Mulde, von der er sicher meint, sie sei noch bewohnt. Prüfend schaut er zum Himmel, als sei er selber der Gejagte. Die Nacht wird hell, was ihn beunruhigt. Nachts quält sich aus dem Bett, weil er keine Ruhe finden kann: Hat er es recht gemacht, er, der Bauerndoktor, der simple? Hilft er dem Hilflosen, oder verrät er ihn mit seiner Fürsorge? Ist sie dem Gehetzten überhaupt recht? Im Nachthemd tappt er zum Fenster, horcht und späht, um sich seufzend wieder aufs Bett zu legen. Gegen Morgen reißt ihn die Hausglocke aus unruhigem Schlaf. Mit eiliger Vorsicht öffnet er das Fenster.
Am Gartentor die Anni mit Angst in der Stimme: Die Tante hat einen Schlag!

Die Bawett also: Die alte Hebamme ist dran. Es tut ihm leid. Er schiebt den Schlüssel in die Ledertasche, zwingt, während er aufs Gartentor zugeht, den Kopf nach vorn. Nur nicht zu den Büschen hinüberschauen! Und doch entwischt ihm ein rascher, ungezielter, hastig zurückgenommener Blick. Nicht unruhig soll der dort drüben werden, falls er durch die Deckung lauert. Nicht sich ängstigen müssen! – Also die Bawett ist dran. Der Morgen riecht fruchtig. Noch einmal wirft er einen Blick zum Himmel hinauf. Der hat sich dunstig überzogen. Die Bawett also.

Er versorgt sie, setzt sich auf den Stuhl neben ihrem Bett und lässt die Hände zwischen den Knien baumeln. Vielleicht kann er nie mehr mit ihr reden. Sie wird ihm fehlen. Ächzend steht er auf. Erst, als er sein Gartentor aufschiebt, denkt er wieder an den Mann. Sicher hat er die Mulde schon verlassen und ist zum Bannzaun hinauf und ins Unterholz entwichen. Engler wagt einen kurzen Blick und sieht die Erne durch die Büsche kriechen. Die Schürze hält sie gerafft vor dem Bauch. Kartoffeln, Speck und Ei. Fluchtartig kehrt Engler um, läuft ziellos zum Brunnen, zum Teich. Er schaut auf das Wasser, auf die Entengrütze, auf die kleinen Luftblasen, die neben der Entengrütze aufsteigen. Dann geht er zum Friedhof, setzt sich unweit von Hohmers Grab auf eine Bank und wird ruhig.
Mein Freund, sagt er, Sie sehen, welche Macht die jeweiligen Zeitenläufte über unser Gewissen beanspruchen, und wann Opportunismus angebracht werden muss, um Überleben zu garantieren. Nirgends ist moralisches Recht pur. Ganz einfach nicht zu erwarten, Hohmer. Wir haben es immer geahnt, hätten es wissen können, wenn wir es geglaubt hätten, was wir wussten. Inzwischen ist Ihnen das ja längst klar. Muss nicht mehr besprochen werden.
Engler lüpft die Schultern und macht eine wegwerfende Handbewegung ins Ungewisse. Über die Friedhofsmauer hinweg hört er, wie die Ortsbesatzung das Schulhaus räumt. Die Motoren heulen auf; sie rückt ab. Engler hat das Maskottchen, das sie mit sich führt, nie gesehen. Die Liegende aber nimmt Abschied von dem epileptischen Kind, in dem sie einen Engel verkörpert gesehen hat. In dem ich einen verkörperten Engel sehe. Ich ahne: Abschied für immer. Nie mehr werde ich seinen lichten Augen begegnen. Irgendwo anders wird es bunte Fäden knüpfen, Regenbogen durch die kindlichen Finger schlingen. Verarmt bleibt man zurück. Das Schulhaus von Wälden wird seiner ursprünglichen Bestimmung wieder zugeführt. Die nachfolgende Abteilung der Besatzungsmacht wird nach Kurzem in der Kaserne hinter den Exerzierplätzen untergebracht werden. Man gestattet ihr das Mitführen absonderlicher Maskottchen nicht mehr, denn der Siegestaumel beginnt abzuebben. Die Neuen sind Leute aus der Etappe und verrückt auf eine Entkleidungskünstlerin, die in einem Rui-

nenkeller der Stadt ihre Vorstellung gibt. Haar und Gesicht sind mit einem Schleier verhüllt. Geschmeidig biegt sie den olivenfarbenen Leib. Die Kerben zwischen Oberschenkel und Bauch, um die Evi sie so sehr beneidet hat, sind phosphoreszierend betont. Die Lichter verlöschen im rechten Augenblick, und die Männer, die mit gespreizten Beinen auf ihren Stühlen kleben, grölen. Das Chanson, das Anselma singt, tönt aus allen Kasernenfenstern, seine Melodie wird auf den Straßen gepfiffen.

Der Krieg ist vorbei, ihr Lieben! Die Städte haben schwarze Gesichter.
Und wir, die wir übrig geblieben, sind hungriges Lumpengelichter.

Der Krieg ist vorbei, ihr Guten! Was heil war, ist nicht mehr komplett.
So mancher, der musste verbluten, den ich gerne noch bei mir hätt.

Der Krieg ist ein Märchen geworden von Tausendundeiner Nacht.
Versunken das Rauben und Morden: Jetzt wird geliebt und gelacht!

Refrain:
Reicht mir ein Beefsteak und einen starken Mann,
oder Geld in einer Währung, mit der man beides kaufen kann,
denn der Kadaver allein macht unser Glück!
Vergesst das nie, Freunde – schaut nie zurück!

Das Publikum tobt. Dollarnoten flattern auf die Bühne. Am Ausgang prügeln sich die Männer, wer vorn sein darf, wenn sie geht. Aber der Wirt, dem dieser Keller gehört, verrät ihren Fluchtweg nicht, der durch viele Keller führt, ein Gewirr unterirdischer Höhlen. Die einstigen Luftschutztüren fehlen schon längst; aber immer neue Gänge eröffnen sich, die endlich in ein abseitiges Gässchen münden. Von dort führt ein Schleichweg im Schutt in die Rittergasse.
Anselma klettert über das Bündelholz, das Eduard unter dem Fenster gestapelt hat. Einmal ist es ein wenig mehr, einmal weniger, immer aber vorhanden. Seit einiger Zeit sammeln Kinder für ihn Reisig im Wald, um sich ein Sirupbrot zu verdienen. Und wenn

sie beim Sammeln nicht auf eine vergessene Mine treten, können sie das Sirupbrot auch essen.
Anselma pocht ans Fenster, schlüpft hinein. Der Raum ist voller Dampf. Häfen stehen auf dem Herd; Irene schöpft sprudelndes Wasser in einen Zuber, gießt kaltes Wasser dazu. Langsam legt sich der Dampf, und die Liegende erkennt die ausufernden Formen der Freundin, die, schon entkleidet, die Kanne, mit der sie geschöpft hat, auf die Wasserbank stellt.
Wie viel?, fragt sie, während Anselma noch in den Dollars blättert, um sie gleich darauf unter die Matratze zu schieben.
Genügend, um dich zu ernähren.
Anselma steigt zu ihr in den Zuber. Irenes Busen wippt.

*

Die Gestalten schwinden hinter den Lidern der Liegenden, während das Wasser sich nun in einem kleinen Emailbecken sammelt. Eine geübte Hand fühlt die Wärme. Ein Geburtsschrei – ob Lustschrei oder Angstschrei ist nicht zu unterscheiden – ertönt. Ist gut, hört die Liegende die Stimme, die sie mit der Hand im Wasser zusammenfügt. Das Wasser für das Neugeborene ist gemeint. Eine Frau hat geboren, die Else ist von ihrer Kindslast befreit. Man legt ihr den Säugling in den Arm, und die Liegende sieht an ihrem Blick: Das Kind ist ihr abgrundtief fremd. Unter der Bettdecke sucht die Wöchnerin ihren Bauch. Was hat das Kind damit zu tun? Die Zusammenhänge tun sich ihr nicht auf; ausgestoßen hat sie sie wie ihren Mutterkuchen, der den Namen Erich Frech tragen könnte.
Von einem Fuhrwerk wird sie nach Tagen ins Dorf mitgenommen, warm eingehüllt Mutter und Kind. Aber daheim ist alles anders als zuvor. Das Kammerfenster ist angelehnt, in den Rahmen geklemmt mit einem Stück Schnur. Sie weiß nicht, was das zu bedeuten hat. Die Kammertür hatte sie doch versperrt, als sie zur Entbindung in die Stadt musste, weil es in Wälden keine tätige Hebamme mehr gibt.
Sie legt das Kind in ihr Bett und sieht, dass das Bettzeug verdreckt ist, dabei hatte sie es noch frisch gewaschen. Drunten am Teich auf dem großen Stein gebürstet, die Beine im Wasser. Kein Waschpulver, nur Holzaschenlauge. Heimgetragen, die Bütte. Noch

einmal im Brunnen geschweift, hin und her mit der Schwenkrinne, natürlich erst, nachdem das Dorfvieh getränkt worden war. Einen Augenblick denkt sie an die da droben in der Kammer, zu der nun die Amis aus der Stadt kommen. Aber so sieht das da nicht aus – und außerdem die Schnur!
Langsam begreift sie, dass durch das Fenster ein- und ausgestiegen worden sein muss. Aber Erich – das weiß sie sofort – war es nicht! Der hätte ihr ein Zeichen, ein Erkennungsstück dagelassen. Und Erich mit seinen langen Beinen hätte den Stuhl nicht unter dem Fenster gebraucht. Während sie das Kind wickelt und säugt, läuft ihr unruhiger Blick immer wieder zum Fenster hin. Sie legt es in das verdreckte Bett. Sie wartet, weil es schon dunkel wird, ob keiner kommt und ans Fenster drückt, das sie verschlossen hat.
Huschende Schritte nahen. Jemand klopft an die Scheibe, die dem Drücken nicht nachgegeben hat. Sie sieht den Umriss eines Frauenkopfes.
Lass uns rein, Else! Lass uns rein! Der Junge hat gesagt, dass du unsre Schwiegertochter bist!
Aus der Nacht taucht ein Männerkopf auf, der Mann drängt die Frau zur Seite und pocht hart. Öffnen soll sie endlich, die da drinnen! Das Haus gehört noch immer ihnen!
Sie steigen ein und legen sich ins Bett. Warm!, sagt der Mann, während die Else das Kind an sich nimmt. Es greint. Die Else bringt es in die Küche, schiebt den Tisch an die Wand, damit es nicht hinunterfällt, und legt sich dazu. Unter den Kopf häuft sie die zerrissenen Bauernlumpen, aus welchen sie geflickte Bauernlumpen machen soll.
Wie soll das weitergehen?, fragt sie sich die ganze Nacht. Die Alten gehören zu den Gejagten, das kann sie sich denken. Und droben die Amis, und die Frau darf die Küche mitbenutzen, den Herd. Die Bütte, die sie am Brunnen füllt, hat neben der ihren auf der Wasserbank Platz. Den Kübel für das Abwasser benutzen sie gemeinsam. Wie soll es gehen, dass die da oben nichts merkt?
Den folgenden Tag über bleiben die Alten im Bett, schleichen auch in der kommenden Nacht nicht davon, auch im Morgengrauen nicht. Dreimal hat sie ihnen den Eimer geleert. Sie hat ihnen Essen gebracht, das Essen auf den Stuhl gestellt, denn

was sie von ihnen zu sehen bekommt, sind zwei halbe Köpfe. Die unteren Hälften sind von der Bettdecke abgetrennt – der krampfhaft festgehaltenen Bettdecke, darüber die Augen, umzingelt von Gehetztsein und Angst. Hilflos fragt sie, wie das weitergehen soll.
Heilige Maria, Mutter Gottes!, murmelt die Frau unter der Decke. Der Mann knurrt Unverständliches.
Da ist doch nur das eine Bett, sagt die Else schüchtern. Das andere habe sie an die dort oben abgeben müssen.
Die Mäuler unter der Decke antworten nicht, und sie zweifelt einen Augenblick, ob da überhaupt Mäuler sind. Die Köpfe nur halb, abgetrennt mit einem Kreidestrich: unter den Augen vorbei, von der einen zur anderen Ohrmuschel.
Heilige Maria, Mutter Gottes! Vielleicht ist weiter unten nichts als ein Automat, der diese Worte wiederholt, eine quengelnde Stimme wie aus dem Volksempfänger.
Ob sie die Schwiegereltern wegen der Lebensmittelmarken nicht lieber doch auf der Gemeinde melden soll? Oder ob sie bitten soll, dass man ihr die obere Kammer doch wieder überlässt? Und sagen sollten sie jetzt, wo sie mit Erich zusammengetroffen sind, damit sie sehen kann, ob er seinen Plan einhält.
Mein Jesus, Barmherzigkeit!, tönt der Apparat unter der Decke, und die Stimme des Mannes: Jetzt sind wir verraten! Meld uns nur, wenn du nichts Besseres weißt!
Und aus dem Apparat nun: Heilige Maria, Mutter Gottes, meld uns nur, damit wir der gerechten Strafe überantwortet werden.
Wieso Strafe? Jäh bewegt sich der Mann unter der Decke, richtet sich unter ihr drohend auf: Wenn sie uns schnappen, murrt er in seiner Dumpfheit, verraten wir deinen Mann!
Heilige Maria, Mutter Gottes!, ruft die Frau aus.
Das Haus gehört noch immer uns!, sagt er. Statt der Miete verlangen wir von dir das Bett, das Essen, Verschwiegenheit. Du nähst doch für die Leute, da kommt doch was rein?
O Jesus, Barmherzigkeit. Der Winter kommt!
Wie soll das weitergehen?, fragt die Else noch einmal verzagt.
Und auch die Liegende denkt: Wie mag das nur weitergehen? Aber da merkt sie – vielleicht in der dritten Nacht –, dass die Mina das Quengeln eingestellt hat. Drohend redet sie unter der

Decke auf den Mann ein. Ihre Stimme schwillt an, und man versteht: Hausierer ... Kiefernwald!
Komm herein, Schwiegertochter!
Kein Quengeln mehr. Die Stimme ist stark und klar. Die Else erschrickt, weil sie an die Frau in der Dachkammer denkt. Sie knipst die Küchenfunzel an, hält die Tür auf. Der trübe Lichtschein legt einen gelbgrauen Streifen über das Bett. Zum ersten Mal sitzt die Frau aufrecht da. Eine hagere, grobschlächtige Gestalt. Und wenn auch Verwahrlosung über ihr liegt wie Algen oder Tang, so spürt die Else doch die Person.
Zeig mir das Kind!
Widerstandslos holt sie es, reicht es der Mina hin, hält die Tür dann weiterhin offen und sieht neben dem Kind das dunkle, zertrennte Mannsgesicht, in dem sich die Augäpfel drehen.
Die Mina schaut auf das Kind. Sie lässt den Blick auf ihm ruhen und reicht es zurück.
In der Nacht wird die Else wach, weil drüben das Kammerfenster klappert. Die Alten brauchen Luft, meint sie und schläft wieder ein.

*

Die wenigen Tage im warmen Bett haben die Alten verweichlicht. Oder ist es wirklich so viel kälter geworden? Zähneklappernd späht die Frau in die Schwärze der Kammer zurück, bis sich auch der kahle Schädel des Mannes vor der umrahmten Fensterschwärze zeigt, und bis seine Arme aus dem Viereck herausgreifen, rechts, links, und sich die gespreizten Finger gegen die Hauswand drücken. Die Liegende ist voller Spannung. Jetzt würmt er heraus, unbeholfen, schwerfällig, von nichts angereizt. Messer, Seil, Drahtzange, die Überlebenswerkzeuge der Gejagten, fallen klappernd aus dem Mantelsack auf den Weg. Er bückt sich ächzend, hebt sie auf.
Das Fenster bleibt offen, wird mit der Schnur nicht mehr zugeklemmt, ragt vergessen in die dunkle Kammer. Sie kehren ihm den Rücken, schlurfen schweigend den Hohlweg hinauf bis zum Bannzaun. Grellweiß umzieht er in der Helle des Mondes das schlafende Dorf, hat es im Sack, schnürt ihm den Atem ab. Scharf

fährt der Wind ihnen durch die Kleider, durch die Haut bis ins Blut. Starre schleicht in die Leiber, versteint den Gedanken, der sie aus dem schwarzen Viereck hat herauswürmen lassen:
Wir müssen hier weg, Alis! Und immer wieder: Hier weg! Einmal ist es für uns sowieso vorbei. Und wenn sie uns finden, dann doch nicht bei dem Kind! Sonst geht das Unglück noch auf die dritte Generation über, Alis! Ist es denn noch nicht genug? Immer wieder fängt sie unter der warmen Decke damit an: Hier weg – sowieso vorbei – doch nicht hier – noch nicht genug?, bis sich in seinem verknoteten Gehirn festgesetzt hat, dass es jetzt so weit war. Er hat die Decke von sich geschoben und das schwarze Viereck mit gespreizten Fingern und ist der Frau bis zum Bannzaun hinauf gefolgt. Nichts mehr, was dem Wind wehrt. Nichts mehr, was gedacht werden kann, nur noch das eine: weg von dem Kind! Frierend bohren sie die Fäuste in die Taschen, lehnen sich droben Wärme suchend an den Stamm des großen Nussbaumes, der noch ihre Initialen trägt, der Baum, der zu ihrem Grundstück gehört, auf ihrem Grundstück steht und wie eine Siegesstandarte über die dörflichen Schläfer triumphiert. Kahl und starr ragen seine Äste zum bewegten Himmel. Mit den Rücken, und ohne die Fäuste aus den Taschen zu nehmen, rutschen sie an seinem Stamm hinab auf die nebelnassen Blätter. Gerbgeruch steigt ihnen in die Nasen. Die herbstlich schwarzen Tupfen auf den Blättern sind abgegrenzt vor ihrem Blick, ehe sich die Sinne in sich zurückziehen, stumpf werden. Sie fühlen die Nässe nicht, die durch ihre Kleider dringt. Und sie rufen einander nicht zum Weitergehen, Weiterschlurfen, Weiterstolpern auf; sie bleiben sitzen.
Mach Schluss jetzt, Alis!, sagt die Frau. Sie tastet nach seinem Arm. Gut, dass du weißt, wie man es macht!

Er löst den Rücken vom Stamm, steht seltsam behände auf, weil er zum ersten Mal Anerkennung aus ihrer Stimme hört, löst den Riemen von seinem Bauch, die Träger von der Hose, die Schnüre von den Fußlappen, den Strick von ihrem Mantel, fügt mit geschicktem, energischem Griff dies alles aneinander, knüpft eine Schlaufe und legt ihr die Schlaufe um den Hals. Das andere Ende wirft er über einen von den Ästen, die starr und blattlos ins Graugelb des Himmels ragen. Und er zieht an dem schlenkernden Ende. Keu-

chend erwärmt er sich, zieht, bis die Frau ihrer ganzen Länge nach aufgerichtet ist und die Füße vom Boden löst. So bleibt er stehen. Bewegter Himmel. Kahler Ast. Wind irgendwoher. Und der Strick in seiner Hand. Kalte Hand. Taube Hand, verkrampft, verkrallt. Sein Blick irgendwohin, sein Leib wer weiß wo. Das Halten eingefroren.
Die schwindende Dunkelheit lässt den Mann den Strick abspulen von der fremden Hand; und die Frau liegt vor dem Baum auf den Blättern.
Stolz besieht er sein Werk. Und ohne den Blick von der Frau zu lassen, zieht er sich selber die Schlinge über den Schädel und steigt aus den Stiefeln. Auf der Glätte des Stammes könnten sie gleiten.

*

Wenn sie sich ein klein wenig in ihrem Armstuhl vorbeugen würde, beteuert die dicke Wiesental, könnte sie draußen den Nussbaum sehen, der die Hälfte seiner Äste an der rechten Hausecke sehen lässt. Die Wange müsste sie an die Fensterscheibe legen; aber das kann sie nicht mehr. Und was ihr das Fräulein Anni von den beiden Erhängten gesagt hat, schiebt sie von sich, verschiebt es auf ein Späteres, das es für sie nicht mehr gibt. Nur Eduards Leben aufspulen, das will sie, bis zur vergangenen Nacht, der Nacht zwischen dem 9. und dem 10.9., in der Eduard sie verlassen hat. Und wenn du glaubst, sagt sie zur Liegenden, dass du mit deinem Kopfschütteln ein anderes Datum erzwingen kannst, du da, dann hast du dich getäuscht: Meinen Tag der Rückschau wirst du mir nicht nehmen können! Heute ist der 10.9.49 und wird es bleiben, so lange ich lebe. Und wie immer, wenn ihr etwas wichtig ist, was sie erzählen will, hebt sie, jetzt mühsam, den Finger.
Eduard ist in dem Krankenhaus operiert worden, auf dem noch immer – wenn auch wegen der Bomben, die aufs Dach gefallen sind, nicht mehr vollständig – das große rote Kreuz zu sehen ist, das alle umliegenden Dächer überragt hat. Vorsichtig ist sie den Flur entlanggegangen, aus Angst, die Gummikapseln ihrer Stöcke könnten schwarze Streifen in das Linoleum zeichnen und seine erstaunliche Glätte verderben. Schwarze Spuren, zum Zeichen, dass sie da gewesen ist. Und sie hat Eduard gefragt, ob ein

Mensch, der sich niemals bewegt, vielleicht auch keinerlei Spuren hinterlässt.
Niemals bewegt, Anna? Das gibt es nicht. Irgendwie bewegt er sich doch. Vielleicht nur damit, dass er atmet, die Luft einzieht und sie wieder entlässt. Oder er bewegt sich mit seinen Gedanken, dabei hat er zum Nachbarbett hinübergelacht, möglicherweise in falschen, Häber, nicht wahr?
Bis gestern habe ich doch gedacht, ich würde eine Hütte auf der Kohlenhalde bauen, und mich mit der Angst abgequält, dass ich es nach der Operation nicht schaffen könnte. Ich habe Ernst, das ist der da drüben, nur vorgejammert.
Der Bettnachbar hat sich bei diesen Worten sitzend verbeugt, so gut es hat gehen wollen. Häber, hat er sich vorgestellt, Ernst Häber. Sie ist um Eduards Bett herumgegangen und hat ihm die Hand gereicht. Dann hat Eduard ihr bedeutet, unauffällig zuzuhören, er habe ihr etwas zu sagen. Mit der Hand hat er sie zu sich gewinkt – sie macht die Bewegung mit ihrer Hand, damit die Liegende es nur ja versteht – und hat geraunt: Häber hat eine Wehrmachtsbaracke versteckt, Anna! Man muss sie nur wieder zusammensetzen. Mit dieser Baracke kommt er auf die Kohlenhalde, verstehst du? Dann ist er mein Kompagnon, der Häber! Wir machen eine Handlung für Baumaterialien auf: Holz, Backsteine und Zement, wenn wir Bezugsscheine bekommen. Die Buchführung übernehme ich, weil er davon nichts versteht. Die nötigen Beziehungen, zum Beispiel für Gips und für Werkzeug, hat er bereits in der Tasche. Erwartungsvoll hat Eduard sie angesehen. Aber sie hat nur staunend den Kopf geschüttelt. Wie sich so was nur trifft!
Bei der Entlassung hat Eduard vom Krankenhaus Tropfen mitbekommen. Nicht vergessen, Herr Wiesental! Mit mahnendem Zeigefinger hat der Arzt es ihm eingeschärft. Und zu ihr: Er darf nicht vergessen, die Tropfen zu nehmen, Frau Wiesental! Darauf muss unbedingt geachtet werden. Bei dieser Krankheit ist es wie mit einer Drainage am Hang: Immer muss man auf der Lauer liegen, dass die Wehre richtig gestellt sind, sonst läuft das Wasser, wohin es will, womöglich zwischen das Gewebe.
Sie hat wohl gesehen, dass Eduard nicht zugehört hat. Darum hat sie ihm dann später, wenn er auf die Kohlenhalde gegangen ist,

jedes Mal das Fläschchen in die Tasche gesteckt und sich versprechen lassen, dass er die Tropfen nimmt.
Die Männer haben Häbers Baracke zusammengesetzt. Kein Teil hat gefehlt. Und eines Tages war es so weit, dass sie, Eduard und Ernst Häber, in die Kohlenhalde eingezogen sind. Von da an hatte sie einen Beruf, den Eduard auf den Ämtern hat eintragen lassen: Köchin. Nur wenig später haben die Männer einen Heimkehrer dazugenommen, einen Emil.
Was für einen Emil?, hat sie gefragt, weil sie den Familiennamen hat wissen wollen, hat aber gleich dazugesetzt: Er kann ruhig mitessen, wenn ihr mir alles beischafft! Beim Kochen kann ich ja sitzen.
Jetzt ist es so weit, dass wir uns einschreiben lassen können, Anna!, hat Eduard gesagt. Dann haben wir das Recht auf Bezugsscheine. Vielleicht bekommt man schon Eisen? Gewiss aber Zement! Und Emil kann ja nebenher Trümmersteine abklopfen, wo man sie unbewacht findet. – Der Emil Sanders, hat Eduard dann doch gesagt.
Sanders, Eduard?, hat sie gefragt. So hat doch die Frau geheißen, die immer mit dem gestrickten Hampelmann in den Luftschutzkeller gekommen ist! Erinnerst du dich nicht an die?
Doch doch. Und er hat eine Bewegung mit der Hand gemacht, wie um eine Fliege abzuwehren.
Ob die noch lebt, Eduard?, hat sie aber trotzdem gefragt. Die Antwort hat sie erst viel später bekommen, nämlich, als das Haus am Bannzaun schon stand, und das Fräulein Anni jede Woche einmal zum Putzen gekommen ist. Damals aber, auf der Kohlenhalde, beim Namen Sanders, sind ihr mit einem Mal alle Gesichter aus dem Luftschutzkeller eingefallen – jene Frau Sanders mit dem Hampelmann, das alte Fräulein von Steinbeek mit dem Dackel, der in brandenburgischer Erde begraben werden sollte, der Neffe Steinbeek, der die Tochter von Hansmanns nicht angesehen hat, dann die Klavierlehrerin Silling, die sich die Haarnadeln in den Knoten schieben musste, der Professor Hansmann (der gesagt hat: Ich muss doch sehr bitten!) mit seiner Frau und der schönen Tochter also, der sie ihr Leben zu verdanken hat. Außerhalb des Luftschutzkellers hat sie keinen gekannt. Wegen ihrer Beine ist sie draußen keinem begegnet – außer lange zuvor einmal

der kleinen Hohmer. Die war aber noch ein halbes Kind. Es war vor dem Krieg, sagt sie, und die Liegende lächelt weh.

*

Sehr wehmütig betrachtet die Liegende Evis Bild. Damals, als sie den Wiesentals begegnete, war die Zeit der Trauer um Papa, und gleich danach die Zeit unfassbaren Glücks. Der Schmerz über beides wird ihr Leben lang dauern. Sie schließt die Augen und lässt die Tränen aus den geschlossenen Lidern rinnen, wie sie wollen. Sie tun ihr wohl, und nach einiger Zeit ist sie so ruhig, dass sie meint, jetzt könne sie schlafen. Da aber hört sie Martins Stimme näher und näher, die sie so heiß zu hören begehrt. Sie kommt aus einem Brief: Das brandenburgische Pfarrhaus, Evi, in dem mein Alter mit unsrer Emma lebt, hat dunkle Winkel, Dachböden und Stiegen und Holzduft, Apfelduft, Reetduft, den Duft von Korn, und ringsum den Duft der gelben Lupinen. Meine Kindheit setzt sich aus diesen Düften zusammen. Ein Haus, aus Duft gebaut! Du wirst es sehen!
Aber sie hat es nie gesehen. Es ist nicht geglückt.

Jetzt aber sieht sie eine Kammer aus diesem Haus, die von zwei Frauen und einem Hampelmann bewohnt wird, welche auf dem Rückzug aus dem Krieg im Pfarrhaus fallen gelassen worden sind. Im Schloss derer von Steinbeek, aus dem nun die rote Fahne weht, sind russische Offiziere mit ihren Burschen einquartiert. Wo sich die Herrschaft befindet, weiß man nicht.
Die Silling steht am Fensterflügel, den sie als Spiegel benutzt, während sie die eisernen Haarnadeln in den speckigen Knoten schiebt. Sie äugt zum Schloss hinüber; aber keiner der Soldaten ist zu sehen.
Gib ihr das Händchen, mein lieber Kleiner, sagt Frau Sanders hinter ihrem Rücken. Mach deinen schönsten Diener, wir gehen, auch wenn sie bleibt und auf dem Harmonium in der Kirche die Internationale spielt. Während sie sich von der Alten den Bauch vollstopfen lässt, wollen wir aufbrechen und unsern Lieben suchen. Denn wenn er es nur möglich machen kann, wird er zu seinem Mutterhaus zurückstreben, und wir werden ihn sehen! Und

keiner kann uns nachsagen, dass wir von dem geschlemmt haben, was noch immer in den Pfarrhäusern zusammenkommt! Lange wird es damit ohnehin nicht mehr gehen. Und außerdem, sie hält den Hampelmann zum Fenster hinaus, dass er es sehe, da kommt schon wieder einer von drüben zu ihr, von dem sie sich ebenfalls den Bauch stopfen lassen wird, diese Silling! Das Pfarrhaus ist ein Bordell geworden!
Aber die Silling ist aus der Kammer gegangen.
Frau nix da!, schreit die Sanders zum Fenster hinaus. Jetzt nix da!
Aber der Mann stampft die Treppe herauf, weil er es so gewohnt ist, der Russki.
Du auch Frau?, schreit er. Zeig!
Er reißt ihr die Kutte hoch, wirft den Kittel wieder über sie. Nix gut. Sein Blick bleibt an dem Amulett hängen, in dem das Bild des Paters ist, wenn auch vom Küssen zerstört.
Aj, Täubchen, was das? Genießerisch lässt er das Kettchen durch die Finger gleiten und reißt es ihr mit einem Ruck vom Hals. Kreischend kniet sie vor ihm, hält ihm beschwörend den Hampelmann entgegen: Wenigstens das Bild soll er ihr geben, wenigstens das Bild! Der Russe lacht, dass ihm der Bauch wackelt, gibt ihr einen wohlgemeinten Tritt in die Magengrube, dass sie hintenüberkippt und spuckt ihr zwischen die zappelnden Beine. Und so, als sei ihr der Lebensnerv geraubt, schlurft sie mit hängenden Schultern davon, verlässt die Geborgenheit des alten Hauses, die gütige Nachsicht des Pfarrers, die Umsorgung der Alten, die er warmes Nest nennt. Am selben Tag noch durchquert sie ein Kiefernwäldchen, das, sobald es hinter ihr liegt, ihr vorgaukelt, die Vergangenheit liege bereits hinter ihr, und jeder Schritt treibe sie schnell und immer noch viel schneller dem Liebsten entgegen.

Die Liegende sieht, wie sie von Stadt zu Stadt gelangt, Trümmerhaufen reihen sich an Trümmer, Ruinen an Ruinen. Den Hampelmann hält sie an die Brust gedrückt, den Evi für den Kleinen in der Schule gestrickt hat. Die Liegende hört sein Stimmchen: Ist der Hampelmann tot, wenn ich ihn runterschmeiße? – Vorher ist man nie etwas, sagt er. Er spricht die Wahrheit, denkt die Liegende und meint ihr eigenes Leben, das hinter ihr liegt. Nie etwas! Dann hört sie wieder die schlurfenden Schritte der Frau mit dem Hampelmann, der bis zur Unkenntlichkeit verschmutzt ist. Irgendwo schläft diese Frau, irgendetwas isst sie. Morgens braucht sie lange, bis sie die Augen vom klebrigen Schleim befreit hat, die tagsüber brennen, wenn sie zwinkernd und kneifend Ausschau hält, wo der Himmel den Süden zeigt. Dorthin will sie. Die Liegende sieht sie in der Ferne klein und immer kleiner werden. Dann ist ihr Bild verschwunden.

*

An der Außentür des Pavillons wird geklopft. Die Else mit dem Frühstück. Sie klopft auch an der Innentür. Das Klopfen ist sie gewohnt. In der Wohnung ihrer Eltern hat sie an Vaters Studierzimmer geklopft, an Mutters Boudoir geklopft, ans Bad geklopft, und die Mutter hat ans Mädchenzimmer geklopft. Der Vater hat sowieso geklopft.
Sie kommt, das Tablett mit dem Frühstück auf der flachen Hand, herein. Mit einem Blick, der weder Sympathie noch Antipathie verrät, nickt sie der Liegenden zu.
Erichs Frau!
Ein tief deprimierendes Gefühl befällt die Liegende. Die Frau des Mannes, denkt sie, dem man das Leben zerstört hat. Sie sollte einem nicht dienen! Auf keinen Fall dürfte man zulassen, dass sie einem dient!
Und die Else stellt das Tablett auf dem Nachttisch ab, verlässt ohne ein Wort den Raum, schließt die innere Tür, schließt die äußere Tür. Die Liegende horcht auf die raschen Schritte, mit welchen sie zur Villa hinübergeht und bleibt noch eine Weile lauschend liegen. Sie hört die Stimme des Kindes, Elses Kindes, Erichs Kindes, eines Mädchens?
Der Kaffee hört auf, einladend zu duften, wird kalt. Noch immer hat sie sich nicht bewegt. Nur die Gedanken haben Erich und Else als Paar umkreist, haben sich abgewandt und zerstreut und sind allein zu der Frau zurückgekehrt, der Wirtschafterin des Doktor Polke. Else, sagt sie vor sich hin und versucht vergeblich, den Duft dieses Namens zu vernehmen. Engler, denkt das Gehirn eigenständig weiter, hatte keine Wirtschafterin, sondern eine Zugehfrau, eine Bauerntochter aus dem benachbarten Dorf, das zu seiner Pra-

xis gehört. Schon bei seinen Eltern hatte sie gedient. Als die beiden Hofmanns im Pavillon wohnten, hat sie sie sofort als einen Teil der Familie betrachtet und mitversorgt. Mit einem Mal war sie alt. Dann kamen ja auch schon die Flüchtlinge. Und eines Tages, als der alte Doktor ihr Herz abgehört hatte, war es so weit.
Ruhen Sie sich jetzt aus, Rosina. Sie haben ein arbeitsreiches Leben hinter sich. Und die Frau Erne, Rosina, wird mich ja wohl auch versorgen. Aber vergessen Sie mich nicht ganz; besuchen Sie mich hie und da! Wir haben eine lange gemeinsame Erinnerung. Und wenn Ihnen was fehlt, lassen Sie es mich so schnell wie möglich wissen! Ich bin zur Stelle, Rosina! Ich habe Ihnen viele Jahre voll Güte und Treue zu danken!
Als sie dann bald zurückkommt, den früheren Dienstherrn zu besuchen, schaut sie scheel an der Flüchtlingsfrau vorbei, will sie nicht in der Villa haben, bei dem einsamen Mann, kann sie nicht ausstehen, wenn sie listig und verschlagen mit schief gelegtem Kopf Wie Se winschen, Herr Doktor sagt, wobei sie mit dem hochgepolsterten Hinterteil schwänzelt, sodass der faltenreiche Wollrock weiträumig hin und her wogt. Ein Gräuel ist ihr, wie die Erne das Kopftuch neckisch vors Gesicht zieht, sodass nur der Mund zu sehen ist, das gelbe, gesunde Gebiss. Und die Flüchtlingsfrau lacht entweder oder sie lamentiert.
Ihr Mann aber, der den Garten besorgt, sieht aus wie immer geschlagen, immer getreten, nie ausgeschlafen, nie anständig ernährt und niemals gewaschen. Stumm. Aber Engler durchschaut seine tragische Schläue, benennt sie im Stillen, während er die Suppe löffelt. Sobald das Geschirr gespült ist, verschwinden die beiden im Pavillon; und auch Engler zieht die Schuhe aus und streckt sich auf die Couchette, um sich ein Auge voll zu genehmigen. Die Kirchturmuhr hämmert ihre fünf Schläge. Es ist eins.

*

Drüben im Pavillon liegen der Mann und die Frau auf den Mahagonibetten, die den Hofmanns gehört haben, in welchen die Evelyn ihre arme, tief innerliche Liebe beweint hat, still trauernd, um keinen anderen zu beunruhigen. Aber ihre Aura ist nicht mehr in diesem Raum. Vor der Banalität der neuen Bewohner ist sie geflohen.

Du, raunt die Erne von ihrem Bett zum andern hinüber, meinste ni auch, dass so ein Pavillon schäbig is? Un de Villa is groß und mebliert!
Mit langsamer Hand streift er eine Fliege vom Gesicht.
Aber das verstehst nä.
Nein, er versteht nicht, was sie meint.
Hausbesitzer sein, das wär was.
Klappt doch sowieso nä.
Sie stützt sich auf den Ellenbogen, legt den Kopf schief. Hat er nä Speck un Ejer änd Kuhlen gelegt, was doch gewesen is verboten!
Der war doch schon weg, der Mann.
Schon weg, pff! Sie setzt sich auf. Haben wir je än poliertes Bette gehat, Mann?
Willst sagen, hä?, fragt der Mann.
Bleib ä Flichtling! Sie wendet sich ab, dem Mann wird mulmig. Also sag!
Die sein doch von dä Juden, die Betten da, hä?
Macht's dir was aus?
Sie is von hier ins KZ gekumme. Und er is hier *gestorben*.
Der war doch krank, sagen dä Leite? Lauernd hebt der Mann den Kopf.
Sie wälzt sich auf den Bauch, schaut ihn schelmisch von unten her an, bis er kapiert.
Bist ä Luder! Seit Langem klatscht er ihr wieder einmal auf die Kruppe.
Ich sag dä, wies geht, Mann.
Und sie trichtert es ihm ein, Wort für Wort: In die Stadt wird sie gehen; beim Besatzungsboss wird sie vorsprechen. Weiß, wie mer das machen muss, sagt sie verschlagen. Siegfried Roth heißt er, und Deitsch kann mä mit en redn.
Kannst ja mal mit em, sagt er. Aber dann is wiedä Schluss! Der soll mich doch. Er wirft sich auf die andere Seite und beginnt zu schnarchen.

Erleichtert höre ich, die Schreibende, dass draußen das Fahrrad des Briefträgers an der Außenwand des Pavillons schabt. Es übertönt die Schnarchgeräusche von Ernes Mann, die man wirklich gehört zu haben meint.

Was, Dietzel, die Standesehre soll abgeschafft werden? Wie finden Sie das?
Gut und nicht so gut, Herr Doktor.
Wieso auch nicht so gut?
Man muss dann alle schmieren.

*

Engler soll zur Kommandantur. Warum zur Kommandantur? Unverzüglich kommt er der Aufforderung nach. Man wird ihn nach den Krankheiten in den Dörfern fragen, die er medizinisch zu betreuen hat. Er denkt an die Statistiken, die jetzt überall angelegt werden. Zu jener Zeit, als Augustus Landpfleger von Syrien war ... Mit Bitterkeit spürt er den großen verdrängten Kummer, dass ihn keine Frau zu dieser Volkszählung begleitet, die gesegneten Leibes ist. Die war schwanger, heißt es in der Schrift.

Wie viele Patienten er habe? Alle Bauern? Wann er seine Bestallung als Arzt erhalten habe? Ach so, noch vor dreiunddreißig? Aber sicher. Er sei doch alt!
Ob er nie einer Partei angehört habe? Auch in der Studentenzeit nicht? Ob er sich wirklich genau erinnere? Ob er allein wohne? Keine Nachbarn habe? Nichts vermiete?
In seinem Gartenpavillon wohnen Flüchtlinge. Die Frau sei seine Zugeherin, der Mann sei als Gärtner bei ihm.
Ob er diesen Gartenpavillon schon früher vermietet habe?
Vermietet nie, auch jetzt nicht. Er habe ihn zur Verfügung gestellt.
Ob er diesen Pavillon möbliert habe?
Einige Möbel von einem jüdischen Ehepaar seien noch da.
Ob er einen Hinterlassungsschein besitze, eine Erlaubnis, mit diesen Möbeln machen zu dürfen, was er will – zum Beispiel zur Verfügung stellen?
Einen Hinterlassungsschein? Engler beginnt, sich über die Unterhaltung zu wundern.
Was aus den Juden geworden sei, will Mister Roth wissen.

Engler schweigt. Evelyns Bild steht vor seinen Augen: Ihr immer zerzaustes Haar, die riesigen schwarzen Augen im so unendlich

zerknüllten Gesicht. Ihre schmalen Hände mit den überlangen Nägeln. Er denkt sich Ringe an die rauchbraunen Finger und Armreifen an die jetzt so dünnen Gelenke, die Mama ihm erst vor Kurzem beschrieben hat. Dann sieht er ihr Bild, wie es früher gewesen ist, wie er sie zum letzten Mal gesehen hat.
Dämmrig war es bereits, als er, von einem Krankenbesuch im anderen Dorf zurückkommend, die Benzinmarken beim Schmied einlöste. Er sieht, wie der Mann das Gemisch im Kanister mit einem Brecheisen verrührt, es durch einen öligen Trichter in den Tank laufen lässt und die Hände an einem Bündel Werg abwischt. Sie lachen beide. Feierabend, Herr Doktor.

In diesem Augenblick fährt ein Auto an ihnen vorbei, von dem sie sich nicht denken können, was es im Hohlweg sucht, in dem es nur das Doktorhaus gibt. Schmied und Doktor schauen dem Wagen nach, blicken einander fragend an. Kurz danach kommt es an ihnen vorbei zurück. Im Widerschein der Scheinwerfer sehen sie im Innern des Wagens das zerzauste Haar einer Person, die beim ersten Vorüberfahren nicht im Wagen gewesen ist.
Abgeholt, die Frau, sagt Engler jetzt zum Kommandanten.
Er habe es also gesehen?
Ja, er habe es gesehen.
Nur die Frau?
Ja, nur die Frau.
Und der Mann?
Vorher schon verstorben.
Woran? Er als der behandelnde Arzt müsse es ja wissen. Ob er etwa nachgeholfen habe?
Engler schweigt.
Reden wir von was anderem, schlägt der Kommandant vor, Engler habe nicht nur das Gartenhaus und die Möbel der Juden bereitgestellt?
Doch, die Räume der Villa, entgegnet Engler, brauche er für das Labor und die Behandlungsarten, Massagen, Bestrahlungen usw. Auch für den Warteraum.
Und die Kuhle hinter dem Pavillon, Doktor? Speck und Eier? Für wen habe er diese 'bereitgestellt'?
Für die Vögel, sagt Engler jetzt grob.

Mister Roth lacht laut. Für die Goldfasane, wie? Oder für die Schwarzen, sagen wir Raben? Dann wird seine Stimme leise und von eisiger Konzilianz: Er solle sich also nicht wundern, wenn man solches für die Zukunft zu verhindern suche, indem man ihn gleich hierbehalte. In der Zelle, in die er komme, werde er Gleichgesinnte antreffen. Vögel, wenn's beliebt.
Was mit seinen Patienten geschehe, will Engler wissen.
Darüber solle er sich keine Sorgen machen. Ärzte gebe es jetzt nach dem Krieg wie Sand am Meer.
Und worin die Flüchtlinge leben sollten, wenn man die Möbel aus dem Pavillon nehmen wolle?
Wisse er denn nicht, dass gerade diese Flüchtlingsfrau ihn angezeigt habe?
Das stehe auf einem anderen Blatt, sagt Engler. Betten bräuchten sie wie jedermann zum Schlafen. Dass ihn die Frau angezeigt habe, habe er sich bereits zusammengereimt. Das spiele jetzt keine Rolle mehr.
Diese Frau, sagt Mister Roth, komme auf keinen Fall ins Doktorhaus. Sie sei ein Schwein, und Schweine brauchen weder Häuser noch Möbel.

*

Am nächsten Tag wird Engler wieder vorgeführt. Sein Hemd ist zerknüllt. Er ist unrasiert.
Er solle sein Verschulden selber formulieren, fordert ihn Roth keineswegs unfreundlich auf. Er habe ja die Nacht über Zeit gehabt, nachzudenken. Sein Lächeln ist mit einer Prise Spott gemischt. Er solle sich setzen.
Engler setzt sich für einen Augenblick, steht wieder auf und spricht: Er habe sich vor vier Instanzen schuldig gemacht, sagt er bestimmt.
Gespannt beugt sich Mister Roth im Sessel vor. Seine ganze Gestalt drückt Aufmerksamkeit aus, als Engler fortfährt.

Im Falle des Ephraim Hofmann habe er erstens gegen den hippokratischen Ethos gefehlt, dessen Beachtung in der Ärzteschaft beeidetes Gesetz sei, wo immer Leben vorhanden sei, es zu hüten und zu stärken. Er habe zweitens gegen das bürgerliche Gesetzbuch gefehlt, das die Beschädigung jedes Mitbürgers verurteilt;

und drittens gegen den Vatergott, indem er diesem Allmächtigen in den Arm gefallen sei, den er vielleicht bereits gehoben hatte, um dem elenden Leben ein Ende zu setzen. Er habe sich also widerrechtlich der Macht des Allmächtigen bemächtigt.
In Bezug auf Frau Hofmann habe er gegen das einzige christliche Gebot verstoßen: das Gebot der Liebe, indem er sich nicht sofort gegen den Abtransport dieser Frau gewendet habe. Hierin bekenne er sich schuldig gegen den Gottessohn.
Für die beiden ersten Verfehlungen, sagt er mit rauer Stimme, erwarte ich eine Bestrafung nach den Normen des Bürgerlichen Gesetzbuches. Für die beiden letztgenannten lehne ich jegliche Einmischung einer öffentlichen Instanz ab.
Nach kurzem Besinnen fährt Engler mit einem Hauch von Ironie in der Stimme fort. Vertreter eines Rechtes, in dem der Gottesbezug ausgeklammert sei, müssen logischerweise darauf verzichten, über eine Schuld zu richten, die allein durch den Glauben an Christus erst zu einer Schuld – vielleicht sogar zu einer unauslöschlichen – werden könne. Man dürfe da nichts vermischen, auf keinen Fall politisches Kalkül und christliche Moral, welches unvereinbare Kategorien seien. Darüber habe er schon vor Jahren mit seinem Freund Hohmer – Lehrer und Journalist – ein langes Gespräch gehabt. Politik sei immer ein Mittel zur Machtvermehrung beziehungsweise Machterhaltung abgegrenzter Gruppen, Nationen, Parteien, beliebiger Institutionen und so fort. Die christliche Lehre vertrete dagegen den prinzipiellen Machtverzicht.
Gebe es diesen nicht doch in der Politik, erinnert Mister Roth.
Den gelegentlichen Machtverzicht als Schachzug zur Machterhaltung gebe es allerdings, nicht aber den prinzipiellen.
Aber seien die christlichen Kirchen nicht doch Macht anstrebende und Macht behauptenden Institutionen?
Als Institutionen seien sie dies durchaus. Aber nur als Institutionen. Dazu habe schon Dante das Notwendige gesagt.
Der Colonel gibt den Wachen, die an der Tür postiert sind, ein Zeichen und Engler wird abgeführt. Den nachdenklichen Blick des Amerikaners, der ihn begleitet, kann Engler nicht sehen.

Auch die Liegende begleitet sein schwindendes Bild, von dem sie weiß, dass es sich – wenngleich es geschwunden ist – für immer in ihr befinden wird. Sie fühlt sich als Druse wie schon so oft: Alle Wesen, Gestalten, Geschehen, sind bleibend in ihr, führen ein verborgenes Leben in ihr und drängen ans Tageslicht, wie es ihnen gefällt. Eins sind sie mit dem blinden Hausierer, der einem mit boshafter Plötzlichkeit alles Grauen und allen Irrsinn, den er gesammelt hat, beim Öffnen des Bauchladens ins Gesicht springen lässt wie einen mit einer Feder versehenen Kobold.

*

Am Arm eines Soldaten wird Engler zu einer weiteren Befragung gebracht. Mit Entsetzen sieht die Liegende, dass sein Barthaar inzwischen lang und weiß geworden ist. Die Wangen sind ausgehöhlt, die Augen fiebrig. Heute sind Beisitzende im Raum. Einige zeigen Neugier.
Ob er an die Kollektivschuld glaube, will Mister Roth wissen.
Ob die Herren an eine kollektive Unschuld glauben könnten, fragt Engler dagegen.
Aus den Reihen der Beisitzenden ist Gemurmel zu hören: Typisch deutsches Beispiel von gedanklicher Verrenkung.
Es gebe also keine Kollektivschuld?
Es gebe die Schuld einzelner oder vieler, die größere oder kleinere Schuld, die Schuld durch Tun und die durch Unterlassen von Menschen, beziehungsweise von Bürgern, die sich im selben Kollektiv befinden. Darüber hinaus gebe es ein – historisch bedingtes – kollektives Schicksal, welches die Einzelschicksale mitbestimme. Durch den Begriff der Kollektivschuld werde die Menschheit in zwei Kasten eingeteilt, hier die Reinen, dort die Unreinen, die Guten und die Bösen. Die kollektive Bestrafung Letzterer ähnle in fataler Weise einer Sippenhaft. Die anwesenden Herren haben das große Glück, sich – in diesem Fall – zur Kaste der Reinen zählen zu dürfen.
Tief einatmend zieht Mister Roth an seiner Zigarette. Das Gemeinschaftsleben, ohne das kein Mensch existieren kann, sagt er, den Rauch ausstoßend, beruhe eben darauf, dass der Mensch seinem Kollektiv einen gewissen Teil seiner individuellen Verfassung, also seines Wesens, überlasse. Die Frage sei nur: *welchem* Kollek-

tiv. Und genau dieses Bekenntnis bestimme er mit seiner individuellen Wahl.

Engler erlaubt sich ein schwaches Lächeln. Die 'Häuptlinge' aller Ideologien, sagt er, ohne die sich bekanntlich kein Kollektiv abgrenzen kann, haben schon immer verstanden, sich des Vakuums zu bemächtigen – eines Soges –, das durch eben die Abtrennung von Teilen der Individualität in selbiger entstehe. Es komme nur darauf an, dieses Vakuum mit Vertrauen, Hoffnung – auf Egoismen – auszufüllen, die den Anschein von Teilnahme an der Macht des Ganzen implizieren. Mit diesem nur an seiner Wirkung erkennbaren Kapital arbeite die Führerschaft jeglichen Kollektivs. Er, Engler, habe einmal in einer katholischen Kirche den Satz gehört: Wir beten ein Vaterunser nach der Meinung des Heiligen Vaters. Ohne diese Meinung zu kennen, habe die Gemeinde willfahrend ihre Gebetskraft der Unfehlbarkeit vertrauensvoll mitwirkend anheimgegeben und sei damit Mitgenießer dieser Macht, Mitbeweger ihrer unbekannten Ziele und Mitempfänger ihrer Verheißungen geworden.

Es gehe hier nicht um die Prinzipien der katholischen Kirche, murren die Beisitzenden.

Er gebe zu, bekennt Engler, dass er nicht unbedingt dieses Beispiel hätte anwenden müssen, habe es aber ergriffen, da dieses Kollektiv an eine transzendente absolute Macht angeknüpft sei. Damit sei sein Inhalt Religion. Er wolle nämlich behaupten, dass, je mehr es einer Führung gelinge, ihrer Gruppe religiösen Charakter oder dessen Anschein aufzuprägen, umso größer die eingeforderten Teile der einzelnen Individualitäten seien. Aber nicht nur mit diesen Vertrauensanteilen arbeiteten die Regierungen, sondern mit den Qualitäten, die durch Abtrennung der besagten Teile im zurückbleibenden Vakuum entstehen wie Lust und Angst und in Bezug auf die geschwächte Individualität missbräuchlich instrumentalisierbar sind. Ihre Synthese sei die trügerische Hoffnung.

Noch einmal schwindet Englers Bild hinter den Lidern der Liegenden, um kurz danach wiederzukehren. Trotz der Düsternis seiner Zelle sieht sie ihn auf einer Pritsche liegen: gelb die Haut, wo der Bart sie freilässt. Sein Gesicht verrät, dass er krank ist. An

der Tür lehnt Mister Roth mit vor der Brust verschränkten Armen. Fragend tastet er sich an das Denken dieses Deutschen heran, das einst sein eigenes Denken gewesen ist. Beide sprechen leise: Engler, weil er keine Kraft mehr hat; Roth, weil ihn der Klang der eigenen Stimme beschämt.
Das Wissen, Doktor, um die eigene Tat sei an den Augenblick, den Raum und das eigene Gewissen gebunden, haben Sie heute Morgen gesagt. Darum könne bei keinem Menschen ein Schuldigwerden ausgeschlossen werden, weil das Zusammentreffen der Komponenten nicht vorauszusehen ist. Und Sie haben vom Sündenfall gesprochen als der Ursache dafür, dass jeder auf seine Weise schuldig werden *muss*. Ich gestehe, dass ich mir diesen Sündenfall sehr schlecht vorstellen kann.
Denken Sie sich, sagt Engler, einen reißenden Strom, einen imaginären Strom, der durch den Druck von Egoismen aus dem Umfeld immer neuen Zustrom erhält.
Roth macht mit der Hand, das Zigarettenpäckchen schwenkend, eine spontane Bewegung. Ja! Das sei ein begreifliches Bild! Wie aber könne man auf die Gewalt dieses Stromes einwirken, der ja beim Anschwellen immer wilder werde? Na klar, ruft er aus – er sagt tatsächlich: na klar –, durch Verzicht!
Mister Roth zündet sich eine Zigarette an, saugt den Rauch ein und bläst ihn mit langem Atem aus. Engler meine also, sagt er, während er ihn untenvor ansieht, dies würde der Menschheit den rettenden Sprung ans Ufer ermöglichen? Das Denken müsse als Schleuse benutzt werden, um den Zustrom von Egoismen zu regulieren!
Das meine er, sagt Engler.

Rauchend tritt Mister Roth unter das hoch liegende vergitterte Fenster.
Das sei Utopie, sagt er. Er schüttelt den Kopf. Dann gebe es keine Gruppen, keine Nationen, keine Konfessionen, keine Grenzen und so weiter mehr. Nach einer Weile schweigenden Rauchens murmelt er: Paradies! Hilflos hebt er die Schultern und schaut sich fragend nach Engler um. Jetzt denke er selbst wohl schon mit diesen deutschen Gedanken? Er weiß nicht, warum er sich so begierig auf dieses absurde Gespräch eingelassen hat.
Engler liegt mit geschlossenen Augen. Er lächelt nicht.

Er müsse das alles überschlafen, sagt Mister Roth und tritt die Kippe auf dem Steinboden aus. Ob es diesen Ausdruck im heutigen Deutschland noch gebe: etwas überschlafen?
Ja, diesen Ausdruck verwende man noch.
Engler lächelt mit geschlossenen Augen.

*

Aus der Dämmerung der Gefängniszelle kommt das Bild der dicken Wiesental mit Armsessel und Bogenfenster und klärt sich hinter den Lidern der Liegenden. Die Sterbende stützt den Kopf in die Hand, hebt die Augen aber nicht, sieht die Liegende nicht an.
Gönn dir doch endlich mehr Ruhe!, hat sie zu Eduard gesagt, jetzt wo Ernst Häber und Emil Sanders mitarbeiten! Aber es hat nichts genutzt. Immer wortkarger ist er geworden, je mehr das Geschäft aufgeblüht ist. Ein entsetzlicher Gedanke ist ihr da gekommen: Wie denn, wenn Eduard Rolfs Zurückkommen nicht mehr erleben würde? Dabei hat sie gemerkt, dass sie insgeheim noch immer auf sein Kommen gehofft haben. Erst nach schweren Qualen hat sie sich überwunden, zu ihm zu sagen: Eduard, du musst dich mit der Möglichkeit abfinden, dass Rolf nicht mehr kommt, hörst du? Aber es ist kein ehrlicher Rat gewesen und sollte nur dazu dienen, dass er weniger tut.
Jetzt, wo der Betrieb aufzublühen beginnt, Anna?, hat er sie spöttisch gefragt.
Großäugig schaut sie zur Liegenden hin: Nichts genutzt, du da! Nichts! Jetzt ist sie die Übriggebliebene. Allein sitzt sie am Bogenfenster, das Eduard so viel Mühe gekostet hat, und hört, wie im Dorf unten die Wagen in die Scheunen gezogen werden, die Trebermühlen in den Höfen stillstehen und unters Vordach gezogen werden. Die Häckselschneider beginnen mit ihrem 'Tschtsch'. Sehen könnte sie das alles, sagt sie zur Liegenden, wenn sie sich nur ein wenig aufrichten würde, aber ihr Körper sei wie ein schlaffer Sack, kraftlos. Vergeblich versucht sie, sich im Sessel hochzuschieben.
Fass nur beide Armlehnen tüchtig an, Anna, und schieb mit den Ellenbogen nach, hat Eduard gestern noch gesagt. Wenn du aufrecht sitzt, kannst du bis zum Brunnen hinuntersehen: Ein seltsames Gespann, Anna, zieht dort unten vorbei. Die Frau legt sich

mit aller Kraft in das Zugseil, sodass es aussieht, als ziehe sie nicht nur den vollgepackten Karren, sondern auch den Mann, der ihn schiebt.
Das können nur die Flüchtlinge vom Doktor sein, Eduard, hat sie zu ihm gesagt, die jetzt, wo er nicht mehr da ist, in die Stadt wollen, wie das Fräulein Anna erfahren hat, nicht eben in die nahe, sondern in eine größere, in der es Wohlfahrtsämter und Kirchenmissionen und Carepakete gibt. Du wirst sehen, soll die Erne zu ihrem Mann gesagt haben, dort werden wir was!
Die Wiesental nickt. Die sind jetzt also weg, du da, sagt sie. Ihr Bild sinkt ins Dämmerlicht der Gefängniszelle zurück und verschwindet.

Mühsam erkennt die Liegende Englers fahles Gesicht, das kaum noch an Engler erinnert. Den Auszug der Flüchtlinge erfährt er nicht mehr. Er ist tot. Nie mehr wird sie mit ihm sprechen können. Die Liegende verlässt ihn mit erinnerungsschwerem Herzen: Engler, der Freund von Papa.
Der schweifende Blick der Liegenden folgt dem langen Flur mit den vielen Türen, die alle ein Guckloch haben. Teilnahmslos gleitet er über die Gitter, die an den äußeren Fenstern sind. Am Gefängnistor schlurfen Spätheimkehrer vorbei. Die Gruppe ist klein, ihre Gesichter sind aufgedunsen bis zur Unkenntlichkeit. Ihre Klamotten? Klamotten des verlorenen Krieges. Die Ohren? Zum Lachen, stehen ab wie die Henkel von Bauerntassen. Verlegen blicken sich diese Fastvergessenen in ihrem Deutschland um. Verlegen antworten sie, wenn hier oder dort eine Frau nach einem Vermissten fragt, nach dem sie sich sehnt, oder dessen Rückkehr sie fürchtet.
Die Heimkehrer kennen ihn nicht.
Wie viele denn in Wahrheit noch draußen seien?
Wie es denn gewesen sei bei den Russen?
Die Gezeichneten heben die Schultern, sehen einander hilflos an. Die Worte, die man von ihnen erwartet, sind verhungert wie sie selbst. Aber die Bilder, ja die Bilder von allem, die leben.
Bis ihr die Augen tränen, schaut die Liegende ihnen nach, ob nicht doch einer dabei sei, den sie von früher kennt. Einer von ihnen bleibt stehen und schaut einer Radfahrerin nach, die breit

auf ihrem Sattel sitzt. Langsam wendet er den Kopf, Verzicht in seinem Gesicht. Die Männer verschwinden hinter einem Trümmerhaufen, über dem ihre Köpfe aussehen wie abgetrennt. Das Bild ist wahr, denn der größte Teil ihrer Körper ist in Russland zurückgeblieben, in irgendeinem Bergwerk vielleicht, aufgefressen von der Fron, die man ihnen stellvertretend abgefordert hat für ein Deutschland, das ihnen nun fremd ist. Und ihr Denken verwirrt sich, lässt sich hier noch nicht integrieren, bleibt wieder und wieder an einer Baracke kleben, die ihnen heimatlich erscheint, weil sie in der Gefangenschaft in Baracken gelebt haben: Acht Mann Nacht für Nacht in der einen Bretterkiste. Bäuchlings schnarchend liegen sie aufeinander, mal oben, mal unten, je nachdem, welcher rausmuss, um zu urinieren. Jeder muss raus, jeder muss viele Male raus. Kaum die Hosen zugeknöpft, wirft er sich wieder über die anderen, während sich schon der Nächste davonmacht, um die Wassersuppe auszuscheiden, die mit einem zwei Finger dicken Stück Brot ihre einzige Nahrung ist.

*

Löffler ist nicht dabei; aber die Liegende hört seine Stimme, und über das Bild der Heimkehrer schiebt sich Löfflers Bild, wie Evi ihn zuletzt gesehen hat: mit der Gasmaskenbrille, die er im russischen Frühling aufzusetzen vergessen wird und darum mit den Heilkräutern in der Hand in Gefangenschaft gerät. Jetzt aber hat er keine Heilkräuter gesammelt. Er hat nichts gegen die Ruhr zu bieten, der Pater.
Potentilla wächst jetzt nicht, sagt er, für den russischen Frühling ist es noch zu früh.
Zu früh?, wiederholt der Balte fragend und fällt in seine fiebrig murmelnde Geschwätzigkeit zurück, die ihn in die Friedenszeit zurückführt: Da waren lange Ferien! Wanzen?, frage ich den Vermieter der Datscha, weil Lisa und die Kinder sich vor Wanzen fürchten.
Aber, was willst du, Barin?, sagt der Vermieter und breitet die Hände aus: Das Haus ist bewohnt!
Der Balte kann nicht aufhören zu lachen, bis er brüllt.

Jetzt Balte nix mehr Barin. Balte Nummer. Die Baracke nix Datscha für schönen Urlaub. Baracke: Wanzen plus Ruhr.
Potentilla Tormentil nicht zu haben. Natur ausverkauft. Balte ausverkauft. Draußen russischer Vorfrühling, rosaroter Vorfrühling. Luft, Bäume, Flüsse: alles rosarot. Blut in starker Verdünnung mit einer Spur übermangansaurem Kali. Blutfrühling vom Hintern. Schmerzen.
Rosa auch der Lehm, aus dem wir die Kirche gebaut haben, sagt Löffler zu der Liegenden, die Iglukirche. Der Balte hat noch mitgemacht: Stein auf Stein, Stein auf Stein, das Häuschen wird bald fertig sein! Drei Kinder und Lisa. Wusste nicht wo und ob sie überhaupt noch leben. Akkurat ausgestochen, den Lehm für die Ziegel. Gewölbe. Schlussstein. Und er fiel um, der Balte. Ruhr.
Wenigstens der Familie funken, wenn schon keine Adresse: Vater tot stop. Nicht mehr rosarot stop. Sterbesakramente erhalten; gierte danach. Alle gieren danach, selbst wenn sich Luthers Beffchen sträuben. Was weiß denn der? Im Kreis um den Lehmaltar die Lehmklötze als Sitze, panem nostrum. Der Regen verschmiert die Fugen, pater noster. Dein Haus ist bewohnt, Barin. Die Wanzen sind wir. Bist du zufrieden?
Das Bild zittert wie fiebernd, verschwindet zitternd hinter den Lidern der Liegenden, und die Heimkehrer sind wieder da, die am Gefängnistor vorbeischlurfen, hinter dem der tote Engler liegt. Einer von ihnen krampft die grauen Finger um eine Mundharmonika, die er durch den Krieg gerettet hat, hält sich an ihr fest wie an das einzig Verlässliche. Und die Liegende denkt an Hanno, der bei Mama lebt, seit er aus dem Lazarett entlassen ist. Seine Mundharmonika hat Mama über den Krieg gerettet. Während er wieder übersetzt, liegt sie griffbereit neben ihm.

Seitenweise hat Evi auf Franks alter Schreibmaschine seine – dem ewigen Kopfweh abgerungenen, wie Mama ihr geschrieben hat – Dostojewski-Übersetzungen abgetippt. Der Krieg, hat sie geschrieben, der hinter uns liegt, wird seine Krallen nie mehr aus Hannos Gehirn zurückziehen.
Evi stellt sich Mamas Wohnung vor, die Englers Freunde damals im guten Glauben, da kenne sie keiner, besorgt haben: Mamas

Bett im Wohnzimmer. Im anderen Raum Hanno. Dort macht er seine Übersetzungen. Hie und da kommt er zu Mama herüber, um auszuspannen. Durchs Fenster schauen sie über die Backsteinmauer der Fabrik, die brachliegt, und lesen die großen, mit Kohle auf die Mauer geschriebenen Buchstaben:
KEINE DEMONTAGE MEHR! WIR WOLLEN AUFBAU! Die Gaslaternen, die früher grünliches Licht verstreut haben, stehen da wie dürre Bäume. Ein schmächtiger Mann überquert die Straße, kommt näher. Die Klingel an der Wohnungstür schrillt. Mama öffnet und schaut auf die vier Treppenabsätze hinunter.
Ich komme vom Amt für Wiedergutmachung, sagt er, als er zu Atem gekommen ist.
Mama bittet ihn herein, fordert ihn zum Sitzen auf. Der Mann hat Falten im Gesicht, die zu seinem Alter nicht passen. Zwischen den ausgefransten Ecken seines Hemdenkragens zeigt eine brüchige Krawatte wie ein Pfeil auf den hüpfenden Adamsapfel. In seinem Blick ist Trauer.
Vom Amt für Wiedergutmachung?, wiederholt Mama. Ich habe keinen Antrag gestellt.
Ihr Gatte ist siebenunddreißig verfolgt worden, Frau Hohmer, sagt er.
Mama wehrt ab. So weit ist es nicht gekommen. Mein Mann ist vorher gestorben. – Welch eine Trauer in diesem jungen, alten Gesicht!, denkt sie dabei.
Sie haben Ihr Vermögen verloren, Frau Hohmer. Es wurde ... wer spielt bei Ihnen Mundharmonika?, fragt er stockend.
Mein Sohn, sagt Mama.
Sohn? Seine Augen weiten sich. Wie für sich wiederholt er: Sohn? Dann sammelt er sich wieder.
... eingezogen, weil er jüdische Gelder ...
Andere haben Schlimmeres ..., sagt Mama.
Abwesend nickt der Mann. ... verloren, ergänzt er Mamas Satz endlich, während er zum Nebenzimmer hinüberhorcht. Das Mundharmonikaspiel ist unterbrochen worden.
Könntest du nicht leiser sprechen, Mama? Hannos Stimme klingt gequält.
Ja, mein Lieber. Du hast Kopfschmerzen, nicht wahr?
Du hörst es doch, Mama.

Das Spielen, sagt Mama flüsternd zu dem Fremden, hilft ihm bei seiner Arbeit. Er hat eine Kopfverletzung.
Eine Kopfverletzung, wiederholt der Fremde. Dann findet er zu seinem Auftrag zurück: Ihr Vermögen also, Frau Hohmer – und was die Zeitung anbetrifft, die Ihr Gatte ...
Habe ich nicht deutlich genug zu erkennen gegeben, lieber Herr, dass ich keine Wiedergutmachung anstrebe? Wer überhaupt hat meinen Namen bei Ihnen eingeführt? Und wo gäbe es einen Kummer – eine Sehnsucht nach einem für immer verlorenen lieben Menschen –, der sich mit Geld tilgen ließe? Für mich ist diese Vorstellung ungeheuerlich.
Hannos gereizte Stimme kommt durch die Tür: Ich bitte dich sehr, Mama!
Was arbeitet Ihr Sohn denn?, fragt der Fremde flüsternd.
Er übersetzt aus dem Russischen.
Setz deinen Hut auf, mein Liebling!, ruft Mama zum Nebenzimmer hin. Der Hut, erklärt sie dem Fremden leise, hilft ihm, wenn die Töne der Mundharmonika es allein nicht mehr können.

Die Tür des Nebenzimmers geht auf. Hanno bleibt unter ihr stehen, knetet die Mundharmonika in den Händen. Den Hut habe ich auf, sagt er.
Ich sehe es, Hanno. Hast du gehört, was dieser Herr mir angeboten hat?
Ich habe gehört, woher er kommt, Mama.
Hanno wendet sich an den Fremden, der noch immer mit der Mappe auf den Knien dasitzt.
Mein Herr, sagt er, melden Sie Ihrem Amt, dass ich einen Hut als Wiedergutmachung beantrage, der mir wirklich hilft: eine Melone. Hören Sie? Eine Melone! Die gibt es in Deutschland nämlich noch nicht zu kaufen.
Der Fremde steht auf.
Schüchtern sagt er: Mein kleiner Sohn hat Mundharmonika gespielt – in Bu...
Mit seltsam steifen Schritten geht er zur Tür. Aber noch ehe er die Klinke erfasst hat, steigen jene so unendlich wehklagenden Töne aus Hannos Mundharmonika auf, die er hervorbringt, in-

dem er das Instrument senkrecht an die Lippen setzt. Er hat den Kummer des Fremden verstanden.
Danke, danke!, sagt der Mann kaum hörbar und öffnet die Tür. In stummer Übereinkunft verbeugen sich Hanno und Mama.

Spuren von Tropfen auf Mamas Brief.

*

Heute ist der zehnte Neunte neunundvierzig!, erinnert die in ihrem Armstuhl seitlich zusammengesunkene dicke Wiesental. Ihr Todestag will nicht enden, darf noch nicht enden. Darum geht sie mit der Zeit um wie mit einem Gummiband. Eduards Leben muss sie auffädeln, solange noch eine Spur von Eduard in ihr ist. Denn Eduards Leben ist von ihrem eigenen nicht zu trennen. Sie will an das Unwetter erinnern, das in der Nacht vom 9. auf den 10.9. im Umkreis des Dorfes Äste von den Bäumen gerissen, ganze Bäume gespalten oder entwurzelt hat.

Ich aber, die Schreibende, möchte von dem heutigen Novembermorgen berichten, an dem die Farbe des Himmels beim Hellerwerden zwischen bleiernem Grau und giftigem Grün war. Mit einem plötzlichen Donnerschlag setzte ein Hagelfall ein. Große Schlossen prasselten auf das Dach des Pavillons, sprangen ab und lagen lange Zeit ungeschmolzen auf Gartenweg und Gebüsch. Ich bin mit den Stöcken vor die Tür getreten und habe in den Schlossen gestochert, mich aber nicht getraut, in ihnen umherzugehen. Möglicherweise wäre ich trotz der Stöcke ausgerutscht. In die wehende Wärme des Radiators zurückgekehrt, habe ich mich wieder an meinen Arbeitsplatz gesetzt, der für eine kurze Zeit Hannos Arbeitsplatz gewesen ist – da seine Stifte, da sein Bleistiftspitzer, sein russisches Diktionär –, und versenke mich wieder in die Bildabläufe, die vierzig Tage lang ein imaginäres Leben hinter den Lidern der Liegenden gelebt haben, oft allein durch eine Erinnerung ausgelöst, ein Wort aus dem Tagebuch, einen Geruch, ein Geräusch, das von draußen kam und eine Imagination hervorrief.

So hörte die Liegende das Rattern von Dietzels Fahrradkette, und augenblicklich stellt sich das Geräusch ein, das Pickel, Äxte, Schaufeln, Sägen und Eisenketten durch das Rütteln des Tafelwagens verursachen, der von zwei Rossen vorbei an der Kate der alten Bawett den Hohlweg zum Bannzaun hinaufgezogen wird. Dort, wo der Weg ansteigt, verlieren die Rosse noch einmal dampfenden Mist. Waldarbeiter gehen neben dem Fuhrwerk her, denn Stangen sollen im Kiefernwäldchen geholt werden, halb starke Bäume, nicht stärker als armdick dürfen sie sein. Der Fuhrknecht knallt mit der Peitsche – bis plötzlich seine Bewegung erstarrt und er stumm auf den Nussbaum deutet, auf diese alte Standarte über dem Dorf, neben der noch kein Haus mit einem Bogenfenster steht. Und auch die Männer halten an, schauen schweigend und schütteln noch immer zweifelnd die Köpfe. Einer legt den Hemmschuh ein; der Fuhrmann bindet die Zügel stramm an den Zapfen, während die anderen, plötzlich in großer Eile, das letzte Stück Weges zum Bannzaun hinaufkeuchen. Dann aber stocken sie im Lauf, weil sie sehen: Da ist nichts mehr zu machen, die beiden sind tot. Sie schneiden den Mann vom Strick.

Der Fuhrmann holt den Wagen. Sie heben die starren Leiber statt der Stangen neben Axt und Säge auf den Wagen und schaffen sie mit festgedrehter Bremskurbel ins Dorf. Beim Brunnen halten sie an. Neugierige sammeln sich. Auch die Else kommt mit dem Säugling aus dem Haus. Keiner kennt die Toten. Engler holen!, sagt einer aus alter Gewohnheit. Aber jetzt heißt der Doktor in der Arztvilla Polke.

In seiner Amtsstube, sagt der Ortsvorsteher, liege ein Ermittlungsformular für das Ehepaar Frech, dem der Nussbaum und das Häuschen da gehöre. Ob hier niemand das Ehepaar Frech gekannt habe? Suchend sieht er sich um. Keiner meldet sich. Einige schauen die Else an, die Schwiegertochter der Frechs; aber die Else kann nachweisen, dass sie die Schwiegereltern nicht kennt. Sie waren nicht bei der Hochzeit. Keiner von der Familie sei bei der Hochzeit gewesen, sagt sie, er war doch degradiert!
Die Bawett, raunen einige. Leute, die Bawett! Jeden erkennt die, den sie auf die Welt gebracht hat, sagen sie zu Polke, der herangehinkt ist. Er reibt sich das Knie.

Vom medizinischen Standpunkt aus, sagt er, sei nichts einzuwenden. Zwingen könne man sie allerdings nicht.
Ob sie denn nach dem Schlaganfall – der Bürgermeister zeigt auf die Stirn – da oben noch hell genug sei?
Das habe keine Not, sagt Polke. Außerdem erkennen solche Leute wie die Hebamme mit anderen Tentakeln als jenen der Ratio.
Der Ortsvorsteher nickt vage und gibt mit einem Blick zu verstehen, dass die Bawett geholt werden darf.

*

Helle Vierecke malt die Sonne auf den Bretterboden der Stube. Die Bawett schaut vom Bett aus ihrem Wandern zu: Jetzt, im Winter, sind sie blass und lang, liegen schräger da als im Sommer. Aber auch jetzt mal weiter rechts, dann weiter links. Sie denkt an Engler, von dem man nichts hört. Er wird wohl nie mehr zu ihr kommen, um neben ihrem Bett auf dem Stuhl zu sitzen und die Hände zwischen den Knien baumeln zu lassen, denkt sie, sonst hätte man Polke diese Praxis nicht übergeben. Ist er tot? Man durchschaut nichts mehr; aber auch wenn man ihr nichts sagt, hat sie vieles im Gefühl. Sicher wäre sie, wenn sie aufstehen und jeden Tag zur Landstraße gehen könnte, um zu sehen, ob der Tod ins Dorf will oder nicht. Ob er zu Engler will oder nicht. Sie kommt von Englers Bild nicht los: wie er vorgebeugt dasitzt, die baumelnden Hände zwischen den Knien und schweigt oder nur wenige Worte spricht. Jetzt könnte sie wieder mit ihm sprechen. Die Zunge ist nicht mehr so lahm wie kurz nach dem Schlaganfall. Für ihn würde es reichen. Große Ruhe würde zwischen ihnen sein.
Da treten Männer ans Haus heran. Die Anni stürzt in die Stube, zupft hastig am Pfühl und schüttelt das Kissen. Der Schultes, Gotte, mit dem Doktor!
Die Männer wollen sich nicht setzen.
Ob sie zwei Leichen identifizieren könnte, fragen sie, kaum dass sie sich nach ihrem Befinden erkundigt haben.
Zwei Leichen?
Am Nussbaum erhängt, sagt der Bürgermeister. Vielleicht die beiden Frechs, von denen er eine Fahndung auf der Amtsstube liegen habe. Warum sonst ausgerechnet an diesem Nussbaum, der ih-

nen gehört, wenngleich da schon ein gewisser Wiesental die Option habe?
Ob sie sich dazu fähig fühle, fragt Polke. Ob sie es sich zutraue.
Die Bawett antwortet nicht. Ihr ganzes Leben schrumpft vor ihren Augen bis auf jenen Tag zusammen, als sie dem frechen Luder die Schwangerschaft hat bestätigen müssen.
Wie tät'st es denn nennen, Bawett, wenn's deines wär?
Mina tät ich's nennen.
Sie stemmt sich im Bett hoch, bis ihr ganzer Oberkörper auf den Armen steht. Sie kann jetzt schon ihrem Gefühl vertrauen: dass sie es sind. Triumph flutet in ihr hoch: Sie muss nur Nein sagen, um alles auszulöschen, was einmal gewesen ist: Nein, sie sind es nicht! Nie mehr würde diese Mina im Dorf anwesend sein – weder lebend noch tot. Und nicht nur in diesem Dorf. Verloren wäre sie aus der ganzen Welt wie ein Krümel, der einem beim Essen durch die Finger gefallen ist, verstreut, zertreten, geschlechtslos, anonym, nicht einmal tot, weil sie nicht einmal als Tote einen Namen haben wird, keinen Platz im Friedhof, keinen Grabstein. Weniger also als ein Buchstabe wird sie sein: *ausradiert!*
Heftig ruckt ihr Herzschlag: Die Hand nur ein klein wenig heben, durch die Luft schneiden und sagen: *Nein!* Sie sind es *nicht!*
Man solle sie zu den Erhängten bringen, sagt sie zum Bürgermeister. Englers Bild, plötzlich wieder da, deutlich da, schiebt sie von sich und hilft ungeduldig mit, als man sie auf die Bahre hebt, um sie aus der Stube zu tragen.
Die Bauern atmen auf: Jetzt wird man sehen! Die Bawett, die Bawett, hört sie es murmeln, während man die Bahre längs neben den Tafelwagen bringt. Kaum einen Blick wirft sie auf die Toten. Nur so lange schaut sie sie an, dass sie sicher sein kann, dass sie es wirklich sind. Da hebt sie auch schon die Hand, schneidet durch die Luft und kreischt: *Sie sind es nicht!*

Haben Sie bemerkt, fragt der Bürgermeister den Doktor, dass sie kaum hingesehen hat?
Ich habe Ihnen doch erklärt, Schultes, dass diese Art von Wahrnehmung mit anderen Organen geschieht als mit denen der Ratio.
Der Kreis der Neugierigen öffnet sich stumm. Die Bawett wird nach Hause getragen. Ihr Gesicht ist ein Gorgonenhaupt mit ab-

stehendem Haar, lustvoll verzerrt mit Falten, tief und schwarz. Die Träger heben sie ins Bett zurück. Sie tippen an die Mützen und gehen mit der Bahre hinaus. In der Küche poltert die Anni, sie begleitet den Herzschlag der Liegenden: rumbum, rumbum. Jetzt ist die Bawett mit den wandernden Vierecken allein. Ein heißer Strom steigt in ihr empor: Der Mann, der vor fünfundfünfzig Jahren im Sägewerk verunglückt ist, war ein guter Mann, ein treuer Mann! Kein Hurenbock oder Saukerl, der es mit der anderen getrieben hat. Die Transmission, in die er gefallen ist, ist schuld an seinem Unfall, die war nicht genügend gesichert für einen, der hinfällt und schäumt. Keiner kann doch was dafür, wenn er eine solche Krankheit hat! Beim Fallen ins Förderband, das ihn mitgenommen hat! Gemahlen bis zur Unkenntlichkeit! Tränen rinnen über ihre alten Wangen. Sie schluchzt.
Hol mir den Hochzeitsanzug aus der Truhe vom Speicher, ruft sie in die Küche.
Die Liegende hört, wie die Anni beim Hinaufgehen Stufe für Stufe den einen Fuß neben den anderen stellt, wie es Menschen tun, die kurze Beine haben. Sie hört den Truhendeckel knarren, hört, wie sie die Stiege wieder herunterkommt, den schwarzen Anzug ausschleudert und der Tante auf das Deckbett breitet. Zögernd betastet ihn die Bawett, streicht mit ihrer Hebammenhand über das Revers, die ausstaffierte Schulter, wo der Stoff ein wenig grünlich schimmert, hebt den Ärmel an die Nase, ob sein Schweiß den Geruch der Mottenkugeln übertönt. Und wie ein kleines Mädchen, das für den Ernstfall probt, drückt sie ihn verstohlen an den zittrigen Mund. Von der Küche aus schaut die Anni herüber. Sie erschrickt voll Erbarmen.

*

Die Liegende hatte Annis Arm gestreichelt. Ich, die Schreibende, habe es bereits auf diesen Blättern festgehalten. Damals war ebenfalls erbarmendes Erschrecken in Annis Blick. Fast zwanghaft ist seither ihr Putzen, wenngleich sie keinen Scheuerlappen mehr benutzt. Sie fährt mit dem Zeigefinger suchend über die Bettkanten, den Nachttisch, den Sims unter dem Fenster, an dem draußen die Spinnwebe flattert. Aber das Draußen interessiert sie nicht, es gehört nicht zur Lebenshülle der Liegenden, in der sie keinen Staub dulden will. Immer wieder wendet sich die Liegende ab, weil sie dieser Geschäftigkeit nicht gewachsen ist, wie jüngst, als die Anni mit dem Besen die einzelne Spinnwebe anging, die zwischen den vergoldeten Gipssternen am fleckig blauen Himmel hing. Und wenn die Liegende auch genau weiß, dass es sich bei diesen Sternen um nichts anderes als um bröckelnden Gips und um Reste von Vergoldung handelt, hat sie den Kopf doch voll Entsetzen unter der Bettdecke geborgen. Wehe, wenn das Signal ausgelöst worden wäre! Viel zu früh für mich!, hat sie geflüstert, wo die quälenden Bilder doch noch jede Nacht herandrängen, damit ihre Folge in jenen 9.9.49 einmünde, an dem Evi, vom Leben ausgeschieden, auf dieses Bett gefallen ist.

Mit grober Stimme hat die Liegende, aus der Bettdecke hochfahrend, Lass das! geschrien, und die Anni ist zusammengezuckt. Verunsichert hat sie den Besen an den Tisch gelehnt, hat an Hannos Bett – es ist wohl das seine gewesen, denn auf dem Bord darüber stehen noch die Bände der Dostojewski-Ausgabe – herumgeschüttelt, bis sie sich wieder gefasst hatte.

Nie wieder soll einem das passieren, denkt die Liegende, dass man grobe Worte ausstößt! Auch das Ausstoßen grober Worte ist ein Sichaufrichten zu Zielen, die man nicht kennt! Jeder Satz, den man entlässt, heckt dort draußen in der Welt eine unüberschaubare und darum unheimliche Nachkommenschaft, ein nie wiedergutzumachendes Erschrecken, wie die Worte, die man der Anni entgegengeschleudert hat: Lass das! Ihr kurzes entsetztes Aufblicken, ihr Nichtverstehen und die Verwunderung darüber, dass man überhaupt gesprochen hat, da es doch bis dahin nicht üblich war, miteinander zu sprechen. Und weiter Annis Verunsicherung, ob sie nun auch sprechen dürfe und wenn sie es dürfe, was sie denn sagen könnte, ohne einen zu verletzen. Immer wieder greift sie an die Schürzentasche, tastet mit der Hand nach einem Papierschnipsel, den sie mit sich herumträgt, den sie – wie man genau gesehen hat – in Hannos Bett gefunden hat, in dem die Kissen noch mit Bettwäsche bekleidet sind.

Dann, ganz unvermittelt, hört ihre Unruhe auf. Stumm sitzt sie wieder neben der Liegenden und betrachtet die Wand, auf deren

Latten man das Museum hat errichten wollen, die mit Kaffee geschriebenen Kolumnen. Sie kommt also in den Pavillon, setzt sich auf den Stuhl und ist einfach da. Woher nimmt sie die Kraft, fragt sich die Liegende, immer und immer wieder zu kommen? Auch sie muss doch die Gefahr jeglicher Bewegung spüren, der man nicht ansieht, wohin sie führt? Sie kommt, sitzt stumm neben einem und betrachtet die Wand mit ihrem sorglosen Blick; fährt nur hie und da mit der Hand in die Schürzentasche, holt den Papierschnipsel hervor, den sie in Hannos Bett gefunden hat, und hält ihn neuerdings – zehn Zentimeter vielleicht, mehr nicht – in Richtung auf die Liegende, ehe dieser Impuls in sich zusammenfällt und der Schnipsel in der Schürzentasche verschwindet.
Alles dies ist die Folge der Worte: Lass das!

*

Auch die Bilder, von welchen die Liegende heimgesucht wird, sind durch die groben Worte verändert worden. Ihre Oberfläche vibriert. Das Bild des brandenburgischen Pfarrers zum Beispiel – Martins Vater –, das herandrängt, sieht aus wie von einem Teich gespiegelt, in den man einen Stein geworfen hat: die Gesichtszüge bewegt, verzerrt. Die Liegende hat den Eindruck, dass er weint, und sie weint mit ihm, weil sie um Martin weint.
Jetzt aber weint er um das warme Nest. Zwischen zwei Worten – als sie ihm beweisen wollte, dass er kein Recht habe zu verzagen, weil keiner mehr Christ sein wollte hier im Osten – ist ihm die Emma weggestorben.

Inna Prüfung ne Jottesferne sehen wollen, Herr Paster? Kanna denn züchtjen, wenna jarnich zujejen is? Dat machen se mich man vor! – Schnappt nach Luft, legt sich aufs Sofa und stirbt. Der alte Roser weint. Die Silling unterbricht die Marseillaise auf dem Harmonium – keiner mehr da, der kocht? –, läuft in ihre Kammer und packt ihre Habseligkeiten zusammen, und was sie für die ihren hält.
Der alte Knabe? Im Westen hat man in den Pfarrhäusern bereits wieder Fettes! Kirche schon wieder gut im Futter! Wird von den Niemalsnazis geschmiert, die ihre Kinder taufen lassen wollen.

Wo keine Herde ist, sagt sie zu dem alten Roser, braucht man auch keinen Hirten! Das sollten Sie kapieren! Aber jetzt ist er es, der wichtigtuerisch widerspricht. Wenn zwei oder drei in meinem Namen ... Christus ist ein unverzichtbarer zwischenmenschlicher Faktor! doziert er scheinbar eigensinnig; aber sein erhobener Zeigefinger zittert.

Ach was! Weg hier! Die Taschen soll er ihr tragen! Den alten Trottel verlieren, sobald man drüben ist, denkt die Silling, und in Gedanken ist sie ihn schon los.

Früh am Morgen brechen sie auf, passieren die Allee, die zum ehemaligen Herrenhaus derer von Steinbeek führt. Seine Backsteine erröten in der aufgehenden Sonne unter der neuen Fahne. Sie drücken sich durch den nahen Jungwald bis an die Grenze. Der Alte trägt tapfer. Aus dem Niemandsstreifen tönen von links her Stimmen einer Arbeitskolonne, die Farn und Dürrgras mäht. Es steht hoch. Roser – die Taschen an beiden Seiten – schwankt. Geben Sie her!, sagt die Silling.

Kurz geraten sie ins Blickfeld der Posten. Aber die Posten schauen den Mähern zu. Zum Niemandsstreifen fällt die Böschung ab. Die Silling springt, lässt sich im Sprung ins Gestrüpp fallen und robbt mit ihren Taschen ans rettende Ufer.

Dem Pfarrer schwindelt. Sein Herzschlag staut sich im Hals. Auf Stirn und Nacken kalter Schweiß. Ein plötzlicher Schmerz von der Brust herauf treibt ihm die Augen aus den Höhlen. Um nicht zu schreien, beißt er in die Handballen: Vielleicht ist die Frau noch nicht ganz drüben! Kein Wehlaut, der sie gefährden könnte also! Dann wird ihm schwarz vor Augen und er kippt in den Farn.

Das rhythmische Zischen der Sensen ist nah, als er zu sich kommt. Das ist das Ende, weiß er. Sein Kopf ist plötzlich klar. Keine Emotionen.

Christus? Die Gewohnheit schiebt ihm das Wort zwischen die Zähne. Wenn zwei oder drei ...? Er aber ist allein. Die zwei oder drei, die er hätte haben können, hat er nicht gewollt. Der Farn, den die Mäher schneiden, raschelt laut.

Jetzt weiß er, dass die zwei oder drei ihm nicht zu wenig hätten sein sollen. Streng unterwirft er sich dem Schicksal, das er selber aufgerufen hat, ihn zu töten. Die Gerechtigkeit ist verlässlich.

Entlang der krautigen Stängel, die seinen Kopf umstehen, sieht er die Bläue des Himmels. Er sieht das Sonnenlicht zwischen den gefiederten Blättern tanzen. Er riecht das Grün und die Erde. Ganz ruhig bleibt er liegen: Teil der Natur, die ihn umgibt. Ein Pfauenauge setzt sich auf sein verlöschendes Gesicht.

*

Die Silling sieht sich nicht nach ihm um. Hauptsache, sie ist im Westen. In der nächsten Stadt sucht sie ein Pfarramt auf, in dem sie sich als Kantorin ausgibt. Sie kann Harmonium spielen. Kurz bleibt sie, sie will ja in den Süden. Dort muss sie nach ihrem Pfarrer sehen, nach ihrer Gemeinde, sagt sie. Nur nicht gebunden sein, wenn es ihr nicht mehr behagt! Von Stadt zu Stadt lässt sie sich weiterreichen.

Nahe dem Main schon gerät sie in eine kirchliche Verteilungsstelle von amerikanischen Liebesgaben. Eine Dame – die Liegende erkennt in ihr sofort Evis Schwiegermama, Frau Professor Kugler – ist für die gerechte Abgabe verantwortlich. Man scheint ihre ehrenamtliche Hilfe sehr zu schätzen. Nur auf den Gesichtern der Bittsteller sieht die Silling Sorge, als fühlten sie sich wegen der vielen Zähne dieser Frau an den Wolf aus dem Märchen erinnert. Hart wird es sein, meinen ihre verstohlenen Blicke, diesen Zähnen zu entreißen, was man aus den Carepaketen braucht: einen Mantel für sich oder das Kind, eine Jacke.
Die besseren Sachen, bemerkt ein Alter mit zahnlosem Mund, wird man beim Bäcker oder Metzger finden.
Ich brauche eine warme Unterhose, Frau!, sagt ein Mann – auch er kommt der Liegenden bekannt vor. Plötzlich weiß sie es: Sie kennt ihn aus den Bildern von Wälden: Englers Pavillon. Die Mulde, die Erne, das Ei, das Engler den ganzen Tag in der Jackentasche mit sich herumgetragen hat.
Eine warme Unterhose – wenn es geht, fügt er schüchtern dazu. Nicht genug zum Heizen, Frau. Der Winter – kein Holz! Eine warme, Frau!, sagt Ernes Mann noch einmal.
Oh!, ruft Frau Kugler aus, weil ihr der Klempner einfällt, der ihr einen von den neuen Wärmeverteilern ans Ofenrohr machen soll.

Dem hat sie eine warme versprochen! Verstohlen schiebt sie die einzige unter das andere Zeug.
Der Mann sieht es, wischt sich den Schweiß ab. Ohne warme, hat die Erne gesagt, brauchste gar nä zurigge kommen!
Eine warme!, wiederholt er deshalb leise, aber beharrlich. Eine warme, Frau!
Nehmen Sie doch lieber die dünne!, versucht sie, ihn zu überreden. Mit der hat es Ihre Frau nicht so schwer beim Waschen. Und im Winter trocknet die dünne viel schneller, und Sie können rechtzeitig wechseln. Man muss doch rechtzeitig wechseln können, oder etwa nicht?
Nein, sagt Ernes Mann, nun schon lauter, zum Wechseln brauche ich sie nicht. Ich brauche sie zum Anziehen! Und weil die Professorengattin die Nase rümpft, sich dem nächsten Bittsteller zuwendet, brüllt Ernes Mann: *Zum Anziehen*, Frau!

Ach so! Hämisch bleckt Frau Kugler die Zähne und wirft Übereinstimmung suchende Blicke in die Runde. Nicht also zum Wechseln! Man versteht.
Ernes Mann stemmt die Fäuste vor ihr auf den Tisch. Kaum hörbar raunt er: *Was* versteht man, hä? – *Das* versteht man!, schreit er und haut ihr die Zähne ins Maul. Im Raum gibt es keinen, dem es unchristlich erscheint.
Mit der warmen Unterhose unterm Arm geht der Mann. Die Silling klatscht, und alle klatschen. Sie schaut ihm durchs Fenster nach und vergleicht ihn mit dem alten Trottel, den sie auf dem Niemandsstreifen zurückgelassen hat. Diesen da hätte sie behalten! Auf dem Heimweg spuckt er in weitem Bogen aus. Er pfeift. Ich bin der Fritze, überlegt er, stehen bleibend. Der Fritze bin ich! – Was die Erne dazu sagen wird? Und er pfeift weiter.

*

Wochen später steht die Silling vor dem Sockel des Hauses Nr. 17, hinter dem sich der Trümmerschutt häuft. Vorne ist die Straße bereits begehbar. Hier also hat sie so viele Jahre mit den Klavieren von Gebr. Ibach & Söhne gewohnt. Die beiden Stufen, unversehrte Sandsteinblöcke, sind noch da. Noch nicht geklaut.

Zu schwer für einen. Zu auffallend, wenn's mehrere machen. Da ist die Mulde für den Abstreifer. Leer natürlich, weil Eisen rar ist. Auf den Sandsteinrand des Kellerfensters sind mit Ziegelscherben die Namen der Hausgenossen geschrieben, die vielleicht nicht umgekommen sind. Einige mit Fragezeichen, die gleichermaßen Tot?, Lebend?, Wo jetzt? heißen können. Silling? Sanders? Frau? Tochter? Und sie überlegt sich, dass doch die Sanders schon vor ihr mit ihrem Hampelmann aus dem brandenburgischen Pfarrhaus weggegangen ist, und ihr Blick bleibt eine Weile auf dem Fragezeichen haften: Lebend? Tot? Wo jetzt?

Aber Hansmann Else: Wälden! Und dann Wiesental E + A, Rittergasse 2. Jetzt Kohlenhalde: BAUZUBEHÖR.

Die haben schon wieder was! Sie denkt nach, wo denn die Kohlenhalde vor dem Krieg gewesen ist, hastet durch die Trümmertäler, die mit dem früheren Verlauf der Straßen nicht identisch sind. Sie findet die Kohlenhalde, die zum großen Teil frei ist und sieht dort einen Mann neben einer Baracke arbeiten, den sie für Sanders hält, ist aber vom Fragezeichen auf der Ruine so irritiert, dass sie ihren Augen nicht traut.

Der Mann trägt einen Bund Ziegel auf der Schulter. Als er sie über die Halde kommen sieht, stockt er, späht ihr prüfend entgegen. Hören Sie, sagt er, als sie ganz nah vor ihm steht, hören Sie! Mit drohendem Ton: Es geht keinen was an, dass ich hier bin! Verstanden? Dann stapft er weiter.

In der Baracke sitzt die dicke Wiesental und pellt Erbsen. Essbares hier! Die Silling nimmt sich vor, über Mittag – wenigstens über Mittag – hierzubleiben. Höchste Zeit, Frau Wiesental, dass sich die alten Freunde wieder treffen!, sagt sie. Haben Sie Nachricht von Ihrem Sohn? Wie hieß er doch?

Rolf, sagt die dicke Wiesental und wischt sich eine Träne von der Nase.

Beim Essen beschließen Ernst Häber und Eduard, die Silling in den Betrieb aufzunehmen. Verstohlen streift ihr Blick das Gesicht von Sanders und seine Statur. Auch nicht mehr wie früher; aber da ist noch was dran. Es fällt ihr auf, dass sie ihn früher nie ohne Uniform gesehen hat.

*

Vergeblich sucht die dicke Wiesental eine Stelle ihres Gesäßes, auf der sie noch sitzen kann. Sie müht sich ab, kann nicht nachgeben, weil noch so viel über Eduard zu sagen ist.

Bis ich den neuen Plan für unser Haus gezeichnet habe, Anna, gibt es vielleicht ein anderes Füllmaterial für die Hohlblocks als den Bims, mit dem wir sie zur Zeit füllen müssen. Vielleicht gibt es bis dahin Moränensplitt. Härter ist er und freilich auch schwerer, saugt aber das Wasser nicht so an wie Bims. Die Wandungen der Hohlblocks könnten dann dünner gemacht werden, nicht nur zwei Kammern also. Am Hang, Anna, wo ein Teil der Blocks im Dreck stecken wird, wäre Moränensplitt besser, am besten natürlich Zement.

Trotzdem, hat Ernst Häber gesagt, sollten wir die Hohlblocks mit dem Bims, die wir gestapelt haben, zurückhalten, bis das neue Geld wirklich gekommen ist.

Kurz danach ist das neue Geld da gewesen, und sofort ist auch Moränensplitt für die neuen Hohlblocks geliefert worden.

Jetzt bleiben wir auf denen mit der Bimsfüllung hocken, hat Eduard zu Ernst gesagt.

Ach was! Die kriegen wir los, Eduard! Die sind ihr Geld doch auch wert.

Gib nur der Silling und dem Sanders einen extra Schlag auf den Teller, Anna!, hat Eduard gesagt. Man muss sie zum Einstampfen mit dem Moränensplitt anfeuern. Jetzt geht es los mit dem Geschäft, das wirst du sehen! Er hat sich die Hände gerieben. Sie aber hat zu Eduard gesagt: Wenn die beiden da draußen auf der Halde so vollgefressen sind, poussieren sie nur umso mehr. Darunter leidet die Arbeit. Durchs Fenster hat sie hinausgedeutet, dorthin, wo sie an der Arbeit waren.

Von der anderen Straßenseite her ist ein dicklicher Herr mit einer Melone auf dem Kopf über die Kohlenhalde herangekommen. Sofort hat sie an jenen anderen Herrn gedacht, den sie vor dem Krieg durch ihre zerschlissenen Vorhänge gesehen hat, den feinen Herrn. Mit den Händen hat er so in die Luft gegriffen, als werde er mit irgendetwas nicht fertig. Seither hat sie niemanden mehr mit dieser Art Hut gesehen. Der dickliche Herr ist dann wirklich zu ihr in die Baracke gekommen. Mit anständig gelüpf-

ter Melone hat er sich vor ihr und vor Eduard verbeugt. Seine Stimme hat getönt wie von einer Frau:
Leo Roth.
Mit einem Ruck des Oberkörpers hat Eduard sich vorgestellt: Wiesental, Eduard.
Ob er der Chef hier sei, hat Herr Roth wissen wollen, und Eduard hat ihm gesagt, vom Geschäft gehöre ihm die Hälfte, von der Kohlenhalde das Ganze und von der Baracke nichts, weil sie Eigentum von Ernst Häber sei, seinem Kompagnon.
Herr Wiesental wolle sich irgendwo ein Häuschen bauen, habe er gehört, einen Alterssitz sozusagen, sagt Herr Roth.
Das stimme, hat Eduard zugegeben, auch wenn er sich nicht hat denken können, woher der Herr Roth das gewusst hat.
Dasselbe habe auch er vor, hat Herr Roth gesagt. Ob Eduard ihm eine schöne Gegend nennen könne, wo es sich lohne zu bauen? In Deutschland gebe es ja fast nur schöne Gegenden, nicht wahr, Herr Wiesental?
Wir denken an ein Haus in Wälden, Herr Roth.
Wo denn dieses Wälden sei?
Es sei ganz nah.
Wollen Sie mir Ihren Bauplatz zeigen, Herr Wiesental, hat der Herr gefragt.
Gewiss, Herr Roth! Eduards Ohren sind sehr rot gewesen, und seine Augen haben geleuchtet. Herr Roth hat darauf bestanden, dass auch sie mit nach Wälden fuhr. Unterwegs hat er dann gefragt, ob Eduard ihm seinen Anteil am Baugeschäft verkaufen möchte. Oder ob er selbst ihm nicht wenigstens mit einer Dollar-Einlage helfen solle? Die würde Eduard doch brauchen können, nicht wahr?

So sind sie an den Schrebergärten, an den Exerzierplätzen vorbei durch das liebliche Tal nach Wälden gefahren. Und Mister Roth, der von da an lieber Herr Leo hat heißen wollen, hat sich, genau wie sie, über das Dorf, die Hohlwege, den Ententeich, die Kastanien und den Brunnen mit der Schwenkrinne und dem Wasserbüttenstein gefreut. Das gedrungene Kirchlein hat er idyllisch genannt. Droben überm Dorf haben sie ihm erklärt, was das ist: ein Bannzaun, und ihm den Hang mit dem Nussbaum gezeigt. Da soll das

Haus stehen, Herr Leo. Von den beiden Erhängten haben sie nichts gewusst. Das hat ihnen später erst das Fräulein Anni erzählt.
Auf dem Heimweg hat er wissen wollen, wo denn in der Stadt, in der man sich gegenwärtig nicht mehr zurechtfinden könne, der Ring gewesen sei? Und ob es überhaupt noch eine Straße mit diesem Namen geben würde? Vor dem Krieg habe er nämlich in Nummer dreiundzwanzig gewohnt. Im ersten Stock.
Und wir im Haus Nr. 17, Herr Leo, hat sie ausgerufen.
Bei dem Zeitungsmacher?
Ja, bei dem, hat Eduard gesagt. Er soll ein Liebhaber von entarteter Kunst gewesen sein.
Aber wie hat er geheißen, Herr Wiesental? Unser Geld hat er – ganz integer! – hintenrum in die Schweiz ... Sonst hätten wir nicht gewusst, wie Fuß fassen, drüben. Mit 'drüben' hat er Amerika gemeint.
Sie konnten Herrn Leo nicht helfen, denn auch ihnen beiden war der Name des Zeitungsmachers entfallen. Man könnte Sanders fragen, oder die Silling, hat sie zu Eduard gesagt. Aber Eduard hat unwirsch den Kopf geschüttelt. Der Sanders, hat er gesagt, weiß ja nicht einmal, wo seine Frau steckt, und von der Anselma, seiner Tochter, hat er im Krieg schon nichts mehr gewusst. Und dann hat Eduard Herrn Leo gebeten, ihn am Rathaus herauszulassen, weil er nach Bezugsscheinen hat schauen wollen. So ist sie mit Herrn Roth alleine im Auto auf die Kohlenhalde zurückgefahren, ganz alleine! Aber auf der Kohlenhalde hat sie den Sanders herbeigewinkt, um ihr aus dem Auto zu helfen, damit sich Herr Leo nicht um sie bemüht.

*

Beim Niederschreiben dieser Lebensbilder begreife ich, wie aus Vernetzungen Geschichte entsteht. Das unwichtig Einzelne gewinnt an Bedeutung, wenn und unter welchen Voraussetzungen es auf anderes Einzelnes trifft. Alles ist mit allem verflochten wie bei einem Spinnennetz, das im Morgentau jungfräulich glitzert, am Abend aber – zerrissen vielleicht – voll Mücken hängt, die von allen Seiten herbeigeflogen sind. Das Individuelle ist am gemeinsamen ungeahnten Ziel angelangt; aus seiner Vernichtung wird unwichtiges

Einzelnes aufs Neue hervorgehen. Wer oder was lenkt aber letztlich mein Geschick? Wer meine Gedanken? Wer meine Gefühle? Wer oder was bestimmt die Knotenpunkte der Geschichte? Ihren Gang? Ist es ER? Wie tröstlich wäre, wenn es den Zufall gäbe, wie furchtbar, weil der Zufall ein noch viel grausamerer Gott ist; er kennt kein Erbarmen. Oder zerreiße ich das Spinnennetz, in dem ich als kleine Mücke zapple, vielleicht selbst? Weh mir!
Soll ich zur Meinung der Liegenden zurückkehren? Den Stift niederlegen, nur ja keine Bewegung mehr tun? Meine Stöcke nur ja nicht ergreifen, um diesen Pavillon zu verlassen? Mich nur noch mit dem fleckigen Himmel dieses Raumes wartend begnügen, mit diesen abblätternden Gipssternen und dem Fenster, das den entblößten Ast eines Apfelbaumes freigibt und ein Stück des immer grauer werdenden Herbsthimmels? Mit den Latten und Nahtlatten, den verrosteten Nagelresten, der abgewetzten weißen Tünche, die früher mit rosenbortigem flaschengrünen Rupfen verkleidet war? Keine Bewegung also tun, von der nie zu wissen ist, auf welches Ziel sie zusteuert?
Auch keine Bewegung der Einbildungskraft, bitte! Nur ja auch kein heimliches, rein gedankliches Hinaustasten aus diesem Pavillon, kein Davonlaufen durchs Gartentürchen etwa, oder womöglich ein Hinunterschleichen durch den Hohlweg, der damals verbreitert worden ist, als Engler von der Kutsche auf ein Auto umgestiegen ist.
Die Häuser des Dorfes, das weiß man ja, sind elende Katen, Fachwerkgestelle, mit Gerstengrannen und Lehm ausgestopft. Die rechten Winkel, verschoben, sind wohl nie scharf gerissen gewesen. Im Kalkgemisch der Außenwände herrscht noch der Kuhmist vor, den man als Tarnfarbe gegen feindliche Flugzeuge benutzt hat, weil man wirklich glaubte, sich damit Sicherheit ermalen zu können. Von überall her ertönen die gleichen Arbeitsgeräusche, bestimmt durch das ungeschriebene Gesetz, das man 'das Dorf' nennen könnte. Jeder Handgriff, die Art der Arbeit, der Sorgen, der Sünden, der Schmerzen und Freuden, die Art der Gemüter, der Sprache: Alles gleich, so scheint es. Und doch sind da individuelle Bewegungen, die andere Bewegungen hervorrufen, wie das Weinen des kleinen Jungen, der in der Nacht erschrickt:
Mama, was schreit da so?

Sein Vater, aus dem Schlaf geholt, weiß, dass es diese Frau Hofmann ist, die der Doktor in seinem Pavillon beherbergt. Was hat sie für ein Recht, unsere wohlverdiente Ruhe zu stören?, fragt er am Sonntag nach der Kirche beim Frühschoppen. Hat sie überhaupt eines? Mehr zu fragen war nicht nötig, dass sie eines Tages abgeholt wurde.

Und auch nach dem Krieg – als er mit heißen Blicken sieht, wie die Erne vor dem Doktor mit ihren Röcken schwänzelt, und er hämisch zu ihr sagt: Streng dich nicht an, Erne, ihr kriegt die Villa ja doch nicht! Bleibt Flüchtlinge euer Leben lang! – war mehr zu sagen nicht nötig, damit der Doktor eines Tages geholt wurde, der ihm ja noch von damals wie Pfeffer in den Augen brannte.

Was es denn gewesen sei, will man wissen, das dieses Dorf am jenem 9.9.49 für Evi so unverzichtbar gemacht hat? Wo lagen die Anfänge zu dieser Verzweiflung? Was hat sie hergetrieben, was hat sie erwartet?

In seltsamer Ausgespartheit sieht man das Rathaus im Kreis der Ruinen, man sieht eine von den spärlichen Bushaltestellen der Stadt: nach Wälden, Bucht Nr. 3.

Evi wartet, denn die Abfahrtszeit ist noch lange nicht erreicht. Wartet und weiß nicht warum, nur dass sie den Bus nach Wälden auf jeden Fall haben muss, weil er ihr lebensnotwendig erscheint. Außer dem Wort Wälden vermag sie nichts zu denken, gar nichts. Von ihrem Körper fühlt sie nichts außer der Hand, die sich um die Reisetasche klammert, und riecht nichts, außer etwas Fremdem, Männlichen auf ihrer Haut. Sie ist auf der Flucht vor sich selbst. Warum dann nach Wälden, wo sie in den Schoß der eigenen Kindheit zurückfallen wird?
Wer oder was denkt ihr diese Nötigung ein? Ein undefiniertes Gefühl undefinierbarer Hoffnung? Hoffnung auf ein Ende? Auf einen Anfang? Wer oder was dirigiert dieses Hoffen, das ihr nicht bewusst ist? Fragen, die ihr Bewusstsein nicht mehr spiegelt. Automatenhaft folgt sie einem unbekannten Antrieb. Sie wartet.
Der Bus verspätet sich. Angestellte der Militärregierung und der Stadtverwaltung verlassen das Rathaus. Auch Anselma Sanders an der Seite von Mister Roth in seiner schmucken Uniform. Als sie

sich trennen, schaut er ihr lange nach, ihrer grazilen Gestalt, ihrem die Sinne erregenden Gang.
Evi wartet unbewegt. Teile ihres Bewusstseins sind betäubt, andere registrieren bei Anselmas Anblick affektlos: Nach eigenen Gesetzen gelebt, sagt sie zu sich, nicht so wie man selber im unwürdigen Handel. Und sie denkt an Franks immer gleiche Fairness.

Vor dem Pavillon scheppert das Fahrrad des Briefträgers. Er lehnt es an die Wand. Ich höre es am schabenden Geräusch und schiebe das Schreibzeug zur Seite.
Was, Dietzel, wie die Zeit vergeht!
Sie vergeht nicht, Herr Doktor. Nichts vergeht. Sie tut nur so, dass man es denken soll und sich beeilt.

Nein, sie vergeht nicht, weil gar nichts vergeht. Alles bleibt da, entweder als Seiendes oder als Gewesenes oder als Werdendes. Ich habe diese Sätze mit Bleistift geschrieben, um sie notfalls wieder ausradieren zu können. Das hintere Ende des Stiftes ist zerkaut, wie Irene Kutschkas Bleistifte in der Schule zerkaut gewesen sind, mit welchen sie die Liebesbriefe an Anselma geschrieben hat; wie Hannos Bleistift, den Evi hier vorgefunden hat, wie die Bleistifte der Soldaten, mit denen sie die Feldpostbriefe mit ihren Hoffnungen gefüllt haben.
Wenn ich wieder kann, machen wir ein Kind, Evi!, hat Frank gesagt. Sie hat nicht darauf geantwortet, hat nur dieses sanfte, ferne Gefühl gespürt. Sie hat einen ebenso zerkauten Bleistiftstummel gefunden und Mamas Adresse für Frank aufgeschrieben. Kurz darauf kam die lächerlich getarnte Fahrzeugkolonne, einige Wagen mit dem großen roten Kreuz sinnlos gekennzeichnet, und Kortschow wurde geräumt.
Evi ist Evi Kugler geworden, als Frank wieder konnte. Sein Kind hat sie geliebt. Sie hat es sehr, sehr, sehr geliebt. Bienchen.

In Schwiegermamas heil gebliebenem Haus hat man gewohnt, woran man durch das stauberblindete Spinnennetz vor dem Fenster des Pavillons erinnert wird, hinter dem man schreibt: Ein Spinnennetz war vor dem Kellerfenster an Schwiegermamas Haus, dem Gnadenhaus, dem gnadenhalber bewohnten Haus. Man fühlt

die Last des Wäschekorbs, den man in den Garten wuchten muss, wo die Leine aufgespannt ist. Mit den aufgerissenen Händen, die an Scheuersand erinnern, hat man begonnen, die Wäsche aufzuhängen, als Bienchen an Schwiegermamas Hand in den Garten kam.
Was ist das, Großmama?, Bienchen deutet mit ihrem kleinen dicken Finger.
Nichts, was sich hier be-fin-den dürf-te!, skandiert Schwiegermama trotz der von Ernes Mann eingeschlagenen Zähne. Die Konsonanten pfeifen, besonders das F.
Ist es eklig, Großmama?
Äu-ßerst e-kel-haft!
Warum tut man es dann nicht weg?
Frag dei-ne Mama!
Ist Mama faul?
Gespannt hat man hinter den Wäschestücken hervorgelugt, hat Bienchens listig-verschlagenes Gesichtchen gesehen, wie es erwartungsvoll nach oben gerichtet war. *Faul!* Ein lustvoll verbotenes Ding.
Faulheit ist sträf-lich!
Bienchens Gesichtchen wird streng.
Hinter der Wäsche verborgen hat man auf die roten Hände gestarrt. Dann hat man ein wenig geweint.

Der Bus nach Wälden ist doch noch gekommen. Wie ein Automat steigt Evi ein, klemmt die Reisetasche neben sich auf den Sitz. Leute aus dem Dorf, die Evi nicht kennt, fahren mit, vielleicht sind sie in der Stadt einer Arbeit nachgegangen oder haben an irgendeinem Schalter ein Bittgesuch abgegeben. Beim Anfahren deutet ein Mann mit dem Daumen über die Schulter auf das Rathaus. Bezugsschein, für Leder, sagt er zu seinem Nebenmann. Der nickt und weiß, dass sein Busnachbar Schuster ist.

*

Was, Dietzel, heute haben wir schon den dritten Elften neunundvierzig?, ruft Polke aus. Und der Truman ist für den UN-Plan zur Atomenergiekontrolle?

Er wird seine Gründe haben, Herr Doktor. Aber haben Sie daran gedacht, dass es seit sechs Wochen keine Militärregierung mehr bei uns gibt?

Seltsam ausgespart zwischen den Ruinen sieht die Liegende das Rathaus mit seinen schmalen hohen Fenstern noch einmal, die alle wieder verglast sind, nachdem sie vorher verlattet waren mit kleinen, eingefügten Scherben zum Hereinholen des Lichtes. Noch sind amerikanische Offiziere hier, kontrollieren alles, zum Beispiel das Ressort für Bezugsscheine, Sektor Baumaterialien. Das Mobiliar der Amtsstube stammt noch aus der alten Zeit: die ekelhaft gelben Schreibtische mit den ekelhaft blauen Tintenklecksen, die sich unausrottbar ins Holz gefressen haben. Das derbe Parkett ist geölt wie der Boden des Gymnasiums, den Alis Frech mit Sägekrümeln hat reinigen müssen. Die Liegende denkt an Erich, an den Jungen, sieht ihn, wie er mit der Schaufel bereitsteht, um auf einen Wink des Vaters hin die Krümel – wenn sie schwarz geworden sind – in den Eimer zu schippen. Sie denkt an Irmhilt, das Kind, das wartend mit dem Besen danebensteht.
Dann riecht sie den Boden. Er riecht noch immer wie Katzendreck, hat wohl die ganze Zeit des Krieges nicht anders gerochen und wird nach Katzendreck riechen, solange er besteht – ungeachtet dessen, was um ihn herum oder auf ihm geschieht.
Halb sitzend lehnt Mister Siegfried Roth an der Ecke des Schreibtisches, an dem Anselma Bezugsscheine ausstellt. Rauchend schaut er ihr zu. Wegen der drei S in ihrem Namen – Anselma Sanders – nennt er sie Sasasa, was er mit einem amerikanischen Anklang in der Stimme ausspricht.
Ob sie mit ihm angeln gehen wolle? Ein Stück weit den Bach hinauf gegen die Ortschaft Wälden hin, Sasasa?
Angeln? Sie ist begeistert. Die Eltern, sagt sie, haben auch ein Fischrecht gehabt, ehe die Nazis es ihnen weggenommen haben, weil der Vater ein Regimegegner gewesen ist. Aber damals sei sie ja noch ein kleines hässliches Entchen gewesen.
Hässlich? Ob sie ein Foto aus dieser Zeit habe?
Die seien alle kaputt, leider. Sie schaut durchs Fenster, weil sie überlegen muss, wie sie weitermachen will. Über die Straße kommt Wiesental heran, der für sie eine Gefahr bedeutet. Bei Wiesental

arbeitet Sanders! Sie denkt tatsächlich 'Sanders', sie denkt nicht 'mein Vater'.

Diese Fotos würden sich, sagt sie, lachend, damit Mister Roth keinen Verdacht schöpft, also nicht lohnen. Außer – sie stockt, weil sie nicht sicher ist, ob sie nicht zu schnell an ihn rangeht: die Amis sind misstrauisch –, außer wegen den hellen Kerben vielleicht, die man da oben bekommt, wenn man sich sitzend von der Sonne bräunen lässt.

Kerben? Mister Roth horcht auf und deutet auf seine Leisten. Ob man dazu jetzt so sagt? Früher sagte man Leisten.

An der Tür wird geklopft. Wiesental tritt ein. Sachlich-kühl kommt Anselma seiner Bitte zuvor. Bezugsschein, Herr Wiesental?

Am nötigsten für Zement, sagt Eduard. Zwei gelernte Maurer habe er im Betrieb und könne schon kleinere Aufträge ausführen.

Ob der Mann tatsächlich ein richtiges Baugeschäft habe, fragt der Colonel auf Englisch. Anselma nickt.

Was wollen Sie mit dem neuen Geld sonst noch machen?, fragt er auf Deutsch.

Wiesental schlägt die Augen nieder: Für meine Frau und mich ein Haus.

Sind die Besitzverhältnisse geregelt?

Ich besitze die Option. Der Eigentümer ist verschollen.

Alter Nazikämpfer, seine Frau Leiterin der Frauenschaft, sagt Anselma, weil es ihr wichtig ist, dass Wiesental vorankommt. Frech heißen sie. Der Sohn bei der SS, sagt sie. Jetzt anscheinend untergetaucht.

Eduard nickt. Eine Tochter lebt möglicherweise noch; aber sie ist nicht geschäftsfähig, gibt er zu bedenken.

Man soll die Vormundschaft regeln!, sagt Mister Roth auf Englisch. Der Mann gefällt mir. Er ist doch integer?

Anselma nickt, während sie die dreifache Menge Beton auf Wiesentals Namen ausschreibt. Bis er dann wieder was will, bin ich Mrs. Siegfried Roth, denkt sie.

Total integer!, sagt sie überzeugend. Auch alle seine Angestellten. Wiesental steckt den Bezugsschein unbesehen in die Joppentasche.

Warum haben Sie ihm so viel gegeben, Sasasa?

Anselma erschrickt. Ein kleines Lauern ist in seinem Blick.

Damit der Laden in Schwung kommt, Colonel. Der einzige Sohn, Rolf, hat es abgelehnt, die Waffe gegen die Alliierten zu ergreifen. Unter Lebensgefahr hat er das Land verlassen. Die Alten erwarten ihn täglich zurück.
So ähnlich hatte es Ernst Häber zu ihr gesagt.
Der Alte soll sich seinen Alterssitz bauen, Sasasa. Geflüchtete Nazis die Kontrahenten? Das wird sich regeln lassen. – Werden Sie heute Abend mit mir essen, Sasasa?
Lieber erst morgen, Colonel, sagt sie verschämt.

In dieser Nacht macht sich Anselma zum letzten Mal durch die Ruinenkeller davon. Zum letzten Mal entkleidet sie sich vor dem johlenden stinkenden Pöbel und singt. Im Zuschauerraum sitzt Mr. Roth. Ihr Herz klopft, ob er sie erkennt.
Nein, er hat sie nicht erkannt, hat zum ersten Mal aber auch keinen Geldschein aufs Podium geworfen, hat auch nicht geklatscht. Der schwammige Wirt hat ihr das Fixum ausbezahlt. Nachdenklich streift sie durch die finsteren Kellergänge. Der Lichtkegel ihrer Taschenlampe reicht nicht weit.
Obgleich die Wiesentals in der Rittergasse 2 nicht mehr wohnen, sind doch noch Reisigwellen unter dem beschlagenen Fenster gestapelt. Sie hört, wie Irene Kutschka drinnen Wasser schöpft und zögert einen Augenblick, ehe sie einsteigt. Erst, als sie in der Wanne sitzen, entschließt sie sich zu sprechen.
Ich höre auf.
Irene verzieht das Gesicht.
Heul nicht, Irene! Mit dem da – sie tippt ihr auf den Busen – kannst du spielend auf den Strich gehen.
Und unser Geld?
Anselma sieht den Luftbläschen zu, die ihr aufsteigend den Bauch entlangperlen. Zwei Drittel gebe ich dir, sagt sie, vorausgesetzt, du steigst beim Schwammigen ins Geschäft ein.
Ins Geschäft?
Mit Zigaretten, wenn dich das Wort beruhigt.
Kann man damit das neue Geld verdienen?
Da kannst du Gift drauf nehmen.

*

Kaum erkennt die Liegende den semmelblonden Mann in der Zerlumptheit seiner Kleider, der hinter ihren Lidern breitbeinig dasteht: Erich Frech, der auf einem Gutshof arbeitet. Dem Verwalter ist egal, wie er heißt und wer er ist, wenn er nur zugreift und möglichst wenig von dem neuen Geld verlangt. Die stinkende Arbeit hat er ihm gegeben, weil der Bursche selber stinkt. Keiner hält es neben ihm aus. Allein steht er sie durch wie eine Bewährung. Auf Bewährungen ist er offensichtlich eingedrillt. Mit zusammengebissenen Zähnen forkt Erich Frech die halb verfaulten Rüben aus einer Miete. Nimmt Rübe um Rübe in die Hand, um das Faulige auszuschneiden, breitbeinig, die Faust um den Griff des alten Fahrtenmessers gespannt. Weit gespreizt die Beine, weil er wund ist vom After bis zu den Knien. Der Haufen links von ihm ist klein; die Rübenstücke sind weiß. Rechts drüben der Haufen ist groß, stinkend und braun. In die letzte Rübe stößt er das Messer bis zum Schaft. Ende. Schluss. Aus.
Er kehrt sich von den beiden Haufen ab, setzt die Füße in breiter Spur. Schritt um Schritt tappt er zum Bach, der nach Schmelzwasser riecht, der ihn befreien soll von dem, was stinkend aus ihm herausrinnt, was ihm die Haut wegfrisst bis fast zum Knie. Er knöpft den Hosenschlitz auf, dass die Hose auf die Beine sackt, wo die Spreizung sie auffängt. Bellend, weil der Schmerz ihn stößt, zieht er den fauligen Lappen zwischen den Gesäßhälften heraus, schleimig, blutig, verkotet, inkontinent der zerschossene Anus. Er duckt sich am Ufer in die Hocke und schweift, schweift den Lappen im dunkel hüpfenden Wasser, bis die Strömung alles mitgenommen hat. Dann hebt und windet er ihn, bis die Knöchel weiß aus den Fäusten stehen. Und er tupft, bis alles Beißende, Fressende von seinem Leib gesogen ist. Nachher wird er gestohlenes Kartoffelmehl auf trockene Lappen streuen und sich damit für den Weg rüsten, den er sich vorgenommen hat: *Heim!*
Heim, damit das Gejagtsein ein Ende hat! Die Folgen nimmt er auf sich. Heim zu der Frau, die ihm gehört. Unwiderruflich heim, trotz der Gefahr, unterwegs aufgegriffen zu werden. Er hält es nicht mehr aus. Er will nach Wälden.
Zuerst ein Stück zu Fuß, denkt er zum hundertsten Mal, dann einige Stunden mit der Bahn; und wenn es dunkel ist, auf der Straße ins Dorf. Jetzt tut er es wirklich. Der Rhythmus des eingefleischten

Marschschrittes soll ihm den Schmerz betäuben: Sein Hirn sucht Worte, mit welchen es geht: Aus grau-er Städ-te Ma-auern ... Er schluchzt, lehnt seine Stirn an einen Baumstamm und würgt Tränen aus.
Die Liegende ist zutiefst aufgerührt. Dieses Elend hat sie durch ihre Lüge mitverschuldet: Ich liebe dich ja! Sie hört Mamas Stimme: Das Wichtigste ist, dass er wieder leben will, Evi!

*

Nein, Mama, hätte sie sagen sollen und fragen, wo denn in unserem Leben die unverwechselbare Qualität Leben beginne, wo sie aufhöre, die uns Bestätigung ist, dass wir nicht nur vegetieren? Immer hat sie sich unter dem Zwang zur Lüge befunden. Aus Mitleid? Aus Feigheit erzeugendem Mitgefühl? Die Liegende wehrt sich voll Angst gegen die Bildabläufe, die sich ankündigen, um hinter ihren Lidern ihr Unwesen zu treiben. Es ist Nacht. Der Mann schleppt sich über die nächtliche Landstraße. Letzte Biegung vor dem Dorf. Seitlich in der Senke hört er den Bach. Neben der Straße liegen Bretter. Immer liegen da Bretter. Hell-dunkel sieht er ihre Kanten. Er wirft den Rucksack auf die Bretter, setzt sich auf die Bretter, so sehr ihn auch sein Wundsein brennt, es brennt ja immer. Er ist allein.
Sein suchender Blick betastet die Dunkelheit: Dort, ein schwacher Schimmer? Reflex der Kirchturmmauer? Dort noch Dunkleres im Dunkel. Vielleicht die kahlen Kronen der Kastanien vor dem Lehrerhaus? Er meint, nur dort, in diesem Dorf, könne der Schmerz, der Schmerzensschmerz, ein Ende finden, gleichgültig wie, könnte verkümmern bis zu seinem Ursprung. Lottas würden ihn, den Schmerz, aus ihrem Hundeschlitten heben und in den weißen weichen Schnee betten, in eine Mulde aus Zellstoff und Watte, ein Nest, in dem er für immer versinkt. Und nie mehr würde er zurückkehren! Ihm, dem Schmerzbefreiten, würde so wohlig warm werden wie von den Spritzen des Stabsarztes im Lazarett, der Folk hieß und das Wetter im Knie spürte. Nur noch ein einziges Mal diese Engelsspritze, die den Schmerz vertreibt, die das Bewusstsein löscht! Er kann nicht mehr. Mit zäher Langsamkeit schiebt er den einen, dann den anderen Fuß dem Dorf

entgegen. Hühner gurren im Schlaf. Kühe mahlen brummend. Ein Pferd steigt polternd auf und rüttelt schnaubend an der Kette. Nie ändern sich die Laute bäuerlicher Nacht, die tierhaftes Leben sind, bewusstloses Leben: Leben, das nichts anderes ist als Leben. Er möchte es besitzen, er giert danach. Schwarz glänzt der Teich. Die Kastanienbäume, leer, wie sie sind, überrunzeln schwarz den dunkeln Himmel. Schon hört er das Plätschern des Brunnens. Und dort die Hütte, in der die Mutter mit dem Kopf auf den Armen über dem Tisch gelegen hat.

Noch ehe er das Haus erreicht hat, öffnet sich die Tür. Aus dem trüben Schein der Flurlampe tritt ein Mann, begleitet von einem kleinen ihm nachflatternden Satz: Vielen Dank, Doktor Polke! Ungestörten Schlaf!
Morgen, ruft der Arzt über die Schulter zurück, bringen Sie mir die Kleine noch einmal vorbei! Er humpelt in die Nacht, und Erich Frech weiß, dass es morgen regnen wird.
Er hat ihn erkannt. Ein fast heiteres hämisches Lächeln schiebt sich in sein schmerzverzerrtes Gesicht. Jetzt heißt er also Polke, der Folk!

*

Der Regen kommt schon in der Nacht. Sein feines Summen, dann sein Anschwellen, sein Rauschen. Erich lauscht ihm nach. Auch die Frau, das spürt er, ist wach. Keine Schlafwärme strömt aus ihrer Haut. Nicht mehr gewohnt ist sie, einen Mann neben sich zu haben. Dazu einen, der nur noch aus dem Schmerz besteht, den er notdürftig mit Lappen verstopft. Der Mann ohne Lust. Aber dieses Bett hier ist sein Bett, die Kammer seine Kammer, dieses Tagelöhnerhaus ist sein Tagelöhnerhaus.
Hol den Doktor, sagt er, den Polke, oder wie er heißt.
Das geht doch nicht, wehrt sie ab. Das kann ich doch nicht! Du wirst doch gesucht!
Sie schiebt die Füße über den Bettrand, setzt sie auf den Boden, steht auf. Mit hochgeworfenen Armen zieht sie das Nachthemd über den Kopf. Ohne Neugier schaut er ihr zu, sieht das Trikothemd, das sie unter dem Nachthemd anhat, das sie auch in der

Hochzeitsnacht anbehalten hat, weil sie sich schämt, unterm Nachthemd nackt zu sein. Kurz und eng ist das Hemd, lässt die weiße Haut sehen, die in unversehrter Glätte die Schenkel umspannt und sich schattend in die Gesäßfalte schmiegt, keusch, unwissend und fern von Schmerz. Hass steigt in ihm hoch ob dieser Unversehrtheit, Hass und Neid. Er fühlt die Bewegung in seiner Faust, wie sie das rostige Messer gehalten hat. In ihr ahnungsloses weißes Rübenfleisch will er es treiben. Er kneift die Augen zu, zwingt sich zur Hoffnung, dass auch aus seiner Haut das Faulende herausgeschnitten werden könnte, und eines Tages wäre sie wieder weiß.

Sag ihm, dass er mich operieren soll.

Die Else geht, um den Arzt zu holen, der früher anders geheißen hat, der den kommenden Regen im Knie fühlt, der den Mann operieren soll, der bei ihr im Bett liegt: den Mann ohne Lust. Polke öffnet das Fenster. Was es denn gäbe, fragt er in die Dunkelheit und sagt: Aha und Ja so.

Während er dann neben der Else auf das Haus zugeht, will er wissen, ob sie täglich zum Kochen kommen könnte. Natürlich erst, wenn die Kleine wieder gesund sei. Die könne sie ja mitbringen.

Die Else nickt im Dunkeln, lässt ihn auf dem Backsteinboden des Hausflurs vorangehen. In der Küche schläft das Kind, hört von allem nichts, wird nicht wach von dem Licht, das die Else anzündet und zum anderen Licht in die Kammer trägt. Erschrocken über Erichs dreist-lauernden Blick bleibt der Doktor stehen. Er spürt diesem Gesicht in der Erinnerung nach, weil ihm das Wort 'Vergangenheit' unterläuft, während er seinen Satz vom Regen und vom Knie abspult.

Drehen Sie sich mal um, sagt er mit kühler Sachlichkeit und schiebt selber das Bettzeug zur Seite. Er tastet und sieht, was da los ist, und mit einem Mal ist alles wieder da: So also ist das geworden, was er damals unterm Messer gehabt hat! Jetzt versteht er den hämisch-lauernden Blick. So ist das vernarbt und verwachsen!

Da lässt sich nichts mehr machen, sagt er und meint, mit operieren. Da ist alles versaut und verbaut, weil der Schließmuskel zerschossen ist. Da kriegen Sie niemals mehr Ruhe, wenn Sie den

Anus nicht nach vorn verlegen lassen! Wollen Sie das? Wie alt sind Sie denn?
Achtundzwanzig, sagt Erich Frech und dreht das Gesicht zur Wand.
Polke zieht eine Spritze auf und schaut ihm wie zufällig unter den Oberarm. Wissend tauschen sie einen Blick.

Narkosen, Spritzen, Tabletten, die ihn aus dem verstümmelten Körper herausheben und ihn ins große Maul der Nacht schieben, in eine Dunkelheit, in der er zerrinnen darf. Wenn er zu sich kommt, sieht er Elses Gesicht im Krankenhaussaal. Es stört ihn. Was soll er mit diesem Gesicht? Alles, was zu einer früheren Zeit gehört, muss weg, will er nicht mehr haben. Hat genug davon. Nur noch in einem dieser anonymen Betten liegen, von anonymen Händen berührt werden, in anonyme Gesichter schauen, ein anonymes Leben leben. Nie mehr Mensch sein müssen. Zurückschrumpfen in die Zeit der Erinnerungslosigkeit, Fötus sein, Amöbe sein, nichts mehr sein.
Was soll er also mit der Frau?

*

Zögernd schiebt die Liegende die Hand unter das Kopfkissen, zieht sie noch einmal voll Entsetzen zurück, ehe sie mit neuem Zugriff das Tagebuch hervorholt. Lange hat sie nicht mehr darin geblättert, und nun tut sie, als müsse sie suchen, um endlich jene Stelle aufzuschlagen, die das Datum 30.5.49 trägt. Ein einziger seltsamer Satz steht auf dieser Seite:

IMMER SIND DIE STRASSENBAHNEN SO VOLL!

Evi ist hinter Schwiegermama und Bienchen eingestiegen; und ohne sich umzusehen weiß sie, dass dieser Satz – Immer sind die Straßenbahnen so voll! Was nützt einem Kriegsversehrten da sein Ausweis? –, dieser Satz von einer Stimme gesprochen wird, die unter einer hochgebogenen Oberlippe hervorkommt.
Der Platz, der mit dem roten Kreuz auf einem Emailschild gekennzeichnet ist, wird frei. Erich Frech drückt sich an den Stehenden vorbei. Im Sitzen klemmt er das Musterköfferchen zwi-

schen die Knie. Vier Kollektionen muss er heute noch an den Mann bringen. Sonst kann er am Wochenende nicht nach Hause fahren.
Machen Sie mal Platz, junger Mann!, hört er eine Stimme hinter sich, glaubt aber nicht, dass er gemeint sein könnte. Den Platz da kann ihm keiner streitig machen. Mit Fetzen vom Darm hat er ihn sich erkauft, hat mit dem After bezahlt, der unbezahlbar ist, ein Unikat. Anus verlegt. Wie alt sind Sie? Achtundzwanzig? Wollen Sie das? Andernfalls kriegen Sie nie mehr Ruhe da hinten. Ruhe vor dem Schmerzensschmerz.
Jetzt ist er schmerzfrei. Hinten alles zu und vernagelt, keiner hat was gefragt. Keiner hat ihm unter den Arm geschaut. Da hatte Polkefolk die Pfoten drin – nicht nur in seinem Arsch. Hat er gut gemacht. Wusste auch warum, der Gauner!
Machen Sie mal Platz, junger Mann!, hört er nun wirklich, aber immer noch glaubt er es nicht. Hinter ihm schwatzen zwei Frauen.
Der Limburger im roten Papier ist besser als der im blauen.
Ja?, fragt die andere. Ich habe keine Bekannten, die Limburger essen. Sie essen Roquefort mit Tomaten.
O, meine Tomaten gedeihen!, ruft die erste. Wir schicken die Kinder Pferdemist sammeln.
Ja? Wirklich sammeln? Das brauchen meine Kinder nicht, wir sind im Reiterverein.
Ein kleines Mädchen wird von einer Großmutter vor seine Knie geschoben. Vielen Dank!, sagt die Großmutter, als sei schon sicher, dass er ihr seinen Platz überlassen wird. Das V pfeift zwischen ihren Zahnstumpen.
Der reizende Herr will aufstehen, Bienchen, sagt die Großmutter. Erfreulich hilfsbereit!
Und er steht wirklich auf.
Da hört er eine Stimme hinter sich, Vielen Dank!, die ihn bis ins Mark trifft. Stumm sehen sie einander an. Er presst die Lippen aufeinander und nickt. Evi übersetzt sich sein stummes Nicken: Ja, ich bin Erich.
Er hebt die Schultern und starrt zu Boden.
Am Bahnhof muss sie raus. Er stolpert hinter ihr her, voll Angst, sie im Gewühl zu verlieren. Die Großmutter schiebt das Kind vor

sich her durch die Sperre. Das Kind schaut sich noch einmal um und hebt die kleine Hand.
Dort drüben ist ein Café, sagt Evi.
Nein, kein Café. Das genügt jetzt nicht mehr.
Er hat sie noch nicht beim Namen genannt. Irgendwo führt er sie über ausgetretene teppichbespannte Treppen. Der Läufer war vor Zeiten rot. Sie setzen sich auf wacklige Stühle vor einen elenden Tisch, der mit seinen Brandlöchern an Generationen von Hotelgästen erinnert. Sie suchen Erkennbares aneinander. Dann schweift Evis Blick wieder ab. Der Bettüberwurf aus bordeauxrotem Satin hat ausgebleichte Flecke. Die Fransen an der Seite sind – vielleicht von Ratten? – angefressen. Uralter Gestank nach kaltem Rauch, Asche und Staub füllt den Raum, ausgehend von den zerschlissenen bordeauxroten Vorhängen vielleicht. Während Erich jetzt spricht, sieht sie gebannt den Bewegungen seiner Oberlippe zu. Einige Worte erreichen ihr Gehör: Anus verlegt ... Büchse auf dem Bauch ... Wie alt sind Sie? ... Kollektionen an den Mann bringen. Und dann weiter zurückgreifend: Lottas, weicher weißer Schnee. Der Russki im hohlen Baum – und sie weiß: Bilder sind das, die wird er sein Leben lang mit sich herumtragen. Ihr Blick bekriecht sein Gesicht, das trotz des nicht enden wollenden Leids keine Falte aufweist. Er weicht auf die Tapete aus, auf das immer wiederkehrende Veilchenmuster. Dort und dort wölbt sie sich auf der feuchten Wand.
Das letzte Mal hat sie diesen Mann in der Zelle gesehen. Die Schulterstücke hatten sie ihm abgerissen, das Koppel mit dem beschwörenden Schloss. In Stiefeln ohne Schnürsenkel hatte er dagestanden und sie nicht ansehen wollen. Und der Wachhabende hatte ihr neugierig ins Gesicht gestarrt. Damals ein Mann mit verstümmelter Ehre, heute mit verstümmeltem Leib. Einmal und noch einmal beschreibt er seine Verwundung, seine Operationen, und in der dümmlichen Meinung, ihn damit zu trösten, streicht sie ihm über den Arm.
Du musst dir vorstellen, wie es ist, wenn es bei den Kunden in der Büchse auf meinem Bauch rumpelt! Meine Frau, sagt er, hat mein Bett in die Küche gestellt.
Sie schluchzt, weil sie es nicht mehr erträgt. Und nur, damit er nicht weiterspricht, entkleidet sie ihn – geschüttelt vom Selbst-

hass wegen dieser neuen, nie wiedergutzumachenden Lüge – wie ein Kind und stillt seinen geschundenen Leib.

IMMER SIND DIE STRASSENBAHNEN SO VOLL!

Die Liegende stößt das Tagebuch unter das Kopfkissen zurück. Lange liegt sie bewegungslos. Über ihr der hölzerne Himmel. Hätte man das Wort Himmel doch nie gekannt! Die große vergebliche Empörung wäre einem erspart geblieben. Nichts hätte man erwartet, weil man gewusst hätte, dass von dort her nichts zu erwarten ist. Keine Barmherzigkeit, keine Gnade. Keine Wahrheit. Nirgends Sinn. Und sie begreift, dass dieses Wort ein Ersatzwort ist, ein Surrogat, für das, was dem Menschen selber an Qualitäten fehlt: Erbarmen, Gerechtigkeit, Wahrheit! Weshalb er es summarisch und im Einzelnen vom Himmel erhofft. Ohne diese ist er nicht Mensch, sondern ein Verstümmelter.

Bienchen!, flüstert die Liegende sehnsüchtig vor sich hin. Sie fühlt sich mit ihrer großen Mitleidslüge nicht mehr gut genug für Bienchen. Großmama hat recht: Mama ist böse. Mama lügt! Ihr Leben ist wie ein Haus, das mit dem falschen Baumaterial errichtet worden ist. Es fällt ein.

*

Ich wünsche mir eine Haarspange mit roten und gelben Tüpfelchen, Mama!, sagt Bienchen, die hat Elvira auch. Elvira ist die Kindergartenfreundin.

Angewidert schüttelt Evi den Kopf: Haarspange! Sie sieht sich im Treppenhaus von Nr. 17 stehen, Nr. 17 am Ring, und dem jungen von Steinbeek Anselmas Haarspange reichen. Errötend nimmt er sie ihr aus der Hand. Sie verzieht hämisch den Mund.

Mama mag keine Haarspangen, sagt Großmama. Bienchens fragender Blick geht zwischen Mama und Großmama hin und her. Sieh doch Mamas Gesicht! Bienchen und Großmama lächeln komplizenhaft.

Die Haarspange hat sie von Großmama bekommen. Keiner ist leichter zu verführen als ein Kind, denkt Evi.

Geburtstagskakao steht auf dem Tisch. Ich heiße Sabine Kugler, bin vier Jahre und noch ledig, sagt Bienchen. Schwiegermama hat es ihr beigebracht. Mama, die an diesem Tag bei uns ist, sagt leise: Du machst sie zur alten Jungfer, Carola.
Man muss sich weltoffen zeigen, meine Liebe!, sagt Schwiegermama. In anderen Erdteilen ist es so.
Es ist Mamas letzter Besuch, ehe sie in die Schweiz abreist. Alles ist gesagt, was man von der Oberfläche kratzen kann wie die Sahne vom Kuchen. Evi ist müde. Sie denkt an das Hotel, den bordeauxroten Bettüberwurf. Sie riecht den Geruch von kalter Asche und kaltem Rauch, den sie nie mehr loswerden wird. Sie riecht die Büchse auf Erichs Bauch.
Achtundzwanzig? Wollen Sie das?
Sie spürt Mamas Blick auf ihrem Gesicht. Hat sie versäumt, auf etwas zu antworten? Frank schaut kurz und prüfend auf, während er seine Pfeife stopft. Unsere Haut umschließt das Konträrste, das weiß er.
Lass uns doch das Album aus deiner Studentenzeit ansehen, Frank!, ruft Schwiegermama aus. Das Album ist ihre große Liebe. Er holt das Album aus seinem Arbeitszimmer und legt es auf den Tisch. Zum Anschauen nimmt er Bienchen auf den Schoß.
Sieh nur, Wera, sagt Schwiegermama zu Mama, damals war Frank in Heidelberg! Sie schiebt Mama das Album über den Tisch, das Mama schon viele Male angesehen hat.
Und da studiert er in Freiburg. Du siehst ihn bei einem Fastnachtsumzug. Im Hintergrund die ein-zig-ar-ti-ge Filigranhaube des Münsters! Die Schellenkleider und Masken sind his-to-risch! Aus dem vier-zehn-ten Jahrhundert, liebste Wera! Sie reichen weiter zurück als selbst unsre Ahnentafel, die ich nur nebenbei erwähnen möchte. – Die Sprünge, die ihr da macht, Lieber, sind doch tra-di-tio-nell?
Frank nimmt die Pfeife aus dem Mund und nickt.
Wie hieß der andere da an deiner linken Seite, der wahrhaftig noch höher springt als du?
Lass sehen, sagt er und zieht das Album zu sich her. Bienchen ist auf seinem Schoß eingeschlafen. Er steht mit dem Kind auf, bettet es aufs Sofa und deckt es zu. Dann kommt er zum Tisch zurück.

Das muss Wiesental sein, sagt Frank, Rolf Wiesental. Wenn man es nicht weiß, erkennt man keinen von uns. Das ist der Sinn einer Maske, dass sie die Identität des Trägers verhüllt. Den Namen gibt es nicht oft: Wiesental. Mama horcht in sich hinein, findet die Zusammenhänge aber nicht sofort. Im Haus Nr. 17, Mama, erinnert Evi. Frank hält die Pfeife in der Schwebe. Man wusste nie recht, wie man ihn einordnen soll, sagt er. Plötzlich haben wir ihn aus den Augen verloren. Er sei ins Elsass rüber, hieß es, und wir waren neidisch, weil es für uns nicht ging. Frank raucht weiter, wirft nur hie und da einen jener neuen Blicke auf Evi. Sie spürt die Berührung dieses Blickes auf der Haut und fühlt sich ertappt. Frank erahnt die Versehrtheit ihrer Seele. Er wartet. Er kann auf Klärung warten. Beim Frühstück am nächsten Morgen lässt Bienchen das Teeglas fallen. Solch ein Leichtsinn!, artikuliert Schwiegermama, einem Kind ein Glas in die Hand zu geben! Bienchens Hand blutet. Evi eilt ins Badezimmer, weil sie fühlt, dass auch sie blutet. Sie sieht das viele Blut, das sie verliert, und fragt sich, ob sie mit diesem Blut in einem Akt großer Reinigung nicht ihr bisheriges Leben vergießen könnte und mit ihm Erich Frech? Und so fragend verschwindet Evi hinter den Lidern der Liegenden, die keine Antwort finden kann.

*

Am unteren Ende der ausgetretenen läuferbespannten Hoteltreppe steht Erich, will die Unwiederholbarkeit dessen, was geschehen ist, nicht begreifen. Er ringt mit ihr: Jeder gelebte Augenblick ist unwiederholbar – das Stück versäumten Schlafes, die ungefragte Frage, ein verlorenes Steckholz. Der Weg, der hinter dir liegt, ist immer getan; aber das will er nicht: Was in der Straßenbahn begonnen hat, soll nicht zu Ende sein! Und doch spürt er, dass es mit jedem Tag, mit jedem Atemzug unwirklicher wird. Die Verlassenheit nimmt zu, sickert ihm ins Gewebe, in jeden Nerv. Mit dem Kollektionsköfferchen umstreicht er das schäbige Hotel, stiert von der Straße aus auf die ausgetretene Treppe mit dem einstmals roten Läufer, dem ausgefransten.

Noch drei Kollektionen. Wenn es in seiner Büchse rumpelt, erschrickt er mehr als die Kunden. Er belauert ihre Gesichter, ob sie denken, dass er furzt. Sie klemmen die Lippen zwischen die Zähne, lehnen die Ware ab und schaffen ihn so schnell wie möglich vor die Tür. Der Schwerbeschädigtenausweis ist keine Entschuldigung. Auf ihm ist nicht zu lesen, dass es da vorne rechtmäßig furzt. Mit leeren Händen fährt er zu Frau und Kind. Das Bett steht in der Küche. Einen Tag oder zwei kann er bleiben, sich bei Polke besorgen, was er braucht. Dann muss er in die Stadt zurück, die für ihn aus Türklinken besteht bis in die Unendlichkeit.

Und aus der einen Erinnerung.

Eine Frau spricht ihn an. Na, Kleiner? Stark parfümiert wogt ihm ihr Busen entgegen. Und zum ersten Mal gibt er das Geld aus, mit dem er nach Hause hätte fahren können. Erst oben an der Hoteltreppe wird ihm bewusst, was er tut. Er sieht die wackligen Stühle wieder, die gedrechselten Beine, Holzsitze mit Lochmuster, den Tisch mit den Brandlöchern früherer Gäste. Aus dem Nachttisch signalisiert der Geruch von Naphthalin die Anwesenheit eines Topfes. Dieses kreischende, durchgelegene Bett!

Und dann er, achtundzwanzig, mit der Büchse zwischen sich und der Hure, der Büchse, in der es rhythmisch furzt!

Ach Gott, ach Gott, ist das schlimm!, sagt sie, als sie mit ihm fertig ist, setzt vor dem Spiegel das Hütchen auf und schiebt ihm eine Zigarette übers Bett.

Probier das mal! Und wenn du wieder eine brauchst, dann frag beim Kellerwirt nach Irene Kutschka. Keine Erinnerung an seine Schulzeit rührt ihn beim Klang dieses Namens an.

Wie schon des Öfteren, seit sie in diesem Mahagonibett liegt, betastet die Liegende misstrauisch, was sie unter dem Deckbett als ihren Leib erfühlt: den Bauch, so eingefallen, dass das Schambein felsenähnlich emporragt; den Rippenbogen, der sich tierhaft-selbstständig beim Atmen dehnt und zusammenzieht; die Halsgrube, die im Rhythmus des Herzschlages zittert. Die Brüste, an welchen Bienchen ein halbes Jahr lang gesaugt hat. Allein die Erinnerung daran vermag, dass sich die Brustwarzen türmen, als sei das jetzt noch nötig.

Was alles umschließt dieser Leib, der einem anhaftet, fragt sich die Liegende, an den man gefesselt ist – gleichgültig in welcher Form, als Amöbe, Kaulquappe, Schwertfisch, Schnecke, Fledermaus, Eintagsfliege, Ratte, Hyäne, Adonisfalter, Rhesusäffchen, Kreuzotter, Geier, Schildkröte, Wurm oder Wanze? Die Vorstellung solch anhaftender Vergangenheit ist ihr grauenhaft, weil sie das Wesentliche nicht einbegreift, zum Beispiel jenen unsichtbaren Teil, von dem wir nicht wissen, ob man ihn riechen, schmecken, hören, sehen oder fühlen kann? Sie betastet also ihren Leib auf der Suche nach dem anderen, von dem sie eine ahnungsvolle Gewissheit hat. Wie ist es bei einem versehrten Leib? Wie eng ist der unsichtbare Mensch mit dem sichtbaren verwoben? Fehlt einem Verwundeten, der den Arm verloren hat, auch der unsichtbare Arm seiner unsichtbaren Gestalt? Wie sehr leidet der eine mit dem anderen? Fehlt einem Verwundeten wie Erich in seiner unsichtbaren Gestalt, seinem ideellen Gesamtbild, der Anus? Könnte sie doch mit irgendjemandem darüber sprechen! Wäre doch Engler noch da! Oder wäre Hanno hier!

Sie schaut zu dem Wandbord hinauf, auf welchem sein Dostojewski steht, moosgrün mit eingeprägter kyrillischer Schrift in Gold. Langsam schiebt sie sich hoch, reckt sich, dass sie hinüberreicht, und ergreift einen Band. Mit einem zusammengefalteten Blatt ist eine Seite markiert. Zwei Worte sind im Buch rot unterstrichen, es könnte 'Starez Sosima' heißen.
Sie entfaltet das Blatt. Der linke Rand ist zerfetzt.
Kaum erkennt sie ihre eigene Schrift. Ein Feldpostbrief? Von Kortschow aus hat sie ihn nach einer Feldpostnummer geschickt: 4.10.42, entziffert sie mühsam. Äonen liegt das zurück, und doch bedeutet der Tag ihr etwas.
An diesem Tag, Hanno, sagt sie vor sich hin, haben wir einander im Osten getroffen!
Sie presst den Brief an die Brust und schließt die Augen, während Hanno hinter ihren Lidern ersteht. Noch wohnt er aber bei Mama und hat den Dostojewski dort zum Übersetzen neben sich. Da findet auch er diesen Brief, und auch ihm bedeutet dieses Datum etwas. An diesem Tag, Evi, sagt auch er, haben wir einander im Osten getroffen!

An dem Bahnhaltepunkt Kortschow war der Heerestransport stehen geblieben. Nur die Wagen. Die Maschine war weiter vorn gebraucht worden. Da war was schiefgegangen. Hanno presst mit beiden Händen die Schläfen, greift nach der Mundharmonika, entlockt ihr aber keinen Ton. Da war was schiefgegangen, und sie durften den Zug nicht verlassen – auch zur Notdurft nicht. Zwei Kilometer vor dem Dorf Kortschow waren sie an jenem heißen Herbsttag auf dem Gleis stehen geblieben, und er hatte nicht geahnt, dass Evi so nah war. Ohne Zugmaschine auf einem Gleis zu stehen, ohne hinauszudürfen, macht nervös. Die Front und die feindlichen Jäger sind nah! Man hängt in den Fenstern und glossiert übertrieben forsch, was da zu sehen ist. Zu sehen war aber nichts, außer der einsamen Baracke, vor der rundköpfige Kinder an Grasbüscheln kauten und großäugig-ungerührt auf die Männer schauten, die sich in den Zugfenstern drängten. Nichts weiter zu sehen als Landschaft und die beiden Hühner, die neben der Baracke scharrten. Der Posten, der das Abhängen der Maschine breitbeinig dastehend verfolgt hatte, ließ sich nicht mehr sehen.
Aber dann war doch etwas auszumachen: Ein beweglicher Punkt in der Ferne; und als er herankam und im Herankommen anwuchs, war es ein Wagen. Die Stimme der Fuhrmännin trug der Wind herüber. Die Peitsche knallte. Das Traben des Pferdchens hörte man nicht, auch nicht bei den plötzlichen Bocksprüngen, wenn es am Peitschenknallen erschrak. Die Fuhrmännin – bald sahen sie es trotz der Lumpen, in die sie gekleidet war – war knochig und breit, eine von den Landarbeiterinnen vielleicht. Die andere auf dem Wagen war jung. Das graue Kopftuch mit dem roten Kreuz bedeckte ihr Haar, beschattete ihr halbes Gesicht; und die Männer an den Fenstern waren auf einmal stumm.
Wo der Fahrweg längs der Gleise endet, sprang die Junge vom Wagen mit einer Bewegung, die er von Evi kannte. Sie hielt der Fuhrmännin den gebeugten Rücken hin und ließ sich einen Postsack aufladen. Nah unter den Wagenfenstern trug sie den Sack vorbei. Er sah von Weitem in ihr Gesicht, und als sie näher kam, immer an den Wagen entlang, sah er, wie rot und rau ihre Haut war. Mit der einen Hand hatte sie das Kopftuch zurückgeschoben. Und weil der Postsack schwer war, hatte sie die Unterlippe

zwischen die Zähne geklemmt, wie Evi es getan hatte, als sie Kinder waren. Und noch während er das dachte, sah sie zu ihm hinauf, warf den Sack vom Rücken, und sie reckten einander die Arme entgegen. Er innen, sie außen.
Sie ist seine Schwester, begriffen die Männer. Seine Schwester! Das gibt es, Leute! Mancher Vater hat schon seinen Sohn im Feld getroffen, mancher Großvater seinen Enkel! Und die Kameraden ziehen sich vom Fenster zurück, damit die Geschwister miteinander reden können. Nur hie und da hält einer nach russischen Fliegern Ausschau.
Mama?, fragen beide zur gleichen Zeit. Was weißt du von Mama? Aber jeder denkt: Was fragen wir einander, es könnte inzwischen schon anders sein.
Sie erzählt ihm von Martin und Straßburg und von Erich, den sie in der Gefängniszelle der SS-Führerschule besucht und mit einer Lüge auf ein neues Leben, ein Dennochleben verpflichtet hat. Und sie erzählt ihm, dass sie in Kortschow bei einem schläft, dessen Kinder im Luftschutzkeller erstickt sind. Sie berichtet, wie es in Kortschow ist. Wie weit die Front, wie die Chirurgen, wie die Knochensägen, wie der Nachschub der Medikamente und des Verbandszeuges. So lebe ich jetzt, Hanno.
Da ist ihm eingefallen, was er für sie tun könnte: sie in die Kindheit zurückführen!

Jetzt, in Mamas Wohnung, murmelt er noch einmal vor sich hin, was er ihr damals Heilendes gesagt hat: Denk an Wälden, Evi! Es ist nicht nur ein Dorf, es ist dichte Atmosphäre, die du riechst, noch ehe sich die Straße ihm entgegenkrümmt! Und weißt du noch ... und weißt du noch ... Zu allem hat sie lächelnd genickt. Plötzlich hat sie sich losgerissen und auf ihrer Stirn sind die steilen Falten wieder erschienen. Sie hat den Postsack in die Station geschleift und dort einen anderen aufgeladen bekommen. Alles ging sehr rasch. Die Fuhrmännin knallt mit der Peitsche, das Pferdchen zieht an. Das Fuhrwerk wird in der Ferne klein.
Eine Weile sieht er noch Evis Winken.
Hanno presst die Fäuste an die Schläfen. Sein Blick kehrt zu den Brüdern Karamasow zurück. Während er das Buch zuklappt, greift er noch einmal nach der Mundharmonika.

Mama!, ruft er ins andere Zimmer. Ich verreise.
Du verreist, Hanno?
Nach Wälden, Mama.
Wälden ohne Engler ist für Mama nicht vorstellbar.

*

Auf dem Friedhof von Wälden stellt Hanno sein Reisegepäck auf eine Bank. Da ist Papas Grab, treulich von Anni gepflegt. Da ist Englers Grab. Dort die rissige Tür in den Turm hinauf. Die Holztreppe noch morscher, der Moder des Gemäuers noch stärker zu riechen. Die Glocke fehlt. Am Joch hängt die rostrote Eisenschiene so, dass die andere sie erreicht. Tauben nisten im Quirl der Turmhaube.
Eines der oberen Fenster ist seines. Es gehört mir, hat er gesagt, als er hier oben Abschied vom Dorf genommen hat. Er sieht durch dieses Fenster zum Kiefernwäldchen hinüber, vor dem er mit Evi Englers Zelt aufgeschlagen hat, als Hofmanns im Pavillon wohnten. Jetzt hat man da ein Haus gebaut, das Untergeschoss anscheinend ein Stück weit in den Hang hinein. Im Umkreis der Bauarbeiten ist der weiße Boden des Bannzauns noch vom braunen Aushub verschmutzt. Sein Blick wandert. Unter sich sieht er den Entenich mit den Kastanien ringsum in der Mitte des Dorfes, das – außer dem Lehrerhaus – zum größten Teil aus Tagelöhnerhäusern und Kleinbauernhäusern besteht. Da auch die Kate der Frechs nah am Brunnen, weiter oben im Hohlweg das Häuschen der alten Bawett, die er von Mama grüßen soll, für den Fall, dass sie es noch begreift.
Aber auch Evi hatte ihr Fenster in diesem Turm. Von ihm aus kann er das Dach von Englers Pavillon sehen, der jetzt fast ganz hinter Buschwerk verschwindet. Und plötzlich kommt ihn die Lust an, sich dort mit seinen Büchern einzunisten, unter diesem blau-fleckigen hölzernen Himmel und den Sternen aus Gips und Gold.
Lächelnd fällt ihm ein, dass er Evi in Kortschow mit Bildern aus Wälden hat trösten wollen. Mehr als sechs Jahre ist das nun her, und heute, sagt er hörbar, tröste ich mich mit diesem Dorf! Einen Menschen zurückführen zu den Kindheitstagen, hat er damals ge-

dacht, rufe heilende Kräfte auf. Ja, dort drüben im Pavillon will er sich einnisten, umgeben von den Apfelbäumen mit ihren rosazarten Frühlingsblüten und ihren goldgelben Früchten, von welchen Engler gesagt hat, sie seien ein Zeichen sicherer Wiedergeburt.
Er geht zur alten Bawett und freut sich, dass sie ihn erkennt. Runzelgesichtig und mit lahmer Zunge sagt sie viele Male: Lieber Bub, lieber Bub. Und wo? Wo?
Im Pavillon, erklärt er ihr. In Englers Gartenhaus. Dabei sieht er die beiden Frauen fragend an. Dort würde er gern seine Übersetzungen machen, mit welchen er sein Brot verdient.

Steht leer, sagt die Anni halb zu ihm, halb zur Tante hin.
Allein?, fragt die Bawett und deutet auf ihren Ehering, der dünn und eingewachsen an ihrem Finger sitzt. Ob er nicht ...?
Hanno schüttelt den Kopf. Da oben – er tippt an die Schläfe – würde es noch Splitter geben, die wandern, man könne nie wissen, wohin. Und was sie beim Wandern anrichten, das sei für eine Familie unzumutbar.
Sie macht den beiden klar, den neuen Doktor werde sie schon herumkriegen, der habe ja nur Angst, weil dort die alten Möbel der Juden noch stehen.
Die Anni solle für Hanno saubermachen, und er solle hier bei ihr essen. Plötzlich tropft Speichel aus ihrem zahnlosen Mund, und ihre Hände fahren unruhig auf dem Deckbett hin und her. Wäsche! Wäsche!, bringt sie mühsam hervor. Mit einer schwachen Bewegung deutet sie zum Dachboden hinauf. Blaugestreift – Hohmer – das Hemd! Dann rutscht ihr Kopf auf die Seite.
Tante! Tante!, schreit die Anni. Den Doktor! Und stürzt davon.
Hanno spielt leise auf der Mundharmonika.

Polke kommt. Er gibt der Alten eine Spritze, misst den Blutdruck, horcht das Herz ab. Mit einem stark riechenden Mittel reibt er ihr die Brust ein, bleibt bei ihr sitzen, bis es ihr besser geht, und hört sich Hannos Geschichte an.
Von ihm aus, sagt er, könne Hanno im Gartenhaus kampieren. Wenn seine Patienten vom Pavillon herüber Musik hörten, sagt er mit zwielichtigem Grinsen zur Mundharmonika hin, würden sie sich sicher freuen.

Hanno klemmt das Wäschebündel unter den Arm und nimmt das Reisegepäck auf.
Die Männer gehen. Das Dorf hat keine Straßenbeleuchtung. Der Doktor stolpert im Dunkeln. Mein Knie, mein Knie!! – Was, Hohmer, fragt er fluchend, kennen wir den Krieg? Hanno merkt, dass es zynisch klingen soll. Er verweigert die Antwort. Der Doktor lacht dreckig und verzweifelt. Hahaha.

*

Lange bleibt dieses 'Hahaha' im Raum, in dem die Liegende zur Zimmerdecke emporstarrt. Draußen vor dem Fenster, zu dem ihr Blick apathisch hinüberwandert, ist Vollmond. Ihn selbst sieht sie nicht, wenngleich der Herbstwind das staubige Spinnengewebe zur Seite weht. Aber sie sieht, wie der Mond die Farbe aus den restlichen Blättern saugt. Eines Tages könnten sie durchsichtig sein, so kommt es ihr vor. Alles Materielle an ihnen, das noch gelb oder rötlich ist, würde glasig und durchsichtig sein, sodass nur noch die Gestalt übrig bliebe. So sieht auch die dicke Wiesental die Welt, denkt die Liegende, wenn sie vor ihrem sich verdunkelnden Blick verschwimmt. In sich zusammengesunken hängt sie im Armstuhl, brütet die letzten Reste von Eduards Leben aus. So lange Eduard noch in ihr ist, ist sie nicht tot. Noch einmal bohrt sich ihr rechthaberischer Blick in den Blick der Liegenden. Du da!, beginnt er, denn längst schon spricht sie nicht mehr mit dem Mund.

Wenn sie sich nur ein klein wenig im Armsessel vorbeugen und die Wange ans Fensterglas schmiegen würde, könnte sie vor dem Haus den Bannzaun vorbeischnüren sehen, auf dem sie damals in dem schönen schwarz glänzenden Auto des Herrn Leo Roth herangefahren sind. Leid hat es ihnen getan, dass der aufgewirbelte Kalkstaub sich so mehlig auf den Lack niedergesetzt hat. Geniert haben sie sich, da Herr Leo doch nur ihretwegen da heraufgefahren ist. Mit dem Taschentuch hat Eduard die Wagentür außen ein wenig abgewedelt, bis Herr Leo Aber nicht doch, lieber Wiesental! gesagt hat.
Und Eduard hat ihm den Bau erklärt.

Hier das Gewölbe, Herr Leo, hat er stolz gesagt, tief in den Hang hinein, das will ich so.
Wieso denn tief in den Hang hinein, Wiesental? Aber Eduard hat nur achselzuckend gelächelt.
Ein Gewölbe also, hat Herr Leo kopfschüttelnd gesagt und hat ebenfalls die Schultern hochgezogen.
Für Most und Kartoffeln, Herr Leo.

Auf dem Heimweg sind sie an einem jungen Mann vorbeigefahren, der im Gehen auf einer Mundharmonika gespielt hat. Erschrocken ist er zur Seite gesprungen, weil der Bannzaun ja nicht für Autos eingerichtet ist. Dem Herrn Leo ist der junge Mann ergötzlich vorgekommen. Um ihn genau ansehen zu können, hat er sich beim Fahren aus dem Fenster gebeugt. Und hat dabei die Melone vom Kopf verloren. Flugs hat sich der junge Mann danach gebückt; aber nicht, um sie dem Herrn zurückzugeben, sondern um sie sich selber auf den Kopf zu setzen. Dann ist er spielend weitergegangen.

Anhalten!, hat Eduard empört gerufen. Sofort anhalten! Diesem Verrückten müsse man die Melone abnehmen! Aber der Herr Roth hat nur mit der Hand abgewinkt. Zurückgekehrt in die Stadt, hat er sich einen Tirolerhut gekauft. Plötzlich waren Tirolerhüte wieder zu haben. Und wirklich hat der Tirolerhut den Herrn Leo viel besser gekleidet. Mit ihm hat er ausgesehen wie ein echter Bayer.

An diesem Tag hat Herr Leo Eduard gefragt: Wie lange, lieber Wiesental, wollen Sie denn noch weiterschuften? Dafür hätte sie den Herrn am liebsten umarmt! Und ob ihm Eduard seinen Anteil am Geschäft nicht lieber doch überlassen möchte?

Dass er so eine Kohlenhalde überhaupt haben will!, hat sie am Abend zu Eduard gesagt. Ein Herr aus Amerika, wo es viel schönere Plätze gibt als hier! Wo dort doch alles so prächtig ist und glänzt, und Palmen, und das Meer und so.

Eduard hat aber nicht zugehört. Er hat die Jacke über der Brust zusammengezogen, als sei ihm kalt.

*

Das Rattern eines Güterzuges weckt die Liegende. Nur langsam begreift sie, dass es nicht von draußen kommen kann, weil es in Wäldern keinen Bahnkörper gibt. Es kommt tief aus dem Schädel. Ein Güterzug ächzt heran. Wagen um Wagen zeigt sich unter ihren Lidern. In einem von ihnen Löffler, der in russische Gefangenschaft geratene Feldpfarrer, eingepfercht zwischen anderen Heimkehrern. Weil er beim Heilkräutersammeln die Brille nicht auf der Nase hatte, hat er das reizende Licht- und Schattenspiel des Birkenwäldchens für einen Naturzauber gehalten, bis er das Lachen gehört und die fremden Hände in seinen Taschen gefühlt hat.
Den Heimtransport haben sie dem alten Indianer, dem Adenauer, zu verdanken. Den Dank bleiben sie ihm schuldig, haben den Sinn für solchen Luxus verloren. Eingepfercht und nur noch müde, hört Löffler das Rattern. Worte fliegen an ihm vorbei, die kaum das Rattern übertönen. Vor der Grenze sind es diese: Radachsen?, Kohlen?, Andre Befehle?, Tender?, Grauenhaft, wenn rückwärts! Alle starren durch die Ritzen, Fugen, Spalten der Holzwände des Viehwagens nach der Sonne, ob nicht doch wieder nach Osten ... Wehe, wenn Nacht und keine Sonne! Im Viehwagen herrscht dann die Angst. Hinter der Grenze sind alle Worte anders, sind Hoffnungsschnörkel: Frauchen, Kinderchen, Mein lieber Pflug, Mein schmuckes Häuschen, wenn es noch steht, Mein weiches warmes Bett! Alle Männer sind andere: sauber, entlaust, desinfiziert, eingekleidet in gewaschenes fadenscheiniges Wehrmachtszeug, rasiert wo immer Haare; Zähne geputzt! Löffler probiert die Bewegung, die er früher so geliebt hat, streicht mit der Hand über seinen gepflegten Bart, den es nun bald wieder geben wird. Was nicht Kuchen ist, bleibt hinter der Grenze zurück. Auch die Toten, die es auf dem Transport gegeben hat, zum Beispiel einer, der im Viehwagen nicht kacken konnte.
Gib dem Kaiser, was des Kaisers ist, Brüderchen! Wenn du deinen Dreck nicht hergibst, erstickt er dich! Hast dein Brot nicht zu Gottes Ehre gegessen, Bruder. Man soll aus der Nahrung nur so viel herausessen, was man in Gotteslob umwandeln kann; das Übrige der Erde, von der es genommen ist! Nicht alles selber behalten wollen, armer Kerl! Da hat er's nun, ist aufgetrommelt und wird hinausgeworfen! Schlimmer noch war's mit dem, der

ausrücken wollte: Panik im letzten Augenblick, doch nicht heimzukommen. Mus aus ihm gemacht mit den Gewehrkolben, rotes quellendes Mus. Knochen pulverisiert. Hat nur am Anfang geschrien, quietschend wie eine Maus. Mus war bald stumm, nur noch das Dschäddschäd der Gewehrkolben und das Keuchen der Macher.
Siebzehn mussten dafür vortreten. Der Irrsinn stand ihnen im Gesicht. Einer von uns würde dran glauben müssen. Wer? Ich? Ich? Ich? Es war einer, der beim Bau der Iglu-Kirche geholfen hatte. Kleine Kinder zu Hause. Flehend hat er mich, Löffler, angesehen, hat gemeint, ich, Löffler, soll! Ich, Löffler, solle im Namen des dreieinigen Gottes!
Ging ja alles viel zu schnell. Schön da draußen die Laub- und Kiefernwälder! Aber früher sah man an den Waldrändern viel mehr Rehe.

*

Du da, du da!, röchelt die dicke Wiesental, was heißen soll, die Liegende solle aufmerken.
Dein Fleisch, Anna, dein Fleisch! Schwach lächelt sie, den Kopf, an dem die Haare kleben, auf die Armlehne ihres Stuhles gelegt. Dick, schwammig, glasig, und doch hat Eduard sie geliebt. In der Nacht ist er aus seiner Bettlade, der oberen – in der Baracke war für Privates wenig Platz – zu ihr heruntergestiegen, hat sich zu ihr auf den Strohsack gezwängt und gesagt: Du hast recht, Anna, jetzt müssen wir uns entscheiden. Und er hat ihr erklärt, dass so ein Besitz nicht nur Vergnügen ist, sondern auch Verpflichtung. Stell dir vor, Anna, wir sterben plötzlich! Es muss dann doch einen geben, der danach da ist und zusieht, dass es mit dem Haus seine Ordnung hat, vom Gewölbe bis hinauf zum Speicher und aufs Dach: einen, der das Haus liebt und das Moos von den Ziegeln kratzt, wenn die Zeit es dort hat liegen lassen. Das sind wir dem Haus doch schuldig!
Also willst du den Ernst Häber testamentarisch an Sohnes statt einsetzen, Eduard?, hat sie gefragt, und ihre Stimme hat gezittert.
Das will ich, Anna.
Und der Herr Leo mit seiner Einlage ins Geschäft, Eduard?

Wir nehmen sie als Hypothek an, der Ernst und ich, hat Eduard nach einigem Zögern gesagt. Mein Testament berührt es nicht, denn was mein ist, bleibt mein. Mit Ernst habe ich mich verglichen. Macht das, wie ihr es wollt!, hat sie gesagt, weil ich davon nichts verstehe. Nachdem Eduard dann ein paar Mal trocken geschluckt hat, hat er gesagt, was in dem Testament stehen sollte:
Ich, Eduard Wiesental, bestimme, dass unser Sohn Rolf Wiesental, geboren am 7. 11. 1922, alles, was wir besitzen, erben soll, sofern er noch vor dem Ableben seines Vaters zurückkehrt. Kommt er bis zu dem bezeichneten Zeitpunkt nicht nach Hause zurück, beziehungsweise meldet sich nicht brieflich, fällt das gesamte Gut, das bewegliche wie das unbewegliche, an Ernst Häber, meinen Kompagnon. Er soll verpflichtet sein, dem übrig bleibenden Ehepartner das Nutzrecht des Hauses und Geschäftsanteils bis an dessen Lebensende zu gewähren. – So habe ich mir das Testament gedacht, meine liebe Anna.

Am nächsten Tag hat sie droben am Bannzaun unter dem Nussbaum gesessen. Der erste Wagen mit den Hohlblocks war gekommen. Da kommen sie also, hat sie gewusst, die hohlen Mägen der Hungernden, mit welchen sie das Haus hat bauen wollen! Da kommen sie! Und sie ruft, weil sie nicht so schnell hat aufstehen können dort unter dem Nussbaum, ruft Eduard, er solle die Hohlblocks zählen. Sie starrt auf seinen Finger, der bei jeder Zahl in die Luft sticht. Nein!, schreit sie, nein! So viele waren es nicht! So viele nicht!
Und Eduard hat Bedenken bekommen, ob er diese Hohlblocks, die ja noch nicht mit Moränensplitt gestampft waren, über dem Sockel im Gewölbe überhaupt hat nehmen können.
Klar kannst du sie dazu nehmen, Eduard, hat Ernst Häber gesagt. Die Hangseite drainierst du doch ausreichend, nicht wahr? Da hat es keine Bedeutung, dass sie mit Bims gestampft sind.
Eduard hat genickt: Unterwasser ablenken, auffangen, Sockel und Hohlblocks drauf, klar, auch im Abstich.
Die Silling und der Sanders haben sie doch perfekt gestampft, habe doch kontrolliert, Eduard!
Die Woche nachher ist Eduard mit Ernst Häber zum Notar gegangen. Sie aber hat an das Alte Testament und an das Neue in

der Bibel gedacht. Vielleicht ist dieses da auch ein altes, und eines Tages wird vielleicht doch noch ein neues gemacht? Listig lauernd schielt die Sterbende zur Liegenden hin. Ob du da gemerkt hast, dass sie Eduards Testament gar nicht ernst hat nehmen müssen?

Diese Durchhaltekraft, wiederzukäuen, was im Labmagen der Zeit fermentiert worden ist! Tückisch hat sie es bewerkstelligt, indem sie ihren Sterbetag über Wochen auszudehnen gewusst hat, wenngleich sie doch schon Wochen unter der Erde liegt! Schief im Armstuhl hängend, schwindet sie mitsamt ihrem Eigensinn nun langsam, langsam hinter den Lidern der Liegenden. Die Luft vor dem Bogenfenster wird leicht und schwebend, streichelt kühl den erschlaffenden Tag. Wenn sie das Fenster öffnen könnte, würde Erquickung möglich sein. Die Ostwand des Kirchturmes wird mandelblütenfarbig, dann violett. Einen Augenblick lang sieht die Liegende den Widerschein der sinkenden Sonne, vom Bogenfenster reflektiert. Dann wird alles zu orangerotem Dunst, der wie immer rasch vergeht; und die Liegende liegt da wie immer, wenn eines der Bilder oder einer der Bildabläufe zerronnen ist.

Und da geschieht es zum ersten Mal, dass sie denkt, das immerwährende Liegen bekomme ihr nicht. Oft kommt die Übelkeit und steigert sich bis zum Erbrechen, es ist bereits nichts Neues mehr. Die Beine tun ihr weh – warum die Beine, die doch nichts zu leisten haben? Ihr ganzer Körper ist im Bett ein anderer geworden, denkt sie und beginnt, ihn nach Vertrautem abzusuchen. Da die Schenkel, glatt, samtig, lang bis herauf zur Leiste, die nie so apart war wie bei Anselma. Ach, Kinderunsinn! Und doch ist sie heute noch froh, diese Stelle der Irene Kutschka nicht gezeigt zu haben. Da die hervorspringenden Beckenknochen und der wie ein Teller eingesunkene Bauch, in dem dieses sonderbare Ziehen ist, das mal mehr und mal weniger ins Bewusstsein funkt. Da die Brüste mit ihrer neuen Neigung, die Gipfel graupelig zusammenzuziehen, als sei es unter dem Deckbett kalt. Weiter oben die Schultern, auf welchen man Franks warme Hände nie mehr spüren wird und der verlassene Hals, der Bienchens Kinderarme schmerzlich vermisst.

Aus unbewusstem Sehnen denkt die Liegende an die Anni, vielleicht nur an die stumme Gegenwart eines Menschen. Vielleicht hat sie Annis Kommen an diesem Tag vorausgesetzt und war beunruhigt, als es ihr bewusst wurde, dass die Anni gerade heute mit ihrer Gewohnheit brechen wollte?
Zunächst hat sie sich bemüht, ihr Wegbleiben zu ignorieren. Aber dann hat es ihr doch keine Ruhe gelassen, und sie hat sich dabei ertappt, wie sie über die Gründe gegrübelt hat, welche die Anni haben veranlassen können, mit ihrer Gewohnheit zu brechen. Vielleicht ist sie krank? Die Anni krank? Vielleicht kann sie nicht weg? Vielleicht kauft sie in der Stadt-Apotheke ein? Jetzt wird sie sicher kochen. Jetzt ist sie gewiss schon unterwegs, vorbei an dem Tagelöhnerhaus der Frechs, vorbei am Brunnen, jetzt im Hohlweg, der nach kurzer Steigung zur Arztvilla heraufkommt. Und hat errechnet, wie viele Minuten es höchstens noch dauern wird, bis das Gartentor quietscht und die Anni die äußere Tür des Pavillons aufmachen wird – es sei denn, sie trifft unterwegs einen, mit dem sie über die Zeiten reden kann.
Aber der Tag ist vergangen, und sie ist nicht gekommen.
Die Liegende ist erbost über die Raffinesse, mit der die Anni auf diese Weise ein Reden oder ein Streicheln erzwingen will – das will sie damit doch, oder nicht? –, nämlich, indem sie wegbleibt, wenn man sie erwartet. Denn einem Streicheln kommt die unausgesetzte Beschäftigung mit ihrer Person gleich, wenn es auch nur in Gedanken geschieht. So intensiv ist diese Beschäftigung mit *ihr*, dass sie spüren *muss*, wie sie einem fehlt!
Hoffnungsvoll fährt die Liegende im Bett hoch. Hat es geklopft? Es hat doch geklopft?

Die Else ist es. Vor ihrem traurigen Blick möchte die Liegende sich wegen der Wundheit versehrten Gewissens verkriechen. Aber noch nie hat sie der Else ins Gesicht gesehen, die ihr doch täglich das Essen bringt, das schmutzige Geschirr entfernt, damit die Fliegen sich im Raum nicht halten. Plötzlich über sich selbst erschrocken, fragt sich die Liegende, wer ist man denn, dass andere etwas für einen tun? Hilflos, wie nach Antwort suchend, schweift ihr Blick über die Lattenwand, über den Bretterhimmel, ja, sogar zum Fenster hinaus, durch das sie Elses Rücken mit dem abge-

winkelten Arm sieht, auf dem das Tablett mit dem schmutzigen Geschirr balanciert werden muss. Von der Remise herüber kommt der Doktor, legt der jungen Frau seine Hand auf die Hüfte; die Else zuckt zusammen. Wenn auch nur leise, hört die Liegende doch das Klirren des Geschirrs und gleichzeitig des Doktors ärgerliches 'Na, na, na'.
Das alles, denkt sie verstimmt, hätte sie nicht sehen, hören und überdenken müssen, wenn die Anni gekommen wäre! Die Anni ist an ihrer Verstimmung schuld, weil sie ausgeblieben ist, um sich mittels wohlberechneter Abwesenheit streicheln zu lassen, anstatt auf dem Stuhl zu sitzen und auf die Wand zu starren, den Papierschnipsel aus Hannos Bett in der Schürzentasche zu kneten, ihn ein wenig hervorzuziehen, einem entgegenzuhalten, aber – um alles in der Welt – nur kurz!
Enttäuscht schließt sie die Augen und legt sich aufs Kissen zurück.

*

Polkes ärgerliches 'Na, na, na' noch im Ohr, entsteht hinter den Lidern der Liegenden sein Bild, wie es ein Dreivierteljahr früher gewesen ist: Es ist Winter. Unverkennbar ist seine laszive Stimme, wenngleich er nur zu sich selber spricht, raunend, als sei er nicht allein.
Hemd unterm Hemd, rührend! Mein Hemd ist mir lieber als mein Hemd. Ihr Hemd ist mir lieber als meins! Hahaha! Hemd, Hemd, Bauch, dreifach unschuldsvolles Weiß. Darunter der Blinddarm. Schade, da reinzuschneiden; aber lustvoll! Und die Else hat Augen, in welchen die Angst flackert.

Er steht in der Schlafkammer der Frechs. In der Schlafkammer der Frau. In der Schlafkammer der Kleinen. Im Kinderbett schauen ihre Seidenhärchen unter dem Deckbett hervor. Das Bett des Kindsvaters steht in der Küche.
Eis-beu-tel, befiehlt Polke der Mieterin der oberen Kammer. Eis ist genügend im Teich! Eis-beu-tel! – Hätte dies Wort auch mehr nebenbei sagen können, ich alter Sadist. Eis unterm Hemd, unterm Hemd. Hemd unterm Hemd wie die Schalen einer Zwiebel, die Else. Liliaceae schon immer Sinnbild der Keuschheit gewe-

sen. Weiß. Wollen sich nicht recht mit der Erde verbinden, die Zwiebeln. Ernähren sich vom eigenen Saft, die Zwiebeln. Maria virgo und so weiter, mag ja als Symbol der weiblichen Spezies angehen. Wenn aber für Sankt Aloisius oder Joseph, dann schon brenzlich. Falls morgen die Schmerzen nicht weg sind, doch noch reinschneiden. Knopflochschnitt. Werde das selber tun. Wieder mal im OP stehen. Lang her seit dem Anus. Dietzel soll ihm telegrafieren, dass er antrommelt, um das Hemdhemd zu trösten, wenn sie das will. Man wird ihm auch diesmal Spritzen verschreiben und einen Zettel für den Apotheker beilegen. 'M' in dieser oder anderer Form. Möglich, dass er wieder kein Geld für Stoff hat, wenngleich sie ihm alles schickt, was sie mit Kochen, Nähen, Putzen verdient, die Zwiebel. Zum Beispiel bei mir. Mit Geld hält sie ihn sich vom Leibe, die Zwiebel, wenn ich es mir richtig zusammenreime. Hat in der Stadt eine Quelle für Stoff, der Kindsvater. Wird also bald mit Getrommel vor die Hunde gehen.
Lagebesprechung Polke mit Folk: Vom Hemde gerührt, hat Folk Schlagseite. – Am besten, ich gebe dem Trommler so viel er nur will. Der Hebamme ein paar Mal aqua dest. Indessen Zwiebel reif zur Ernte. Die Würzelchen der Liliaceen sind leicht aus der Erde zu ziehen, weil dünn. Keine große Anstrengung nötig. Und Folk will so rasch wie möglich zu ihr unters Federpfühl. Pfühl, Hemd, Hemd, Bauch. Alles weiß. Vielleicht geht es doch allein mit dem Eisbeutel? Wenn auch Sadismus bei dieser keuschen Wärme! Folk will unter die sieben Häute der Reinheit, sieh an! So tun, als sei man noch neu. Un-be-dingt, damit sie nicht so schnell das kleine Hemd verliert. Konnte nie leiden, wenn Lotte gleich alles von sich warf. Die Kleider lotterten zu Boden. Hinterher brauchte sie nur in die Lappenrose zu steigen und den gesamten Klimbim zu hissen.
Werde ihm das 'M' geben, dem Trommler: Ein paar Stunden Euphorie als Gegengabe für umzwiebelte, sanft schimmernde perlmuttfarbene Haut. Folk möchte ihr Nabel sein, das kleine Loch, in das die Haut von allen Seiten hineinströmt. Darüber der Baldachin: Hemd-Hemd!
Polke geht vor dem Brunnen hin und her, obgleich es bereits dunkel geworden ist. Die Geräusche des Dorfes sind verebbt. Der

Geruch von Mist, Rübenschnitzel, Häcksel und Stroh macht die Nachtlüfte wohnlich. Im Mondlicht ist der alte Schnee, der aufgehäufte des Winters 48/49, zwischen den Häusern von schmutzigem Blau.

*

Selten hat die Liegende Pater Friedbert gesehen, das fällt ihr ein, während sein Bild vor ihr erscheint. Wie in einem veralteten Film laufen die Begegnungen hinter ihren Lidern ab: Der Pater im Badezimmer der Sanders. Der dröhnend-heiße Ofen, den die Anni zu sehr geheizt hat. Mit einem großen weißen Taschentuch wischt der Pater die beschlagenen Brillengläser blank. Das Loch in seinem Bart ist rot und nass. Später dann Löffler mit Käppi, Knobelbechern und Gasmaskenbrille, die mit Gummibändern hinter den Ohren befestigt ist. Das Holzkreuz auf der feldgrauen Brust. Bartlos, und sie hat ihn gefragt, welche Maskerade ihm am besten bekomme.

Jetzt kniet er vor dem Abt seines Ordenshauses.
Wie froh er sei, sagt dieser und beugt sich gütig über ihn, den lieben Sohn wieder in die Arme schließen zu können! Die Arme des Ordens haben ihn ja all die Jahre über umfangen gehalten! Ob er das nicht gefühlt habe?
Gefühlt nicht immer, aber immer gewusst, sagt Löfffried, wie die Liegende ihn in diesem Zustand der Schwebe zwischen dem Löfflersein und dem Friedbertsein nennt.
Es war draußen ja alles ganz anders, ehrwürdiger Vater: Der regennasse Iglulehm, fugenlos verschmiert, Vater. Schlussstein. Panem nostrum quotidianum! Das Dicke aus dem Kessel, das Dikke! – Alles anders. – Auch die mit dem Beffchen wollten, Vater! – Alles anders!
Aber anders doch nur von den äußeren Gegebenheiten her, lieber Sohn, nicht von den wesentlichen!
Von den äußeren Ungegebenheiten her, sagt Löfffried.
Ja, ja, das wisse er gut. Nur das wolle er damit sagen, habe er damit sagen wollen: Der allein selig machende Glaube, der alle Gläubigen mütterlich umfängt, bleibe doch in jeder Situation der-

selbe – wobei der liebe Sohn ja weitestgehend von seinen Pflichten dispensiert gewesen sei. Ob er Gebrauch von dieser Dispens gemacht habe? – Schon gut, schon gut. In erster Linie müsse er sich jetzt erholen. Der Bruder Arzt werde ihn gleich nach dem Bad aufsuchen, die armen Wasserbeine ansehen und so weiter. Ja, ja, der Orden habe auch seine Wunden aus dem Krieg davongetragen. Viel zu viel kaputt, viel zu sehr verarmt! Und die Söhne, die gefallen sind!
Wo der ehrwürdige Vater ihn einzusetzen gedenke?
Darüber wolle er jetzt noch nicht befinden, sagt der Abt. Das sei noch zu früh. Das habe Zeit, bis der liebe Sohn wiederhergestellt sei. Nicht nur leiblich, sondern vor allem seelisch, meine er. Gewiss habe er das Bedürfnis nach einer Generalbeichte und nach Exerzitien, um das Dankopfer für seine glückliche Heimkehr würdig halten zu können.
Wo der ehrwürdige Vater ihn hinterher einzusetzen gedenke? – Vergessen, dass schon mal gefragt.
Wo, das könne er ihm wahrhaftig noch nicht sagen; aber wie: nämlich nur seinen Neigungen und Fähigkeiten entsprechend. Darauf könne er sich verlassen.

Löfffried, dem alles fremd geworden ist, sucht nach Bekanntem, um damit seine Vergangenheitslosigkeit wieder mit Gelebtem aufzufüllen. So bald es die Wasserbeine erlauben, fährt er mit dem Bus nach Wälden. Die Häuser, der Teich, die Wege, der Brunnen: alles wie geschrumpft. Er trinkt am Brunnen. Früh wird es dunkel. Der alte Schnee ist schmutzig, täuscht in der Dämmerung noch einmal Blau vor. Aber der Geruch, der Geruch dieses Dorfes ist derselbe geblieben. In diesem Geruch findet Löfffried unversehrtes Leben wieder. Es beglückt ihn. Mit seinem großen weißen Taschentuch wischt er sich die Nässe von Mund und Kinn, schiebt die Schwenkrinne des Brunnens zur Seite, um am Bach entlang zur Stadt zurückzuschlurfen. So sieht ihn Polke auf dem Heimweg von einem Patienten.

*

Wie geht's der Else, Herr Doktor? Ist der Blinddarm raus?
War höchste Zeit, Dietzel!
Da hab ich nämlich ein amtliches Schreiben für sie, sagt der Briefträger. Frau Else Frech, Wälden. Am besten, ich gebe es zum Krankenhaus weiter. Sie muss unterschreiben.
Die Liegende sieht das bläuliche Kuvert vor sich, das nichts Gutes verheißt.
Fünf Tage später zieht Pölke im Krankenhaus diesen Brief unter ihrem Kopfkissen vor. In der Meinung, er wolle die Wunde sehen, lüpft die Else die Decke. Er zieht das Hemd weg, das Hemdchen weg und sieht wieder das rote Sepsoherz, das er ihr vor der Operation auf die weiße Haut gemalt hat.
Fein!, sagt die OP-Schwester anzüglich.
Zum Kotzen.
Dann das Knopfloch mitten in dieses Sepsoherz wie eine heilige Handlung. Der Doktor seufzt lustvoll. Der Vorhang öffnet sich unter Gesängen. Herzjesusfreitag! Flammen lodern und Lilien erblühen aus dem göttlichen Herzen. Zwei Tränen Blut plumpsen ins Nichts. Tiptip. Blutmysterium, Schwester, aber davon haben Sie noch nie was gehört, wie? Die Kirche hat es von den Gralsketzern übernommen, nachdem sie diese tiptip!
Den Amtsbrief zieht er also unter dem Kissen hervor, während die Else ihm mit Augen zusieht, die vollgeheult sind bis an den Rand. Der Brief betrifft den Mann und seine Schulden, die er nie mehr wird bezahlen können.
Was sie machen soll? Was sie nur machen soll?
Das könnte er ihr genau sagen! Aber er sagt nicht, was er denkt: Sich bei ihm entzwiebeln soll die Else – abgesehen von dem kleinen Hemd. Bei der Operation hat sie es angehabt! Hätte sie nicht, dann hätte er nicht. Hätte einen der Krankenhausärzte drangelassen.
Was sie nur tun soll?
Ach so, tun? – Am besten scheiden. Da kann sie wegen der Schulden nicht belangt werden. Dann aber fällt ihm ein, dass bei Schwerbeschädigten keine Scheidung möglich ist.
Er ist doch Giselis Vater!
Kommen sehen, das sentimentale Geflenne. Passt zum Hemd unterm Hemd.

Hören Sie, Else, gerade *weil* er Giselis Vater ist, müssen Sie es tun, sobald es geht! Dem Kind zuliebe nämlich!
Weiß gar nicht, wofür er das viele Geld ausgegeben hat, Herr Doktor.
Aber ich, denkt Polke, hütet sich, sie anzusehen, weil er spürt, dass es um seine Mundwinkel zuckt. Er täuscht Nachdenken vor, sagt dann wie in plötzlichem Erinnern, in der Villa sei gegebenenfalls Platz für sie und das Kind. Die Zugeherei habe er ohnehin satt. Die Kate könnte sie ja der Frau von oben ganz vermieten. Auf diese Weise komme ein wenig Geld herein. Und von ihm bekäme sie ja auch etwas für die Hausarbeit und so.
Ob der Herr Doktor ihr den Waschfleck reichen wolle, den blauen dort – ein wenig nass – fürs Gesicht?
Na also, sagt er, als sie unter Tränen lächelt.
Tage später holt er sie vom Krankenhaus nach Hause. Sie fahren durchs Glacis. Mit seinem schwerfälligen Spätheimkehrerschritt überquert ein Mönch den Ring. Jäh bremst Polke, flucht, noch so ein Mönch! Und spuckt dreimal, ts, ts, ts, weil er abergläubisch ist.

Was, Dietzel, ruft der Doktor entrüstet, keine Zeitung heute?
Nein, heute nicht. Es wird gestreikt.
Auch keine Post, Dietzel?
Wie immer, Herr Doktor. Also dass Sie niemals Post bekommen, Herr Doktor! Haben Sie denn niemanden mehr, der an Sie denkt?
Nein, niemanden. Der Krieg, Dietzel.
Ja nun. Er nimmt sein Fahrrad von der Wand des Pavillons, und ich, die Schreibende, die ihm nachhorcht, bis das Scheppern verklingt, horche weiter und höre die Worte des Doktors noch einmal im Nachklang – Nein, niemanden. –, als seien sie mit triumphaler Sattheit gesprochen.

*

Fast schon wieder abgenutzt, die Sensibilität der Sandalen, spürt Pater Friedbert. Weit weg schon wieder Worte wie Fußlappen, Knarre, Iglukirche, Ruhr. Deutlicher, sonderbarerweise und aus noch fernerer Vergangenheit: Hampelmann und drei rote Flecken auf weißem Tischtuch. Weiß wie Schnee, rot wie Blut? Das Ge-

dächtnis wehrt sich – bin schließlich kein Parsifal, schon gar kein Schneewittchen! Das Feldgrau ist zugeschneit. Er sucht die Reste des Hauses Nr. 17. Er sucht lange, denn alles sieht schon anders aus als bei seinem letzten Urlaub.
Hampelmann?
Als er dann vor der Ruine steht, weiß er, dass er endgültig kein nostalgisches Emotionsgeraune mehr leiden kann. Holunder wächst aus den Kellerfenstern. Seine Stängel sind hohl. Das Opfer – wieso kommt ihm das Wort Opfer in den Sinn, wenn ihm die Frau einfällt? Er lässt den Blick mit lauschend geneigtem Kopf über den Sockel des Hauses streifen. Das Opfer, sagt er, war für solche Experimente prädestiniert, und er meint nicht nur den roten Wein auf dem weißen Tischtuch. Er lächelt verstohlen, schaut sich erschrocken um, als sei ein Zuschauer in der Nähe.
Immer noch reizvoll, solch ein Experiment? Er nickt. Die Sache gewiss; nicht die Person. Hinter ihrem auf den Kellerrahmen gekritzelten Namen sieht er das Fragezeichen. Wie lange heute eine solche telepathische Faszination anhalten würde, will er wissen, nur theoretisch natürlich. Holundertee ist fiebersenkend. Aus den Blüten gemacht. Mit ihm schwitzt man Krankheiten aus. Die schwarzen Beeren gegen Durchfall. Heilmittel aus Trümmern. Neues Leben blüht aus den Ruinen.
Beeren müssen getrocknet sein, unbedingt getrocknet, sonst giftig! Als er das letzte Mal hier war, hat sich die Fassade langsam, langsam geneigt. Im Schutt ein unversehrtes Delfter Döschen. Blau blitzende Verheißung. Dass es so was geben kann, hat er gedacht. Als er von draußen und dann aus der Kur zurückgekommen war, die der Pater Arzt ihm verordnet hatte, war das blaue Döschen noch immer bei den persönlichen Sachen, die er dem Pater Verwalter bei der Einberufung in Verwahrung gegeben hatte. Seine Kleiderkiste aus der Studentenzeit. Sein bürgerlicher Name noch leserlich auf dem Deckel: Joseph Löffler. Die Stricke und Schlösser, von der eigenen Hand verknotet und verschlossen vor so vielen Jahren, noch unberührt. Er wusste ja nicht mehr, was er in die Kiste eingepackt hatte. Alles vergessen im Krieg. Langsam und voller Spannung öffnete er den Deckel. Zuoberst das blaue Döschen: PEPPER – und sofort war er sich darüber sicher, dass er wieder als Speckpater eingesetzt werden

wollte, wie er es in den Jahren der Inflation gewesen war. Jetzt Antiquitäten?
Alten Trödel, fragte der Prior zweifelnd. Tja, wenn er meine? Sagen wir, versuchsweise, lieber Bruder, sozusagen als Experiment.

Pater Friedbert macht sich auf nach Wälden. Einige Alte erkennen ihn noch. Obwohl die Bauern geizig sind, geben sie ihm ein Streifchen Speck. Mit großer Geste legen sie ein Ei dazu. Er aber möchte lieber das kleine Bildchen dort – nein, das andere mit den Stockflecken, oder die verbeulte Dose zwischen dem Kinderkram. Man kann damit Heidenkinder bekehren, denken die Alten. Sie sind überzeugt von seiner Bescheidenheit um Christi willen – die anders ist als die geile Bescheidenheit der zahlenden Hamsterer – und sind gerührt von ihrer eigenen Wichtigkeit bei der Bekehrung: Zum Bildchen legen sie ein weiteres Ei.

Schnaufend steigt er zum Bannzaun hinauf. Da steht ein Haus, das er von früher nicht kennt. So hellweiß ist der Außenanstrich, dass ihm das Weiß des Bannzauns gelb erscheint. Er rüttelt an der Haustür, die Eduard geschlossen hält, weil er den seitlichen Eingang benutzt, der vom Bannzaun aus über die wenigen grasigen Stufen an der Hauswand entlang ins erste Stockwerk führt. Die Liegende sieht ihm an, wie schwer ihm dieses Steigen noch fällt. Er hebt die Beine – sie sind noch nicht vollkommen vom Krieg gesundet –, jetzt das eine, dann das andere. Sie fragt sich, was er bei den Wiesentals will, die er kaum kennen kann. Im Haus Nr. 17 hatte er anderes zu tun.

Eduard rückt ihm einen Stuhl ans Bogenfenster, an dem er mit Anna sitzt. Die Liegende sieht, der Pater fühlt sich wohl bei dieser Rast, ehe er den Weg durchs Kiefernwäldchen nehmen wird. Und wie ein Beichthörender neigt er das Ohr der dicken Frau entgegen.

Jetzt schielt sie auf die Liegende, weil das, was sie dem Pater sagt, gleichzeitig für sie gesagt ist, kann auch nicht mehr alles zweimal sagen, du da! Das soll die Liegende begreifen.

Im Spätsommer, sagt sie in sein Ohr, sei das Haus wirklich fertig gewesen. Eduard hat die kleinen Bänkchen, die der Pater dort sehen kann, an ihre Stöcke gezimmert, damit sie auf dem neuen Boden nicht ausrutscht. Sogar die Treppe ist sie mit ihnen hinauf- und hinuntergegangen, so genau waren sie berechnet. Wie ein

Tausendfüßler ist sie sich vorgekommen. Allerdings sind die Stufen flach und ganz für sie erdacht. Das untere Stockwerk, hat Eduard gesagt, in dem ja ohnehin nur die Nebenräume sind, Anna, muss ja auch nicht unbedingt die Raumhöhe des oberen haben. Dadurch können die Stufen flacher sein. Zur Feier des Einzugs hat Eduard Most und Brezeln an Handwerker und Dorfkinder verteilt. Auch der Herr Leo mit dem Tirolerhut ist anwesend gewesen. Erst spät am Abend ist er mit Ernst Häber in die Stadt zurückgefahren, und zum ersten Mal ist sie mit Eduard in diesem Haus allein gewesen – In unserm Haus, hast du verstanden, du da? – und hat mit ihm am Bogenfenster gesessen.

Draußen ist es nächtlich dunkel geworden. Der Duft des Dorfes ist zu ihnen heraufgestiegen. Als sie einander in der Dunkelheit nicht mehr haben sehen können, hat sie sich von Eduard ins Bett bringen lassen, das nun neben seinem Bett aufgestellt war, sodass sie einander an den Händen halten konnten wie vor dem Krieg, sagt sie in des Paters geneigtes Ohr. Und gleichgültig ist es gewesen, ob der Sand in Eduards Feldpostbriefen aus einer Grube hinter Bar-le-Duc gestammt hat oder von einer Düne am Atlantik: Sie haben einander nicht verloren. Das, was hier innen ist, Herr Pater, hat uns aneinander festgehalten. Der Pater nickt. Jetzt erst begreife er den volkstümlichen Spruch, dass Mann und Weib ein Leib seien! Im Leib, liebe Frau Wiesental, sagt er, ist die Seele verankert.
So wie diese beiden, denkt er, während er durchs Bogenfenster ins Weite schaut, hätte er es machen sollen: so sein Experiment! Und nicht mit der Neugier und wer weiß welchen anderen Mitteln! Verzichten hätte er sollen auf die Macht, die er über die Frau gehabt hat, statt sie lustvoll auszukosten! Kopfnickend denkt er es, während er nur noch scheinbar zuhört. Und so zerrinnt er hinter den Lidern der Liegenden. Die sterbende Wiesental bleibt alleine zurück.

Wenn sie sich nur ein klein wenig in ihrem Armsessel vorbeugen würde, versucht sie der Liegenden klarzumachen, könnte sie durchs Bogenfenster auf den Nussbaum sehen, unter dem Eduard im Sommer noch einige Male gesessen hat. Aber die hornig werden-

de Zunge und die rissigen Lippen lassen sich, auch nicht mehr andeutungsweise, bewegen. Außerdem weiß sie ja, dass Worte, als sinnvoll gereihte Laute, zwischen ihr und der Liegenden überflüssig geworden sind. Schwach zuckt sie mit der Hand, die kraftlos von der Armlehne bis fast auf den Boden hängt. Allein von diesem Holzsteg unter der Achsel wird ihr großer zusammengesunkener Körper noch gehalten.
Eduard hat den Schweiß vom Nacken gewischt, weil dieser Sommer so heiß und schwül gewesen ist. Immer gewitterträchtig, du da. An vielen Orten der Umgebung hat es eingeschlagen, hat das Fräulein Anni gesagt, das zum Putzen heraufgekommen ist.

Du solltest nicht nur immer unter dem Nussbaum sitzen, hat sie zu Eduard gesagt, sondern den Bannzaun etwas entlanggehen, dort hinüber vielleicht, wo die Müllhalde ist. Denn gut wäre, wenn du dich bewegen würdest. Von dort aus könntest du über den Kessel hinweg auf unser Haus sehen. Mir könntest du zuvor ein weißes Tuch in die Hand geben, und ich würde dir winken. Oder aber das Fräulein Anni winkt dir an meiner statt mit dem Putzlappen, Eduard, und du weißt, dass wir dich sehen. Das Fräulein Anni war nämlich jeden Freitag bei ihnen zum Putzen.
In Wahrheit hat sie aber nicht gewollt, dass Eduard unter diesem Nussbaum saß, weil sich an seinen Ästen zwei Unbekannte erhängt haben, was sie vom Fräulein Anni erfahren hat. Und weil man ihre Namen nicht weiß, müssen sie bis ans Ende der Welt in einem Labor in einer Lauge schwimmen, das hat der Doktor gesagt.
Denk auch an die Gewitter!, hat sie zu Eduard gesagt. Hier kommen die Gewitter so plötzlich, und besonders in Nussbäume schlägt der Blitz gern ein.
Und so, mit der halb geöffneten karstigen Höhle, die vormals ihr Mund gewesen ist, schwindet das Bild der Wiesental hinter den Lidern der Liegenden, in der das Wort 'Gewitter' Wehmut erzeugt: Gewitter!
Bienchen hatte Angst vor Gewittern.

22.8.49 Der Riese Goliath macht bumbum, Mama! Warum macht er bumbum?
Er will den kleinen David erschrecken.

Hat der kleine David Angst, Mama?
Er hat doch Kieselsteine in der Tasche.
Wenn das Gewitter aufhört, Mama, dann suche ich mir Steinchen. Da wird der Riese sehen, wie dumm er dasteht, Mama!
Es gibt kei-ne Rie-sen, Sa-bi-ne!, sagt Schwiegermama. Diese Märchen müssen allmählich aufhören, Evi! Sie sind Unsinn und außerdem sind sie unwahr! Mit Elektrizität aufgeladene Luft, mein liebes Kind! Das ist in Wahrheit ein Gewitter.
Schade!, sagt Bienchen und sieht großäugig vom einen zum andern.
Mama lügt?
Schwiegermama hebt vielsagend die Schultern.
Ich schaue auf Frank, der abwesend an der Pfeife saugt. Er denkt an Markt, Dollars, Kaufkraft, Gewinn, Geschäftspartner.
Nächste Woche kommt ein Geschäftspartner aus den USA, sagt er. Seit der Sache mit Erich bindet er sein Denken noch stärker ans Geschäft. Mit seinen sensiblen Tentakeln hat er erfasst, dass irgendwas nicht stimmt.
1.9. Abgetippte Seiten Dostojewski an Hanno zurück, der sich in Wälden eingenistet hat.
4.9. Frank liest aus der Zeitung vor: Japan erfüllt die Kapitulationsbedingungen. Es hat sich damit den Friedensvertrag *verdient!*

Die Liegende erschrickt über dieses Datum. Nur wenige Tage später hat Evi sich verstört auf das Mahagonibett gelegt, hat am 4.9. noch nicht geahnt, dass sie es tun würde. Nicht einmal fünf Tage kann man im Voraus überblicken! Was unser Tun aus der ewig seienden Zeit herausschälen wird, bleibt ungeahnt. Ich, die Schreibende, erschrecke vor der Konsequenz, dass jegliches Planen absurd ist. Welches Haus entspricht dem Plan, nach dem es gebaut ist! Der Plan bleibt zweidimensional! Viel Ungewisses geschieht, indem er sich ins Dreidimensionale erhebt! Die Liegende schließt das Tagebuch nicht. Es lohnt sich nicht mehr, es für die wenigen Tage, die noch bleiben, zu schließen. Offen stößt sie es von sich. Sie möchte es unters Bett werfen. Lass liegen!, wird sie der Anni zurufen, wenn sie es beim Putzen finden wird, wer weiß denn, Anni, *wem* es gehört!

*

Auch Hanno konnte nicht wissen, was ihn im Pavillon erwarten würde, in dieser Illusion wiederentdeckter Kindheit. Er richtet sich ein, gewinnt seinen Tagesrhythmus. Hie und da geht er zu Dietzel, den er seit Kindesbeinen kennt. Er geht nicht auf dem direkten Weg. Hören will er, wie sich die Vögel in der zunehmenden Dämmerung um den Nestplatz streiten. Den Hohlweg bei der Arztvilla nimmt er, hinauf auf den Bannzaun, auf Papas letztem Weg wieder herunter. Von oben aus sieht er den Abendbus, den es neuerdings gibt, auf der Straße ins Dorf und wieder aus dem Dorf wegfahren. Ob der Bus die letzten Manuskriptseiten gebracht hat, die er Evi zum Abtippen geschickt hat?

Dietzel schenkt ihm vom Apfelmost ein. Ich setze dir ein Fässchen an, Hanno, verlass dich drauf! Und Hanno klopft ihm freundschaftlich den Rücken.

Na klar!, sagt Dietzel verschämt. Es macht dir doch nichts mit dem Kopf? Musst halt nur hie und da und nicht mehr als bei mir, Hanno.

Beim Gehen vergisst Hanno die Manuskriptseiten, die der Bus wirklich von Evi gebracht hat. Er lacht. Bei Dietzel liegen sie gut. Also wird er nachher nur noch bei offenem Fenster auf dem Rücken liegen und in die dörfliche Nacht hinaushorchen und hinausriechen. Nichts mehr lesen. Sein Schritt ist beschwingt. Aber eintretend ins dunkle Zimmer stockt er, duckt sich aus Kriegsgewohnheit lauernd, weil er einen Menschen spürt. Er hält den Atem an und äugt, bis sich sein Blick an die Dunkelheit des Raumes gewöhnt hat. Vor dem Fenster erkennt er den Umriss einer Frau. Er richtet sich auf, bleibt aufgerichtet stehen, den Rücken an die Tür gepresst. Die Fäuste hat er geballt, um die Hände nicht nach ihr auszustrecken. Else.

Sie aber spricht, wie um Verzeihung bittend: Nur ein einziges Mal, Hanno, möchte ich mein Gesicht an das deine legen. Sie stürzen aufeinander zu, umklammern einander wie für alle Ewigkeit und reißen sich aufstöhnend voneinander los.

Hanno liegt mit offenen Augen durch die Nacht. Er sieht, wie der Morgen herankriecht, den Raum langsam erhellt, den hölzernen Himmel beleckt: das fleckige Blau, die aufgegipsten Sterne mit ihrem bröckelnden Goldbelag. Barfuß tappt er zu seinem Arbeitsplatz, fährt mit der suchenden Hand in den Haufen bekritzelten Papiers, reißt einen Satz aus einem Text und nimmt ihn mit ins Bett. Immer wieder hebt er ihn vor die Augen. Plötzlich steht er auf, kleidet sich an, nimmt die Melone vom Haken, und schon mit dem Rucksack auf der Schulter, zieht er die Decke über das noch ungemachte Bett. Der Zettel bleibt darin zurück.

*

Die Liegende ist vom Schlaf übermannt worden. Sie hat von Erich Frech geträumt, weiß aber nicht mehr was. Noch hört sie seine Stimme im Nachklang. Du bist der einzige Mensch, Evi, der beschwören könnte ...
Nichts hat man beschworen. Mit weit offenen Augen wartet die Liegende auf die Erinnerung an den Traum, an die Vollendung dieses Satzes. Beschwören, was? Der Mangel peinigt sie bis zur Schmerzhaftigkeit. Gequält schließt sie die Augen, meint, sie könne sich damit in sich selber verschließen. Aber der Peiniger wird Person, ist Erich Frech hinter ihren Lidern, fordert ihr Leiden als Ausgleich für sein übergroßes Leiden, dessen Ursache eine wieder und wieder begangene mitleidige Lüge ist, eine verfluchte Lüge! Mit dem Fingerknöchel klopft er auf das blassgrüne Papier, das er in der Hand hält. Die Insassen können es an der Pforte der Nervenklinik in einzelnen Bögen kaufen, dieses Briefpapier. Auch Kuverts sind beim Pförtner zu haben, werden stückweise berechnet. Er hat es an Evi adressiert. Es steckt in der Tasche der Anstaltskleidung. Mit dem Bogen in der Hand legt er sich auf sein Anstaltsbett, über dem sein Name steht: ERICH FRECH; damit er nicht vergisst, wer er vorher war und jetzt ist.
Weiße anonyme Betten, anonyme Hände, anonyme Gesichter. Der Raum ist weiß gehalten, vor dem Fenster Stangen: zwei längs, zwei quer, vier Kreuze, unerbittlich verschweißt, um ein zufälliges Hinausstürzen der Patienten zu verhindern. Nervenklinik Rittergasse Nr. 3. Gegenüber das Haus Nr. 2, in dem die Wiesentals kurz nach dem Krieg ein Zimmerchen gehabt haben, ehe die Baracke auf der Kohlenhalde stand. Ebenso die Mädchen Anselma Sanders und Irene Kutschka. Das Licht, das von draußen kommt,

so scheint es Erich Frech, löse die Eisenstangen auf, durchleuchte sie lila, violett. Weit droben am Himmel fliegt ein schwarzer Vogel vorüber. Der Himmel um den Vogel herum ist blau. Warum ist Evi nicht da, um das Gitter beiseitezuschieben wie jenen Vorhang, zwischen dessen Teilen sie mit ausgebreiteten Armen gestanden hat. Nackt. Er sieht sie leichtfüßig auf der teppichbespannten Treppe, die er später nur noch wie eine magische Formel benutzt hat, in der Hoffnung, sie möchte dieses Urbild aufs Neue beschwören: Evi, blass und schattig ihr Gesicht, die Arme ausgebreitet zwischen den Teilen des Vorhangs am Fenster. Immer wird er die Stelle an seinem Schulterblatt spüren, wo ihre Hand streichelnd gelegen hat, die Stelle ohne Drachenblut, die verletzliche Stelle, und nicht wissen wollen, dass es wirklich die Berührung eines Verräters gewesen ist.

Suchend durchstreift sein Blick den Raum. Auf dem Nachttisch liegt ein Stapel säuberlich gewaschener Wäsche, gewiss auch vorbildlich geflickt. Wühlend hat er diesen Stapel nach einem täppischen Gekritzel durchsucht. Es wäre so leicht zu machen gewesen, kleine Hand in großer Hand, PAPA zu kritzeln oder GISELI. Langsam steht er auf und schreibt an dem Tisch, auf den man ihm die Suppe stellt, wenn es Mittag ist.

Du bist der einzige Mensch, Evi, der schwörend bezeugen könnte, dass das Bild, das ich tief innen von mir habe, wahr ist, auch wenn ich es nicht habe verwirklichen können. Die Liegende verbirgt das Gesicht hinter der Hand: Auf diesen Brief hat man mit Zigaretten und Gervais geantwortet, weil er Gervais so gerne aß. Damals im schlecht gelüfteten Frühstückszimmer des Hotels – die Teppiche waren noch nicht gesaugt, bestreut noch mit Essensresten vom vorigen Abend – fragte er: Was möchtest du haben, Evi?, wie man eine Geliebte fragt, die bereits Besitz geworden ist. Dieser Ton.

Nur Tee, Erich.

Er hat sich Gervais bestellt: unter der hochgeschürzten Oberlippe hinein und Worte wieder heraus. Den mag ich so gern, den Gervais, den mag ich unheimlich gern, Evi! Hinein, heraus. Die Haut graupelt sich jetzt noch in unüberwindlicher Abwehr. Wer oder was hätte einen überkommen müssen, um wie Franz von Assisi vom Pferd zu springen, um einen Aussätzigen zu küssen? Und

dies nicht nur einmal, sondern viele Male! Stattdessen schickt man ihm Gervais, weil er Gervais so gerne mag.
Gierig beugt sich der große Mann hinter den Lidern der Liegenden über das Päckchen, knotet mit zitternden Fingern die Verschnürung auf. Sein hastiger Griff ins Innere, sein erwartungsvolles Gesicht. Dann sein leerer Blick zum Fenster hinüber, das vergittert ist. Gervais, weil er Gervais so gerne mag.
Du bist der einzige Mensch ...
Nichts beschworen. Gervais.
Sofort, und noch in Franks Gegenwart, hatte Evi beim Empfang diesen Brief zerrissen. Gereizt hat sie seinen abwägenden Blick als heimliches Mehrwissen interpretiert, als wissendes Abwarten. Das Verstecken hinter der Zeitung, aus der er mit kaum spürbarer Verzögerung die Worte vorlas:
Demontage-Arbeiter verdecken vor den Pressefotografen ihre Gesichter. Britische Truppen besetzen die Werkanlagen der Ruhrchemie AG. Schwarze Flagge gehisst. –
Morgen bringe ich einen Geschäftsfreund mit, Evi, du wirst dich wundern.

Soll ich mich auch wundern, Papa? Was bringt er mir mit?
Nichts!, hat man barsch geantwortet. Aber Schwiegermama hat widersprochen. Amerikaner bringen kleinen Mädchen im-mer etwas mit!
Bienchen schmiegt sich an Großmama. Großmama ist lieb.
Mama ist böse.

*

Die Liegende weint. Das Kind, das sie so heiß liebt, hat sie verloren und spürt, dass es unwiderruflich ist.
Das hölzerne Kreuz des Pavillonfensters verschwimmt vor ihren Augen, wird zum Fensterkreuz aus der Nervenklinik, Abteilung Suchtkranke. Erich Frech lacht hämisch.
In der Arztgarderobe hat er sich mit Kleidung versorgt. Das Herauskommen ist ihm geglückt. Er hat es hinter sich, dieses Fensterkreuz mit den lilavioletten Lichträndern. Er registriert es ohne Erregung. Kalt. Jetzt, wo er draußen ist, sind keine Lichtränder

mehr gefragt, weder violette noch andere. Am liebsten wäre ihm undurchdringliche Dunkelheit. Aber ein Weggehen bei Dunkelheit hätte Verdacht erregen können. Dem neuen Pförtner, den sie Melone nennen, gibt man keinen Nachtdienst. Mit seinem Mundharmonika-Gedudel könnte er die Patienten aufwecken, die man mit Beruhigungsmitteln notdürftig zur Ruhe gebracht hat. Zum Mittagsdienst von eins bis drei hat man ihn eingesetzt, wo es draußen bereits trüb wird, weil jetzt Herbst ist. Irre, hat Erichs Zimmernachbar gesagt, kontrollieren hier Irre, Mann!

Nur einen kurzen Blick wirft Erich im Hinausgehen auf den Neuen, dem also eine Melone anhaften soll, wie ihm die Büchse am Bauch. Aber kaum sieht er ihm ins Gesicht, erschrickt er zutiefst: Ihr, ihr, ihr Bruder!

Er hetzt aus dem Haus, überquert die Straße. Dort drüben die Drogerie wie ein rettendes Ufer für einen Ertrinkenden.

Die Glöckchen der Ladentür spielen ihr Christkindlspiel wie in seiner Kindheit, als er für die Mutter Hirschhornsalz einkaufen musste. Kling, kling, kling. War hier kein Krieg? Unmöglich, dass hier je Krieg gewesen ist! Ruinen nur rechts und links von der Drogerie. Erich gräbt in der fremden Hosentasche, in der er sich noch nicht zurechtfindet, fasst die Münzen, die er beim Zimmernachbarn gegen Zigaretten und Gervais eingehandelt hat, und zählt sie auf den Ladentisch. So viel ist mein Leben noch wert, sagt er, für den Drogisten unverständlich. Und er hält dessen Blick aus, der seine Gestalt neugierig bestreicht. Der Anzug des Doktors sitzt ein wenig zu knapp. Mit eingezogenem Bauch steckt er das Fläschchen ein, das er erstanden hat. Auf rot warnendem Etikett steht SALPETERSÄURE. Und hinterhältig lachend verlässt er unter dem hellen Gebimmel den Laden.

Eine Tiefbaukolonne ist dabei, nach lecken Gasrohren zu suchen. Hier war wohl doch mal Krieg, denkt es in ihm. Die Straße ist aufgerissen. Dort drüben das Gymnasium. Er sieht es im Vorbeigehen, während seine Finger im fremden Hosensack mit dem Fläschchen spielen. Schlafzimmerfenster der Eltern. Schlafzimmerfenster der Kinder. Fremd. Nur einen Augenblick zögert er, um den Weg dann doch nicht über den Ring zu nehmen, also nicht vorbei am Sockel des Hauses Nr. 17, wo der Holunder aus den Kellerfenstern

wächst: Er will nicht an den Schrebergärten vorbei, an den Exerzierplätzen entlang, wenn auch das Plätschern des Baches ihn begleiten würde bis Wälden. Lieber über den Buckel! Er greift aus, kürzt ab, wo es geht, weil er den Weg kennt. Er läuft, er rennt. Schon lugt wie ein schwarzer Schopf der Kiefernwald über die Kuppe. Der Himmel ergraut. Im Wald ist schon Nacht.
Und hier, zwischen den Stämmen – die morgen, im ersten Lichtstrahl der Sonne erglühend, erröten werden –, hier, nahe neben dem Weg, duckt sich Erich Frech, kniet nieder und wirft sich der feuchten urweiblichen Erde mit einem erschütternden Geburtsschrei entgegen, um ihr das Leben zurückzugeben, das ihm anhaftet wie der trockene Lehm einem Steckholz. Zum letzten Mal denkt er etwas: Den Flaschenhals nur nicht an die Lippen setzen! Weit nach hinten in den Rachen stoßen! Alles verbrennen! Form zerstören! Rein werden!
Jetzt trinken!

Die Nacht wird verhangen und schwül. Das Jahr neigt zu Gewittern. Von Wälden herauf tappt der Pater mit schwerer Kapuze auf dem Waldweg heran, den auch er von Jugend auf kennt. Auf der Straße wäre er bequemer in die Stadt gelangt, aber nicht allein. Alleinsein ist gut. Allmählich stellen sich die Visionen von damals wieder ein: Das Jesuskind in einer Kutte, wie er sie trägt; und die Kutte ist mit Edelsteinen übersät.
Oberhalb des Bannzauns, ehe das Wäldchen beginnt, ist er früher aus Gewohnheit stehen geblieben, jetzt aber der Wasserbeine wegen von einem auf den anderen Fuß tretend. Wie jedes Mal, wenn er auf diesem Weg das Dorf verlässt, blickt er Abschied nehmend auf die Dächer zurück, jetzt schwarze Vierecke im Abenddämmer. Da und dort quellen Lichtstreifen hervor, werden abgeknickt von anderen im Weg stehenden Wänden. Wie ein Menschenleben – hört er die Stimme jenes Balten sagen, der mit an der Iglukirche gebaut hat –, angelegt vielleicht, um weit, weit in den Kosmos hinauszustrahlen. Aber die im Weg stehenden Wände knicken die Strahlen ab, Löffler. Schwer lastet die Kapuze auf seinem Rücken. Ein Joch. Gebückt betritt er das Kiefernwäldchen und stolpert über eine Hand. Nachts eine Hand, die in den Weg herüberragt? Viel eher wohl ein Bün-

del, das einem Waldarbeiter von der Karre glitt. Der Pater wird davon nicht aufgehalten.

*

HÄBER, ROTH & WIESENTAL
BAUZUBEHÖR

Das neue Firmenschild auf der Kohlenhalde. Deutlich sieht die Liegende: Ein Arbeiter rechts, ein Arbeiter links, stehen auf Leitern.
Hängt es so gerade?, wollen sie von der Silling wissen. Sie nickt, summt an dem Klavierstück weiter, das sie damals, als Krieg war, in einem Fronttheater gespielt hat. Die Soldaten wollten lieber eines zum Mitsingen.
Es hängt gerade, sagt sie. Warum nehmt ihr keine Wasserwaage?
Keine Hand frei, sagt der eine, ist aber abgelenkt, weil von der anderen Straßenseite eine alte Vettel herüberschlurft, an der was komisch ist.
Wo wollt Ihr hin, Frau?, ruft die Silling ihr entgegen.
Hin? – Nirgends hin. Wo denn die Wiesentals seien? Ob das die richtigen Wiesentals seien, die vom Haus Nr. 17 im Ring?
Die sind in ihrem Haus in Wälden. Nicht hier.
Sie wolle ja gar nicht zu den Wiesentals.
Warum sie dann nach ihnen gefragt habe?
Da also trifft man Sie wieder!, sagt die Alte und zieht den gestrickten Hampelmann aus der Jacke.
Haben Sie den da auch noch?, fragt die Silling angeekelt. Der Pater, sagt sie, besucht die Wiesentals oft im neuen Haus, obwohl die nicht katholisch sind.
Oft? Hörst du, mein Liebling: Der Pater besucht die Wiesentals oft! Atemlos eilt sie davon. Die Schuhe schlappen.
Mit wem hast du draußen gesprochen?, will Sanders wissen, der durch die Tür der Baracke äugt.
Mit einer Alten. Die hat mir so leidgetan!, sagt sie.
Gelangweilt hebt er die Schultern.

Für einen Augenblick erscheint Frau Sanders der Liegenden so, wie sie gewesen ist, als Evi den Hampelmann gestrickt hat. Drei-

ßig Reihen für den Hampelmannbauch, vier davon als Hausaufgabe. Den Balg des Hampelmanns hat Evi mit ungesponnener Wolle gefüllt.
Was machst du da?, will Anselmas Mutter wissen.
Einen Hampelmann, Frau Sanders.
Und wer soll ihn bekommen, wenn er fertig ist?
Den bekomme ich, Evi! Bettelnd hat sich der Kleine an Evis Kleid gehängt. Sag Ja! Wenn du Ja sagst, heirate ich dich, wenn ich groß bin. Er ist nicht groß geworden, der Kleine.

Frau Sanders eilt, keucht, schluchzt. Sie wird uns doch nicht belogen haben, die Silling? Bei ihr weiß man ja nie! Dort, die ersten Häuser des Dorfes, mein Kleiner, gleich sind wir da.
Sie trinkt am Brunnen, lässt den Hampelmann trinken, indem sie ihm das Gesicht in die Schwenkrinne hält.
Was machen Sie denn da?, fragt eine Bäuerin und setzt die Bütte auf dem Stein ab.
Trinken, sagt Frau Sanders und wischt sich den Mund. Und dann zu Wiesentals.
Die Bäuerin deutet zum Bannzaun hinauf. Eine Schinderei ist das Wasserholen!, sagt sie. Aber nicht mehr lange, dann haben wir eine Wasserleitung. – Kennen Sie die Wiesentals von früher?, fragt sie und richtet die Schwenkrinne auf ihre Bütte aus.
Frau Sanders hört nicht zu. Da droben, mein lieber Kleiner, in dem Haus mit dem Bogenfenster, siehst du? Dort werden wir ihn sehen! Und sie hastet davon.
Ein Mann mit einem Arztköfferchen hinkt an ihr vorbei, schaut sie an, bleibt stehen.
Sie hatten wohl einen weiten Weg, gute Frau?, fragt er.
Ja, ja, einen weiten Weg. Aber jetzt sind wir am Ziel. – Sag ihm doch, mein Lieber, wen wir bald sehen werden!
Ach so, Sie sind in Begleitung. Ich hatte es nicht gleich bemerkt. Wie viele Kilometer macht er denn am Tag, der Kleine?
Vom Morgen bis zum Abend, er ist ja kein Baby mehr.
Macht es ihm nichts aus, zum Beispiel in Scheunen zu übernachten?
Nachts gehen wir besonders gern. Nachts ist es nicht so hell.

Demnach hat er gute Augen, der Kleine, wie eine Katze, nicht wahr? Oder hat er auch hie und da dieses Kratzen, das Sie gewiss in den Augen haben, gute Frau?
Das hat er nie.
Mich wundert es, sagt Polke. Was Sie da haben, ist nämlich durchaus ansteckend. Ein Relikt aus dem Krieg, gute Frau. Man nennt es Trachom, eine Augenkrankheit, aus dem Balkan. Kann der Kleine dieses schwierige Wort behalten? Trachom.
Er ist doch nicht dumm!
Die Poliklinik in der Stadt arbeitet mit voller Kapazität. Sie sollten Ihre Augen behandeln lassen, gute Frau.
So gut er kann, eilt er dem Haus am Bannzaun entgegen. Sie sieht ihn vom Weg aus seitlich des Hauses ein paar Stufen nehmen. Dann ist er in der kleinen Tür verschwunden.
Wir setzen uns vor die große, flüstert sie dem Hampelmann ins Ohr. Die ist der Haupteingang. Wenn unser Lieber kommt, wird man ihm den Haupteingang öffnen!
Um sich zu vergewissern, liest sie das Namensschild. WIESENTAL.

Aber der Pater war doch längst bei uns, du da!, bemerkt die sterbende Wiesental. Zugehört hat er, wie sie mit einer Sache nicht zurechtkommt, die sie von dem Fräulein Anni erfahren hat: In einer Lösung schwimmen müssten die beiden Namenlosen, die sich an ihrem Nussbaum erhängt haben! Schwimmen bis ans Ende der Welt. Das ist ihr nicht aus dem Sinn gegangen, dieses Ende der Welt. Wie man sich das nur vorstellen soll? Etwa wie ein Kartenhaus, das plötzlich einstürzt?
Das Ende der Welt ist das Jüngste Gericht, hat der Pater gesagt.
In diesem Augenblick ist der Doktor gekommen, und Eduard hat auch ihm einen Stuhl ans Fenster gezogen. Aber ehe er sich gesetzt hat, hat er mit der Stirn am Fensterglas auf den Bannzaun hinuntergeschaut.
Da sitzt jetzt eine Frau mit einem Trachom vor der Tür, hat er gesagt, die habe ich auf dem Herweg gesehen. Und weil keiner gewusst hat, was das ist, hat er es erklärt.
Ob man sie nicht hereinholen soll, hat Eduard gefragt. Der Doktor hat abwehrend die Hände gehoben. Ansteckend!

Eduard hat ihr also ein Brot geschmiert, weil man das doch nicht kann, einen Menschen vor der Tür sitzen lassen, und der Pater, der das Fenster geöffnet hat, hat das Brot genommen und seine Hand mit dem Brot aus dem Fenster gehalten.
Im Namen Christi!, hat er gesagt. Dann hat er es fallen lassen. Vielleicht hat die Frau es aufgefangen. Der Pater hat das Fenster zugemacht.
Was, Pater, das Ende der Welt?, hat der Doktor gefragt, weil er vorhin dieses Wort noch aufgefangen hat, und hat von Atomen gesprochen. Das haben aber nur die Männer verstanden. Kurz darauf hat der Pater gehen müssen. Im Orden wartet man auf mich, hat er gesagt.
Gehen Sie über den Berg?, hat der Doktor gefragt. Wenn Sie über den Berg gehen, Pater, dann begleite ich Sie ein Stück weit, ja? Sie haben durch die Seitentür das Haus verlassen und sind zum Kiefernwäldchen hinaufgestiegen.

Sollte man nicht nachsehen, was mit der kranken Frau ist, Eduard?, hat sie gefragt, und Eduard ist vors Haus gegangen, aber nicht nah zu ihr hin, weil doch keiner so ein Augenleiden haben will, bei dem man erblinden kann. Warum sie ausgerechnet hier sitzen bleibe, hat er sie gefragt. Ob sie hier auf etwas Bestimmtes warte?
Ja, sagt die Alte. Auf den Pater Friedbert, der mir in Christi Namen das Brot gespendet hat, Herr Wiesental. Ich habe seine Stimme erkannt und den Kuttenärmel gesehen.
Der Pater, liebe Frau? Der ist schon weg. Hinten hinaus, auf seinem gewohnten Weg über den Berg.
Die Frau tut einen wilden Schrei, den sie, die dicke Wiesental, sogar durchs geschlossene Fenster gehört hat, und Eduard kommt erschrocken zurück. Wie vorher der Doktor, legt er die Stirn ans Glas und schaut.
Jetzt ist sie weg, sagt er. Woher hat sie gewusst, dass der Pater nur Donnerstags zu uns kommt?
Ja, Donnerstags, hat sie gesagt. Morgen ist Freitag, Eduard, und du musst die vordere Tür aufsperren, weil das Fräulein Anni kommt. Sie soll das Namensschild sauber machen.

*

Es ist Freitag. Die Anni darf zu den Wiesentals hinauf. Die Liegende sieht ihr frohes Gesicht. Jeden Freitag darf sie bei den Wiesentals putzen, was zu putzen ist. Sie zieht die Tür des Hebammenhäuschens hinter sich zu, lässt das ewig nörgelnde Gemurmel der Tante hinter sich, die ewig fordernde Stimme. In einem neuen Haus macht das Putzen Spaß.
Für einen Augenblick sieht die Liegende die Anni im Haus Nr. 17, wie sie beim Treppensteigen den jeweils zweiten Fuß neben den ersten stellt, weil sie kurze Beine hat. Aber es gibt kein Haus mehr am Ring. Die Anni kommt gern zu den Wiesentals. Mit der dicken alten Frau kann man über das Putzen reden, über die neuen Putzmittel, mit welchen alles so viel leichter geht als mit den Putzmitteln der Vorwährungszeit. Und die Putzlumpen bräuchte man nicht unbedingt noch aus alten, zu Tode geflickten, zerschnittenen Unterhosen zu machen, da es jetzt saugfähige Putzlumpen zu kaufen gebe, wenn man das schöne Geld dafür überhaupt ausgeben wolle.
Die Anni schüttelt den Staublappen durchs Bogenfenster aus. Als Letztes putzt sie das Namensschild an der großen Tür und sieht vor dem Haus einen gestrickten Hampelmann, der daliegt wie hingeschleudert, nicht wie verloren. Ein Kind, denkt sie, habe ihn im Zorn weggeworfen, sodass die Arme weit über den Kopf hinausgefahren sind. Im Zorn vielleicht an diese Haustür gefeuert, von der er abgeprallt und so zu liegen gekommen ist. Und sie nimmt sich vor, der Frau Wiesental droben zu erzählen, dass wegen solch einem Hampelmann der Kleine vom Haus Nr. 17 aus dem Fenster gefallen ist, vor so langer Zeit. Genau so wie es gewesen ist, will sie es erzählen. Die Hand mit dem Hampelmann lässt sie sinken, sodass sein einer Fuß am Boden schleift wie der Zipfel eines Putzlumpens. Ich habe einen Bruder gehabt, sagt sie, der war ein Roter.

Oben hält sie den Hampelmann hoch, damit die Wiesentals ihn ringsum betrachten können. Eduard nickt, weil er ihn wiedererkennt als den, den er gestern bei der kranken Frau gesehen hat. Das dürfte der Hampelmann der Frau sein, sagt er deshalb bestätigend. Was sollen wir damit machen?
Nehmen Sie ihn mit nach Hause, Fräulein Anni, und waschen Sie ihn. Vielleicht kommt die Frau zurück und will ihn wiederhaben, sagt Anna.

Das glaube ich nicht. Die Anni schildert, wie sie den Hampelmann gefunden hat, mit den weit über den Kopf hinausgefahrenen Armen. Den will keiner mehr haben! Sie nimmt ihn mit.
Im Hohlweg, der zum Haus der Tante hinunterführt, lauern ihr die Schulkinder auf. Mit ihren kleinen boshaften Schleudern prellen sie ihr Kiesel auf den Hintern, der es zwar durch die Stofffülle nicht besonders spürt, den Aufprall aber weiterleitet bis ins Herz. Wenn die Tante nicht mehr lebt, denkt sie da jedes Mal, kaufe ich mir als Erstes einen städtischen, seidenen Unterrock, auf dem der Überrock nicht mehr hängen bleibt. Und sie stellt sich den seidenen Unterrock vor: Himmelblau sollte er sein, vielleicht aber doch lieber weiß.
Zu Hause angekommen, wäscht sie den Hampelmann, wringt ihn aus, dass er schneller trocknet, flickt ihn und legt ihn der Tante aufs Pfühl. Von der Küche aus sieht sie, versteht es nicht, aber begreift es in ihrem großen Herzen, was sich im Gesicht der Alten verändert: dass es sich verklärt. Und sie hört, wie die Tante mit dem sonst so nörgelnden Mund zu summen und zu singen beginnt. Sie singt das Eiapopeia, das die Hebamme dem todesnahen Hohmer vorgesungen hat, jetzt aber ein zahnloses Eiapopeia, ein uraltes Eiapopeia und dennoch ein beglücktes: Endlich hat die Alte ein eigenes Kind.
Eiapopeia, das Kindlein ist da.

Ich, die Schreibende, habe an dieser Stelle den Stift niedergelegt. Der Urmuttergesang tut mir Vergangenheit an. Wie soll ich es anders formulieren.
Lange habe ich nicht an dich gedacht, Papa. Jetzt sehe ich dich, wie du warst, ehe die Sorgenfalten dein Gesicht gekerbt haben. Deine wissenden tiefbraunen Augen, die dinarische Nase mit dem Zwicker, das an beiden Schläfen hoch geschorene Haar, das sich auf dem Schädel in breite Wellen legt. Ich fühle deine wohnliche Hand. Deinen Ring, den später von dir losgelösten, auf dem Tischtuch liegenden, das Mama hat kleiner machen müssen. Ich rieche deinen Geruch, der mit Lavendel, Odol und Zigarrenrauch vermischt ist, sehe, wie du die Zigarre mit der bläulich gespannten Oberlippe festhältst. Nie ist sie herausgefallen. Ich denke an deine Freunde und Freundesfreunde, die nun schon so lange in den USA und sonst wo leben – falls sie noch leben. Du hast sie umge-

münzt in Dollars, Rappen, Cents. Mama hat nie ein Lebenszeichen von ihnen bekommen, auch nicht nach dem Krieg. Ich sehe dich mit Engler im Herrenzimmer und höre eure Stimmen, die Sätze, die Hanno notiert – auch jenen geschriebenen, mit dem er dich warnt: Ich beschwöre Sie, lieber Freund ...
Lieber, lieber Papa.

*

Ich bringe dir einen Geschäftsfreund aus den USA mit, Evi. Du wirst staunen!, hat Frank am Nachmittag des 5. 9. hinter seiner Zeitung gesagt.

Bis vors Haus läuft Bienchen an Großmamas Hand ihm entgegen. Er hat Schokolade für das Kind. Großmama hat recht gehabt, ätsch! Die Liegende fühlt den Stich, die Wunde, die immer offen bleiben wird. Hinter dem Vorhang versteckt, hat Evi zugesehen. Die Leichtigkeit seines Schicksals steht diesem Fremden wie ein eleganter Anzug zu Gesicht. Ich Gewinner! Sie verzieht den Mund.
Frank kommt mit ihm in die Diele, und sie – um eigene Arroganz dagegenzusetzen – fragt, zu Frank gewandt, kalt: Und worüber soll ich mich wundern oder soll ich staunen? Frank nimmt die Pfeife aus dem Mund.
Ihr kennt einander.
Noch einmal greift die Liegende nach dem Tagebuch. Es ist aufgeschlagen, seine oberen Blätter sind vom Kissen zerknüllt, zerrissen.

5.9.49 Ihr kennt einander. Frank hielt abwartend die Pfeife von sich weg. In dieser Pose werde ich ihn mein Leben lang vor mir haben.
Nein, sagte ich verärgert. Der Fremde beobachtete mein Gesicht. Ich sah ihn an. Seine Augen waren gesprenkelt wie die Federn eines Perlhuhns. Als mir der Vergleich ins Bewusstsein kam, schlug mein Ärger in einen Lachkrampf um. Seine Mundwinkel zuckten belustigt.
Frank schob die Pfeife zwischen die Zähne zurück. Na, also. Du weißt jetzt, wer er ist.

Ich bot mein Gesicht dem Fremden offen dar. Sagen Sie es mir!, bat ich.
Ich heiße Rolf Wiesental. Und du bist Evi Hohmer. Kaum spürbar küßte er mich auf die Schläfe. Es war wie Hypnose.
Ich sehe keinen Grund, hätte ich sagen sollen, mich mit ihnen zu duzen. Wir haben einander nie im Leben gesehen. Wir haben sehr kurz im selben Haus gewohnt. Es stimmt nicht, Frank, dass wir einander kennen, hätte ich ausrufen müssen. Stattdessen rief ich nur ungläubig Rolf Wiesental! und Frank nickte zufrieden hinter seiner Pfeife.
Später lachten wir über den Feld-, Wald- und Wiesentee für Wiesental. Ich lachte unmäßig in seine gesprenkelten Augen und sah rasch von ihnen weg.
Ich klingle bei dir an, Evi!, rief er vom Garten herauf, als Frank ihn zum Auto begleitete. In dieser Nacht träumte ich den Traum meiner Kindheit wieder: Das Telefon klingelt, und alles ist aus.

Die Liegende schließt das Tagebuch und weiß nicht, wo sie es verbergen soll.

*

Das einzige private Telefon des Dorfes war jenes im Lehrerhaus. Vorher war das Lehrerhaus Großpapas Haus. Wann Großpapa es erbaut hat, weiß ich, die Schreibende, nicht mehr. Für Großmama, die in Petersburg geboren war, ist dieses Haus ein Haus des Heimwehs gewesen. Großpapa hat ihre Urne darum in ihrer alten Heimat beisetzen lassen.
Noch zu seinen Lebzeiten ist das Haus das Lehrerhaus geworden, in dem Hanno und ich geboren sind. Unten die Diele und – mit eigenem Eingang – die beiden großen Schulstuben. Oben die Zimmer der Erwachsenen. Ganz oben Kinder- und Gastzimmer. Die Sprechmembran des Telefons war in einer hornigen Tüte verborgen, der Kasten mit dem Träger an der Dielenwand befestigt. Die Hörmuschel hing an einer fadenumsponnenen Schnur. So war es auch in Evis Traum. So ist es in meinem Traum gewesen, als ich ein Kind gewesen bin.

Das Telefon klingelt, und alles ist aus.
Ich sitze auf dem roten Rosshaarkissen, auf das Papa mich hob, sobald die Köchin zum Essen gongte. Er verknotete mir die kleinen Zöpfe im Nacken, damit sie nicht in die Suppe hingen. Ich bin ein dreijähriges Kind.
Auf diesem roten Kissen sitze ich also – nur jetzt nicht bei Tisch, sondern im Kinderzimmer, wo alle Möbel weiß gestrichen sind. Es ist Nacht. Durch die offene Tür kommt aber Licht in den dunklen Raum. Das Licht ist rosarot, weil die Seidenbespannung der Lampe über der Treppe rosarot ist. Im Treppenhaus draußen ist alles aus gewachstem gelben Holz, das wunderbar duftet. Die honiggelbe Treppe ist von oben bis unten mit einem kirschroten Läufer bespannt, der von goldenen Messingstangen in den Stufenecken gehalten wird. Das helle Geländer ist gedrechselt.
Aber unten, in der Diele, wo die Treppe mit einer kleinen Kehre endet, wartet der Zauberer. Ich weiß, dass er wartet, wenngleich ich es nicht sehen kann: Er wartet genau vor dem Telefon. Sein Warten ängstigt mich, weil ich weiß, dass dann alles aus ist. Ich kenne seinen blauseidenen Mantel, der mit Sonne, Mond und Fabeltieren bestickt ist. Auch seine hohe spitze Mütze kenne ich, wenngleich ich sie noch immer nicht sehe, denn ich sitze noch oben im Kinderzimmer auf dem roten Kissen.
Bis jetzt hat sich das rote Kissen nämlich noch nicht hochgehoben, ist noch nicht über die teppichbespannte Treppe langsam, langsam hinabgeschwebt.
Dann aber wird das Kissen doch von einer unsichtbaren Kraft, die zwischen ihm und dem Boden sein muss, in die Höhe getrieben. Das Zimmer bleibt hinter mir, und ich schwebe so hoch, wie ich groß bin, über die teppichbespannten Stufen hinunter zur Kehre. Gleich werde ich den Zauberer sehen und bin gespannt, ob auch er mich diesmal sehen wird, wobei ich doch ganz genau weiß, dass er von mir abgewandt in der Diele steht und auf die Täfelung starrt, wo das Telefon hängt. Aber gleichzeitig spüre ich, wie er mein Heranschweben heimlich belauert, umdrehen wird er sich, sobald ich mich über der drittletzten Stufe befinde, wo ich gleich groß bin wie er.

Jetzt ist es so weit: Er dreht sich um, hebt die Hand mit dem Zauberstab, und ich starre auf den Zauberstab, weil er ihn hebt,

sodass ich auf ihn schauen muss. Ehe mir aber Zeit bleibt, den Blick vom Stöckchen abzuziehen und ihn neugierig auf sein Gesicht zu richten, was ich so dringend will ...
schrillt das Telefon ...
und alles ist aus.
Der Traum lässt tiefe Traurigkeit in mir zurück.

*

Die Liegende wünscht sich die Träume der dicken Wiesental, die nichts als Erinnerungsgeschwüre sind, die sogar jetzt noch, wo das Leben fast vollständig aus ihr geronnen ist, sich sabbernd entleeren. Die Neige ist erreicht, nur noch wenig Eduard in ihrem Blut. Wenn auch dieser Rest aufgebraucht ist, ist die Tafel gelöscht. Keine Traurigkeit bleibt zurück, keine Freude. Die Augen haben das Sehen schon ganz eingestellt. Auch die anderen Sinne ziehen sich zurück, melden dem Gehirn keine Eindrücke mehr. Gleichgültig ist es jetzt, ob sie an einem Bogenfenster sitzt, an einem verlatteten viereckigen oder hinter zerschlissenen Vorhängen. Auch die Geräusche, die vor Kurzem noch aus dem Dorf zu ihr aufgestiegen sind, jetzt abendliche Geräusche, erreichen sie nicht mehr. Aber die als eigensinnige Gewohnheit eingerasterte Zähigkeit, Eduard oder das Leben so lange wie möglich festzuhalten, hält ihr die Stirn auf der Armlehne und den schlaffen Körper im Armstuhl fest. Kein Körpergefühl mehr; aber der Wille des Fleisches ist stark.
Gestern war Eduard noch da! Unruhig ist er hin und her gegangen. Mit der Schulter hat er versehentlich den Kalenderzettel abgerissen. 9.9.49. Freitag. Auf der Rückseite das hohenlohische Krautgericht, das 'Lumpen und Flöh' genannt wird. Man schneide ein Pfund Weißkohl in breite Streifen, koche sie in Salzwasser mit Kümmel gar ...
Soll ich den Zettel wieder ankleben, Anna?
Ach was, wozu ankleben, Eduard. Der Tag ist fast vorbei, hat sie gesagt. Du musst ja nur noch die vordere Tür abschließen.
Kurz vorher war das Fräulein Anni nach Hause gegangen, nachdem es noch einmal über die Böden gerieben hat. Wenn es draußen heller wäre, hat Eduard gesagt und mit schiefgelegtem Kopf über

den Boden geäugt, dann könntest du sehen, was für einen sanften Glanz solch ein echtes Linoleum hat. Es ist doch erst fünf!
Heller kann es nicht sein, Eduard, hat sie gesagt und auf die schwarzen Wolken gedeutet, die nichts Gutes verheißen haben. Das viele Gelb dazwischen, Eduard, könnte auf Hagel deuten. Da! Da hat es schon geblitzt! Wie gut, dass wir einen Blitzableiter auf dem Dach haben, Eduard. Wir liegen hier doch recht hoch.
In anderen Gegenden, hat Eduard gesagt, während er sich einen Stuhl zum Fenster gezogen hat, dort, wo der Boden nicht aus Kalk ist wie hier, gibt es nicht so viele Gewitter, Anna.
Der Boden? Hat denn der Boden etwas mit den Gewittern zu tun?
Immer hat alles mit allem zu tun. Man durchschaut es nur nicht genau, sagt er, während er schon wieder aufsteht.
Wie unruhig du bist, Eduard!
Er hat sich mit dem Most herausgeredet, den er vor wenigen Tagen von Dietzel bekommen hat. Frühmost aus Öhringer Blutstreifle, die der Gewittersturm neulich vom Ast gerissen hat. Ich hole einen Krug voll. Jetzt, wo er schon fast milchig ist, ist er dir doch am liebsten, Anna.
Das ganze Haus, hat sie zu Eduard gesagt, riecht so herrlich danach. Stell ihn auf die Fensterbank.
Das Gewitter ist sehr rasch niedergegangen; aber der Sturzregen hat nicht die erhoffte Abkühlung gebracht. Bald war die Luft wieder so schwül wie zuvor.
Das wird wohl die Nacht über weitergehen, Anna, das ist noch nicht vorbei.
In diesem Augenblick hat ein einzelner Blitz hinterm Haus in den Hang eingeschlagen. Zischen, Blitz und Donner hat man gleichzeitig und wie ein Zupfen in der Magengegend gespürt.
Ganz nah bei uns!, hat Eduard gesagt, hat den Besen aus der Kammer geholt und ist mit ihm in den strömenden Regen hinausgehastet. Das Loch im Hang hat er nach kurzem Suchen gefunden.
Nicht größer als die Breite meiner Hand, Anna, ist das Loch. Den Besenstiel hat er bis ans Querholz hineinstecken, das Ende des Blitzstrahls aber nicht ertasten können. Dem Gewölbe, Anna, hat Eduard betont, so einem Gewölbe macht das nichts!

Der Wolkenbruch hat angehalten und die Umrisse der Dächer verwischt. Ihr war, als fliege sie mitsamt dem Bogenfenster durch die Wolkenwand. Merkst du auch, Eduard, wie sonderbar das ist?
Ja, sonderbar, hat er zögernd zugegeben. An seinem wie zum Lauschen schief gehaltenen Kopf hat sie gemerkt, dass er etwas ganz anderes damit meint als sie. Etwas, was nur er hat hören können.
Was?, hat sie erschrocken gefragt. Er aber: nichts wie wieder hinaus!
Zieh dir was an! Eduard! Deine Nieren!
Lange ist er weggeblieben. Ist endlich zurückgekommen mit gehetztem Gesicht.
Zwischen dem Kiefernwäldchen und unserem Haus, Anna, hat sich was verschoben, verrutscht, verrissen. Eine Gleitungsschicht.
Das ist die Kluft in unabsehbare, nicht zu taxierende Zeit, hat sie mit einem Mal gewusst. Man kann auch Vergangenheit sagen, wenn man will.

Von da an ist Eduard nur noch mit diesem horchenden Gesicht zwischen dem Gewölbe und der Gleitungsschicht hin und her gehastet. Erst als der Regen aufgehört hat, spät in der Nacht, hat er die untere Haustür abgesperrt, dann die seitliche, und hat sich ins Bett nötigen lassen. Sonst wirst du krank, Eduard! Ich bleibe wach. Versprechen hat sie ihm müssen, ihn bei allem Ungewohnten sofort zu wecken.
Ich sitze doch gern am Fenster, Eduard, wo mir so sonderbare Sätze einfallen, wenn es draußen dunkel ist. Und während er drüben ins Bett kriecht, sagt sie:
Schaukelnder grüner Mond auf grünem Himmel!
Die Dächer liegen unbeschirmt und spiegeln dein Gelächter, und wundert sich über ihre unsinnigen Worte.

Ich kann nicht!, hat Eduard von drüben durch die offene Tür gerufen. Es geht nicht! Sie hat sein Herumgeschiebe, sein Gewetze und das Knarren der Bettlade gehört.
Da ist doch ein Geräusch, Anna?
Da ist auch ihr dieses sonderbare Geräusch aufgefallen, das vom Gewölbe her wie ein Plätschern geklungen hat – zuerst hell, dann immer dumpfer. Nach einiger Zeit war es aber verstummt.

In diesem Augenblick ist Eduard im Bett hochgefahren, ist barfüßig und nur im Hemd hinuntergelaufen.
Jetzt wird er im dunklen Gewölbe den Atem anhalten und das Ohr an die Hohlblocks pressen, hat sie gewusst. Und die hohlen Mägen sind ihr eingefallen. Nein, keine Suppe, wir wollen ein Haus! Dazu sein Zeigefinger, der viele Male in die Luft sticht. Nein! So viele waren es nicht, so viele nicht, und auch sie hat den Atem angehalten, bis sie das furchtbare Bersten und Sprudeln gehört hat, in dem Eduards Schreie untergegangen sind.
Und ihr ist rot, rot, rot vor den Augen geworden.

*

9.9.49 Bienchen zum Abschied geküsst. Sie hielt einen Apfel in ihrer kleinen lieben Hand, an der die Babygrübchen fast schon glatt sind.
Ist das eine goldene Parmäne, Mama?
Ein Öhringer Blutstreifle ist es.
Hat der Apfel Blut?
Er hat Saft, nur beinah Blut.
Mein Stiefel ist offen, Mama!
Alles beginnt von vorn. Eines Tages wird auch sie im Schwimmbad von einem Jungen getunkt werden, wird die Kerben zwischen Bauch und Schenkeln entdecken oder andere sonderbare Gegenden ihrer Gestalt. Irgendwann wird sie jemanden lieben. Eines Tages wird sie fragen, warum alles anders kommt, als man es will und wird schuldig werden.

Frank hat die Schultern gehoben, als ich ihm sagte: Wiesental nimmt mich mit. Er will seinen Eltern nachspüren. Ich könnte Hanno in Wälden besuchen, Frank. Was wir wirklich wollten, Rolf und ich, wusste er ja ohnehin.
Saft ist nicht ganz wie Blut. Ach nein, mein Kind. Wir fuhren in seinem amerikanischen Wagen. Jeder hatte eine Hand beim anderen. Erst in der Stadt sprachen wir miteinander, weil er sie nicht mehr erkannte. Durchs Fenster zeigte ich ihm die Ziegelschriften auf dem Sockel des Hauses Nr. 17. Er las: Wiesental, Kohlenhalde, Bauzubehör. Sind damit meine Eltern gemeint, Evi?

Ich wies ihm den Weg.
Herr Wiesental sei nicht mehr im Betrieb. Er habe sich in sein neues Haus in Wälden zurückgezogen. Solch ein Betrieb laufe manchmal mit zwei Chefs besser als mit dreien, hahaha. Geraume Zeit verschwanden die Männer in der Baracke.
Ein Haus in Wälden, Evi? Rolf stieg wieder ein.
In welchem Hotel sind Sie abgestiegen, Herr Wiesental?, fragte Ernst Häber noch zum Wagenfenster herein und nannte das beste. Es heißt Progress, Herr Wiesental. In diesem Augenblick erkannte ich ihn, der mich mit dem Grashalm gepeinigt hat, der mich im See getunkt hat, um aus mir eine Frau zu machen.
Wir fuhren auf Umleitungen vorbei an jenem Stundenhotel, in dem ich mit Erich Frech war. Es wurde restauriert. Vergangenes auf den Müll. Dann waren wir im Progress.
Während Rolf dem Hotelboy ein Trinkgeld gab, trat ich voraus ins Zimmer – und war eiskalt. Rolf, der mein Erkalten spürte, ging ans Fenster und schaute hinaus. So blieben wir: er am Fenster, ich an der Tür – bis Rolf sich langsam umwandte. Da packte mich eine nie gekannte Liebeswut. Wir stürzten einander in die Arme, gierig, unersättlich, besessen.
Dann schrillte das Telefon, und alles war aus.

Morgen, Samstag!, war die quäkende Stimme des Rechtsanwaltes zu hören. Da wird es gut sein, wenn sie jetzt sofort zu mir rüberkommen. Herr Häber und Herr Roth werden auch da sein. Es ist jetzt sechzehn Uhr fünf, allerdings, und Ihre Eltern können so spontan nicht benachrichtigt werden. Sie haben kein Telefon.
Sie wissen ja auch gar nicht, dass ich in der Nähe bin, beruhigt Rolf. Muss ohnehin erst mal klar sehen in diesen Besitzverhältnissen. Nein, ich lege Wert darauf, die Unklarheiten vorweg zu definieren und aufzulösen, wenn es geht, ehe ich mit meinen Eltern zusammentreffe. Ich kann ja die Unterlagen von Ihnen mitnehmen ins Hotel, wenn Sie erlauben. Wie bitte? ... meinen Eltern geht? Keine Ahnung. Das werde ich sehen, wenn alles geklärt ist. Komme sofort, sagen wir: in fünfzehn Minuten spätestens.

Was weiter gesprochen wurde, hörte ich nicht mehr. Ich sah nur noch den Mann, der da am Türrahmen neben dem Telefontisch-

chen lehnte, den Hörer in der Hand – Komme sofort, Besitzverhältnisse –, der sich mit der freien Hand im Schamhaar kratzte, das noch feucht war von weltverschlingender Lust.
Das Wasser rauschte im Bad. Ich raffte meine Kleider.
Nach Wälden!
Unterwegs im Bus dachte ich nichts. Der Bach, das liebliche Tal, die fast schon herbstbunten Bäume senkten sich mit anonymer Dumpfheit in meinen leeren Blick.
Am Brunnen stieg ich aus. Der Wind blies Wassertropfen aus der Schwenkrinne auf mich, während der Bus um den Brunnen kehrte. Ein Flugzeug durchbrach die Schallmauer. Ich hob den Kopf und sah das Haus am Bannzaun, das es früher nicht gegeben hatte. Hinter dem Bogenfenster eine Gestalt so breit wie ein prall gefüllter Sack. Der Nussbaum hatte einige gelbe Blätter. Den Hohlweg, der am Häuschen der Bawett dort hinaufführt, haben Hanno und ich getauft: Papas Weg.
Dann sehe ich – noch immer vom Brunnen aus – den blinden Hausierer herunterkommen, tapp, tapp. Mit seinem Stecken tastet er sich nahe zu mir her. Er spürt, wo ich bin, wenngleich ich den Atem anhalte, um mich nicht zu verraten. Mit einem Ruck springt der Deckel seines Bauchladens auf und zeigt dessen Inhalt: Schnürsenkel, Gummibänder, Borten zu einem unentwirrbaren Knäuel verfilzt. Hämisch lachend lässt er mir das Knäuel vor die Füße rollen, und plötzlich fürchte ich mich vor der Begegnung mit Hanno, schiebe sie, auf dem Brunnenrand sitzend, hinaus. In der Dämmerung schleppe ich mich zur Arztvilla hin. Kein Licht im Pavillon. Gott sei Dank kein Licht. Mein Bruder sei nicht mehr da, sagt die Frau, die mir auf Geheiß des Arztes ein Bett bezieht.

Das Gewitter in der Nacht – gewiss war es bereits drei Uhr – hat sich mit ungewohnter Gewalt entladen. Die Helligkeit der Blitze hat an Evis Augenlidern gezerrt, ist über das lächerliche Schaukeln der Glühbirne am hölzernen Himmel gezuckt. In unbewusstem Reflex weicht Evi rückwärts vom Fenster ab, ergreift das Tagebuch, in dem sie am Abend des 9.9.49 noch geschrieben hat, und wirft sich auf das Bett. Sobald sie die Augen aber schließt, wird sie von Bildern und Bildabläufen überfallen, die alle so tun, als haben sie ein Anrecht auf diese Liegende, die sie nun ist. Zuvörderst erscheint die dicke Wiesental.

Aus Versehen hat Eduard den Kalenderzettel vom 9.9.49 zu früh abgerissen: mit der Schulter abgestreift bei seinem unruhigen Hin- und Hergehen. Soll ich ihn wieder ankleben, Anna?
Ach lass doch, Eduard! – Noch heute werden wir miteinander in der Nichtzeit sein, hätte die dicke Wiesental zu ihm sagen können: in der maßlosen ungemessenen, nicht zu messenden ruhenden Zeit, die zwillingshaft der Erinnerung gleicht, in der Früheres und Späteres nebeneinanderliegen, dem wählerischen Zugriff selbstlos dargeboten: das stetige Plätschern vom Keller herauf, der Mann mit der Melone, der mit den Händen in die Luft greift, Eduards Finger, der die Hohlblocks zählt. Rolf.
Nie hat sie ein Gewölbe gewollt. Gewölbe taugen nur dazu, die Toten festzuhalten, hat sie aus unbewusster Hellsichtigkeit heraus gesagt.

Hart drückt die Armlehne auf ihre Stirn. Ihr ganzes Fleisch ist Schmerz. Der aber gehört schon der Nichtzeit an, wird aber sofort verfügbar sein, wenn sich je noch ein Fünkchen Bewusstsein erhebt. Morgen vielleicht wieder ein Gewitter. Die Haustüren sind zu. In einer Woche wird das Fräulein Anni das Bogenfenster putzen. Sie wird mit der regionalen Zeitung heraufkommen, die sie einmal in der Woche austrägt, nicht Dietzel also. Auch der Pater wird seinen Weg nicht vor dem nächsten Donnerstag über den Bannzaun und das Kiefernwäldchen nehmen. Noch einmal fühlt sie die tröstliche Rundung des Bogenfensters, die umhüllende, von der Eduard gesagt hat: Wie ein Tunnel, Anna: alles Dunkel hinter dir! Noch einmal denkt sie an Rolf; aber er entgleitet ihr. Dort, jenseits des Bogenfensters, hinter dieser Wand aus Glas, hinter diesem blauschwarzen Wolkenbild, das sie verschwommen wahrnimmt, ruht die Erinnerung der Welt. Dort wird sie Eduard wiederfinden – sie, die dicke Wiesental!
Zerrissen weht der Gewitterwind das harte Bängbäng der Kirchturmuhr zu ihr her und misst die letzten Atemzüge, mit welchen

sie das Haus verlassen wird. Ohne Wehmut lässt sie es am Bannzaun zurück. Auf dem Armstuhl bleibt nichts als ein schlaffer, achtlos hingeworfener Sack.

*

Mit ungewohnter Gewalt hat sich das Gewitter in meiner ersten Nacht in Wälden entladen. Vierzig Tage später habe ich mit der schriftlichen Wiedergabe der Bilder begonnen, die, als Realität, Evis Leben gewesen sind und sich dann hinter den Lidern der Liegenden eingenistet haben.

Was, Dietzel? Haben wir wirklich schon den zwanzigsten Zehnten?, hört die Liegende die Stimme des Doktors zum letzten Mal als Liegende von draußen. Sie hört, wie Dietzels Fahrrad an der Wand des Pavillons schabt, wie es sich scheppernd entfernt. Und im Nachklang der Worte erschrickt sie so tief, wie sie noch nie erschrocken ist: Der zwanzigste Zehnte? Und sie weiß sicher, dass sie schwanger ist: schwanger von Wiesental. Wo bleibt das Aufblitzen des Sternes, auf das sie so ängstlich gewartet hat? Wo bleibt es? Aber die Sterne sind endgültig aus Gips. Ihre Physiognomie ist leblos erstarrt. Niemals wird das Signal an dem vertrockneten Himmel des Pavillons aufleuchten! Wo aber sonst? Voll Entsetzen bedeckt sie das Gesicht mit den Händen. Und so, mit den Händen vor dem Gesicht, merkt sie nicht, wie die Anni kommt, sich auf den Stuhl neben dem Bett setzt und schweigt. Weiß sie, dass das Signal aus ihrer in der Schürzentasche knetenden Hand hervorleuchten wird? Ein wenig nur hält sie jenen Zettel, den sie in Hannos Bett gefunden hat, den zerrissenen, zerknüllten, der Liegenden entgegen, wartet hoffnungsvoll ein wenig, wie schon oft, und will ihn wieder einstecken wie schon oft. Da nimmt ihn die Liegende an und liest die Lehre des Starez Sosima in Hannos vertrauter Schrift:
Such Glück im Leiden!
Aber dieser Satz ist durchgestrichen. Hanno hat anders übersetzt.
Such Glück den Leidenden!

Die Anni steht auf. Nahe der Tür wendet sie sich um, winkt zaghaft. Die Liegende ist allein. Wird dieser Satz in der Lage sein, ihr noch einmal einen Auftakt zu lehren, ein Sichaufrichten zu unbekanntem Ziel und unausweichlicher Schuld? Ehe sie ihn versucht, zwei, drei und, sollte sie den Zettel als Wegzehrung verschlingen! Den Traum vom bewohnbaren Haus wird man dennoch nicht mehr verwirklichen.

Vielleicht aber das Kind?

*

Sabine Kuglers Brief an ihren Vater Frank Kugler
Bei der Bearbeitung durch Albert Müller an dieser Stelle belassen.
(Anmerkung der Autorin)

Wälden, den 27.8.1970

Also, Papa,
den Nachlass meiner Mutter habe ich in diesem Dorf und diesem Gartenpavillon in Empfang genommen. Lächerlich, dass ich deshalb hierher fahren musste! Was an Kleidung da war, habe ich in den Sammelsack gesteckt, bzw. werde ich auf die Müllhalde bringen. Die beiliegenden Aufzeichnungen waren da auch. Nimm mir nicht übel, dass ich keine Lust habe, sie zu lesen. Sentimentalitäten, wie sie in Eurer Generation üblich waren, bedeuten mir nichts. Wenn ich auch nicht behaupten möchte, dass sie in diesen Aufzeichnungen zu finden seien, so genügt mir doch die Möglichkeit. Sie könnten mich in eine emotionale Beziehung zu meiner Mutter drängen, vor der ich mich scheue. Schließlich hat sie mich aus freier Entscheidung verlassen. Die Wirtschafterin des Doktors hat mir Schachteln und Packpapier gebracht, für den Fall, dass ich etwas mitnehmen will. Mitnehmen will ich nichts. Dir aber schicke ich diese Aufzeichnungen zu. Wie ich Dich kenne, liebst Du meine Mutter ja noch immer.
Der Doktor, dem das Arzthaus gehört, sagt, sie habe 18 Jahre lang ihre Urlaube hier im Pavillon verbracht. Sie hat

in einem Heim für behinderte Kinder gearbeitet. Vor zwei Jahren ist sie an rapid fortschreitendem Blutkrebs erkrankt. Die Wirtschafterin des Doktors hat sie gepflegt, als sie bettlägerig wurde.

Dieser Pavillon ist unbeschreiblich gut, Papa! Der Doktor will ihn mir eine Weile überlassen. Gewohnheitsrecht der Familie, sagt er. Nächstens zieht er in das Altenheim, das droben am Bannzaun steht. Bannzaun nennt man hier einen hoch gelegenen Weg, der das Dorf umkreist. Es ist dem Doktor egal, was ich in dem Pavillon mache. Ich denke, ich bitte den Guru, bei dem ich nach dem Abi schon mal war – für die Zeit, bis ich von hier aus nach Frankreich gehe – hierher. Wenn wir mehrere Teilnehmer zusammenbekommen, dürfen wir Zelte hinter dem Pavillon aufstellen, den wir dann ausschließlich als Seminarraum benutzen. Mir wird das guttun, das ahne ich. Wenn man 27 ist wie ich, wird es Zeit, etwas über sich selber zu erfahren. So gesehen hat die Fahrt in dieses Wälden doch noch einen Sinn gehabt.
Grüße an Großmama!

Sabine

PS: Vergesst nicht: Ab 1.10. bin ich im Midi!

WERA HOHMER

(Interview mit der Journalistin)

Das Interview mit Wera Hohmer, das ich unten anfügen werde, war mir nicht von meiner Zeitung aufgetragen. Ich besuchte sie zum ersten Mal am 2.8.1988, dem Geburtstag ihres verstorbenen Mannes. Johannes Hohmer war da 51 Jahre tot. Ich kenne sein Bild. Es hängt hinter dem Schreibtisch meines Chefs und zeigt einen Mann von Ende vierzig. Seine Augen fallen besonders auf, die – trotz des Zwickers, bzw. durch den Zwicker hindurch – feurig-ernste Lebenseinschätzung verraten. Man traut ihnen auch spöttisches Funkeln zu. Im Verlag gebe es niemanden mehr, sagte mein Chef, der es bestätigen oder bestreiten könnte.
Unser diesjähriger Betriebsausflug sollte in die Gegend um Wälden gehen, wo Hohmers Witwe in einem Altenheim wohnt. In diesem Dorf soll Johannes Hohmer vor seiner Zeit als Redakteur Lehrer gewesen sein.
Mein Chef hatte einen Botaniker verpflichtet, der aus dem Betriebsausflug einen Bildungsgang, eine Exkursion zu den Orchideen der hohenlohischen Kalklandschaft machen sollte. Ein Geheimtipp!, sagte er, um uns schmackhaft zu machen, woran die meisten von uns nicht das geringste Interesse hatten.
Wir parkten in Wälden. Ich trug das Angebinde bei mir, das mein Chef Hohmers Witwe bei dieser Gelegenheit durch mich überbringen lassen wollte, zum Zeichen, dass Johannes Hohmer nicht vergessen war.

In Wera Hohmer fand ich eine alte Dame von wohltuend verfeinerter Lebensart vor. Die hoch in den Achtzigern Stehende war groß, gemessen an den Frauen ihrer Generation. Sie hielt sich sehr gerade. Trotz ihrer Größe war sie nicht vierschrötig, sondern wirkte sehr zart. Ihr Gesicht, das Liebenswürdigkeit ausstrahlte, war in ihr weißes Haar gebettet wie in Watte – ein Eindruck, der wohl durch das hauchfeine Haarnetz hervorgerufen wurde. Diese Haarnetze habe ich ihr von da an in immer kürzeren Abständen in der Stadt besorgt, da sie mit ihren unsicher werdenden Händen die feinen Gespinste immer häufiger zerriss. Sie zu besuchen, war mir bald Gewohnheit geworden. Gleich beim ersten Besuch hatte ich mich zu ihr hingezogen gefühlt.
Eines Tages überreichte sie mir die Aufzeichnungen – die Albert Müller in der Doline gefunden hatte – zusammen mit seinem Be-

richt über Sabine. Ob ich das lesen wolle? Es klang bittend. Nach der Lektüre, so meinte sie, würde ich schon wissen, was damit zu tun sei. Mitunter sei in diesen Aufzeichnungen auch von ihr die Rede. Diese Abschnitte solle ich einfach überspringen.

Etwas betreten nahm ich die Kladde aus ihren Händen in Empfang. Ein Gefühl von Unbehagen beschlich mich, als ich sie damit verließ und durch den Hohlweg zum Dorfbrunnen hinunterging, wo mein Wagen stand. Mehr und mehr empfand ich diesen Papierstoß in meinen Händen als lästige Verpflichtung. Während ich den Packen auf den Rücksitz warf, hatte ich mit Aggressionen gegen Wera Hohmer zu kämpfen, von der ich nie gedacht hätte, dass sie mir mit einer Bitte, deren Erfüllung mich Tage meiner Freizeit kosten würde, zu nahe treten könnte. Wieder zu Hause, blätterte ich bei Tee und Musik widerwillig und also auch oberflächlich in der umfangreichen Abschrift, die Albert Müller angefertigt hatte. Ohne dass es mir bewusst wurde, notierte ich mir spontan in lang geübter Berufsmanier Stichworte: Sicherung von Erinnertem? Zwangsvorstellungen? Extreme Assoziations-Akrobatik? Kritische Stellungnahme der Liegenden selbst? Wenn nein, warum nicht?

Als die Teekanne leer und die Musik unbemerkt verklungen war, merkte ich, dass dieses Skript mich gefangen hatte. Es dauerte mehr als drei Wochen, bis ich es – immer zwingender und immer aufmerksamer – durchgearbeitet hatte. Viele Fragen hatten sich angereiht. Erhellendes erhoffte ich mir von einem gezielten Gespräch mit Wera Hohmer. Bis jetzt war jede von uns einem solchen Gespräch ausgewichen: ich, weil ich noch nicht so weit war, dass ich hätte gezielt fragen können; sie, weil sie mich nicht drängen wollte.

Endlich war ich so weit: Ich bat sie um ein Interview. Meinen Fragenkatalog nahm ich vorsorglich mit. Als ich ihr dann gegenübersaß, fragte ich sie ganz anderes.

Es war ein herrlicher Nachmittag, als wir uns auf einer Gartenbank neben dem Altenheim niederließen. Man kann diese Bänke durch den hinteren Ausgang aus dem neuen Teil des Hauses erreichen, indem man sich sofort auf gleicher Ebene nach links wendet, am alten Teil des Hauses entlanggeht und dem Weg folgt, der auf gleicher Höhe am Hang entlangführt. Da sitzt man dann oberhalb des Bannzaunes. Der Nussbaum bleibt unter einem und weiter links. Wir sahen auf die Dächer des Dorfes und über die Dächer hinweg zur Müllhalde hinüber. Vom Kiefernwäldchen herab wehte harziger Duft. Die Sonnenblumen, die in willkürlichen Gruppen im – jetzt terrassierten – Garten angepflanzt waren, leuchteten.

Ich hielt den Notizblock auf den Knien und sah erwartungsvoll in Frau Hohmers Gesicht. Mit Rührung bemerkte ich das Zittern ihres Kopfes und das greisenhafte Zucken ihrer Lider, das der Wachheit ihres Blickes keinen Abbruch tat. Lächelnd forderte sie mich auf, und ich begann zu fragen:

Wann haben Sie Ihre Tochter zum letzten Mal gesehen, Frau Hohmer?
Beim Tod meines Sohnes. Sie wissen, er hatte eine Kopfverletzung. Splitter begannen zu wandern. Er hatte ein qualvolles Ende.

Welchen Eindruck hatten Sie zu dieser Zeit von Ihrer Tochter?
Sie schien mir überarbeitet, aber in sich gefestigt. Wir waren einander sehr nah. Sie erzählte mir von ihrer Tätigkeit bei den behinderten Kindern, die sie im Herbst neunzehnhundertfünfzig begonnen hatte. Die Beglückung, die ihr durch diese Arbeit zuteil wurde, klang aus ihrer Stimme und sprach aus ihren Augen.

Während ihrer Krankheit sahen Sie Ihre Tochter nicht?
Nein, es war mir nicht möglich, zu kommen. Ich wäre sehr gerne gekommen.

Sie waren bei der Beerdigung Ihrer Tochter nicht hier?
Nein, auch das war mir nicht möglich. – Bitte, ziehen Sie aus meiner Abwesenheit keine falschen Schlüsse. Unser Verhältnis war keineswegs getrübt.

(Ich wartete ein wenig, ob Frau Hohmer mehr darüber sagen wollte. Dann fragte ich weiter.)

In dieses Altenheim sind Sie kurz nach Evis Tod eingezogen?
Sobald ich mich in der Schweiz freimachen konnte.

Sie waren bereits Einwohnerin, als Albert Müller die Niederschrift der Schreibenden – also Ihrer Tochter – fand. Haben Sie, trotz des Zustandes von Schrift und Papier, die Handschrift Ihrer Tochter auf dem Original erkannt?
Eindeutig ja.

Hat Ihre Tochter zu irgendeiner Zeit über diese Niederschrift gesprochen?
Sie hat davon gesprochen, dass die erste Zeit im Pavillon – von der sie mich nach den ersten sechs Wochen, in welchen ihre große Krise war, verständigt hatte – die Zeit ihrer Wiederfindung gewesen sei. Sie hat auch von der Niederschrift dieses Lebensüberblicks gesprochen, hat über ihren Inhalt aber nicht näher berichtet. Wir haben sehr wenig brieflich korrespondiert. Telefon hatten in Deutschland kurz nach dem Krieg sehr wenige Haushalte.

Haben Sie die Ergänzungen, die Albert Müller in seine Abschrift eingefügt hat, als Ihrer Tochter entsprechende empfunden?
Ich hätte sie nicht besser machen können.

Werden in der Niederschrift der Schreibenden reale Personen wiedergegeben, oder sind es Figuren der Fantasie?
Es mag Sie wundern. Aber zu meiner Zeit haben sich die Charaktere stärker voneinander unterschieden als heute. Sie waren vielfältiger. Das Spektrum war größer, wenn ich so sagen darf. Die Dargestellten decken sich vollkommen mit den Menschen meiner Erinnerung.

Ihre Tochter hat diese Niederschrift nicht für eine Veröffentlichung gedacht.
Anfänglich vielleicht schon; sehr bald aber nicht mehr. Der ganze Text galt zum einen ihrer eigenen Selbstfindung. Zum anderen sind sie an denjenigen Menschen gerichtet, dem ihre ganze Liebe gegolten hat. Wäre der Text für die Öffentlichkeit gewesen, hätte sie gewiss nicht die schwer lesbare, zeitenüberschneidende Kon-

struktion gewählt. Sie hat ihr Leben rekapituliert, genauer gesagt: diese Erinnerungsbilder sind ihr zugestoßen. Dann hat sie sie niedergeschrieben, um die Konsequenz davon – für den Fall, dass sie doch noch einmal mit Sabine Kontakt haben würde – ihr als Trost mit auf den Lebensweg zu geben.

Als Trost? Könnten Sie diesen Trost formulieren?
(Schon während meiner Frage nickte sie mehrmals.)
Es ist ganz einfach: Unser Haus ist in einem einzigen Leben nicht zu vollenden.

Ein Trost?
Ja. Es ist das große Wissen, das uns alle verbindet. Sobald wir es in Demut hinnehmen, stärkt es uns zu immer neuem Beginn, damit für Spätere die Qualität der Hoffnung und des Wollens in der Welt verfügbar bleibt, auf dass ihnen eines Tages – mag sein in ferner Zukunft – glückt, ihr Haus zu vollenden.

Nach diesen Fragen ließ ich Frau Hohmer Zeit, sich zu erholen. Wir sahen zu, wie der derzeitige Hausmeister hinters Haus kam und am Gartenschlauch hantierte, der auf eine große Rolle aufgespult war. Kurz schaute er zu uns herüber, nickte grüßend, sah dann zum Kiefernwäldchen hinauf, zum Himmel, wo sein Blick eine Zeit lang suchend hin und her glitt. Das Schlauchende noch in der Hand, lüpfte er die Schultern und ging, ohne gegossen zu haben, ins Haus zurück. Ich wandte mich Frau Hohmer wieder zu.

Wie hätten Sie reagiert, wenn Sie gewusst hätten, dass Albert Müllers Freundin Ihre Enkelin Sabine war?

Ich hätte alles daran gesetzt, sie zu sehen. Dafür war es dann leider zu spät, denn ich habe die Aufzeichnungen nicht sofort gelesen. Irgendetwas hat mich zurückgehalten, bis es zu spät war.

Können Sie formulieren, was Sie zurückgehalten hat?
(Sie lächelte.) Man kann eine Summe von Gefühlen nicht verbalisieren, kaum ja ein einzelnes, wie Sie gewiss selber wissen.

Halten Sie die Bewusstseinslage der Menschen jener Zeit in diesen Aufzeichnungen für getroffen?
In allen geschilderten Figuren erkenne ich den Horizont, den sie wirklich gehabt haben. Wir müssen bedenken, dass unser aller Denken nicht nur selbstbestimmte Tätigkeit ist. Jede Zeit hat ihre Denkmöglichkeiten und Denkgeleise. Nicht jedem ist gegeben, sie zu erkennen. Den wenigsten ist gegeben, sie in eigener Entscheidung entweder zu benutzen oder zu verlassen. Allerdings ...

(Frau Hohmer suchte nach Worten, mit welchen sie noch etwas anderes deutlich machen wollte. Viel zu schnell fragte ich weiter.)
Johannes Hohmer hat diese Gleise erkannt und verlassen?
Ja, er. Auch Doktor Engler und viele andere.
Allerdings (fuhr sie mit dem vorigen Satz fort) bestimmen wir – sofern wir über uns bestimmen – nie allein für uns. Denn unser Verhalten könnte – im Guten wie im Bösen – beispielhaft für jene werden, die, ihrem geistigen Entwicklungsstand nach, den Schutz eines Geleises nötig haben oder es aber in zügelloser Weise verlassen wollen.

Sie meinen: Der Schritt in die Eigenverantwortung könnte an sich schuldbeladen sein?
(Ein feines Lächeln umspielte Frau Hohmers Lippen.)
Sie denken schon wie Evi!

Ja, wie Evi. Ich merkte es selbst.

Ohne weiter miteinander zu sprechen, schauten wir über das Dorf hinweg zur Doline, in der Albert Müller die Aufzeichnungen gefunden hatte. Ich versuchte dabei, mich in das Gefühl zu versetzen, das Frau Hohmer gehabt haben musste, als sie im Original die Schrift ihrer verstorbenen Tochter erkannte. Scheu schaute ich sie von der Seite an. Im Profil erschien ihr Gesicht streng, was sich bei der kleinsten Bewegung änderte, wenn sie sich einem zuwandte. Dieses Strahlen dann!

Die Frage, die fast greifbar zwischen uns stand, wagte ich nicht auszusprechen: Was ist aus Wiesentals Kind geworden, mit dem

Evi schwanger war? Ist es ausgetragen worden? Lebt es? Hat es mit diesem Kind zu tun, dass Evi in den Jahren, die ihr noch blieben, in einem Heim für Behinderte arbeitete?
Unvermutet kamen wir noch einmal auf die Struktur der Niederschrift zu sprechen.
Ich gestand Frau Hohmer meine Schwierigkeiten beim Lesen. Vielleicht, sagte ich zu ihr, befinden wir uns zu sehr im Geleis unserer althergebrachten Zeitvorstellung?

Ich denke, sagte Frau Hohmer, ähnlich willkürlich, wie ein Maler den Raum auf eine zweidimensionale Fläche, die Leinwand, zusammenzieht, könnte man sich die Zeit in der Erinnerung behandelt vorstellen. Nicht grundlos hat unsere weise Sprache das Wort 'Erinnerungsbild' geprägt.

Wera Hohmer saß noch ebenso aufrecht auf der Bank wie zu Beginn des Interviews. Allein an ihrer Blässe sah ich, dass sie müde geworden war. Ich klappte das Notizbuch zu, ohne jene Frage nach Evis zweitem Kind gestellt zu haben. Ein Junge? Ein Mädchen? Hat es ein Haus, in dem es wohnen kann? Es müsste jetzt achtunddreißig Jahre alt sein. Kein Kind mehr, also. Sollte ich mich bei meinem nächsten Besuch nicht doch getrauen, diese Frage zu stellen?

Frau Hohmer stand auf. Sie schob den Arm unter den meinen. So gingen wir auf dem schmalen, etwas abfallenden Gartenweg in spitzen Kehren zum Bannzaun hinunter. Gingen dann den Bannzaun entlang und den Hohlweg hinab, den Evi und Hanno 'Papas Weg' genannt haben. Am Brunnen, wo mein Auto stand, wollte sie den Arm aus dem meinen lösen. Aber ich begleitete sie noch bis zum Friedhof. Da erst verabschiedete ich mich von ihr. Als ich mich gleich danach noch einmal umwandte, sah ich sie vor einem Grab stehen, auf dessen Stein, von mir aus gesehen, der Name SABINE eben noch zu lesen war.

Wera Hohmer erkrankte kurz darauf und starb. Die Frage, die mich beschäftigte, blieb ungefragt. Am Tag ihrer Beerdigung begann ich zum letzten Mal, Evis Aufzeichnungen im Manuskript zu lesen. Ich las sie Wort für Wort.

PERSONENREGISTER

Bawett	Hebamme in Wälden
Anni	ihre Nichte
Dietzel	Briefträger
Emma	Haushälterin von Roser
Engler	Arzt in Wälden
Folk, Dr. med.	Arzt
Frech, Alis	Arbeiter im Sägewerk von Wälden
Frech, Mina	dessen Frau
Erich	beider Sohn
Irmhilt	beider behinderte Tochter
Friedbert, Pater	profaner Name: Löffler, Joseph
Häber, Ernst	nach dem Krieg Besitzer einer Baracke, Evi von früher bekannt
Hansmann, Else	bewohnte mit ihren Eltern die 2. Etage vom Haus Nr. 17 von 1937 bis zu dessen Zerstörung
Hofmann, Ephraim	jüdischer Mitbewohner vom Haus Nr. 17
Hofmann, Evelyn	dessen Frau, Schauspielerin
Hohmer, Johannes	Lehrer in Wälden, später Journalist, wohnhaft bis 1937 im Haus Nr. 17, 2. Etage
Hohmer, Wera	dessen Ehefrau
Hanno	beider Sohn
Evi	beider Tochter, Schreiberin des aufgefundenen Textes
Polke, Dr. med.	Englers Nachfolger; früher Folk
Kugler	Professorengattin
Frank	deren Sohn, Vater von Sabine
Kutschka, Irene	Schulkameradin von Evi
Die Liegende	Evi für 40 Tage, vom 9.9.49 an
Lina	Berufskollegin von Evi
Müller, Albert	Freund von Sabine, Aushilfs-Hausmeister im Altenheim von Wälden
Roser	Pfarrer in Brandenburg

Martin	dessen einziger Sohn
Roth, Leo und	zwei amerikanische Brüder
Colonel Roth	
Sabine	Evis Bienchen
Sanders und Frau	Hausbewohner von Nr. 17 am Ring
Anselma	beider Tochter, Schulfreundin von Evi
Silling	Klavierlehrerin, 3. Etage vom Haus Nr. 17

Weitere Bücher der Autorin
auch unter: www.projekte-verlag.de

Der Fuchs
oder Ein Pelz von Hürlimann

Paperback
158 Seiten
13,8 x 19,6 cm
ISBN: 978-3-86634-362-7
14,90 Euro

Der erhöhte Großvater
Profil eines geliebten Dorfes

Paperback
284 Seiten
13,8 x 19,6 cm
ISBN: 978-3-86634-364-1
19,80 Euro

Rosi
oder Heimkehr in meine Stadt

Paperback
64 Seiten
13,8 x 19,6 cm
ISBN: 978-3-86634-361-0
8,90 Euro